ROSARIA MUNDA

FEUER ERWACHEN

Aus dem amerikanischen Englisch
von Nadine Püschel

Arctis

Die Originalausgabe erschien 2019 unter dem Titel *Fireborne*
im Verlag G. P. Putnam's Sons, New York.

MIX
Papier aus verantwortungsvollen Quellen
FSC® C083411

Deutsche Erstausgabe
1. Auflage 2020

Übersetzung: Nadine Püschel
Umschlaggestaltung: Kathrin Steigerwald
unter Verwendung des Coverdesigns
von Kristie Radwilowicz © 2019
Drachenillustration von Christoph Clasen
Satz: Greiner & Reichel, Köln
Druck und Bindung: CPI books GmbH, Leck
Printed in Germany
ISBN 978-3-03880-023-1

www.arctis-verlag.com
www.facebook.com/ArctisVerlag
https://www.instagram.com/arctis_verlag/

Für meine Mutter und Großmutter,
Schriftstellerkolleginnen

PROLOG

Später sollte man ihn den Ersten Protektor nennen, und die Stadt würde sich gemäß seiner Vision wandeln. Leibeigene würden in die Freiheit entlassen, Schulen gebaut und Drachen zum ersten Mal von einfachen Bürgern geritten.

Doch davor führte er die blutigste Revolution an, die sein Volk je erlebt hatte.

Er zweifelte nie daran, dass er eine gerechte Stadt hervorbringen würde. Ebenso wenig stand für ihn infrage, dass die Familien der alten Herrschaftsordnung den Tod verdienten. Nur die Art und Weise, wie es geschah, an jenem Tag, als der Palast schließlich gestürmt wurde, machte ihm bisweilen zu schaffen.

An eine der Herrscherfamilien erinnerte er sich besonders. Ihre Folterer waren noch am Werk, als er sie fand. Sie hatten den Drachenherrn am Leben gelassen, sodass er alles mitansehen musste; der jüngste Sohn war das einzige Kind, das noch übrig war. Ein Junge von sieben oder acht Jahren, mit leerem Blick in einem blutverkrusteten Gesicht. Um sie herum lagen die Leichen ihrer Familie verstreut.

»Hört sofort mit diesem Irrsinn auf«, sagte der Erste Protektor, als er mit seiner Leibwache den Raum betrat.

Die Revolutionäre ließen von dem Jungen ab, den sie zu quälen begonnen hatten, und protestierten lautstark – dieser Mann ist Leon Sturmpfeil, wissen Sie denn nicht, was er getan hat! Doch sie verstummten, als der auf dem blutgetränkten Teppich kniende Drachenherr das Wort ergriff.

»Mein Sohn«, sagte er in der Sprache, die er mit dem Ersten Protektor teilte. »Bitte, Atreus.«

Der Erste Protektor streifte das Kind mit seinem Blick. Er sagte: »Wir werden uns Leos annehmen.«

Er murmelte einem seiner Leibwächter einen Befehl zu. Der Soldat trat einen Schritt vor, stockte kurz und hob den Sohn des Drachenherrn dann auf seine Arme. Als der schlaffe, stumme Junge hinausgetragen worden war, ging der Revolutionsführer vor dem Drachenherrn auf die Knie.

»Diese – Tiere –«, keuchte der Drachenherr.

Der Erste Protektor widersprach nicht. Stattdessen legte er die Hand um das Messer an seinem Gürtel. Als er den Drachenherrn ansah, lag eine unausgesprochene Frage in seinem Blick. Der Drachenherr schloss die Augen und nickte.

Dann überraschte er den Ersten Protektor mit einer letzten Bemerkung.

»Deine Vision«, sagte er. »Glaubst du, dass sie all dies jemals wert sein wird, Atreus?«

Der Erste Protektor zog sein Messer.

»Ja«, sagte er.

In den darauffolgenden Jahren dachte er oft an die Frage des Drachenherrn zurück. Vieles, was sich während der Revolution zugetragen hatte, verblasste mit der Zeit in seiner Erinnerung, doch Leon Sturmpfeil vergaß er nie.

Leons Sohn Leo hingegen entfiel ihm völlig.

1

MITTEILUNGEN DES MINISTERIUMS

Neun Jahre später

— **Lee** —

Morgens fliegen wir am liebsten. Selbst heute, wenige Stunden vor dem Turnier, über der leeren Arena, die uns daran erinnert, dass wir bald zum allerersten Mal Tausende Zuschauer haben werden, ist es das pure Glück, die Stadt unter den Flügeln eines Drachen ausgebreitet zu sehen. Als wir eine enge Kurve fliegen, merke ich, dass Pallor eines seiner schwarzen, unergründlichen Augen auf mich gerichtet hat. Auf einmal strafft sich das Band zwischen uns, über das wir unsere Gefühle und Gedanken sonst nur lose teilen, wenn ich im Sattel sitze. Ja. Heute gilt es. Heute werden wir zeigen, was in uns steckt.

Doch dafür brauche ich einen klaren Kopf. Sanft entziehe ich mich Pallors fiebriger Vorfreude und konzentriere mich auf die Arena. Zwei weitere Drachenreiter fliegen mit uns, jeder auf einer der anderen beiden Rassen: Crissa und ihr Himmelsjäger schweben über uns, Cor und sein Sturmpfeil gleiten unter uns dahin und speien Asche auf die Ränge der Arena. Bei dieser Generalprobe sind nur die Anführer der drei Geschwader dabei.

Ich rufe gegen den Wind an. »Du lenkst sie zu tief, Cor!«

Cor schnaubt frustriert und zieht seine Drachin ein Stück höher. Wir haben die Choreografie der Eröffnungszeremonie schon zigmal mit Beamten des Ministeriums geprobt und jedes Mal kam die heikle Frage auf, wie wir die Macht der Sturmpfeil-Rasse demonstrieren sollen. Vor der Revolution haben die Drachen des Hauses Sturmpfeil – meiner Familie – die Dörfer im Umland terrorisiert, aber urprünglich waren sie auch der wichtigste Schutz unserer Insel gegen Angriffe aus der Luft.

»Es hieß doch, wir sollten weit unten feuern«, sagt Cor.

»Aber das ist *zu* weit unten. Es gefährdet die Zuschauer.«

Unsere Drachen sind Jungtiere, kaum größer als ein Pferd, und können noch kein Feuer spucken. Aber der Rauch, den sie ausstoßen, kann trotzdem zu Verbrennungen führen.

Crissa und ihr Himmelsjäger, dessen langer, schlanker hellblauer Körper mit dem Morgenhimmel verschmilzt, kreisen über uns. »Du willst die Leute doch beeindrucken, nicht grillen«, ruft sie zu Cor runter.

Cor winkt ab. »Ja, ja, schon gut.«

Unsere Flotte ist noch in Ausbildung – sowohl die Drachen als auch die Reiter. Die Drachenreiter der neuen Herrschaftsordnung werden nun Wächter genannt und sie sind niedriger Herkunft, einfache Bürger oder sogar ehemalige Leibeigene. Nicht länger die Söhne von Drachenherren.

Bis auf mich, was aber außer mir niemand weiß.

Denn im Gefolge der Revolution kommt es einem Todesurteil gleich, von Drachengeblüt zu sein. Geboren wurde ich als Leo, Sohn von Leon, Drachenherr des Hauses Sturmpfeil und Drakarch des Fernen Hochlands – doch seit der Zeit im

Waisenhaus heiße ich Lee. Nicht einmal der Erste Protektor, der mir das Leben gerettet und mich zwei Jahre später in das Wächterprogramm aufgenommen hat, ohne mich wiederzuerkennen, weiß Bescheid. Dass ein Spross des Hauses Sturmpfeil in das meritokratische Drachenreiter-Programm aufgenommen worden ist, welches doch alles ersetzen sollte, wofür seine Familie einst stand.

Ich weiß zwar, dass ich von Glück sagen kann, überhaupt noch lebendig und dem Waisenhaus entronnen zu sein, aber immer wieder kommen Erinnerungen an mein altes Leben in mir hoch. Vor allem jetzt, als Pallor und ich über der Palastarena kreisen, die zum allerersten Mal seit der Revolution für die Öffentlichkeit zugänglich ist. Auch das alte Regime hat dort Turniere abgehalten. Turniere, bei denen ich meinem Vater zugejubelt und dabei von dem Tag geträumt habe, an dem ich seine Nachfolge antreten würde.

Ich beuge mich vor und stütze eine Hand auf Pallors silbergeschuppten Nacken, als er seine im Morgenlicht fast durchsichtig schimmernden Flügel zum Sturzflug anlegt. Pallor ist ein Aurelian, eine kleinere Rasse, die als umsichtig und gut steuerbar gilt, und die Formation der Aurelianer in der heutigen Zeremonie ist die einzige, die so komplex ist, dass sie von zwei Reitern angeführt werden muss. Ich kann zwar allein proben, aber eigentlich brauche ich dafür –

Annie. Da ist sie.

Aus der Höhlenöffnung am Fuß der Arena kommt ein weiterer Aurelian hervorgeschossen, eine bernsteinfarbene Drachin, auf der meine Sparringspartnerin reitet. Annie und ich haben während unserer gesamten Ausbildung miteinander trainiert, aber wir kennen uns sogar noch länger, aus dem Waisenhaus, in dem wir vor unserer Aufnahme in das Wächterprogramm gelebt haben.

Erinnerungen, die für ein ganzes Leben reichen – aber wir haben ziemlich viel Übung darin, nie darüber zu sprechen.

»Annie!«, ruft Crissa und winkt fröhlich. »Da bist du ja!«

»Ohne dich hat Lee hier draußen nichts auf die Reihe gekriegt«, sagt Cor.

Pallor und ich feuern einen Aschestrahl in seine Richtung. Cor weicht ihm prustend aus.

Annies Mundwinkel wandern in die Höhe, doch statt auf Cors Bemerkung zu antworten, fügt sie sich sofort nahtlos mir gegenüber in die Formation ein. Ihre Drachin, Aela, spiegelt jede von Pallors Bewegungen. Annies rotbrauner Zopf fällt ihr tief in den Rücken, ihr blasses, sommersprossiges Gesicht ist hoch konzentriert. Seit ich denken kann, finde ich Annie wunderschön, aber gesagt habe ich ihr das noch nie.

»Fangen wir von vorn an?«, schlage ich vor.

Die drei anderen sind einverstanden.

Wir richten uns gerade auf, als die Glocke zur vollen Stunde läutet. Die Arena unter uns, der Palast auf der einen und Pythos Feste auf ihrem Sockel aus Karstgestein auf der anderen Seite, die steilen Giebeldächer der Stadt, die Ebenen, die sich bis zur Küste erstrecken – einen Augenblick überwältigt mich der Wunsch, die Stadt und die gesamte Insel unter mir zu beschützen, ja zu besitzen. In meinem Kopf hallt der Eid wider, den wir abgelegt haben, als wir zu Wächtern ernannt wurden: *Alles, was ich bin, gehört Callipolis. Ich gelobe bei den Flügeln meines Drachen, es zu bewahren …*

Heute werden acht Wächter in der Viertelfinalrunde des Turniers antreten, durch das der Befehlshaber der Luftflotte bestimmt werden soll. Nach wochenlangen Qualifikationsrunden haben Annie, Cor, Crissa und ich es unter die letzten acht geschafft.

Es ist das erste Mal seit der Revolution, dass Callipolis einen Ersten Reiter ernennt, einen der wenigen Titel, die es vom alten Regime übernommen hat. Die Drachen der Revolutionsflotte sind nun endlich alt genug und ihre Reiter ausreichend ausgebildet, um das seit der Revolution unbesetzte Amt anzustreben. Für die anderen Wächter sind die Turniere eine Gelegenheit, sich zu beweisen; für mich bedeuten sie noch viel mehr.

Denn *Erster Reiter* ist ein Titel, auf den ich schon vor der Revolution versessen war. Damit könnte ich all die Anerkennung, Macht und Achtung, die meine Familie innerhalb eines einzigen blutigen Monats verloren hat, als ich acht Jahre alt war, auf einen Schlag zurückerobern.

Erster Reiter.

Von unten wehen die letzten Glockentöne vom Uhrturm des Palasts herauf und reißen mich aus meinen Gedanken. »Wir sollten frühstücken gehen. Goran meinte, bis dahin hätte er die Turnieraufstellung fertig.«

Wir landen auf dem Horst, dem flachen Felsvorsprung in der Mitte der Arena, wo wir absitzen, unseren Drachen die Sättel abnehmen und sie in ihre Nester in den Höhlen unter uns entlassen. Zurück im Palast mischen wir uns unter die übrigen Wächter des Drachenkorps, insgesamt zweiunddreißig Mädchen und Jungen, die aus den Schlafsälen in das Refektorium des Konvents mit seinen nackten Steinwänden und hohen, schmalen Fenstern strömen. Das Frühstück besteht wie gewöhnlich aus leicht angebranntem Haferbrei. Obwohl wir theoretisch im Palast wohnen, sind wir in den Quartieren untergebracht, die vor der Revolution den Bediensteten vorbehalten waren.

»Ihr seid aber früh auf.«

Duck, Cors jüngerer Bruder, ist auf seiner Sitzbank zur Seite gerutscht, damit wir uns zu ihm und seinen Freunden an den Tisch setzen können. Duck und Cor haben die gleiche olivfarbene Haut und das gleiche gewellte Haar, aber vom Temperament her sind sie völlig verschieden: Cor zieht meistens ein mürrisches Gesicht, Duck hingegen lächelt gern und oft. Annie macht es sich neben Duck bequem. Sie sind beide sechzehn, ein Jahr jünger als die meisten von uns. Ihr Alter war die erste Gemeinsamkeit, die sie zusammengebracht hat, aber Freunde sind sie vor allem deshalb geworden, weil Duck sich von ihrer ernsten Art offenbar angespornt fühlt. Es ist nicht leicht, Annie ein Lächeln zu entlocken, und Duck hat das ziemlich gut drauf.

Er zieht seinen Löffel aus dem Haferbrei und deutet damit auf Annie. »Na, bereit für deinen großen Tag?«

Annie schnaubt, aber trotzdem steigt ihr eine leichte Röte ins Gesicht. Es ist der einzige Hinweis auf ihren Ehrgeiz, den sie sonst eher versteckt. Sie sitzt schon wieder ganz zusammengesunken da, wie immer, wenn sie zurück auf der Erde ist, als wollte sie möglichst wenig Platz beanspruchen. Das glatte Gegenteil zu ihrem Selbstbewusstsein in der Luft.

Crissa antwortet Duck in dem bestärkenden Ton, den sie immer anschlägt, wenn sie die Reiter ihres Geschwaders ermutigen will: »Es ist auch dein großer Tag.«

Duck hebt die Schultern und grinst breit. »Man soll den Tag nicht vor dem Abend loben.«

Wie wir vier hat Duck es ins Viertelfinale geschafft. Er wird seine Sache großartig machen – wenn er denn die Nerven behält. Und das hängt davon ab, gegen wen er antreten muss.

»Nervös, Dorian?«

Ich hätte es nicht beschreien dürfen. Power, einer der Sturmpfeil-Reiter, die sich qualifiziert haben, schlendert auf dem Rückweg von der Essensausgabe an uns vorbei. Er legt Duck einen Arm um die Schulter, als wollte er ihm Mut zusprechen, und streicht sich mit der anderen Hand über sein kurz geschorenes schwarzes Haar, während er mir einen bohrenden Blick zuwirft. Power und ich sind etwa gleich groß und schwer, was ich jedes Mal abwäge – und ich sehe ihm an, dass er dasselbe tut –, wenn wir uns so taxieren.

Duck versteift sich. »Fass mich nicht an«, stößt er zwischen zusammengebissenen Zähnen hervor.

Mit einem dumpfen Klirren stellt Cor sein Glas auf den Hartholztisch. Ich lege meinen Löffel in der Schüssel ab.

Fast bin ich enttäuscht, dass Power seinen Arm zurückzieht. In den letzten Jahren ist er vorsichtiger geworden. »Na, warum so dünnhäutig?«

Er spaziert zurück zu seinem Platz zwischen Darius und Alexa, die die Szene besorgt beobachtet haben. Ducks Schultern entspannen sich und er äußert seine Abscheu mit einem kehligen Räuspern.

»Manchmal«, denkt Cor laut, »vermisse ich die Zeiten, in denen Patrizierkinder wie Power sich alles rausnehmen durften und es an uns war, sie von ihrem hohen Ross runterzuholen.«

»Ich nicht«, murmelt Duck.

Unter dem alten Regime gehörte meine Familie zu den herrschenden Drachengeschlechtern, und die wohlhabenden, aber drachenlosen Patrizier, zu denen auch Powers Familie zählte, standen eine Stufe darunter. Auf gemeine Bürger wie Cor und Crissa sieht Power immer noch mit der typischen Überheblichkeit vornehmer Leute herab, aber am meisten verachtet er Annie, die eine ehemalige Leibeigene ist.

»Ich wette, Goran trauert den guten alten Zeiten auch hinterher«, murmelt Crissa.

Sie späht zur Tür, durch die soeben ein einzelner Erwachsener den Saal betreten hat. Goran, unser patrizischer Drillmeister, ist ein rotgesichtiger älterer Herr. Früher war er ein schmucker Offizier, aber inzwischen ist er ziemlich aus dem Leim gegangen. Er spricht mit leichtem Drachisch-Akzent, den er absichtlich raushängen lässt, wenn er Reiter niederer Herkunft einschüchtern will. Sein Anblick war mir immer auf verstörende Weise vertraut. Wir müssen uns bereits in der alten Welt begegnet sein, aber er hat mich zum Glück nicht wiedererkannt. Goran ist Atreus treu ergeben, so viel ist klar, doch den Idealen der Revolution ist er weniger zugetan. Bevor Atreus ein Machtwort gesprochen hat, ließ Goran Power und den anderen patrizischen Wächtern fast alles durchgehen.

»Guten Morgen, Wächter«, grüßt Goran in die Runde. »Wollt ihr die Aufstellung für die heutigen Duelle hören?«

An den Tischen kehrt Stille ein. Goran beginnt seine Liste vorzulesen. »Wir haben Annie gegen Darius ...«

Darius, einer von Powers Patrizierfreunden im Geschwader der Sturmpfeile, dreht sich zu Annie um und ich sehe mit Schadenfreude, dass das sonst so lässige Großmaul die Stirn runzelt. Annie verschränkt die Arme und funkelt zurück.

»Cor gegen Rock ...«

Cor macht eine finstere Miene, obwohl er nicht das schlechteste Los gezogen hat. Wahrscheinlich hat er schon ausgerechnet, welche Kombinationen jetzt noch übrig bleiben. Vor allem, mit wem Duck es womöglich aufnehmen muss.

»Als Nächstes haben wir Lee und Crissa ...«

Crissa stöhnt laut auf und schlägt theatralisch die Hände an die Stirn, bevor sie mich ansieht. Sie hat so ein Gesicht – immer von der Sonne gerötet und von dunkelgoldenen, blond durchwirkten Locken umrahmt –, das man bei jedem Blickkontakt einen Tick zu lange anstarrt. Neckisch hebt sie eine Augenbraue.

»Streng dich lieber nicht an, Lee.«

Meine Wangen beginnen zu brennen, was nichts mit dem Duell zu tun hat. Crissa lächelt schelmisch. Cor verdreht die Augen.

Jetzt ist allen klar, welche beiden Namen gleich fallen.

»Und als Letztes haben wir Power gegen Duck.«

Power stößt ein triumphierendes Trillern aus, aber er ist der Einzige, der sich zu freuen scheint. Duck ist auf seinem Platz ganz tief zusammengesackt und Cors Gesicht hat sich verkrampft. Annies Arm bewegt sich fast unmerklich, als drücke sie Duck unter dem Tisch tröstend die Hand. Duck ist einer der wenigen Menschen, die ich Annie je freiwillig habe berühren sehen, und sie berührt ihn oft. Diesmal schluckt er sichtlich, als sie seine Hand nimmt.

Cor zufolge sind sie kein Paar. Aber man sieht trotzdem deutlich, dass Duck rettungslos in sie verliebt ist. Und obwohl das schon jahrelang so geht, berührt Annie ihn andauernd beiläufig, als wären sie noch Kinder – vollkommen arglos offenbar. So hat sie es im Waisenhaus auch bei mir gemacht und erst damit aufgehört, als wir hierherkamen.

Duck fängt meinen Blick auf und wir schauen beide schnell wieder weg.

»Bis zur Eröffnungszeremonie ist es noch etwas mehr als eine Stunde«, sagt Goran, »ich würde euch also raten, euch bereit zu machen. Wie viele von euch erwarten heute Familienbesuch?«

Hände gehen in die Höhe. Fast alle melden sich; wie zu erwarten, sind Annie und ich die einzigen Ausnahmen. Doch dann sehe ich Annies Zeigefinger ein Stück nach oben wandern. Sie betrachtet ihn, als wäre sie selbst überrascht.

Das ist absurd. Wer sollte Annie besuchen kommen?

»Begrüßt sie besser erst nach dem Turnier«, sagt Goran. »Aber dann dürft ihr euch den Rest des Tages freinehmen. Rektorin Mortmane wird am Konventausgang stehen und euch austragen. Noch Fragen?«

Als niemand spricht, sieht er zu mir herüber. »Lee, Annie, auf ein Wort noch.«

Ich kann mich nicht erinnern, wann Goran zum letzten Mal mit Annie sprechen wollte. Wir bleiben sitzen, während die anderen nacheinander den Saal verlassen und Goran auf einem freien Stuhl am Kopfende unseres Tisches Platz nimmt. Ich kann geradezu spüren, wie Annies Körper sich in seiner Gegenwart anspannt. Es ist zwar schon Jahre her, dass er sie mit zusätzlichen Aufgaben, willkürlich schlechten Noten und Demütigungen auf dem Horst drangsaliert hat, aber er hat nie aufgehört, Annies Anwesenheit im Drachenkorps als eine Beleidigung zu behandeln – als wäre es zu viel verlangt, gleich zwei von Atreus' Neuerungen in einer Person vereint aushalten zu müssen, ihre niedere Herkunft *und* ihr Geschlecht.

»Ich habe für jeden von euch eine Mitteilung des Ministeriums.«

Er überreicht erst mir, dann Annie einen verschlossenen Umschlag. Wie immer vermeidet er es, sie anzusehen, als wäre sie etwas Widernatürliches, das man besser nur mit dem Blick streift.

Meinen Brief schmückt das Siegel des Ersten Protektors, Atreus Athanatos.

»Lest sie später«, sagt Goran. »Ihr dürft gehen.«

Draußen im Flur bleiben wir beide gleichzeitig stehen, um unsere Briefe aufzureißen. Atreus hat einen einzigen kurzen Satz geschrieben. Als ich ihn lese, packt mich zum allerersten Mal an diesem Tag das Lampenfieber.

Viel Glück, Lee.

Ich schaue auf. Annie starrt immer noch wie versteinert auf ihre Mitteilung. Dann zieht sie die Schultern hoch und reißt den Blick von dem Schreiben.

»Wir sollten los ins Zeughaus«, sagt sie.

Als wir eintreffen, machen sich die ersten Reiter schon auf den Weg in die unterirdischen Drachennester. Um zu den Kabinen des Aurelianer-Geschwaders zu kommen, zwängen Annie und ich uns an Wächtern vorbei, die in ihre Feueranzüge steigen, die letzten Platten ihrer Rüstung anlegen und sich Sattel- und Zaumzeug über die Schulter werfen, um es in die Höhlen zu bringen. Es riecht nach Leder, Schweiß und Asche – die typische Drachenreiter-Mischung.

Da wird mir etwas in die Hand gedrückt; Annie hat mir ihren Brief gegeben und sich abgewandt. Ich soll ihn lesen, aber ohne dass sie mir dabei zuschaut.

Unsere Kabinen liegen nebeneinander und ich habe jahrelang geübt, mich zu beherrschen und *unter keinen Umständen* zu Annie rüberzusehen, wenn sie sich umzieht. Heute habe ich den Brief, auf den ich mich konzentrieren kann. Ihre Mitteilung trägt das Siegel des Informationsministeriums, nicht das des Ersten Protektors. Sie lautet:

DAS MINISTERIUM ERINNERT ANTIGONE AUF AELA DARAN, DASS DIE REITER DES VIERTEN RANGS EIN HÖCHST ÖFFENTLICHES AMT BEKLEIDEN. SIE MÖGE DAHER SORGFÄLTIG ABWÄGEN, OB SIE IN EINER SOLCHEN POSITION IHREM EID, DEM STAATSWOHL ZU DIENEN, AM BESTEN GERECHT WÜRDE.

Sie wollen, dass sie auf die Turnierteilnahme verzichtet.

Neben mir hat Annie gerade ihren Schutzanzug geschlossen. Vom Hals bis zu den Knöcheln ist ihr schlanker Körper in schwarzes, hitze- und feuerbeständiges Leder gehüllt, eine dunkle Silhouette, über der ihr roter Zopf umso auffälliger leuchtet. Solange wir noch nicht allein sind, geht sie mit keinem Wort auf den Brief ein, und so schnallen wir uns schweigend die aus abgeworfenen Drachenschuppen geschmiedeten Rüstungsplatten über den Feueranzug und ziehen sie nacheinander fest. Erst als die letzten Reiter das Zeughaus verlassen haben, nimmt sie die Mitteilung wieder an sich.

»Was stand in deiner?«, fragt sie.

Atreus' Nachricht ist das Letzte, was ich ihr zeigen will. Ich zögere.

»Bitte«, sagt sie leise.

Ohne meine Antwort abzuwarten, angelt sie sich den Umschlag aus meiner Kabine. Nachdem sie einen Blick auf den Brief geworfen hat, lässt sie sich neben mir auf die Bank fallen.

»Gratuliere«, sagt sie.

Sie klingt nicht verbittert, nicht einmal neidisch – nur müde.

»Du bist der Bauer, den sie wollen«, fügt sie hinzu.

Bauer ist einer der Begriffe, die nach der Revolution verboten wurden. Das Wort darf nur noch im historischen Kontext verwendet werden. Ich glaube nicht, dass ich es Annie schon jemals habe sagen hören. Jedenfalls nicht in Bezug auf sich selbst.

Und auch nicht in Bezug auf mich, obwohl das offiziell meine Herkunft war, als sie mich kennengelernt hat. In unserer gesamten Zeit im Waisenhaus, als ich noch nicht so geschickt darin war, meine wahre Identität zu verbergen, hat sie kein einziges Mal davon gesprochen. Auch hier, unter den Wächtern, erwähnt sie sie nie.

Mir wird immer unbehaglicher zumute. »So ist das nicht ... So würde Atreus das nie sehen ...«

Annie legt den Kopf in den Nacken und starrt an die Decke. »Oh doch. Atreus braucht Reiter im Vierten Rang, die von den Eliten akzeptiert werden.«

Der Vierte Rang ist der Dienstgrad, der den vier Siegern des heutigen Turniers verliehen wird, um hervorzuheben, dass sie die fähigsten Wächter unter den zweiunddreißig Reitern des Drachenkorps sind. Es ist der zweithöchste Grad in der Flotte; darüber steht nur noch der Erste Reiter.

»Du redest von ...«

»Ich rede von Atreus' Nachfolge.«

Bei dem Wort erstarre ich; Annie bringt es nur gehaucht über die Lippen.

Bevor Atreus als Verwalter des neuen Staats abtritt, wird unter den besten und begabtesten Wächtern ein Nachfolger bestimmt. Der nächste Protektor. Inoffiziell ist klar, dass nur Mitglieder des Vierten Rangs in die engere Auswahl kommen.

»Er denkt an seine Nachfolge«, wiederholt Annie, »und er braucht Bauern, die sich nicht mehr ... wie Bauern benehmen.«

Ich ziehe die Gurte des Armschutzes fester um meinen Unterarm und presse zwischen den Zähnen hervor: »Du benimmst dich nicht wie ein Bauer.«

Annie lacht matt auf. Sie weiß so gut wie ich, dass ich lüge. Wir können uns beide denken, was in den Akten des Ministeriums steht: dass Annie dafür bekannt ist, zu ehrerbietig und zu zurückhaltend zu sein und öffentliche Auftritte zu scheuen. Seit ich denken kann, ist sie zwar in allen Fächern eine der Besten, meldet sich aber fast nie zu Wort.

Das könnte sie sich abtrainieren. Wenn sie sich bemühen würde und die entsprechende Unterstützung bekäme, könnte sie viel selbstbewusster werden. Aber was soll ihr den Antrieb dazu liefern, was soll überhaupt den *Wunsch* danach wecken, wenn das Ministerium ihr solche Mitteilungen schickt?

Also muss der Anstoß von etwas anderem kommen. Von außen.

»Du kriegst heute Besuch von Verwandten?«

Ich wage mich nur vorsichtig mit der Frage heraus. Eigentlich geht es mich ja nichts an. Annie blinzelt und schüttelt dann den Kopf. »Nicht von Verwandten. Von Bekannten … aus meinem Dorf.«

Mein Dorf sind zwei weitere Wörter, die Annie für gewöhnlich nicht in den Mund nimmt. Sie spricht sie ganz langsam aus, als wären es Wörter einer fremden Sprache.

»Sie haben mir geschrieben«, fährt sie fort. »Einen Brief. Nicht die Eltern – die können nicht lesen.« Ich riskiere einen flüchtigen Blick zu ihr; beim Wort *lesen* läuft ihr Gesicht rot an. »Aber ihr Sohn geht seit der Revolution zur Schule und hat für sie geschrieben. Dass sie kommen wollen. Das waren die Leute, bei denen ich vor Albans eine Zeit lang gewohnt habe.«

Albans war unser Waisenhaus. Wie ihr Leben davor aussah, hat sie schon jahrelang nicht mehr erwähnt, jedenfalls nicht in meiner Gegenwart.

Sie spielt mit ihrem Haar, streicht sich ein paar Strähnen aus den Augen und hinters Ohr. »Ich hab sie nicht mehr gesehen, seit …« Sie schaut hoch und ich merke, dass ich sie angestarrt habe. Ich wende den Blick ab, sie greift zu ihren Stiefeln und schiebt die Füße nacheinander hinein.

»Es bedeutet ihnen bestimmt eine Menge, wenn du es in den Vierten Rang schaffst«, sage ich. »Wahrscheinlich würde es jedem Landbewohner, der zu dem Turnier angereist ist, eine Menge bedeuten. Du würdest …«

Über ihre Stiefel gebeugt, fragt Annie leise: »Ich würde was?«

Ich höre es mich sagen. Worte, die meinen Vater zutiefst beschämt hätten, ganz besonders aus meinem Mund.

»Du würdest Geschichte schreiben.«

Annie hat ihren Helm aufgehoben und stützt ihre andere behandschuhte Hand auf die Knie, um aufzustehen. Mit einem sonderbaren Lächeln sieht sie mich an. Als sie antwortet, weist sie nicht etwa darauf hin, dass gemäß der niederen Herkunft, die ich angenommen habe, auch ich Geschichte schreiben würde.

Als wüsste sie, dass das nicht stimmt. Als wüsste sie, dass ich insgeheim darauf hoffe – verzweifelt und begierig darauf hoffe –, die Geschichte zu wiederholen.

»Gehen wir, Lee.«

2

DER VIERTE RANG

Bevor er das Mädchen kennenlernte, bewegte sich der Junge im Waisenhaus wie ein Schlafwandler. Fade Mahlzeiten, harte Betten in kalten Nächten, Hänseleien und Handgreiflichkeiten, all dies glitt an ihm ab, ohne dass er es wahrnahm. Sollten sie ihn doch hänseln. Sollten sie doch handgreiflich werden. Sie waren nichts. Sie sprachen die Sprache, die in seinen Ohren geklungen hatte, als er seine Familie sterben sah.

Statt zuzuhören, hing er Erinnerungen nach. In Gedanken war er im Kreis seiner Familie, hörte seine Schwester lachen, seinen Bruder Scherze treiben, seine Mutter sprechen. Eine Welt aus Licht und Wärme, großen, von Dienern geschürten Kaminfeuern, kunstvollen Glasfenstern, die auf den Feuerschlund blickten, und kristallenen Lüstern, die tief über mit Speisen beladenen Tafeln hingen. In Gedanken sah er seinen Vater bei der Audienz im prachtvollen Thronsaal seine Untertanen empfangen. In Gedanken schwang er sich in den Himmel auf, weit unter ihm die Stadt, um ihn der Arm seines Vaters, der ihn festhielt, während die Flügel seines Sturmpfeils durch die Luft rauschten. Der Name seiner Drachin war Aletheia und sein Vater erlaubte ihm manchmal, sie mit Essensresten von der Familientafel zu füttern.

»Eines Tages«, sagte sein Vater zu ihm, als sich das Hoch-

land von Callipolis unter Aletheias Flügeln erstreckte, »wird all dies dir gehören, wenn ein Drache dich erwählt. Du wirst lernen zu herrschen, so wie ich.«

»Hast du es von deinem Vater gelernt?«

»Er lehrte mich, was er konnte. Doch vieles fiel mir von selbst zu, Leo. So wird es auch bei dir sein. Wir sind zum Herrschen geboren, so wie das Bauernvolk zum Dienen geboren ist.«

Der Junge merkte, dass er stundenlang in diesen Erinnerungen verweilen konnte. Und als sie versiegten, ersann er Zukünftiges: wie ein Drache ihn zu seinem Reiter erwählen würde, wie er über Drachenfeuer befähle und wie die Menschen, die ihm alles genommen hatten, hilflos ihrer Strafe harrten. Er malte sich aus, wie er sie büßen lassen würde.

Wenn er darin versank, blieben die echte Welt und die anderen Erinnerungen ausgesperrt. Nichts tat so weh, wie in die Gegenwart zurückkehren zu müssen.

Und genau das geschah, als er das Mädchen kennenlernte.

Durch den Türspalt konnte er sehen, wie ein Kind von zwei Größeren bedrängt wurde. Das Mädchen wehrte sich. Die Szene war nur allzu vertraut.

Doch dann ging er zum ersten Mal, seit er in das Waisenhaus gebracht worden war, der Gewalt nicht aus dem Weg, sondern begab sich mitten hinein.

Er zog ein Küchenmesser aus seiner Tasche, als er zu den Kindern trat. Die Worte in der anderen Sprache kamen langsam, aber sie kamen. »Geht weg.«

Beim Anblick seines Messers flohen sie.

Als er neben dem Mädchen niederkniete, erkannte er sie wieder: Sie saß in vielen Fächern mit ihm im Unterricht, obwohl sie mindestens ein Jahr jünger war als er und seine Mitschüler. Ihre Arme und Beine waren mager, das rotbraune Haar zottelig, und ihre Kleidung wirkte selbst hier im Wai-

senhaus stark abgetragen. Als er sie so betrachtete, erstaunte ihn, wie klein sie aussah.

Das war das erste Mal, dass er so etwas über einen anderen Menschen dachte; in seiner Familie war er der Kleinste gewesen.

»Du hättest nicht kämpfen sollen«, sagte er. »Sie machen es dir nur schwerer, wenn du dich wehrst. Dann tun sie dir noch mehr weh …«

Er biss sich auf die Zunge.

Das Mädchen sah achselzuckend zu ihm auf und in ihrem verweinten Gesicht erkannte er wilde Bitterkeit und Entschlossenheit, die ihm vertraut waren.

»Manchmal kann ich einfach nicht anders«, sagte sie.

— Annie —

Auf diesen Anblick kann kein Training der Welt vorbereiten: die voll besetzten Ränge der Arena, die im Wind flatternden Banner, die Trompeten, die zum Takt der Trommeln die Revolutionshymne erschallen lassen. Während wir die Eröffnungszeremonie absolvieren, genießen Aela und ich gemeinsam den gleißend blauen Horizont, die steife Brise des Spätfrühlings und den Jubel der Städter unter uns. In Momenten wie diesem trifft es mich wieder wie beim ersten Mal: Dieses Leben, sosehr es mir mittlerweile zur Routine geworden sein mag, ist in Wirklichkeit außergewöhnlich. Heute sehen die Menschen auf den Rängen einfachen Bürgern beim Drachenreiten zu. Bei solchen Dingen kann man gar nicht anders, als stolz auf sein Land zu sein.

Aber gerade als dieser Gedanke mich zu überwältigen droht, spüre ich Aelas warmen Leib unter dem Sattel, ein sanftes Stupsen in meinem Geist. *Halt ein. Halt still. Nicht jetzt.* Von Anfang an hat Aela die Gefühle, die ich nicht unter Kontrolle hatte, zu mäßigen vermocht. Schon in der allerersten Zeit, als ich noch ein Kind war, das in seinen Albträumen von Drachenfeuer heimgesucht wurde. Mit Aela war es damit vorbei. Der Trost eines Drachen für die Verbrechen eines Drachen. Was würden die Leute aus meinem Dorf denken? Was hätten meine Eltern und meine Geschwister darüber gedacht? Fragen, auf die ich nie eine Antwort bekommen habe – aber wenn ich mit Aela zusammen bin, werden sie bedeutungslos.

Lee auf Pallor und ich führen das Geschwader der Aurelianer über die Köpfe der Zuschauer, während weiter oben die glitzernden Himmelsjäger kreuz und quer durch die Arena sausen. Cor hält sich an das, was wir heute Morgen geprobt haben, und bleibt mit dem Geschwader der Sturmpfeile hoch genug, dass ihre Asche den Bürgern auf den Rängen nicht gefährlich werden kann.

Nachdem wir gelandet sind und unsere Drachen entlassen haben, hält Atreus eine Rede. Obwohl wir ein gutes Stück von der Palastloge entfernt sind, strahlt er mit seinem kurzen stahlgrauen Haar und der selbstbewussten Haltung, die seine nüchternen, schlichten Gewänder mehr als wettmacht, eine unübersehbare Präsenz aus. Das Einzige, was mit der Distanz verloren geht, ist die Wirkung seines Blicks, der einem das Gefühl gibt, Macht zu haben. Wichtig zu sein. Gebraucht zu werden. Als wir ihm als Kinder zum ersten Mal gegenübertraten, frisch erwählt von den Drachenjungen des neuen Regimes, lief mir ein Schauer über den Rücken, während er meinen Namen sagte. Zum ersten Mal in Verbindung mit Aelas Namen, als Drakonym, wie bei einem Drachenherrscher. *Antigone auf Aela, sprich deinen Eid.*

Wie es wohl gewesen wäre, frage ich mich unwillkürlich, heute Morgen statt einer Ermahnung vom Informationsministerium ein anspornendes Wort von *ihm* bekommen zu haben? Was hat Lee empfunden, als er die Nachricht gelesen hat? Und ist das der Grund, weshalb er jetzt neben mir stehen und mit so unverschämt selbstbewusster Miene die wartende Menge betrachten kann?

Aber an Selbstbewusstsein hat es Lee noch nie gemangelt, gute Wünsche von Atreus hin oder her. Das hat man ihm von Anfang an deutlich angemerkt.

Es gibt ziemlich vieles, was Lee von Anfang an deutlich anzumerken war.

»Männer und Frauen von Callipolis«, verkündet Atreus, »willkommen bei der Viertelfinalrunde des Turniers zur Kür unseres Ersten Reiters. Vor zehn Jahren habt ihr eine historische Entscheidung getroffen. Ihr habt euch dafür entschieden, jeden und jede gleichberechtigt zu prüfen, die Besten unter euch zu Drachenreitern auszuersehen und sie zu Anführern und Anführerinnen auszubilden. Ihr habt euch entschieden, eine Zeit neuer Größe einzuläuten und Callipolis zu einer Luftmacht im Dienste des Guten zu machen, gelenkt von tugendhaften und gerechten Staatsoberhäuptern. In den Jahren des Übergangs von der alten zur neuen Form der Drachenherrschaft habt ihr mir das Amt des Verwalters anvertraut. Werft nun einen Blick auf eure Zukunft. Auf eure Wächter und Wächterinnen. Vier von ihnen werden sich heute für die Halbfinals um den Titel des Ersten Reiters qualifizieren und in den Vierten Rang erhoben.

In einigen Jahren werde ich sagen: Möge der tugendhafteste Wächter herrschen. Heute aber sage ich: Mögen die besten Reiter gewinnen.«

Donnernder Jubel braust auf und jagt mir Feuer durch die Adern.

Ich setze mich neben Duck auf die Steinstufen, um mir das erste Duell anzusehen: Ducks Bruder Cor gegen Rock, der wie Cor einen Sturmpfeil reitet und wie ich aus einer Familie von Leibeigenen aus dem Hochland stammt. Rock hat stoppeliges aschblondes Haar und helle Haut und ist so kräftig gebaut, dass er schon seit Jahren nur noch bei seinem Spitznamen – Rock, *Fels* – gerufen wird. Als der Herold seinen richtigen Namen ausruft, tun die Reiter auf dem Horst ganz verdutzt.

»Viel Glück, *Richard*!«, rufen sie.

Rock grinst nur gutmütig und rempelt Lotus und Darius ein letztes Mal mit der Schulter an, bevor er neben Cor die steinerne Rampe zur Höhlenöffnung hinuntergeht.

Zum ersten Mal seit unserem Gespräch gerät meine Gewissheit, die Lee mit seiner ruhigen Art bestätigt hat, ins Wanken. Lee hatte recht – ich würde Geschichte schreiben, wenn ich es heute in den Vierten Rang schaffe. Aber für Rock gilt das genauso. Und wer kann Rock nicht gut leiden? Den lauten, unerschütterlichen, selbstbewussten Rock? Die Sorte Bauer, die sogar Patrizierkinder mögen …

Im Grunde hat meine Mitteilung nur auf Tatsachen hingewiesen. Ich stehe wirklich nicht gern in der Öffentlichkeit. Und bin auch nicht erpicht auf so viel Aufmerksamkeit. Ich mag es, wenn ich gewinne, und darin bin ich auch gut, aber hier geht es um mehr als einen Duellsieg. Als Mitglied des Vierten Rangs stehe ich auf dem Präsentierteller. Das fände ich schrecklich. Darin wäre ich *schlecht*. Oder?

Aber …

Neben mir wippt Duck nervös mit dem Bein; er fiebert sichtlich mit seinem Bruder mit. Unten in der Arena blasen Rock und Cor in die Lockpfeifen, die in ihre Armbänder integriert sind. Der Ton, den sie in die Höhle schicken, ist für menschliche Ohren nicht zu hören, aber ihre Drachen sind darauf trainiert worden, ihn zu erkennen. In der Frühzeit des Drachenreitens konnten Reiter ihre Drachen angeblich durch Gedankenkraft herbeirufen, doch das wird seit Jahrhunderten nicht mehr praktiziert.

Als die Drachen herauskommen, sitzen Cor und Rock auf und heben ab. Auf Höhe des äußeren Palastwalls, nur noch überragt vom Inneren Palast und dem Karstfelsen mit Pythos Feste, halten sie zehn Meter voneinander entfernt inne. Die Glocke läutet, Cor attackiert, Rock schert aus und die Erkenntnis trifft mich wie ein Schlag.

Rock ist nicht gut genug, um Cor zu besiegen.

Für die Zuschauer ist es nicht gleich zu sehen, aber mir ist das Kräfteverhältnis auf Anhieb klar: Rock auf Bast bewegt sich zu langsam, Cor auf Maurana kommt zu oft in Reichweite. Cors erste Schüsse gehen zwar fehl, aber sobald er ernsthaft zielt, wird Rock nicht mehr rechtzeitig ausweichen können. Bei Turnierkämpfen werden Treffer mit ungezündetem Drachenfeuer gezählt, einem rauchigen Aschestrahl, der heiß genug ist, dem Gegner Verbrennungen zuzufügen und seine Rüstung zu verkohlen. Treffer auf den Rumpf gelten als Todesschuss, für Treffer auf Arme und Beine gibt es je einen Punkt; drei Punkte werden wie ein Todesschuss gewertet und bringen den Sieg.

»Bravo, Cor!«

Duck ist aufgesprungen, lehnt sich an das Geländer, mit dem der Horst gesichert ist, und blinzelt gegen die Sonne. Als Rock seinen ersten Punkt erzielt – einen Glückstreffer, der Cor einen Arm verkohlt –, zieht Duck die Luft durch die Zähne, als könne er die Verbrennung spüren.

»Sturmpfeil-Feuer. Das schmerzhafteste von allen, heißt es«, sagt Power, der links von Duck zu uns tritt. Auf der Erde bewegt er sich genau wie in der Luft: geschmeidig und bedrohlich wie eine schleichende Raubkatze. Er hat sich seinen Helm unter den Arm geklemmt und das Sonnenlicht glänzt auf seiner bronzefarbenen Haut und dem Flaum seiner kurz geschorenen Haare. Duck verkrampft sich, wendet ihm aber nicht den Kopf zu.

»Was meinst du denn dazu, Annie?«, legt Power nach.

Mich nach meinen Erfahrungen mit Sturmpfeil-Feuer zu fragen ist eine von Powers Lieblingsmethoden, mich zu verhöhnen. Er beobachtet mich jedes Mal genüsslich, während ich ausdruckslos zurückstarre. Nach so vielen Jahren ist das fast zum Ritual geworden.

Duck ballt die Fäuste. Als wir Kinder waren, haben Powers Anspielungen auf das Schicksal meiner Familie ihn ständig derart zur Weißglut gebracht, dass er sich mit ihm geprügelt hat. Und er unterlag immer. Powers Muskeln sind kompakt und seine Taktik im Faustkampf passt eher zu einer räudigen Ratte als zum Sohn eines Patriziers.

»Was willst du?«, knurrt Duck.

Power beugt sich dicht, zu dicht, an Ducks Ohr. Sein Flüstern ist kaum vernehmbar. »Ein langes, langsames Rösten.«

Duck versteift sich und ich lege ihm warnend eine Hand auf den Arm.

»Zisch ab«, sage ich zu Power.

Unsere Unterhaltung ist leise, aber die anderen Reiter auf den Steinstufen sind trotzdem aufmerksam geworden. Lee und Crissa sitzen uns am nächsten. Auf meinen mahnenden Blick hin bleibt Lee, wo er ist, doch er beobachtet uns ganz genau. Abwartend, sprungbereit.

Power lässt von Duck ab und dreht sich zu mir, wie ein Drache, der eine neue Fährte aufgenommen hat. Seine dunkelbraunen Augen bohren sich in meine und er fletscht die Zähne zu einem Lächeln. Dann neigt er in ironischem Gehorsam den Kopf, als wäre ich eine Drachenblütige aus dem alten Regime.

Ich spüre, wie mein Gesicht zu glühen beginnt. Als Power sich verzieht, schüttelt Duck mit einer leichten Armbewegung meine Hand ab. Seine Augen haben wieder dieselbe Farbe wie die seines Bruders über uns angenommen, aber er atmet noch ganz flach. »Du, Annie?«

»Ja?«

»Willst du in der Pause mitkommen, wenn ich zu meiner Familie gehe?«

»Ich dachte, wir sollten erst nach dem Turnier ...«

»Ich glaube, ich besuche sie lieber noch vorher.«

Ich denke an Powers wutentbrannten Blick und verspüre den hilflosen Schmerz, den ich immer empfinde, wenn ich Duck leiden sehen muss. Power auf Devoro hat schon etliche Reiter auf die Krankenstation gebracht.

»Einverstanden.«

Duck reißt seinen Blick von dem Turnier los und wirft mir ein halbes Lächeln zu. Der Wind zupft an seinem lockigen Haar, als er in einer verlegen-trotzigen Geste die Schultern hochzieht. Seiner fröhlichen Art kann wirklich nichts und niemand etwas anhaben. Bei unserer ersten Begegnung hat er mich an der Hand genommen und auf das Dach des Konvents geführt, damit ich mir die Sterne ansehen kann. Zuerst war ich verwirrt: Bloß um Sterne zu gucken? Die können wir doch jederzeit sehen. *Nicht so*, sagte Duck zu mir. *Wart's ab. Sie sind wunderschön.*

Und ich war wirklich nicht darauf gefasst, wie wunderschön sie waren, so still und so nah, als könne man sie von den Dachzinnen aus berühren. Wir wurden erwischt, aber das war es wert. Zum ersten Mal saß ich eine von Goran aufgebrummte Strafe mit einem Lächeln ab.

Die Menge bricht in Jubel aus. Cor ist mit einem Sturzflug zu Rock heruntergetaucht und hat ihm den dritten, entscheidenden Treffer versetzt. Duck stößt ein Triumphgeheul aus und reißt die Faust in die Luft.

Damit hat Cor auf Maurana das Duell gewonnen.

Und ich bin die einzige Hochländerin, die noch im Rennen ist.

Auf dem Horst angekommen sitzen Cor und Rock sichtlich steif ab – sie haben beide Verbrennungen davongetragen. Der Herold erklärt Cor auf Maurana zum ersten Mitglied des Vierten Rangs und Cor winkt. Er ist so aufgeputscht durch den Sieg, dass sein Grinsen etwas irre wirkt. Rock wird von seinem Freund Lotus in Empfang genommen, der ihm hilft, zum Geländer zu humpeln, während sein Sturmpfeil in die Höhlen zurückfliegt.

»Du hast dich wacker geschlagen«, sagt Lotus. Er ist der Sohn eines gefeierten patrizischen Dichters und mit seinem krausen Haar, der braunen Haut und der schlaksigen Gestalt auch körperlich das genaue Gegenteil des kräftig gebauten Rock.

Rock reibt sich die Hände. »Und, gilt unsere Wette auf Lee und Crissa noch?«

Als Wächter haben wir irdischen Freuden wie Geld, der Ehe und eigenen Nachkommen eigentlich abgeschworen, aber beim Glücksspiel machen manche – jedenfalls Rock und Lotus – heimlich eine Ausnahme.

»Na klar«, sagt Lotus. »Ich lege noch eine Drachisch-Übersetzung obendrauf, dass …«

»Ihr wisst schon, dass wir euch hören können?«, fällt Crissa ihnen ins Wort. »Und ich gehe davon aus, dass du auf mich setzt, Lotus. Wo ich doch dein Geschwader anführe?«

Lotus schluckt. Crissa grinst, fängt dann Lees Blick auf und schlägt sich mit der Faust in die flache Hand. »Bist du so weit, Lee?«

Mit seiner Drachenschuppen-Turnierrüstung, dem dunklen Haar und dem ernsten Gesicht, den grauen Augen und hohen Wangenknochen wirkt Lee eher wie ein aus einem Wandteppich entsprungener Feldherr der Bassilischen Kriege als jemand, mit dem man herumblödeln kann. Aber Crissa lässt sich davon nicht abschrecken. Und zu meinem Erstaunen hebt Lee eine Augenbraue. Eine klitzekleine Reaktion, die schon ausreicht, um Crissa erröten zu lassen.

Im Schlafsaal der Mädchen läuft noch eine weitere Wette: wie lange Crissa noch mit Lee flirten muss, bis er ihr – in Deirdres Worten – *erliegt*. Deirdre und Alexa haben damit angefangen und irgendwann hat sogar Orla mitgemacht. Crissa weiß, dass Geld eingesetzt worden ist, und findet es witzig. Ich vermeide das Thema lieber. Bislang ist noch kein Gewinn ausgezahlt worden.

Lee und Crissa gehen die Rampe hinunter, um ihre Drachen zu rufen, und Deirdres und Alexas Gekicher von einer höher gelegenen Stufe schrillt mir in den Ohren. Doch als die beiden sich in die Luft schwingen, wird es still auf dem Horst. Alle quälenden Gedanken über Crissa, ihr Geschäker und Lees unergründliche Reaktionen darauf verschwinden, als ich Lee fliegen sehe.

Ich trainiere so oft mit ihm, dass ich nur selten Gelegenheit habe, ihm zuzusehen. Lee und Pallor bewegen sich vollkommen fließend und zugleich höchst akkurat, ohne je übermütig zu werden oder ihre Kräfte zu stark zu zügeln. Der Anblick ist so schön, dass ich unwillkürlich den Atem anhalte und am liebsten selbst hinauffliegen würde. Zu gern wäre ich diejenige, die auf ihre Attacken und taktischen Rückzüge reagiert und den Rausch erlebt, sich mit jemandem zu messen, der dich zu deinen besten, kühnsten und schärfsten Flugmanövern herausfordert.

Crissa ist wahrscheinlich unsere stärkste Himmelsjäger-Reiterin. Sie weiß die angeborene Wendigkeit und Schnelligkeit ihres Drachen zu ihrem Vorteil zu nutzen, doch gegen Lees vollkommene Präzision bringt selbst das nicht viel.

»Warum lässt er lauter gute Gelegenheiten aus?«, murmelt Rock.

Er kennt Lees Stil eben nicht so gut wie ich. Lee lässt keine Gelegenheiten aus. Er wartet auf den perfekten Schuss.

Nach einer Weile verliert Crissa die Geduld, fliegt eine Schleife und greift an. Lee weicht nach links aus und fast gleichzeitig feuert Pallor. Mit seinem ersten Aschestrahl ist das Duell entschieden: Crissas Brustpanzer färbt sich schwarz. Lee hat mit einem einzigen Todesschuss gewonnen.

Als er landet und den Helm abnimmt, ist sein Gesicht – im Gegensatz zu Cors überwältigter Euphorie – vollkommen ungerührt. Er geht zu Crissa hinüber, die ihre Enttäuschung mit einem Lächeln überspielt, als sie sich die Hand geben. Selbst als der Jubel von den Rängen aufbrandet und der Herold ihn zum zweiten Mitglied des Vierten Rangs erklärt, verzieht er keine Miene. Es ist, als hätte er darauf gewartet.

Ich verspüre eine Mischung aus Bitterkeit und Bewunderung, die mir einen Stich versetzt: Für ihn ist das so selbstverständlich. Nicht nur der Sieg – auch der Gedanke, dass ihm der Sieg *gebührt.*

Und daran schließt sich gleich der nächste Gedanke an, ungewollt, aber unvermeidlich: *Natürlich ist das so. Natürlich ist das selbstverständlich für ihn.*

Für dich wäre es auch selbstverständlich, wenn du von Drachengeblüt wärst.

Das Wort kommt mir schmutzig vor. Verboten, wie *Bauer,* nur dass es nicht aus dem offiziellen Wortschatz, sondern aus meinen Gedanken in Bezug auf Lee verbannt ist. Und es schleicht sich jetzt auch nur ein, weil er so verflucht selbstsicher wirkt.

Klar, seine Herkunft wurde nie *nachgewiesen* –

Aber das war eigentlich auch nie nötig.

Und es war nie wichtig. Die Hauptsache ist: Lee fliegt gut. Er ist ein guter Anführer und er ist mein Freund. Er verdient den Sieg. Warum sollte ich ihm die Befriedigung darüber nicht gönnen?

Warum sollte ich ihm, dem vermeintlichen Waisenkind aus der Gosse, bei so viel überraschendem Selbstvertrauen und begnadetem Können die Gunst des Ersten Protektors neiden?

Vor den letzten beiden Duellen – Duck gegen Power und ich gegen Darius – wird eine zwanzigminütige Pause ausgerufen. Die Reiter, die ihren Kampf schon hinter sich haben, gehen die Treppe zum Palasteingang hinunter, um ihre Verbrennungen während der Pause ärztlich behandeln zu lassen. Duck berührt mich am Arm.

»Kommst du?«

Ducks Familie sitzt im Bronze-Bereich, der Handwerksmeistern und anderen gelernten Arbeitern vorbehalten ist; unter ihnen liegt der Eisen-Bereich für ungelernte Arbeiter; hoch über ihnen, rechts und links der Palastloge, befinden sich der Silber- und der Gold-Bereich für den *muthaften* – gemeint ist der militärische – und den *philosophischen* Stand. Vor der Revolution wurde man in einen Stand hineingeboren – das gemeine Bürgertum, die patrizische Oberschicht, die Drachenblütigen –, aber unter dem neuen Regime entscheidet eine Prüfung, welchem Stand man zugeordnet wird.

»Suchst du wen?«, fragt Duck.

Ich lasse den Blick über die Menge wandern und versuche, die Aufmerksamkeit zu ignorieren, die unsere Rüstung erregt, während ich Ausschau nach Gesichtern aus meinem Dorf halte. Wo stecken sie? Sind sie doch nicht hier? Sie gehören definitiv zum bronzenen Stand; Landwirtschaft zählt zu den gelernten Tätigkeiten. Dann müssten sie in diesem Bereich hier sitzen.

»Dorian! Da bist du ja! Und Annie!«

Die Sutters umringen uns. Ducks Mutter und seine zwei Schwestern fallen mir um den Hals, während sein jüngerer Bruder auf eine Bank steigt und in Ducks Arme springt. Wie Duck geben mir auch alle anderen Sutters das Gefühl, vorbehaltlos willkommen zu sein.

»Ist das mit Cor nicht aufregend? Glaubt ihr, er könnte Erster Reiter werden?«

Duck kneift die Augen zusammen und ich frage mich, ob wir beide über die Aussichten nachdenken, die Cor noch hat, nachdem auch Lee eine Runde weitergekommen ist. »Vielleicht. Aber in Friedenszeiten ist Erster Reiter sowieso eher ein Ehrentitel.«

»Aber es könnte Krieg geben«, wirft Ducks jüngere Schwester Merina ein. Ihre Zöpfe hüpfen, als sie auf ihren Fußballen auf und ab wippt. Wie alle Sutter-Sprösslinge hat sie den braunen Teint ihrer Mutter und die haselnussfarbenen Augen und das wellige Haar ihres Vaters.

Duck schüttelt lachend den Kopf. »Unwahrscheinlich.« Lässig zählt er auf: »Wir haben eine gute Beziehung zu Damos, die Drachen der Iscanischen Inseln haben sich zur Neutralität verpflichtet, das Bassilische Reich verliert seit Jahrhunderten an Macht …«

Duck hat nur das zusammengefasst, was wir im Unterricht über die geopolitischen Verhältnisse der Region gelernt haben, aber seine Familie starrt ihn geradezu fassungslos an. Die Sutters betreiben eine Bäckerei in Obermarkt. Auf Cors und Ducks Aufstieg haben sie immer schon mit Stolz, aber auch mit einem gewissen argwöhnischen Unverständnis reagiert.

Mit einem seltsam angespannten Unterton in seiner tiefen Stimme sagt Mr. Sutter: »Aber es gibt Neu-Pythos. Die haben es doch auf uns abgesehen, oder nicht?«

Der Versuch, mit eigenem Wissen zu glänzen, misslingt so kläglich, dass ich mich ein bisschen fremdschäme. Duck nimmt seinen kleinen Bruder Greg huckepack und überlegt stirnrunzelnd, wie er antworten soll. Mr. Sutter ahnt nicht, dass er gerade seinen niedrigen Bildungsstand verraten hat. Seit Jahren gibt es Gerüchte, dass Neu-Pythos Überlebende der Drei Familien aufgenommen hat, die den Massakern beim Sturm auf den Palast entronnen waren, aber seine militärische Schlagkraft ist bekanntermaßen gering. Die Insel hat keine Drachen, also auch keine Luftwaffe. Nicht einmal eine Marine, da sie von einem Ring aus Karstfelsen geschützt wird, der ihre Gewässer nahezu unpassierbar macht. Dennoch streut das Informationsministerium Gerüchte über ein erstarkendes Neu-Pythos in den niederen Ständen, um den Patriotismus zu fördern, wie die für Propaganda zuständigen Beamten uns Wächtern im Unterricht erklärt haben.

Ein Argument, das man viel leichter schluckt, bevor der eigene Vater es einem auftischt.

Duck nickt bedächtig. »Das stimmt. Es gibt Neu-Pythos.«

Mrs. Sutter stemmt ihre stets mehlbestäubten Arme in die Hüften, als wollte sie die Spannung abwehren, die sie zwischen ihrem Mann und ihrem Sohn anwachsen spürt. »Krieg hin oder her, der Vierte Rang ist schon mal eine Ehre für sich.«

Merina meldet sich eifrig zu Wort. »In der Schule nehmen wir das gerade durch. Der Vierte Rang bedeutet, dass man zum nächsten Protektor gewählt werden könnte. Cor wird noch mehr Visiten machen und Reden halten und mit den Gold-Bürgern auf noble Feste gehen und sich sozusagen bewerben um …«

Die Kinder nehmen den Vierten Rang in der *Schule* durch? Wenn ich daran denke, dass man in Klassenzimmern überall im Land über uns spricht, wird mir angst und bange. Selbst dann, als ich mir vergegenwärtige, dass das natürlich ein wichtiges Thema für sie ist. *Wir* sind ein wichtiges Thema für sie.

Das Ministerium erinnert Antigone auf Aela daran, dass die Reiter des Vierten Rangs ein höchst öffentliches Amt bekleiden …

Ana, die ältere Sutter-Schwester, erschaudert. »Das klingt schrecklich. Ich würde nicht mit Cor tauschen wollen.«

Ana, das große, knochige Mädchen mit dem Durchschnittsgesicht, hat meine eigenen Gefühle auf den Punkt gebracht. Ich empfinde eine plötzliche Zuneigung zu ihr.

»Hast du deine Standesprüfung schon hinter dir?«, frage ich sie.

Ana ist ein Jahr jünger als wir und gerade im letzten Schuljahr, in dem man diese Prüfung üblicherweise ablegt. Sie nickt und zeigt uns ihr nacktes Handgelenk. »Die Ergebnisse sind noch nicht da. Aber ich habe bestimmt nicht so gut abgeschnitten wie Duck und Cor.«

Wenn die Ergebnisse vorliegen, wird Ana das entsprechende Armband tragen. Die bronzenen Armbänder ihrer Eltern, die sie als Handwerksmeister ausweisen, glitzern in der Sonne. Ducks und meines ist ein aus Gold und Silber geschmiedeter Reif, den diejenigen Kinder bekommen, deren Testergebnisse bei der Talentauswahl für das Wächterprogramm sowohl *philosophisch* als auch *muthaft* ergeben haben. Das sind die seltensten Armbänder in der Stadt.

Die Glocken läuten. Duck zieht die Schultern hoch, als ihn das Geräusch daran erinnert, was ihn erwartet. Power. »Wir müssen mal zurück.«

Mrs. Sutter drückt mich zum Abschied an sich, eine gedankenlose mütterliche Geste, die mich in Verlegenheit stürzt. »Viel Glück bei deinem Duell, Liebes. Kommst du dieses Jahr zur Sommersonnenwende? Diesmal will ich keine Ausreden hören!«

»Wenn es sein muss, schleifen wir Annie und Lee mit Gewalt aus dem Konvent«, versichert Duck ihr.

Als wir wieder zum Horst hinaufgehen, recke ich den Hals, um noch einmal die Bronze-Ränge abzusuchen. Aber ich kann niemanden aus meinem Dorf entdecken.

Vielleicht sind sie nicht gekommen.

Es bedeutet ihnen bestimmt eine Menge, wenn du es in den Vierten Rang schaffst, hat Lee heute Morgen gesagt.

Komisch, wie viel der Gedanke, dass es ihnen wichtig ist, *mir* bedeutet.

Ich halte so konzentriert Ausschau, dass ich fast in meinen Gegner Darius hineinrenne, der gerade von den oberen Gold-Rängen herunterkommt. Er ist blond, hochgewachsen und gut gebaut wie eine weiße Marmorstatue. Er hat Freunde dabei, alles Patrizier, deren Test eine Gold-Eignung ergeben hat. Die meisten kenne ich vom Sehen, da wir Wächter viele Kurse mit den Gold-Studenten zusammen haben – wir werden später eng mit ihnen zusammenarbeiten, auch wenn sie uns untergeordnet sind. Ihre Eltern gehören zu den Beamten und Beamtinnen, die mich auf Visiten im Inneren Palast und in anderen Regierungsabteilungen begleiten.

Und jeder von ihnen sähe Darius auf Myra gern im Vierten Rang.

Als er mich erkennt, bleibt Darius wie angewurzelt stehen und zeigt dann, ganz der noble Kavalier, auf den steinernen Bogendurchgang vor uns. »Nach dir, Annie.«

Bei allen Drachen. Ich verzichte. Ich muss verzichten. Schließlich habe ich mich mit meinem Eid verpflichtet, stets dem Willen des Staates zu gehorchen. Und der Staat will diesen Jungen. Es schmerzt, aber ich kann es ihnen nicht verdenken. Hat mich eben nicht schon die Vorstellung fertiggemacht, dass *Schulkinder* über mich reden? Darius wäre zwar nicht mein Favorit, aber er ist ein anständiger Kerl und würde seine Sache gut machen …

Zuerst sind Duck und Power dran; Darius und ich werden das Turnier abschließen.

Auf dem Horst lässt Duck, inzwischen das reinste Nervenbündel, die gemurmelten Ratschläge seines Bruders über sich ergehen, während der noch einmal seine Rüstung überprüft. Powers Sturmpfeil ist so groß, dass sein Feuer praktisch nie versiegt und der Reiter nicht mit Schüssen zu sparen braucht. Ducks beste Strategie ist, so lange hin und her zu fliegen, bis sie irgendwann erschöpft sind.

»Und bloß nicht überborden«, zischt Cor.

Unterbewusst besteht meistens eine schmale Grenze zwischen unseren Emotionen und denen unseres Drachen. Aber bei heftigen Gefühlsaufwallungen brechen die Dämme und man teilt alles. Dieses Überborden kann der größte Vorteil oder die größte Schwäche eines Reiters sein. Manche Reiter, wie Power, tun es absichtlich; Lee und ich verzichten darauf, obwohl ich vor der seelischen Verbindung mit meinem Drachen weniger zurückschrecke als Lee. Duck gehört zu dem Typ Reiter, der leicht überbordet und das lieber lassen sollte. In seinem und Certas Fall geht das nie gut, weil sie dann die Kontrolle über sich verlieren.

Als Duck und Power die Rampe hinuntergehen, stellt sich Lee zu Cor und Crissa, und obwohl ich mich normalerweise fernhalte, wenn er mit den Anführern der anderen Geschwader zusammen ist, steuere ich unwillkürlich, fast wie magnetisch angezogen, auf ihn zu. Eine Stressreaktion, das typische Verhalten eines Waisenkinds – noch während ich es geschehen lasse, diagnostiziere ich mich selbst. Als er mich kommen sieht, geht er ein Stück von den anderen weg, und wir lehnen uns nebeneinander an das Geländer, um das Duell zu verfolgen.

Duck und Power gehen über uns in Startposition. Wieder kehrt Stille auf dem Horst ein, wie vorhin bei Lee, aber diesmal ist es ein banges Schweigen. Nicht einmal Rock und Lotus steht der Sinn nach Wetten.

Dann geht es los. Power auf Devoro greift an, Duck auf Certa weicht zurück und düst, gefolgt von Power, schnell davon. Aber Power durchschaut die Masche ziemlich bald, denn wir hören ihn brüllen: »Na, läufst du vor mir weg? Wie in den guten alten Zeiten, Dorian!«

»Lass dich nicht provozieren, Duck«, murmelt Lee und umklammert mit beiden Händen den Lauf des Geländers, die grauen Augen starr auf Ducks perlmuttfarbenen Himmelsjäger geheftet.

Aber Duck konnte Powers Provokationen noch nie gut ignorieren. Ein verräterischer Schauer durchläuft seinen Drachen. Nichts, was den Zuschauern auffallen würde, aber wir erkennen die ersten Anzeichen des Überbordens sofort.

Auf einmal macht Duck scharf kehrt und feuert. Power duckt sich, die Asche schießt harmlos über seiner Schulter vorbei und er nutzt die Gelegenheit zu einem Konter. Der Hitzeschwall erwischt Duck mit voller Wucht am Bein.

Das Publikum schnappt bewundernd nach Luft, aber auf dem Horst wird aus ganz anderem Grund ein Raunen laut, als die Glocke einen Treffer signalisiert: Bei der Blöße, die Duck sich gegeben hat, hätte Power einen Todesschuss absetzen können. Stattdessen hat er ihn mit einem Hitzestoß ersten Grades am Bein verbrannt.

Ein langes, langsames Rösten. Power will es absichtlich hinziehen.

Beide Reiter weichen außer Schussweite zurück, während Duck die Ventile mit Kühlflüssigkeit im Beinteil seines

Feueranzugs öffnet, um den Schmerz durch die Verbrennung vorübergehend zu lindern. Dann richten sie sich neu aus und rücken wieder vor. Jetzt ist sonnenklar, dass Duck überbordet hat: Certa zuckt in den unpassendsten Momenten, ihre Bewegungen werden immer unkoordinierter. Welche Emotionen auch immer Duck gerade beherrschen, sie strömen jetzt in Drachendimensionen durch beide hindurch. Keine Minute später landet Power seinen zweiten Treffer, diesmal auf Ducks Arm und Seite. Wieder hat er einen Todesschuss vermieden, obwohl der Weg frei war; wieder hat er mit voller Wucht gefeuert.

Übelkeit steigt in mir auf.

Sturmpfeil-Feuer. Das schmerzhafteste von allen.

Ich fühle Erinnerungen aufziehen wie ein nahendes Unwetter. Ich hätte es wissen müssen. Das Letzte, was mir an diesem schrecklichen Morgen noch gefehlt hat. Bitte nicht, nicht das, nicht ausgerechnet jetzt –

Aber wenn es einmal angefangen hat, lässt es sich nicht mehr aufhalten. Und so umklammere ich das Geländer und nehme alle Willenskraft zusammen, um mich nicht darin zu verlieren.

Ich spüre Lees Blick, der das Duell verfolgen sollte, stattdessen auf mir ruhen.

Hinter uns sagt Cor: »Meister Goran, werten Sie ein Foul.«

»Ein fehlgegangener Todesschuss ist kein Foul.«

Cor dreht sich zu unserem Drillmeister um. Seine Stimme bebt. »Power spielt mit seiner Beute, bevor er sie frisst.«

Die Spannung zwischen Goran und den Anführern der drei Geschwader war schon immer ein offenes Geheimnis, nur spricht keiner von ihnen es jemals aus. Es war Atreus, nicht Goran, der vor zwei Jahren drei Reiter niederer Herkunft, darunter ein Mädchen, an die Spitze gesetzt hat.

»Power hat nichts Verbotenes getan«, sagt Goran.

Cor gibt ein gurgelndes Geräusch von sich und kehrt Goran den Rücken zu. Crissa legt ihm eine Hand auf den Arm.

»Ich hole schon mal den Arzt«, sagt sie. »Komm doch mit.«

Er streift ihre Hand ab. *»Nein.«*

Ich bin ziemlich sicher, dass meine Miene ausdruckslos und mir nichts anzumerken ist, aber Lee rückt trotzdem näher an mich heran, bis unsere Schultern sich berühren, und legt seine Hand neben meine auf das Geländer. Eine wortlose Geste, die niemand außer mir sehen kann. Einen Augenblick lang kämpfe ich gegen den Drang an, sie zu nehmen. Doch die Welt gerät ins Wanken, die Erinnerungen branden auf und der Gedanke an Duck, der da oben verletzt weiterkämpfen muss, droht alles zu überwältigen. Ich gebe nach. Packe Lees Hand und konzentriere mich darauf, sie festzuhalten. Bestimmt bohren meine Fingernägel sich in seine Haut, aber er zieht sie nicht weg, sondern erwidert nur den Druck. Ich sehe ihn nicht an.

Über uns scheint Duck seine ursprüngliche Strategie, auf Abstand zu bleiben, aufgegeben oder vergessen zu haben. Er und Power umkreisen einander, und Certa erzittert unter Ducks Emotionen. Binnen Sekunden setzt Power seinen dritten, entscheidenden Schuss ab. Obwohl ihm für den Sieg ein Treffer auf die Gliedmaßen reichen würde, macht er einen Todesschuss daraus. Duck wird von dichtem Rauch verschluckt. Als die Wolke verweht, sieht man nur eine steife schwarze Gestalt auf dem Rücken des Drachen. Langsam sinken sie hinter Power auf Devoro zum Horst herunter. Power sitzt ab. Er lächelt.

»Hoffentlich ist ihm nichts passiert«, sagt er. »Der ist ein bisschen heftiger ausgefallen, als ich wollte …«

Mit einem wortlosen Brüllen stürzt Cor sich auf ihn. Lee

entzieht mir seine Hand, um ihn mit ein paar anderen Reitern zurückzuhalten.

Goran und der Arzt durchtrennen die Riemen, die Ducks Stiefel an den Steigbügeln fixieren, und heben ihn vorsichtig von Certas Rücken. Certas Blick ist leer: der Ausdruck eines Drachen, dessen Reiter bewusstlos ist. Ich sehe Ducks schlaffen Körper, rieche Rauch und spüre die Panik in kalten Wellen über mich hinwegspülen.

Nichts brennt so sehr wie Sturmpfeil-Feuer.

Lee tritt vor, doch als er merkt, dass ich mich ebenfalls rühre, legt er mir den Arm um die Hüfte, um mich zurückzuhalten, dreht mich zu sich und sucht meinen Blick.

»Annie.«

»Ich muss ...«

Stumm versuche ich, an ihm vorbeizukommen. Die Erinnerungen sind jetzt so übermächtig, dass ich Duck kaum noch wahrnehme. Die Bilder, wie Sturmpfeil-Feuer meine gesamte Welt verschlingt, während ich danebenstehe und nichts tun kann.

Dann bohrt sich Lees glühender Blick in meinen. Die Welt wird still. Alles fällt von mir ab.

»Ich kümmere mich um ihn. Du musst los.«

Ich begreife erst gar nicht, was er meint. Doch plötzlich überkommt es mich siedend heiß: mein Duell. Ich habe noch ein Duell vor mir.

Ein Duell, das ich nicht gewinnen soll. Ein Duell, für das niemand aus meinem Dorf angereist ist. Ein Duell, welches mir, falls ich gewinne, derart viel Aufmerksamkeit bescheren wird, dass schon beim Gedanken daran Übelkeit in mir aufkommt.

Das Ministerium erinnert Antigone auf Aela daran, dass die Reiter des Vierten Rangs ...

Eid, dem Staatswohl zu dienen ...

Ich schaue von Cor, den Crissa nur mühsam im Zaum halten kann, zum bewusstlosen Duck, den der Arzt soeben von der Rüstung befreit, und weiter zu dem genüsslich grinsenden Power. Dann sehe ich zur Höhlenöffnung hinunter, wo Darius unter den Blicken seiner Verwandten und Freunde auf den Gold-Rängen auf mich wartet, das Handgelenk schon am Mund, um seinen Sturmpfeil herbeizurufen.

Und auf einmal verschwindet das alles und weicht einem einzigen Gedanken: *Ich, auf das Turnier verzichten? Zur Hölle mit euch!*

Ich schaue zu Lee auf und nicke. Was auch immer er in meinem Blick gesucht hat, scheint er nun zu finden. Er nimmt die Hände fort, und ich wende mich ab und gehe zur Treppe.

»Annie«, sagt eine andere Stimme.

Ich bleibe noch einmal stehen. Auf meiner Schulter liegt jetzt Gorans Hand. Ich blicke zu ihm zurück.

»Denk daran, was das Ministerium dir geschrieben hat«, sagt Goran.

Mit seinen breiten Schultern in der militärischen Uniform ragt er vor mir auf, der Mensch, den ich jahrelang mit dem sauren Nachgeschmack meiner eigenen Unzulänglichkeit verbunden habe. Einen Augenblick lang verspüre ich eine Klarheit, so durchdringend und strahlend, wie ich sie sonst nur mit Aela erlebe. Doch diesmal ist es allein mein Gefühl. Und darin kristallisiert sich eine Wut, von der ich ganz vergessen hatte, dass ich sie habe.

Wortlos kehre ich ihm den Rücken.

Irgendwann, meistens nach dem Lockruf und vor dem Start, kommt der Moment, in dem Annie ihre Alltagspersönlichkeit ablegt und sich in den Menschen verwandelt, der sie in der Luft ist. Die Zurückhaltung schwindet, die Unbeholfenheit fällt von ihr ab und auf einmal ist sie frei. Entfesselt.

Obwohl ich das schon so oft erlebt habe, erstaunt es mich heute wie beim ersten Mal. Als sie und Darius sich in die Lüfte schwingen, um ihre Startposition einzunehmen, spüre ich die Energie geradezu in Wellen von ihr ausstrahlen.

Duck rührt sich stöhnend; das kühlende Mittel, das Meister Welse aufträgt, tut seine Wirkung. Ohne den Blick von Annies kupferfarbener Drachin zu wenden, lasse ich die beiden allein und stelle mich zu Goran.

»Das hat ja offenbar ziemlich Eindruck gemacht«, sage ich zu ihm.

Er stiert zu den Drachen über uns und reagiert unwirsch auf meine Bemerkung.

»Wie bitte?«

»Was auch immer Sie da eben zu ihr gesagt haben.«

Die Glocke ertönt. Darius und sein eisengrauer Sturmpfeil düsen vor, Annie und Aela dagegen steigen pfeilgerade in den Himmel auf.

Als gäbe es die Schwerkraft nicht, sausen sie in das wolkenlose Blau empor. So schnell, so sicher, so schön, dass ich eine Gänsehaut bekomme.

Den anderen fällt der Unterschied vielleicht nicht auf, aber mir schon. Annie fliegt, wie es in der alten Weltordnung üblich war. Von Anfang an war das so. Meine Instinkte haben sich ausgebildet, weil ich meine ganze Kindheit damit zugebracht habe, Drachen und ihren Reitern zuzusehen – ihre sind schlicht *angeboren*. Schließlich haben die Reiter des neuen Regimes keine erwachsenen Wächter als Vorbilder. Wir haben nicht den Luxus, von unseren drachenreitenden Vätern trainiert zu werden, die wiederum bei ihren eigenen Vätern gelernt haben.

Was auch immer mein Vater mir hätte beibringen können, hat er mit sich in den Tod genommen. Aber Annie musste niemand etwas beibringen.

Einen Moment später bemerkt Darius das Manöver und treibt seinen Sturmpfeil hinter ihr her, um die vertikale Lücke zu schließen, aber sie hat schon zu viel Vorsprung gewonnen und Aela ist ohnehin schneller und leichter als Myra.

Ringsum werden begeisterte Pfiffe laut, als die anderen Reiter erkennen, was Annie vorhat. Höhe ist immer ein Vorteil und Schwerkraft eine wirkungsvolle Waffe. Doch die nächstliegende Methode, sie einzusetzen – in doppeltem Tempo von weit oben auf den Gegner herabzustoßen –, ist ein Manöver, das nur sehr wenige Reiter wirklich beherrschen. Auf meinem Gesicht breitet sich ein unaufhaltsames Lächeln aus. Goran schweigt und starrt nur mit gerunzelter Stirn in die Sonne hinauf.

Der Abstand vergrößert sich, je höher sie fliegen; erst als sie nur noch als dunkle Punkte fern am Himmel zu erkennen sind, drosseln beide das Tempo. Und dann bleibt Annie, nur mehr ein winziger Nadelstich, in der Luft stehen.

Einen Augenblick lang regt sich nichts.

Sie geht in den Sturzflug.

Darius hält schwankend inne und macht sich für den Angriff bereit. Um uns herum, von den Steinstufen des Drachenhorsts und von den Rängen, schwellen Rufe an. Mit kraftvollem Flügelschlag beschleunigt Aela ihren freien Fall, rast in schwindelerregendem Tempo auf Darius herab, und als sie in Schussweite sind, passiert alles in einem Wimpernschlag – Darius feuert, Annie weicht aus und nutzt sofort eine Blöße, die nur sie allein sehen kann. Dann saust sie an ihm vorbei auf den Horst zu, gefolgt von Darius, dessen Rüstung auf der Vorderseite von einem Todesschuss schwarz verfärbt ist.

Annie hat ihr Duell in knapp unter zwei Minuten gewonnen.

Die Glocke läutet, als Aela flügelschlagend und schlitternd auf der Kante des Drachenhorsts landet. Annie streift die Steigbügelriemen um ihre Stiefel ab und springt auf den Boden. Als sie den Helm abnimmt, glänzt ihr schweißnasses Haar, das denselben Rotton hat wie Aelas Schuppen, im Sonnenlicht. Ihre Miene ist trotzig, ja fast wütend. Doch als das Brüllen und Johlen zu ihr durchdringen und sie begreift, was sie da hört, beginnt sie langsam, stockend zu lächeln.

Darius sitzt mühsam ab. Annie geht zu ihm und streckt ihm die Hand hin. Sie wirkt überrascht, als er sie schüttelt.

Mit Antigone auf Aela ist der Vierte Rang nun vollzählig, verkündet der Herold dem Publikum.

Magisch angezogen von ihrem strahlenden Lächeln gehe ich auf sie zu, und als ich ihr gratuliere und unsere Blicke sich treffen, wandelt sich ihr Lächeln noch einmal und wird kurz weich. Als würde sie dieselbe flüchtige Erkenntnis streifen wie mich – dass das Turnier noch nicht vorbei ist, das Teilnehmerfeld sich weiter lichtet und wir nach den heutigen Ergebnissen sehr wahrscheinlich aufeinandertreffen werden.

Aber das ist noch weit weg und vielleicht kommt es ja gar nicht dazu. Wenn man die Punkte von heute berücksichtigt, werden beim nächsten Turnier in einem Monat Cor und ich gegeneinander antreten, und Annie muss gegen Power kämpfen. Erst dann folgt das entscheidende letzte Turnier, bei dem der Erste Reiter bestimmt wird.

Gemeinsam erklimmen wir vier die Stufen zur Schlusszeremonie. Duck ist auf die Krankenstation des Palasts gebracht worden und Cor hat sich einigermaßen beruhigt, aber ich achte trotzdem darauf, zwischen ihm und Power zu bleiben. Annie atmet immer noch schwer und der Schweiß schimmert auf ihrem Gesicht.

Als wir die Palastloge betreten, spüre ich eine Woge der Gefühle über mich hinwegrollen, gegen die ich mich nicht rechtzeitig gewappnet habe.

Dieser Ort ist mir vertraut.

Auf dem Podium, wo Atreus uns erwartet, saßen einst die drei Triarchen, die vor der Revolution gemeinsam über Callipolis herrschten. Arcturus Aurelian, Kit Himmelsjäger und mein Onkel, Krethon Sturmpfeil. Jetzt thront dort nur der Erste Protektor, umringt von den Mitgliedern seines Rats und anderen Würdenträgern des neuen Regimes auf den Plätzen, die früher den mächtigsten Angehörigen der drachenblütigen Familien vorbehalten waren. Die Juwelen und opulenten Gewänder, an die ich mich erinnere, sind den schlichten Uniformen der Regierungsbeamten gewichen. Anstelle des Rings aus den kreisenden Drachen der Drei Familien prangt auf den flatternden roten Bannern der Drache der Revolution mit ausgebreiteten Flügeln und den vier Feuerreifen über den Nüstern, die für die vier Stände des neuen Staates stehen.

Von den Stufen, die wir hinaufgestiegen sind, führt ein Gang durch die Palastloge bis zum Podest, auf dem Atreus sitzt. Als ich zuletzt hier war, habe ich meinen Vater diesen Weg gehen sehen.

Neben mir zieht Annie fast unmerklich die Luft ein. Sie blickt von mir zu den Erwachsenen, die uns ihre Gesichter zuwenden – und die noch heute Morgen ihre Eignung angezweifelt haben. Annies Mitteilung war nicht unterzeichnet, aber die Informationsministerin, Miranda Hane, sitzt keinen Meter von Atreus entfernt und sieht Annie unverwandt an.

Wir haben keine Zeit, mehr als einen kurzen Blick zu wechseln, und so kann ich Annie nur aufmunternd zulächeln und in Richtung des Podiums nicken. Wir gehen beinahe im Gleichschritt los; wie ich blickt Annie stur geradeaus. Ich ahne, dass sie die Luft anhält, während sie mich imitiert.

So wird das gemacht. So präsentiert sich eine Siegerin.

Auf dem Weg zum Podest sehe ich das schroffe Lächeln meines Vaters vor mir, seinen erschöpften, aber triumphierenden Gang, das Funkeln in seinen Augen, als er mit einem leisen Schulterzucken zu seinem älteren Bruder aufschaut, bevor er seinen Lorbeerkranz kniend in Empfang nimmt. Bei seinem letzten Turnier war ich sieben Jahre alt. Ein Schaukampf gegen die Aurelianer, eine kleine Frühlingsunterhaltung, die sich in einem Jahr wachsender Unruhen als Ruhe vor dem Sturm erwies. Denn bald danach wurde aus den Unruhen eine Revolution.

Jetzt, zehn Jahre später, beuge ich das Knie vor dem Mann, der meinen Vater und meine Sippe verraten hat. Er setzt mir den Lorbeerkranz des Vierten Rangs auf das Haupt. Neben mir kniet Annie ebenfalls nieder, um ihren Kranz zu empfangen.

In seiner Schlussrede verweist Atreus auf das bevorstehende Turnier, bei dem die Finalisten für den Titel des Ersten Reiters von Callipolis ermittelt werden, und verkündet, dass wir damit der Ernennung seines Nachfolgers einen Schritt näher kommen, dem letzten Baustein eines Revolutionsstaats, der die jahrhundertelange Herrschaft meiner Familie abgeschafft hat.

Und ihr jahrhundertelanges Unrecht wiedergutmachen will.

Annie steht flach atmend und mit versteinerter Miene neben mir, während Atreus' Wortschwall sich über uns ergießt. Mit dem Teil meines Denkens, der nicht von den Erinnerungen an ein früheres Leben in Beschlag genommen ist, staune ich über den Umstand, dass dieses Mädchen, das einen doppelt so großen Drachen wie Aela in Grund und Boden starren kann, sich von den bohrenden Blicken einiger Dutzend Beamter aus der Fassung bringen lässt.

Aus der Vergangenheit meldet sich die Stimme meines Vaters: *Es wird dir von selbst zufallen, Leo. Wir sind zum Herrschen geboren.*

Nein. Diese Welt ist untergegangen und ich habe damit nichts mehr zu schaffen.

Und dann, in einem Anflug von Traurigkeit, der ich entwachsen zu sein glaubte: *Vergib mir, Vater.*

— Annie —

Am Fuß der Treppe wartet Rock auf mich. Groß und breit, wie er ist, verstellt er mir den Weg nach draußen und strahlt mich an. Was ich von jemandem, der sein Duell verloren hat, eher nicht erwartet hätte.

»Sie sind hier«, sagt er.

Sein Hochland-Akzent ist auf einmal deutlich zu hören.

Mein Magen zieht sich zusammen. »Wer?«

»Diese Leute. Aus deinem Dorf. Sind gerade angekommen, als du zu deinem Duell in die Arena runter bist. Sie sitzen neben meiner Familie. Du hast mir gar nicht gesagt, dass du Besuch von daheim kriegst!«

Er packt mich am Arm und ich folge ihm durch die Menschenmenge, die uns mit aufgeregten Glückwünschen Platz macht. Erst als wir die Bronze-Ränge erreichen, registriere ich, dass die Glückwünsche an *mich* gerichtet waren.

Und dann sehe ich sie. Einen stämmigen Mann mit grau werdendem Haar, eine untersetzte Frau, die sich ein verblichenes Kopftuch um die Haare gebunden hat, und daneben eine ganze Riege von Kindern, die die gleichen sonnenverbrannten Gesichter und strohblonden Haare haben wie ihre Eltern. Alle sind älter und größer geworden, und auch *fülliger* – rundlich und wohlgenährt, ohne spitz hervorstehende Knochen oder gespannte Haut.

»Annie«, krächzt Mr. Macky in dem Hochland-Akzent, bei dem mir ganz warm ums Herz wird, obwohl er aus meiner eigenen Aussprache schon lange verschwunden ist.

Mrs. Macky sagt: »Annie, Schätzchen, das hast du ganz großartig gemacht. Wir sind so stolz.«

»Danke«, will ich sagen.

Aber mir bleibt das Wort im Hals stecken.

Da legt mir Mr. Macky, den ich seit zehn Jahren nicht mehr gesehen habe, der mich zuletzt als frisch verwaistes, durch Albträume von Drachenfeuer gequältes Kind gekannt hat, genau wie damals den Arm um die Schultern und sagt: »Dass ich den Tag erleben durfte, an dem Silas' Tochter einen Drachen reitet! Wir platzen vor Stolz, Annie.«

Das Wiedersehen dauert nicht lang, aber jede einzelne Minute ist wie Wasser auf ausgedörrter Erde. Sie erzählen mir, wie sehr sich Holbin verändert hat, seit ich es verlassen habe – die Häuser wurden wiederaufgebaut und neue Herden gezogen, und die Wolle wird an die Tuchmanufakturen der Stadt verkauft, was Atreus forciert hat, um den Handel auszubauen und Callipolis unabhängiger von der Bedarfswirtschaft zu machen. Zunächst standen die Bewohner von Holbin diesen Neuerungen eher ängstlich gegenüber. Doch seit sie auch im Winter genug zu essen haben, die Erinnerungen an die Hungersnöte von früher verblasst sind und ihre Kinder in Thornham sporadischen Schulunterricht bekommen, kann Holbin wieder Hoffnung schöpfen und braucht nichts mehr zu fürchten. »Außer Drachen«, scherzt Mr. Macky, worauf er hastig hinzufügt: »Aber das sind nur die rückständigen Alten. Die werden schon noch sehen, dass es nichts zu fürchten gibt, wenn du einen reitest, Annie. Irgendwann.«

Der älteste Sohn der Mackys, der mir vor einer Woche geschrieben hat, übergibt mir einen Strauß mit Wiesenblumen, die nach zu Hause duften. Als ich ihn für seinen Brief lobe, den ich trotz der kindlichen Handschrift, der dürftigen Rechtschreibung und der nicht vorhandenen Zeichensetzung als wahres Wunder empfinde, wird er rot. Ich habe ihn als Kleinkind in Erinnerung – jetzt ist er dreizehn.

Viel zu schnell wird es Zeit für den Abschied. Sie wollen noch heute zusammen mit Rocks Familie zurückfahren, die ihnen anbietet, in ihrem Haus in Thornham zu übernachten, bevor sie nach Holbin weiterreisen.

Während ich mich durch die noch verweilenden Zuschauergrüppchen zurück zum Palasttor zwänge, nehme ich die vielstimmigen Gratulationen mit benommener Dankbarkeit entgegen. Überall blitzen bronzene und eiserne Armbänder auf, während mir Handwerker und Tagelöhner auf die Schulter klopfen oder mich strahlend an sich vorbeilassen. Sie sprechen mit den harten Vokalen der Städter und die meisten sind mindestens einen Kopf größer als ich.

»Da ist die Reiterin aus dem Hochland! Antigone auf Aela!«

»Na, das war mal ein Sieg!«

»Hab ich dir nicht gesagt, Geoff, dass die Mädchen es genauso draufhaben?«

»Du bist sehr gut geflogen.«

Bei diesem letzten Satz horche ich auf. Die Stimme ist gedämpft und hat einen fremd klingenden Akzent, hebt sich aber trotzdem klar aus dem Gemurmel der Menge ab. Die Stimme einer jungen Frau. Als ich mich zu ihr umdrehe, sehe ich, dass sie kaum älter ist als ich, vielleicht so alt wie Crissa. Langes, dunkles Haar umrahmt ein schmales Gesicht mit bohrenden grauen Augen über einem dunklen, bodenlangen Mantel.

»Danke«, sage ich.

»Du bist Antigone?«

»Ja.«

»Ein würdiger Name. Ungewöhnlich. Kommst du aus einer patrizischen Familie?«

Verwundert, dass sie es nicht weiß, schüttele ich den Kopf. »Aus Holbin«, sage ich. »Vom Hochland.«

Eine Hochländerin mit Siegerkranz auf dem Kopf und Wildblumen in den Armen: Die Antwort erfüllt mich mit Stolz.

Die Augen des Mädchens blitzen verblüfft auf.

»Sehr bemerkenswert«, sagt sie. »Und der andere begabte Reiter? Wie heißt der?«

Der andere begabte Reiter. Ich muss nicht fragen, wen sie meint, obwohl ich es aus Anstandsgründen tue. »Der auf dem weißen Aurelian?«

So wird Pallors silberne Färbung für gewöhnlich beschrieben, wohingegen die meisten Aurelianer bernstein- oder goldfarben sind.

»Ja.«

»Lee. Lee auf Pallor.«

»Lee«, wiederholt das Mädchen nachdenklich. »Woher kommt er?«

Sie mustert mich eindringlich. Mein Puls schlägt schneller und die Antwort kommt mir auf einmal nur mühsam über die Lippen.

»Kargsal«, sage ich. »Er ist eine Waise aus dem Armenviertel.«

Aus welchen Gegenden die Wächter stammen, ist öffentlich bekannt. Ich werde den Eindruck nicht los, dass ich dem Mädchen nichts sage, was sie nicht bereits weiß. Mir scheint, dass sie nur mein Gesichtsausdruck interessiert, während ich es sage. Aber das ist doch unsinnig.

Sie kommt sicher aus Damos. Sonst würde sie nicht nach etwas fragen, was jeder Callipolitaner weiß. Obwohl sie helle Haut hat, fast so hell wie die Hochlandbewohner von Callipolis …

»Tatsächlich?«, sagt das Mädchen und sieht mich weiter prüfend an. »Aha. Noch einmal herzlichen Glückwunsch, Antigone.«

Darauf dreht sie sich um und schlägt im Davongehen ihre Kapuze hoch. Unter ihrem Mantelsaum erkenne ich Reitstiefel.

Aber dann schaue ich ein zweites Mal hin. Und sehe Stiefelschäfte aus feuerfest gegerbtem Leder, Schläuche für Kühlmittel, Schlitze für Stiefelmesser und Schlaufen für Riemen zur Befestigung an Steigbügeln …

Das sind keine gewöhnlichen Reitstiefel. Das sind die Stiefel einer *Drachenreiterin.*

Ich grübele immer noch über diese rätselhafte Begegnung nach, als ich in den Palast zurückkehre. Unser Quartier, das mit Einführung des Wächterprogramms eingerichtet Worden ist, liegt in einem bunten Durcheinander aus umgebauten Dienerkammern und den ehemaligen Schreibstuben der Drachenherrscher, die einen kleinen Innenhof in einem Flügel des Äußeren Palasts einfassen. Heute Nachmittag ist der Konvent wie ausgestorben. Alle anderen Wächter sind mit ihren Freunden und Familien in der Stadt unterwegs und feiern.

Bis auf Lee natürlich.

»Da bist du ja«, sagt er.

Er hat sich gewaschen, seine Alltagsuniform angezogen und seinen Lorbeerkranz abgelegt. Aber die Siegesfreude steht ihm noch ins Gesicht geschrieben. Mit den leicht geröteten Wangen und dem halben Lächeln wirkt er jünger, wacher, weniger reserviert. Wie jemand, der zum ersten Mal erahnt, dass ihn eine strahlende Zukunft erwartet.

»Ich wollte gerade Duck im Krankenzimmer besuchen«, sagt er. »Kommst du mit?«

Duck. Wie konnte ich das vergessen? »Ja. Ich ziehe mich nur schnell um.«

Im leeren Schlafsaal der Mädchen halte ich kurz inne, bevor ich den Waschraum betrete. Der einzige Schmuck in unserem Zimmer ist das Banner der Wächter über der Tür, das einen Reif aus Silber und Gold zeigt. Doch obwohl uns individueller Besitz untersagt ist, haben wir unsere jeweiligen Ecken doch mit kleinen persönlichen Dingen dekoriert. Crissa hängt sich eigene Zeichnungen, Muschelschalen und Meerglas aus ihrem Heimatort an der Küste an die Wand; andere pinnen Texte, die sie auswendig lernen müssen, oder Verse aus ihren Lieblingspassagen der drachischen Dichtung über ihren Schreibtisch.

Ich gehe zu meinem leeren Schreibtisch und stelle die Wildblumen in ein Wasserglas. Dann nehme ich den Lorbeerkranz ab und hänge ihn an die Wand.

Ich hole die Mitteilung des Ministeriums aus der Tasche und lese sie noch einmal.

Das Ministerium erinnert Antigone auf Aela daran, dass die Reiter des Vierten Rangs ein höchst öffentliches Amt bekleiden …

Vielleicht habe ich das ganz falsch verstanden.

Vielleicht war es als Ansporn gemeint.

Und selbst wenn nicht, werde ich so tun, als wäre es so gemeint.

Alles, was mich am Vierten Rang einschüchtert, soll eine weitere Prüfung sein, eine weitere Hürde in meiner Ausbildung, eine weitere Fähigkeit, die es zu meistern gilt. Auch wenn ich nicht Erste Reiterin werde, auch wenn ich nie zum Protektor gewählt werde, diene ich dem Staatswohl am ehesten, indem ich mich verbessere. Schritt für Schritt.

Ich kann Schritt für Schritt Geschichte schreiben.

Ich pinne die Mitteilung des Ministeriums neben den Kranz.

3

DIE ERSTE SICHTUNG

Er und das Mädchen gingen ein inoffizielles Bündnis ein. Er betrachtete es nicht als Freundschaft, weil es vor allem darin bestand, dass er bei den Mahlzeiten, im Hof oder im Unterricht in ihrer Nähe saß, ohne – zumindest am Anfang – mit ihr zu sprechen. Nach dem Vorfall mit dem Messer haftete ihm der Ruf an, gestört und gefährlich zu sein, was sehr nützlich war. Man ließ ihn in Ruhe, und wenn er in Sichtweite war, ließen sie das Mädchen auch in Frieden.

Er dachte nicht weiter darüber nach, warum er das tat, noch erkannte er, dass es ihm half. Sie gab ihm nach Monaten des Schlafwandelns wieder festen Boden unter den Füßen. Aus Schweigen wurden erste Unterhaltungen. Manchmal wiederholte sie, was er sagte, nur etwas anders artikuliert, als störe sie sich an seiner Aussprache. Zunächst hatte er panische Angst, dass sie erkennen würde, was der Akzent bedeutete – dass er jemand war, den andere tot sehen wollten.

Doch sie schien nie Verdacht zu schöpfen. Nicht einmal, wenn er ihre Verbesserungen aufgriff und die Wörter leise wiederholte, bis er sie richtig aussprechen konnte. Irgendwann begann er zu antworten, wenn die Lehrer ihn im Unterricht aufriefen. Das Mädchen hingegen blieb stumm.

»Du kannst Callisch ziemlich gut lesen, oder?«, fragte er eines Tages.

Sie waren auf dem Schulhof. Er reichte ihr etwas, von dem er kürzlich gelernt hatte, wie es hieß: eine Zeitung. Eine Erfindung des neuen Regimes.

»Lies mir das vor.«

Mittlerweile hatte er ein paar Dinge über das Mädchen herausgefunden: dass sie sich das Lesen selbst beigebracht hatte, ohne einen Lehrer, weil in ihrem Dorf niemand über Schulbildung verfügte. Und dass sie vom Fernen Hochland kam, aus einem Dorf, das zum Grundbesitz seines Vaters gehört hatte. Das fand er gut. Es bedeutete, dass es richtig war, auf sie aufzupassen, weil sie ihm ja gehörte.

Das Mädchen nahm die Zeitung und fragte: »Welchen Teil?«

Er wusste nicht, wie er um Nachrichten über die Drei Familien bitten sollte, ohne ihren Argwohn zu erregen, und sagte stattdessen nur: »Alles.«

Also las das Mädchen ihm vor. Diese Zeitung, und danach noch weitere, die er auftrieb. Es war eine Zeit großer Umbrüche auf ihrer Insel und sie konnten nicht umhin, von ihrer Lektüre gefesselt zu sein. Andächtig lauschte der Junge allen Berichten über den Ersten Protektor, den Mann, der ihn gerettet hatte. Und die Begeisterung des Mädchens über all diese Neuigkeiten, selbst solche, die sie beide nicht ganz verstanden, steckte ihn unwillkürlich an.

Das wichtigste Ereignis, dessen Bedeutung sie nur halbwegs begriffen, war eine von Atreus' nachrevolutionärer Bürgerversammlung durchgeführte Volksabstimmung über den Umgang mit zweiunddreißig Dracheneiern, die den Roten Monat überdauert hatten. Sollten die Eier zerstört werden? Sollte Callipolis tun, was das benachbarte Damos schon vor Jahrhunderten getan hatte, und eine drachenlose Demokratie werden?

Oder, falls man die Drachen schlüpfen ließ und Calli-

polis eine Flugnation blieb, wie sollte man die Kinder bestimmen, die den Drachenjungen zur Erwählung angeboten würden?

Der Erste Protektor schlug ein leistungsabhängiges Auswahlverfahren vor, was die Delegierten von der Küste befürworteten, da eine Luftmacht für die Verteidigung der Insel ihrer Meinung nach unerlässlich war. Doch die Delegierten der inneren ländlichen Provinzen und der ärmeren Stadtbezirke hielten dagegen, dass Drachen immer nur ein Instrument der Unterdrückung und Kontrolle gewesen seien. Wieder andere sprachen sich für einen dritten Weg aus, etwas ganz Neues, das es in der Ära des Drachenreitens in der Medeis so noch nicht gegeben hatte: Die Wächter würden eine neue Zeit einläuten, in der die Drachen im Dienst der Gerechtigkeit stünden.

Der Junge und das Mädchen wendeten all diese Argumente hin und her und schlugen sich in ihren eigenen Diskussionen verschiedenen Lagern zu. Das Mädchen war eher gegen Drachen, der Junge eher dafür. Aber beider Überzeugungen kamen gelegentlich ins Wanken.

»Es wäre wahrscheinlich schon anders, wenn die Drachenreiter gute Menschen wären«, gab das Mädchen zu.

Der Junge wiederum sprach seine Bedenken lieber nicht offen aus. Natürlich sollte man die Drachen behalten, dachte er – aber sie von einfachen Bürgern reiten lassen? Diese Vorstellung verstörte ihn geradezu.

Atreus' Vorschlag wurde mit einer knappen Mehrheit angenommen. Fortan war das Wächterprogramm nicht nur ein Thema in den Zeitungen, die sie lasen; auch ihre Lehrer sprachen im Unterricht davon.

Da die Bürgerversammlung mit der Abstimmung ihren Zweck erfüllt hatte, löste Atreus sie auf. Er berief sie kein zweites Mal ein.

Stattdessen war in den Zeitungen bald von einer Prüfung die Rede, der sich alle Bürger unterziehen sollten. Sie gäbe den untersten Schichten die Chance zum Aufstieg, den obersten Schichten die Gelegenheit, sich zu beweisen, und allen Kindern die Möglichkeit, sich für die Erwählungszeremonie der Drachen prüfen zu lassen, die bislang stets den Söhnen der Drei Familien vorbehalten gewesen war.

Endlich kam der Artikel, auf den der Junge gehofft hatte. Darin stand, dass der Verbleib einiger Mitglieder der Drei Familien nach dem Roten Monat ungewiss sei. Nicht alle Leichname seien gefunden worden. Der Artikel deutete an, dass sie wohl überlebt hatten und unter falschem Namen nach Neu-Pythos geflohen waren, wo man ihnen Asyl bot. In der Liste der vermissten Drachenblütigen tauchte der Name des Jungen zwar nicht auf, aber dafür etliche, die er kannte.

»Ich muss hier weg«, sagte der Junge zu dem Mädchen.

»Aus dem Keller?«

»Dem Waisenhaus.«

Das Mädchen schaute zu ihm hoch. Sie wuschen gerade Geschirr über einem Becken mit eisigem Wasser und ihre Finger waren rot und zittrig von der Kälte. Inzwischen erledigte das Mädchen ihre Aufgaben im Haus an seiner Seite. Sie brachte ihm die richtigen Handgriffe bei, damit er nicht so oft bestraft wurde, weil er zu langsam oder zu nachlässig war.

»Du brauchst die Rückseiten der Teller nicht abzuwaschen, die sind ja nicht schmutzig. Aber warum willst du aus dem Waisenhaus weg? Hier gibt es zu essen.«

»Ja, aber hier sind alle nur Bauern.«

Das Mädchen runzelte die Stirn. Der Junge drehte seinen Teller um und begann, die andere Seite zu schrubben. Nach kurzem Zögern vertraute er ihr an, worin der Zeitungsartikel ihn bestärkt hatte: »Weißt du, es gibt Leute, die wahrscheinlich auf mich warten.«

»In der Stadt?«

»Nein. Woanders. Auf einer anderen Insel.«

»Kann ich mitkommen?«

»Klar«, sagte er. »Vielleicht könntest du meine Magd sein oder so.«

»Ich weiß nicht, wie das geht.«

Der Junge überlegte; das wusste er eigentlich auch nicht.

»Ich glaube, die spülen und waschen nur«, sagte er. »Das kannst du doch wirklich gut. Willst du die Reise mit mir planen?«

Es war Winter und sie waren sich gleich einig, dass sie besser nicht sofort aufbrachen. Im Frühling vielleicht, oder im Sommer. Und dann brauchte es ja Vorräte und einen Rucksack. Manchmal schrieben sie Listen mit Dingen, die sie einpacken müssten, was sehr aufregend war. Manchmal besorgten sie sogar den einen oder anderen Gegenstand von der Liste, was noch mehr Spaß machte. Das hamsterten sie dann in einem unbenutzten Schrank im zweiten Stock, und ab und an verkrochen sie sich dort und gingen den Bestand durch oder sie setzten sich einfach neben ihren Vorratsberg und lasen zusammen Zeitung.

— Lee —

Es ist eine Erleichterung, nach dem Turnierwochenende in unseren Alltag zurückzukehren. Ein zeitiges Frühstück im Konvent, Brot und Käse als Mittagessen für später in einem Beutel verstaut, dann brechen Cor und ich zu einer Runde von Visiten unten im Werkbezirk auf. Cor deutet mit dem Kopf auf das Paar silberner Drachenflügel, das als sichtbares Zeichen des Vierten Rangs an die Schulterklappe unserer Uniformen geheftet ist.

»Schick, was?«

»Ja, kann von mir aus dranbleiben.«

Cor lacht lauthals los. Ich frage mich, ob er wie ich den Gedanken zu verdrängen versucht, dass wir in einem Monat in der Arena gegeneinander antreten werden.

Um diese Jahreszeit, im Spätfrühling, herrscht in der Stadt schon morgens munteres Treiben. Wir verlassen den Palast durch den Park, der seit der Revolution für das Volk geöffnet ist und sich unter Pythos Feste und dem Janiculum erstreckt, einem von Patriziern bewohnten Hügel auf der Palastseite des Flusses. Nachdem wir die Brücke über den Fer überquert haben, führt mich Cor auf einer seiner Lieblingsrouten durch sein Heimatviertel Obermarkt, wo es ruhiger ist als in den Hauptverkehrsadern mit ihren geschäftigen Händlern, die den reichen Kunden von der anderen Flussseite ihre Waren anpreisen. Doch selbst auf den weniger belebten Straßen erregen Wächteruniformen Aufmerksamkeit. So kurz nach dem Turnier zeigen sogar ein paar Leute auf uns. Ein Obsthändler hält uns auf, drückt Cor eine aufgeschnittene Melone in die Hand und deutet eine kleine Verbeugung an. Diese Ehrbezeugung ist ein Überbleibsel der aurelianischen Herrschaft über die Stadt und unsere Lehrer haben uns instruiert, sie zu ignorieren.

»Für die beiden Wächter, als Dank für ihre Dienste am Gemeinwohl ...«

Breit grinsend dankt Cor ihm für die Melone. Außerhalb des Palasts, in seinem Viertel, hört man ihm den Obermarkter Akzent deutlich an. Im Weitergehen beißt er genüsslich in sein Melonenstück.

»Wir dürfen so was eigentlich nicht annehmen«, erinnere ich ihn.

»Willst du deine Hälfte oder nicht? Ich esse sie gern, wenn du dir zu fein dafür bist.«

Ich entreiße ihm mein Stück.

Da wir regelmäßig mit dem Informationsministerium auf Visiten gehen, habe ich inzwischen ein Auge dafür, wie unterschiedlich die öffentlichen Aushänge in den einzelnen Stadtvierteln sind. In Obermarkt, wo besonders viele gelernte Arbeiter leben, loben die Plakate an den Wänden die Tugenden jener Bürger, die in den Bronze-Stand aufgenommen worden sind: BRONZE VERKÖRPERT KRAFT UND KÖNNEN. Doch als wir in die ärmeren Wohngegenden kommen, in die Südstadt und den Werkbezirk, wo die ungelernten Arbeiter leben, ändern sich die Parolen. EISEN IST DIE STÄRKE UNSERER STADT, steht da und neben den Tugenden des Eisen-Standes werden auch die Standesprüfung selbst und Atreus' Verdienst um die Einführung des Systems gepriesen. JEDER KANN GOLD WERDEN, steht auf den Plakaten. BILDUNG FÜR JEDEN HEISST CHANCEN FÜR ALLE.

»Bisschen dick aufgetragen, findest du nicht?«, murmelt Cor.

»*Falsch* sind die Behauptungen nicht«, entgegne ich.

In meinen Jahren im Waisenhaus von Albans habe ich selbst miterlebt, wie sich die ärmeren Bezirke seit der Revolution gewandelt haben. Neue Häuser wurden gebaut, die Straßen sind jetzt gepflastert und in Vierteln, wo niemand lesen und schreiben konnte, entstanden Schulen. Die Leute, denen wir begegnen, sind überwiegend wohlgenährt, wenn auch etwas schäbig gekleidet, und sie haben den zielgerichteten Gang von Menschen, die in Lohn und Brot stehen. Die Plakate wirken vielleicht etwas plump, aber sie beschreiben auf ihre plumpe Art durchaus echte Veränderungen.

Cor schnalzt missbilligend mit der Zunge. »Trotzdem«, sagt er, »im Gelehrtenwinkel oder auf dem Janiculum halten sie es nicht für nötig, so was aufzuhängen. Achte mal drauf.«

Der Gelehrtenwinkel ist das zweite mehrheitlich von Gold-Bürgern bewohnte Viertel neben dem Janiculum. Dort befinden sich das Lyzeum – Atreus' Hochschule für die Gold-Studenten – und die Kriegsakademie für die Silber-Jugend. Wenn wir Wächter nicht im Rahmen unserer Regierungsausbildung auf Visiten gehen, haben wir an beiden Institutionen im Gelehrtenwinkel Unterricht. Die Unterschiede zu den einfacheren Vierteln, darunter dem, in dem er aufgewachsen ist, sind für Cor ein unerschöpfliches Thema; meinen Einwand, dass sein Heimatviertel immerhin besser dran ist als früher, lässt er nicht gelten.

Vor dem Eingang zu einem klobigen Lagerhaus, das an einer staubigen, fensterlosen Straße liegt, bleibe ich stehen. Über dem großen Tor hängt ein verblichenes Schild. »Hier ist es.«

Bei unserer heutigen Runde vor dem Unterricht steht Fullerton, eine der erfolgreichsten neuen Tuchmanufakturen der Stadt, auf dem Programm. Die Visiten fallen ausgerechnet in die Zeit, in der wir am ehesten für die Schule büffeln könnten, und so haben wir Mühe, im Unterricht mitzuhalten. Aber beklagt hat sich darüber noch niemand von uns. Es gilt als Auszeichnung, auf viele Visiten geschickt zu werden, und außerdem lernt man dabei am meisten. Bei dieser Gelegenheit sehen wir mit eigenen Augen, was in der Stadt los ist, anstatt nur davon zu hören.

Der Vorarbeiter der Fullerton-Fabrik ist gepflegt gekleidet und fein säuberlich rasiert. Als er uns herumführt, schwitzt er so stark, dass Flecken auf seiner Jacke sichtbar werden. Wir heften uns bei seinen allmorgendlichen Tätigkeiten an seine Fersen und sehen Arbeiter an den Webstühlen, über den Färbebottichen oder in den Lagerräumen, wo die Lieferungen für Damos und Bassilea zusammengestellt werden. Dann geht Cor mit ihm in sein Büro, um ihn mit weiteren Fragen zu beschäftigen, während ich eine der Arbeiterinnen aus dem Eisen-Stand beiseitenehme. Mit gedämpfter Stimme vergewissere ich mich, dass die Zahlen stimmen, die der Vorarbeiter uns genannt hat: Lohn, Arbeitszeit, Pausen, Urlaubstage. Diese Methode haben Cor und ich schon vor längerer Zeit eingeführt, nachdem uns die ersten Unstimmigkeiten aufgefallen waren. Das gehört zwar eigentlich nicht zu unseren Aufgaben auf Visiten, aber wir halten beide daran fest.

Das Mädchen, das ich befrage, spielt während unseres ganzen Gesprächs nervös mit ihrem eisernen Armband, stammelt ihre Antworten und hebt den Blick nicht höher als bis zu dem Ring der Wächter, der auf meiner Uniform prangt – bis ich sie frage, woher sie kommt. Sie gibt mir die Auskunft, die mir ihr Akzent schon verraten hat: Kargsal. Ich sage ihr, dass ich dort aufgewachsen bin, und da sieht sie mir endlich in die Augen und erwidert: »Ich weiß.« Jetzt kriege ich mehr aus ihr raus. Wie sie behandelt wird. Ob sie etwas zu beklagen hat. Sie ist ungefähr in meinem Alter, aber was mir sonst noch an ihr auffällt – ihre füllige Figur, das hübsche Gesicht, die braunen Haarsträhnen, die unter ihrem Kopftuch hervorspitzen –, verdränge ich lieber. Vielleicht haben Power und Darius Spaß daran, mit ehrfürchtigen Eisen-Arbeiterinnen zu flirten; ich würde ihre Schutzlosigkeit niemals ausnutzen wollen. Ich tue, als bemerkte ich die Röte nicht, die ihren Hals emporkriecht.

»Bist du alles in allem mit deiner Stelle zufrieden?«

Die Frage scheint sie zu überraschen. »Es ist ehrliche Arbeit und ich bin froh, dass ich sie habe.«

Bei manchen Eisen-Arbeitern spürt man einen unterschwelligen Groll darüber, dass ihr Test ihnen keinen höheren Stand zugewiesen hat, aber die meisten Kargsaler sind dankbar für Atreus' Programme. Im Werkbezirk, den öffentlichen Bauprojekten, den Steinbrüchen und den Minen können diejenigen, die vorher Mühe hatten, überhaupt Arbeit zu finden, sich nun ihr täglich Brot verdienen, auch wenn die Löhne niedrig sind.

Danach, als Cor und ich durch die Straßen zum Unterricht im Gelehrtenwinkel gehen, vergleichen wir unsere Gesprächsnotizen.

»Ihre Zahlen stimmen mit denen des Vorarbeiters überein.«

»Hat sie sonst irgendwas erzählt?«, fragt Cor.

»Nichts Ungewöhnliches. Ihre Füße schmerzen, der Rücken tut ihr weh. Aber insgesamt geht es ihr gut.«

Zurück im Gelehrtenwinkel betreten wir das Lyzeum durch das große Tor mit seinem Pförtnerhäuschen. Nach den trostlosen, riesigen Manufakturen im Werkbezirk, wo Scharen von Arbeitern mit verkniffenen Gesichtern durch staubige Straßen hasten, ist die heitere Schönheit des Lyzeums mit seinen kunstvoll gepflasterten Innenhöfen und gepflegten Grünanlagen voller lachender, sorgenfreier Gelehrter erst einmal irritierend. Gold-Studenten werden zwar dazu ermuntert, nach ihrer Ausbildung eine Stelle in der Regierung anzutreten, aber verpflichtet sind sie dazu nicht. Viele schlagen eine Laufbahn in der Wissenschaft, den Künsten oder dem Handel ein. Cor sieht ein Grüppchen von Wächtern unter einer Eiche im Gras sitzen und schließt sich ihnen an; ich gehe ins Haus. Wir haben noch eine halbe Stunde, bevor der Diplomatieunterricht beginnt, und ich will noch den Artikel lesen, den wir zur Lektüre aufbekommen haben.

Ich habe den Hörsaal schon betreten, als ich merke, dass dort jemand spricht. Zu spät. Ich bleibe stehen. Es ist nur ein einziger Mensch im Raum: Annie. Sie sitzt an ihrem gewohnten Platz in einer mittleren Sitzreihe und starrt mich entgeistert an. Jetzt ist alles still.

Mir wird klar, dass Annie geprobt hat. Sie hat in den leeren Raum hineingesprochen, als beantworte sie eine Frage. So laut habe ich ihre Stimme im Unterricht noch nie gehört.

Gut.

Sie ist knallrot. Ich gehe rückwärts hinaus.

»Bis gleich«, sage ich.

»Nein … du kannst …«

»Ich lese die Hausaufgabe in der Bibliothek zu Ende.«

Eine halbe Stunde später kehre ich in den Hörsaal zurück und setze mich auf meinen Platz neben Cor und Crissa in einer der vorderen Reihen. Duck, der von oben bis unten bandagiert ist und die Krankenstation weiterhin nur für den Unterricht verlassen darf, sitzt auf seinem Stammplatz neben Annie. Nach und nach trudeln die anderen Schüler ein, eine Mischung aus Wächtern, Gold-Studenten und vereinzelten Erwachsenen aus dem Gold-Stand, die sich als Gasthörer weiterbilden wollen. Die Gold-Studenten, die in der Reihe unter uns sitzen, drehen sich auf ihren Plätzen um und gratulieren Cor und mir zu unseren Turniersiegen. Crissa grinst nur dazu. Bei jedem außer Crissa wäre es unangenehm, Glückwünsche entgegenzunehmen, während der Unterlegene des Duells danebensitzt, aber Crissas Fähigkeit, Niederlagen mit einem Lachen abzutun, ist legendär. Nachdem wir Komplimente von unseren Gold-Kommilitoninnen eingeheimst haben, beugt sie sich zu uns.

»Na, habt ihr Spaß?«

»Wir tun nur unsere Bürgerpflicht«, sagt Cor.

Wir stehen auf, als Professor Perkins hereinkommt. Nachdem sich alle wieder gesetzt haben, fragt er, wer die Lektüre für die Stunde zusammenfassen möchte. Obwohl ich mich gerade in der Bibliothek vorbereitet habe, verzichte ich lieber darauf, mich zu melden. In dem Text ging es um

Neu-Pythos. Das gehört eindeutig zu den Themen, zu denen ich mich nicht freiwillig äußere.

Zum ersten Mal, seit ich denken kann, ist Annies Hand unter den Fingern, die in die Höhe schießen. Perkins' altersschwache Augen, die daran gewöhnt sind, dass in Annies Ecke niemand aufzeigt, wandern geradewegs über sie hinweg.

»Lee?«

Mein Magen verkrampft sich. Ich sehe Annies Hand sinken.

»Du bist großartig geflogen beim Turnier am Wochenende«, fügt Perkins hinzu und ein Lächeln vertieft seine hellbraunen Falten. Im Saal werden ein paar zustimmende Johler laut, Cor knufft mich in die Schulter und ich bin so überrumpelt, dass ich einen Atemzug lang grinse.

»Danke.«

Dann senke ich den Blick auf die Lektüre, hole kurz Luft und wappne mich. »In dem Artikel steht, man könne die Gerüchte, dass Neu-Pythos im Besitz von Drachen sei, nicht widerlegen, weshalb man das Land als Bedrohung einstufen solle.«

Perkins nickt und liefert gleich das Gegenargument: »Aber Neu-Pythos hatte nie die Genehmigung, Drachen zu halten, und es gibt dort auch keine heißen Quellen, die als Brutstätten dienen. Wie könnten die Halb-Aurelianer zur Luftmacht aufgestiegen sein, Lee?«

Die Halb-Aurelianer sind der drachenlose Zweig des Hauses der Aurelianer, der Neu-Pythos vor vielen Generationen kolonisiert hat. Meine Handflächen werden feucht, als ich antworte. »Mittels Eiern, die außer Landes gelagert worden sind. Der Autor mutmaßt, dass die Drei Familien dort bereits in der Vergangenheit Eier versteckt haben und dass die Drachenblütigen, die während des Umsturzes nach

Neu-Pythos entkommen sind, das Wissen darum ins Land gebracht haben könnten.«

Die Drachenblütigen, die entkommen sind.

Ich könnte die Namen der verschollenen Drachenblütigen im Schlaf aufsagen und am häufigsten denke ich dabei an meinen Cousin Ixion und meine Cousine Julia. Ixion war etwas älter als ich, Julia etwa in meinem Alter. Nach dem Massaker waren die Leichen, die man den beiden zuschrieb, zu verstümmelt, um sie zweifelsfrei zu identifizieren.

»Sehr gut. Danke, Lee.« Perkins wendet sich an die ganze Klasse. »Was halten wir von dieser Theorie?«

»Eher dürftig«, sagt ein Mädchen in dem Singsang der südlichen Vasalleninseln.

»Ein Vorwand, um Krieg zu schüren«, sagt ein anderer Junge, dem edlen Schnitt seines Hemds und seiner klaren, akzentuierten Palast-Aussprache nach zu urteilen ein Patrizier. »Ein gefundenes Fressen für die *Volkszeitung*.«

Im Saal hört man vereinzeltes Glucksen. Die *Volkszeitung* ist die von den niederen Metall-Ständen gelesene Zeitung, ein vom Informationsministerium reguliertes Organ, über das die meisten Gold-Bürger die Nase rümpfen.

Perkins nickt. »Vielleicht«, räumt er ein. »Aber das Problematische an solchen Theorien ist, dass wir angesichts unserer fehlenden diplomatischen Beziehungen zu Neu-Pythos keine Möglichkeit haben, sie zu beweisen oder zu widerlegen. Callipolis und Neu-Pythos haben einander nie als souveräne Staaten anerkannt und kommunizieren nur über die Botschaften neutraler Drittländer. Wie könnten wir bei diesem Mangel an Transparenz etwas über seine Absichten erfahren? Oder über die Vorgänge auf dieser Insel, die sich hinter dem Nebel des Nordmeers verschanzt?«

Als ich den Hörsaal verlasse, bin ich in Erinnerungen versunken. Es passiert mir nicht mehr oft, dass ich in Gedanken nach Neu-Pythos streife. Zu der Flucht, die ich damals so eifrig mit Annie vorbereitet habe, die mir eine so willkommene Ablenkung bot …

Aus all diesen Plänen ist nichts geworden.

»Hey.«

Vor mir, auf dem Innenhof des Lyzeums, taucht urplötzlich die heutige Annie auf. Sie hat Duck im Schlepptau, ich Cor und Crissa. Beim Anblick ihrer energischen Miene rechne ich halb damit, dass sie mich auf unsere Begegnung vor dem Unterricht ansprechen will, doch stattdessen zeigt sie mit dem Kinn Richtung Clubhaus.

»Ich will zu Mittag essen.«

Durch die vergitterten Fenster des Clubhauses dringt gedämpftes Gelächter zu uns. Keiner von uns hat jemals dort gegessen, obwohl wir es prinzipiell könnten – man braucht nur ein Goldarmband vorzuweisen.

Duck reißt verblüfft den Kopf zu ihr herum, aber sie sieht nur mich an. Ich bin stehen geblieben. »Es wird dir nicht gefallen.«

Annie ist ebenfalls stehen geblieben und verschränkt die Arme. »Warum nicht? Andere Wächter essen auch dort.«

Ja, *gewisse* andere Wächter essen dort. Der Club des Lyzeums ist manchen Studenten gegenüber aufgeschlossener als anderen – Sprösslinge aus patrizischen Familien sind dort eher willkommen, heißt es. Lotus, Power, Darius, Alexa und Max, die auf dem Janiculum aufgewachsen sind und sich gern mit ihren ehemaligen Kameraden von der Privatschule treffen, essen regelmäßig im Club zu Mittag. Ich für meinen Teil war noch nie scharf darauf, mir anzusehen, wie die neue Oberschicht von Callipolis sich vergnügt. Die Patrizier vom Janiculum waren eng an Atreus' Revolution beteiligt, ihr Verrat an den Drachenherren vollendete den Sturz des Regimes – und heute profitieren sie von der Standesprüfung, denn fast alle schaffen es in den Gold-Stand.

Ich freue mich über die Chancen, die Atreus für die Einwohner armer Viertel wie Kargsal geschaffen hat. Die Möglichkeiten, die er den Patriziern vom Janiculum eröffnet hat, interessieren mich weniger.

»Ich will es ausprobieren«, sagt Annie.

Dann probier es ohne mich aus.

Aber diese Option scheint sie nicht in Erwägung zu ziehen. Sie wirkt gleichzeitig wild entschlossen und beklommen – als würde ihre eigene Initiative ihr mehr Angst machen als der Club selbst. Damit hat sie mich gegen alle Vernunft auf ihrer Seite. Ich verdränge meine ungute Vorahnung.

»Na gut«, sage ich.

Duck, Cor und Crissa sehen uns beide verblüfft an. Warum sollte ausgerechnet ich, das Gossenkind Lee, Annie bei diesem Initiationsritus, den sie sich offenbar auferlegt hat, zur Seite stehen?

»Kommt ihr mit?«, frage ich Crissa und Cor.

»Ich hab mir das ein Mal gegeben, ein Mal und nie wieder«, sagt Crissa und schiebt den Gurt ihrer Tasche auf der Schulter höher. »Ich esse im Konvent. Du, Cor?«

Cor tritt von einem Fuß auf den anderen und wirft einen bangen Blick in Richtung Clubhaus. »M-hm, ein andermal vielleicht …«

»Ich bin dabei«, sagt Duck zu Annie.

Zu dritt gehen wir die Treppe zum Club hinauf. Im Foyer stiere ich den Typen am Einlass an, der unsere Armbänder kontrollieren soll. Obwohl wir uns nicht kennen, scheint er zu wissen, wer ich bin, und lässt uns durch, ohne auf mein Handgelenk zu schauen.

Wir betreten einen dunklen, holzgetäfelten Speisesaal

voller angeregt diskutierender Studenten und ältlicher Professoren, die ihre Pfeifen paffen. Auch alle Jahrgänge dazwischen sind vertreten: Gold-Bürger gleich welchen Alters sind jederzeit zum Essen willkommen, selbst wenn sie nicht am Lyzeum eingeschrieben sind. Auf den Tischen aus glänzend poliertem Holz liegt die heutige Ausgabe des *Gold-Journals*, das die Gold-Leserschaft wegen seiner größeren redaktionellen Freiheit den anderen Zeitungen vorzieht und das nur im Palast und im Lyzeum zirkuliert.

»Lee! Wie geht es dir?«

Ein Gold-Student, den ich aus dem Kurs zu Damotischer Philosophie kenne, ruft von einem Tisch in der Mitte des Saals, an dem er mit einigen Freunden sitzt, zu mir herüber. Ihre Gerichte sind schon halb aufgegessen, die schlanken Kristallgläser mit Sommerwein fast leer. Alle haben sich zu mir umgedreht und winken mich lächelnd zu sich.

»Wollt ihr euch zu uns setzen? Wir können noch Stühle ranholen.«

Ich spüre, wie Annie neben mir zurückschreckt: Mit flüchtigen Bekannten an einem Tisch zu sitzen ist ihr offenbar zu viel.

»Danke, Ian. Macht euch keine Umstände. Schön, euch zu sehen …«

Ich lächele herzlich zurück, lege Ian kurz eine Hand auf den Arm und führe Duck und Annie weiter. Als wir den Hauptraum durchqueren, fallen mir weitere Wächter auf, deren Uniformen sofort ins Auge stechen: Power und Darius – wenig überraschend – mit ein paar Mädchen aus dem Rhetorikkurs und erstaunlicherweise auch Rock, der mit Lotus an einem Zweiertisch in der hintersten Ecke sitzt. Ich suche uns eine leere Nische. Annie rutscht auf der Bank so weit nach hinten, dass sie hinter und neben sich eine Wand hat, und inspiziert den Saal, als wäre er feindliches Gebiet, das sie vom Drachenrücken aus in Augenschein nimmt. Duck schiebt sich vorsichtig neben sie, um die Brandverletzungen unter seiner Uniform zu schonen.

»Wo ist die Essensausgabe?«, murmelt Annie.

»Es gibt keine.«

»Aber wie …«

Annie verstummt. Eine junge Frau in einer Variante des Dienstmagdkostüms, die ich seit der Revolution nicht mehr gesehen habe, ist an unserem Tisch erschienen. Sie trägt das einzige Eisen-Armband weit und breit.

»Was wünschen Sie zu speisen, meine Herren, meine Dame?«

Duck starrt die Frau fasziniert an; Annie wird rot, wie immer, wenn sie es mit Bediensteten zu tun hat.

»Was gibt es denn heute?«, frage ich.

Das Mädchen nennt uns die Tagesgerichte, die durchweg besser klingen als alles, was ich in den letzten Jahren gegessen habe. Ich bestelle, woraufhin Duck, dem die aufgezählten Speisen offenbar endgültig die Fassung geraubt haben, das eine Gericht ordert, das Speck enthält. Annie, die kein Wort mitbekommen zu haben scheint, brummelt, sie hätte gern dasselbe wie ich, bitte.

»Ich bringe Ihnen gleich Ihre Getränke.«

Wir sehen dem Mädchen nach. Dann setzt sich Annie ruckartig auf.

»Was meint ihr, was sie hier verdient?«

Durch meine Visiten bei der Arbeitsbehörde weiß ich genau, was sie verdient. »Der Lohn ist anständig. Höher als die Löhne, die den Eisen-Arbeitern in den Tuchmanufakturen gezahlt werden, und sehr viel besser als in den Minen.«

Allmählich habe ich mich so weit an die Umgebung gewöhnt, dass ich auf die Gespräche ringsum achte. Zu meiner Verblüffung höre ich hier und da Drachisch, was als Sprache der Triarchen in Callipolis eigentlich nicht mehr wohlgelitten ist. Hier hingegen benutzen die Patrizier ganz ungezwungen ihre Muttersprache. Wenn ich es so in lockerer Unterhaltung höre, außerhalb des Sprachunterrichts, klingt es wie eine Parodie auf die alte Zeit.

An sich habe ich ja nichts gegen Zensur, aber findet ihr nicht, dass er zu weit geht …

Die Rotweine aus Damos sind um Flügelweiten besser als unsere, gar keine Frage …

Da kommt unser Essen. Im Konvent werden wir gut verpflegt und nach der Zeit in Albans habe ich die Qualität der Mahlzeiten nie infrage gestellt, aber das hier ist doch eine ganz andere Nummer. Die Gemüsebeilage perfekt gewürzt, das Steak außen krustig und innen schön rosa, die Kartoffeln herrlich buttrig. Annie wirft einen Blick auf ihren Teller und macht sich dann mit Messer und Gabel darüber her, als wollte sie alles möglichst schnell aufessen, bevor es sich in Luft auflöst.

Mir ist Annies Art zu essen schon lange nicht mehr aufgefallen – in den ersten Jahren hat sie jede Mahlzeit runtergeschlungen und ich habe schnell gelernt, es ihr gleichzutun. Aber in diesem Umfeld, einem funkelnden Speisesaal, in dem gelacht und geplaudert wird, ist der Anblick kaum auszuhalten. Als Duck von seinem *extrem leckeren* Gericht zu schwärmen beginnt, schiebe ich eine Hand über den Tisch und tippe sie ans Handgelenk.

»Langsamer«, flüstere ich.

Sie schaut von ihrem Teller auf, macht große Augen und blinzelt mehrmals. Dann nickt sie.

Es ist eine der sonderbarsten Mahlzeiten, die ich je erlebt habe. Ich bin mir bewusst, wie es schmeckt – *gut,* so wie ich es früher von Essen erwartet habe, bevor ich lernte, für jeden Krümel dankbar zu sein –, und ich bin mir Annies schamroten Gesichts und ihres Blicks bewusst, der jeder meiner Bewegungen folgt, um sich das richtige Verhalten abzuschauen. Ich merke erst jetzt, wie viele Benimmregeln es bei Tisch gibt, während ich mich bemühe, sie langsam und deutlich, aber wortlos zu vermitteln, damit Duck von der Lektion nichts mitbekommt. Annie macht nach, wie gemächlich ich esse, wie ich die Gabel in das Steak spieße und daneben mit dem Messer hineinschneide, ohne dass es auf dem Teller quietscht, wie ich die Erbsen mit dem Messer auf die Gabel schiebe und das Besteck ordentlich nebeneinanderlege, als ich fertig bin. Die Dinge, auf die man erlerntermaßen Wert legt, wenn man keine Angst haben muss, zu verhungern.

Am Ende ist mir fast schlecht, so sehr schäme ich mich.

»Hat es geschmeckt?«, erkundigt sich die Bedienung, als sie fragen kommt, ob wir Kaffee oder Nachtisch möchten.

»Etwas so Köstliches habe ich noch nie gegessen«, sagt Duck derart feierlich, dass sie glatt lachen muss. Als sie unsere Teller abräumt und wir ihr auf dem Weg in die Küche hinterhersehen, senkt er die Stimme.

»Glaubt ihr, dass sie es komisch findet, so unter Leuten, die …«

Annie beendet seinen Satz sofort, als hätte sie auch darüber nachgedacht. »Die ein besseres Prüfungsergebnis hatten als sie?«

»Oder in privilegierte Verhältnisse hineingeboren wurden, die ihnen ein besseres Ergebnis ermöglicht haben«, murmele ich.

Nachdem ich diese Privilegien gerade ausführlich an meinen Tischmanieren demonstriert habe, tut diese Bemerkung besonders weh.

Annie hält den Blick auf den Rest ihres Ciders geheftet, den sie in ihrem Glas herumschwenkt. Ihre Antwort fällt milde aus, klingt aber, als wolle sie einen Schlussstrich unter das Thema ziehen.

»Ich sehe es lieber so, dass alle nur aufgrund ihrer Leistungen hierhergelangt sind, ganz unabhängig von ihrer Herkunft.«

Ich sehe ihr direkt ins Gesicht, weil ich auf einen Blick von ihr hoffe, der mir signalisiert, dass ich mitgemeint bin. Doch sie schaut sich stattdessen wieder im Raum um. »Jedenfalls sprechen die meisten hier Callisch. Viele benutzen das Hochcallische, wie es im Palast gesprochen wird, aber an dem Tisch da drüben höre ich den Südstadt-Akzent und die Gruppe hinter uns spricht Seehafener Dialekt.«

Der Klang meiner Muttersprache hat mich so in Beschlag genommen, dass mir das gar nicht aufgefallen ist.

»Wobei der Anteil des Drachischen etwas, na ja, überproportional ausfällt«, fügt Annie grimmig hinzu.

»Hoffentlich ist die Standesprüfung für meine Schwester gut gelaufen«, brummt Duck.

Annie legt ihre Hand auf seine und drückt sie sanft. Sie bemerkt nicht, dass Duck unter der Berührung erstarrt.

In diesem Moment bleibt ihr Blick an etwas im Saal hängen und sie zieht die Hand zurück. Ich drehe mich um. Power hat uns gesehen und winkt Annie zu der Nische heran, in der er mit Darius sitzt. Einige der Mädchen aus dem Rhetorikkurs kichern hinter vorgehaltener Hand und wechseln verstohlene Blicke.

»Tu's nicht, Annie«, sagt Duck sofort.

Annie sieht Power unverwandt an, setzt ihr Glas an die Lippen und trinkt es aus. Dann stellt sie es auf den Tisch, steht auf und geht rüber.

Duck sieht ihr stirnrunzelnd nach. »Und *mir* sagt sie, dass ich ihn ignorieren soll?«

In einem Monat werden Power und ich in der Arena aufeinandertreffen, aber ich nähere mich seinem Tisch im Studentenclub, als müssten wir uns jetzt schon duellieren. Als ich vor ihm stehe, lehnt er sich zurück und breitet die Arme weit aus, als wollte er mir den ganzen verrauchten, holzgetäfelten Saal präsentieren.

»Willkommen«, sagt er hochtrabend auf Drachisch, »in meinem Reich.«

Die Mädchen, die bei ihm sitzen, sehen gespannt von ihm zu mir, wie Zuschauerinnen bei einem Gratis-Vorprogramm des Turniers. Als ich nichts erwidere, fügt Power auf Callisch hinzu: »Ich sagte gerade ...«

»Ich habe dich verstanden.«

»Bravo!«

Power wendet sich an seine Tischrunde. »Antigone, die meinen Kumpel Darius besiegt hat« – Darius stiert ihn böse an – »wird meine Gegnerin im nächsten Duell sein.« Er wechselt wieder ins Drachische und senkt verschwörerisch die Stimme. »Sie ist eine Leibeigene mit großen Ambitionen.«

Die Mädchen gackern. Eines unterdrückt einen erschrockenen Aufschrei. Power richtet seine blitzenden Augen wieder auf mich.

»Stimmt doch, Annie, oder?«, fragt er auf Callisch.

Ich kann praktisch hören, wie alle, die uns beobachten, den Atem anhalten. Ich weiß, wie die Szene weitergehen sollte: Ich habe selbst erlebt, wie Crissa Power vor den anderen mit einigen wenigen schlagfertigen Worten abgekanzelt hat. Wie die Zuhörer sich vor Schadenfreude ins Fäustchen gelacht haben, wenn er danach dumm dastand. Ich weiß, dass die versammelte Runde genau darauf wartet.

Aber mein Kopf ist leer.

Du Idiotin, was hast du denn gedacht, was passiert, wenn du rübergehst? Hast du ernsthaft geglaubt, nur weil du ein Duell gewonnen hast, kommst du plötzlich auch auf diesem Feld besser klar?

»Ja«, gebe ich zurück, und die klägliche Antwort, noch dazu auf Callisch, hinterlässt einen bitteren Geschmack in meinem Mund. »Das stimmt.«

Ich mache auf dem Absatz kehrt und gehe.

Den bitteren Geschmack werde ich den ganzen Tag nicht los. Ich habe nie so viele Visiten übertragen bekommen wie Lee, nicht einmal wie Duck, und heute Nachmittag steht nur ein einziger Termin mit Ornby an, einem älteren Wissenschaftler, der für das Zensurkomitee alte drachische Literatur untersucht. In seinem staubigen Büro gehen wir zusammen durch, welche Texte verboten, welche für die Allgemeinheit übersetzt und welche auf eine Gold-Leserschaft beschränkt werden sollten.

»Na, wir sind aber nachsichtig, was?«, sagt Ornby, als er meine Lektüreanmerkungen prüft. »Ich hätte die Schrift, die den Drachenherrn in ein gutes Licht stellt, komplett verboten. Und du würdest sie der Allgemeinheit zugänglich machen?«

Das Erlebnis im Studentenclub nagt noch an mir und so zucke ich nur mit den Achseln und antworte mit einem von Ornbys eigenen Sätzen: »Es könnte den Menschen zu mehr Mitgefühl verhelfen.«

Fältchen kräuseln sich um Ornbys blaue Augen, als er den Kopf schüttelt. »Den Gold-Bürgern vielleicht. Aber für die unteren Metall-Stände dürfen wir das Bild nicht zu differenziert zeichnen, das verwirrt sie nur. Womöglich wollen sie am Ende noch die Drachenherren zurück. Du bist klüger als die meisten Leute, Annie, vergiss das nicht! Du kannst die Zwischentöne in dieser Schrift erkennen, der Durchschnittsleser aber nicht …«

Für gewöhnlich reicht Ornbys schmeichelhaftes und immer etwas verschwörerisches Lob aus, um meine Zweifel an den Zensurmethoden zu zerstreuen, aber heute muss ich an Ducks Vater denken, der die Propaganda über Neu-Pythos eifrig weiterverbreitet, und verspüre ein leichtes Unbehagen.

Im Laufe des Tages verraucht die gute Laune, die noch vom Turnier übrig geblieben ist, endgültig. Das Nachmittagstraining bei Goran beginnt damit, dass er eine halbe Stunde auf dem Horst steht und die Leistungen von Lee, Cor und Power beim Turnier in den Himmel lobt, während er meine mit keinem Wort erwähnt. Ich sehe darin den Beweis, dass mein Leben sich durch die Aufnahme in den Vierten Rang nicht etwa ändern, sondern in exakt denselben frustrierenden Bahnen verlaufen wird wie bisher.

Nach dem Abendessen nehme ich eine andere Routine von vorher wieder auf und helfe Rock im Wintergarten des Konvents, wo die Wächter an Gruppentischen und in bequemen Sesseln ihre Schularbeiten erledigen, bei seiner Luftkampftaktik-Hausaufgabe. Heute bin ich ungeduldiger als sonst und wir sind beide angespannt.

»Du musst die dritte Dimension berücksichtigen. Das ist kein *Feld*, Rock.«

Rocks Übungsblatt liegt zwischen uns, ein Netz aus schematischen Darstellungen, die ich korrigiere, während wir sie einzeln durchsprechen. Am anderen Ende des Tisches kritzelt Crissa an den Rändern des Textes herum, den sie für Geschichte lesen muss, und Duck hat die Ärmel bis zu den Ellbogen hochgekrempelt und tupft Aloe auf seine Verbrennungen. Das rötliche Licht der Abendsonne glänzt auf den Topfpflanzen vor den deckenhohen Fenstern und wandert über eine geöffnete Scheibe des Glasdachs, durch die frische Luft hereinweht. Der Wintergarten ist der einzige Bereich des Konvents, der für unsere Freizeit gedacht ist.

Rocks Haar ist verstrubbelt, seine Augen gerötet, so angestrengt beugt er sich über meine krakeligen Notizen. »Theoretisch ist mir das klar, ja. Manchmal bist du echt schlimmer als Goran.«

»Wenn dir nicht passt, wie ich das erkläre, geh doch zu Lee.«

»Hab ihn schon gefragt«, sagt Rock. »Er hatte einen Termin.«

Das fehlte noch, dass mir jemand mit Lees vollem Terminplan kommt. Ich stiere Rock böse an. Er verschränkt die Arme und stiert zurück. Auf einmal meldet sich hinter uns eine Stimme.

»Annie! Da bist du ja.«

Ich drehe mich auf meinem Stuhl um. Rektorin Mortmane, eine einschüchternde Erscheinung mit eisengrauem Haar, ist auf dem Weg zu unseren Postfächern. Sie händigt mir ein Kommuniqué mit dem Siegel der Regierung aus, dessen vier konzentrische Kreise aus Eisen, Bronze, Silber und Gold die vier Stände der Stadt symbolisieren.

»Das gebe ich dir am besten persönlich.«

Mit einem Augenzucken, das fast so etwas wie ein Zwinkern sein könnte, geht sie weiter.

Das Kommuniqué mit dem Vermerk »Empfänger: Reiter des Vierten Rangs« enthält eine Reihe von Stundenplanänderungen für mich, Lee, Power und Cor, die sofort wirksam werden. Der Anblick meines Namens neben den Worten *Vierter Rang* jagt mir einen Schauer über den Rücken.

SIE BESUCHEN VON NUN AN:

1. Drachische Dichtung – fortgeschrittenes Niveau
2. Versammlungen des Hohen Rats (einmal wöchentlich, falls nicht bereits als Hörer zu Gast)
3. Etikette- und Tanzunterricht – fortgeschrittenes Niveau (beginnend zwei Wochen vor dem Lyzeastenball)
4. Privatunterricht beim Ersten Protektor (einmal wöchentlich)

Unwillkürlich breitet sich ein Lächeln auf meinem Gesicht aus.

Es passiert wirklich. Egal, was Goran oder Power sagen oder nicht sagen, egal, wie mickrig mein Visiten-Terminplan immer noch ist – das Schiff ist in See gestochen und ich bin an Bord.

Am nächsten Tag bin ich bei dem Fortgeschrittenenkurs in drachischer Dichtung ein paar Minuten zu früh dran; die Tür zum Kursraum ist noch verschlossen. Von allen Stundenplanänderungen ist das die Neuerung, die mir wohl am meisten Spaß machen wird – und die mir am meisten liegt. Bis jetzt hat sich unser Unterricht in den Sprachen der Medeis auf Konversation beschränkt, aber ich habe mich schon immer für die drachische Lyrik interessiert, die für ihre Schönheit berühmt ist. Die Drachenblütigen – insbesondere die Aurelianer, die schon vor ihrer Besiedelung von Callipolis Drachisch sprachen – sind dafür bekannt, dass sie ihre Dichtung lebten und atmeten, mit Zitaten um sich warfen und die Verse bereits als Kinder auswendig lernten.

Was den Inneren Palast angeht, gilt die Lektüre drachischer Dichtung als Teil einer literarischen Bildung, auf die Patrizierfamilien aus Callipolis immer noch Wert legen und die sie daher bei ihren Regenten voraussetzen.

Lee wartet ebenfalls vor dem Kursraum. Er teilt meine

Begeisterung ganz und gar nicht, im Gegenteil: Er kocht vor Wut.

»Ich fasse es einfach nicht. So eine Zeitverschwendung!«

Er hat dunkle Augenringe; seit seiner Beförderung zum Anführer des Aurelianer-Geschwaders sieht er während der Schulwoche oft müde aus. Da taucht auch Cor am anderen Ende des Flurs auf. Er wirkt ebenso übernächtigt und entrüstet wie Lee.

»Soll das ein Witz sein? *Das* ist der Lohn für unseren Aufstieg in den Vierten Rang?«

Die ersten Gold-Studenten trudeln ein und werfen uns neugierige Blicke zu, als sie in den Raum gehen; im Vergleich zu den regulären Studenten sind die Wächter am Lyzeum derart in der Unterzahl, dass unsere Teilnahme an neuen Kursen jedes Mal als etwas Besonderes gesehen wird. Weder Cor noch Lee machen Anstalten, ihnen zu folgen, als hätten sie sich abgesprochen, so lange wie möglich auf dem Flur zu bleiben.

»Es geht um kulturelle Bildung«, erkläre ich Cor.

Cor senkt die Stimme, während er die neu eintreffenden Studenten in Augenschein nimmt. »Für dich vielleicht. Drachisch liegt mir nicht so wie dir. Ich werde mich höchstens vor einem Haufen Patriziersnobs zum Narren machen … Ah.«

Power schlendert durch den Flur auf uns zu. Er schaut jetzt schon schadenfroh drein.

»Na, na, so lange Gesichter?«

Cor funkelt ihn wütend an. »Verpiss dich.«

Power lässt seine Tasche zwischen Lee und Cor auf den Boden plumpsen. Zwei Gold-Studentinnen, die gerade vorbeikommen, sehen zu uns rüber und Power fährt sich über sein kurz geschorenes Haar und hebt keck eine Augenbraue, als er ihren Blick erwidert. Kichernd verschwinden sie im

Raum. »Den Kurs kann man mit einer Arschbacke absitzen, hab ich gehört. Wenn man den *Aurelianischen Zyklus* schon auswendig kann, versteht sich.«

Lee lehnt sich mit verschränkten Armen an die Wand und deutet ein verächtliches Grinsen an. »Ich wusste gar nicht, dass du so eine Drachisch-Koryphäe bist, Power.«

»Ich hatte Privatlehrer.«

Lee wirft den Kopf zurück und lacht. Dann lächelt er Power zu. »Schön für dich.«

Sein abschätziger Ton trifft Power sichtlich. Er schüttelt sich kurz, misst Lee mit einem seltsamen Blick und gewinnt dann genug Selbstsicherheit zurück, um noch etwas Lyzeum-Tratsch draufzulegen: »Der Kursleiter soll sowieso ein ehemaliger Hoflehrer sein. Ist an seinen Job gekommen, weil er vor der Revolution die Sturmpfeil-Bälger unterrichtet hat, heißt es. Er hat seine Schützlinge offenbar gern ans Messer geliefert …«

Cor prustet unwillkürlich los. Lees Lächeln versteinert. Einen Augenblick lang erstarrt sein ganzer Körper, dann bekommt er sein Gesicht wieder unter Kontrolle. Soweit ich sehe, bin ich die Einzige, die das bemerkt hat.

»Wir kommen zu spät«, mahne ich.

Im Kursraum setzen wir vier uns an freie Pulte in der letzten Reihe; der einzige andere für den Kurs eingeschriebene Wächter ist Lotus, den ich an seinem Lockenschopf erkenne, noch bevor er sich umdreht und uns zuwinkt. Wahrscheinlich hat er durch seinen Vater einen Bezug zu drachischer Dichtung und ist deswegen freiwillig hier.

Das Mädchen an dem Pult neben mir beugt sich zu mir rüber. »Bist du Antigone? Antigone auf Aela?«

So wie sie es sagt, habe ich das Gefühl, dass sie über jemanden spricht, den wir beide nicht kennen. Ich nicke und sie strahlt.

»Wie du am Wochenende geflogen bist, war einfach *fantastisch*«, sagt sie.

Überrascht erwidere ich ihr Lächeln und sie streckt mir die Hand hin. Ihr braunes Kleid, in einem auf ihren goldbraunen Teint und das lockige schwarze Haar abgestimmten gedämpften Farbton, deutet auf ein Leben in gehobenen patrizischen Verhältnissen hin: der knielange, edle Schnitt eines Damenschneiders vom Janiculum, der perfekt gebügelte, weiche Stoff. »Hanna«, sagt sie. »Hanna Lund. Obwohl du wahrscheinlich keinen Grund hast, wissen zu wollen, wer *ich* bin!«

Ich schüttele ihr die Hand. Vor lauter Verblüffung über diese unerwartete Bemerkung fällt mir nicht ein, wie ich das höflich abstreiten kann.

»Unsere neuen Studenten. Willkommen.«

Der Professor, ein blasser Mann Mitte dreißig mit Brille und lichter werdendem Haar, hat den Raum als Letzter betreten und nimmt unsere Anwesenheit mit einem liebenswürdigen Lächeln zur Kenntnis, als er sich an sein Pult begibt. »Mein Name ist Richard Tyndale und ich freue mich außerordentlich, Sie vier in meinem Kurs zu haben. Mal sehen …« Er konsultiert eine Liste und sieht dann zu mir auf. »Sie müssen Antigone auf Aela sein?«

»Ja, aber alle sagen Annie zu mir.«

»Ich glaube, in diesem Kurs werden wir die vollständigen Drachisch-Formen verwenden, Antigone. Ein sehr ungewöhnlicher Name für eine Hochländerin. Und dann haben wir Power auf Devoro …«

Power hebt den Finger, um sich zur Stelle zu melden. Tyndale lächelt. »Willkommen. Endlich werde ich Ihrem Vater berichten können, dass ich Sie zu meinen Studenten zählen darf. Cor auf Maurana …?« Er schaut sich suchend im Raum um.

Cor nickt. Tyndales Blick wandert zu dem letzten neuen Studenten und er erstarrt.

»Leo?«

Verfluchtes Drachenfeuer.

Im ersten Moment weiten sich Lees Augen. »Lee«, sagt er. »Lee auf Pallor.«

Tyndale zuckt zusammen und verbessert sich hastig. »Natürlich … mein Fehler …«

Leo. Der fremde Name dröhnt mir in den Ohren, als hätte jemand unerwartet ein obszönes Wort gebrüllt.

Ich will ihn tief vergraben und nie wieder hören.

Als Tyndale sich von uns abwendet, wechseln einige Studenten irritiert-belustigte Blicke. Als fragten sie sich, wie Tyndale den Namen eines Wächters des Vierten Rangs vergessen könnte. Neben mir ist Lee auf seinem Stuhl tief nach unten gerutscht.

»Ich gehe davon aus, dass Sie vier die Lehrbücher, die ich Ihnen habe zukommen lassen, mit den Angaben zur Lektüre für heute erhalten haben? Gut. Dann legen wir gleich los. Wer möchte den drachischen Text vorlesen?«

Der Kurs ist mit der Übersetzung des *Aurelianischen Zyklus,* des Epos, das als Gründungstext der drachischen Literatur gilt, schon etwa bis zur Mitte gekommen. Hanna meldet sich zum Vorlesen. Ihr Drachisch ist akzentfrei – es ist eindeutig ihre Muttersprache. Ich stelle mit Erstaunen fest, dass jemand mit einem solchen Hintergrund meine Flugkünste als »fantastisch« bewundert.

Doch als sie eine Passage über Uriel auf Aron vorliest, der sein Volk nach der Zerstörung der sonnenverwöhnten Insel Aureos ins Exil führt, schließt Lee die Augen und umklammert die Kanten seines Pults. Ich kann nicht sagen, ob es der Anblick seines Gesichts oder der Klang der Verse ist, der eine tiefe Traurigkeit in mir auslöst. Auch wenn ich nicht alle Wörter verstehe, bohrt sich ihre Tragik in mein Herz.

»Antigone, fangen Sie doch mal mit der Übersetzung an.«

Ich fahre zusammen. Tyndale lächelt so liebenswürdig, dass ich mich frage, ob ich mir den herausfordernden Unterton in seiner Stimme nur eingebildet habe. Ich schlage mein Notizbuch auf und spüre die Blicke sämtlicher Unbekannter in diesem Raum auf mir ruhen, während ich meine Hausaufgabe suche. Der Anblick meiner Übersetzung beruhigt mich sofort: Ich habe sie mehrmals nachgeprüft. Ich beginne vorzulesen, und als Lee sich geräuschvoll räuspert, erinnere ich mich daran, dass ich lauter sprechen sollte. So wie ich es seit dem Turnier in jeder freien Minute in leeren Klassenräumen geübt habe. Als ich fertig bin, sehe ich zu Tyndale auf, der mich unverhohlen anstarrt.

»Gut«, sagt er, aber er klingt eher überrascht als erfreut. »Ist Ihnen in der letzten Zeile irgendetwas Interessantes aufgefallen? Ein Stilmittel oder eine rhetorische Figur?«

Ringsum gehen Hände in die Höhe. Tyndale sieht kurz in die Runde und wieder zurück zu mir. Er gibt mir eine Chance.

In den Kursen zur Drachisch-Konversation lernt man zwar nichts über Stilmittel, aber hinten im Lehrbuch gibt es ein Glossar, das ich mir gestern Abend durchgelesen habe. Ich senke den Blick auf mein Heft und knete die Hände unter dem Pult. »Ein aufsteigendes Trikolon. Ein Chiasmus mit den Substantiven und Adjektiven. Und ein Enjambement zur nächsten Zeile.«

Die Hände sinken herab. Tyndale nickt.

»Gut«, sagt er wieder. »Was ist mit der Verbform? Fällt da etwas Besonderes auf?«

»Ein historischer Infinitiv.«

»Sehr gut erkannt. Und wie wird er flektiert?«

Ich sage sämtliche Beugungen auf.

Tyndale sieht zu Lotus hinüber. »Mir scheint, unser Dichtersohn bekommt Konkurrenz.«

Im Verlauf der Stunde ruft mich Tyndale noch ein paarmal auf. Zwischendurch nimmt er Power und Cor dran, gerade oft genug, um herauszufinden, dass Power seine Übersetzungen aus dem Gedächtnis aufsagt und Cors Grammatikkenntnisse bestenfalls rudimentär sind. Lee ruft er nicht auf.

Als er uns nach der Stunde entlässt, fügt er hinzu: »Dürfte ich Sie noch kurz sprechen, Lee?«

Lee bleibt mit hängenden Schultern und gesenktem Kopf sitzen, während wir anderen den Kursraum verlassen.

Auf dem Flur bleibe ich zögernd stehen. Ich habe ein mulmiges Gefühl im Bauch. Sollte ich auf Lee warten? Mich vergewissern, dass er das Gespräch mit Tyndale – was auch immer der Professor von ihm will – gut weggesteckt hat?

Würde er das überhaupt wollen?

Würde *ich* das wollen?

Nein. Ich bin mir ziemlich, nein, absolut sicher, dass mir das nicht recht wäre.

»Hey … Antigone?« Hanna Lund steht vor mir, stemmt sich unter dem Gewicht ihrer Büchertasche leicht zur Seite und streicht eine Haarsträhne hinters Ohr. Ein Stück entfernt warten einige andere Mädchen aus dem Kurs auf sie und beobachten uns. »Ein paar von uns gehen nach dem Kurs immer zusammen in die Bibliothek, um da Hausaufgaben zu machen? Wenn du mitkommen willst?«

Ich brauche eine Sekunde, bis ich begreife, was sie mir vorschlägt.

Eine Gold-Studentin – eine höchstwahrscheinlich *patrizische* Gold-Studentin – lädt mich ein, etwas mit ihr und ihren Freundinnen zu machen? Und ist dabei sogar nervös, als fürchte sie, dass *ich sie* abblitzen lasse? Ich schiebe meine eigene Tasche ein Stück höher. Sie ist größer als ich, die Patrizierkinder sind ausnahmslos alle größer als ich. Ich muss zu ihr hochschauen, um ihrem unsicheren Blick zu begegnen.

»Ja … sehr gern.«

Hanna lächelt.

Lee wird mit dieser Tyndale-Geschichte allein klarkommen müssen.

Ich mache mir erst Sorgen um ihn, als er nicht nur später beim Abendessen, sondern auch beim Frühstück am nächsten Morgen fehlt. Im Unterricht danach sehe ich ihn zwar, aber seine Augenringe sind so tief und dunkel, dass er regelrecht verhärmt wirkt.

Was hat Tyndale bloß zu ihm gesagt?

Am Nachmittag nehmen wir Reiter des Vierten Rangs zum ersten Mal an der Versammlung des Hohen Rats teil – jedenfalls ist es für drei von uns das erste Mal. Ich könnte wetten, dass Lee schon seit über einem Jahr hingeht. Wir hören zu, machen uns Notizen und werden gebeten, unsere Fragen für den Unterricht beim Ersten Protektor aufzuheben.

Die Stunde mit ihm findet in einem Besprechungsraum neben seinem Büro statt. Wie in vielen Zimmern im Inneren Palast überblickt man von dort den Feuerschlund, die riesige Öffnung zu den Drachenhöhlen, durch die im alten Regime die Privatgemächer der Drei Familien direkt mit ihren Drachen verbunden waren – sie brauchten nur einmal in ihre Lockpfeifen zu blasen. Auf der Außenseite der Ornamentglasscheibe überragt ein steinerner Balkon, auf dem sich früher der Drache des Triarchen niederlassen konnte, den Ring aus Fenstern des Inneren Palasts. In anderen Teilen des Gebäudes, vor allem den Sälen, die heute für öffentliche Zwecke genutzt werden, sind die Wappen der Drachenblütigen entfernt worden, doch hier kann man noch immer die roten Rosen in den Buntglasrahmen der Fenster sehen, ein traditionelles Sinnbild des Hauses der Aurelianer. Atreus' Einrichtung ist hingegen eher karg: einfache Holzmöbel, schmucklos, aber solide geschreinert, und Stühle mit harten Rückenlehnen.

Wir erheben uns, als er hereinkommt.

»Bitte. Setzt euch«, sagt Atreus. »So unter uns wollen wir doch keine Zeit mit Formalitäten vergeuden.«

Wir nehmen unsere Plätze wieder ein. Atreus setzt sich auf seinen Stuhl und richtet den Kragen des schlichten Hemds, das die strengen, falkenartigen Züge seines grauen, von Erfahrung gegerbten Gesichts betont. Atreus' mönchische Lebensweise ist beinahe so legendär wie sein Lebensweg: eine Waise aus einer patrizischen Familie, welche erst Gelehrter auf Damos, dann Berater der Triarchen und schließlich Anführer einer Revolution wurde, die die Drachenherren stürzte. Er wird gern mit den Worten zitiert, dass Callipolis seine Frau und die Revolution sein Kind seien. Und die Wächter sein Vermächtnis.

»Ich habe nur Gutes über euch vier gehört«, sagt Atreus zu uns, »und betrachte es als Privileg, an der letzten Phase eurer Ausbildung mitzuwirken. In unseren Stunden werden wir uns sowohl mit Philosophie als auch mit Poesie beschäftigen. Beides wird euch als zukünftigen Staatsmännern und Staatsfrauen zugutekommen: Theorie für den Verstand, Schönheit für die Seele.«

Er legt zwei Bücher vor sich auf den Tisch: sein eigenes *Revolutionäres Manifest* aus dem Jahr vor der Revolution und den *Aurelianischen Zyklus* im drachischen Original.

»Aber beginnen wir erst einmal mit praktischen Dingen. Habt ihr Fragen zur Ratsversammlung?«

Ich hebe entschlossen die Hand.

Diesmal wandert Atreus' Blick, anders als bei Perkins, nicht über mich hinweg.

»Ja, Antigone?«

— Lee —

Es steckt schon eine gewisse Ironie darin, dass man nach Jahren der Anonymität ausgerechnet von dem ehemaligen Literaturlehrer seiner Familie erkannt wird. Ich kann es noch immer nicht ganz fassen.

Als die anderen Studenten weg sind, geht Tyndale zur Tür, späht in beide Richtungen auf den Flur hinaus und schließt sie. Seine Schritte hallen zwischen den Steinwänden des leeren Raums laut wider.

Ich grabe in meinen Erinnerungen nach einem Anhaltspunkt, wie er sich zu mir verhalten wird, aber ich finde nichts. Ich war erst sechs oder sieben, als ich ihn zum letzten Mal gesehen habe, und er hat hauptsächlich meine älteren Schwestern unterrichtet.

»Du bist am Leben.«

Er sagt es mit unverhohlener Erleichterung. Die Hände flach auf das erste Pult in meiner Reihe gestützt starrt er mich an, als wäre ich eine Erscheinung.

Also hat er wohl nicht vor, mich zu verraten. Ich merke, dass ich in der letzten Minute den Atem angehalten habe, und stoße die Luft aus.

»Wie hast du überlebt?«

Er ist ins Drachische gewechselt. Kurz ärgert mich das, obgleich ich wieder ruhiger atme. Wenn er sich so freut, mich zu sehen, wenn er so glücklich darüber ist, dass ich überlebt habe, warum setzt er dann so leichtfertig meine Sicherheit aufs Spiel? Draußen vor der Tür könnte uns jeder belauschen und es wirkt mehr als seltsam, wenn eine Waise aus Kargsal perfektes Drachisch spricht.

»Atreus hat eingegriffen«, sage ich auf Callisch.

Tyndale macht große Augen. »Er hat dich gerettet?«

Ich nicke.

»Und deine Familie – hat er sonst irgendjemanden gerettet?«

Er spricht immer noch auf Drachisch und stellt die Frage mit einem flehenden Nachdruck, der mich überrascht.

»Nein.«

Er starrt mich abwartend an, aber im ersten Moment fällt mir dazu nichts ein, was ich in Worte fassen könnte. »Für die anderen war es zu spät.«

Ich versuche zu verdrängen, was ich gerade gesagt habe, aber sofort flackern Bilder in mir auf und löschen alle meine Gedanken aus, sodass der Raum um mich herum für einen Augenblick verschwindet.

Tyndale hat sich abgewendet, als wäre auch er von Gefühlen überwältigt. »Es tut mir leid. Eigentlich würde ich das niemals gestehen – aber jetzt gibt es wohl keinen Grund mehr, es nicht zu sagen. Ich war« – er lacht in stiller Verzweiflung auf – »ich war in deine Schwester verliebt.«

Meine Schwester. *Welche Schwester?*, frage ich mich kurz, bevor mir klar wird, wen er nur meinen kann. Als hätte er meine Gedanken gelesen, fügt er hinzu: »Penelope.«

Plötzlich stürzen die Erinnerungen auf mich ein: ihr Name, ihr Gesicht, alles. Es ist komisch, ihren Namen aus dem Mund eines anderen Menschen zu hören. Nachdem ich so viele Jahre kein Wort über meine Familie verloren habe, scheint ein Teil von mir zu der Überzeugung gelangt zu sein, dass ich der Einzige bin, der sie gekannt hat.

Er spricht weiter, nicht bereitwillig, sondern eher wie getrieben. »Das war natürlich nichts, was ... eine Zukunft hatte. Ich war zwar Gelehrter, aber von niederer Herkunft, und sie war einem Aurelianer versprochen, an seinen Namen erinnere ich mich nicht mehr … Aber ich habe sie geliebt. Bei allen Drachen, ich habe sie geliebt. Obwohl ich wusste, dass sie meine Liebe nie erwidern würde oder mich zum Mann nehmen könnte. Ich habe nie wieder jemanden so sehr geliebt wie sie.«

Penelope war sechzehn, als sie starb. Von einer Verlobung hatte ich nichts gewusst; ich hatte sie nie als eine Frau gesehen, in die Männer sich verliebten oder die einmal heiraten würde. Sie war einfach meine große Schwester gewesen. Meine schöne, fröhliche Schwester, die sich immer gern aus der Konversation der Erwachsenen zurückzog, um mit mir zu spielen. Ihr Haar war dunkel, wie meines, aber lang und wellig. Wenn sie sich zu mir herunterbeugte, fiel es ihr wie Vorhänge über die Schultern.

Mir wird bewusst, dass ich jetzt ein Jahr älter bin, als sie jemals werden durfte.

»Als ich vernommen habe … was beim Sturm auf den Palast geschehen ist … da habe ich …«

Er beendet seinen Satz nicht, bricht einfach ab – und mir bricht der Boden unter den Füßen weg.

Ich sitze stocksteif da, während alles um mich her zerfällt. Dann beuge ich mich vor, stütze die Ellbogen auf das Pult, vergrabe den Kopf in den Händen und warte darauf, dass es aufhört. Das Schlimmste sind die Geräusche, die mit den Bildern einhergehen.

Tyndale ist so in seinen Gedanken versunken, dass er meine Reaktion gar nicht zu bemerken scheint. Als er weiterspricht, springt er in seinem Bericht ein Stück vor. Ich lasse die Worte über mich hinwegplätschern und allmählich werden die anderen Geräusche in meinem Kopf leiser und die Bilder schwächer.

»Ich glaube, danach verlor ich für eine Weile den Verstand«, erzählt Tyndale gerade und seine heisere Stimme wankt ein wenig. »Der Sturm auf den Palast war eins der schlimmsten Massaker, die unsere Stadt je erlebt hat. Ja, die Täter wurden bestraft – aber auch unzählige unschuldige Menschen, deren einziges Vergehen es war, in eine bestimmte Familie hineingeboren zu sein.«

»Atreus hat sie bestraft«, sage ich und meine eigene Stimme klingt in meinen Ohren ganz weit weg. »Er hat sie zum Tod verurteilt oder zu lebenslanger Haft. Die Leute, die …«

Ich bringe den Satz nicht zu Ende.

»Ja, er hat sie eingesperrt«, sagt Tyndale beinahe ungeduldig. »Aber er lässt uns den Tag trotzdem feiern. Der Sturm auf den Palast, ein Gedenken an den ›mutigen Beginn einer neuen Herrschaft‹. Dabei ist er ein Schandfleck, ein Makel auf dem neuen Staat, den Atreus niemals hätte geschehen lassen dürfen. Als er nicht einschritt, wurde es mir klar.«

»Was wurde klar?«

»Dass er auch nicht besser war. Dass er letztlich sogar noch schlimmer sein würde. Die Drachenherren waren wenigstens von edler Herkunft. Was er zu bieten hat, ist nichts als feige, bürokratische Heuchelei.«

Tyndales Ton macht deutlich, dass er kein Interesse an einer differenzierteren Sichtweise hat. Eine unerwartete Abscheu überkommt mich. Ich erinnere mich, dass ich selbst so empfunden habe, ansatzweise zumindest. Ich denke an meinen Traum von damals und wie er geplatzt ist. Aber ich war noch ein Kind, Tyndale ein erwachsener Mann. Wenn er sich so sicher war, hätte er etwas tun können.

»Sie hätten doch nach Neu-Pythos auswandern können. Wenn Sie so sicher waren, dass die alte Ordnung besser war.«

»Ich wollte ja gern«, sagt Tyndale.

Ich stutze. Bohre nach.

»Aber …?«

»Aber mir wurde gesagt, dass ich warten soll.«

Mit dieser Auskunft habe ich nicht gerechnet.

»Von wem?«

»Von Leuten, die du bestimmt gern treffen würdest. Leute«, fügt Tyndale in vielsagendem Ton hinzu, »die sich im Hintergrund halten, bis die Zeit kommt.«

Die Sonne steht jetzt so tief am Himmel, dass orange Strahlen waagerecht durch den Raum fallen, die Pulte und Tyndales Silhouette aufleuchten lassen und das Buntglas in ein funkelndes Kaleidoskop verwandeln.

»Sie sprechen von Neu-Pythos. Den Halb-Aurelianern.«

Obwohl mein Puls auf einmal schneller schlägt, höre ich mir meine Skepsis selbst an. Ich habe zu viele reißerische Artikel in der *Volkszeitung* gelesen, die solche Verschwörungstheorien verbreiten. Zu leicht ist das patriotische Zusammengehörigkeitsgefühl zu durchschauen, das damit gebraut wird, eine vorhersehbare chemische Reaktion, die das Informationsministerium je nach Bedarf in Gang setzt. »Das ist eine leere Drohung. Sie sind machtlos.«

»So haben sie es Callipolis weisgemacht, ja.«

Wir sehen uns an und ich sage nichts. Doch mein Herz trommelt jetzt wie wild. Mir kommen Perkins' Worte aus dem Diplomatieunterricht in den Sinn: *Wie könnten wir etwas über die Vorgänge auf dieser Insel erfahren, die sich hinter dem Nebel des Nordmeers verschanzt?*

Tyndale fragt: »Weiß Atreus, wer du bist?«

Ich schüttele den Kopf.

Zu meiner Verwunderung lächelt Tyndale. »Perfekt«, sagt er. »Dann bist du ideal platziert.«

Ideal platziert wofür?

Aber es gibt nur eine mögliche Antwort.

»Möchtest du sie treffen?«, fragt Tyndale. »Sie würden dich bestimmt sehr gern wiedersehen. Sie haben dich sicherlich vermisst.«

Meine Kehle ist wie zugeschnürt.

Wer? Wer von ihnen hat überlebt? Würden sie mich überhaupt kennen?

»Und deine Hilfe wäre ihnen bestimmt sehr willkommen«, fügt Tyndale hinzu.

Strömender Regen und dunkler Nebel verhüllen das Nordmeer. Wir trainieren im Geschwader: Crissa führt die Übungsflüge der Himmelsjäger an, Cor die Sturmpfeile und ich die Aurelianer. Mein Geschwader pflügt in Reih und Glied durch den Regen und kann die Formation bei den schlechten Sichtverhältnissen nur mit Mühe aufrechterhalten. In rasendem Tempo brechen wir nacheinander durch die Wolkendecke. Der blaue Himmel und das gleißende Sonnenlicht blenden uns, als wir die letzte Schicht der Regenwolken hinter uns lassen. Mit einem befriedigten Schnauben schüttelt Pallor das Wasser von seinen Flügeln und ich spüre seine schweren Atemzüge durch den Sattel, während ich den Helm vom Kopf reiße und mir den Regen aus den Augen wische. Wir zählen die Aurelian-Reiter durch, die einer nach dem anderen aus den Wolken bersten, klatschnass und zitternd, aber in Formation. Als alle zur Stelle sind, gönnen Pallor und ich uns eine kurze Verschnaufpause.

Und da sehe ich sie: andere Drachen am Horizont.

Im ersten Moment denke ich mir nichts dabei; die Geschwader haben sich aufgeteilt und vielleicht sind manche weiter nördlich geflogen als geplant.

Bis etwas golden aufglänzt.

Aurelianer.

Ich habe gerade alle meine Aurelianer durchgezählt.

Was bedeutet, dass die Drachen am Horizont nicht zur Flotte von Callipolis gehören.

Dann schimmern weitere Farben auf: blaue Blitze, dunkle Kleckse. Eine vollständige Flotte mit allen drei Rassen.

Sie kommen auf uns zu. Werden größer, heben sich immer deutlicher gegen den Himmel ab.

Meine Nackenhaare sträuben sich.

Eine vollständige Flotte kündigt sich an.

Sie haben sich im Hintergrund gehalten, bis die Zeit kommt.

Mit der Wucht einer Explosion borden meine Gefühle – eine Mischung aus Überraschung, Freude und *Heimweh* – in Pallor über und er stößt einen schrillen Schrei aus. Ausdruck meines inneren Aufruhrs.

Als sein Schrei verhallt, höre ich über dem pfeifenden Wind noch etwas anderes: Annies gebrüllten Befehl.

»Alle in Deckung!«

Ihre Faust formt das Zeichen für diejenigen, die außer Hörweite sind; das Geschwader taucht nacheinander wieder in die Stratuswolken ab. Durch den Nebel unserer verschmelzenden Gefühle dämmert mir, dass ich Annie noch nie Befehle habe geben hören – als Geschwaderführer ist das eigentlich meine Aufgabe. Aber ich bin wie gelähmt, kann den Blick nicht von der Flotte abwenden, die auf uns zudonnert. Die wenigen Gedanken, die ich aus Pallors Wahrnehmung herauslösen kann, haben nur einen einzigen Inhalt.

Meine Leute. Meine Familie. So nah –

»Max, Deirdre, sucht Cor und Crissa und sagt ihnen, sie sollen ihre Geschwader zurückholen, die Übung wird abgebrochen! Sagt ihnen, wir haben zwei Meilen nördlich von hier eine fremde Flotte gesichtet, womöglich mit gezündeten Drachen!«

Und dann lässt Annie Aela eine Kehre fliegen und vor Pallor innehalten, sodass uns die Sicht auf die pythische Flotte versperrt ist. Sie hat ebenfalls den Helm abgenommen. Ihr Gesicht ist weiß, die Augen weit aufgerissen. Das regendunkle Haar klebt ihr auf der Stirn und Wasser rinnt immer noch über ihre Wangen. Zum ersten Mal liegt Angst in dem Blick, mit dem sie mich ansieht.

»Lee, wir müssen weg hier!«

4

ALETHEIA

Ein Jahr war vergangen, seit der Junge ins Waisenhaus gekommen war. Obwohl er und das Mädchen weiter ihre Reise nach Neu-Pythos planten, verlor die Idee allmählich ihren Reiz. Mittlerweile war er gut in der Schule, die Hausarbeit ging ihm leichter von der Hand und die Albträume plagten ihn immer seltener. Neu-Pythos war in seiner Vorstellung so fern, wie es seine Familie allmählich in seiner Erinnerung wurde.

Dann, am ersten Jahrestag der Ermordung seiner Familie, gab es einen Festzug durch die Stadt. Der Tag des Sturms auf den Palast war zum nationalen Feiertag erklärt worden. Das Land gedachte des Wendepunkts im Roten Monat, jenes Tages, an dem das Volk endlich die Mauern des Palasts eingerannt hatte, nachdem die Drachen vergiftet worden waren.

Von seinem Platz auf dem zentralen Festplatz aus hatte der Junge freie Sicht auf den einzigen noch lebenden Drachen, der für das Abschlussspektakel herbeigeführt wurde, und er erkannte ihn sofort.

Die Drachin seines Vaters war eines der größten Tiere in der alten Flotte gewesen. Kein anderer Sturmpfeil hatte Aletheias unverwechselbare Färbung: Flügel mit roten Spitzen und einen roten Kamm. Der Junge erinnerte sich, wie er über die harten Schuppen gestreichelt und eine Hand auf die knöcherne Erhebung zwischen ihren großen schwarzen Augen gelegt hatte.

Heute war das mächtige Ungeheuer nur noch ein Schatten seiner selbst. Längst waren ihm der Zünder aus dem Rachen geschnitten und die Flügel gestutzt worden, sodass es nur noch als ungewöhnlich großes Tier erschien, hoch und breit wie ein Ochsenkarren und mit ausgeprägten Kiefern, die durch Ketten zusammengebunden waren. Der Junge sah zu, wie die Drachin auf das Podest geführt wurde. Die Ketten waren straff gespannt, damit sie den Kopf nicht heben konnte. Dann sprach der Mann, der ihn gerettet hatte, der sich nun der Erste Protektor nannte, über die Untaten dieses Drachen. Unter ihm seien Dörfer niedergebrannt und unschuldiges Blut vergossen worden, viele Hunderte hätten sinnlose und unverdiente Gewalt erlitten, so wie seit Jahrhunderten Tausende und Abertausende von anderen Drachen gequält worden seien. Solche Zeiten, versprach er, kämen niemals wieder.

Doch der Junge hörte gar nicht hin. Er sah zu, wie die Drachin seines Vaters um Atem rang.

Da hörte er ein Geräusch zu seiner Rechten und wandte den Kopf. Das Mädchen, das neben ihm stand, weinte. Sie hielt den Blick starr auf Aletheia gerichtet und Tränen strömten ihr übers Gesicht.

Er legte den Arm um sie und zog sie an sich. Er nahm an, dass sie ebenso bestürzt war wie er, das einst so majestätische Tier erniedrigt zu sehen.

So stand er da, das Mädchen im Arm, und schaute zu, wie die Axt der Drachin seines Vaters das Haupt abschlug.

Später an diesem Tag fand der Junge das Mädchen draußen auf dem Hof, wo sie mit geschlossenen Augen unter einem der wenigen Bäume saß. Er dachte, sie schliefe, bis sie die Augen aufschlug.

»Du hast heute auf dem Festplatz geweint«, meinte er.

Etwas trieb ihn dazu, das anzusprechen, vielleicht das Bedürfnis, sich ihrer geteilten Trauer zu vergewissern.

Er war drauf und dran, ihr alles zu erzählen. Jetzt war es so weit, hatte er beschlossen. Aletheias Hinrichtung hatte ihn aufgerüttelt. Es war Zeit zu gehen. Und er würde das Mädchen mitnehmen.

Sie sah im Sitzen zu ihm auf und schien zu überlegen, ob sie etwas sagen wollte oder nicht. Doch dann fasste sie sich ein Herz. Ihr Gesicht wurde hart, entschlossen und sie sprach mit leiser, beherrschter Stimme.

»Dieser Drache hat meine Familie getötet.«

— Lee —

Auf unserer Rückreise nach Callipolis lässt Annie Aela dicht neben Pallor fliegen. Der Rest des Geschwaders folgt eng dahinter. In der Stille, die Annie mir gewährt, kämpfe ich mich aus Pallors Geist heraus. Ich beuge mich im Sattel weit vor, lege die Hände auf seinen Nacken und widerstehe dem Wunsch nach seiner Nähe. Pallor macht es mir nur schwerer. Er spürt meine Not und versucht, mich nicht loszulassen, will mir unbedingt Trost spenden. Währenddessen wirbeln die Gedanken durch meinen Kopf –

Tyndale hatte recht. Und ich habe mir die ganze Zeit eingeredet, dass dieses Geraune von der pythischen Gefahr nur billige Propaganda war, mit der das Informationsministerium leichtgläubige Eisen-Bürger fütterte …

Wer waren diese Reiter, die sich uns fast bis auf Rufweite genähert haben?

Waren es andere Überlebende des Sturms auf den Palast?

Waren es *Verwandte* von mir?

Als der Palast in Sicht kommt, bricht Annie das Schweigen. Ihre Worte klingen dumpf, ihre Miene ist unter dem Visier verborgen. Sie hebt die Stimme, um sich durch das Rauschen des Regens verständlich zu machen.

»Lee. Hast du dich gelöst?«

Das Problem, das *sie* darstellt – was sie weiß oder nicht weiß –, überfordert mich gerade vollkommen, weil ich immer noch unter Pallors Einfluss stehe. Ich war nie der Typ Reiter, der leicht überbordet, und wenn, dann ziehe ich mich sofort zurück. Was eben passiert ist, war absolut ungewöhnlich, das weiß Annie, und sie hat die Ursache klar und deutlich erkannt.

Ich beiße die Zähne zusammen. »Fast.«

»Die Sichtung der Flotte muss unverzüglich dem Inneren Palast gemeldet werden.«

Ich begreife, worauf sie hinauswill, und stocke. Die Vorstellung, sich jetzt vor den Militärrat, vor Atreus Athanatos hinzustellen –

»Wirst du …«

Wirst du mich melden?

Wenn ich in besserer Verfassung wäre, würde ich mich hüten, die Frage, die mir schon halb rausgerutscht ist, laut zu stellen. Aber desorientiert, wie ich nach dem Überborden bin, schwingt sogar ein panischer Unterton darin mit. Annies Helm dreht sich kurz in meine Richtung. Sie fragt nicht, was ich wissen wollte.

»Es ist nicht vorgesehen, dass du dabei fehlst. Reiß dich zusammen.«

Als Annie an Aelas Zügeln zieht und aus dem Geschwader ausschert, folge ich benommen. Der Innere Palast liegt unter uns, ein regenverhangener Turm aus Fenstern, die den Innenhof mit dem Feuerschlund zu den Drachenhöhlen umringen. Nachdem sie hinabgetaucht ist, hält Annie in der Luft inne und sieht von einem aurelianischen Balkon zum nächsten, unsicher, welcher in das Büro des Ersten Protektors führt. Ich zeige darauf.

»Da ist es.«

Als Kind hat man mir beigebracht, den Balkon zu erkennen, der dem Drachen des aurelianischen Triarchen als Sitz diente.

Als ich mein Wissen preisgebe, spannt Annie die Schultern an, aber sie sagt nichts dazu.

Wir landen, sitzen ab und entlassen unsere Drachen. Kurz wehrt sich Pallor, der unsere Verbindung noch immer spürt. Ich nehme den Helm ab, ziehe Pallor zu mir heran und lege meine Stirn an die tropfnassen silbrigen Höcker über seinen Augen, bevor ich mich seinem Geist entziehe. Während ich mich löse, stößt er ein Wimmern aus, bei dem ich unwillkürlich die Fäuste balle.

Dann folgt er Aela in die Dunkelheit des Feuerschlunds. Kaum sind die beiden Drachen hinter den Regenschleiern und in den Schatten der Höhlen verschwunden, schwellen die Kopfschmerzen an.

Und meine Gedanken klaren allmählich auf.

Sie leben. Manche von ihnen sind tatsächlich noch am Leben. Und wie Tyndale angedeutet hat, haben sie *Drachen.*

Sie haben eine Chance, Callipolis zurückzuerobern.

Das Pronomen spukt mir durch den Hinterkopf und ich teste die Alternative aus, die mir in den Adern kribbelt: Was, wenn nicht *sie*, sondern *wir* …

Ich hebe den Kopf und stelle fest, dass Annie mich anschaut. Den Helm hat sie unter den Arm geklemmt, ihr nasses Haar klebt ihr quer über der Stirn, ihr Gesicht hat einen Ausdruck angenommen, den ich nicht deuten kann.

Enttäuschung? Abscheu? Wut?

Sie wendet sich ab, tritt vor und hämmert an die in die Glaswand eingelassene Tür. Einen Augenblick später wird ihr geöffnet. Ein verdatterter Assistent starrt uns an, zwei klatschnasse Teenager in feuerfesten Anzügen auf einem Balkon, der keinen anderen Zugang hat.

»Wir müssen sofort mit dem Ersten Protektor und General Holmes sprechen«, sagt Annie.

Das Treffen rauscht wie im Traum an mir vorbei. Nach einem kurzen Blick zu mir bestreitet Annie das Gespräch so gut wie allein. Wir sitzen mit Atreus und General Holmes, dem Verteidigungsminister, im Ratssaal, an dem großen Eichentisch, der sonst den Mitgliedern des Hohen Rats vorbehalten ist. Ich kenne Holmes zwar schon von Visiten, bin mir aber ziemlich sicher, dass Annie ihm zum ersten Mal begegnet. Im Gegensatz zu dem stets sorgfältig rasierten und bescheiden gekleideten Atreus trägt Holmes einen dichten, lockigen braunen Bart und präsentiert eine stattliche Kollektion glänzend polierter Orden an seiner Uniform. Bei der Revolution hat er sich als Kämpfer an Atreus' Seite einen Namen gemacht und Atreus' hochfliegende Prinzipien mit der Tatkraft der niederen Stände unterstützt, was ihm den Ruf eingetragen hat, keine Skrupel zu kennen.

Genauer wollte ich es nie wissen. Holmes mag mich; ich arbeite seit Jahren mit ihm; es war nie relevant.

Aber als ich ihn jetzt ansehe und an die Drachen aus Neu-Pythos denke, kommt es mir plötzlich sehr relevant vor.

Annie lässt sich von dieser imposanten Gesellschaft kein bisschen einschüchtern, jedenfalls nicht nach außen hin. Mit straffen Schultern sitzt sie da und beschreibt die pythische Flotte in allen Einzelheiten. Während sie das Geschwader kommandiert hat, war sie geistesgegenwärtig genug, die gegnerischen Drachen zu zählen. Insgesamt hat sie fünf

Himmelsjäger, neun Aurelianer und sieben Sturmpfeile ausgemacht. Ihr Alter konnte sie auf die Entfernung nicht erkennen.

Zuletzt fragt Holmes: »Und nachdem ihr sie gesichtet habt – habt ihr losgeschlagen?«

Mir wird bewusst, dass er mich ansieht. Dass er hören will, wie ich als Anführer des Geschwaders reagiert habe. Ich spüre dumpfe Panik in mir aufsteigen: Das war's. Es ist aus. Ein einziger Kontrollverlust im Sattel und die zehn Jahre lang aufrechterhaltene Fassade fällt und enthüllt mich als den potenziellen Verräter, der ich bin.

Doch als Annie antwortet, sagt sie nicht etwa das.

»Lee hat allen befohlen, unter den Wolken in Deckung zu gehen und nach Callipolis zurückzufliegen.«

Mein Blick zuckt fassungslos zu ihr.

Sie deckt mich. Annie *deckt* mich.

Winzige rosa Pünktchen auf ihren blassen Wangen sind die einzigen sichtbaren Anzeichen dafür, was ihr das abverlangt. Nachdem sie von der Führung des Landes jahrelang unterschätzt und abgeschrieben worden ist, hat Annie vorhin bewiesen, dass sie eine Krise bewältigen und das Kommando übernehmen kann, kurzum, dass sie der Beförderung, von der ihr so vehement abgeraten worden ist, mehr als gerecht wird. Und diese Leistung kehrt sie nun um meinetwillen unter den Teppich.

Hättest du mich stattdessen nicht denunzieren sollen?

Denn die Visionen, denen ich mich hingegeben habe, sind definitiv Gedankenspiele, für die ich angeklagt, nicht geschützt werden sollte. Für diese Triumph- und Rachefantasien aus meiner Kindheit, die jetzt in all ihrer verführerischen Macht zurückgekehrt sind, müsste ich bestraft werden.

Annie fängt meinen Blick auf und hebt eine Augenbraue.

Ich räuspere mich. Und dann höre ich mich aus unerfindlichen Gründen ihr Geschenk annehmen und die Erklärung liefern, auf die sie und Holmes warten.

»Wir hatten keinerlei Hinweise darauf, ob ihre Flotte gezündet war, und wir waren unbewaffnet.«

Gezündete Drachen sind ausgewachsene Drachen, die Feuer statt Asche spucken, wofür unsere noch zu jung sind.

»Eine gute Entscheidung, Lee«, sagt Holmes.

Seine tiefe Stimme ist warm, anerkennend. Annie schluckt vernehmlich. Mir ist übel.

Atreus trommelt mit den Fingern auf dem Tisch und ergreift zum ersten Mal das Wort.

»Es war eindeutig ein schwerer Fehler, dass wir Neu-Pythos ignoriert haben«, sagt er. »Gerüchte, dass Drachen vor unserer Nordküste gesichtet worden seien, haben wir als leeres Geschwätz abgetan, das uns lediglich zu Propagandazwecken nützlich ist. Offenbar lagen wir damit falsch.«

»Wir hätten schon vor Jahren angreifen müssen«, murmelt Holmes. »Als ihre Drachen schwach waren. Hätten dieses verfluchte Stück Land mit der gesamten Marine stürmen und den Rest dieser Inzucht-Bande auslöschen sollen … Jetzt ist es zu spät.«

Inzucht-Bande. Eigentlich bin ich gegen solche Beschimpfungen abgestumpft, aber heute lassen sie Bilder von vernichtendem Drachenfeuer in mir hochkochen, als hätte ich Fieber.

Und wenn ich solche Beschimpfungen nie wieder mit ausdruckslosem Gesicht über mich ergehen lassen müsste?

Mit einem Brummeln macht Atreus klar, dass er anderer Meinung ist. »Nicht so voreilig. Wir werden unseren Botschaftern auf Isca mitteilen, dass sie um eine sofortige Audienz in der neu-pythischen Botschaft ersuchen sollen. Vielleicht lässt sich Rhadamanthus ja zur Vernunft bringen.«

Der Halb-Aurelianer Rhadamanthus, der gegenwärtige Regent von Neu-Pythos. Atreus wendet sich an einen Berater, der am anderen Ende des Tisches sitzt. »Verständige die beiden schnellsten Himmelsjäger-Reiter. Sag ihnen, sie werden als Boten gebraucht. Das wären …«

Er sieht mich an.

»Crissa, Dorian«, erwidere ich. Ducks vollen Namen benutzen wir so gut wie nie.

Der Berater verneigt sich und geht hinaus. Als er weg ist, beugt Holmes sich vor. »Du glaubst, dass wir das *diplomatisch* regeln können?«, fragt er Atreus.

»Ich bin dazu verpflichtet, es zu versuchen, wenn sich ein Krieg verhindern lassen könnte.«

Holmes' Gesicht verfinstert sich skeptisch. Ich erinnere mich an den Anblick der nahenden Flotte, die schiere Größe der in die Breite gezogenen Formation, und kann nicht anders, als seine Zweifel zu teilen. Das war keine Machtdemonstration eines Staates, der auf diplomatische Lösungen aus ist.

Als die beiden uns entlassen, gehen wir auf einen menschenleeren Flur hinaus, durch dessen wenige Fenster regentrübes Licht fällt. Nachdem wir die Tür hinter uns geschlossen haben, bleiben Annie und ich einen Moment nebeneinander stehen. Der Fußbreit Abstand zwischen uns kommt mir vor wie eine gewaltige Kluft und die Stille dröhnt mir laut in den Ohren.

Erinnerungen an die vergangene Stunde bestürmen mich: der Anblick der fremden Flotte, das verzweifelte Heimweh, Annies Stimme, die mich beim Namen ruft und fortholt. Wie sie das Manöver, das ich hätte befehlen müssen, so beschreibt, als hätte ich es befohlen. Und wie ich währenddessen Rachegelüsten nachgebe, die nicht nur sie, sondern ihr ganzes Volk verraten würden.

Sie wendet sich ab und geht davon.

»Annie?«

Aber ich habe keine Ahnung, was ich zu ihr sagen will, und sie dreht sich auch nicht um.

»Dieser Drache hat meine Familie getötet.«

Im ersten Augenblick starrte er sie verständnislos an. Dann dachte er, er müsse sich verhört haben. Er bat sie, ihre Worte zu wiederholen, und sie sagte es noch einmal.

»Du lügst«, sagte er.

Das traf sie unerwartet. Sie machte große Augen.

»Meine Familie wurde von einem Drachen getötet«, sagte sie. »Soldaten haben sie im Haus eingesperrt und unser Drachenherr hat es in Brand gesetzt.«

»Wie kommt es dann, dass du noch lebst?«

Sie wurde bleich. »Weil er mich gezwungen hat, dabei zuzusehen.«

Er erinnerte sich an den Druck von Erwachsenenhänden auf seinen Schultern, die sein Gesicht Dingen zudrehten, die er nicht sehen wollte.

»Das ist doch unlogisch«, spie er.

Sie schien nach Worten zu ringen, um sich zu erklären. Das war sichtlich das Letzte, womit sie gerechnet hatte. »Er sagte, einer von uns müsste zuschauen, um es den anderen im Dorf zu erzählen ...«

Ihre Stimme begann zu zittern. Er fiel ihr ins Wort, weil er sie nicht weinen hören wollte. »Woher wusstest du, dass es die Drachin von vorhin war?«

»Weil es ein Sturmpfeil mit roten Rändern an den Flügeln war ...«

»Dann müssen sie den Tod verdient haben!«

Er schrie sie geradezu an.

Ihr Kopf schlug gegen den Baum hinter ihr, als hätte er sie geohrfeigt. Einen Moment lang starrten sie sich nur an, sie mit zurückgelegtem Kopf und dem Ausdruck blanker Fassungslosigkeit im Gesicht, er mit auf sie gesenktem Blick, keuchendem Atem und etwas wie Hass im Leib.

Sie sprach als Erste, mit kaum vernehmbarer Stimme.

»Sie wurden getötet, weil wir während der Hungersnot nicht das vereinbarte Soll an Lebensmitteln abgeliefert haben.«

»Es gab keine Hungersnot«, blaffte er.

Sie blinzelte. »Wie bitte?«

»Das war alles nur gelogen. Das weiß doch jeder. Völlig aufgebauscht, damit die Leute die Abgaben, die sie zu leisten hatten, für sich behalten konnten ...«

»Meine Mutter«, sagte sie, »starb während der Hungersnot. Und mein kleiner Bruder, der noch ein Säugling war. Weil wir nicht genug zu essen hatten. Und wir lebten auf einem Bauernhof.«

Ihre Augen glänzten, aber sie wirkte jetzt so wütend, dass sie über Tränen schon hinaus war. Sie zeigte mit dem Daumen über die Schulter, auf die Kinder, die in anderen Winkeln des Hofs spielten. »Und falls es dir noch nicht aufgefallen ist: Die meisten von denen sind wegen der Hungersnot hier.«

Sie stemmte sich von den Knien hoch, sodass sie beim Aufstehen mit dem Rücken am Baum blieb. Selbst gerade aufgerichtet war sie über einen Kopf kleiner als er. Sie starrte ihn an, als sähe sie ihn zum ersten Mal. All der Zorn, all die Abscheu, den sie für ihre Peiniger empfand, richtete sich nun gegen ihn.

»Bleib bloß weg von mir«, sagte sie.

Mit der Kraft körperlicher Abstoßung tragen mich meine Füße von Lee weg. Wenn ich nur einen Augenblick länger in seiner Gegenwart verbringen muss, kochen die Gefühle, die in mir brodeln, endgültig über. Ich brauche Raum zum Denken und ich darf dabei nicht diese grauen Augen und diese einen Tick zu hohen, zu feinen Wangenknochen anschauen müssen.

Bleib bloß weg von mir.

Hätte ich ihn melden sollen?

Das ist die Frage, die mir durch den Kopf hallt, als ich weggehe.

Es wäre dumm von mir, ihm zu vertrauen.

Aber ich habe es trotzdem nicht über mich gebracht.

Ich mache es Lee nicht zum Vorwurf, dass er überbordet hat, und ich kann auch die Sehnsucht verstehen, die sein Gesicht beim Anblick der fremden Flotte verwandelte. Es ist wirklich nicht schwer, sich vorzustellen, was er empfunden haben muss. Ich kenne den Schmerz der Einsamkeit, der Waisenkinder quält, ich kenne die Sehnsucht nach der Geborgenheit der Familie. All das war nur ... natürlich.

Was ich ihm übel nehme, ist das, was danach kam. Dass er auf mich hörte, als ich ihm sagte, dass wir wegmüssen, obwohl es ihn innerlich zu zerreißen schien. Dass er neben mir saß, als ich die Führung von Callipolis über die militärische Bedrohung durch Drachenherren unterrichtet habe, und mit heiserer Stimme Auskunft gab. Dass er mir ein Fünkchen Hoffnung lässt, ich könnte ihn vorhin vielleicht doch nicht verloren haben.

Ich nehme ihm übel, dass ich ihm immer noch vertrauen will.

Ich will es so sehr, dass es wehtut.

Und noch schlimmer ist, dass ich eben vor Atreus Athanatos und Amon Holmes auf sämtliche Lorbeeren verzichtet habe, nur damit ich weiter Hoffnung in diesen Narren setzen kann.

Zurück im Konvent gehe ich Duck suchen, der gerade im Schlafsaal der Jungen seine Sachen packt. Er und Crissa haben einen versiegelten Umschlag für den neu-pythischen Botschafter anvertraut bekommen, den sie zur Inselföderation Isca bringen sollen, die Neutralität geschworen hat. Dort sollen sie warten, bis Rhadamanthus eine Antwort übermittelt.

»Bitte seid vorsichtig. Fliegt schnell …«

»Keine Sorge, Annie«, sagt Duck. »Wir fliegen doch nach Süden.«

Aber wenn man gesehen hat, dass am Himmel noch andere Drachen als die eigenen unterwegs sind, reicht das zur Beruhigung nicht unbedingt aus. Gegen eine feindliche Luftmacht können zwei ungezündete Himmelsjäger herzlich wenig ausrichten. Während unseres Gesprächs hat Duck meine Hände in seine genommen und jetzt will ich nicht mehr loslassen, auch wenn ich weiß, dass das besser wäre.

»Es ist Zeit, Duck.«

Crissa steht in der Tür zum Schlafsaal, den Helm unter die Achsel geklemmt. Ihr Zopf ist noch nass vom Regen; wir waren seit Sichtung der Flotte nicht lang genug am Boden, dass ihre Haare trocknen konnten. Sie bemerkt unsere ineinander verschlungenen Hände, sagt aber nichts dazu.

»Ich weiß.« Duck zieht seine Hände weg und räuspert sich. »Ich bin nicht sicher, wie lang wir weg sein werden, aber ich wollte noch sagen – Sonnenwende, wenn wir wieder da sind. Kommst du mit?«

Das ist mehr als eine Einladung: Duck setzt einen Fixpunkt an einem entfliehenden Horizont, etwas, an dem ich mich festhalten kann. Als mir das klar wird, spüre ich einen Kloß im Hals.

»Ja. Ich komme.«

»Gut. Und lade unbedingt Lee ein.«

Lee.

Ich denke an den stillen Flur. Wie Lee in der regenschweren Dunkelheit meinen Namen gesagt hat. Wie ich mich nicht zu ihm umdrehen, geschweige denn ihm antworten konnte. Die Lüge kommt ganz von selbst über meine Lippen.

»Ich habe ihn schon gefragt. Er hat Nein gesagt.«

Ich habe ihn nicht gefragt. Ich habe die Idee nicht einmal erwähnt. Soweit er weiß, verbringen wir die Sommersonnenwende zusammen im Konvent, wie immer.

Aber das ist jetzt undenkbar.

Ducks Augen werden schmal, als er mich ansieht. Sogar Crissa wirkt ein wenig überrascht.

»Na dann«, sagt Duck. »Also nur wir beide?«

Er klingt unsicher, aber nicht unerfreut.

»Nur wir beide.«

Nach ihrem Zerwürfnis nahmen die anderen Kinder die Quälereien, die sie in seiner Gegenwart unterlassen hatten, wieder auf. Der Junge sah mit an, wie sie dem Mädchen das Essen vom Teller stahlen, ihr ein Bein stellten, vor dem Unterricht ihre Hausaufgaben zerrissen, damit sie dafür bestraft würde, sie nicht gemacht zu haben. Er tat nichts.

Unterdessen nagten ihre Worte an ihm. Zunächst versuchte er, sie als kindischen Scherz abzutun, als mutwillige Lüge, die zu weit gegangen war. Er redete sich ein, dass sie zu klein gewesen war, um zu verstehen, was mit ihrer Familie geschah. Doch das reichte nicht. Sie war nicht viel jünger als er und er wusste, dass sie klüger war. Sie verstand alles.

Er bemühte sich, die Geschichte zu begreifen, die sie ihm erzählt hatte. Auch hier klammerte er sich daran, dass sie von manchen Dingen nichts gewusst haben konnte. Selbst wenn es tatsächlich so etwas wie eine Hungersnot gegeben hatte, hätte sein Vater seine Leute niemals ohne guten Grund bestraft …

Aber auch das führte in eine Sackgasse, denn kein Grund der Welt war gut genug, ein Mädchen dazu zu zwingen, den Feuertod ihrer Familie mitanzusehen.

Er rang damit, einen Zusammenhang zwischen seinem Vater und dessen Drachin auf der einen und einem brennenden Haus, einer sterbenden Familie, einem zum Zuschauen gezwungenen Mädchen auf der anderen Seite zu finden. Ihm fiel einfach nichts ein, das eine solche Tat hätte rechtfertigen können.

Wie hätte sein Vater so etwas tun können? Sein Vater war ein tapferer, edler Mann gewesen. Seine Drachin hatte ihn über die anderen Menschen erhoben und nicht nur zu einem guten, sondern zu einem großen Anführer gemacht.

Der Glaube an diese Verhältnisse, die ihm vor dem Tod seines Vaters naturgegeben erschienen waren, war eins der wenigen Dinge, in denen er noch Trost fand.

Jetzt war diese Welt ins Wanken geraten. Sosehr er es auch versuchte, er konnte nicht mehr an seinen Vater denken, ohne dass ihn ein furchtbarer Zweifel beschlich, der alle seine Erinnerungen besudelte. Selbst Erinnerungen an Alltägliches wie das Abendessen mit seiner Familie und die Gutenachtgeschichten im Bett waren davor nicht gefeit.

Er verlor den Appetit, fand keinen Schlaf mehr, konnte sich im Unterricht nicht konzentrieren. Unaufhörlich drehten sich seine Gedanken darum, wie er das Andenken an seinen Vater, das vor der Geschichte des Mädchens existiert hatte, bewahren könnte.

Nachdem sie sich viele Male verzweifelt im Kreis gedreht hatten, kam er zu einem einfachen Schluss.

Er konnte ja fortgehen.

Ausrüstung und Proviant hatte er und den Fluchtplan auch. Er war bereit – so bereit wie nie zuvor. Neu-Pythos wartete. Er brauchte nicht auf die Einflüsterungen des Mädchens zu hören. Er brauchte sich nicht zu entscheiden. Er konnte einfach gehen.

— Annie —

Allmählich fühlt es sich an, als bräche die ganze Welt zusammen und als verlöre ich dabei auch Lee.

Statt abends in Ruhe zu essen und Hausaufgaben zu machen, nehmen Lee, Cor, Power und ich an endlosen Sitzungen im Inneren Palast teil. Nachdem Holmes den Vorfall mit dem gesamten Drachenkorps durchgesprochen hat, werden unsere Patrouillenflüge an der Nordküste von Callipolis umgeplant, und unser Training soll neu ausgerichtet werden. Von nun an wird es sich ausschließlich auf Luftgefechte konzentrieren, und damit sind nicht die Schaukämpfe gemeint, wie wir sie für Turniere üben. Das Turnier selbst hat eine unheilvolle neue Bedeutung gewonnen.

»In Friedenszeiten sind die Ränge Erster Reiter und Alternus eigentlich nur Ehrentitel«, sagt Holmes zu uns. »Doch jetzt müssen wir vorbereitet sein. Unsere Flotte braucht einen Befehlshaber, der die Angriffe anführt. Und einen Alternus in seinem Rücken, der die Verteidigung organisiert.«

Beide Titel werden in der Endrunde des Turniers vergeben. Cor und Power setzen sich vor Aufregung kerzengerade hin, als sie das hören, und Lee lässt, wie vom Gewicht dieser Worte niedergedrückt, die Schultern hängen. Seit die fremden Drachen am Himmel erschienen sind, werde ich mir jeder seiner Regungen bewusst, als gäbe es ein inneres Band zwischen uns: Ich höre jedes Wort, das er sagt, und lauter noch sein Schweigen.

Jedes Wort und jedes Schweigen sind ein Eintrag in dem Register, das ich führen muss, auch wenn es wehtut.

Denn Zeit und Raum verleihen mir die kühle Entschlossenheit, zu der ich nach dem ersten Schock nicht fähig war. Wenn es hart auf hart kommt, muss ich mich von meinem Gewissen und meinem Eid leiten lassen. Freundschaft ist keine Rechtfertigung für Landesverrat.

Wenn Lee zur Gefahr wird, bin ich verpflichtet, ihn zu melden.

In dieser Nacht tue ich kein Auge zu. Ich sehe Duck vor mir, wie er auf seinem Drachen über die Medeis fliegt, den Elementen und vielleicht auch Feinden schutzlos ausgeliefert; und ich denke an Lee, den Jungen, den ich besser kenne als jeden anderen und der mir zugleich, seit wir die Drachen gesichtet haben, völlig fremd erscheint. Ich vermisse beide schmerzlich.

Am nächsten Morgen beginnt unser neues Leben: Wir sind vom Unterricht befreit und begeben uns zum Drachenhorst, wo wir den Kampf mit Körperkontakt und Angriffe mit Waffen trainieren, all die schnellen, schmutzigen Methoden zum Sieg, wenn Siegen Töten bedeutet und nicht nur den entscheidenden Treffer in einem Turnier. Wenn man nicht auf den Vorteil bauen kann, den Feind mit gezündetem Drachenfeuer zu erledigen. Die gesichtete Flotte hat zwar kein Feuer demonstriert, was die Vermutung nahelegt, dass ihre Tiere ebenfalls ungezündet sind, aber wir müssen auf alles vorbereitet sein.

Auf dem Horst kehrt konzentrierte Stille ein, als Goran uns zeigt: *So schlitzt man die Kehle auf.*

Nicht weil er uns solche Dinge nicht schon früher beigebracht hätte, sondern weil wir zum ersten Mal in dem Bewusstsein zuhören, dass wir sie sehr bald anwenden könnten. Lee sitzt stumm da, mit gesenktem Kopf und auf die Knie gestützten Ellbogen, während Goran die verschiedenen Möglichkeiten beschreibt, einen feindlichen Reiter zu verstümmeln und zu töten.

Feindlich, sagt Goran. Nicht *gegnerisch.* Sogar die Sprache hat sich geändert.

Lee umklammert seine Knie so fest, dass die Knöchel seiner Hände weiß hervortreten.

Dann teilen wir uns nach Geschwadern auf, wie im gewöhnlichen Training auch, und legen los. Ich lenke Aela weg von Lee auf Pallor und suche mir stattdessen Max als Partner aus, einen der Aurelian-Reiter aus meiner Staffel. Als Lee das mitkriegt, tut er sich mit Deirdre zusammen.

Es ist das erste Mal seit Jahren, dass ich einen anderen Trainingspartner wähle als Lee. Sonst muss Goran uns immer daran erinnern, den Partner zu wechseln.

Das Training beginnt. Aela und ich durchbrechen Max' Deckung einmal. Und dann noch einmal und noch einmal und noch einmal. Max hat es in den Sechzehnten Rang geschafft, die obere Hälfte in der Hierarchie des Drachenkorps, aber das reicht nicht.

»Bei allen Drachen, Annie, warte wenigstens auf den Neustart«, brummelt er und massiert sich den Arm, an dem ich ihn getroffen habe.

»Schläfst du, Lee?«, höre ich Goran vom Horst zu uns hochbrüllen.

Obwohl ich versucht habe, einen von Lee und Deirdre möglichst weit entfernten Platz in der Arena zu besetzen, kann ich ihren Zweikampf gut sehen. Den meisten Reitern wäre Gorans Kritik ein Rätsel: Immerhin durchbricht

Lee andauernd Deirdres Deckung und landet Treffer. Aber ich erkenne den Unterschied ebenfalls. Lee gibt sich keine Mühe. Er beschränkt sich auf das Minimum – was in seinem Fall zum Sieg reicht. Weil in Lees Fall halbherzig immer noch gut ist.

Bei dem Anblick spüre ich meine Verzweiflung in Wut umschlagen.

Goran scheint meine Empörung zu teilen.

»Aurelianer, zurück auf die Plätze! Annie, Lee, tauscht die Partner. Weck ihn auf, Antigone.«

Nur wenn ich in der Luft bin, kann es passieren, dass Goran seine Geringschätzung meiner Fähigkeiten vergisst.

Pallor und Aela gehen zehn Meter voneinander entfernt in Stellung, indem sie mit weit ausgebreiteten Flügeln im Aufwind über der Arena schweben. Lee und ich beäugen uns durch die Schlitze in unseren Visieren und packen unsere stumpfen Wettkampflanzen und feuerfesten Schilde. Mit beidem haben wir schon trainiert, aber weil sie nur als zusätzliche Waffe zu gezündetem Drachenfeuer gelten, haben sie in unseren Zweikämpfen bisher keine große Rolle gespielt. Jetzt, wo wir womöglich mit ungezündeten Drachen in den Krieg ziehen müssen, sind sie die nächstbeste Wahl.

Ich spüre Aela in einer Aufwallung meiner Wut erzittern; sie schnaubt aufgeregt. Pallor ist wie Lee die Ruhe selbst. Als wäre er mit den Gedanken woanders.

Goran gibt das Zeichen zum Angriff und wir preschen vor.

Wir schlagen schneller los als sie; ich erwische Lee auf Pallor mit voller Wucht. Noch während sie sich von dem Treffer erholen, beuge ich mich über Aelas Flügel und stoße die Lanze vor. Lee reißt seinen Schild hoch, um den Hieb abzuwehren, ist aber etwas zu spät: Die Waffe gleitet links daran vorbei und rammt zwar nicht seine Brust, aber die Schulter.

Lee ächzt vor Schmerz. Er zieht Pallor aus dem Nahkampf heraus und in diesem Moment kocht meine Wut endgültig über. Weil ich genau weiß, was gerade passiert ist. Auf meine Körperkraft bilde ich mir nichts ein; im traditionellen Zweikampf, Asche gegen Asche, sind Lee und ich gleich stark, aber wenn wir so direkt aufeinanderprallen, bin ich nur halb so groß und habe halb so viel Muskelmasse. Ich hätte diesen Treffer gar nicht landen dürfen.

Wir stürzen uns wieder aufeinander und diesmal geht Lees Lanze fehl, obwohl ich mir eine dumme Blöße gegeben habe, und meine trifft ins Schwarze.

Schlag zurück, du Mistkerl. Schlag zurück, du elender Feigling, lass mich nicht so auflaufen …

Ich spüre, wie mein Zorn überquillt und auf Aela übergeht, was zugleich eine Erleichterung ist und ihn noch weiter anfacht. Unsere Gefühle sind verschmolzen. Durch den Nebel höre ich Lee brüllen.

»Du bist *kampfuntauglich!*«

Die Welt stellt sich wieder scharf, obwohl Aelas und mein geteilter Zorn noch an ihren Rändern simmert. Die Worte, die ich gedacht habe, dröhnen mir in den Ohren; an ihrem Echo erkenne ich, dass ich sie nicht nur gedacht habe. Lee hat seinen Helm abgenommen und starrt mich mit so weit aufgerissenen Augen an, dass ich das Weiß um seine Iris erkenne. Ringsum haben die anderen Paare im Kampf innegehalten. Ich wage mir kaum auszumalen, was sie wohl denken, wenn sie mein Gebrüll eben gehört haben.

»Stimmt was nicht?«, ruft Goran.

»Ich kümmere mich darum«, sagt Lee. »*Runter*, Antigone.«

Als er seinen Befehl mit meinem vollen Namen beendet,

fällt die Betäubung schlagartig von mir ab, und aus meinem rasenden Zorn wird kalte Wut. Ich ziehe an Aelas Zügeln und senke sie zu der verlassenen Brustwehr auf der Ringmauer um die Arena ab. Wir kommen dumpf auf den Steinplatten auf. Ich schneide die Riemen durch, mit denen ich die Füße an den Steigbügeln festgebunden habe, und springe aus dem Sattel. Einen Moment später landet Lee auf Pallor neben uns. Er sitzt ab. Jede Faser seines Körpers scheint zum Zerreißen gespannt, so wütend ist er. Mit einer Bewegung seines Handgelenks schickt er Pallor zurück in die Luft.

Wir funkeln uns an. Hinter mir knurrt Aela, die immer noch unter dem Einfluss meiner Gefühle steht. Über uns nehmen die Aurelian-Reiter ihre Zweikämpfe wieder auf.

»Was in aller Drachen Namen war denn das?«

»Ich sollte dich melden. Ich hätte dich gleich melden sollen …«

Lee versteinert. Kurz höre ich nur den Wind und Aelas Schnaufen in meinem Rücken.

»Und, warum hast du es nicht getan?«

Meine Augen brennen.

»Weil ich so dumm war, dir vertrauen zu wollen.«

Ich weiß, dass meine Augen verräterisch glänzen müssen. Lee mustert mich, dann legt er den Kopf in den Nacken und schaut zu den Zirruswolken hoch über uns hinauf. Als das Schweigen unerträglich wird und ich drauf und dran bin, es zu brechen, holt er langsam Luft, streicht sich eine dunkle Strähne aus der Stirn und sieht mich wieder an.

»Das war nicht dumm.«

»Ach nein?«

Lee schüttelt den Kopf. Und als ich sein schmerzerfülltes Gesicht sehe, verstehe ich endlich.

Die weißen Knöchel, das Schweigen, der gesenkte Kopf: Lee hat nicht vor, zum Feind überzulaufen.

Er tut, was ich hätte wissen müssen: Er bietet all seine Kraft auf, zu bleiben.

Als er zu dem Schrank im zweiten Stock ging, wo die Vorräte warteten, die er für seine Flucht nach Neu-Pythos packen wollte, stellte er fest, dass er dem Mädchen dadurch nicht entkam – im Gegenteil. Sie hatte sich in dem Schrank versteckt. Und weinte hinter der Tür. Er hatte sie schon öfter weinen hören, aber so hatte es noch nie geklungen. Nicht, als hätte sie Angst oder litte Schmerzen, sondern abgrundtief verzweifelt.

Er stand davor und dachte: Ich kann später wiederkommen, wenn sie weg ist.

Denn er wusste, wenn er jetzt die Tür öffnete, würde er nie fortgehen. Er würde weder den Rucksack holen noch die Vorräte einpacken. Er würde nicht fliehen. Er würde sich neben sie zwängen und das Einzige tun, was ihm zu tun blieb. Er würde sie trösten.

Er erinnerte sich daran, was sein Vater ihm gepredigt hatte, und versuchte es sich einzutrichtern: Sie ist nur ein Bauer. Sie zählt nicht.

Doch noch während er sich das vorsagte, machte er die Tür auf.

Sie saß an die hintere Wand gelehnt, wo er für gewöhnlich saß, das Gesicht hinter den angezogenen Knien vergraben, die Hände ins Haar gekrallt. Als bewegte sich sein Körper von selbst, sank er neben ihr nieder, legte die Hände flach auf den Boden und ließ den Kopf hängen.

Er wartete darauf, dass sie etwas sagte, dass sie eine Entschuldigung verlangte, und dachte an die Worte, die sie ein-

fordern würde: »Sie hatten es nicht verdient.« Er würde es sagen; er würde sich selbst, das Mädchen und seinen Vater dafür hassen, aber er würde es sagen. Sie hatte gewonnen.

Aber sie verlangte nichts von ihm.

Er hörte die Bretter unter ihnen knarzen, als sie das Gewicht nach vorn verlagerte, und dann spürte er ihre Hände, die nach ihm griffen und ihn zu ihr hinzogen. Sie vergrub ihr Gesicht an seinem Hemd und hielt ihn fest, als fürchtete sie, er könnte sich in Luft auflösen.

Dann gab sie ein dumpfes Wimmern von sich und daran erkannte er, dass er nicht der Einzige war, der eine Niederlage erlebte.

Er schlang die Arme um sie und begann, Sätze zu murmeln, die er noch nie ausgesprochen hatte, die immer nur andere zu ihm gesagt hatten: Weine nicht. Es ist doch vorbei. Ich bin da. Sie war zu dünn. Er konnte die blauen Flecke sehen, die die anderen Kinder ihr verpasst hatten, und fühlte sich schuldig. Die Vorräte, die er hatte packen wollen, blieben unerwähnt, vergessen in der Ecke. Er hielt sie in den Armen, bis sie einschlief, und als sie aufwachte, gingen sie ihr etwas zu essen suchen.

Von der Flucht nach Neu-Pythos sprach er nie wieder.

Und sie fragte ihn nie danach.

Obwohl es ihm selbst nicht bewusst wurde, war das der erste Tag, an dem er alle Gedanken an seine Familie verdrängte, sobald sie ihm in den Sinn kam. Erst Monate später merkte er, dass er sie allmählich vergaß.

Seit unserem Gespräch auf der Brustwehr ist ein Tag vergangen. In Atreus' Unterricht sitzt Annie mir gegenüber, sodass ich ihren Blick auf mir ruhen spüre, als der Erste Protektor uns nach Vorschlägen für ein Diskussionsthema fragt und ich die Hand hebe. Und ich nenne ein Thema, das ich bisher in allen Fächern vermieden habe: Ich frage nach dem alten Regime.

»Warum ist das neue Regime besser als das alte?« Weil ich so lange geschwiegen habe, fühlt sich mein Hals beim Sprechen ganz rau an.

Atreus lehnt sich auf seinem Stuhl zurück und lächelt milde über die Herausforderung.

»Ist es das denn?«, fragt er.

»Klar«, sagt Cor, als wäre allein der Gedanke, es könnte anders sein, eine Beleidigung.

»Inwiefern ist es besser?«

»Das neue Regime hat faire Gerichtsverfahren«, sagt Cor. »Eine auf Handel beruhende Wirtschaft, von der eine wachsende Mittelschicht lebt. Bildung für alle. Aufstiegschancen, die nicht von der Geburt abhängen. Wenn man das mit dem alten Regime vergleicht – wir haben die Horrorgeschichten ja alle gehört.«

Atreus nickt langsam. »Das glaube ich gern. Und manche von euch haben sie sogar erlebt.« Obwohl er es nur indirekt andeutet, spüre ich, dass Annie in den Mittelpunkt der Aufmerksamkeit rückt. Cor sehe ich deutlich an, dass er absichtlich nicht zu ihr rüberguckt, während Power genau das tut. Ihr Gesicht zeigt keine Regung. »Wenn wir diese Schauergeschichten mal beiseitelassen«, fährt Atreus fort, »was könnt ihr mir über die Fehler des alten Regimes sagen?«

Diesmal heben sowohl Annie als auch ich die Hand.

Seit dem Viertelfinalturnier halte ich mich bewusst zurück, wenn Annie sich meldet, aber heute lasse ich meinen Finger oben und suche ihren Blick. Ihre Augen weiten sich leicht, als sie mich ansieht, und ihr Mund öffnet sich.

Ich brauche das.

Sie senkt die Hand.

»Lee?«

Ich umklammere die Tischkante und spreche leise, bedächtig. Sämtliche Lektüren, Hausaufgaben und Unterrichtsdiskussionen der letzten Jahre lassen sich in einigen wenigen Sätzen harter Wahrheit zusammenfassen.

»Unter der Herrschaft der Triarchen starben Tausende an Armut und Hunger. Während das Volk hungerte, veranstalteten die Drachenblütigen Festgelage und leugneten die Existenz einer Hungersnot aus reiner Bequemlichkeit. Sie regierten, ohne sich an Gesetze zu halten, grausam und unbarmherzig, und rechtfertigten ihre Vergehen damit, dass es ihr angeborenes Recht sei.«

Aus den Augenwinkeln sehe ich Annie auf ihrem Stuhl hin und her rutschen.

Atreus nickt. »Wohl wahr. Und wie hätte derart unbegrenzte Macht nicht zu Korruption führen sollen? Kannst du den Fehler in dem Ganzen erkennen, Lee – den faulen Kern im Innern des Systems?«

Ich nicke. Dieser Fehler war mir von Anfang an, seit ich begann, darüber nachzudenken, überdeutlich klar.

»Ihre Macht war vererbt.«

»Ganz genau. Die Macht war nichts, dessen man sich würdig erweisen musste. Und diese Diskrepanz zwischen Macht und Verdienst ist etwas, mit der die Drachenherrschaft von Anfang an zu kämpfen hatte.« Mit einer Handbewegung zeigt Atreus auf den *Aurelianischen Zyklus*, der in jeder unserer Stunden griffbereit auf dem Tisch liegt. »Sie hatte durchaus Größe. Aber diese Größe führte zu Hochmut, der Hochmut zu Korruption und die Korruption zu ihrem Niedergang. So. Und inwiefern seid ihr anders?«

Powers selbstgefällige Antwort kommt sofort. »Wir verdienen die Macht.«

Die Ironie dieser Haltung entgeht Atreus offenbar nicht, denn sein Mund verzieht sich zu einem schmalen Lächeln. »Ach ja?«

»Nicht?«

»Das hängt von euch ab«, sagt Atreus. »Ihr verdient diese Führungsrolle nur so lange, wie ihr vernünftiger und tugendhafter sein könnt als die Herrscher, die vor euch kamen. Und das dürft ihr niemals vergessen, ganz besonders jetzt nicht, im Angesicht dessen, was uns vielleicht bevorsteht.«

Als ich aufsehe, sind Annies Augen, die viel zu sehr strahlen, immer noch unverwandt auf mich geheftet.

Tyndale hält seine Sprechstunde in der Literaturfakultät des Lyzeums ab. Ich lenke meine Schritte rasch dorthin; ich will ihm meinen Entschluss mitteilen, bevor ich wieder ins Grübeln komme.

Denn ich weiß genau, wenn die Antwort aus Neu-Pythos eintrifft, wird mir das Nein schwerer fallen, obwohl sie meine Entscheidung nicht ändern wird.

Ich werde diese Pille schlucken. Ich weiß nur noch nicht, wie bitter sie schmecken wird. Je nachdem, welche Antwort Crissa und Duck mitbringen, könnte sie wirklich sehr bitter werden.

»Ich habe darüber nachgedacht. Über Ihr Angebot. Mich … ihnen anzuschließen.«

»Ja?«

»Nein.«

Tyndale zieht eine Grimasse. Dann zeigt er auf den Stuhl vor seinem mit Papieren übersäten Schreibtisch. Der Raum ist sonnendurchflutet, durchs Fenster dringt der Geruch frisch gemähten Grases aus dem Innenhof.

»Setz dich.«

Das alternde Lederpolster knarzt unter meinem Gewicht. Tyndale hat einen onkelhaften Ton angeschlagen. Wie beim letzten Mal spricht er Drachisch. »Ich fürchte, dass du deine Lage nicht ausreichend durchdacht hast, Leo. Momentan mag dir diese Antwort einfacher erscheinen. Aber langfristig gesehen wird das in deiner Position nicht leicht werden. Wenn du jetzt Verrat begehst, wirst du später dafür zahlen müssen.«

»Ich begehe keinen Verrat.«

Tyndale legt den Kopf schräg und stützt ihn dann in die offene Hand.

»Als was würdest du es sonst bezeichnen?«

»Ich entscheide mich für Callipolis.«

Auch ich bin jetzt ins Drachische gewechselt. Schließlich sind wir hier unter uns und für diese Situation scheint es mir geeigneter. Es ist ein erhebendes Gefühl, die Sprache nach all den Jahren wieder zu benutzen. Sie verleiht meinen Worten irgendwie mehr Macht.

»Ich glaube an Atreus. Ich glaube daran, was er tut. Selbst wenn es in Blut geboren wurde.«

Die Skepsis in Tyndales Miene weicht Mitleid.

»Du glaubst, das Blutvergießen war mit dem Sturm auf den Palast vorbei?«, fragt er. »Mit deiner Entscheidung beginnt alles wieder von Neuem.«

Drei Tage später kehren Crissa und Duck aus Isca zurück, und ich sehe Annie Duck so innig umarmen, wie sie mich seit dem Waisenhaus nicht mehr umarmt hat. Das Lächeln, mit dem sie ihn ansieht, ist leicht, unbeschwert und glücklich – unbelastet von alten Erinnerungen. Die Art von Lächeln, die sie mir nie schenkt.

Ich wende mich ab, weil der Kummer, den ich auf einmal empfinde, völlig fehl am Platz ist, und Crissa händigt mir die Botschaft aus Neu-Pythos aus.

Sie lag schon für uns bereit; darum waren sie und Duck so schnell zurück. Als unsere Nachricht Isca erreichte, war das pythische Schreiben längst fertig.

DIE RECHTMÄSSIGEN HERRSCHER VON CALLIPOLIS SIND IHRES EXILS ÜBERDRÜSSIG.
DIE TRIARCHEN WERDEN BALD NACH HAUSE ZURÜCKKEHREN.

Das ist mehr oder weniger der Schlag, den ich erwartet habe. Genau dieses bittere, schleichende Gift hat Tyndale mir prophezeit. Aber ich habe mich gegen den Schock gewappnet und spüre meine Entschlossenheit und klare Ausrichtung stärker denn je: Wir müssen trainieren, uns vorbereiten und der Katastrophe entgegensehen.

Womit ich nicht gerechnet habe, ist der in geübter Drachisch-Schrift verfasste Brief, der zwei Wochen später in meiner Hausaufgabe steckt, als ich sie von Tyndale zurückbekomme.

Mein lieber Vetter,
im letzten Turnier hätte ich kaum zu hoffen gewagt, dass Du es wirklich bist. Umso mehr freue ich mich nun über die Bestätigung. Triff mich zur Sonnenwende im Trunkenen Dra-

chen in Kargsal, drei Stunden nach Mitternacht. Lass Deine Sturheit in dieser einen Nacht zu Hause: Die Sonnenwende ist Familienzeit.

Julia

5

SONNENWENDE

— Lee —

Julia war der Albtraum aller Ammen. Die Sorte Mädchen, die immer entwischte, um sich unter die Jungen zu mischen und deren Spiele mitzuspielen, die sich immer schmutzig machte, die teuren Kleidchen zerriss, die Knie aufschlug. Entgegen allen Erwartungen war es Julia – die für eine gute Partie und die damit einhergehenden häuslichen Pflichten ausersehen war –, die den Orbit unseres Spiels mit der Anziehungskraft einer Sonne bestimmte. Wenn Julia auftauchte, konnte der Tag beginnen. Die Bäume in den Palastgärten wurden zu Felsen, die wir erklommen, die Zierteiche zu Meeren, die wir überflogen, die Wiesen zu Feldern, die wir in erbitterten Duellen mit unserem tödlichen Drachenfeuer versengten.

Wir kämpften immer darum, wer zum Ersten Reiter und wer zum Alternus ernannt würde. Meistens gewann Julia.

»Wenn ich groß bin, werde ich Erster Reiter und Triarch, wie mein Vater«, verkündete sie. »Wie Pytho der Vereiniger, wie Uriel auf Aron.«

»Träum weiter, Julia«, spotteten die älteren Jungen. Mein Bruder Laertes, der seine Erwählungszeremonie als *Passus* beendet hatte, von den Drachen verschmäht; Julias Bruder

Ixion, der so alt war wie Laertes; und Delo, einer der Erstgeborenen des Hauses der Himmelsjäger. »Mädchen reiten keine Drachen.«

Ich erinnere mich, wie ich sie wegschleifte, während sie die drei mit purpurrotem Gesicht in Grund und Boden brüllte. Die gemeinsten Schimpfwörter, die sie kannte, waren jahrhundertealte Phrasen aus dem *Aurelianischen Zyklus*, die so antiquiert klangen, dass unsere Brüder, die in ihrem Alter schon echte Schimpfwörter von unseren Vätern gelernt hatten, nur noch lauter lachten.

»Mein Vater hat gesagt, dass sie das ändern werden«, erzählte sie mir danach mit zornblitzenden Augen, als wir im Schatten eines kleinen Hains standen. »Mein Vater sagt, dass er die Regeln für mich ändern wird. Ich werde Drachen reiten.«

Es war nicht ratsam, Julia zu widersprechen, aber ich hatte genug Rollenspiele mit ihr gespielt, um zu merken, wenn sie einem etwas vormachte. Ich kannte die Macht ihrer Lügen, die so überzeugend sein konnten, dass wir beide stundenlang glaubten, zu fliegen, obwohl wir die ganze Zeit fest auf dem Boden standen.

»Mein Vater«, vertraute mir Julia mit großen grauen Augen an, »kann *alles*.«

Zum letzten Mal sah ich Julia im Roten Monat.

Die Chronologie der Ereignisse zwischen dem Sturz des alten Regimes und der Einführung des neuen verschwimmt in meiner Erinnerung; einzelne Fetzen treten klar und deutlich hervor, der Rest ist verdunkelt. Bei unserer letzten Begegnung hatten die drachenblütigen Familien schon Hausarrest im Palast. Die Lockpfeife meines Vaters war beschlagnahmt und Aletheia in ihre Höhle gesperrt worden. Die Bürgerwehr, die die Kontrolle im Inneren Palast übernommen hatte, schwor der Revolution die Treue und zwang die festgesetzten Drachenherren dazu, ebenfalls einen Treueeid abzulegen. Natürlich wusste jeder, dass das Ganze nur eine Farce war, aber sie zogen das Spiel wochenlang durch. Die Bürgerwehr behauptete von sich selbst, zu unserem Schutz abgestellt zu sein, denn in jenen Wochen drang der Lärm der Proteste und Ausschreitungen des einfachen Volks, das vor den Toren nach Brot und Blut verlangte, bis in den Inneren Palast.

Während dieser Zeit versuchte mein Onkel Krethon, der Triarch des Westens, mit Frau und Kindern auf seine Residenz im Hochland zu fliehen. Sie wurden gefangen genommen. Als sie in die Stadt zurückgebracht worden waren, führten die Revolutionäre Krethons Frau und Kinder in unsere Gemächer im Inneren Palast und verlangten eine Audienz beim Drakarchen des Fernen Hochlands und dessen Familie.

Mein Vater empfing sie in unserem Salon. Die Kinder hatten sichtlich eine harte Reise hinter sich und waren offenbar geschlagen worden. Julia war wie ich die Jüngste unter den Geschwistern, aber die Blutergüsse, die die Gesichter meiner Cousins verdunkelten, waren auch ihr zugefügt worden. Es war das erste Mal, dass ich die Spuren von körperlicher Gewalt an einem Drachenblütigen sah. Der Zorn, der mich erfüllte, galt nicht nur ihrem Leid, sondern auch der schieren Unverschämtheit, dass ein Sturmpfeil, das Kind eines Drachenherrn, geschlagen worden war. Selbst gegen Ende des Roten Monats erschien das noch undenkbar. Meine Tante, die von einem der Männer festgehalten wurde, stieß ein derart kehliges Stöhnen aus, dass ich es im ersten Moment gar nicht als menschliches Geräusch erkannte.

Der Kommandant unserer Bewacher erklärte uns in holperigem Drachisch: »Dieses Schicksal wird jede drachenblütige Familie ereilen, die vor der Revolution zu fliehen versucht.«

An jenem Tag konnte ich ihn noch kaum von den anderen unterscheiden, doch beim Sturm auf den Palast sollte sich sein pockennarbiges Gesicht für immer in mein Gedächtnis brennen. Er packte Julia, die damals sieben war, an den Schultern und schüttelte sie, um seine Drohung zu unterstreichen.

»Guter Bürger«, sprach ihn mein Vater mit der unter Revolutionären beliebten Anredeformel an, während er sich erhob und zwischen uns und die Wachen trat, »meine Familie hat nicht vor, den Palast zu verlassen. Doch wo ist Herrin Helenas Gemahl? Sie ist verzweifelt.«

Ich erinnere mich, wie falsch sein unterwürfiger Ton diesem Kerl gegenüber für mich klang. Und ich erinnere mich, wie Julia mir vom anderen Ende des Raums, wo ihr Bewacher sie mit seinen dreckigen Händen festhielt, ins Gesicht sah. Ihr klarer, trotziger Blick versprühte einen Zorn, den ich selbst erst beim Sturm auf den Palast in seiner vollen Wucht fühlen sollte.

Der Kommandant sagte: »Die Herrin und ihre Kinder werden ihren Gemahl nicht wiedersehen.«

Julias schluchzende Mutter wurde zuerst abgeführt, dann folgte Julia.

Das war unsere letzte Begegnung.

Neun Jahre ist das nun her. Heute sind die Palastgärten, in denen wir damals gespielt haben, voller Stadtkinder. Die Kinder von Schustern, Bäckern und Schmieden genießen dort den Duft der Frühsommerblüten, den in meiner Kindheit allein die Drachenblütigen erleben durften. Und auch wenn sie dabei eine andere Sprache sprechen, lachen sie doch genauso wie wir früher, und sie spielen immer noch Drachenreiter.

Trotzdem – wenn ich ihnen von der Bank inmitten des Parks, auf der ich mich niedergelassen habe, so zusehe, erscheint es mir unvorstellbar, dass Julia und ich jemals so herumgetollt sind. So völlig sorgenfrei.

Wie hat sie überlebt?

Und der schlimmere Gedanke: *Was* hat sie überlebt? Welche Grauen hat sie mitangesehen oder ertragen, als die Mauern eingerannt wurden?

»Lee?«

Ich schaue auf und muss kurz blinzeln, um die Umgebung wahrzunehmen. Crissa kommt auf mich zu. Wir haben gerade Atreus' Rede auf dem Platz des Volkes auf der anderen Flussseite verfolgt, wo er die Bewohner von Callipolis über die pythische Gefahr unterrichtet und ihnen versichert hat, dass wir bereit zum Kampf sind. Wie ich trägt Crissa unsere Paraderüstung, Silber unter schwarzem Umhang, mit dem Zwillingsring-Emblem der Wächter auf der Brustplatte. Während der Rede standen die Wächter und ihre Drachen in einem Halbkreis hinter Atreus, um die Schlagkraft unserer Luftflotte zu demonstrieren.

Es war dasselbe Podest, auf dem vor acht Jahren Aletheia enthauptet wurde. Die Städter, die sich heute auf dem Platz versammelten, brüllten in demselben Zorn, ein Meer aus Farben und Gesichtern, das unter Atreus' in die Höhe gereckter Faust zu einer einzigen donnernden Stimme anschwoll. Ich lauschte, dachte an Aletheia und kämpfte gegen meine Übelkeit an.

Ich rutsche zur Seite, um Crissa Platz zu machen, und sie setzt sich neben mich. »Hey.«

Drei Tage sind vergangen, seit ich Julias Brief bekommen habe. Bis zur Sommersonnenwende, für die Julia sich mit mir verabredet hat, sind es nur noch wenige Tage.

Obwohl ich den Brief verbrannt habe, ist mir jedes Wort

unauslöschlich im Gedächtnis geblieben. Julias Handschrift ist erwachsener geworden. Sie schreibt nicht mehr in kindlicher Druckschrift, sondern verwendet das Alphabet, das ich nur in Übersetzungsübungen gebrauche, mit selbstverständlichem Schwung.

Jedes Mal, wenn mir die Sonnenwende in den Sinn kommt, setzen meine Gedanken aus – bis ich mir in Erinnerung rufe: Ich verbringe die Sonnenwende ja mit Annie.

Crissa sitzt so dicht neben mir, dass unsere Knie sich berühren. Unter den dünnen Schichten der Paraderüstung schwitze ich ohnehin, doch durch diese zusätzliche Hitze wird das sofort die empfindlichste Stelle meines Körpers. Der Kontakt ist überraschend, aber nicht unangenehm, und ich ziehe das Bein nicht weg.

»Herrlich, oder?«, sagt sie. »Um diese Jahreszeit liebe ich den Park besonders.«

Der Himmel ist blau, die Luft lieblich, aber nicht zu warm, und eine sanfte Brise kühlt uns das Gesicht. Crissa schüttelt sich das Haar aus dem Nacken, sodass ihre dunkelgoldenen Locken frei über den Rücken fallen und auf dem schwarzen Umhang leuchten. Als sie den Duft von Erde, Rosen und Geißblatt einsaugt, lächelt sie so schlicht, so versonnen, dass mir die Erinnerung einen Stich versetzt. *So* lächelt jemand, der ungehindert genießen kann, ohne von altem Gram erfüllt zu sein.

So war es damals bei Julia und mir.

Ich könnte selbst nicht sagen, warum mich dieser Gedanke auf meine nächste Frage bringt.

»Zeichnest du eigentlich immer noch?«

Als wir jünger waren, hat Crissa ständig gezeichnet. Drachen, Menschen, Impressionen aus ihrer Heimatstadt Seehafen. Auf meine Frage lächelt sie etwas gequält und schüttelt den Kopf. Ihr Knie liegt immer noch an meinem an.

»Nicht, seit wir die Geschwader anführen. Aber wenn ich Zeit hätte, würde ich das hier zeichnen.«

Die in voller Blüte stehenden Eichen, der plätschernde Springbrunnen, die Stufendächer des Janiculum, darüber die Steilwand von Pythos Feste, die sich majestätisch gegen den wolkenlosen Himmel abhebt.

Seufzend nimmt Crissa den Anblick in sich auf. Dann erhebt sie sich, holt ein zusammengefaltetes Blatt aus ihrer Tasche und hält es mir hin. »Hast du das schon gesehen? Vom Informationsministerium.«

Das Kommuniqué unterrichtet uns über eine neue Pflicht im Terminplan der Wächter: Moralvisiten, bei denen wir mit unseren Drachen vor dem Volk auftreten sollen, um Motivationsreden zu halten und die militärische Überlegenheit unseres Landes gegenüber Neu-Pythos unter Beweis zu stellen.

»Ich bin ehrlich gesagt nicht so wild darauf, die Massen zu mobilisieren«, murmelt Crissa.

Ich teile ihre Vorbehalte. Wir trainieren sowieso schon viel intensiver, absolvieren mehr und längere Patrouillenflüge und nehmen an unzähligen Besprechungen im Verteidigungsministerium teil. Da ist es schwer einzusehen, dass wir Zeit mit Propagandamaßnahmen vergeuden müssen, noch dazu für eine so plumpe Kampagne. *Ich gelobe bei den Flügeln meines Drachen, es zu bewahren, es mit meiner Vernunft zur Gerechtigkeit zu führen,* haben wir als Kinder geschworen, als wir Wächter wurden. Dieser Eid schien uns etwas Edleres zu verheißen, als mit einer billigen Drachen-Inszenierung und hohlen Phrasen Patriotismus zu schüren.

Aber Kinder sind wir schon lange nicht mehr, und wenn diese Maßnahme dazu beiträgt, den Leuten etwas von ihrer Angst zu nehmen, sollte ich darüber nicht die Nase rümpfen. Auch wenn ich finde, dass es unter meiner Würde ist.

»Darauf hat man uns im Unterricht vorbereitet. Wir

wussten, dass das irgendwann zu unseren Aufgaben gehören wird.«

Die Falten auf Crissas Stirn kann das nicht glätten. »Ich weiß.«

Indirekt erfüllt dieser Auftrag noch einen weiteren Zweck: Es ist ein Test, welche Wächter beim Volk am besten ankommen. Eine Frage, die für die Reiter des Vierten Rangs von besonderer Bedeutung ist.

Allerdings macht die Liste deutlich, dass wir schon längst unter diesem Aspekt beobachtet werden, denn nicht alle Wächter haben gleich viele Aufträge bekommen. Denjenigen von uns, die zuverlässig gute Leistungen im Rhetorikunterricht zeigen – Cor, Power, Crissa, Rock und ich –, hat das Ministerium zahlreiche Termine zugewiesen. Diejenigen, die auf diesem Gebiet eher schwach sind, hat man nicht berücksichtigt.

Darunter Annie, die keine einzige Visite aufgetragen bekommen hat, obwohl sie Mitglied des Vierten Rangs ist.

»Sie wird stinkwütend sein.«

Erst nachdem ich das vor mich hin gemurmelt habe, merke ich, dass ich ihren Namen nicht genannt habe. Aber Crissa weiß auch so, wen ich meine.

»Meinst du nicht, dass sie erleichtert sein wird? Annie hasst öffentliche Auftritte.«

Ich muss daran denken, wie Annie im Hörsaal des Lyzeums geübt hat, laut zu sprechen, und schüttele den Kopf. »Ich glaube, das war, bevor sie in den Vierten Rang aufgenommen worden ist.«

Crissa wirft einen letzten Blick auf die Liste. »Das freut mich für sie.«

Nach außen hin schien Crissa immun gegen die Schikanen, denen sie eine Zeit lang ausgesetzt war, nachdem Atreus sie zur Geschwaderführerin befördert hatte. Gorans ätzende Kommentare, die Verachtung, die er sie immer und überall spüren ließ, glitten an ihr ab wie Wasser. Zumindest tat sie so. Wenn sie allein war, schimpfte sie wie ein Rohrspatz. Als Cor und ich sie einmal dabei belauschten, mussten wir schwören, es niemandem zu erzählen.

Sie muss sehr gut nachempfinden können, wogegen Annie anzukämpfen hat, innerlich wie äußerlich.

»Sie werden sie nicht ewig übergehen können«, fügt Crissa hinzu. »Nicht, wenn sie so weitermacht.«

Anders gesagt, nicht, wenn Annie Power im Halbfinale bezwingt. Das Turnier wird zehn Tage nach der Sonnenwende stattfinden, wenn die Städter aus den Ferien zurückgekommen sind.

Ich gebe ihr das Blatt zurück und dabei streifen sich unsere Hände. Einen Augenblick länger als nötig verweilen Crissas Fingerspitzen auf meinem Handrücken. Selbst nachdem sie sie weggezogen hat, brennt die Erinnerung an ihre flüchtige, aber beredte Berührung auf meiner Haut.

»Wir sollten mal zurück«, sagt sie. »Cor holen und die Geschwader zur Besprechung zusammentrommeln.«

Sie schiebt sich ein paar Strähnen aus dem Gesicht und ich sehe, dass ihre Wangen ebenfalls glühen.

Im Konvent ist die Hälfte der Wächter noch in der Paradeuniform von Atreus' Auftritt. Die andere Hälfte ist gerade auf dem Weg zu einem Spähflug oder in den Unterricht, der unverändert weitergeht. Cor befindet sich mit Duck und Annie im Schlafsaal der Jungen. Als ich die beiden Sutter-Brüder zusammen sehe, ist mir sofort klar, dass etwas vorgefallen ist, denn sie treffen sich eigentlich nur im Ernstfall. Dann bemerke ich Cors aschfahles Gesicht, und Duck, der neben Annie auf seinem Bett sitzt, schnieft vernehmlich. Mein erster Gedanke ist, dass jemand aus ihrer Familie gestorben sein muss. Abgesehen von den dreien ist der Schlafsaal leer, die in einer langen Reihe aufgestellten Betten sind ordentlich gemacht, die Schreibtische aufgeräumt, bereit für die abendliche Inspektion.

»Was ist passiert?«

Cor schaut zu mir hoch und dreht dann den Kopf weg, als schämte er sich, in einem solchen Moment gesehen zu werden. Es ist Duck, der mir mit gepresster Stimme antwortet. Auf seinem Schoß liegt ein zerknüllter Brief.

»Die Ergebnisse der Standesprüfung meiner Schwester sind da. Sie ist in den Eisen-Stand gekommen.«

Ich bin gedanklich so beschäftigt mit der Gefahr aus der Luft, der Bedrohung von jenseits des Nordmeers und Julias Wiederkehr von den Toten, dass mich die Erkenntnis, dass etwas so Banales wie die Standesprüfung immer noch ein Leben auf den Kopf stellen kann, seltsam überrascht.

Cor heftet den Blick an die Decke, als er erklärend hinzufügt: »Sie hatte schon immer dieses … Problem, dass sie beim Lesen Buchstaben verdreht. Dabei ist ihr Wortschatz der Wahnsinn. Jedenfalls hatte sie gehofft, es in den Bronze-Stand zu schaffen, um eine Bäckerlehre zu machen und im Familienbetrieb zu arbeiten, aber anscheinend war sie … nicht gut genug.«

Er sagt es etwas zu leichthin.

Ich denke an die junge Frau im Studentenclub, die uns mit »Meine Herren, meine Dame« angesprochen hat, als sie unsere Bestellung aufnahm. An die Mädchen aus den Tuchmanufakturen, die an ihren Eisenbändern herumnesteln und mir nicht in die Augen zu sehen wagen, wenn ich auf Visite komme.

»Ist sie schon einem Betrieb zugewiesen, oder …?«

»Fullerton.«

Die Manufaktur, die wir erst vor Kurzem besucht haben. Zu unserer Erleichterung hatten deren Arbeiterinnen, abgesehen von schmerzenden Füßen, keinen Grund zur Klage, doch jetzt beschämt mich die Erinnerung an dieses Gefühl. Cor presst eine Hand vor den Mund, als hielte er etwas zurück. Dann stemmt er sich von dem Schreibtisch weg, an den er sich gelehnt hat.

»Entschuldigt mich.«

Die Tür zum Schlafsaal kracht hinter ihm ins Schloss, und während das Geräusch langsam verklingt, sackt Duck betrübt an Annies Schulter.

»Ich muss nach Hause.«

»Bis zur Sonnenwende sind es nur noch ein paar Tage«, sagt Annie.

»Du kommst doch trotzdem, oder?«, fragt Duck.

Annie sieht über Ducks Kopf hinweg zu mir. Sie schluckt.

Duck spürt die Veränderung in ihr und schaut ebenfalls auf. Er wirkt peinlich berührt.

»Du bist uns immer noch willkommen, Lee. Ich weiß, dass du Annie schon abgesagt hast, aber das Angebot steht …«

Ich krame in meinem Gedächtnis nach Unterhaltungen, in denen wir auf so etwas zu sprechen gekommen sein und ich abgelehnt haben könnte. Ich muss lange suchen: Unser letztes richtiges Gespräch liegt schon eine ganze Weile zurück. Das muss gewesen sein, bevor wir die pythischen Drachen gesichtet haben. Selbst nach der Versöhnung haben wir immer nur wenige Worte gewechselt.

Doch dann wird mir klar, warum ich nichts finde. Annies geschlossene Augen sind Beweis genug.

Ich höre mich sagen: »Danke, Duck. Aber ich komme hier gut klar.«

Duck wirkt enttäuscht und wenig überzeugt, aber nicht sonderlich überrascht; er hat es schon mal versucht und ich habe abgelehnt. Aber das ist das erste Mal, dass er uns zur Sommersonnenwende zu sich nach Hause einlädt.

Als Annie die Augen aufschlägt, glänzen sie hell, und sie kann mich nicht ansehen.

Die nächsten zwei Tage verbringe ich damit, mich innerlich auf eine Sonnenwende ohne Annie einzustellen.

Dabei würden weder sie noch ich die Zeit, die wir bisher bei diesem Fest zusammen verbracht haben, als schön bezeichnen. Anders als die nationalen Feiertage von Callipolis sind die Sommer- und die Wintersonnenwende Familienfeste. Die Leute fahren in ihre Heimatorte überall auf der Insel; die Stadt und der Konvent leeren sich. Am längsten Tag des Jahres verbringen alle den Abend beim Essen im Kreis der Familie.

Alle bis auf Leute wie Annie und mich, die die Zeit bis zum Einbruch der Dunkelheit irgendwie herumbringen und versuchen, nicht zu viel nachzudenken. Keinen Erinnerungen nachzuhängen. Den Verlust nicht zu sehr zu spüren.

Ich kann es ihr nicht verdenken, dass sie darauf keine Lust mehr hat. Jedenfalls habe ich kein Recht, böse auf sie zu sein, nur weil sie mich nicht dabeihaben will. Aber das macht die Vorstellung, einen der traurigsten Feiertage des Jahres allein zu verbringen, nicht leichter.

Und es macht es auch nicht leichter, mit klarem Kopf über Julias Einladung nachzudenken.

Denn man mag es drehen und wenden, wie man will – wenn Annie nicht da ist, wäre es einfach, absurd einfach, nach Kargsal zu gehen und Julia zu treffen.

Am Morgen der Sommersonnenwende gehe ich zum Zeughaus, um mich für den Patrouillenflug an der Nordküste umzuziehen, für den eine stark abgespeckte Mannschaft bereitsteht. Dort treffe ich auf Crissa, die gerade ihren Anzug anlegt. Die Fenster sind weit geöffnet, um die drückende Hitze hinauszulassen, und außer dem Zirpen der Zikaden im Innenhof ist nur das Stampfen zu hören, mit dem Crissa auf der Bank der Himmelsjäger ihre Füße in die Stiefel zwängt.

»Du fährst nicht nach Hause?«, frage ich, als ich mich ihr gegenübersetze und nach meinem feuerfesten Anzug greife.

Crissa gehört zu den Drachenreitern, die ihr Heimweh offen zum Ausdruck bringen. Sie erzählt oft von der Küste, den Docks, den Möwen in Seehafen und sie nutzt eigentlich jeden Ausgang und Urlaub, den wir bekommen.

Sie schüttelt den Kopf. Ihre Finger flechten ihr Haar in erstaunlicher Geschwindigkeit zu einem Zopf. »Für die Schicht hat sich sonst niemand gemeldet. Und Cor wollte ich es nicht aufdrücken, wegen der Sache mit seiner Schwester. Tja, das hat man davon, wenn man zum Geschwaderführer ernannt wird, was?«

Sie wirft sich den Zopf über die Schulter und lacht verlegen auf. Ich erkenne darin eine Variante der Antwort, die ich seit Jahren für Familienfeiertage parat habe: das Heimweh lachend abtun in der Hoffnung, dass dadurch das ungewollte Mitleid aufhört. Ich wechsle das Thema.

»Gutes Flugwetter heute.«

Das stimmt wirklich. Ein frischer Sommerwind trägt die Drachen in die Höhe, keine Wolke weit und breit und die Sicht über das Nordmeer ist hervorragend. An einem solchen Himmel drohen keine Hinterhalte. Wahrscheinlich wollen die Neu-Pyther den Tag auch mit ihren Familien verbringen.

Und Julia mit mir.

Egal, für welche Seite, für welches Regime ich mich entschieden habe, es spricht doch sicher nichts dagegen, wenn ich mich ganz unverbindlich mit ihr treffe – nur dieses eine Mal?

Ich verdränge diese brisanten Gedanken und genieße lieber die Weite des Himmels. Crissa überredet mich dazu, unsere Drachen knapp über dem Meer dahinsausen zu lassen, so tief, dass die Klauen ihres Himmelsjägers fast durch die Wellenkämme pflügen und sie vor Freude juchzt. Pallor fehlt zwar die Liebe der Himmelsjäger zum Wasser, aber er hat trotzdem Spaß daran, Phaedra hinterherzujagen, und Crissas gute Laune steckt uns irgendwie alle an. So vergehen die Stunden schnell; im Nu ist der Tag um, die Sonne sinkt zum Horizont hinab und wir können kehrtmachen.

»Hey.«

Nachdem wir uns getrennt haben, um das Salzwasser abzuspülen, treffen wir uns im leeren Wintergarten. Crissa, wieder in Alltagsuniform, rubbelt ihr schimmerndes Haar trocken; im Licht der Abendsonne wirft alles im Raum lange Schatten. Auf einmal ist mir überdeutlich bewusst, dass wir die Einzigen im Konvent sind und beide gerade gebadet haben. Zwei Feststellungen, die nichts miteinander zu tun haben sollten – aber dann irgendwie doch.

Crissa setzt sich ans andere Ende des leeren Raums, was die Spannung, die ich verspüre, nicht etwa verringert, sondern sogar noch erhöht. Als wäre sie damit erst richtig in der Welt.

»Also«, beginnt sie. »Du hast Annie gesagt, dass du nicht zu Duck mitfahren willst.«

»Ja.« Und dann füge ich aus unerfindlichem Grund die Wahrheit hinzu: »Behauptet sie.«

Ich bereue es sofort. Aber Crissa nickt, als hätte sie mit so etwas gerechnet.

»Ist etwas … zwischen euch beiden vorgefallen?«

Ich könnte das bejahen und es wäre mehr als wahr, aber nicht so, wie Crissa das meint.

»Nicht auf der Ebene.«

Erst als ich es ausspreche, überrollt mich unvermittelt ein Gefühl der Leere. Dass Annie nicht da ist, ausgerechnet heute. Vielleicht ist dabei ein verräterischer Ausdruck in mein Gesicht getreten, denn Crissa hakt nicht nach.

»Und mit einer anderen?«, fragt Crissa, löst das Handtuch um ihre Haare und sieht mich durch ihre nassen Locken hindurch an.

Es trifft mich unvorbereitet, dass ich trotz allem, was mir im Kopf herumgeht, bei dieser Wende unseres Gesprächs einen ganz trockenen Mund bekomme. Über so etwas reden wir im Konvent sonst nicht; als würde das Gelöbnis, das wir als Kinder abgelegt haben, jede Anspielung auf solche Dinge unter diesem Dach überschatten. Keine Kinder, keine Familie, keine Ehe. Alles außerhalb davon wurde nicht explizit genannt, aber das schien uns immer mit gemeint. Wenn Crissa und ich jetzt wenige Meter voneinander entfernt sitzen, allein, und durch die Blume darüber reden, kommt es mir vor, als täten wir etwas Verbotenes.

»Ich?«

»Du.«

Zu meinem Schrecken merke ich, dass ich rot werde. Und schlimmer noch – Crissa bleibt ganz cool. Sie lächelt nur.

»Nein.« Dann halte ich dagegen: »Und was ist mit dir?«

»Was soll mit mir sein?«

Ich muss ein ziemlich konsterniertes Gesicht gemacht haben, denn Crissa lacht plötzlich los. Als wollte sie mich von dem Thema erlösen. Ich lache schließlich auch mit. Aus Verlegenheit.

Sie fragt: »Hast du heute Abend was vor?«

Wieder dieser verwirrende Gedanke, dass wir uns mutterseelenallein in einem leeren Gebäude mit verlassenen Schlafsälen befinden. Sogar Rektorin Mortmane ist nach Hause gefahren. Ich betrachte Crissas Gesicht, die noch vom Bad geröteten Wangen und ihre Augen, blau wie die Medeis, die meinem Blick herausfordernd begegnen.

Mit zusammengepressten Lippen schüttele ich den Kopf.

»Ich frage nur«, fährt Crissa fort und sieht mich weiter geradeheraus an, »weil ich dachte, vielleicht hast du ja Lust, mit mir zu einer Dinnerparty zu gehen.«

»Oh.«

Abgesehen von einem schelmischen Blitzen in den Augen lässt Crissa sich nicht anmerken, dass sie mein Stocken bemerkt hat.

»Eine Freundin von mir macht ihr erstes Ausbildungsjahr an der Kriegsakademie«, erklärt sie. »Sie fährt auch nicht nach Hause, weil Seehafen so weit weg ist. Jedenfalls haben sie und ein paar andere Silber-Kadetten ein gemeinsames Essen organisiert. Das wird bestimmt nett.«

Annie nicht da, Julias Nachricht verbrannt – auf einmal packt mich ein seltsamer Übermut.

»Klar. Ich komme mit.«

An der Kriegsakademie werden die zukünftigen Offiziere von Callipolis ausgebildet. Sie liegt im Gelehrtenwinkel gegenüber dem Lyzeum, und obwohl ich schon einmal in der Akademie war, betrete ich zum ersten Mal die karge Kaserne der Silber-Kadetten am Rand des Geländes. Zur Feier der Sommersonnenwende haben sie auf den Steinplatten des Kasernenhofs eine Feuerstelle aufgebaut, auf der gegrillt wird, darum herum ein Sammelsurium aus Stühlen und Tischen, die aus den Innenräumen herausgetragen worden sind, und ein buntes Durcheinander an eigenen Tellern und Trinkgefäßen und umgewidmetem Feldgeschirr. Die abendlichen Schatten erstrecken sich weit über die vergilbte Grünfläche, die in das letzte Licht des längsten Tages getaucht ist.

Crissa und ihre Freundin Mara umarmen sich mit spitzen Freudenschreien. Goldenes Haar mischt sich mit schwarzem, hellbraune Arme umschlingen dunkelbraune. Maras Kommilitonen heißen mich enthusiastisch willkommen, füllen meinen und Crissas Kelch immer wieder nach, während wir das Essen zubereiten, und fragen uns nach neuen Erkenntnissen zu Neu-Pythos, obwohl wir auf die meisten ihrer Fragen keine Antwort haben.

»Wie sahen die Pyther denn aus? Konntet ihr die Kennung ihrer Drachen ausmachen?«

»Glaubt ihr, dass ihre Flotte gezündet ist?«

»Können wir was tun, damit *unsere* endlich zündet?«

»Ich habe da so eine Theorie, wo sie als Erstes zuschlagen könnten ...«

Ein Freund stößt dem übereifrigen Studienanfänger einen Ellbogen in die Rippen. »Halt die Klappe, Lee auf Pallor interessiert sich doch nicht für deine Theorien ...«

Als das Essen endlich fertig ist – ungefähr zwei Stunden später als vorgesehen und nach etlichen geleerten Flaschen mehr als geplant –, hallen die feuchtfröhlichen Gespräche laut über den Hof. Die nach Sonnenuntergang auf den Tischen verteilten Kerzen verbreiten ein schummeriges Licht und die Unterhaltungen kreisen um weniger düstere Themen, darunter die bevorstehenden Turniere zur Kür des Ersten Reiters.

»Wem würdest du den Sieg wünschen, Crissa?«

Um den Tisch wird vielsagend gegluckst, als Crissa und ich uns ansehen. Crissa lächelt und scheint es zu genießen, sich mit der Antwort sehr viel Zeit zu lassen, während die Kadetten feixend von ihr zu mir schauen. Schließlich sagt sie, als wäre ihr die Entscheidung nicht leichtgefallen: »Hm, wahrscheinlich Lee auf Pallor.«

Die Kadetten johlen und klopfen mir auf den Rücken. Crissa lächelt mich immer noch neckisch an und ich lächle unwillkürlich zurück.

»Sag das nicht Cor.«

»Warum Lee?«, ruft jemand.

»Weil ich glaube, dass er als Kommandant der Flotte seine Sache gut machen wird. Ich würde ihm in den Krieg folgen.«

Wieder spüre ich ein Kribbeln im Bauch, aber diesmal nicht nur wegen Crissas Lächeln.

Denn obwohl mein Ziel, Erster Reiter zu werden, seit Julias Brief klarer ist als je zuvor, kommt mir die Vorstellung, gegen Neu-Pythos in den Krieg zu ziehen, absurd vor, noch dazu unter meiner Führung.

In Kargsal, drei Stunden nach Mitternacht ...

Weitere Schulterklopfer. Ein Trinkspruch wird ausgebracht auf »Lee auf Pallor, den zukünftigen Flottenkommandanten von Callipolis«. Dann einer auf den bevorstehenden Krieg. Dann trinken wir auf den Sommer, auf Atreus, auf die Revolution, auf die Wächter; und weiter auf die Mütter der Kadetten, auf das Hochland und das Tiefland und die Vasalleninseln, von denen einige hier stammen. Schließlich, schon ordentlich beduselt, beginnen die Kadetten über die Gold-Studenten am Lyzeum zu lästern. Die beiden Hochschulen liefern sich einen erbitterten Konkurrenzkampf und die Kadetten legen Wert darauf, mir und Crissa zu versichern, dass wir trotz des Goldanteils in unseren Armbändern natürlich nicht gemeint sind. »Ihr reitet Drachen. Ihr sitzt nicht nur den ganzen Tag auf dem Hosenboden und lest Bücher. Außerdem seid ihr keine Snobs.«

Crissa und ich heben die Kelche. »Darauf, dass wir keine Snobs sind!«

Die Klagen über die Gold-Studenten beginnen mit aufgebauschten Geschichten über Schulstreiche auf beiden Seiten, aber nach und nach werden die Anschuldigungen ernster. Am Himmel leuchten schon die ersten Sterne auf, als

Crissas Freundin Mara sagt: »Die Lyzeasten sind ein Haufen triarchistischer Verräter, die auf Drachisch daherreden.«

Crissa, die das Geläster mit gleichgültig-belustigter Miene verfolgt hat, während sie eine Hähnchenkeule bis auf den letzten Rest abnagt, richtet sich bei diesem Kommentar mit einem entrüsteten Schnauben auf.

»Also das ist jetzt aber Quatsch.«

In der Runde werden ein paar spöttische Pfiffe laut. Offenbar will man die beiden Mädchen zu einem Streit anfeuern. Mara verschränkt die Arme und wirft ihr Haar zurück. Sie spricht mit den lang gezogenen Vokalen der Seehafener, was sich Crissa schon vor Jahren abgewöhnt hat.

»Wie viele von denen sprechen Drachisch? Wir wissen doch alle, wer bei der Standesprüfung ein Gold-Ergebnis kriegt. Die mit ihrem schnöseligen Lyzeastenball und den ganzen Traditionen aus dem alten Regime!«

Crissa legt ihre Keule weg und gestikuliert wild.

»Dass sie Drachisch sprechen, heißt noch lange nicht, dass sie Triarchisten sind.«

»Aber es heißt, dass sie Patrizier vom Janiculum sind, und die sind doch sowieso alle Triarchisten.«

Crissa schnaubt wieder. »Das Janiculum hat die Triarchie *gestürzt.* Und bei der anschließenden Säuberung die Patrizier vertrieben, die sich der Revolution entgegengestellt hatten.«

»Das *Volk* hat die Triarchie gestürzt«, widerspricht Mara. »Es war eine Revolution von unten.«

Das quittieren die anderen Kadetten mit einem zustimmenden Johlen. Crissa macht eine wegwerfende Handbewegung.

»Erspar uns die Propagandaparolen des Eisen-Standes«, blafft sie. »Der Aufstand kam von innen. Was meinst du denn, wer die Drachen vergiftet hat? Landwirte und Fischer? Der Rote Monat war das Werk von Dienern, Beratern und Höflingen. Von Atreus' Weggefährten, den Drachisch sprechenden Patriziern. Der Mob wurde erst ganz zum Schluss reingelassen.«

Ganz zum Schluss meint den Sturm auf den Palast. Hinter meinen Schläfen beginnt es zu pochen.

Nach Crissas leidenschaftlicher Gegenrede ist es totenstill und einen Moment lang ist nichts als das Zirpen der Zikaden zu hören. Schließlich versucht einer der Kadetten des zweiten Ausbildungsjahrs, ein Witzbold namens Gaven, die Anspannung zu zerstreuen. Er hebt sein Glas, das im Kerzenlicht funkelt.

»Auf den Sturm auf den Palast!«

Ich hätte es wissen müssen.

Die anderen fallen in den Trinkspruch ein und ich hebe ebenfalls meinen Kelch, auch wenn ich mir dabei ausmale, wie ich ihn auf dem Tisch zerbersten lasse und Gaven mit den Scherben die Kehle durchschneide.

Eigentlich hatte ich gedacht, die Sache damit überstanden zu haben, aber Gaven lehnt sich zurück und sagt: »Wie es sich wohl anfühlen muss, dabei gewesen zu sein? An diesem glorreichen, historischen Tag!«

Ringsum wird genickt. Auch diesmal ist Crissa die einzige Ausnahme; sie rümpft die Nase, als wittere sie schon wieder das Wirken der *Volkszeitung.* Denn zumindest im Konvent und im Lyzeum wird der Sturm auf den Palast nicht glorifiziert.

Die restlichen Metall-Stände hingegen rühmen ihn als den stolzesten Tag unserer Geschichte.

»Mein Bruder war dabei«, dröhnt Gaven weiter. »Die Geschichten, die er darüber erzählt …«

Crissa hebt abwehrend beide Hände.

»Wenn wir jetzt so weit sind, Anekdoten vom Sturm auf den Palast auszutauschen«, sagt sie leise, »ohne mich.«

»Doch, warum nicht?«, sage ich unerwartet.

Crissa fährt herum und starrt mich verblüfft an. Die langen Schatten, die das Kerzenlicht wirft, verstärken die Enttäuschung auf ihrem Gesicht nur noch. Unter anderen Umständen wäre ich dankbar für ihre anständige Haltung, aber wenn es um den Sturm auf den Palast geht, kann ich mich nicht mehr auf Dankbarkeit beschränken. Das Grinsen, das ich Gaven schenke, ist so breit, dass es mein Gesicht zu zerreißen scheint.

»Na los. Erzähl mir, Gaven, was dein Bruder beim Sturm auf den Palast Ruhmreiches vollbracht hat.«

Gaven legt los.

Drei Stunden später bin ich in Kargsal.

Seit den anderthalb Jahren in Albans war ich nicht mehr im Armenviertel, aber meine Erinnerung an den Weg vom Waisenhaus zur Schule reicht gerade so aus, um die Gasse zu finden, in der meines Wissens der Trunkene Drache liegt. Es ist eigenartig, in der Sonnenwendnacht allein durch die Dunkelheit zu irren, nur geleitet von vagen Kindheitserinnerungen. Hie und da lodern Lagerfeuer zwischen den baufälligen Gebäuden und Grüppchen von Eisen-Arbeitern trinken und schlemmen an Tischen, die an Kreuzungen oder in kleinen Nebensträßchen aufgestellt sind. Niemand achtet auf die Gestalt, die in einen Umhang gehüllt an ihnen vorbeihastet.

Jetzt, da ich mich auf den Weg gemacht habe, kommt es mir unglaublich vor, dass ich mich nicht sofort dazu entschieden hatte. Es kann mir gar nicht schnell genug gehen; die Vorfreude steigert meine Ungeduld ins Unermessliche.

Bis ich endlich da bin.

Das Gasthaus ist so schwach beleuchtet, dass es eine Weile dauert, bis sich meine Augen an das Dämmerlicht im Innern gewöhnt haben. Nur einige Kerzen erhellen die Tische für die Handvoll Gäste, die in der Sonnenwendnacht nicht wissen, wo sie sonst hinsollten. Der Barmann schaut mich kaum an, als ich eintrete.

Und in einer Nische ganz hinten, so weit weg von der Tür wie möglich, sitzt Julia.

Ihr langes, dunkles Haar hängt offen über die Schultern und sie hat den Reitmantel noch nicht abgelegt. Doch obwohl sie im Schatten sitzt, sehe ich auf den ersten Blick, dass Julia erwachsen geworden ist – so wie ihre Handschrift. In dem Moment, da ich das Kind aus meiner Erinnerung hier als junge Frau vor mir sehe, wird mir erst richtig bewusst, wie viele Jahre vergangen sind.

Neun Jahre, denke ich staunend. Seit neun Jahren habe ich niemanden aus meiner Familie gesehen.

Meine Kehle ist wie zugeschnürt.

»Julia«, sage ich.

Sie erhebt sich.

»Leo.«

Einen Augenblick lang stehen wir nur stumm da und sehen uns an; dann treten wir gleichzeitig einen Schritt vor. Als wir uns umarmen, ersticke ich fast an dem Engegefühl in meiner Kehle. Mit einem wortlosen Murmeln drückt Julia mich noch fester an sich. Irgendwie spendet sie mir damit Trost und lässt mich zugleich spüren, dass sie meinen Kummer teilt. Aus vergessenen Tiefen meines Innern steigt die Trauer auf, die ich so lange nicht zugelassen habe. Und ich habe nicht die Kraft, dagegen anzukämpfen.

Als wir uns schließlich voneinander lösen, lächelt sie mich unter Tränen an.

»Ich dachte, du würdest nicht kommen«, sagt sie.

»Das dachte ich auch …«

»Komm, setzen wir uns.«

Selbst mit dem Tisch zwischen uns sitzen wir in der winzigen Nische dicht beieinander. Julia beugt sich vor und nimmt meine Hände, als wollte sie mich nie wieder loslassen. Ich erwidere den Druck.

»Du bist ja so erwachsen geworden«, murmelt sie und betrachtet mein Gesicht eingehend. »Du siehst aus wie sie … wie Leon natürlich, aber du hast auch so viel von Niobe …«

Zum ersten Mal seit der Revolution höre ich den Namen meiner Mutter laut ausgesprochen. Am liebsten würde ich Julia anflehen, nicht von ihr zu sprechen, und gleichzeitig will ich, dass sie immer weitermacht.

Ich merke, dass wir Drachisch reden. Ich habe gar nicht darüber nachgedacht.

»Wie habt ihr es rausgeschafft?«, frage ich.

Die Frage hatte ich nicht beabsichtigt, aber jetzt, da sie mir gegenübersitzt, scheint es nichts Wichtigeres zu geben.

Julia drückt meine Hand fester.

»Wir haben uns versteckt«, sagt sie. »Ixion und ich. Bis es … vorbei war.«

Sie meint den Sturm auf den Palast. Und ihr Ton ist nicht der einer triumphierenden Revolutionärin, wie bei den Kadetten vorhin, sondern der einer weiteren Überlebenden. Ihre Stimme ist fest und der Schmerz schwingt nur leise mit, als hätte sie schon öfter darüber gesprochen und als hätte ihr das geholfen, darüber hinwegzukommen. Diese Übung hatte ich nie.

»Wir haben … alles gehört. Na ja, Ixion hat alles gehört. Ixion …« – ihre Stimme zittert und wird höher – »hat mir die Ohren zugehalten. Es verfolgt ihn bis heute.«

Ich habe Ixion als Jungen in Erinnerung, der genau wusste, dass ihm einmal die Welt zu Füßen liegen würde.

»Danach hat er uns aus dem Palast geschmuggelt und wir sind nach Neu-Pythos geflohen. So genau weiß ich das alles nicht mehr. Wir sprechen nicht darüber.«

Diesmal bin ich es, der ihre Hand umklammert.

»Und du?«, flüstert sie.

Und ich.

Wie eine Mauer steht das neunjährige Schweigen zwischen mir und meinen Erinnerungen. Ich formuliere es auf die einzige Art, die mir einfällt.

»Wir hatten keine Zeit, uns zu verstecken.«

Julia atmet ganz flach, hält meine Hände, ihre grauen Augen sind feucht. Sie schluckt und öffnet stumm die Lippen.

Ich versuche, weiterzuerzählen. Zum ersten Mal in meinem Leben *will* ich weitererzählen. Endlich habe ich jemanden aus meiner Familie, den einzigen Menschen auf der Welt, der mich verstehen würde –

Aber ich kann es nicht.

Ich habe den Punkt erreicht, wo die Worte versiegen. Ich schaue sie an und schüttele den Kopf und auch das versteht sie.

Komischerweise kommt mir das Schweigen, in dem ich jahrelang Zuflucht gefunden habe, auf einmal wie ein Gefängnis vor.

»Ach, Leo …«

Ihre Stimme ist so sanft wie eine Liebkosung und kurz befürchte ich, dass der Klang meines verlorenen Namens und ihr trauriger Ton mir den Rest geben und ich weinend zusammenbreche. Ich senke den Kopf, warte, bis die Traurigkeit abebbt, und konzentriere mich auf die Wärme ihrer Berührung. Behutsam zieht sie eine Hand weg und schiebt mir ein Taschentuch unter die zitternden Finger.

Leise, um mir die Scham zu nehmen, zitiert sie den *Aurelianischen Zyklus*: *Fremd nicht bin ich dem Kummer und will die Bedrängten trösten.*

Mir kommt in den Sinn, wie oft wir früher solche Zitate im Gespräch, in *unseren* Gesprächen verwendet haben.

Ich wische mir übers Gesicht, gebe das Taschentuch zurück und hebe den Kopf. »Danke.«

Julia nickt und steckt es weg. »Sollen wir über etwas anderes reden?«

»Ja.«

Als sie lächelt, glätten sich ihre Sorgenfalten. Ihre nächsten Worte sind wie wohlvorbereitete Geschenke.

»Ich war bei deinem letzten Turnier, Leo. Du fliegst wunderschön.«

Kein Kompliment hat mich jemals mit solcher Wärme erfüllt.

»War das der Moment, in dem du erkannt hast …«

»Ja. Oder zumindest hatte ich es gehofft. Erst als der Lehrer uns eine Nachricht geschickt hat, wusste ich es sicher.«

Julias Hände sind voller Brandnarben und die Lederkluft, die unter dem Mantel hervorschaut, kann nur ein feuerfester Anzug sein. Das lässt nur einen Schluss zu.

»Du reitest ebenfalls.«

Julia nickt. Ein Mundwinkel zuckt in die Höhe, als sie mich ansieht. Dieses halbe Grinsen ist mir vertraut. So hat Julia immer gegrinst, wenn sie gewonnen hat.

»Also erlauben die Familien jetzt Drachenreiterinnen?«

»In der Not geht alles«, sagt Julia milde.

Aber an der Art, wie sie eine Schulter hebt, wird klar, dass sie damit etwas Unerhörtes geschafft hat, und ihr Lächeln zeigt, dass sie sich dessen bewusst ist. Irgendwie freut mich der Gedanke, dass nach all dem, was wir verloren haben, wenigstens etwas Gutes für Julia herausgekommen ist.

Die nächste Frage scheint mir weit hergeholt, aber ich kann meine Neugier nicht im Zaum halten. »Habt ihr auch ein Auswahlturnier abgehalten oder …?«

Julia zögert zum ersten Mal, dann nickt sie. »Ich bin Erste Reiterin.«

Wieder diese vordergründige Lässigkeit und darunter ein aus Jahren der Wut geborener Stolz. Als ich an die alte Julia mit den aufgeschlagenen Knien und den zerrissenen Kleidchen zurückdenke, an die Dickköpfigkeit und den Trotz, mit dem sie unsere Brüder angestarrt hat, breitet sich ein Lächeln auf meinem Gesicht aus.

»Du hast es geschafft«, sage ich.

Julia grinst triumphierend. »Ja. Wie ich es euch von Anfang an gesagt habe.«

Doch dann ist es, als verfinsterten Wolken den strahlenden Himmel, denn mir wird schlagartig klar, was es bedeutet, wenn ich meinem Schwur treu bleibe und wir weiter auf einen Krieg zusteuern.

Wenn Julia Erste Reiterin ist, hat man ihr zweifellos auch das Kommando über die pythische Luftflotte anvertraut. Sie wird nicht nur gegen Callipolis in die Schlacht ziehen, sie wird die Drachenreiter anführen.

Unsere Hände sind immer noch ineinander verschlungen. Nun scheint Julia dieselbe böse Ahnung zu beschleichen wie mich; sie richtet sich auf und tut, als müsste sie ihren Mantel enger um sich ziehen, doch es kann kein Zufall sein, dass unsere Hände sich dabei lösen und keiner von uns Anstalten macht, sie wieder zu nehmen.

Julia bricht das Schweigen als Erste. »Die Familien haben mich geschickt, Leo. Du kannst dir denken, was sie wollen. Der Lehrer hat uns von deinen Bedenken berichtet. Rhadamanthus will, dass ich versuche, dich zur Vernunft zu bringen. Bevor es zu spät ist.«

Im ersten Moment verspüre ich bei ihren Worten nur eine vage Sehnsucht. *Die Familien.* Wer ist noch …?

Und dann begreife ich, was sie danach gesagt hat.

Zu spät.

Unwillkürlich greife ich wieder über dem schmalen Tisch nach ihr. »Julia, ich kann nicht … Du musst mit ihnen sprechen. Bitte … was auch immer sie vorhaben …«

Doch Julia umfasst eine meiner verzweifelt ausgestreckten Hände und legt mir meinen eigenen Finger an die Lippen. Ich verstumme.

»Ich habe ihnen gesagt, dass ich deswegen hierherkommen werde«, flüstert sie. »Aber die Wahrheit ist: Ich habe dich seit neun Jahren nicht gesehen. Diese Themen können warten. Müssen wir jetzt gleich darüber reden? Es ist Sonnenwende und du hast mir gefehlt, Leo.«

Ich sehe sie betroffen an. »Du hast mir auch gefehlt.«

Sie hat mir so sehr gefehlt, dass es mir in der Seele wehtut. Und nicht nur sie. Alle. Und alles. Dieses Gefühl muss doch erlaubt sein? Eine kurze Zeit wenigstens?

»Lass uns heute Nacht über etwas anderes reden«, sagt Julia.

Mir ist klar, worum sie mich bittet: Wir sollen eine Rolle spielen. Wie damals. Ein einziges Mal noch.

Und wie damals, als wir Kinder waren, ist ihr Glaube daran so stark, dass die echte Welt verblasst, eine kleine Weile nur, und nichts mehr bedeutet.

— Annie —

Ich war schon immer gern bei Duck. Sein Zuhause ist voller tobender Kinder und Gelächter und niemals still, aber auch als ruhiger Mensch ist man dort willkommen. Es ist einer dieser Orte, die dich so in Beschlag nehmen, dass alles andere fast unwirklich erscheint. Die Sorgen, die mich im Konvent verfolgen – die Bedrohung durch Neu-Pythos, der Unterricht, das Training und diese verfluchte Liste mit Moralvisiten, auf der mein Name so auffällig gefehlt hat –, fühlen sich an wie Probleme aus einem anderen Leben. Selbst das schlechte Gewissen, das mich plagt, seit Duck Lee von unseren Plänen für die Sonnenwende erzählt hat, schwindet allmählich. Ich hatte ihn ja einladen wollen, nach unserer Versöhnung. Ich hatte es fest vor …

Aber ich hatte es immer wieder aufgeschoben. Denn wenn ich ehrlich bin, war der Gedanke an ein Wochenende bei Ducks Familie, mit Lee aus den Augen und aus dem Sinn, einfach zu verlockend. Genau das habe ich gebraucht.

Seit meinem neunten Lebensjahr bin ich in den Ferien regelmäßig bei den Sutters zu Besuch. Sie waren die erste Familie, zu der ich eingeladen wurde, nachdem die Mackys mich nach Albans gebracht hatten. Anfangs war ich völlig überfordert. Alles, was daran schön war, machte es schwer. Die Mahlzeiten am Familientisch, kreischende und lachende Kinder, Eltern, die uns abends ins Bett schickten – alles Dinge, von denen ich gar nicht gewusst hatte, dass ich sie vermisste. Duck, der mein Unbehagen offenbar spürte, bemühte sich, mich abzulenken. Verwickelte mich ständig in ein Spiel, damit die Erinnerungen mich nicht überrollten. Brachte mich zum Lachen, denn wenn ich nicht lachte, war mir nach Weinen zumute.

Mit der Zeit wurde es leichter. Für Lee nicht. Er kam ein Mal und nie wieder.

Heute Abend ist die Stimmung im Haus gedrückter als sonst. Ana packt ihre Taschen für das neue Leben im Arbeiterinnenwohnheim von Fullerton, wo sie in einer Woche ihre Stelle antritt. Als wir am Morgen kurz darüber sprechen, sieht sie es ganz nüchtern. Die Stelle sei besser als die meisten anderen im Eisen-Stand und mit einem guten Prüfungsergebnis habe sie sowieso nicht gerechnet. Einige ihrer Freundinnen hätten es viel schlechter erwischt. Trotzdem spüre ich, dass sie meinem Blick ausweicht. Mr. Sutter hingegen ist richtig wütend. Sein Groll hängt über der Festtafel wie eine Wolke, während er Cor gegenüber einen bitteren Kommentar nach dem anderen fallen lässt: *Wozu gehen unsere Töchter denn bitte zur Schule, wenn sie dann so was kriegen? Früher hätten wir ihr einfach eine gute Partie gesucht …*

Cor trinkt seinen Cider in langen, tiefen Zügen und lässt das Gebrummel seines Vaters stumm über sich ergehen. Nur die Furche zwischen seinen Augenbrauen gerät immer tiefer, je später der Abend wird. Er bringt keins der Argumente vor, mit denen wir laut unseren Lehrern solche Klagen kontern sollen, und ich kann ihn gut verstehen. Wir haben im Unterricht darüber gesprochen, warum es gerechtfertigt ist, dem Eisen-Stand solche Arbeiten zuzuweisen – aber wenn man sich vorstellt, wie Ana in einer Manufaktur schuftet, nur weil sie ein paar Prüfungsfragen falsch beantwortet hat, klingen Phrasen wie »das Wohl des Staates« nicht mehr ganz so nachvollziehbar.

Nachdem das ausgiebige Abendessen im Freien beendet ist und wir den Tisch zurück ins Haus getragen haben, setzen sich Ana, ihr Vater und Cor zusammen, um die Vorbereitungen für Fullerton durchzusprechen.

»Ich erkläre dir noch mal deine Rechte als Eisen-Arbeiterin. Ich will sichergehen, dass du sie alle kennst.«

»Cor, also …«

»Also.«

Duck hat seine jüngeren Geschwister außer Hörweite gelockt; er rauft mit Greg und Merina auf dem Teppich zwischen Sofa und Kamin. Trotzdem kann ich auch auf seiner

Stirn eine leichte Sorgenfalte erkennen. Ich habe mich in eine alte Flickendecke gekuschelt und schaue ihrer Toberei vom Sofa aus zu.

»Sie müssten längst im Bett sein, Dorian«, ruft Mrs. Sutter aus der Küche.

»Kann ich ihnen noch eine Geschichte vorlesen, Mutter?«

Ohne jede Vorwarnung hechtet Duck aufs Sofa, das unter dem zusätzlichen Gewicht knarzt, rutscht zu mir und zieht die Decke über uns beide. Seine Haare sind ganz verstrubbelt, weil Greg daran gezogen hat.

»Rück mal ein Stück, du Deckendiebin«, sagt er.

Mir wird ganz seltsam zumute, als Ducks Körper sich unter der Decke an meinen schiebt. Merina lässt sich neben mich aufs Sofa fallen und schlüpft auch noch zu uns unter die Decke. So zwischen den beiden habe ich es jetzt schön warm.

Ich hatte fast vergessen, was für ein Gefühl das ist.

Das Buch, das Greg holt, heißt *Märchen der Medeis* und ist eines von zwei Büchern, das seine Familie besitzt; das andere ist Atreus' *Revolutionäres Manifest.* Die Geschichten sind mit Drachen und Männern und Frauen aus den drachenblütigen Familien bebildert.

»Mit diesem Buch habe ich Lesen gelernt«, erzählt Duck mir.

Er setzt sich zurecht, um besser sehen zu können, und legt dabei einen Arm um meine Schultern. Als er die richtige Sitzposition gefunden hat, frage ich mich, ob er seinen Arm wieder wegnehmen wird und ob ich das will.

Er lässt den Arm, wo er ist, und beginnt vorzulesen.

Er klingt nicht wie im Unterricht: So habe ich Duck noch nie vorlesen hören. Er spricht jede Figur mit einer anderen Stimme, mal tief, mal hoch, mal heiser, mal dröhnend. So lesen Eltern wohl ihren Kindern vor, denke ich. Eltern, die lesen können.

Merina und Greg kichern vor Vergnügen und nach wenigen Minuten lache ich mit. Als die Geschichte endet, ist Greg bereits eingeschlafen, und Merinas Kopf ist an meine Schulter gesunken. Duck betrachtet sie und schaut dann zu mir.

»Ich trage Greg besser mal ins Bett.«

»Noch eine«, verlangt Merina schläfrig.

Duck liest weiter, leiser diesmal. Unter der Decke tastet die Hand, die nicht um meine Schulter liegt, zu mir und verschränkt ihre Finger mit meinen. Während ich ihm lausche, pocht mein Herz so stark, dass ich es fühlen und hören kann.

Diese Empfindungen – Glück, Geborgenheit, Wärme an der Seite von Duck. Wozu summiert sich das?

Ergeben sie in der Summe mehr als das?

Ergeben sie in der Summe mehr für *ihn*?

Jetzt ist auch Merina eingeschlafen.

»Ich gehe schlafen, ihr Lieben. Bringt ihr Greg und Merina dann ins Bett?«

Mrs. Sutter ist auf ihrem Weg nach oben. Sie hat bleibende Fältchen um die Augen, wie Duck, wenn er lächelt. Als sie Duck auf die Stirn küsst, schließe ich aus seiner Miene, dass dieser Kuss ein Gutenachtritual ist, für das er sich schon lange zu alt fühlt, das er aber ihr zuliebe über sich ergehen lässt. Mein Damotisch aus dem Schulunterricht reicht gerade so aus, um die Worte in ihrer Muttersprache zu verstehen.

»Es ist so schön, dich mal für eine Nacht bei uns zu haben, mein Schatz. In den letzten Wochen waren wir sehr besorgt um dich.«

Ducks Damotisch ist etwas eingerostet. »Es ist schön, zu Hause zu sein, Mama«, brummt er.

Bevor sie sich abwendet, küsst sie mich so selbstverständlich, wie sie es immer getan hat, ebenfalls auf die Stirn.

Als sie weg ist, kehrt abgesehen vom Knistern des Feuers Stille ein. Merina lehnt an meiner Schulter und atmet ruhig im Schlaf; Duck hält mich unter der Decke immer noch im Arm; das offene Kinderbuch liegt schwer auf meinem Schoß; der Kuss einer Mutter kitzelt auf meiner Stirn.

Duck spricht als Erster.

»Schon komisch«, murmelt er, »wenn man sich überlegt, dass wir laut unserem Eid das alles nicht haben dürfen.«

Der Eid der Wächter, mit dem wir der Ehe und einer eigenen Familie abgeschworen haben.

Ich denke über seinen Satz nach und bleibe an der Doppeldeutigkeit eines Wörtchens hängen: Wenn Duck *wir* sagt, meint er die Wächter generell? Oder nur …?

Ich habe ihm den Kopf zugewandt; unsere Gesichter sind nur wenige Fingerbreit voneinander entfernt. Seine haselnussbraunen Augen werden groß, als hätte er gerade selbst gemerkt, dass er sich unklar ausgedrückt hat.

Und auf einmal steigt Panik in mir auf.

»Ich meinte …«

»Die Wächter allgemein?«

»Ja …«

Noch eine Empfindung, eine ganz falsche: Erleichterung. Als könnte er das spüren, löst Duck seine Finger aus meinen. Fast hätte ich laut aufgeatmet.

»Ich bin froh, dass du mitgekommen bist, Annie«, sagt er unvermittelt.

»Ich auch.«

Und das stimmt. Ich habe diesen Besuch uneingeschränkt genossen, jedes unbändige Lachen, jeden Moment unbeschwerten Glücks.

Warum dann diese *Panik*?

»Glaubst du, dass du morgen noch bleibst, oder ...«

Ich zögere, und obwohl ich in diesem Augenblick nur an Duck denken sollte, an die Falten, die sich ganz schwach auf seiner Stirn abzeichnen, während er mich beobachtet, denke ich stattdessen an Lee.

Lee, der mir auf der Brustwehr gesagt hat, dass er bleiben will, auch wenn er jeden Grund dazu hätte, zu gehen; und den ich einfach zurückgelassen habe.

Ich sage: »Wahrscheinlich fahre ich morgen früh in den Konvent zurück. Ich ...«

Ich weiß nicht, wie ich das erklären soll. Aber mein Schlucken ist Duck offenbar schon Antwort genug.

»Ich bin froh, dass wir dich wenigstens einen Tag hier haben konnten«, sagt er einfach.

— Lee —

Beim Aufwachen weiß ich im ersten Moment nicht, wo ich bin. Langsam erkenne ich den Schlafsaal des Konvents: dieselbe lange Reihe von Betten wie immer, aber das Sonnenlicht fällt in ungewohnt hohem Winkel herein. Es muss später Vormittag sein. Ich brauche eine Weile, bis ich meine Empfindungen entwirrt habe: die Splitter von Freude, Kummer und Verlust und das Dröhnen gewöhnlicher Kopfschmerzen. Nach und nach tauchen Erinnerungsfetzen auf – das Gespräch mit Julia, unser Abschied, der viel zu früh kam, obwohl wir Stunden zusammensaßen, der benommene Rückweg durch die in der Morgendämmerung wie ausgestorbene Stadt zum Palast.

»Morgen.«

Ich hebe den Kopf und blinzele zu der kleinen Gestalt, die auf der Kante des Betts neben mir hockt.

»Annie?«

Das ist das erste Mal seit der Sichtung der pythischen Flotte, dass sie von sich aus zu mir kommt.

Sie hält mir einen Muffin hin.

»Von Ducks Mutter.«

Stöhnend setze ich mich auf und reibe mir über die Stirn.

»Ich sollte auf Patrouille sein«, fällt mir ein.

»Keine Sorge. Cor ist auch früher zurückgekommen und ist mit Crissa losgeflogen. Die beiden haben beschlossen, dich ausschlafen zu lassen.«

Mich ausschlafen lassen, weil ich mich mit der Anführerin der Flotte getroffen habe, gegen die Cor und Crissa unseren Luftraum bewachen sollen. Mein schlechtes Gewissen meldet sich und das umso heftiger, weil es so spät kommt. Nur dass ich so unmittelbar nach der in Julias Gesellschaft verbrachten Nacht gar nicht sagen kann, was mir mehr Schuldgefühle bereitet: dass ich mich mit einer Verwandten getroffen habe, die meine Freunde umbringen will, oder dass meine Freunde meine Verwandten umbringen wollen.

Eben deshalb hättest du dich nicht mit ihr treffen sollen.

Als ich zu Annie rüberschaue, sehe ich ihr ebenfalls ein schlechtes Gewissen an.

»Du bist verkatert«, sagt sie.

»Ich war bei einer Sonnenwendfeier in der Kriegsakademie. Mit Crissa.«

»Oh.« In die Erleichterung auf ihrem Gesicht mischt sich noch etwas anderes. »Gut«, sagt sie. »Das freut mich.«

Ich nehme den Muffin und beiße hinein. Er schmeckt einfach herrlich.

»Wie war die Sonnenwende bei den Sutters?«

Das klingt wie eine schlechte Ballade. Annie spielt mit einer kupferroten Haarsträhne und dreht den Kopf ein Stück weg. »Schön.«

»Du bist aber früh zurück«, stelle ich fest.

Sie zögert. Ich habe den Eindruck, dass ihr etwas auf der Zunge liegt, was uns beiden peinlich wäre. Ich bin nicht sicher, ob ich es hören will. Doch dann sagt sie nur: »Wir müssen trainieren. In etwas über einer Woche ist das Turnier.« Sie ballt die Hände im Schoß zu Fäusten, als sie hinzufügt: »Ich will es ins Finale schaffen. Und ich … ich will unbedingt gegen Power gewinnen.«

Beides verblüfft mich: die Wünsche, die sie mir da gesteht, und der Vorschlag, zusammen zu trainieren.

»Du bist zurückgekommen, damit wir üben können?«

Annie nickt, nur wenig verlegen. Ihr Zopf ist schon so straff geflochten, dass sie ihn unter einen Helm stopfen kann.

Allein der Gedanke, mich an einem so sonnigen Vormittag mit Pallor in die Lüfte zu schwingen, macht mich schon viel munterer. Dazu die Aussicht, mich mit Annie zu duellieren, die Geistesgegenwart und die Instinkte, die man im Kampf gegen sie braucht, durch mein Blut jagen zu spüren, in der Konzentration zu versinken, die alles andere unwichtig werden lässt – auf einmal bin ich Feuer und Flamme.

Auch wenn mich das Gespräch mit Julia in schwere Gewissenskonflikte gestürzt hat, ist meine Haltung zum Turnier klar. Ich will es auch ins Finale schaffen.

»Super. Dann nichts wie los.«

Schon verblassen die vergangene Nacht und die Gefühlsverwirrung, die sie hinterlassen hat, wie die Erinnerung an einen Traum.

6

DAS HALBFINALE

— Annie —

In der Woche vor dem zweiten Turnier warte ich zunehmend beklommen auf eine weitere Mitteilung des Ministeriums, aber es kommt keine. Stattdessen ein Brief aus Holbin. Der Sohn der Mackys schreibt: *Liebe Annie, wir hoffen das du gewinst. Leider können wir dießmal nicht dabei sein, aber wir alle in Holbin drüken dir die Daumen.* Ich hefte mir den Brief neben den Lorbeerkranz vom letzten Turnier an die Wand.

In der Woche bis zum Turnier sind wir Reiter des Vierten Rangs von den Patrouillenflügen freigestellt, damit wir trainieren können, und die drei anderen dürfen ihre Moralvisiten verschieben. Da ich keine aufgetragen bekommen habe, muss ich auch nichts umplanen. Ich rede mir ein, dass mir das egal sein kann, dass Moralvisiten strohdumme und billige Experimente in rhetorischer Manipulation sind, aber ich weiß genau, warum ich davon ausgeschlossen worden bin: Die Regierung von Callipolis hat mich wieder einmal nicht für geeignet befunden.

Wenn sie meinen. Dann trainiere ich eben.

In jeder freien Minute übe ich mit Lee oder mit Cor und Rock, deren Sturmpfeile eine gute Vorbereitung auf Powers Drachen sind. Noch nie war ich so versessen auf den Sieg wie diesmal. Powers ständige Witze über Hochländer und Bauern, sein übergroßes Selbstbewusstsein, wenn er seinen patrizischen Freunden gegenüber mit seinem Können prahlt, die Vorbehalte des Ministeriums mir gegenüber und die unverhohlene Bevorzugung von Reitern wie ihm – endlich habe ich die Gelegenheit, es ihnen mal so richtig zu zeigen, und das vor den Augen der Öffentlichkeit. Denn auf dem Boden kommt Power zwar wie der geborene Anführer daher, aber in der Luft sieht er gegen mich alt aus.

In den Tagen vor dem Turnier schneiden mich viele der patrizischen Reiter, während Rock und die anderen Wächter vom Land sich bei fast allen Mahlzeiten zu mir an den Tisch setzen. Aber nicht immer entscheidet die Herkunft über die Loyalitäten. In der Drachisch-Stunde am Vortag des Turniers überreichen mir Hanna Lund und die anderen Studentinnen vom Janiculum, mit denen ich in der Bibliothek Hausaufgaben gemacht habe, zu meinem Erstaunen eine selbst gebastelte Karte, auf der die meisten Mädchen im Kurs unterschrieben haben. Darin steht ein Zitat aus dem *Aurelianischen Zyklus*: *Und in ihrem Gang erwachte göttergleich das Feuer.*

»Power ist ein Idiot. Wir werden dich anfeuern, Antigone.«

Als der Tag des Turniers anbricht, hängt eine dichte graue Wolkendecke so tief am Himmel, dass die Türme von Pythos Feste darin verschwinden. Trotz des stürmischen, ungemütlichen Wetters sind die Ränge voll besetzt. Power hat am anderen Ende des Drachenhorsts Stellung bezogen, wo er mit weiteren Sturmpfeil-Reitern das Duell von Lee und Cor verfolgt. Ab und zu werfen sie Blicke in meine Richtung. Ich stehe neben Duck bei den Aurelian-Reitern und starre unverfroren zurück: Das bevorstehende Turnier macht mich kaltblütig.

Duck verzieht das Gesicht, als sein Bruder und Lee in Startposition gehen und sich geradewegs aufeinanderstürzen. Cor ist ein sehr unsteter Reiter. An guten Tagen fliegt er so gut wie Lee oder sogar noch besser, an schlechten Tagen ist er ihm himmelweit unterlegen. Und wenn er unter Druck steht, hat er eigentlich immer einen schlechten Tag. Schnell landet Lee den ersten Treffer und von da an geht es bergab: Cor hat sich nicht mehr im Griff, sodass seine Gefühle überborden und er und Maurana immer hektischer fliegen. So ist es nur eine Frage der Zeit, bis Lee seine Deckung durchbricht.

»War ja zu erwarten«, murmelt Lotus Rock zu, als die Glocke fünf Minuten nach Beginn des Duells Lees Sieg verkündet.

Lee auf Pallor, Anwärter auf den Titel des Ersten Reiters, ruft der Herold aus.

Sie landen, und nachdem Cor Lee unter donnerndem Applaus schlaff die Hand geschüttelt hat, verlässt er mit großen Schritten den Horst, um seine Enttäuschung mit sich selbst auszumachen. Neben mir stößt Duck ein frustriertes, aber nicht allzu trauriges Seufzen aus. Als hätte sogar er insgeheim mit Lee mitgefiebert, Familienbande hin oder her.

Goran ruft: »Power, Antigone, ihr seid dran.«

Duck legt mir die Hand auf die Schulter und drückt in stummer Ermunterung zu. Ich will schon zum Höhlenausgang hinuntergehen, als ich innehalte: Lee kommt mit dem Helm unter dem Arm auf uns zugestiefelt. Sein Haar ist nass geschwitzt, sein Gesicht noch erhitzt vom Adrenalin. Kurz bevor er uns erreicht hat, verstellt Power ihm den Weg. Er beugt sich vor, packt Lee an der Schulter und ich höre seine Stimme nur schwach im pfeifenden Wind.

»Du weißt, was die Drachenblütigen zu sagen pflegten. Bauern brennen am besten …«

Lees graue Augen, die noch vor Kampfgeist sprühen, richten sich auf Power. Obwohl er keine Miene verzieht, geht eine eisige Kälte von ihm aus. Powers Grinsen erstirbt und er weicht unwillkürlich einen halben Schritt zurück.

Als ich mich Richtung Treppe wende, hält Lee mich am Arm fest.

»Lass mich deine Rüstung überprüfen.«

Er spricht zwischen zusammengebissenen Zähnen. Mir wird heiß unter meinem Helm.

»Mit meiner Rüstung ist alles in Ordnung.«

Aber er überhört meinen Einwand einfach, und obwohl ich protestieren sollte, lasse ich ihn gewähren. Er klopft mich von oben bis unten ab, zupft an jeder Schnalle meines Helms, dem Kürass und dem Arm- und Beinschutz. Seine Bewegungen sind unsanft und schnell, als wollte er seine Finger nicht länger als nötig an einer Stelle verweilen lassen. Doch als er den Kopf hebt, ist sein Gesicht rot angelaufen.

Der Anblick ruft eine ebensolche Hitze in mir wach. Mein Körper beginnt überall dort zu glühen, wo seine Hände mich berührt haben, und die Wärme kriecht an meinem Hals hinauf. Er steht so dicht vor mir, dass ich ihn *riechen* kann – frischer Schweiß, vermischt mit dem rauchigen Aroma von Pallors Asche. Auch wenn Tausende Menschen in der Arena uns sehen können, nehme ich nur Duck und Crissa wahr, die zu uns herüberschauen, was mir überhaupt nicht recht ist.

Schließlich nickt Lee und tritt zurück. Sein Gesicht, das unter dem dunklen Haar sonst so bleich wirkt, ist knallrot.

»Jetzt geh«, sagt er.

Power wartet am Höhlenausgang auf mich und grinst mir entgegen. Sein Blick wandert zu meinem bloßen Hals, der immer noch so gerötet ist, dass der Wind auf meiner Haut sich kühl anfühlt.

»Na, war er gründlich genug?«

Ich ignoriere ihn. Wir blasen in unsere Lockpfeifen und warten darauf, dass unsere Drachen auf den für unsere Ohren nicht wahrnehmbaren Ton reagieren. Power trinkt währenddessen aus einer Feldflasche und ich tue es ihm nach. Je mehr Wasser wir jetzt trinken, umso besser.

Ich werde innerlich ganz ruhig, als ich Aela näher kommen spüre, und nacheinander bestätigen meine Sinne das Gefühl – das Rauschen ihrer Flügel, die Zugluft aus der Höhle auf meinem Gesicht, der Schimmer der bernsteinfarbenen Schuppen in der Dunkelheit, als sie den Höhlenausgang erreicht. Das Lampenfieber, das mich den ganzen Vormittag lang geplagt hat, fällt von mir ab und weicht einer messerscharfen Wahrnehmung, die fast ohne Denken auskommt. Hier ist Aela. Es ist so weit.

Ich stelle Aelas Sattel enger, überprüfe ihre Zügel, und sie dreht mir noch einmal den Kopf zu. Ich sehe ihr in die schlitzförmigen goldenen Augen, und als ich sie über den Nüstern streichle, biegt sie den Hals zurück. Ihre Vorfreude auf das Duell vermischt sich mit meiner und jagt mir einen Schauer über den Rücken. Aelas Kampfeslust ist wie eine Welle, von der ich mich gern tragen lasse.

»Dann mal los.«

Sie legt die Flügel an, während ich mich in den Sattel schwinge. Ich binde erst den einen, dann den anderen Stiefel in den Steigbügeln fest. Ein paar Meter entfernt tut Power dasselbe auf Devoro. Wir setzen unsere Helme auf, nicken uns kurz zu und klappen die Visiere herunter.

Und dann sind wir mit einem einzigen der Schwerkraft trotzenden Satz in der Luft und der mächtige Flügelschlag trägt uns höher hinauf. Die graue Wolkendecke, die Menschenmenge, der schimmernde Fluss füllen mein Blickfeld. Auf Aela erscheint mir die Welt immer stechend klar.

Die Glocke ertönt, Power prescht vor und wir tauchen ab.

Als Lee und ich das Duell vergangene Woche zum ersten Mal durchgesprochen haben, wollte er mir die Strategie ausreden, die ich mir vorgenommen habe. Devoros Lungen versiegen nicht, meinte er, dafür würde ich zu lange brauchen und zu viel riskieren, und bei Powers Vorliebe für Hitzestöße ersten Grades wären die möglichen Verletzungen viel zu gravierend.

»Die Reichweite seines Drachen ist zweimal so groß wie Aelas«, gab ich zurück. »Wie soll ich es sonst machen?«

Anstatt mir Alternativen zu nennen, sagte Lee nur: »Das ist Selbstmord.«

Was ich darauf antwortete, hätte ich niemandem außer Lee zu sagen gewagt.

»Nicht für mich.«

Lee widersprach nicht.

Die Methode wird auch »die Schmeißfliege« genannt: Man fliegt so lange kleine Vorstöße mit schnellen Rückzugsmanövern, dass der Gegner viele unnötige Schüsse verbraucht und sein Drache irgendwann keine Asche mehr hat. Allerdings wird das bei Devoro sehr lange dauern. Nicht zu vergessen, dass Power einer der wenigen Reiter in unserem Korps ist, der es meisterhaft beherrscht, das Überborden zu seinem Vorteil zu nutzen. Jemand wie Cor verliert die Orientierung, wenn seine Wut und Aufregung auf seinen Drachen übergehen, aber Power wird dadurch nur unberechenbar. Schon in früheren Zeiten war die Taktik besonders bei Sturmpfeil-Reitern beliebt. Wenn er und Devoro überborden, kämpfen sie wie entfesselt, und Power lässt seinen Drachen nach Herzenslust zuschlagen.

Doch Aela und ich können fast allem ausweichen.

Also lasse ich Power von Anfang an die Attacken reiten, während Aela und ich zwischen Devoros Aschestößen hin und her wirbeln, immer ganz dicht vor ihm, um ihm keine

Pause zu gönnen. Eine Minute nach der anderen vergeht und Aela und ich weichen unaufhörlich aus, nach oben, nach unten, zur Seite.

Aber selbst die besten Reiter werden irgendwann müde und dann unterlaufen ihnen Fehler. Nach ungefähr zehn Minuten beschreiben wir eine etwas zu enge Kurve und ich spüre ein Brennen an meiner linken Wade. Ich ziehe geräuschvoll Luft durch die Zähne, weil es so wehtut – das war ein Hitzestoß ersten Grades, der uns im Training verboten ist. Die glänzende Rüstung läuft schwarz an und die Glocke unten in der Arena verkündet den ersten Treffer. Aela spürt meinen Schmerz, auch wenn sie immun gegen die Hitze ist. Sie zieht sich außer Reichweite zurück und wartet, während ich das Ventil mit Kühlflüssigkeit im Beinteil des Anzugs öffne. Das Mittel rinnt kalt über meine Wade und lindert das Brennen etwas. Ganz verschwindet der Schmerz zwar nicht, aber er ist gedämpft genug, um die halbe Stunde durchzuhalten, die ich noch brauche.

Jeden Augenblick, den ich außer Schussweite verbringe, ist ein Zeitgewinn für Devoro, und wenn ich will, dass seine Asche versiegt, muss ich ihn weiter provozieren. Also treibe ich Aela sofort in die zweite Runde. Mein Zeitgefühl verschwimmt, meine ganze Konzentration richtet sich darauf, auf die Schüsse zu reagieren, darunter durchzutauchen, abzudrehen, Kehren zu fliegen –

Bis er mich ein zweites Mal erwischt. Ich schaffe es nicht rechtzeitig, Powers scharfer Wende auszuweichen, und ein Hitzestoß ersten Grades versengt mir beide Arme. In der Unterbrechung vor der nächsten Runde fummele ich mit steifen Fingern in den Handschuhen an den Verschlüssen der Kühlschläuche an meinen Ellbogen. Dann schlinge ich die Zügel um die Handgelenke, damit ich die Finger locker lassen kann. Noch während ich mit den Zügeln hantiere, spüre ich, wie das Adrenalin und der Schmerz mich an die Grenze zu Aelas Geist treiben. Die intensivere Verbindung erfüllt mich mit neuer Ruhe. Aela und ich haben nur noch eine Chance: Der dritte Treffer bringt den Sieg. Jetzt gilt es wirklich.

Wir starten in die dritte Runde.

»Es ist vorbei, Annie«, ruft Power.

Er grinst, als er seinen Helm wieder aufsetzt; die Gefühle, die er bedenkenlos überborden lässt, bewegen sich eindeutig Richtung Euphorie. Ich presche wieder in seine Reichweite vor. Er feuert sofort los. Während Aela und ich unsere Ausweichmanöver fortsetzen, bemerke ich, was Power in seinem Überschwang entgangen ist: Die Kraft von Devoros Aschestößen lässt stotternd nach.

Ich wende Aela und lasse sie auf der Stelle schweben. So bin ich Power direkt gegenüber, nah genug für einen Todesschuss. Durch das Visier seines Helms erkenne ich seine triumphierend blitzenden Augen. Unter uns die Arena, dicht über uns die niedrige Wolkendecke, die die Spitze von Pythos Feste verhüllt.

Devoro öffnet das Maul zu einem Todesschuss – und nichts kommt heraus.

Power reißt die Augen auf. In dem Sekundenbruchteil, den ich brauche, um vorzuschnellen und zu feuern, saust er nach oben davon. Mein Schuss erwischt Devoro nur noch an der Schwanzspitze. Dann verschwinden die beiden in der Wolkendecke.

Kurz halten Aela und ich inne und starren zu den Wolken hinauf, die Power verschluckt haben.

Es ist klar, was er damit bezweckt. Die zwei Regeln für Turnierkämpfe kennen wir beide: Erstens sind bei Sportveranstaltungen keine Körperkontakte zwischen Drachen verschiedener Rassen erlaubt. Zweitens kann nichts, was außerhalb des Blickfelds des Schiedsrichters passiert, als Foul gewertet werden.

Wenn ich in diese Wolken fliege, wird Devoro Aela angreifen. Er ist anderthalbmal größer als sie.

Aber wenn ich warte, erholen sich seine Lungen. Und mit jedem Moment, den ich untätig verbringe, lässt die Wirkung des Kühlmittels nach und der Schmerz meldet sich immer stärker.

»Wollen wir?«, frage ich Aela.

Doch sie steigt bereits auf und der einzige Antrieb, den sie braucht, ist unsere geteilte Entschlossenheit.

Als wir in die Wolken vorstoßen, wird alles still, und das gleichförmige Grau bietet keinerlei Orientierung. Ich spüre Aelas Herz im Takt mit meinem schlagen. Im Freien angelangt erkenne ich aus dem Augenwinkel, dass noch höher über uns eine Altostratuswolke den Himmel verhüllt. Wir befinden uns zwischen zwei Schichten, in einem sonderbaren grauweißen Zwielicht. Der einzige sichtbare Teil des Landes unter uns sind die Türme von Pythos Feste, die sich einige Hundert Meter entfernt wie eine schwebende Burg aus den Wolken erheben.

All das sehe ich in der halben Sekunde, bevor Devoro von hinten in uns kracht.

Aela kreischt auf und windet sich, als seine Klauen in die Platte schlagen, die meine Schulter schützt. Die Spitzen durchbohren die Rüstung und den Lederanzug und stechen tief in meine Haut. Die Klauen seines anderen Unterarms bohren sich in Aelas Rücken. Sie schreit und in meiner Benommenheit fühle ich ihren Schmerz mit meinem verschmelzen. Und dann fühle ich ihren rasenden Zorn.

Schön. Ihr wollt einen schmutzigen Kampf? Den könnt ihr haben.

Mit meinen verbrannten Fingern ziehe ich mein Stiefelmesser und schlitze Devoro die Innenseiten der Unterarme auf, bis er seine Klauen kreischend zurückzieht.

Aela fährt herum, und obwohl sie genug Spielraum gewonnen hat, sich von Devoro zu lösen, lässt sie nicht von ihm ab. Sie krallt sich an seinem Rumpf fest und arbeitet sich mit Armen und Beinen an ihm hoch. Beide Drachen schlagen wie wild mit den Flügeln, sodass wir an Ort und Stelle verharren und Power und ich einander nicht sehen können, während sie sich erbittert ineinander verkeilen.

Dann bohrt Aela ihre Klauen in die Membran an Devoros Flügelansatz. Er kreischt, Power brüllt auf, Devoro faltet den Flügel ein – und *endlich*, als die beiden nur noch von drei Flügeln getragenen Drachen in die Tiefe trudeln, habe ich über Devoros angelegten Flügel freie Sicht auf den geduckt im Sattel kauernden Power.

Aela feuert einen Hitzestrahl ersten Grades ab. Power verschwindet in der Rauchwolke. Dann stößt sie sich mit einem verächtlichen Schnauben von Devoro ab.

Als der Rauch verweht, ist Powers Rüstung schwarz angelaufen. Unter dem Schock der extremen Hitze sitzt er völlig benommen da. Mechanisch, mit tauben Fingern, beginnt er die Kühlventile in seinem Torso zu öffnen.

»Ergibst du dich?«

Wir sind wieder in Stellung, zum Schuss bereit, und Devoro hat noch nicht genug Asche. Powers Antwort kommt als fast tonloses Stöhnen.

»J-ja.«

»Helm«, verlange ich.

Beweis und Garantie eines gewonnenen Duells, wenn kein Schiedsrichter zugegen ist.

Power stößt ein heiseres Lachen aus, wehrt sich aber nicht gegen meine Vorsichtsmaßnahme. Mit zitternden Händen nimmt er den Helm vom Kopf. Sein Haar glänzt vor Schweiß und Aschespuren ziehen sich quer über sein Gesicht. Einen unergründlichen Moment lang starrt er mich an. Durch die Verschmelzung mit Devoro sind seine Pupillen so geweitet, dass seine Augen schwarz wirken. Dann wirft er mir den rußgeschwärzten Helm durch die Luft zu.

Ich fange ihn.

Wir tauchen zusammen durch die Wolkenschicht. Als wir über der Arena hervorbrechen, schwillt ein unfassbarer Lärm an. Es dauert einen Augenblick, bis ich begreife: Es ist Jubel und er gilt mir.

Als hätte jemand anders von meinem Körper Besitz ergriffen, recke ich Powers Helm in die Höhe und schwenke ihn, damit alle Welt es sehen kann.

Kaum sind wir auf dem Horst gelandet, brüllen alle wild durcheinander. Duck hüpft auf und ab, Crissa kreischt vor Freude und Lee ist sofort an meiner Seite, um meine Stiefel aus den Steigbügeln zu schneiden, mir aus dem Sattel zu helfen und behutsam meine Verletzungen zu inspizieren. Mittlerweile kann ich weder die Finger noch mein linkes Bein bewegen und meine Schulter, aus der Blut rinnt, ist steif vor Schmerz. Und ich empfinde Aelas rasendes Herz und ihre brennende Wunde immer noch so stark wie meine eigenen. Lee hält mich unterhalb der Schulter fest, damit ich nicht falle.

»Annie, ist alles in Ordnung?« Gorans Stimme dringt wie aus weiter Ferne zu mir. Er klingt besorgt. Das kommt so überraschend, dass ich laut auflache. Power ist nirgends zu sehen, also drücke ich Goran seinen Helm in die Hand.

»Alles bestens.«

Lee umfasst meinen Arm noch etwas fester, als er mich zu sich umdreht. »Annie, wir müssen die Abschlusszeremonie absolvieren. Meinst du, du schaffst das?«

Die Abschlusszeremonie.

Für die Finalisten.

»Du und ich«, begreife ich.

Lee hat den anderen Arm stützend um mich gelegt und sein Gesicht ist nur wenige Fingerbreit von meinem entfernt. Der bohrende Blick aus seinen grauen Augen ist voller Stolz, mit einer Spur von Kummer. Über sein Gesicht ziehen sich Spuren von getrocknetem Schweiß und Asche.

»Du und ich«, wiederholt er leise.

Auf einmal bin ich den Tränen nahe.

Ich schwanke leicht. Die Wirkung des Kühlmittels lässt jetzt spürbar nach, genauso wie das Adrenalin. Kurz verschwimmt alles vor meinen Augen.

»Kann sie hochfliegen?«, fragt Goran.

»Nein, Aela wird noch behandelt. Ich begleite sie zu Fuß hinauf, das ist einfacher …«

Lees Arm in meinem Rücken, fest und unbeirrt. Runter in die Arena, dann die Treppe zur Palastloge empor. Die Leute jubeln und schreien, als sie uns sehen, doch es klingt alles merkwürdig dumpf.

»Ich hätte dich umbringen können, als du ihm in die Wolken nachgeflogen bist«, sagt Lee unterwegs halb bewundernd, halb empört. »Dieser widerliche Feigling! So eine linke Nummer …«

Als wir die Palastloge erreichen, lässt er mich los, damit keiner der versammelten Minister sieht, dass er mich gestützt hat. Bei der letzten Zeremonie war ich an dieser Stelle starr vor Angst; heute verschwende ich keinen Gedanken mehr daran. Soll die Regierung doch glauben, was sie glauben will. Soll das Informationsministerium mir doch wieder eine Mitteilung schicken. Ich habe es geschafft. Ich habe Power besiegt. Einstweilen muss ich mich ganz darauf konzentrieren, einen Schritt vor den anderen zu setzen. Noch einen und noch einen, mit Lee an meiner Seite, auf den Ersten Protektor zu, der uns lächelnd erwartet.

»Meine beiden Finalisten«, sagt er in warmem Ton. Es klingt nicht einstudiert.

Es folgen weitere feierliche Sätze, dann spüre ich den Lorbeerkranz auf meinem Kopf. Und danach Aela, die herangekommen ist. Als ich einen Kranz an ihrem langen Hals hinuntergleiten lasse, brummt sie vor Stolz.

»Eine Woche vor dem Jahrestag des Sturms auf den Palast werden wir zu unserem letzten und wichtigsten Turnier zusammenkommen«, verkündet Atreus dem Publikum. »Einer dieser beiden wird Alternus, Stellvertreter des Kommandanten und Verteidiger von Callipolis, und einer wird Erster Reiter, Vorkämpfer des Volkes. Lee und Antigone, wir wünschen euch alles Gute für den letzten Abschnitt eurer Ausbildung.«

Am Abend dämmere ich in einem dunklen Krankenzimmer des Palastes im Halbschlaf dahin. Meister Welse hat sein Tagwerk beendet und ist nach Hause gegangen; die Krankenstation ist leer, als sich die Tür zu meinem Zimmer knarzend öffnet. Gedämpfte Stimmen, Kichern, die Umrisse einiger Köpfe im Türspalt. Crissas Stimme ertönt leise und neckend.

»Aaaaannie …«

Ich setze mich zwischen den Kissen auf. Meine Verbrennungen melden sich schmerzhaft. »Was soll das werden?«

Crissa stößt die Tür weit auf und vom Korridor fällt Licht herein. Hinter ihr stehen die anderen Mädchen: Deirdre und Alexa, die seit unserer Aufnahme ins Wächterprogramm unzertrennlich sind, und sogar Orla, die eigentlich lieber in ihre Bücher abtaucht, als sich einer Gruppe anzuschließen. Dass sie dabei ist, verrät mir mehr als alles andere, dass etwas Ungewöhnliches vor sich geht.

»Wir sind hier, um dich zu deiner Party zu bringen«, verkündet Crissa.

Vor lauter Verblüffung lautet mein erster Gedanke, warum sie nicht auf *Lees* Party ist. Immerhin sind sie befreundet. »Und was ist mit Lee?«

»Um den kümmert sich das Aurelian-Geschwader. *Wir* kümmern uns um dich.«

Wir, die Mädchen unter den Wächtern. Und auch ein paar der Jungs, wobei ich die Gesichter hinter ihnen nicht genau erkennen kann. Ich bin so gerührt und überrascht, dass sie überhaupt hier sind, dass mein Herz sich zusammenzieht. Eine Feier war mir gar nicht in den Sinn gekommen, und wenn, hätte ich gedacht, dass sie nur Lee gelten würde. Doch dann fallen mir meine Brandverletzungen ein.

»Ich darf eigentlich nicht …«

Aufstehen. Mindestens einen Tag Bettruhe. Anweisung von Meister Welse.

»Kein Problem«, sagt Crissa unbeeindruckt. Dann bellt sie mit einer Geste, als wollte sie einen Drachen herbeirufen: »Richard!«

Eine große, kräftige Gestalt bahnt sich durch die Mädchen und geht neben meinem Bett in die Hocke. Rock. Und er betont den Akzent, den er sonst unterdrückt, überdeutlich. Den Akzent unserer Heimat.

»Hoch mit dir, Finalistin.«

Ich lache laut los. »Das ist doch nicht euer Ernst!«

Aber es ist ihr voller Ernst. Deirdre und Alexa hieven mich auf Rocks Schultern und Crissa wirft mir eine Decke über, die sich als eine Fahne von Callipolis entpuppt – ein Drache mit ausgebreiteten Flügeln auf rotem Grund, der vier Feuerringe speit. Orla schnappt den Lorbeerkranz auf dem

Nachttisch, stellt sich auf die Zehenspitzen und drückt ihn mir auf den Kopf. Duck, der in der Tür steht, führt eine von Gorans Tröten aus dem Training an die Lippen und bläst hinein. In der Stille der Krankenstation klingt der schrille Ton wie eine Explosion.

»Auf zum Geräucherten Wildschwein!«

Die Schenke Zum geräucherten Wildschwein liegt auf der anderen Flussseite, in Obermarkt, und ist ein beliebter Treffpunkt der Wächter niederer Herkunft. Ich war noch nie dort.

Die Mädchen brüllen Ducks Parole nach und ich werde im Triumphmarsch aus der Krankenstation getragen. Der Weg durch die Palastgärten, über den Fluss und nach Obermarkt hinein vergeht wie im Traum. Rock durchquert den im Mondlicht schimmernden Park in einem leichten Galopp, sodass ich die Fahne um meine Schultern festhalten muss; um uns herum springen Deirdre, Alexa und Orla kichernd und jauchzend durch die Dunkelheit, während Crissa *Vorwärts!* ruft, als führe sie uns in eine Schlacht, und Duck in die Tröte bläst, als wolle er den ganzen Palast in seiner friedlichen Stille aufscheuchen.

In Obermarkt herrscht ein lautes, ausgelassenes Treiben: Wir sind nicht die Einzigen, die das Turnier zum Anlass nehmen, mal so richtig zu feiern, und offenbar hat die Anspannung durch die pythische Bedrohung ein Ventil gebraucht. Überall wehen Flaggen von Callipolis, überall wird getrötet – auf den Straßen, wo fliegende Händler die Tröten unter die Leute bringen, und von den Balkonen –, ein lärmender Chor, der sich mit kreischendem Gelächter, betrunken gegrölten Liedern und dem vereinzelten dumpfen Schlagen einer Straßentrommel mischt. Bier schwappt aus zum Anstoßen erhobenen Kelchen und bildet klebrige Pfützen auf dem Kopfsteinpflaster, von Fenstern in Obergeschossen hängen mit Sprüchen bemalte Bettlaken: EIN HOCH AUF UNSERE HOCHLÄNDERIN!, ES LEBE DIE REVOLUTION!, NIEDER MIT NEU-PYTHOS!

Als Crissa mir am Eingang zum Geräucherten Wildschwein von Rocks Schultern herunterhilft, bringe ich die Bedenken an, die mir gerade erst gekommen sind.

»Crissa, wir haben alle das Armutsgelübde abgelegt, wie sollen wir die Getränke bezahlen ...«

Crissa und Rock biegen sich vor Lachen.

»Glaub mir«, sagt Crissa und wirft den Arm um meine von der Fahne verhüllten Schultern, ohne mein Aufstöhnen zu bemerken, »du wirst heute Abend für kein einziges Glas zahlen müssen.«

Und dann schiebt sie mich ohne Federlesens in die Schenke. Kerzen und Wandleuchter erhellen einen Raum voller lachender, mit den Farben von Callipolis bemalter Gesichter; in einer Ecke spielen einige Musiker mit Trommeln und Fiedeln ein Stück, dessen Rhythmus mir sofort ins Blut geht. Kaum haben wir den Gastraum betreten, springt Crissa auf den nächstbesten leeren Stuhl und schlägt den Ton an, mit dem sie sonst vom Drachenrücken aus ihr Geschwader befehligt. Dabei deutet sie mit einer weit ausholenden Armbewegung auf mich.

»Bürger und Bürgerinnen von Callipolis, darf ich vorstellen: eure Hochland-Finalistin!«

Unter ohrenbetäubendem Applaus packt Rock meine Faust und reißt sie in die Höhe. Auf einmal drängen sich lauter Leute um mich und völlig Fremde klopfen mir auf die noch von den Verbrennungen und Drachenklauen schmerzenden Schultern. Es tut weh, aber ich strahle trotzdem.

»Whisky für die Hochländerin!«

Man drückt mir einen Drink in die Hand, der mir schon beim Einatmen Tränen in die Augen treibt, und als ich ihn an die Lippen setze, bekomme ich einen Hustenanfall. Doch der Mann mit dem struppigen Bart, der ihn mir gereicht hat, johlt nur noch lauter, und die Umstehenden spenden begeistert lachend Beifall.

»Antigone auf Aela trinkt ihren ersten Whisky!«

»Runter damit, Mädel! Trink auf die Revolution!«

»Noch einen!«

Da stimmen die Musiker die Revolutionshymne an und ich kann kaum sagen, ob es an dem scharfen Whisky liegt oder an dem Schauer, den mir die Melodie über den Rücken jagt, dass mir nun die Augen feucht werden. Ich hebe das Glas und singe mit allen anderen das Lied meines Landes.

Wir erheben uns, wir erheben uns für den Ruhm von Callipolis …

7

MORALVISITEN

— Lee —

In der ersten Stunde bei Tyndale nach dem Turnier finde ich einen Brief in der Hausaufgabe, die er mir zurückgibt.

Lieber Vetter,
ich habe ihm zwei Briefe zukommen lassen; dies ist derjenige für den Fall, dass Du gewonnen hast.
Erinnerst Du Dich, wie der Traum vom Ruhm uns beseelt hat, als wir Kinder waren und Krieg spielten? An diese Träume habe ich gedacht, als ich Erste Reiterin von Neu-Pythos wurde.
Wir haben so viel zu besprechen, Du und ich. Doch zuvor sollst Du eins wissen: Ich, Deine Cousine, Deine Blutsverwandte, wünsche Dir den Titel des Ersten Reiters so sehr, wie ich ihn mir selbst gewünscht habe. Bei den düsteren Zeiten, denen wir entgegengehen, mag es Wahnsinn sein, so etwas zu hoffen. Aber um Dir die Wahrheit zu sagen – wie immer es enden mag, ich will, dass Du den Sieg schmeckst. Du bist meine Familie, mein erster Freund. Du sollst wissen, wie es sich anfühlt, wenn einem die Welt in all ihrer Macht zu Füßen liegt. Nicht im Spiel, sondern wahrhaftig.
Und dann wünsche ich mir, dass Du den Gedanken zulässt,

wie es danach weitergehen könnte. Für mich und für Dich. Wenn wir uns zurückholen, was unser ist. Diese Schweine dafür büßen lassen, was sie getan haben. Die Ordnung wiederherstellen.
Unsere Väter mögen tot sein, aber ihr Blut fließt durch unsere Adern. Wir sind dazu geboren.
Nenne mir Zeit und Ort unseres nächsten Treffens.

An dem Tag, als ich Julias Nachricht bekomme, ist es bis zum entscheidenden Turnier noch einen ganzen Monat hin. Der Erste Reiter wird eine Woche vor dem Jahrestag des Sturms auf den Palast und zwei Wochen nach dem Lyzeastenball gekürt. Ich lese den Brief noch einmal und erkenne ihn als das an, was er ist: eine Versuchung. Julias Worte wecken den alten Hunger in mir und verweisen auf seine Wurzeln. Darauf, dass ich diesen Titel schon will, seit ich denken kann, wie jeder Sohn eines Drachenherrn, *als mein Geburtsrecht.* Es ist leicht, wieder in diese Denkweise zurückzufallen.

Es ist leicht, Rachegedanken nachzugeben.

Wir sind dazu geboren.

Ich müsste lügen, wollte ich die Versuchung leugnen, und so gehe ich in meiner Antwort nicht darauf ein. Ich schlage lediglich ein Treffen am Tor des Reisenden vor, einem auf ein natürliches Felsentor gebauten Plateau, das Drachen auf halbem Weg zwischen den Karstsäulen von Neu-Pythos und der Nordküste von Callipolis einen Rastplatz bietet. Beim nächsten Vollmond um Mitternacht, eine Woche vor dem Lyzeastenball.

Ich rede mir ein, dass ich es zum Wohle meines Landes tue, wenn auch ohne sein Wissen, um so viel wie möglich über die pythische Flotte in Erfahrung zubringen.

Und ich rede mir ein, dass ich mit einer von Grund auf anderen Einstellung Erster Reiter werden kann.

Die Verbrennungen vom Halbfinale haben angefangen zu jucken und die Wunden müssen mehrmals täglich neu verbunden und mit Salbe behandelt werden. Auf dem ersten Patrouillenflug mit Power nach dem Turnier stelle ich mich darauf ein, dass er kein Wort mit mir wechseln und vielleicht sogar versuchen wird, mir die Niederlage heimzuzahlen. Ich habe meine Lanze – eine mit scharfer Spitze für echte Kampfeinsätze, keine stumpfe wie im Training – locker und griffbereit an der Seite, an der Power und Devoro fliegen. Doch als wir die Stadt hinter uns lassen und auf die Nordküste zuhalten, lenkt Power Devoro bis auf Gesprächsdistanz heran und nimmt den Helm ab.

»Und, was ist dein Plan?«, ruft er.

Ich klappe mein Visier hoch.

»Was?«

Unter uns erstrecken sich die Felder des Tieflands. Die frisch aus der Erde sprießenden Ackerpflanzen leuchten in sattem Grün und hie und da ragen die mit Glocken und Leuchtfeuern versehenen Turmspitzen der Drachensitze über spielzeuggroßen Dörfern in die Höhe.

»Um Lee zu besiegen. Im Finale. Ich könnte dein Trainingspartner sein.«

Ich lache laut auf. Als wir beim letzten Mal zusammen in der Luft waren, hat Devoro bei einer unerlaubten Attacke meine Schulter und Aelas Flanke durchbohrt, und die Verletzungen von seinen Klauen sind noch längst nicht verheilt. Ganz zu schweigen von den Verbrennungen, die so schlimm jucken, dass ich mich sehr konzentrieren muss, um im Unterricht oder im Sattel still zu sitzen.

»Glaubst du ernsthaft, ich würde mit dir trainieren?«

Power schlingt seine Zügel um eine Hand, dreht mir

den Oberkörper zu und hebt eine Augenbraue. »Ich glaube ernsthaft, dass du das tun solltest. Wenn du gegen ihn gewinnen willst. Ich könnte dir das Überborden beibringen, das liegt dir bestimmt. Wir können nach dem Lyzeastenball anfangen. Dann ist unser Stundenplan nicht mehr so voll.«

Die Gold-Studenten, die ihren Abschluss gemacht haben, werden mit dem Lyzeastenball als vollwertige Mitglieder in die Elite aufgenommen; wir Wächter debütieren damit in der Gold-Gesellschaft. In den letzten verbleibenden Wochen haben viele Professoren noch Abschlussarbeiten und Prüfungen angesetzt, die wir trotz unserer zusätzlichen militärischen und öffentlichen Verpflichtungen mitschreiben müssen.

»Auf dieses Turnier musst du dich auf jeden Fall vorbereiten. Er ist ziemlich gut«, fügt Power hinzu. Eine Untertreibung, aber trotzdem das größte Kompliment, zu dem er sich in Bezug auf Lee jemals hat hinreißen lassen. »Irgendeinen Plan solltest du haben.«

Irgendeinen Plan.

Das Problem ist: Ich habe keinen. Dass ich es ins Finale geschafft habe und gegen Lee antreten werde, war ein Gefühl, als wäre ich aus dem grauweißen Nichts einer Stratuswolke in gleißendes Sonnenlicht hervorgebrochen. Ich bin immer noch wie geblendet davon.

Es ist schon seltsam, dass man sich zu einer Tür vorarbeiten, ja sogar durch sie hindurchkämpfen kann, ohne darüber nachzudenken, was einen dahinter erwartet.

Der Vierte Rang, Turnierfinalistin – beides sind Titel, die ich unter Anstrengungen errungen habe, und in beiden Rollen gefalle ich mir eigentlich ganz gut. Aber *Erste Reiterin*? *Befehlshaberin der Luftflotte von Callipolis*?

Ich, Erste Reiterin und Befehlshaberin anstelle von *Lee*?

»Du willst wohl unbedingt, dass Lee verliert«, bemerke ich.

Das Nordmeer kommt näher, ein graues, von Felsen durchbrochenes Band am Horizont. Aber Power sieht nur mich an, nicht die Landschaft unter uns, und grinst unvermittelt. »Vielleicht will ich unbedingt, dass *du* gewinnst. Weil ich glaube, dass du einen besseren Job machen würdest als dieser selbstgefällige Arsch. Weil ich glaube, dass du clever und mutig genug bist und deine Sache gut machen würdest, fertig. Ist das so schwer vorzustellen, Annie? Dass jemand dich als Siegerin sehen will?«

Das ist wohl als Kompliment gemeint, aber vom Ton her kommt es eher beleidigend rüber. Als er merkt, dass ich ihm nicht antworten werde, redet er weiter. Die Verachtung in seiner Stimme ist klar zu hören, auch wenn er gegen den Wind anbrüllen muss.

»Wahrscheinlich willst nicht mal du selber, dass du gewinnst. Du wärst lieber seine Alterna, als den Oberbefehl zu übernehmen ...«

»Du weißt rein gar nichts über mich, Power.«

»Ach ja? Ich weiß aber, was man dir nachsagt.«

»Mir?«

»Es heißt doch, Leibeigene sind immer dann am glücklichsten, wenn sie einen Herrn haben.«

Ich reiße so abrupt an Aelas Zügeln, dass ich im Sattel vorkippe und sie gegen die Trense ruckt. Power muss eine Kehre fliegen und hält uns gegenüber an. Unter uns liegt die Küste mit der Festung Aron und ihrem Hafen und im Westen erheben sich die Felsgebirge des Hochlands, durchsetzt mit lila Heidekraut und grünen Wiesen, die unter den riesenhaften Quellwolken silbrig glänzen.

»Ich nehme es zurück«, sagt Power lässig und hebt die flachen Hände.

Aelas verblüffter Zorn zittert im Einklang mit meinem, wie ein durchgehender schriller Ton.

»Ich will nichts mehr von dir hören.«

»Ja, ja –«

»*Nichts* mehr.«

In dem darauffolgenden Schweigen nagen seine Worte an mir.

Am Tag nach unserem Patrouillenflug erhalte ich eine Nachricht vom Informationsministerium, die mich in Miranda Hanes Büro bestellt. Auf dem Weg in den Inneren Palast versuche ich, mein rasendes Herz zu beruhigen. Es ist so weit. Die Mitteilung vor dem Viertelfinale, die ich ignoriert habe, die Liste der Moralvisiten, auf der mein Name fehlt – jetzt trete ich also dem Menschen gegenüber, der dahintersteckt. Der Informationsministerin.

Der Stachel von Powers Kommentar sitzt so tief, dass mich diese Wendung fast erleichtert. Das ist wenigstens etwas, dem ich mich stellen kann.

»Hallo, Antigone. Danke, dass du gekommen bist.«

Miranda Hane ist aufgestanden und zu meiner Überraschung lächelt sie. Das Informationsministerium ist das einzige Ministerium, das von einer Frau geleitet wird, und bei ihrem Anblick muss ich als Erstes an eine der Himmelsjäger-Edeldamen auf den Wandteppichen der Drachenherren denken. Sie hat denselben braunen Teint, dieselbe majestätische Haltung und dieselben dunklen Locken, die einen klaren Blick umrahmen – nur dass Hane im Gegensatz zu den Damen auf den Wandteppichen eine Hose trägt und ihr Haar kinnlang geschnitten ist. Hinter ihr führt ein bodentiefes Fenster auf den Feuerschlund. Die Topfpflanzen davor filtern das Sonnenlicht.

Ich spüre eine Steifheit in meinen Armen und Fingern, die nichts mit den Verletzungen vom Turnier zu tun hat, und ich weiß nicht so recht, wohin mit meinen Händen – an der Seite hängen lassen? In die Taschen schieben? Hane streckt mir ihre Hand hin und ich brauche einen Moment, bis mir klar wird, dass ich sie schütteln soll. Als wären wir erwachsene Männer.

»Bitte setz dich.«

Nachdem ich ihr gegenüber auf einem Stuhl Platz genommen habe – auf der Kante, weil ich meinen Körper nicht entspannen kann –, mustert sie mich unter dunklen Augenbrauen. Ich ermahne mich innerlich, gerade zu sitzen, und merke, dass ich die Arme verschränkt habe; ich löse sie und verknote stattdessen die Finger im Schoß. Meine Verbrennungen kribbeln.

»Herzlichen Glückwunsch zu deinem Sieg. Du bist sehr gut geflogen.«

»Vielen Dank.«

Jetzt, wo ich ihr direkt gegenübersitze, erschlafft mein Mut wie ein Segel in einer einsetzenden Flaute. Zum ersten Mal kommt mir der Gedanke, dass ich verrückt gewesen sein muss, ihren Brief als Herausforderung aufzufassen – das war dickköpfig, leichtsinnig und einfach dumm. Diese Frau leitet eine der wichtigsten Institutionen des Landes, und ich habe mir eingebildet, ihr die Stirn bieten zu können?

»Ich habe deine Akte durchgesehen.«

Meine rasenden Gedanken setzen aus. Hane tippt auf einen Ordner, den einzigen Gegenstand auf ihrem ansonsten leeren lederbezogenen Schreibtisch.

»Du hast in sämtlichen Kursen ausgezeichnete Noten, aber fast alle deine Lehrer merken an, dass du dich nicht oft genug meldest. Nur dein neuer Drachisch-Professor und der Erste Protektor bewerten deine mündliche Beteiligung in den letzten Wochen höher als befriedigend. Die einzigen Ausreißer nach unten sind deine Noten in Redekunst, aber dein Rhetorikprofessor hat beobachtet, dass du dich seit der Aufnahme in den Vierten Rang mehr bemühst, und zwar deutlich. Würdest du diesen Einschätzungen zustimmen?«

Ich presse die Lippen aufeinander und nicke.

»Rektorin Jillian Mortmane berichtet, dass du dich mit anderen gut verstehst und durchaus Freunde hast. Dein Drillmeister, Wes Goran, beschreibt deine Fähigkeiten in der Luft als ›unzureichend‹ und will eine Tendenz zur ›Unterwürfigkeit‹ erkannt haben, wobei ich angesichts deiner Leistungen in den letzten zwei Turnieren nur vermuten kann, dass sein Bericht … irreführend ist.«

Ich verspüre einen Stich, als mir Powers Kommentar einfällt: *Ich weiß, was man dir nachsagt.* Nach kurzem Zögern nicke ich wieder.

Unmut flackert in ihrem Gesicht auf.

»Ist das nur bei dir so oder bei allen Mädchen? Oder liegt es an deiner Herkunft …?«

Das hat man mich in Bezug auf Goran noch nie gefragt. Ich mache den Mund auf, bringe aber kein Wort heraus. Hane erlöst mich.

»Du brauchst nicht darauf zu antworten«, sagt sie müde.

Nachdem sie mich stirnrunzelnd gemustert hat, atmet sie langsam und geräuschvoll durch die Nase aus. Ich konzentriere mich darauf, nicht rot zu werden, obwohl ich spüre, dass sich auf meinem Gesicht erste Flecken bilden.

»Nun gut, Antigone.«

Ich glaube, ich bilde mir das Entgegenkommen in ihrer Stimme nur ein. Sie hat meine Akte aufgeschlagen und blättert sie durch. Zeugnisse, Arbeitsproben, Flugmuster-Analysen, Prüfungsergebnisse, ärztliche Atteste. Bei der mit *Lebenslauf* überschriebenen Seite hält sie inne und überfliegt sie; ich sehe ihre Augenbrauen in die Höhe wandern und über ihrer Nasenwurzel erscheint eine Falte. Sie blinzelt, schüttelt kurz den Kopf, wie um wieder zu sich zu kommen, und schaut auf. Zu dem, was sie gerade gelesen hat, sagt sie nichts.

»Ich werde dich für eine Moralvisite einteilen.«

Beim Durchatmen merke ich, dass ich die Luft angehalten habe.

Ich höre kaum hin, während sie mir das Prozedere im Einzelnen erklärt: Meine erste Moralvisite wird mich nach Holbin führen, in meinen Heimatort, und vorher soll ich Lee zu seiner Visite in Kargsal begleiten, damit ich »eine Vorstellung bekomme, worum es ihnen geht«; ich soll die Rede selbst entwerfen, wenn ich das möchte, und einen weiteren Wächter als Partner für den Besuch bestimmen.

Ich war seit zehn Jahren nicht mehr in Holbin.

»Hast du Fragen?«

Ich zögere, den Zweifel auszusprechen, der an mir nagt. Hane ermuntert mich mit einer Handbewegung.

»Müssen wir Drachen mitnehmen?«

Hane legt den Kopf schräg, als wundere sie sich über die Frage.

»Ja«, sagt sie. »Das ist der Sinn und Zweck des Ganzen, Antigone. Ihr präsentiert euch als Drachenreiter. Das heißt, ihr müsst den Leuten euren Drachen vorführen.«

Sie sieht mich erwartungsvoll an, als rechne sie mit einer Erklärung, aber ich spüre nur das Flattern in meinem Bauch. Endlich, *endlich* habe ich eine Moralvisite zugeteilt bekommen – eine einzige, eine Chance, mich zu beweisen, und das, obwohl zumindest in den Augen dieser Frau so vieles dagegenspricht. Und da hinterfrage ich ihren Auftrag?

Trotzdem platzt es aus mir heraus.

»Könnten wir nicht vielleicht eine Ausnahme …?«

Ich breche abrupt ab, senke den Kopf, spüre die Flecken an meinem Hals hinaufwandern. Doch Hane klingt uneingeschränkt verständnisvoll.

»Das ist viele Jahre her, Annie. Und du bist es, die zu ihnen kommt, eine aus ihren Reihen, wenige Wochen nachdem die Bedrohung durch pythisches Drachenfeuer in Callipolis bekannt geworden ist. Bei der ursprünglichen Volksabstimmung mag Holbin sich gegen Drachen ausgesprochen haben, aber diesmal liegt die Sache anders und das wissen die Leute auch.«

In den folgenden Tagen versuche ich mir einzureden, dass Hane recht hat. Und ich überlege, wie ich Lee am besten beibringe, dass ich ihn nach Kargsal begleiten soll, aber ich finde einfach nicht die richtigen Worte. Zumal jedes unserer Gespräche einen komischen Beigeschmack hat, seit nur noch wir beide im Rennen um den Titel des Ersten Reiters sind.

Am Morgen unserer Visite finde ich ihn im Zeughaus. Wie ich ist er bereits in Paradeuniform und seine Miene ist ungewöhnlich düster.

»Was machst du denn hier?«

»Ich komme auch mit. Man hat mir … eine Moralvisite aufgetragen. Aber zuerst soll ich mir diese hier anschauen.«

Lee reibt sich den Nasenrücken. Als behage ihm die Vorstellung, dass wir zusammen nach Kargsal gehen, ebenso wenig wie mir.

»Annie, weißt du, bei diesen Auftritten bin ich …«

Er bricht ab. Schüttelt den Kopf, fährt mit den Fingern durch sein dunkles Haar, ohne mich anzusehen. Plötzlich verstehe ich.

»Du trittst so auf, wie sie das wollen.«

Kurz macht er ein unglückliches Gesicht. »Es … bedeutet den Leuten etwas. Das habe ich mittlerweile erkannt. Auch wenn es für uns … nur hohle Phrasen sind. Sie sehen das anders. Du wirst es gleich erleben.«

Wir landen mit unseren Drachen in einem abgesperrten Bereich des Marktplatzes von Kargsal, neben dem hoch aufragenden Turm, der den Drachensitz des Viertels markiert. Es ist das erste Mal seit der Zeit im Waisenhaus, dass ich nach Kargsal zurückkehre. Während der Vertreter des Informationsministeriums uns vorstellt, betrachte ich die Menschenmenge, die sich vor uns versammelt. Es ist eigenartig, dass mir nach all den Jahren Dinge auffallen, die ich als Kind nie bemerkt habe: Ihre Kleider sind abgetragen, die Körper schmutzig und dünn. Früher schien mir das normal, doch heute erkenne ich die Anzeichen von Armut. Nahezu alle Armbänder sind aus Eisen. Ich fahre zusammen, als ich auf einmal ein bekanntes Gesicht sehe: Am Rand des Platzes wartet eine Gruppe schmuddeliger, niedergedrückt wirkender Kinder neben dem Rektor unseres Waisenhauses.

Aus dem Augenwinkel sehe ich, dass Lee mich beobachtet.

Gibbon beendet seine einführenden Worte und winkt Lee nach vorn und Lee wendet seine Aufmerksamkeit dem Publikum zu.

»Bürger und Bürgerinnen von Callipolis«, beginnt er. »Ich komme im Zuge der warnenden Kunde, die unser Land aufgeschreckt hat …«

Seit acht Jahren erlebe ich Lee bei seinen Wortmeldungen im Unterricht – selbstsicher und ausdrucksstark war er schon immer. Aber jetzt sehe ich ihn zum ersten Mal als Vertreter des Staates vor einer Menschenmenge sprechen. Seine Schultern sind gestrafft, der silberne Brustteil seiner Uniform glänzt im Sonnenlicht, sein schwarzer, goldgesäumter Umhang gleitet ihm lässig von der Schulter, wenn er gestikulierend die Hand hebt. Mit dem Drachen hinter sich und der Menge vor sich schlägt er alle Anwesenden mühelos in den Bann. Seine Rede beruht wahrscheinlich auf einem vorgefertigten Text aus dem Informationsministerium, doch ich merke sofort, wo er davon abweicht. Nachdem wir jahrelang unsere jeweiligen Hausarbeiten gegengelesen haben, kennen wir den Stil des anderen. Wenn er die Worte zum Leben erweckt, füllen sich die abgedroschenen Phrasen des Ministeriums mit Herz und Sinn. Seine Redekunst steht seiner Flugkunst wirklich in nichts nach.

Gibbon, der sich neben mich gestellt hat, lächelt versonnen. »So ist er jedes Mal«, sagt er.

Am Ende hat Lee die Leute so weit, dass sie vor Begeisterung brüllen. Es klingt wie eine anschwellende Begleitmusik zu seinen Schlusssätzen, die in einen einstimmigen Jubelschrei mündet, als er verkündet, wir würden *diese glorreiche Revolution, diese Revolution des Volkes* niemals aufgeben und *Callipolis zu Land, zu Wasser und in der Luft verteidigen.*

Ich versuche mir vorzustellen, dass ich dort stehe, wo er steht, und tue, was er tut. Vergebens.

Sie sind immer am glücklichsten, wenn sie einen Herrn haben.

Ich schiebe den Gedanken angewidert von mir weg.

Als seine Rede vorbei ist, stelle ich mich neben Lee und sehe zu, wie er den Bürgern, die sich in einer langen Reihe aufgestellt haben, die Gelegenheit zum persönlichen Gespräch gibt. Er nimmt ihnen die Nervosität, hört geduldig zu, widmet jedem Einzelnen seine volle Aufmerksamkeit. Nichts kann ihn aus der Ruhe bringen, selbst wenn die Leute ihm ihre Sorgen klagen, ihn bitten, ihrem Kind die Hand aufzulegen, oder gar aus Angst vor dem bevorstehenden Krieg in Tränen ausbrechen.

»Ich denke mir halt immer, was sollen wir machen, wenn ihre Drachen vor unseren zünden ... oder schon gezündet sind ...«

»Für diesen Fall trainieren wir jeden Tag.«

Die Stimme der Mutter wird schrill vor Anspannung. »Aber was können wir denn ausrichten, wenn ...«

Lee lacht leise – ein liebenswürdiges Lachen – und ergreift die sonnenverbrannte Hand der Frau. Falten überziehen ihr Gesicht und ihr braunes Haar ist grau durchsetzt. Bei der Berührung sieht sie zu ihm auf. »Haben Sie ruhig ein wenig Vertrauen in Ihre Flotte, gute Frau.«

Sie strahlt ihn verzückt an. Kurz sehe ich Lee vor mir, wie sie ihn sehen muss: sein gütiges, von altem Kummer gezeichnetes Lächeln; der intelligente und fürsorgliche Blick seiner grauen Augen; das im Sonnenlicht schimmernde dunkle Haar, das der Wind ihm aus der Stirn weht. Die ineinander verschlungenen Ringe aus Silber und Gold auf seiner Brustplatte, die breiter werdenden Schultern eines Jungen in der Blüte seiner Jugend und Kraft.

Dieses Gesicht, das zu dem eines Mannes heranreift.

Ein Gesicht, das mir von Tag zu Tag vertrauter vorkommt ...

Als die Frau seine Hand an die Lippen führt und küsst, bleibt mir die Luft weg. Das ist unverkennbar eine Geste aus der vorrevolutionären Zeit. Einer Zeit, als die Untertanen den Drachenherren ihre Dankbarkeit bezeugten, wie sie es gelernt hatten.

Lee hat sich versteift. Und als er aufsieht, zuckt sein Blick zu mir. Sein Gesicht ist aschfahl geworden.

Es gibt Gespräche, von denen ich mir wünschte, wir hätten sie als Kinder nie geführt. Dinge, die wir hoffentlich nie wieder sagen werden. Erkenntnisse, die ich am liebsten nie gehabt hätte oder haben würde.

Aber die Erkenntnis, die ich am bittersten bereue, die ich von allen am meisten hasse und nicht wahrhaben will, ist nicht die, *was* er ist – das wusste ich schon immer –, sondern *wer.*

Denn auch wenn ich nie direkt erfahren habe, wer *Leo* war, erkenne ich das allmählich erwachsen werdende Gesicht wieder.

Lee, Leo, *Leon.*

Die Schlange rückt weiter und ich verdränge den Gedanken zurück in die dunklen Regionen, wo ich ihn vergraben halte. Als einige der Wartenden mit mir sprechen wollen, bemühe ich mich, meine Unsicherheit zu überwinden und Lee zu imitieren, auch wenn mir die Worte fehlen. Als es fast vorbei ist und ich mich so ausgelaugt fühle, als hätten wir schon Stunden mit diesen Gesprächen zugebracht, höre ich eine vertraute Stimme unsere Namen sagen.

»Alles in Ordnung, Lee, Annie?«

Der Rektor des Waisenhauses schlägt einen kumpelhaften Ton an, wohl um den Umstehenden zu zeigen, dass er mit uns auf Du und Du ist.

Er stupst das erste Kind vorwärts. Lee führt ein paar Kinder zu Pallor und ich bringe die nächste Gruppe zu Aela. Sie schnaubt, und als ich mit der Zunge schnalze und mit den Fingern schnipse, senkt sie den Kopf widerwillig auf Kinderhöhe ab. Die Kleinen strecken zögerlich ihre zitternden Finger aus und streichen über ihre bernsteinfarbenen Schuppen. Staunend fällt mir auf, dass diese Kinder, die mir so winzig vorkommen, genau in dem Alter sind, das wir damals in Albans hatten.

Eins der Mädchen aus meiner Gruppe bricht in Tränen aus.

Vor Panik wird mir eiskalt. Warum weint sie? Was habe ich getan? Was mache ich dagegen? *Man schaut zu uns rüber ...*

»Tauschen wir?«

Lee ist neben mir aufgetaucht und nickt in Richtung seiner Kindergruppe. Dort weint niemand. Er überlässt sie meiner Obhut, geht auf das weinende Mädchen zu und hebt es hoch, als wäre es das Natürlichste der Welt. »Hallo, meine Kleine.«

Als hätte er eine Haut abgeworfen und wäre in eine andere geschlüpft. Und auch diesen Lee erkenne ich wieder. Nicht den Mann, der unter seiner Paradeuniform zutage tritt wie ein Raubvogel in der Mauser, sondern den Jungen, dem ich in Albans begegnet bin. Den vaterlosen Jungen, der mich an niemanden erinnerte, der mir nur deswegen viel bedeutete, weil er in einer Welt, in der wir niemanden hatten, nett zu mir war.

Während ich die anderen in den Wartebereich für die Kinder aus Albans zurückbringe, schnappe ich Fetzen von Lees Gespräch mit dem Mädchen hinter mir auf: *Ich weiß, die können einem ganz schön Angst einjagen. Aber diese hier ist ganz lieb,* und als es etwas erwidert, das so unzusammenhängend ist, dass ich es nicht verstehe, fügt er hinzu: *Es tut mir leid, dass du deine Mama vermisst.*

Meine Augen beginnen zu brennen, als die Erinnerung wiederkehrt. Seine tröstenden Worte sind sanft und geübt. Natürlich, er hat sie ja oft gebraucht. Als er an mir vorbeigeht und unsere Blicke sich kurz treffen, sehe ich, dass seine Augen ebenfalls gerötet sind.

Zurück bei den anderen, stellt er das Mädchen wieder auf die Füße und sagt ihm in festerem Ton als vorher, dass es jetzt genug sei mit Weinen.

Zu meiner Überraschung hört es augenblicklich auf. Atmet durch, wischt sich das Gesicht ab und nickt entschlossen.

War ich das?

Und der schlimmere Gedanke, bei dem mir regelrecht übel wird vor Scham: Bin ich das immer noch?

Wie wäre es, ausgerechnet diesem Jungen, dem ich mehr als jedem anderen den Dienst verweigern sollte, als Alterna zu unterstehen? Und welcher abartige Einfluss meiner Erziehung oder der Natur ist daran schuld, dass ich mir das eher vorstellen kann, als ihm übergeordnet zu sein? Um solche Muster zu durchbrechen, wurde eine Revolution ausgefochten, und doch scheitere ich daran, mir eine Zukunft auszumalen, in der ich sie nicht wiederhole.

Das darf nicht sein. Das *kann* nicht sein. Das werde ich nicht zulassen.

Ich werde Power zeigen, dass er sich irrt. In meinen Leuten. In meinen Wünschen. Und in mir.

Drei Tage vor meiner Moralvisite in Holbin kommt Crissa zu mir an den Tisch im Wintergarten, an dem ich nach unserem Training arbeite. Es waren bereits Fachleute für Drachenkunde da, die unsere Flotte inspiziert und Vorschläge gemacht haben, wie wir das Zündfeuer unserer Drachen auslösen können. Bislang hat uns keine ihrer Empfehlungen weitergebracht. Also trainieren wir weiter mit Schild und Lanze.

»Woran arbeitest du?«

Crissa lächelt und spricht in ihrem fröhlichsten Geschwaderführerton, den ich von jetzt an immer mit dem wilden Ritt auf Rocks Schultern durch den mondbeschienenen Park in Verbindung bringe, eine Fahne um meine Schultern und unbändige Freude im Herzen. Sie setzt sich mir gegenüber auf einen Stuhl und zeigt mit dem Kopf auf das Blatt vor mir, während sie sich das goldene Haar aus dem Gesicht streicht.

»An meiner Rede.«

»Für deine Moralvisite?«

Ich nicke und denke an Lees Auftritt in Kargsal. Ich hatte nicht den Eindruck, dass er sich überhaupt die Mühe gemacht hat, seine vorher aufzuschreiben. Die Rede, auf die ich gerade starre, hat mich drei Stunden des Formulierens und Umformulierens gekostet.

»Möchtest du, dass ich sie mal durchschaue?«

Der Vorschlag kommt so prompt, dass sie sich offenbar nur deswegen zu mir an den Tisch gesetzt hat. Das Dumme ist, dass mir bei der Vorstellung, meinen Entwurf irgendjemandem zu lesen zu geben, regelrecht schlecht wird. Ich gehe dieser Reaktion kurz auf den Grund und komme zu dem Schluss, dass das wohl ein schlechtes Zeichen ist. Und wenn ich mir schon eine andere Meinung einhole, dann ist Crissa sicher nicht die schlechteste Wahl. Sie hat gute Noten in Rhetorik, und auch wenn wir nicht beste Freundinnen sind, vertraue ich ihr. Ich ignoriere das Grummeln in meinem Bauch und schiebe ihr das Blatt rüber.

Als sie fertig gelesen hat, muss sie sich räuspern, und ich sehe, dass ihre Augen leicht glänzen.

»Das ist wirklich gut, Annie.«

Ich merke, dass ich die Arme verschränkt habe, während sie gelesen hat, und löse sie. »Oh. Danke.«

»Hast du sie schon mal geprobt? Also laut durchgesprochen?«

Ich schüttele den Kopf. Crissa senkt den Blick wieder auf das Blatt, dann sieht sie stirnrunzelnd zu mir auf.

»Solltest du aber. Das Entscheidende wird sein, dass du dabei nicht die Beherrschung verlierst. Niemand sieht Mädchen gern weinen, das ist den Leuten unangenehm. Und bei einer solchen Rede würde wahrscheinlich sogar *ich* weinen.«

Genau diese Sorge habe ich auch.

»Vielleicht sollte ich es ganz lassen.«

Crissa schüttelt den Kopf. »Nein. Du solltest das *unbedingt* so machen. Aber erst, nachdem du es bis zum Gehtnichtmehr geprobt hast. Vor Publikum.«

»Hast du … geprobt? Vor deinen ersten Auftritten?«

Crissa absolviert mindestens so viele Termine wie die Jungen aus den höheren Rängen, was mich überhaupt nicht wundert, denn es passt zu dem Muster, das ich seit Jahren aus der Ferne beobachte: Crissas Charme und Selbstbewusstsein verhelfen ihr zu einem Erfolg innerhalb des Systems, der meistens übersehen wird, mir aber schon immer wie ein Wunder vorkommt.

Crissa nickt. »Natürlich habe ich geprobt.«

Sie scheint meine Überraschung zu spüren und fügt mit einem Augenrollen hinzu, während sie ihr Haar lässig über die Schulter zurückwirft: »Ich meine, die Leute vergöttern mich nicht, ich bin ja nicht *Lee.* Aber wenn ich mich reinhänge, mache ich den Job ganz gut, glaube ich.«

Ich lache verdutzt auf. Nachdem ich tagelang über meiner Erfahrung in Kargsal gebrütet habe, ist es seltsam, jemanden so leichthin über Lees Charisma witzeln zu hören. Zum ersten Mal, seit ich neben ihm auf dem Marktplatz gestanden habe, lockert sich der Knoten in meiner Brust ein winziges bisschen.

Crissa schafft das auch. Leute, die nicht Lee sind, schaffen das.

Sie springt auf.

»Na komm.« Sie nimmt mich am Arm.

»Was?«

»Ich coache dich.«

Die nächsten drei Tage vergehen in einem Rausch mal freudiger, mal banger Erregung, während ich vom Training in den Unterricht und weiter zu Patrouillen und Visiten hetze. Ich verdränge die unfassbare Vorstellung von Aela in Holbin und konzentriere mich auf die Rede, die ich mit Crissa so lange übe, bis ich sie in- und auswendig kann. Ich denke an die Mackys, wie sie mich am Tag des Viertelfinals umarmt und mir Blumen vom Hochland mitgebracht haben, und an ihren Brief vor meinem Duell gegen Power. Ich rede mir ein, dass der Abgrund aus Zweifeln und Scham, in den mich Power mit seinen Bemerkungen gestürzt hat, bald Geschichte sein wird. Die Ungewissheit, ob ich anstelle von Lee den Titel des Ersten Reiters anstreben soll, wird doch sicher ausgeräumt, sobald ich meine Heimat und die Gesichter der Menschen sehe, denen mein Sieg so viel bedeuten würde. Holbin wird mir doch sicher die Kraft geben, Power eines Besseren zu belehren. Zum ersten Mal seit Jahren lasse ich die Erinnerungen an alles, was ich vermisse, ungehindert zu. Die zerklüfteten Felsen, die aus unfassbar grünen Feldern ragen, der Wind vom Nordmeer, der das Gras wie Wellen kräuselt.

Ich suche mir Duck als Begleiter aus; im Antwortschreiben des Ministeriums wird mir indirekt, aber durchaus deutlich nahegelegt, doch lieber Lee mitzunehmen, was ich ignoriere.

Nein. Auf keinen Fall. Ich weiß genug, um zu wissen, dass *Leo* nicht nach Holbin gehört.

»Sei nicht nervös«, sagt Duck im Zeughaus zu mir, als es so weit ist. »Du wirst das super machen.«

»Duck, es … wird nicht so leicht, wie es für Cor und dich in eurem Heimatviertel war.«

»Ich weiß.«

Der Flug nach Holbin dauert eine halbe Stunde, und während wir schweigend auf das Hochland zuhalten, kommt all die Anspannung, die ich in den letzten Tagen einigermaßen unterdrückt habe, in mir hoch. Als wir landen, sagt Duck nur: »Wunderschön ist es hier.«

Der Hügel, auf dem Holbin liegt, gehört zu den niedrigeren Ketten des westlichen Hochlands am Fuß des Gebirges. Als ich absitze, sauge ich die herrlich saubere Landluft in mich ein. In dieser Höhe ist das Licht fast silbrig und der Wind trägt den Geruch von kaltem Gestein und Heidekraut heran. Wir befinden uns auf einem felsigen Plateau ein Stück südlich des Dorfes, wo uns die Mackys, die ich seit dem Viertelfinalturnier nicht mehr gesehen habe, schon erwarten, ebenso wie Miranda Hane höchstpersönlich, die den Weg zusammen mit einer kleinen Schar von Abgesandten ihres Ministeriums zu Pferd zurückgelegt hat.

»Ich habe mich entschieden, mir das selbst anzusehen«, sagt sie mit einem Lächeln zu mir.

Ihr Anblick ruft eine ganz andere Art von Nervosität in mir hervor. Ist ihre Anwesenheit als Unterstützung gedacht oder soll das eine Prüfung werden?

»Annie, erinnerst du dich an Don Macky?«, fährt Hane unvermindert lächelnd fort. »Er ist der Dorfvorsteher, der deinen Besuch mit vorbereitet hat. Er meinte, seine Familie sei bei deinem ersten Turnier dabei gewesen?«

Ich nicke und Macky lächelt. »So sieht man sich wieder, Annie.«

Sein Blick zuckt an mir vorbei zu Aela und Certa, deren gefaltete Flügel vom Wind bewegt werden, und kehrt dann entschlossen zu meinem Gesicht zurück.

»Da kommen sie«, sagt Mackys Sohn.

Auf dem Pfad aus Richtung der kleinen Häuseransammlung, aus der das Dorf besteht, trudeln nacheinander die Bewohner ein. Die Gebäude sehen neu oder gründlich renoviert aus: In den ersten Jahren nach der Revolution hat Atreus besonderen Wert darauf gelegt, die durch Drachenfeuer zerstörten Dörfer mit öffentlichen Mitteln wiederaufzubauen. Die Schafherden, die als wandernde weiße Kleckse am nahe gelegenen Berghang sichtbar sind, haben sich deutlich vergrößert, seit ich zuletzt hier war – ein sichtbares Zeichen des Erfolgs von Atreus' Programm zur Steigerung des Tuchexports.

Mein Herz beginnt wie wild zu schlagen, meine Handflächen werden feucht. Schließlich haben sich alle am Rand des Plateaus eingefunden, möglichst weit weg von uns, noch deutlich hinter Macky.

»Bitte kommen Sie doch näher«, sagt Hane.

Die Leute wechseln Blicke, als wüssten sie nicht so recht, ob das ein Befehl war und was passieren würde, wenn sie ihm nicht Folge leisten. Manche rücken ein paar Schritte vor. Ich erkenne fast jeden, auch wenn ich viele Namen vergessen habe. Als ich in den Gesichtern der Dorfbewohner nach Anzeichen eines herzlichen Willkommens Ausschau halte, kommt nur vereinzeltes Lächeln zurück; die meisten spähen misstrauisch zu den Drachen hinüber.

Hane tritt vor, kündigt uns an und gibt mir einen Wink, dass ich übernehmen soll.

Das flaue Gefühl in meinem Magen verschwindet schlagartig. Ich denke daran, wie selbstverständlich Lee in diesem Moment das Wort ergriffen hat, wie ein Drache, der zum Flug ansetzt. Aber es bringt nichts, mich mit ihm vergleichen zu wollen. *Stell dich aufrecht hin,* hat Crissa auf der Brustwehr der Arena zu mir gesagt, wo wir zum Üben zehn Meter voneinander entfernt standen, *halte den Kopf hoch und denk daran, dass du eine Drachenreiterin bist. Das soll auch deine Körperhaltung widerspiegeln.*

Ich beginne, indem ich den ersten Überfall auf Holbin schildere und dann den zweiten. Ich sehe ihnen an, wie überrascht sie sind, dass ich das überhaupt anspreche, und hie und da wird geflüstert. Aber ich darf jetzt nicht aufhören oder ins Zweifeln kommen. Also ziehe ich es durch. Die Beschreibung der Überfälle ist das Schwerste, aber meine Stimme ist fest und klar, wie ich es auf der Brustwehr mit Crissa geprobt habe. Danach beschreibe ich die Revolution und den Beitrag, den Holbin zum Sturz der alten Herrschaftsordnung geleistet hat. Ich beschreibe die Neuerungen, die Atreus in der Stadt und auf dem Land eingeführt hat. Ich beschreibe die Ausbildung, die mir dank einer nur auf Leistung beruhenden Prüfung zuteilwird. Ich beschreibe eine Regierungsform, in der Drachen Gesetzen unterworfen sind, anstatt die Regeln zu bestimmen.

Ich erzähle ihnen, dass die Pyther ihre Absicht erklärt haben, Callipolis zurückzuerobern. Ich erzähle ihnen, dass ich die Pyther und ihre Drachen mit eigenen Augen gesehen habe. Und ich erzähle ihnen, dass die Revolution nicht das Ende der Auseinandersetzung war, sondern vielmehr der Beginn eines neuen Krieges. Eines Krieges, den wir um jeden Preis gewinnen müssen.

»Als Wächterin und Drachenreiterin habe ich geschworen, diese Insel zu verteidigen. Als Finalistin im Turnier zur Kür des Ersten Reiters bewerbe ich mich nicht nur um einen Titel. Ich bewerbe mich um den Oberbefehl der Luftflotte von Callipolis.«

Obwohl ich es in den Proben unzählige Male wiederholt habe, jagen mir die Worte erst jetzt, als ich sie vor den Bewohnern von Holbin ausspreche, einen Schauer über den Rücken. Das Staunen, wieder einmal, dass dieses Wunder überhaupt möglich ist. Ich. Eine Leibeigene, eine Hochländerin aus Holbin. Anwärterin auf den Titel des Ersten Reiters.

»Ich bin auch die Tochter eines Landwirts, ich bin gebürtige Holbinerin, eine Waise. Ich weiß, wie es ist, hungern zu müssen. Ich habe miterlebt, wie Drachenfeuer mir alles genommen hat, was mir lieb und teuer war. Ich bin eine von euch. Und das gilt für jeden einzelnen Drachenreiter in unserem Korps. Wir sind hier, um euch zu beschützen, was die alten Drachenreiter nicht taten. Und wenn ihr den Worten keinen Glauben schenken könnt, so bitte ich euch nur, eins zu bedenken: Das alte Regime hat meine Familie auf dem Gewissen. Und ich würde lieber sterben, als seine Verbrechen noch einmal geschehen zu lassen.«

Damit bin ich zum Ende gekommen. Alles schweigt.

Ich sehe zu Hane hinüber und sie nickt mir knapp zu. In ihren Augen habe ich es richtig gemacht. Sie tritt wieder vor und erklärt den nächsten Teil des Besuchs. Ich gestatte mir, kurz die Augen zu schließen und eine Hand an Aelas Hals zu legen. Dann atme ich tief durch, um mich zu sammeln.

»Wenn Sie nun nach vorn kommen möchten, Antigone – Annie – und Dorian stehen Ihnen gern zur Verfügung. Sie freuen sich bestimmt, Annie nach so vielen Jahren wiederzusehen, und möchten ihr vielleicht Glück für das bevorstehende Turnier wünschen.«

Ich sehe von Aela auf.

Niemand rührt sich.

Macky und Hane wechseln einen Blick. Macky sagt: »Na los, nicht so schüchtern. Boris, willst du nicht mit Helga den Anfang machen?« Und an mich gewandt fügt er leise hinzu: »Annie, geh doch ein Stück von diesem Drachen da weg, so ist's brav …«

Zögerlich stellen sich die Dorfbewohner in einer Reihe auf und kommen stockend über das Plateau auf uns zu. Als Boris und Helga mit ihren drei Kindern in Gesprächsdistanz angekommen sind, sehe ich im selben Moment wie Hane, dass Boris' Knie einknicken.

»Bitte bleiben Sie stehen«, sagt Hane scharf.

Ich spüre eine Hitze an meinem Nacken aufflammen, die bis in mein Gesicht hochkriecht.

»Danke, dass ihr gekommen seid«, sage ich.

Zum ersten Mal wird mir bewusst, wie meine Aussprache auf sie wirken muss: keine Spur von Akzent, nur das dröge Hochcallisch mit den abgehackten Vokalen. Nüchtern und steril, wie bei einer Regierungsbeamtin.

Boris und Helga sehen sich an. Ihre Kinder drängen sich hinter ihnen, das kleinste späht durch die Beine seiner Mutter zu unseren Drachen hinauf. Sie senken wortlos die Köpfe und wenden sich ab.

So wortkarg und steif geht es weiter, bis mir eine Frau gegenübertritt, die beim zweiten Überfall auf Holbin ihren Mann verloren hat. Jetzt, zehn Jahre später, das Gesicht vom Kummer gezeichnet und das grau werdende Haar mit einem verblichenen schwarzen Tuch zurückgebunden, steht sie vor mir, funkelt mich zornig an und sagt: »Dein Vater würde sich für dich schämen, Mädchen.«

Und dann spuckt sie. Sie ist größer als ich; der Wind trägt es mühelos über die kurze Entfernung direkt in mein Gesicht.

Im ersten Moment bin ich vor Schreck wie versteinert. Bis Aela hinter mir leise wimmert. Ich balle die Fäuste, um ein Überborden zu verhindern, und biete all meine Willenskraft auf, um klar zu denken und Aela zu beruhigen. Doch dann höre ich noch andere Geräusche: ein Knurren und Zischen. Ein anderer Drache faltet jäh die Flügel auf. Duck hat seine Gefühle nicht im Griff; Certa spürt seine Empörung. Auf einer Seite tritt Hane vor, auf der anderen Macky, beide haben panisch die Augen aufgerissen. Und währenddessen bleibt die Witwe ungerührt vor mir stehen, mit bösem, herausforderndem Blick, als wollte sie mich dazu aufstacheln, ihr recht zu geben.

Ich werfe einen Blick über die Schulter. Ducks Pupillen sind geweitet; mit einer Hand hat er Certas Zügel gepackt, die andere hat er zur Faust geballt. Ich sage zu ihm: »Wenn du Certa nicht unter Kontrolle hast, bring sie bitte weg.«

Dann drehe ich mich wieder zu der Witwe um, wische mir das Gesicht ab und zwinge mich zum Sprechen.

»Möge der Sommer dein Haus reich beschenken.«

Der nächste Dorfbewohner spuckt ebenfalls.

— Lee —

Am Tag meines zweiten Treffens mit Julia denke ich unaufhörlich darüber nach, was ich zu ihr sagen soll, wenn wir uns sehen. Immer wenn ich versuche, den Finger darauf zu legen, was an der Vision in ihrem Brief falsch ist, entgleitet mir das Argument. Doch als ich aus dem Unterricht geholt und in Atreus' Büro geschickt werde, vergesse ich Julia. Mir fällt ein, dass Annies Auftritt in Holbin für heute angesetzt war, und eine böse Vorahnung beschleicht mich.

In Atreus' Büro sitzt Annie auf der Kante eines der dunkel gebeizten Stühle vor seinem Schreibtisch und erstattet mit gedämpfter Stimme Bericht. Neben ihr sitzt Duck, das Gesicht in den Händen vergraben. Miranda Hane steht mit verschränkten Armen und versteinerter Miene daneben, aber als sie mich sieht, wird ihr Gesicht etwas weicher.

»Komm doch bitte rein, Lee«, sagt sie und winkt mich näher.

Ich habe den Eindruck, dass sie davon ausgegangen ist, meine Anwesenheit würde tröstlich auf Annie wirken. Als Annie stattdessen unangenehm berührt den Kopf einzieht, wirkt sie überrascht. Sie dreht sich nicht zu mir um, wirft mir keinen Blick zu. Im Näherkommen sehe ich, dass ihr beim Sprechen stumme Tränen über die Wangen laufen. Eine Hand ist um ein ungenutztes Taschentuch geballt.

Dann höre ich, was sie schildert.

»Und du bist höflich geblieben und hast Aela bis zum Schluss ruhig gehalten?«, fragt Atreus leise, als sie offenbar nichts mehr hinzuzufügen hat.

Annie nickt. So hoch oben im Inneren Palast fallen noch breite Streifen Licht durch die Fenster, die auf den Feuerschlund führen, und die Sonne glänzt auf dem rostroten Haar ihres gesenkten Kopfes und den bebenden Schultern. Atreus und Hane wechseln einen Blick über Annie hinweg. Ein Lob von Atreus ist äußerst selten, und nachdem wir jahrelang darum gewetteifert haben, erkenne ich seine leicht gehobene Augenbraue sofort als Zeichen der Anerkennung.

Allerdings scheint Annie nicht in der Verfassung zu sein, auf irgendjemandes Anerkennung Wert zu legen.

»War es die Rede?«, haucht sie und umklammert ihre Knie.

Hanes Augen fließen vor Mitleid über. »Aber nein, Annie«, sagt sie. »Du hast deine Rede wunderbar gehalten. Es war mein Fehler. Ich dachte wirklich, eine Rede wäre genug. Aber es gibt wohl Wunden, die so tief sind, dass Worte sie nicht zu heilen vermögen.«

Atreus fügt düster hinzu: »Und der Zorn des Volkes kann oft grausam und fehlgeleitet sein. Du hast heute den Preis für Unrecht gezahlt, das du nicht begangen hast.«

Unrecht, das du nicht begangen hast.

Atreus kann nicht wissen, wie sehr seine Worte auch mich betreffen – Annie hingegen weiß es sehr wohl. Bei seinen letzten Worten verkrampfen sich ihre Schultern und sie dreht den Rücken noch ein Stück mehr von mir weg. Die anderen merken davon zwar nichts, aber ich nehme die Bewegung so deutlich wahr, als hätte sie »Hau ab!« geschrien.

Ich weiche zur Tür zurück.

»Du hast so reagiert, wie es sich für eine Wächterin ziemt, Antigone«, sagt Atreus. »Danke.«

Annie zieht ihre Schultern bis zu den Ohren hoch.

»Brauchen Sie sonst noch etwas von mir, Protektor?«

»Nein. Du und Dorian dürft gehen. Und Antigone? Bitte nimm dir so viel Zeit wie nötig, bevor du in den Unterricht zurückkehrst. Wir werden deine Lehrer entsprechend verständigen.«

Annie und Duck erheben sich. An der Tür passiert Annie mich, als wäre ich Luft.

Als sie weg sind, wandert Atreus' Blick zu mir.

»Also. Du hast den Vorfall gehört. Wenn du den Staat lenken würdest, was würdest du tun?«

Jetzt verstehe ich, warum ich geholt worden bin: für ein theoretisches Gedankenspiel, wie es Atreus schon öfter von mir gefordert hat. Nur dass es diesmal um ein Dorf geht, dessen besondere Geschichte mich seit acht Jahren beschäftigt.

»Ich würde alle Moralvisiten im Hochland bis auf Weiteres absagen«, antworte ich, »und Holbin in Ruhe lassen.«

»Gut«, sagt Atreus mit bedächtigem Nicken, als wären wir im Unterricht. »Warum?«

»Weil der bevorstehende Krieg sie lehren wird, was wir ihnen nicht vermitteln können.«

Pallor und ich kommen früher als vereinbart am Tor des Reisenden an und warten auf dem zerklüfteten, mondbeschienenen Plateau auf Julia. Das Felsentor unter dem einstigen Drachensitz erhebt sich so hoch über das Nordmeer, dass die wogende See aus dieser Höhe wie ein glatter Spiegel wirkt. Pallor wirft sich auf die steinerne Umrandung wie eine Katze, die sich in ihr Bett kuschelt, und senkt den Kopf auf die gekreuzten Vorderbeine. Ich setze mich neben ihn, blicke über das dunkle, von Karstfelsen gesprenkelte Meer hinaus und kratze ihn unter der dünnen Membran seines silbernen Flügels, wo es ihn häufig juckt. Er hebt die Flügel an und rückt mit einem zufriedenen Schnauben näher zu mir.

»Dir gefällt's hier oben, was?«, murmele ich.

Mir gefällt es hier auch. Bei einem so weiten Blick ist es leichter, an Annies Erlebnis in Holbin, an ihr gepeinigtes, tränenüberströmtes Gesicht und die danach einsetzende Erschöpfung zu denken. Ich habe mitangesehen, wie das Land, das die alten Herrscher hinterlassen haben, Jahr für Jahr zu einem besseren Ort geworden ist, und dennoch reißen die alten Wunden so schnell wieder auf. Die Wunden, die die Drachenblütigen geschlagen haben.

Die Wunden, die mein *Vater* geschlagen hat.

Wie kann es sein, dass mir nach all den Jahren bei diesem Gedanken immer noch schwindelig wird?

Pallor stupst mich mit den Nüstern an und ich hebe den Kopf, den ich in den Knien vergraben habe, schiebe meine Finger zwischen seine Hörner und halte mich fest. Als wäre ich an Deck eines schwankenden Schiffs und er die Reling.

Da lässt mich das Wispern von Flügeln über uns aufblicken. Vor den Sternen gleitet ein Schatten vorüber, bei dem Pallor und ich in Habachtstellung gehen. Als ein anderer Drache im Sinkflug zu uns herabkreist, faltet er misstrauisch die Flügel aus.

Für eine noch nicht ausgewachsene Drachin ist Julias Sturmpfeil durchschnittlich groß, aber ungewöhnlich schlank, und ihre Flügelspannweite ist enorm. In der Dunkelheit kann ich nicht erkennen, wie Julia im Sattel damit umgeht, obwohl mich eine unbezähmbare Neugier packt. Als sie am anderen Ende des Plateaus landen, gleitet Julia in einer fließenden, lässigen Bewegung zu Boden, und die Drachin hebt ihren geschuppten Schwanz, während sie Pallor interessiert beäugt. Pallor scharrt mit den Vorderbeinen und tänzelt leicht hin und her, als wolle er ausgleichen, dass sie fast anderthalbmal so groß ist wie er.

»Ruhig«, kommandieren Julia und ich gleichzeitig, wobei Julia es auf Drachisch sagt. »Erinys, das ist …«

»Pallor.«

»Pallor«, wiederholt Julia probehalber.

Wir sehen zu, wie Pallor und Erinys argwöhnischen, aber neugierigen Hunden gleich aufeinander zutappen und sich schnüffelnd umkreisen.

Um Julias Mundwinkel zuckt es. »Pallor, der Aurelian, der einen Sturmpfeil erwählt hat.«

Ich frage mich, was ihr dabei durch den Kopf geht. Die Tugenden der alten Herrscherhäuser und ihrer Drachen sind Stereotype, die wir als Kinder verinnerlicht haben: Das Haus der Himmelsjäger war bekannt für Mäßigung und Milde, das Haus der Sturmpfeile für Disziplin und Stärke und das Haus der Aurelianer für Einsicht und Gelehrtheit. Wahrscheinlich überlegt sie, was die Drachen bei meiner Zeremonie in mir vermisst und was sie gesehen haben, dass die Sturmpfeile mich verschmäht und ein Aurelian mich erwählt hat.

Nachdem Pallor und Erinys sich begutachtet und in einer Entfernung, die wohl als einvernehmlicher Waffenstillstand interpretiert werden kann, Stellung bezogen haben, geht Julia auf mich zu.

»So sehen wir uns wieder, Vetter«, sagt sie.

In der mondhellen Nacht erkenne ich klar und deutlich, was in der Nische des Gasthauses nicht zur Geltung kommen konnte. Bei jedem Schritt knirschen die Muschelscherben, die die Seevögel auf dem Felsen hinterlassen haben, unter ihren Stiefeln und ihr Umhang flattert im gischtsprühenden Wind. Julia hat den unverkennbaren Sturmpfeil-Gang, selbstbewusst und kampfbereit – eine Haltung, in der selbst dann, wenn sie in Frieden kommen, etwas Bedrohliches mitschwingt. Eine Brosche in Form einer Heidekraut-Blüte – das Symbol des Hauses Sturmpfeil – verschließt ihren Umhang vor der Brust.

Alles an ihr, das mich eigentlich einschüchtern sollte, gibt mir das Gefühl, zu Hause zu sein.

»Hat dir mein Brief gefallen?«, fragt sie, als sie auf Armeslänge herangekommen ist.

Unsere Väter mögen tot sein, aber ihr Blut fließt durch unsere Adern.

»Ja. Er war sehr schön. Wie Zeilen aus der alten Dichtung.«

Julia quittiert meine Wortwahl mit einem dünnen Lächeln.

»Überzeugend fandest du ihn also nicht?«

Ich betrachte unsere beiden Drachen, die sich nicht aus den Augen lassen, auch wenn sie ihre Flügel ganz langsam in Ruhehaltung anlegen. Ich denke an die Fantasien, die mich heimsuchen, seit ich ihren Brief gelesen habe; wie Julia und ich Seite an Seite auf unseren Drachen reiten und uns *zurückholen, was unser ist.* Fantasien, die wir als Kinder im Spiel ausgelebt haben und denen wir jetzt doch entwachsen sein sollten. Für uns waren Drachen etwas Ruhmreiches, aber für fast alle anderen waren sie das, was Annie heute erlebt hat. Etwas, das man fürchtet, hasst und bei der erstbesten Gelegenheit bespuckt.

»Ich finde die Realität überzeugender.«

Julia schnaubt verächtlich. »Na schön. Dann reden wir über die Realität. Unsere Flotte wird bald angreifen. Wir sind bereit, einen Krieg zu führen, und wir haben vor, ihn zu gewinnen. Wir werden keine Gnade walten lassen.«

Das vertraute, traurig-verständnisvolle Mädchen aus dem Trunkenen Drachen ist verschwunden. Die neue Julia ist unerbittlich und ihr nüchterner Ton lässt das Blut in meinen Adern gefrieren.

Ich höre, wie meine eigene Stimme kalt wird und die Schlussfolgerung äußert, die eigentlich eine Frage ist.

»Eure Flotte ist noch nicht gezündet. Das ist eine leere Drohung.«

Eine Sekunde lang starren wir uns nur an, dann wirft sie herzhaft lachend den Kopf in den Nacken und zischt ein Wort.

Es dauert einen Moment, bis ich begreife, dass es ein Kommando war, das Erinys galt.

Erinys hebt den Kopf wie ein Wolf, der den Mond anheult, und speit *Feuer.*

Einen kurzen, blendenden Augenblick lang wird die Nacht wie von einem Leuchtfeuer erhellt.

Als Pallor sich aufbäumt und zurückweicht, spüre ich sein Erschrecken ebenso heftig wie meines. Erinys senkt den Kopf und misst ihn mit kühlem, selbstsicherem Blick, während ihr Schwanz entspannt über den Felsen hin und her schwingt. Aus einer sicheren Distanz von zehn Metern fletscht Pallor knurrend die Zähne. Der beißende Geruch von Drachenfeuer hängt in der Luft.

»Sachte, Pallor.« Ich wende mich Julia zu. »Seit wann?«

Julia zuckt mit den Schultern. »Seit einer Woche oder so.«

»Gratuliere.«

Sie hebt spöttisch eine Augenbraue. »Danke, Vetter.«

»Nur Erinys?«

Erinys war mit Sicherheit die Erste; in der Regel zünden die Drachen einer Flotte ihrer Rangfolge entsprechend, die höhergestellten zuerst, dann die niederen.

Julia lächelt nur geringschätzig, wie um zu sagen: *Glaubst du wirklich, dass ich das beantworte?*

»Ist das wirklich eine so leere Drohung?«, fragt sie. »Selbst wenn es nur Erinys wäre. Ein gezündeter Drache reicht aus, um eine Kleinstadt in Schutt und Asche zu legen. Und was habt ihr dagegen zu bieten? Schild und Lanze?«

Ihre Worte machen mich fassungslos. *Eine Stadt in Schutt und Asche legen?* Merkt sie überhaupt, was sie da sagt?

»Julia, das ist schierer Wahnsinn.« Meine Stimme klingt nicht länger kalt, sondern ehrlich verzweifelt. »Tausende unschuldiger Menschen werden sterben. Du zitierst die alte Dichtung? Dir muss doch klar sein, dass genau solche Fehler die Aurelianer zu Fall gebracht und die Drachenherren gestürzt haben ...«

»Du kannst es verhindern.«

Ich verstumme.

»Wenn du überläufst und uns hilfst, dieses unrechtmäßige Regime von innen zu stürzen, ist kein Blutvergießen nötig. Wenn du weiter aufsteigst, zum Ersten Reiter und vielleicht zum Protektor, kann uns Callipolis wie eine reife Frucht in den Schoß fallen.«

Ich weiche einen Schritt zurück. Muscheln knirschen unter meinem Stiefel. Mit der Forderung, überzulaufen, habe ich gerechnet – aber Verrat von innen zu begehen, das ist noch niederträchtiger, als ich jemals erwartet hätte.

»Du scheust zurück«, bemerkt sie. »Warum?«

Meine Arme breiten sich wie von selbst aus, die Handflächen nach oben gekehrt. Julia mustert mich aus kühlen grauen Augen.

»Sie haben dich großgezogen«, mutmaßt sie.

»Mehr als das.«

»Du glaubst an ihre Vision«, begreift sie. Ihr Ton trieft vor Abscheu. »Du glaubst, dass sie besser sind. Selbst nach allem, was sie uns angetan haben. Du würdest dem Mann die Treue halten, der uns verraten hat.«

Ich hebe langsam die Schultern. »Ich glaube, dass es hier um mehr geht als um Rache und Geburtsrecht.«

Ein seltsames, bitteres Lächeln verzerrt Julias Gesicht. Das Mondlicht schimmert silbern auf ihrem dunklen Haar und den schwarz verhüllten Schultern.

»Man hat mich gewarnt, dass du es so sehen könntest. Was genau findest du denn so reizvoll an Atreus' Vision? Seinen großzügigen, aber schlecht umgesetzten meritokratischen Prozess? Seine Bemühungen, mithilfe von Zensoren die Vergangenheit umzuschreiben? Findest du es *edel,* dass er Bauern zum Auswahlturnier zulässt? Sie fliegt gut, das muss ich zugeben, unsere kleine Hochlandleibeigene.«

Julias verächtlicher Ton ist ätzend wie Säure und ich weiche davor zurück. Das »unsere« dröhnt mir in den Ohren, das beiläufige besitzanzeigende Pronomen der Sturmpfeile, die über Landbesitz sprechen.

»Die andere Finalistin ist nicht *unser* Irgendwas.«

Julias Antwort klingt schneidend. »*Und du bist nicht naiv.* Wach auf. Du meinst also, sein Regime ist besser, weil es Leibeigene nicht mehr so nennt und ihnen das Lesen beibringt? Das mag sein. *Vorläufig.* In fetten Jahren, ohne Druck, ohne Not. Aber pass nur auf, wie diese Vision in sich zusammenbricht, wenn wir Druck ausüben. Dann reden wir noch mal darüber, ob du sie weiter so edel findest. Und was du alles ertragen kannst.«

Druck ausüben. Das kann alles Mögliche heißen, aber die Absicht ist unmissverständlich. Der Druck wird in Form von Gewalt kommen.

Kurz ist alles still, bis auf das schläfrige Krächzen der Möwen auf den Felsen.

»Wann?«, frage ich.

Julia neigt den Kopf zur Seite, streicht sich das Haar aus dem Gesicht und grinst. »Schau nicht so besorgt, Vetter. Der erste Schlag wird nur ein Vorgeschmack sein.«

Ihr Tonfall ist neckisch. Eine höhnische Wiederaufnahme des Tons, den sie früher angeschlagen hat, wenn wir draußen spielten. Was soll *ein Vorgeschmack* bei jemandem heißen, der so leichthin davon spricht, eine Stadt in Schutt und Asche zu legen? Ich schaue über die Felsenkante auf das glatte Meer hinaus, in dem das Spiegelbild der Sterne flimmert, und ringe in einem plötzlichen Gefühl bodenloser Leere um Worte. Mit nichts als dem Ozean unter uns kommt mir die Kuppel der dunklen Nacht unendlich vor.

Julia, was für ein Mensch ist aus dir geworden?

Julia bricht das Schweigen als Erste und ihre Stimme senkt sich zu einem Flüstern, als sie das Thema wechselt.

»Ist dein Wille, Erster Reiter zu werden, so groß, dass du wie berauscht davon bist?«

Die mondbeschienenen Felsen zeichnen sich auf einmal wieder klar ab und mit ihnen die silbrige Silhouette meiner Cousine mit ihrem wehenden Haar und dem flatternden Reitmantel, die so fest auf dem uralten Gestein steht, als wäre es ihr untertan, während sie auf meine Antwort wartet.

Will ich atmen? Will ich essen? Seit ich denken kann, ist dieser Traum ein Teil von mir. Mehr ein Bedürfnis denn ein Wunsch. Von meinem alten Leben ist mir nichts geblieben, aber wenigstens das kann ich mir noch bewahren. Das darf ich immer noch wollen.

»Ja. Natürlich.«

Julia nickt, erleichtert, dass wir immerhin dieses eine gemeinsam haben.

»So war es für mich auch. So habe ich gewonnen. Viel Glück im letzten Turnier, Leo. Ich bete zu den längst toten Göttern, dass es dich zur Vernunft bringt.«

8

DER LYZEASTENBALL

— Annie —

Auf meinen Besuch in Holbin folgt eine Zeit, in der die Welt sich verdunkelt. Ich bleibe stundenlang im Bett, lasse Mahlzeiten aus, entziehe mich allen Gesprächen und brüte vor mich hin.

Dein Vater würde sich für dich schämen, Mädchen.

Stimmt das?

Mein Vater starb ein Jahr vor der Revolution. Als ich in den wenigen Erinnerungen grabe, die ich noch an ihn habe, stelle ich fest, dass ich nicht mehr genug von ihm weiß, um das beantworten zu können.

»Annie. Lee hat sich schon mehrmals nach dir erkundigt.«

Crissas Stimme reißt mich aus einem Dämmerschlaf, in dem ich mich unter meine Decke verkrochen und gewünscht habe, ich müsste nie wieder aufwachen.

Im ersten Moment kann ich an nichts anderes denken als an das Gefühl von Wärme und Geborgenheit, wenn Lee mich früher im Arm gehalten hat. Das Einzige, was meine Tränen stillen konnte.

Aber nicht jetzt. Nicht nach Holbin.

»Sag ihm, dass es mir gut geht.«

Ich will dieses Kind nicht mehr sein. Ich schaffe das ohne ihn.

Und so kommt es irgendwann auch. Ich stehe auf, bürste mir das Haar, esse etwas. Langsam kehrt die Welt zurück: Patrouillen, Training, Unterricht. Mir werden keine weiteren Moralvisiten zugeteilt und nach Holbin kann ich nicht behaupten, dass ich deswegen traurig bin. Das Informationsministerium vermeidet jetzt Besuche in den ländlichen Gegenden, die besonders schlimme Erfahrungen mit Drachenfeuer gemacht haben.

Neben unseren vielen Verpflichtungen wirft der Lyzeastenball, unser letzter öffentlicher Termin vor dem Turnierfinale und dem Gedenktag an den Sturm auf den Palast, seine Schatten voraus. Obwohl wir mit großer Anspannung auf den ersten Zug der Neu-Pyther warten, hat die Regierung bestimmt, dass wir zu diesem traditionellen Anlass wie geplant erscheinen sollen. Bald kommt es mir so vor, als verbrächten wir jede freie Minute mit Vorbereitungen auf den Ball: Anproben, Unterricht in Etikette, Tanzstunden. Das ist zwar in vielerlei Hinsicht eine willkommene Ablenkung von schlimmerem Druck und dunkleren Gedanken, aber stressig ist es auf seine eigene Art auch.

Vor allem, als man mir im Fortgeschrittenenkurs Gesellschaftstanz sagt, dass ich mit Lee tanzen soll.

»In diesem Jahr werden die Wächter unter den Absolventen besonders geehrt, darum werden die Finalisten des Turniers den Tanz eröffnen«, erklärt uns der Tanzlehrer in dem großen Gewölbesaal, den das Lyzeum für Zeremonien benutzt. Er hat einen leichten Drachisch-Akzent und sein Hemd ist mit den feinen Spitzenborten besetzt, die im alten Regime Mode waren. »Das sollte für euch nicht allzu schwer sein, ihr seid ja beide so leichtfüßig.«

Als der Lehrer zu den anderen Tanzpaaren weitergeht,

um ihnen mit der richtigen Aufstellung und Haltung zu helfen, schweigen Lee und ich uns an. Es ist komisch, so dicht bei ihm zu stehen, nachdem ich so viele Stunden matt im Bett gelegen und darum gerungen habe, ohne seinen Trost auszukommen. Doch das Kind, das mich im Waisenhaus zu trösten pflegte, hat nicht mehr viel gemeinsam mit dem Jungen neben mir: Die Schultern unter der Uniform sind kraftvoll, geformt vom jahrelangen Training auf dem Drachenhorst, und er ist so groß, dass ich den Kopf in den Nacken legen muss, um in sein sonnenverbranntes, windgegerbtes Gesicht zu sehen. Das ist ein Junge, der sich satt isst, der bis spätabends liest und Sommertage auf dem Drachenrücken verbringt.

Obwohl ich bei genauerem Hinsehen feststelle, dass seine grauen Augen etwas verkniffener sind als vor meiner Moralvisite.

»Hast du schon angefangen zu trainieren?«, frage ich.

Lee wirkt verdutzt. »Für das Finale?«

Ich nicke. Prompt muss ich an die Absage denken, die ich Power erteilt habe. Seine Komplimente, die wie Beleidigungen daherkamen, sein Spott, der mich so getroffen hat, weil er einen wunden Punkt berührte. *Wahrscheinlich willst nicht mal du selber, dass du gewinnst,* hat er gesagt. Seitdem habe ich kein Wort mehr mit ihm geredet.

Lee schüttelt den Kopf. »Noch nicht.«

Ob Lee sich überhaupt die Mühe machen wird? Oder geht er einfach davon aus, mit derselben Zuversicht, die ihn vom Unterricht zu den Visiten und weiter zum Training trägt, dass ihm der Titel des Ersten Reiters wie von selbst zufällt?

Vor der Moralvisite dachte ich, dass Holbin stolz auf meine Ambitionen wäre. Der Besuch hat mich eines Besseren belehrt. Auch wenn ich als Drachenreiterin Geschichte schreibe, die Leute wollen davon nichts wissen. Und dann dieser Satz, dem ich auch unter meiner Bettdecke versteckt nicht entfliehen konnte: *Dein Vater würde sich für dich schämen, Mädchen.*

So wie ich das sehe, hatte die Witwe wohl recht. Meine Familie hätte von meinen Ambitionen auch nichts wissen wollen.

Es ist eine Erleichterung, als der Tanzlehrer mich aus dem Strudel meiner Gedanken reißt.

»Den klassischen Walzer beherrscht ihr mittlerweile alle«, verkündet er, als er sich in die Mitte des Saals auf den spiegelblanken Boden gestellt hat. »Heute werden wir eine etwas komplexere Variante lernen.«

Lee atmet ahnungsvoll durch.

»Den medeischen Walzer«, murmelt er.

In seinen Augen leuchtet ein Lächeln auf, als er den Lehrer mit seiner Assistentin die Position einnehmen sieht.

»Den was?«

»Das ist eine Sonderform des Walzers.«

Der Lehrer erklärt: »Der medeische Walzer ist einer der ältesten Tänze in der Drachen gebärenden Welt und war an den Höfen der Drachenblütigen lange Zeit sehr beliebt. Die Schrittfolge soll einen Drachen im Flug imitieren.«

Auf seine Aufforderung hin tun sich die Tanzpartner zusammen. Lee hält mir seine nach oben gedrehte flache Hand hin und ich lege meine darauf. Die andere Hand legt er mir auf den unteren Rücken. Obwohl ich diese Position schon mit anderen Partnern geübt habe, empfinde ich zum ersten Mal, wie intim es ist, an dieser Stelle gehalten zu werden, dem Schwerpunkt meines Körpers, wo selbst der leichteste Druck jeden Nerv aktiviert und ich nicht anders kann, als zu reagieren.

Seit sieben Jahren sehe ich, wie diese Hand, diese leichte und doch feste Berührung, Pallor beruhigt.

Der Lehrer fährt fort: »Der medeische Walzer ist schneller, synkopiert, ausdrucksvoller als der Walzer, den ihr kennt – und schwerer zu meistern. Aber wenn er richtig getanzt wird, gibt es nichts Schöneres.«

Lee korrigiert unsere Haltung, umfasst meine Hand enger und reckt den Hals, um die ersten Schritte zu verfolgen, die der Lehrer mit seiner Assistentin vorführt. Wir stehen jetzt so nah voreinander, dass sich mein Blick auf Höhe seines Uniformkragens befindet, auf dem Schatten in der Schlüsselbeingrube.

Als ich merke, dass ich die Stelle anstarre, reiße ich den Kopf zurück und schaue hoch in sein Gesicht.

»Warum lächelst du?«, murmele ich.

Jetzt sollen wir es nachtanzen. Lee übt einen leichten Druck aus und ich reagiere auf den Impuls. Der Schritt ist lang und wird etwas verzögert aufgefangen, sodass wir in einem schwungvollen Halbkreis herumwirbeln. Ich genieße die Bewegung, wie Aela das plötzliche Abtauchen im Flug genießt. Lee betrachtet mein Gesicht und sein Lächeln wird weich. Kurz tritt ein Ausdruck in sein Gesicht, den man fast für Sehnsucht halten könnte.

»So ist's richtig. Lee hat es raus«, bemerkt der Lehrer, der von Paar zu Paar geht.

Lee hält mich so eng, dass ich seinen Atem über mein Ohr streichen spüre. Dieselbe ungezwungene Zuversicht, die eben noch Bitterkeit in mir ausgelöst hat, überströmt mich jetzt wie Sonnenschein.

»Weil dieser Tanz Spaß macht.«

Die nächste halbe Stunde vergeht in einem Rausch aus Schwung und Schwerelosigkeit unter Lees sachter Führung. Zum ersten Mal seit Holbin ist mir danach leicht ums Herz und die Stelle an meinem Rücken, wo er mich gestützt hat, fühlt sich noch eine Weile warm an.

Zusätzlich zu dem allgemeinen Benimmunterricht, den alle Mitglieder des Drachenkorps bekommen, werden die Reiter des Vierten Rangs noch gesondert in Etikette unterwiesen. In einem der kleineren Besprechungsräume des Informationsministeriums haben Lee, Power, Cor und ich eine Privatstunde bei Miranda Hane höchstpersönlich. Ich habe sie seit dem Besuch in Holbin nicht mehr gesehen.

»Schön, dich zu sehen, Antigone. Wie geht es dir?«

An ihrem Ton erkenne ich, dass sie daran denkt, wie wir zuletzt auseinandergegangen sind, als ich – bei dem Gedanken bin ich peinlich berührt – dem Ersten Protektor unter Tränen Bericht erstattet habe. Doch sie spricht mit ehrlicher Herzlichkeit, ohne jede Herablassung.

»Besser, danke.«

Hane lächelt und begibt sich dann in die Mitte des Raums, um sich an die ganze Gruppe zu wenden. Cor und ich haben uns gesetzt, Lee ist mit verschränkten Armen stehen geblieben und Power lehnt mit gelangweilter Miene an einem der Tische.

»Hallo allerseits. Danke, dass ihr gekommen seid.« Hane erklärt, dass wir vier beim Lyzeastenball nach dem Bankett einzeln herumgeführt und einigen der einflussreichsten Gold-Bürgern vorgestellt werden sollen. »Das wird euer erster öffentlicher Auftritt als künftige Regenten der Stadt – und ihr vier gehört zum engsten Kandidatenkreis für die Nachfolge des Protektors, über die der Gold-Stand mit abstimmen wird. Im Gegensatz zu den anderen Ständen sind die Gold-Bürger nicht nur das Volk, das ihr regiert, sondern auch eure Wählerschaft.«

Als Hane die Wahl des nächsten Protektors erwähnt, reagiert Power mit einem kurzen, schiefen Grinsen; Cor wirkt leicht beunruhigt, Lee verzieht keine Miene und mir rutscht das Herz in die Hose. Das bevorstehende Turnierfinale ist schon beängstigend genug. Und jetzt noch ein Spießrutenlauf, noch eine Prüfung, bei der wir uns beweisen und Eindruck schinden sollen. In der Arena habe ich wenigstens Aela.

»Wir empfehlen euch dringend«, fährt Hane fort, »einen guten Eindruck zu hinterlassen. Unabhängig von euren persönlichen Ambitionen in der Politik ist es äußerst wichtig, dass ihr euch von eurer besten Seite zeigt – besonders in diesen unsicheren Zeiten. Bei euren Moralvisiten habt ihr dem Bronze-, dem Eisen- und dem Silber-Stand Mut zugesprochen; jetzt ist der Gold-Stand an der Reihe.«

Sie zeigt auf ihren Assistenten, der sich ein Stück abseits gehalten hat.

»Gehen wir dort rüber und proben.«

Das Vorstellungsritual folgt starren Regeln, deren Beherrschung und Anwendung von uns erwartet wird. Wir werden von Ministerialbeamten begleitet, die uns auf Callisch vorstellen, aber wir üben die Floskeln auch auf Drachisch, falls ein Gast von sich aus die Sprache wechselt. Hane lässt Cor die entsprechenden Phrasen so lange wiederholen, bis er vor Scham knallrot ist, aber seine Aussprache etwas weniger hart klingt. Als Lee dran ist, muss Hane ihn ermahnen, nicht in sich hineinzubrummen, und lobt dann sein akzentfreies Drachisch. Power deklamiert die Sätze in beiden Sprachen so geschwollen, dass sie zwischen Missbilligung und Belustigung zu schwanken scheint. Als ich an der Reihe bin, stellt sie mich ihrem Assistenten vor, der mein Gegenüber spielt.

»Und in deinem Fall wäre ein Knicks angebracht, Antigone …«

Im selben Moment, da ich ihn ausführe, prustet Power los. Ich schaue auf. Hanes Gesicht hat sich verdüstert und Lee ist rot geworden.

»Nicht so«, sagt Hane leise.

Vor lauter Verwirrung will ich mich rechtfertigen: »Aber so hat meine Mutter …«

Plötzlich kapiere ich, was los ist, und beiße mir auf die Zunge. Jetzt werde auch ich rot.

»So«, sagt Hane einfach. »Von nun an machst du den Knicks so.«

Sie führt es vor. Es ist seltsam, jemanden in Hosen knicksen zu sehen. Hane hält den Kopf gerade; die Bewegung ist nur angedeutet und enthält nichts von der tiefen Ehrerbietung, die der Knicks meiner Mutter zum Ausdruck gebracht hat. Ich mache es nach und wünschte, mein Gesicht würde aufhören zu brennen, Power aufhören zu grinsen und Lee endlich nicht mehr auf den Boden starren.

Hane nimmt das Rollenspiel wieder auf. »Darf ich vorstellen …«

Unaufgefordert sage ich die Floskeln auf, die ich die drei anderen vor mir habe üben hören. Doch als Hane ins Drachische wechselt, kann ich nicht umhin, vor Scham leiser zu sprechen.

»Bruststimme«, erinnert mich Hane.

Ich wiederhole die drachischen Sätze in voller Lautstärke. Die Sprache, die mir vom Hören viel vertrauter ist als vom Sprechen, klingt aus meinem Mund plötzlich fremd. Der Einfluss des Callischen, die ungeschliffene Aussprache der Laute, die bei einer Muttersprachlerin flötengleich perlend klingen würden, ist in meinen Ohren mehr als deutlich. Ich frage mich, ob Hane innerlich wieder über meine bäurische Art erschauert.

Doch stattdessen sagt sie: »Ausgezeichnet.«

Für die Wächterinnen stehen außerdem Anproben auf dem Programm, denn zum ersten Mal seit Jahren sollen wir Abendkleider tragen, für die das Ministerium extra einen Schneider beauftragt. Ich lasse den Termin in der Schneiderei stumm über mich ergehen; die Stoffe, die sie uns zur Auswahl anbieten, sind so edel, dass Alexa und Deirdre in Verzückung geraten, ich aber nur Beklemmungen verspüre. Crissa, die weder die Begeisterung der anderen Mädchen noch mein Unbehagen zu teilen scheint, bleibt an meiner Seite und gibt einen verständnisvollen Kommentar nach dem anderen ab, damit ich mich nicht so fehl am Platz fühle – *Herrje, diese Stadtkleider sind so schick, meine Familie würde im Leben nicht darauf kommen, zu einem so feinen Schneider zu gehen.* Ich bin ihr dankbar dafür, auch wenn ich ihr nicht sage, dass es für meine Familie undenkbar gewesen wäre, überhaupt zum Schneider zu gehen. Jedem Geschwader ist eine bestimmte Farbe zugeordnet, aber Schnitt und Stoff können wir uns frei aussuchen. Als die Näherinnen im Hinterzimmer sind, zieht mir Crissa Geschmacksvorstellungen aus der Nase, von denen ich gar nicht wusste, dass ich sie habe, und äußert nach ihrer Rückkehr die entsprechenden Wünsche für mich.

»Es macht einen himmelweiten Unterschied, ob du dich in einem Kleid auch wirklich wohlfühlst«, sagt Crissa später weise, als ich ihr zu danken versuche.

Aber wie recht sie damit hat, verstehe ich erst am Abend des Balls. Wir haben uns im Schlafsaal der Mädchen verbarrikadiert. Ich ziehe eine Robe an, die wie ein Kleid aus Ducks Märchenbuch aussieht, und lasse zu, dass Crissa mir eine Frisur macht. Als Alexa mir den Spiegel weiterreicht, den sie aus ihrem Elternhaus auf dem Janiculum hierhergeschmuggelt hat, betrachte ich mich verblüfft. Es ist sonderbar, dass ich mit der richtigen Kleidung und Frisur gar nicht wie jemand aussehe, den man jemals als Bauer bezeichnet hätte. Fast automatisch straffe ich die Schultern und richte mich höher auf. Deirdre und Alexa quietschen vor Entzücken und ausnahmsweise macht mir das nichts aus. Sogar Orla, die wie immer auf ihrem Bett liegt und liest, obwohl sie schon ihr Ballkleid trägt, wirft mir über den Rand ihres Buches einen kurzen Blick zu und reckt den Daumen hoch.

»Unsere Annie, so erwachsen«, sagt Deirdre zu Alexa und tupft sich eine imaginäre Träne weg.

Crissa nimmt mich bei der Hand und dreht mich wie bei einem Tanz zu sich und ich lache unwillkürlich vor Freude. Als sie mein Lachen hört, legt sie mir den Finger auf die Lippen, als wollte sie sie in dieser Position festhalten.

»Genau so. Dieses Gesicht lässt du jetzt so. Lächle die ganze Zeit, Annie. Zeig diesen tattrigen alten Gold-Schnöseln, wie viel Spaß du hast. Das wird mehr Eindruck auf sie machen als alles andere.«

Ich habe ihr nichts von dem erzählt, was Hane uns in der Privatstunde für den Vierten Rang eingeschärft hat. Aber vielleicht weiß sie es von Lee oder Cor. Oder sie hat es einfach erraten.

Als wir zu den Jungen in den Wintergarten gehen, zögere ich an der Schwelle. Ich komme mir albern vor, vor Leuten, die mich bis jetzt nur in Militäruniform gesehen haben, im Abendkleid zu erscheinen. Doch dann steht plötzlich Duck vor mir.

»Annie?«

Ich lache etwas verlegen auf. Sein Gesichtsausdruck ist so hingerissen wie damals, als er in den Sternenhimmel hinaufgeblickt hat, den er mir unbedingt zeigen wollte. Mir wird warm. Das muss die wunderbarste Gabe überhaupt sein: die Welt so vertrauensvoll und vorbehaltlos genießen zu können.

»Du siehst auch nicht übel aus«, sage ich ihm und Duck tätschelt sich mit einem verlegenen Grinsen das nass gekämmte Haar.

Und dann spüre ich inmitten der funkelnden Kleider, schwarzen Umhänge und fröhlichen Lacher den Blick eines einzelnen Menschen von der anderen Seite des Raums. Im Gegensatz zu den anderen steht er vollkommen still da. Und wartet auf mich.

Ich küsse Duck auf die Wange, wie es eigentlich eher Crissas Art ist, aber heute fühle ich mich ausnahmsweise auch so ausgelassen wie sie. Dann wende ich mich ab und gehe zu Lee hinüber.

»Hey.«

Eine ungewohnte Kühnheit durchströmt mich, als ich vor ihm stehe und wir uns ansehen. Ich betrachte Lee in seiner Galauniform, die ihm geradezu verboten gut passt. Und ich nehme seinen auf mir ruhenden Blick als kaltes Prickeln wahr, das eigentlich unangenehm sein müsste und es doch nicht ist.

»Besser als das letzte Kleid, das du mich hast tragen sehen?«

Das letzte Kleid, das er an mir gesehen hat, war ein zerlumptes Hemdchen. Ich höre mich auf Albans anspielen, als hätte mich jemand dazu herausgefordert. Lees Lächeln verbreitert sich zu einem Grinsen und er lacht leise auf.

»Viel besser«, stimmt er zu.

Aber sein Blick lässt mich immer noch nicht los. Ein Staunen liegt darin, als hätte er gerade etwas Erfreuliches erkannt. Eine Erinnerung drängt sich auf, an diese Augen, dieses Gesicht – die Galauniform der Drachenreiter verstärkt den Eindruck der Vertrautheit noch –, aber ich will sie nicht wahrhaben. Nicht in diesem Moment.

Die Turmuhr des Palasts schlägt zur vollen Stunde. Es wird Zeit.

Lee hebt seinen Ellbogen fast unmerklich an, und obwohl man uns diese Kavaliersgeste nicht beigebracht hat, verstehe ich, dass er mir seinen Arm anbietet.

Mit klopfendem Herzen hake ich mich unter.

Obwohl sämtliche Trainings- und Sicherheitsvorkehrungen, die seit der Sichtung der pythischen Flotte getroffen worden sind, davon ausgehen, dass wir gegen gezündete Drachen kämpfen müssen, habe ich nach dem Treffen mit Julia ein ungutes Gefühl. Mit einer Meldung würde ich mich unweigerlich verdächtig machen und so kann ich mich nur dafür einsetzen, dass wir noch öfter an der Nordküste patrouillieren und die Zahl der beteiligten Wächter erhöhen. Doch mit meiner Bitte, am Abend des Lyzeastenballs zusätzliche Vorsichtsmaßnahmen zu treffen, beiße ich auf Granit.

»Seit Wochen hat sich nichts getan und Atreus will euch alle beim Ball sehen«, erklärt mir Holmes im Vorfeld bei einem Treffen in seinem Büro im Inneren Palast, das bis zur Decke mit Karten von Callipolis, der Medeis und dem Nordmeer vollgehängt ist. »Soweit wir wissen, ist die Flotte nicht einmal gezündet.«

Kurz überlege ich, ob ich dem Verteidigungsminister sagen soll, dass er sich irrt. Aber ich bin mir ziemlich sicher, dass dieser Mann, dieser *Held des Sturms auf den Palast,* seinen onkelhaften Ton schnell aufgeben würde, wenn ich ihm das mitteile.

Nein, das ist keine Option. Nur als Lee auf Pallor aus Kargsal bin ich sicher und kann frei handeln.

Also verkneife ich mir die Antwort, die sich verbietet, und verlege mich auf das nächstbeste Argument. »War die Devise nicht, dass wir so planen, als wäre sie gezündet?«

Holmes stiert mich an, dann lacht er anerkennend auf.

»Deine Art zu denken gefällt mir, Lee. Aber es ist nur für einen Abend. Versuch ihn zu genießen, ja?«

Am Abend des Balls habe ich mich fast selbst überzeugt, Holmes' Rat zu befolgen. Als wir uns bei Sonnenuntergang in den Saal der Fülle begeben, ist es draußen noch so warm, dass sich der Wind wie eine Liebkosung anfühlt, und die Anspannung nach der Konfrontation mit Julia löst sich widerstrebend. An einem solchen Abend ist es schwer, die Erinnerung an die Angst wachzuhalten.

Vor allem, wenn Annies Arm in meinem liegt. Auf dem ganzen Weg durch den Palast zum Saal der Fülle staune ich über ihre Gegenwart an meiner Seite. Duck geht ein paar Schritte vor uns, in eine Unterhaltung mit Rock und Lotus vertieft, und dreht sich gelegentlich zu uns um. Jedes Mal heftet sich sein Blick auf Annie. Ich kann nicht sagen, ob sie es nicht bemerkt oder nur so tut.

Obwohl der Anlass ein anderer ist, kommt mir vieles an diesem Ball von früher vertraut vor: die elegant gekleideten Gäste auf dem Weg in den kerzenbeleuchteten Festsaal, das gedämpfte Gelächter, das von dort auf den Hof dringt. Als Kind bin ich nach Banketten mit meinen Cousins und Geschwistern hier draußen herumgestreift, habe Steine in den Teich um die Statue von Pytho dem Vereiniger geworfen und bin auf den Rücken seines Marmordrachen geklettert, um dem alten Pytho an die Nase zu fassen. Pytho ist während der Revolution geschleift worden, aber sein Drache ist noch da.

Vor dem Saaleingang winken Ministerialbeamte die Gäste beiseite, die sich für die Eröffnungsprozession aufstellen sollen: vorneweg die Absolventen des Lyzeums, dahinter die Wächter in der Reihenfolge ihres Rangs und zuletzt die Professoren des Lyzeums, die aus diesem Anlass ihre Talare und Doktorhüte tragen. Von drinnen höre ich die Stimmen von Hunderten Menschen, die plaudernd und lachend auf den Beginn des Festessens warten. Annie, die mit mir am Ende des Wächterblocks steht, holt geräuschvoll Luft und atmet dann tief durch.

Ich wende ihr den Kopf zu und dabei kann ich nicht umhin, sie noch einmal zu bewundern: ihr Kleid, in schimmerndem Aurelian-Rot, das ganz knapp unter den Schultern ansetzt; die rotbraunen Locken, die zu einem Dutt hochgebunden sind, aus dem ihr einzelne Strähnen bis in den Rücken fallen; die helle Haut dazwischen, überzogen von den Brandnarben einer Drachenreiterin. Sie ist so schön wie die Annie, die ich kenne, und gleichzeitig strahlt sie etwas ganz Neues aus, etwas Starkes. Sie lässt nicht nur die Frauen der alten Ordnung weit hinter sich, sondern auch das scheue Kind, das mir einst in einem Waisenhaus begegnet ist.

Aber als ich ihr in die Augen sehe, stelle ich fest, dass sie trotz ihrer Verwandlung absurderweise immer noch Angst vor einem noblen Bankett zu haben scheint.

»Bist du nervös?«

Annie nickt. »Bei so was bin ich eigentlich fehl am Platz«, murmelt sie mit einem grimmigen Lächeln.

Vielleicht war es nur Einbildung, aber ich habe eine Betonung auf *ich* herausgehört.

— Annie —

Hoch über uns schimmern Buntglasfenster, und Steinsäulen, so breit wie die Tische selbst, ragen zu einer Gewölbedecke empor, unter der die Rauchschwaden von den Fackeln an den Saalwänden tanzen. Kerzenlicht taucht die uns zugewandten Gesichter in einen warmen Schein, glänzt auf Edelsteinen und Abendkleidern und glitzert auf den goldenen Armreifen an jedem Handgelenk. Ich spüre sämtliche Blicke auf uns ruhen, während wir durch den Mittelgang schreiten. Wir und die beiden anderen Reiter des Vierten Rangs werden an dem erhöhten Tisch des Protektors am Ende des Saals sitzen.

Als alle ihre Plätze eingenommen haben, erhebt sich Atreus.

»Wir sind heute hier versammelt, um die Leistungen jener Lyzeasten zu feiern, die ihre Ausbildung abgeschlossen haben und nun als unsere Kollegen in die Gesellschaft eintreten. In diesen Krisenzeiten mögen sich manche fragen, ob solch pompöse Feste noch angebracht sind. Ihnen antworte ich: heute mehr denn je! An der Schwelle zum Krieg sind wir gut beraten, uns daran zu erinnern, wofür wir kämpfen. Wir sind gut beraten, uns daran zu erinnern, dass Callipolis eine glänzende Zukunft vor sich hat und dass diese jungen Leute eine bessere Welt verdienen.

Die Absolventen, die wir heute ehren, werden nicht nur das Erbe antreten, das wir ihnen hinterlassen, manche von ihnen werden auch an vorderster Front dafür kämpfen. Darum heißen wir in einer gesonderten Zeremonie auch die zweiunddreißig Wächter willkommen, die sich in der letzten Phase ihrer Ausbildung befinden.

Ich werde die Absolventen und Absolventinnen nun aufrufen. Bitte stehen Sie auf, wenn ich Ihren Namen nenne.«

Daraufhin verliest Atreus die Namen, Fachrichtungen und gegebenenfalls vorgesehenen Regierungsämter von einer Schriftrolle. Nachdem sich etwa vierzig junge Männer und Frauen von ihren Plätzen an den langen Tischen im Saal erhoben haben, nehmen sie den Applaus der Gäste entgegen und setzen sich wieder. Atreus fährt fort:

»Mögen sich bitte nun die Wächter und Wächterinnen des Zweiunddreißigsten Ranges erheben, wenn ich sie aufrufe.«

Er beginnt mit den niederen Rängen der Drachenreiter, die durch Qualifikationskämpfe vor dem öffentlichen Turnier ermittelt worden sind. Statt des Nachnamens verwendet er das Drakonym unter Verweis auf die jeweilige Drachenrasse. Nachdem die Reiter des Zweiunddreißigsten Rangs genannt und beklatscht worden sind, ruft Atreus den Sechzehnten Rang auf. Dann den Achten Rang, die Teilnehmer des öffentlichen Viertelfinalturniers: Dazu gehören Duck, Rock und Crissa, die zusätzlich als Geschwaderführerin genannt wird. Danach kommt der Vierte Rang: *Power auf Devoro, Sturmpfeil. Cor auf Maurana, Anführer des Geschwaders der Sturmpfeile.* Schließlich sagt Atreus: »Und zu guter Letzt unsere beiden Anwärter auf den Titel des Ersten Reiters.«

Antigone auf Aela, Aurelian. Lee auf Pallor, Anführer des Geschwaders der Aurelianer.

Der Beifall schwillt so gewaltig an, dass der Lärm in meiner Brust dröhnt und mir einen Schauer über den Rücken jagt. Lee starrt ins Leere. Nachdem Atreus uns zugenickt hat und wir uns endlich setzen können, hebt der Erste Protektor das Glas.

»Auf die Zukunft.«

Wir heben unsere Gläser und trinken. Mein Mund ist seit einer halben Stunde wie ausgedörrt und ich bin überrascht, dass mir mein erster Schluck Wein so gut schmeckt – wie Traubensaft, nur noch aromatischer. Als ich einen weiteren Schluck nehme, beugt sich Lee zu mir.

»Der ist stark. Trink ihn nicht als Durstlöscher.«

Ich nicke, denke aber besorgt daran, wie ich mit einem so trockenen Mund überhaupt sprechen soll. Stirnrunzelnd registriert Lee meinen Gesichtsausdruck. Er dreht sich ein Stück zur Seite und gibt einem der Männer, die unseren Tisch bedienen, fast unmerklich einen Wink. Sofort ist der Mann zur Stelle. Ein eisernes Armband, stelle ich mit dumpfem Unbehagen fest. Um uns herum wird Gänsebraten in

Scheiben geschnitten und serviert und ein weiterer Bediensteter häuft dampfendes Gemüse auf die Teller.

»Wasser für unseren Tisch, bitte«, sagt Lee.

Der Bedienstete verbeugt sich. »Sehr wohl, mein Gebie –«

Er fängt sich gerade noch. Lee lächelt höflich, ohne auf den Patzer einzugehen, und der Mann zieht sich verlegen zurück. Ich trinke demonstrativ einen großen Schluck Wein.

Neben Miranda Hane und mir gibt es nur noch eine weitere Frau am Tisch, die nicht als begleitende Ehegattin hier sitzt: eine Dame mittleren Alters mit stahlgrauem Haar und warmem, goldenem Teint, gegen den sich das glitzernde Geschmeide um ihren Hals silbern abhebt. Atreus stellt sie uns als Dora Mithrides vor und mir fällt ein, dass ich schon von ihr gehört habe. Aus verschiedenen Gründen – unter anderem hat sie von ihrem verstorbenen Ehemann ein umfassendes Vermögen geerbt – gehört sie zu den mächtigsten Bewohnern des Janiculum; sie sitzt als Ehrenmitglied im Bürgerrat des Viertels und hat mit mehreren Investitionen entscheidend dazu beigetragen, die Revolution anzustoßen. Als sie das Wort ergreift, wundere ich mich kurz, warum ich sie nicht gleich verstehe. Erst dann wird mir bewusst, dass sie Drachisch spricht.

Hane trommelt ungehalten mit den Fingern auf den Tisch und sieht stirnrunzelnd zu Mitt Hartley, dem Vorsitzenden des Zensurkomitees, der die Augen verdreht. Legio Symmach, der Außenminister, und Dekan Orthos, der Rektor des Lyzeums, lächeln fast schuldbewusst und Holmes' Stirn legt sich in strenge Falten.

»Callisch, Dora«, weist Atreus sie behutsam zurecht. »Viele unserer Gäste sprechen kein Drachisch.«

Dora rümpft die Nase und wechselt in ein schwerfälliges Callisch. »Einschließlich eurer vier Wächter, nehme ich an?

Mir ist nicht entgangen, dass keine Reiter vom Janiculum in den Vierten Rang aufgestiegen sind.«

»Ich bin vom Janiculum«, sagt Power.

Dora, die neben ihm sitzt, tätschelt ihm mit ihrer reich beringten Hand den Arm. »Sei mir nicht böse, Junge, ich meinte natürlich vom Janiculum *gebürtig*. Von patrizischem Geblüt. Du bist doch adoptiert, nicht wahr?«

Power wird bleich. Cor verschluckt sich an seinem Wein und spuckt ihn beinahe aus. Selbst Lee zieht scharf die Luft ein, was er mit einem Husten kaschiert.

Adoptiert? Power, der einfachen Bürgern wie mir andauernd seine noble Herkunft unter die Nase reibt?

Power wirft Lee und Cor einen vernichtenden Blick zu, doch sein Gesicht verfärbt sich trotzdem. Und als er mich dabei ertappt, wie ich mit meinen zuckenden Mundwinkeln kämpfe, streckt er das Kinn vor und stiert mich böse an.

Ich verstecke mein Grinsen hinter meinem Weinglas und wende meine Aufmerksamkeit wieder den Erwachsenen zu, die von unseren Blickwechseln nichts mitbekommen haben.

»Wir waren uns doch einig«, sagt Atreus gerade zu Dora und sein verkrampftes Lächeln deutet an, wie sehr diese alte Diskussion seine Geduld strapaziert, »dass unser Regime seine Elite eben *nicht* danach auswählt, von welchem Geblüt sie sind.«

»Du verstehst mich falsch«, sagt Mithrides prompt. »Meine Bedenken haben nichts mit Klassenzugehörigkeit zu tun. Ich denke an unsere militärische Schlagkraft.«

General Holmes zieht ungläubig eine Augenbraue in die Höhe, aber er zerteilt weiter sein Bratenstück, ohne sich einzumischen.

»Ach?«, fragt Atreus skeptisch.

»Ja, in Bezug auf euer Problem, dass die Drachen nicht zünden.«

Holmes legt sein Messer weg.

»Dieses Problem existiert nicht, Verehrteste.«

Mithrides schnaubt.

»Man braucht einen Reiter von Drachengeblüt, um die Flotte zu zünden. Die Patrizier haben über viele Generationen hinweg in die Familien der Drachenherren eingeheiratet, also tragen sie etwas von ihrem Blut in sich. Ich meine ja nur, mit ein paar patrizischen Reitern mehr …«

Hane und Atreus machen keinen Hehl aus ihrer Verblüffung, während sie sich mit einem Blick stumm verständigen. Stephan Orthos, der Dekan, reagiert zuerst. Sein Ton ist gereizt.

»Ja, ich weiß, dass diese Theorie im Club gerade in aller Munde ist«, sagt er, »aber das ist wissenschaftlich nicht belegt, Dora. Da wurde ein literarisches Werk falsch ausgelegt, mehr nicht. Der *Aurelianische Zyklus* ist ein fiktives Epos, kein militärisches Handbuch. Was auch immer im Club geredet werden mag.«

Orthos bemerkt nicht, dass Hane und Atreus bei diesen Worten einen weiteren alarmierten Blick wechseln.

»Würde mich jemand bitte aufklären, was das für eine ›Theorie‹ ist, die da im Lyzeum diskutiert wird?«, fragt Holmes.

Holmes ist, stelle ich mit Befremden fest, die einzige Ausnahme auf der Gästeliste, was den Stand betrifft. Ich weiß nicht, ob er es bewusst tut, aber er dreht beim Sprechen das Handgelenk so, dass sein silbernes Armband unter den Ärmel rutscht.

Hane antwortet zuerst, in zögerndem Ton.

»Wenn mein Nachrichtendienst mich richtig informiert hat, bezieht sich Dora auf eine Theorie, die im Laufe der Jahre immer wieder aufgekommen ist und in jüngerer Zeit in manchen Kreisen neue Anhänger findet, seit unsere Flotte unter dem Druck steht, schnell zu zünden. Das übliche Argument, dass das Blut der Drachenherren überlegen sei, wofür der *Aurelianische Zyklus* als Beweis herangezogen wird. Weil dort die Drachenherren als göttergleich dargestellt werden, sollen die drachenblütigen Familien zum Herrschen geboren und ihre Untertanen von niederem Geblüt sein. Das ist natürlich eine vollkommen ... krude ... Auslegung des Textes.«

Hanes Stimme klingt abschätzig.

»Ach ja? Und warum?«, fragt Mithrides kalt.

Lee spricht leise, aber alle am Tisch sind sofort ganz Ohr, obwohl er sich zum ersten Mal zu Wort meldet.

»Weil der Hochmut der ersten Aurelianer ihren Untergang bedeutet hat. Man könnte den *Aurelianischen Zyklus* genauso gut als vernichtende Kritik an den Drachenherren lesen.« Lee nickt Atreus zu, mit dem wir diese Interpretation im Unterricht diskutiert haben, und fügt dann hinzu: »Oder sogar als Kritik am Drachenreiten überhaupt.«

Diese letzte Schlussfolgerung scheint von Lee selbst zu stammen. Über Atreus' ausdrucksloses Gesicht huscht ein Anflug von Überraschung, was Hane, die Lee zur Bekräftigung zunickt, nicht bemerkt.

»In den letzten Monaten haben die Verfechter dieser Theorie neue Elemente ins Spiel gebracht«, erklärt sie. »Konkret behaupten sie, dass nur Drachenblütige eine innere Verbindung zu Drachen aufbauen und das Zünden auslösen können. Das ist alles völlig aus der Luft gegriffen, aber leider ist ja immer noch unbekannt, was das Zünden stattdessen auslöst und wie man es herbeiführen kann. Wir wissen es einfach nicht. Jedenfalls war ich der Ansicht« – an dieser Stelle wirft Hane Dekan Orthos einen fragenden Blick zu –, »dass die Theorie von der Überlegenheit des Blutes nur von einigen wenigen Wirrköpfen vertreten wird und die meisten ihrer Anhänger vom Umerziehungskomitee erfasst wurden. Dass sie im Club ›in aller Munde‹ sein soll, ist mir ehrlich gesagt neu.«

Orthos rutscht auf seinem Stuhl hin und her. Er ist ein ehrwürdiger Mann mittleren Alters, mit ergrauendem Haar unter seinem Doktorhut. Bei ihrem Blick wird ihm offenbar unbehaglich zumute, als würde ihm klar, dass er eben etwas preisgegeben hat, von dem er dachte, es wäre längst allgemein bekannt. Er antwortet in bedauerndem, beschwichtigendem Ton.

»Ach, du kennst das doch, Miranda«, sagt er. »Wenn die Leute Angst haben, fallen Verschwörungstheorien nun mal auf fruchtbaren Boden.«

Hane nimmt die Erklärung mit einem gnädigen Nicken zur Kenntnis. »Das ist wohl wahr.«

Und dabei sieht sie vielsagend zu Hartley, dem Vorsitzenden des Zensurkomitees, der sich bis jetzt nicht geäußert hat. Er erwidert ihren Blick ebenso ernst.

Obwohl keiner der beiden etwas sagt, ist das der erste Blickwechsel in diesem Gespräch, der mich wirklich beunruhigt. Hartleys Komitee entscheidet darüber, welche literarischen Texte beschränkt, verboten oder konfisziert werden. Eine schweigende Übereinkunft mit ihm hat die Macht, den Bestand einer Bibliothek zu ändern.

Dora Mithrides hat sich Lee zugewandt. »Du studierst den *Aurelianischen Zyklus*, wie ich sehe? Woher kommst du noch gleich?«

Lees Mundwinkel wandern in die Höhe. »Aus Kargsal.«

»Also hast du dein Drachisch in der Schule gelernt.«

Man hört ihr die Skepsis deutlich an. Lee nickt.

»Ich muss schon sagen, für jemanden, dem der muttersprachliche Zugang dazu fehlt, bist du dir mit deiner Interpretation sehr sicher.«

Hane rollt entnervt mit den Augen. Atreus mustert Lee und Dora mit milder Neugier und deutet ein nachsichtiges Lächeln an.

Lee dankt Dora mit einem freundlichen Nicken für die Bemerkung, die sie offenbar als Kompliment gedacht hat.

Dann lächelt er und antwortet auf Drachisch.

»Das ist unsere Arbeit; das ist unsere Mühsal.«

Ein Zitat aus dem *Aurelianischen Zyklus*. Ich erkenne es wieder, weil wir die Zeile vor ein paar Wochen im Kurs übersetzt haben. Lee hat sie leicht abgewandelt, um sie dem Kontext anzupassen. Seine Aussprache ist makellos. Cor und Power fahren verblüfft zu ihm herum; Lee hat sich mit Wortmeldungen bei Tyndale immer auffällig zurückgehalten. Die Erwachsenen, die das Gespräch ohnehin schon verfolgt haben, wechseln Blicke.

Atreus sieht von Lee in die Runde, die ihn anstarrt, hebt sein Weinglas und nimmt einen Schluck. Doras Blick ruht weiter auf Lee, obwohl sie das Wort an den Ersten Protektor richtet.

»Jetzt verstehe ich, was du meinst, Atreus.«

— Lee —

Je länger wir bei Tisch sitzen, desto angespannter werde ich. Ich habe das Gefühl, dass ich mit jedem Satz Gefahr laufe, mich zu verraten.

Ihr Hochmut hat die Aurelianer zu Fall gebracht, und wenn du weiter so herumprahlst, wird er auch dein Untergang sein.

Aber der Saal, die Gesellschaft, die Umgebung fordern mich zu einem Leichtsinn heraus, den ich nur mit äußerster Selbstbeherrschung im Zaum halten kann.

Nachdem das Dessert abgetragen worden ist, erhebt sich Atreus und verleiht jenen Gold-Bürgern, die im vergangenen Jahr Außergewöhnliches für Callipolis geleistet haben, eine Ehrenmedaille. Ausgezeichnet werden besonderer Gemeinsinn, technologische und ökonomische Innovationen, Wehrdienste, wissenschaftliche Forschungen und künstlerische Errungenschaften. Lotus' Vater, Lo Teiran, wird zum Nationaldichter von Callipolis ernannt. Als Atreus ihm die Dichterkrone in Form eines Lorbeerkranzes überreicht, sehen wir, dass Lotus die krausen Locken und die schlaksige Gestalt von ihm hat.

In der halbstündigen Pause vor dem Eröffnungstanz werden die Reiter des Vierten Rangs zu einer Vorstellungsrunde im Saal herumgeführt. Miranda Hane begleitet Annie, General Holmes eskortiert Cor und Dekan Orthos nimmt Power ins Schlepptau. Ich gehe mit Atreus. Die Gespräche, die ich an seiner Seite mit verschiedenen Gold-Bürgern führe, kommen mir irgendwann alle gleich vor.

»Lee auf Pallor! Wie schön, Sie endlich kennenzulernen, wir haben so viel von Ihnen gehört!«

»Sehr freundlich von Ihnen, danke.«

»Na, wie laufen die Vorbereitungen aufs Turnier? Unter uns, wir setzen voll und ganz auf dich. Enttäusch uns bloß nicht, Junge ... Jetzt, wo uns die Pyther im Nacken sitzen.«

Der Mann spricht in verschwörerischem Ton. Mit *wir* ist offenbar der gesamte Gold-Stand gemeint, den er laut Atreus im Beirat der Gold-Bürger vertritt. Ich antworte lächelnd, obwohl ich dabei an Julia und ihre Aufforderung zum Verrat denken muss – und an Annie, die durch dieses Lob indirekt geschmäht wird. Die Ironie seines Verbrüderungsversuchs entgeht ihm natürlich; schließlich weiß er nicht, dass er sich mit seinem »Unter uns« an einen Drachenblütigen wendet.

Und genauso wenig ahnt er, dass ich sein Gesicht wiedererkenne. Nicht von Visiten im neuen Regime, sondern vom höfischen Leben im alten.

Denn obwohl mir das höfliche Geplauder mit den Leuten, denen Atreus mich vorstellt, nicht schwerfällt, verstört mich zunehmend, wie vertraut mir viele von ihnen sind.

Was würde Julia sagen, wenn sie mich die Hände derer schütteln sähe, die uns verraten haben?

Dabei weiß ich schon, was ihre Antwort wäre.

Ihre Antwort würde lauten, dass wir sie dafür büßen lassen sollten.

— Annie —

Als ich erfahre, dass ausgerechnet Miranda Hane mich auf der Vorstellungsrunde begleiten wird, trägt das nicht gerade zu meiner Entspannung bei. Aber in den letzten Tagen habe ich mir die Phrasen in beiden Sprachen innerlich so oft aufgesagt, dass ich sie jetzt in- und auswendig kann. Zu meiner Verblüffung strahlt mich eins der ersten Ehepaare, mit denen ich bekannt gemacht werde, begeistert an. Beide sind mittleren Alters und haben schon die ersten grauen Haare.

»Sie, meine Liebe«, sagt der Mann und drückt meinen Arm, »sind die Hoffnung unseres Landes. Davon haben wir einst nur zu träumen gewagt!«

Das bringt mich kurz aus der Fassung. Ich danke ihm und Hane lächelt, als wir weitergehen.

»Die Bertrands gehörten zu unseren allerersten Unterstützern«, erklärt sie mir.

Aber so gut läuft es nicht überall. Als Hane mich einem weiteren Gast vorstellt, einem älteren Richter, der im Bürgerrat des Janiculum sitzt, mustert mich der hünenhafte Mann unverhohlen spöttisch. Er trägt ein langes, spitzenbesetztes Hemd, das wie viele andere Kleidungsstücke, die ich heute Abend sehe, an den Stil des alten Regimes erinnert.

»Das ist also unsere Hochlandreiterin!«

»Sehr erfreut«, sage ich mit einem Knicks.

Statt einer Verbeugung oder überhaupt einer Antwort wendet er sich an Miranda. »Der bäurische Akzent ist kaum zu hören«, sagt er anerkennend auf Drachisch. »Und man sieht, dass sie gründlich abgeschrubbt worden ist ...«

Ich spüre eine Röte von der Brust emporsteigen, die normalerweise unter meiner Uniform versteckt bliebe. Heute ist sie über dem tiefen Dekolleté meines Kleides gut sichtbar. Als Hane eisig schweigt, zieht der Mann den Kopf ein und wechselt ins Callische.

»Das war nur ein *Witz*, liebe Miranda ... Man wird doch wohl noch Witze machen dürfen ...«

Hane wirft mir von der Seite einen Blick zu, als wolle sie herausfinden, ob ich einen Konter parat habe. Ich denke an Lee, der vor der gesamten Tischrunde einen Vers aus dem *Aurelianischen Zyklus* auf Drachisch aus dem Hut gezaubert hat. Aber genau wie im Lyzeumsclub, wo ich Power nichts entgegenzusetzen hatte, wollen mir die richtigen Worte einfach nicht einfallen. Als Hane das merkt, beendet sie die Begegnung mit einer Abschiedsfloskel und steuert auf das nächste Grüppchen zu. Mir ist noch ganz schlecht vor Scham.

Ein Mal hätte mir schon gereicht, aber sie kommen immer wieder, diese Komplimente, die eigentlich Beleidigungen sind, und die geheuchelte Freundlichkeit, die doch nur Herablassung zum Ausdruck bringt. Als ich Darius' Eltern vorgestellt werde, denen, wie ich erfahre, als Eigentümern einer großen Schiffs- und Handelsgesellschaft halb Seehafen gehört, drehen sie sich doch tatsächlich von mir weg, noch bevor ich meinen Knicks ganz ausgeführt habe.

»Ist sie das?«

Mittlerweile bin ich schon so erschöpft, dass ich mich nur widerstrebend nach dem Fragenden umdrehe. Es ist ein jüngerer Mann, etwa Mitte zwanzig, in einem schlichten, aber edel geschnittenen Hemd. Es dauert einen Moment, bis mir bewusst wird, was mir an seiner Stimme aufgefallen ist: ein Hochland-Akzent.

»Declan«, sagt Miranda unverkennbar erleichtert. »Ja. Antigone, darf ich vorstellen – Declan aus Harfast, ein Junior-Berater des Ersten Protektors und eins der jüngsten Mitglieder des Beirats der Gold-Bürger. Declan hat zu den ersten Jahrgängen gehört, die das Lyzeum abgeschlossen haben.«

»Sehr erfreut.«

Declan grinst. Er hat helles Haar, ein langes, schmales Gesicht und die schlaksige Figur eines in die Höhe geschossenen Jugendlichen. »Na?«, fragt er. »Haben sie dich schon aufgefressen?«

Ich lache verdutzt auf und bereue es sofort, aber als ich zu Miranda spähe, sehe ich ihre Mundwinkel ebenfalls in die Höhe wandern.

»Die sind nur eifersüchtig auf unseren Grips«, sagt Declan zu mir. »Achte einfach nicht drauf.«

Im rückwärtigen Teil des Saals haben die Musiker begonnen, ihre Instrumente zu stimmen. Die freie Fläche in der Mitte leert sich allmählich; die Gäste scharen sich im Kreis darum herum. Miranda nickt mir zu.

»Es wird Zeit, Annie.«

Zeit, mich vor diese Leute zu stellen und meinen Part zu spielen.

Mein Kleid soll eigentlich leicht und locker fallen, damit

ich gut tanzen kann, doch während ich mich auf der Suche nach Lee durch die Leute zwänge, ist mir der lange dunkelrote Rock schrecklich lästig, und durch die tiefen Ausschnitte an Dekolleté und Rücken komme ich mir irgendwie nackt vor. Die aufgeregte Vorfreude, die ich beim Anblick meines Spiegelbilds empfunden habe, ist dahin. Ich sehne mich nach meiner Uniform.

Ich finde Lee am Rand der Tanzfläche. Zu meinem Erstaunen wirkt er genauso ausgelaugt, wie ich mich fühle. Über der dunklen Galauniform hebt sich sein Gesicht blass ab und seine grauen Augen sind matt und leer.

»Wie war's?«, fragt er.

Ich schüttele nur den Kopf.

»Ja«, sagt Lee tief durchatmend. »Diese ... Leute.«

In seinem Ton liegt mehr als Abscheu: Es schwingt eine Verärgerung darin mit, die an Wut grenzt. So was ist bei Lee eigentlich unerhört. Als er merkt, dass ich ihn anstarre, korrigiert er seine Gesichtszüge sofort.

Mittlerweile bin ich so an den Gedanken gewöhnt, wie viel selbstverständlicher dieses Leben für ihn ist, dass ich von einem plötzlichen Mitleid überwältigt werde, als ich begreife, was ich längst hätte sehen müssen.

Natürlich. Lee hat gute Gründe, diesen Abend ebenfalls hart zu finden. Vielleicht ist es für ihn sogar noch härter als für mich.

Ich glaube, mit meinem nächsten Satz überrasche ich uns beide.

»Es ist fast vorbei, Lee.«

Lee sieht mich forschend an. Dann nimmt er meine Hand und gemeinsam begeben wir uns in die Saalmitte.

Annies Finger umfassen fest meine Hand, als wir unsere Position einnehmen, und ihre braunen Augen sind unverwandt auf mich gerichtet, als wollte sie alles andere ausblenden. Ich könnte ihre Wimpern zählen, die Sommersprossen auf ihren Wangen und Schultern, die Brandnarben, die im Kerzenschein glänzen. Das Rot ihres Kleids hat fast denselben Farbton wie ihr Haar. Kurz wird es still im Saal und alle Blicke richten sich auf uns.

Und dann setzt die Musik ein.

Ich wusste schon bei der Probe, dass ich die Melodie kennen würde, aber erst in diesem Moment, in dem hallenden Gewölbesaal, umringt von glitzernden Roben und Galaanzügen, verspüre ich die Wehmut. Der Klang einer einzelnen Violine, deren Töne wie eine menschliche Stimme vibrieren und sich dann emporschwingen, höher, unfassbar hoch und schmerzlich schön. Die Erinnerung an diesen Tanz, an einen anderen Abend, ein anderes Leben, an meine Mutter, meinen Vater, meine Schwestern und eine Welt, die ihnen von Geburts wegen zustand, eine untergegangene Welt. Und alles, was davon geblieben ist, sind eine Handvoll rachelüsterner Überlebender auf einer Insel im Nordmeer und dieser Saal voller Menschen, die sie verraten haben.

Annies Hände verlassen ihre Position und umfassen meinen Nacken; ein leichter Druck und ich senke das Gesicht zu ihr und schaue sie an. Ihre Augen sind groß und klar und blicken mir geradewegs ins Herz, sehen alles.

»Bleib bei mir«, flüstert sie.

Ich hebe eine Hand, um ihre Rechte von meinem Nacken zu nehmen. Dabei mache ich einen Schritt vor und Annie folgt. Jetzt bin ich es, der sie unverwandt ansieht und alles andere vergisst. Ich versinke in der Melodie, in dem Tanz meiner Eltern und in dem Anblick von Annie, die sich mit mir bewegt, die auf meine Hand an ihrer Hüfte reagiert und ihre Finger um meine schließt.

Als wir eine Drehung vollführen, lächelt Annie und schnappt nach Luft, und ich lächle unwillkürlich zurück – und die Trauer verwandelt sich in etwas Höheres, Schöneres, eine Verwandlung, zu der auch diese Bewegung gehört, die sich so überwältigend wie Fliegen anfühlt, wie die Töne einer Violine, freudig und schmerzerfüllt zugleich.

Es ist ein fragiles Gleichgewicht und ich weiß, dass es nicht anhalten wird, aber solange wir hier sind und den medeischen Walzer tanzen, scheint mir, können all diese Dinge miteinander versöhnt werden und ineinander aufgehen.

Die Musik nimmt ab und in der Überleitung zum letzten Teil des Stücks schließen sich die Anführer der beiden anderen Geschwader unserem Tanz an: Crissa mit Lotus für das Geschwader der Himmelsjäger und Cor mit Alexa für die Sturmpfeile. So manchen hier erinnert das an den Tanz der Triarchen – und obwohl die Banner des neuen Regimes von der Decke hängen, lassen die Farben auf der Tanzfläche für einen Moment die Trikolore der Drachenherren wiederaufleben: das Rot der Aurelianer, das Blau der Himmelsjäger und das Schwarz der Sturmpfeile.

Und dann die letzte Pirouette, die letzte Auflösung und Annie ist zurück in meinen Armen. Schwer atmend, aber sonst vollkommen ruhig. Es ist vorbei. Sie steht so dicht vor mir, dass ich die Hitze von ihrem Körper auf meinen übergehen spüre; an ihrem Haaransatz glitzert der Schweiß, während sich unsere Gesichter einander zuwenden.

Dann bricht der Beifall los und der Bann verfliegt. Wir treten voneinander weg. Neben den beiden anderen Paaren verbeuge ich mich, sie knickst und ich führe sie von der Tanzfläche.

Ich bin immer noch auf sonderbare, schmerzliche Art glücklich. Und einen hellen, selbstvergessenen Augenblick lang stelle ich mir vor, dass es so weitergeht: sie und ich, nur wir beide, und eine Nacht, die wir ganz für uns allein haben.

Doch dann zeigt sie auf Duck und Lotus, die im Halbdunkel an einem Tisch am Rand des Saals sitzen. Duck winkt.

Die Vision verblasst.

»Geh ruhig«, sage ich zu ihr.

Ihre Finger tasten nach meinen, umschließen sie, ziehen. »Komm mit.«

Und sofort ist die Hoffnung wieder da. Wir bahnen uns einen Weg durch die Menge. Im Nachglanz des Tanzes geschieht es wie von selbst, dass ich Annie mit einer Berührung unterhalb der Schulterblätter führe und meinen Blick länger als nötig auf ihrem Haar ruhen lasse, das in rot schimmernden Strähnen von ihrem hohen Dutt bis auf die Schultern fällt und sie im Nacken kitzelt. Duck rutscht zur Seite, um uns Platz zu machen, und wir setzen uns auf der Bank so eng nebeneinander, dass unsere Schenkel sich berühren. Obwohl sie das bestimmt genauso deutlich spürt wie ich, macht sie keine Anstalten, von mir wegzurücken.

Ich nehme jeden Zentimeter meines Körpers, der an ihrem anliegt, überdeutlich wahr.

»Wir haben euren Auftritt bewundert«, sagt Duck grinsend.

Überall im Saal erheben sich Männer und Frauen zum Tanz. Annie verdreht die Augen.

»Nein, ehrlich. Ihr wart viel besser als mein Bruder.«

»Herzlichen Glückwunsch zur Auszeichnung deines Vaters«, sage ich zu Lotus.

Währenddessen spüre ich wieder Annies Finger, die nach meinen tasten und sich unter dem Tisch darin verschränken. Ein Schwindelgefühl überkommt mich. Der Abend ist noch jung. Und wir sind zusammen und sie *lächelt.* Lächelt und hält dabei meine Hand.

»Danke«, sagt Lotus. »Das war echt überfällig. Nach der Revolution hatte mein Vater ziemliche Schwierigkeiten, Förderer für seine Dichtung zu finden.«

Als Duck ihn verwirrt ansieht, fährt sich Lotus mit dem Finger über die Kehle.

»Tote Mäzene zahlen nicht gut.«

Ich kann ihn kaum hören, so sehr schlägt mich Annies Hand in meiner in den Bann. Wie lang ist es her, dass Annie zuletzt meine Hand gehalten hat? *So* war es eigentlich noch nie. Unsere Finger sind so eng umschlungen, als wollte sie jede Linie und jede Brandnarbe mit den Fingerspitzen erspüren, und eine Röte steigt ihr in die Wangen, als würde ihr unter meinem Blick ganz heiß ...

Könnte es denn wirklich so leicht, so *einfach* sein?

Lotus legt den Kopf schräg, beugt sich vor und senkt verschwörerisch die Stimme, während er mit dem Kinn auf etwas hinter uns zeigt. »Hört ihr das?«

In dem schummerigen Licht sind die Gesichter am Nebentisch nicht zu erkennen, aber die lauten Stimmen gehören eindeutig einer Gruppe Absolventen, die sich auf Drachisch unterhält.

»Würdet ihr ihn als nächsten Protektor wollen?«

»Von den Reitern des Vierten Rangs? Klar! Wieso, wen würdest du denn wählen?«

Annies Hand in meiner ist erstarrt, ihr Lächeln versteinert.

Lotus lehnt sich zurück, blickt von mir zu Annie und setzt sein Weinglas an die Lippen, als warte er darauf, dass ein Schauspiel beginnt. Duck, der mit Drachisch schon immer seine Schwierigkeiten hatte, macht ein fragendes Gesicht.

Behutsam streiche ich mit den Fingerspitzen über Annies erstarrte Hand, fahre die rauen Stellen auf ihren schmalen Fingern und die glatten Narben auf ihrem Handteller nach. Wie um sie wieder lebendig werden zu lassen. Sie zu mir zurückzuholen.

Es ist einfach. Es ist leicht. Es ist wie beim Tanz eben. Bitte ...

Eine Jungenstimme sagt: »Auf keinen Fall Power auf Devoro, der war schon immer ein vorlautes Arschloch. *Vielleicht* Cor auf Maurana, aber ehrlich gesagt ... wahrscheinlich Lee auf Pallor. Vor allem, wenn er das Turnier gewinnt.«

Jetzt erstarrt auch meine Hand.

»Ein Gossenkind?«, spottet eine Mädchenstimme.

»Hast du gesehen, wie er gerade den medeischen Walzer getanzt hat? Oder hattest du mal Unterricht mit ihm? Der benimmt sich nicht wie ein Gossenkind. Und sieht ja schon aus wie ein Sturmpfeil.«

Der letzte Satz scheint ein spontaner Nachtrag zu sein, bei dem der Sprecher sich nichts weiter denkt. Doch Annies ganzer Körper versteift sich. Und dann wird ihre Hand endlich wieder lebendig.

Sie löst ihre Finger aus meinen und legt sie zurück auf ihren Schoß.

Das schwindelige Glücksgefühl erstirbt.

Ich greife mit der frei gewordenen Hand nach meinem Weinglas und leere es in einem Zug.

Und du hast geglaubt, es würde jemals keine Rolle mehr spielen?

Als der Junge weiterspricht, bleibt mir der Wein fast im Hals stecken.

»Allemal besser als eine ehemalige Leibeigene. Schon klar, mit der Geschichte kann man schön auf die Tränendrüse drücken. Da will die Revolution natürlich eine Ikone schaffen …«

Annie reißt die Augen auf, während wir die Tischrunde halb empört, halb belustigt prusten hören. Dann blinzelt sie mehrmals und zieht die bloßen Schultern nach oben. Lotus senkt den Blick und reibt sich mit dem Handballen die Stirn; Duck sieht stirnrunzelnd zwischen uns dreien hin und her.

»Was hast du denn dagegen, dass Leibeigene uns regieren?«, neckt ihn das Mädchen.

»Nichts, ich bin nur nicht überzeugt, dass das die richtige Qualifikation ist …«

Das Gespräch nimmt eine andere Richtung und einige Absolventen aus der Gruppe stehen auf, um zu tanzen. Annie hebt den Kopf, als erwache sie aus einem Traum. Dann meldet sich offenbar ihre Raumwahrnehmung zurück, denn sie merkt, dass unsere Körper sich auf der Bank berühren, und rückt ein winziges Stück weg. Obwohl es nur eine minimale Bewegung ist, fühlt sich der Abstand zwischen uns plötzlich wie eine riesige Kluft an. Anspannung liegt in der Luft, als stelle sich Annie darauf ein, jeden erneuten Annäherungsversuch von mir abzuwehren.

Da springt Duck, der sich aus unseren Mienen zusammengereimt haben muss, was am Nebentisch geredet worden ist, auf und streckt Annie die Hand hin. Das Haar, das er sich vor ein paar Stunden im Waschraum der Jungen geglättet hat, steht jetzt in Stacheln vom Hinterkopf ab.

»Darf ich bitten?«

Annie richtet ihre großen, verdächtig glänzenden Augen auf ihn.

»Du tanzt doch nicht gern.«

»Mit dir würde ich gern tanzen.«

Sie zögert noch immer und mit einer fast unmerklichen Kopfbewegung dreht sie das Gesicht in meine Richtung. Als fände sie ihre Antwort bei mir. Ein alter Wunsch kommt in mir hoch und bringt einen so vertrauten Schmerz mit sich, dass ich mich davon wie erschlagen fühle.

Ich würde alles tun, um die Traurigkeit auf dem Gesicht dieses Mädchens zu lindern. Alles.

»Geh ruhig«, sage ich. »Ihr werdet Spaß haben.«

Annie sieht mich unter dunklen Wimpern lange an. Dann nickt sie.

Sie steht auf, nimmt Ducks Hand und folgt ihm zur Tanzfläche.

Wir bleiben schweigend zurück; Lotus wirkt peinlich berührt. Er räuspert sich und legt mir die Hand auf die Schulter.

»Na ja, ist doch eine gute Neuigkeit für dich, oder? Dass du hier der Favorit bist.«

Ich sehe zu, wie ein Lächeln um Annies Lippen spielt und sie schließlich gegen ihren Willen lachen muss, während Duck sich mit den Schritten abmüht. Langsam klingt der Schmerz in ihren Augen ab. »M-hm«, höre ich mich sagen.

Danach wird es eine Weile dunkel. Verschwommen nehme ich wahr, dass der Abend fortschreitet, dass Lotus sich an den Tisch seiner Eltern verzieht und ich allein am Rand des Saals sitzen bleibe, weil ich nicht die Energie aufbringe, nach Hause zu gehen. Annie tanzt immer noch mit Duck.

Und du hast geglaubt, sie könnte mit dir glücklich sein? Sie könnte jemals vergessen?

»Da bist du ja. Wir haben dich überall gesucht.«

»Was hockst du denn hier so ganz allein im Dunkeln rum?«

Cor und Crissa haben sich rechts und links von mir auf die Bank gezwängt. Cor knufft mich in den Arm und folgt dem Blick, den ich nicht rechtzeitig abwenden kann.

»Mein Bruder ist ein katastrophaler Tänzer«, bemerkt er.

Crissa schaut ebenfalls zu Annie und Duck, dann dreht sie sich zu mir und legt mir eine Hand aufs Knie. »Cor und ich haben eben was besprochen. Trainierst du eigentlich für das Turnier?«

Ich tauche aus meiner Benommenheit auf. »Ihr meint, weil ich ja so viel freie Zeit habe?«

»Haha. Wir wollten dir nur sagen – wir üben mit dir.«

Ich schaue von Crissa zu Cor. In dem Dämmerlicht sehe ich nur ihre Gesichter, die mir zugewandt sind. Und auf einmal bin ich heilfroh, dass sie hier sind, dass sie mich in ihre Mitte genommen haben.

»Dafür habt ihr doch keine Zeit …«

»Wir nehmen uns welche. Wir wollen, dass du gewinnst, Lee.«

Nachdem ich diesen Satz so oder so ähnlich den ganzen Abend über von alten Patriziern vernommen habe, bin ich selbst überrascht, wie anders es ist, ihn von Cor und Crissa zu hören. Ein Vertrauensbeweis aus den eigenen Reihen ist offenbar genau das, was ich gebraucht habe.

»Das … wäre wirklich sehr nett von euch. Vielen Dank.«

Die Musiker haben gewechselt und stimmen nun andere Stücke an. Hochland-Sackpfeifen füllen den Saal mit einem treibenden Rhythmus und die Violine fiedelt schneller, heiterer. Solche Melodien waren auf den Bällen des alten Regimes immer unerwünscht. Annie, die gerade von der Tanzfläche gehen wollte, wird von Rock aufgehalten. Ich sehe zu, wie sie halbherzig versucht, ihm ihre Hand zu entziehen, und ihm dann lachend und hüpfend zurück in die Saalmitte folgt. Die meisten Tänzer sind jetzt deutlich jünger, Absolventen der letzten Abschlussjahrgänge des Lyzeums, die sich johlend in einen anderen Tanz stürzen. Ringsum verfolgen die Älteren das Treiben mit unverhohlener Missbilligung, die den Tanzenden entgeht.

Vor Freude jauchzend stimmen sich Annie und Rock in ihren Bewegungen aufeinander ein und verschränken die Finger, als sie sich weit nach hinten beugen. Aus Annies Frisur lösen sich die Nadeln, sodass ihr das Haar offen über die Schultern fällt, aber sie scheint es kaum zu bemerken. Der Hochland-Rhythmus fährt einem so ins Blut und in die Beine, dass man selbst im Sitzen fast nicht anders kann, als mit den Füßen zu wippen. Nach einem Partnertausch tanzt Annie erst mit einem schlaksigen, strohblonden Regierungsbeamten, der sie anstrahlt, während er sie im Kreis herumschwingt, und dann wieder mit Duck.

Crissa nimmt meine Hand und ich sehe sie an. Ihr Kleid, blau wie die Medeis, passt perfekt zu ihren Augen, und im Kerzenlicht schimmert ihr Haar golden.

»Ich glaube, wir bringen dich mal ein bisschen an die frische Luft«, sagt sie.

— Annie —

Am frühen Morgen, als die tintenschwarze Nacht sich schon aufzuhellen beginnt, gehen Duck und ich zum Konvent zurück. Duck hat seinen Umhang über eine Schulter geworfen und summt die Melodie des letzten Stücks vor sich hin; ich trage meine Absatzschuhe in der Hand und spüre die Marmorfliesen der Palastwege kühl unter meinen schmerzenden Füßen. Ducks Stimme hallt durch den leeren Innenhof.

»Ist es nicht *unglaublich*, dass wir hier wohnen?«

Es riecht nach kaltem Stein und dem frischen Wasser, das in den Springbrunnen plätschert. Die Säulen des Kreuzgangs tragen einen Dachvorsprung, von dem Efeuranken herabfallen, und darüber glitzern noch die Sterne. In der Ferne schreit eine Möwe.

»Ist es nicht unglaublich, dass wir *Drachen* reiten?«

Er wirbelt zu mir herum und macht ein paar Schritte rückwärts. »Ist es nicht unglaublich, dass ich gerade *getanzt* habe?«

Ich lache laut auf.

»Und zum Schluss gar nicht mal so übel«, gebe ich zu.

So, denke ich plötzlich, muss sich Unbeschwertheit anfühlen. Als hätte ich für einige wenige Stunden, in denen ich ausgelassen getanzt habe, sämtliche bitteren Gedanken hinter mir gelassen. Als wäre ich in die Freiheit geflohen.

Und dann die Erinnerung an Lees Hand in meiner, das Gefühl der tröstlichen Geborgenheit von früher und der Kitzel einer neuen Gefahr – und sein Gesicht, als ich weggerückt bin. Als hätte ich ihm das Herz zerrissen.

Wir sind im Garten des Konvents angelangt. Ein Kaminfeuer erleuchtet das Ornamentglas des Wintergartens von innen: Wir werden dort nicht allein sein. Ich greife nach der Türklinke, und Duck fängt meine Hand ab. Ich drehe mich um.

»Oh. Nicht so schnell.«

Er zieht mich zu sich, und als mir klar wird, was er vorhat, erstarre ich.

Urplötzlich fügen sich hundert kleine Begebenheiten in meinem Kopf zu einer Geschichte, deren roten Faden ich bis jetzt nicht wahrhaben wollte.

Bei allen Drachen. Wie konnte ich das nicht vorhersehen?

»Duck, ich …«

Er hält ebenfalls inne.

Einen Augenblick bleiben wir wie versteinert stehen, ganz dicht voreinander, und ich spüre ein Ende heraufziehen – das Ende von etwas, das hätte beginnen können und von dem ich fast sicher war, dass ich es nicht will, und, erschreckender noch, das Ende dessen, was wir schon hatten.

Doch dann tritt Duck einen kleinen Schritt zurück und setzt ein Lächeln auf. Kein ganz so fröhliches Lächeln wie sonst, aber doch fast. Erst zeigen sich Fältchen an seinen Augen, dann erfasst es das ganze Gesicht.

»Hey. Das … ist schon okay, Annie.«

Ganz sicher bin ich mir nicht, als ich ihm in die etwas starren Augen sehe: *Wirklich?*

»Wollen wir reingehen?«, frage ich.

In diesem Moment beginnen die Warnglocken zu läuten.

— Lee —

Als die Nacht sich dem Ende zuneigt, ist Cor eingeschlafen. Crissa und ich liegen neben ihm auf einem verlassenen Abschnitt des äußeren Palastwalls, auf den wir gestiegen waren, um uns die Stadt von oben anzusehen. Das Feuer, das wir gemacht haben, ist erloschen. Der Stein ist kalt, Crissa ist warm und der Weinschlauch, den wir uns hin und her gereicht haben, ist längst leer. Ich habe den Eindruck, immer wieder in einen Traum hinüberzugleiten. Im Traum sind ihre Hände in meinem Haar, meine um ihre Hüften und ihr Mund liegt auf meinem.

War es für sie auch so, als sie mit Duck getanzt hat?, frage ich mich. *Hat sie mit ihm auch alles um sich herum vergessen und sich so frei gefühlt?*

Immer wenn ich aus dem Traum aufwache und mich daran erinnere, warum das nicht sein sollte, beginnen die Gespräche von vorn.

»Crissa, das ist nicht … wir sollten nicht …«

Obwohl es fast ganz dunkel ist, sehe ich sie lächeln. Ihr Gesicht ist so nah, dass sich die Sterne in ihren Augen spiegeln. »Was sollten wir nicht?«

Diesmal bin ich es, der sie statt einer Antwort nur wieder an sich zieht und sich mit ihr zurück in den Traum fallen lässt. Denn obwohl ich einen Anflug des schlechten Gewissens verspüre, das am Horizont auftaucht, kommt es mir noch sehr weit weg vor. Und in der Zwischenzeit haben Crissas Lippen schon wieder das Verlangen in mir geweckt.

Als die Glocken zu läuten beginnen, fahren wir auseinander. Crissa stöhnt und vergräbt das Gesicht an meiner Schulter. Ihr Haar fällt über uns beide. Ich erkenne die Abfolge der Glockentöne und die Welt stellt sich schlagartig scharf.

»Wie kann es denn schon Morgen sein?«, fragt sie.

»Das kommt nicht vom Uhrturm.«

Crissa erstarrt. Dann stützt sie sich mit der flachen Hand auf die Steinfliesen und stemmt sich von mir hoch. Die kühle Morgenluft stiehlt sich zwischen uns. Im Osten zeigt sich ein rosafarbener Streifen unter einem Himmel voller niedriger Wolken; auf dem Nordturm des Inneren Palasts strahlt ein einzelnes Leuchtfeuer auf; darunter läutet die Warnglocke. Neben uns regt Cor sich stöhnend.

Kalte Angst packt mich und erstickt den letzten Funken Wärme vom Wein.

Ich wusste es. Ich hätte etwas sagen sollen. Ich hätte nicht zulassen dürfen, dass wir so leichtsinnig sind …

Crissa und ich springen gleichzeitig hoch und halten über der schlafenden Stadt Ausschau. Über den Drachensitzen der Stadtviertel hat sich eine Kette von Leuchtfeuern entzündet, die Richtung Nordküste führt, bis sie sich im Tiefland verliert. Eine Spur aus Licht, die anzeigt, woher die Gefahr droht.

Die Glocken läuten in einer Abfolge von Signaltönen, die man uns als Kinder beigebracht hat, die wir aber bis heute noch nie gebraucht haben.

Drachen. Angriff.

9

HUNGERFELSEN

— Lee —

Der Traum, in dem ich gefangen war, löst sich schlagartig auf und Julias Worte dröhnen mir in den Ohren: *Der erste Schlag wird nur ein Vorgeschmack sein.* Es war ein Fehler von mir, ein dummer Fehler, Holmes' Anordnungen unwidersprochen zu lassen, obwohl ich wusste, wie angreifbar wir uns damit machen würden …

Aber für Selbstvorwürfe ist jetzt keine Zeit. Ich packe den noch halb schlafenden Cor am Arm und ziehe ihn hoch. Crissa presst eine Hand an die Stirn und schnappt nach Luft, als ihr bewusst wird, wie unvorbereitet uns das trifft.

»Wir müssen sofort losfliegen … und die Drachen sind nicht mal gesattelt … und ich habe dieses *Kleid* an …«

Angewidert krallt sie die Finger in den Stoff, denn was nützen uns die eleganten Sachen gegen Drachenfeuer?

Endlich registriert auch Cor die läutende Glocke und die leuchtenden Signalfeuer und beginnt zu fluchen. Es klingt so rhythmisch wie eine Beschwörungsformel. Ich schüttele ihn, bis er mich anschaut, und suche dann Crissas Blick.

»Für diesen Fall haben wir trainiert.«

Crissa schüttelt energisch den Kopf, um den Schock zu vertreiben, und leiert herunter, was wir uns eingeprägt haben: »Runter ins Zeughaus und Ausrüstung anlegen, während die Wärter die Drachen satteln. Am Tor zur Arena versammeln.«

Der Mauerabschnitt, auf dem wir stehen, ist über eine Falltür und eine Leiter mit dem Konvent verbunden. Wir klettern hektisch hinunter und müssen nur einen einzigen Gang entlangsprinten, um das Zeughaus zu erreichen.

»Wo willst du uns …«, fragt Cor, während wir rennen.

Die Frage ist an mich gerichtet, obwohl wir als Geschwaderführer eigentlich gleichrangig sind. Doch das fällt mir erst auf – und überrascht mich –, als ich schon zu einer Antwort angesetzt habe.

»Das Himmelsjäger-Geschwader vorneweg, dahinter je eine Staffel Aurelianer und Sturmpfeile. Die anderen Halbgeschwader sollen die Stadt decken, wir dürfen sie nicht ungeschützt lassen. Folgt den Leuchtfeuern zum Angriffspunkt, aber wenn ihr vor Ort seid, haltet euch mit Attacken zurück, Crissa, wehrt sie nur so lange ab, bis wir zu euch aufgeschlossen haben …«

Wir sind am Zeughaus angelangt. Bevor ich durch die Tür stürmen kann, packt Crissa mich am Arm und zieht mich zurück. Cor bleibt an der Schwelle ebenfalls stehen.

Drinnen höre ich zahlreiche Reiter durcheinanderrufen und in ihren Schränken rumoren; die meisten sind wie wir noch in ihren Galakleidern.

»Lee, was sollen wir …?«, ruft jemand zu uns raus.

»Zieht euch einfach an und lauft raus zum Tor, die Befehle geben wir euch, wenn alle in der Luft sind!«, rufe ich zurück. Dann sehe ich Crissa an.

Ihr Haar fällt in losen Strähnen aus dem zerzausten Dutt und gegen die blonde Mähne wirkt ihr blaues Kleid in dem dunklen Gang fast schwarz. Sie hat die Augen weit aufgerissen und keucht.

»Und wenn es zu spät ist?«, fragt sie.
»Wie meinst du das?«
»Wenn sie sich schon zurückgezogen haben.« Sie presst die Hände in die von ihrem Kleid eingeschnürten Hüften und ringt nach dem Sprint um Luft. Cor hält sie vorsorglich am Ellbogen fest. »Lee, wenn sie schon …«
Wenn sie schon Feuer gelegt haben. *Ein gezündeter Drache reicht aus, um eine Kleinstadt in Schutt und Asche zu legen.* Was wird Crissa vorfinden, wenn ihr Himmelsjäger das Ziel erreicht? Angriffsbereite Drachen oder nur die Brände, die sie hinterlassen haben?
»Wenn sie schon da waren, geht dort runter, wo ihr Feuer getroffen hat, und holt alle Überlebenden aus der Gefahrenzone.«
Auch darauf haben wir uns im Training vorbereitet. Trotzdem hat Crissa es offenbar gebraucht, dass ich die Prozedur noch einmal laut ausspreche; sie beruhigt sich augenblicklich und ihre Miene wird hart.
Drinnen reißen wir uns die Sachen vom Leib. Die Reiter, die direkt vom Ball kommen, tragen darunter nur dünne Unterwäsche, aber für Schamgefühle haben wir keine Zeit. Crissa zieht sich so selbstverständlich, als wäre sie allein im Raum, ihr Kleid über den Kopf, und als ich dabei kurz zu ihr rübergucke, erkenne ich einen roten Fleck an ihrem Hals. Mit ungläubigem Staunen wird mir bewusst, dass er von mir kommt; die Nacht scheint schon in weite Ferne gerückt.
Da fliegt die Tür auf und Annie stürzt herein, gefolgt von Duck. Ihre Frisur hat sich aufgelöst und auf einer Seite ist der Ärmel ihres Kleids tiefer gerutscht. Einen Herzschlag lang frage ich mich, ob sie und Duck gerade in einer ähnlichen Situation waren wie Crissa und ich. Dann hat sie die Umkleide der Aurelian-Reiter erreicht, schnappt sich in der Kabine neben mir ihren feuerfesten Anzug und tastet ange-

strengt über die Schulter, um die Ösen ihres Kleids am Rücken aufzuhaken. Sie flucht.

»Lee …«, zischt sie.

»Gib mir dein Stiefelmesser.«

Ich schlitze ihr das Kleid hinten auf; die Klinge durchschneidet den edlen Stoff wie Papier. Sie wirft es entnervt von sich und springt in ihren Anzug und ich drehe mich beim Anblick ihres nackten Rückens schleunigst weg. Ohne uns anzusehen, zwängen wir uns in das Leder.

»Willst du mich im linken oder rechten Flügel der Vorhut?«, ruft sie über die Schulter.

Ich denke an Crissas kreidebleiches Gesicht bei ihrer Frage vorhin.

Der erste Schlag wird nur ein Vorgeschmack sein.

Wie viele Minuten sind vergangen, seit das erste Leuchtfeuer entzündet wurde? Und wie lange hat es gedauert, bis die Signale die Stadt erreicht haben? Wie wahrscheinlich ist es, dass die Pyther noch vor Ort sind?

Wenn es zum Luftkampf kommt, könnte Annie einer unserer Trümpfe sein. Aber bei einer *Brandschatzung*? Annie, die beim Anblick von Ducks Verletzungen durch einen ungezündeten Sturmpfeil meine Hand so fest umklammert hat, dass ihre Fingernägel rote Male hinterlassen haben, soll Verheerungen durch Drachenfeuer mitansehen, wie sie sie seit Holbin nicht mehr erlebt hat?

Nein. Wenigstens das kann ich ihr ersparen.

Die Antwort fällt kurz angebunden aus.

»Weder noch. Du und Power sichert mit euren Staffeln die Stadt. Wir dürfen Callipolis nicht wehrlos zurücklassen.«

Erst nachdem ich es ausgesprochen habe, wird mir klar, wie Annie das auffassen wird – die Verteidigung ist traditionell die Aufgabe des Alternus. Sie erstarrt mitten in der Bewegung, mit der sie ihren Kürass enger zurren wollte. Einen

Moment lang öffnen und schließen sich ihre Finger um die Schnallen, während sie zugleich tief durchatmet. Dann hebt sie den Kopf und sieht mich an.

Power spricht als Erster. Im Gegensatz zu Annie und mir ist er laut genug, dass alle im Raum ihn hören können. Er steht zwei Meter von uns entfernt auf der anderen Seite der Bänke, die die Kabinen der Aurelianer und die der Sturmpfeile voneinander trennen, und lässt den Kürass, den er sich gerade über den Kopf streifen wollte, wieder sinken.

»Du kommandierst Antigone schon zur Verteidigung ab? Soll das ein *Witz* sein? Wer Erster Reiter wird, wissen wir erst in zwei Wochen, Lee.«

Power stiert mich voller Abscheu an. Seine Verachtung ist mir nicht neu, wohl aber, dass er für Annie Partei ergreift.

Und er hat den denkbar schlechtesten Zeitpunkt dafür gewählt.

Bei seinem Vorwurf verstummen die Reiter um uns herum und wechseln verstohlene Blicke. Annies braune Augen sind auf mich gerichtet, ihr Mund leicht geöffnet. Als sie spricht, senkt sie ihre Stimme fast zu einem Flüstern, als wolle sie das Gespräch trotz des Streits, auf den Power es anlegt, weiter zwischen uns beiden halten.

»Ich will Teil des Gegenangriffs sein.«

Ich spreche ebenfalls leiser. Zische die Worte, die ihr meine Beweggründe klarmachen sollen. *»Für einen Gegenangriff ist es schon zu spät.«*

Annie blinzelt. Als hätte sie gehört, was ich nicht ausgesprochen habe: *Brandschatzung.*

Ich weiß nicht, mit welcher Reaktion ich gerechnet habe, aber jedenfalls nicht mit dem bitteren Lächeln, das die Enttäuschung in ihrer Miene verdrängt, als hätte sie gerade eine neue Erkenntnis gewonnen. Anscheinend habe ich sie auf einer anderen, tieferen Ebene gekränkt. Doch sie geht mit keinem Wort darauf ein und die Ernüchterung auf ihrem Gesicht mischt sich mit Schmerz und Überraschung, sodass es fast belustigt wirkt, als sie zurückgibt:

»Jawohl, Sir.«

Sie dreht sich weg und legt mit ruckartigen Bewegungen ihre restliche Ausrüstung an.

Power, der keinen Hehl daraus macht, dass er uns weiter belauscht hat, schnaubt hinter mir so laut auf, dass ich zusammenzucke.

»Ach, darum geht es also«, sagt er spöttisch und für alle hörbar. »Annies Vorgeschichte? Du hast ja echt Nerven, Lee.«

Wieder spähen die anderen Wächter in unsere Richtung; Cor, der zwei Kabinen weiter in der Reihe der Sturmpfeile steht, hat sogar seine Sachen beiseitegelegt, um die Auseinandersetzung zu verfolgen, und Crissas Stirnrunzeln macht deutlich, dass sie meine Entscheidung ebenfalls nicht billigt. Aber mittlerweile ist mir das egal, so wütend bin ich. Das ist eine Sache zwischen Annie und mir und sie geht die anderen einen feuchten Dreck an – Power hat ja keine Ahnung, wovon er redet …

Ich beiße die Zähne zusammen, während ich mir die Beinschoner umbinde, doch bevor ich etwas antworten kann, hebt Annie den Kopf von ihrer Rüstung und dreht sich zu Power um.

»Wir haben Befehle. Die Feste muss verteidigt werden. Mach dich bereit.«

Zu meiner Verwunderung widerspricht Power ihr nicht.

Crissa ist als Erste aus ihrem Geschwader umgezogen und übernimmt jetzt das Kommando. Sie steht schon an der Tür und blafft ihre Reiter an:

»Zack, zack, Leute! Waffen, Schilde, Feldflaschen!«

Draußen, im aufhellenden Licht des frühen Morgens,

treffen die Reiter in Zweiergruppen am Tor der Arena ein; im Halbminutentakt stoßen ihre Drachen aus den Höhlen zu ihnen und setzen nur kurz auf, um sie aufsteigen zu lassen; die Wärter helfen beim Festbinden der Stiefel und Straffen der Gurte. Als Erstes steigt das Himmelsjäger-Geschwader in die Luft; als sie davongesaust sind, schicken Cor und ich unsere eigenen Reiter los. Zuletzt springe ich auf Pallor, hebe ab und lasse Annie und ihr ausdrucksloses Gesicht bei den Abwehrstaffeln zurück.

Sie glaubt, sie kommt mit einer Brandschatzung klar? Von mir aus. Aber sie braucht sich nicht einzubilden, dass ich auf ihren Stolz Rücksicht nehme, wenn Menschenleben auf dem Spiel stehen. Ich habe dringendere Sorgen als ihr Bedürfnis, sich zu beweisen.

Zum Beispiel meine *Familie*. Erst in der Luft trifft mich diese Erkenntnis mit voller Wucht.

Ja, sie könnten Feuer gelegt und sich zurückgezogen haben. Und wenn nicht? Was, wenn wir gar nicht zu spät kommen, wenn Julia mich auf dem Rücken ihres Drachen erwartet, oder Ixion, oder ein anderer tot geglaubter Freund oder Verwandter?

Was mache ich dann?

— Annie —

Power und ich landen mit unseren Staffeln auf der Brustwehr von Pythos Feste, um Wache zu halten. Bislang waren wir immer nur im Rahmen unseres Trainings hier oben. In der Morgendämmerung kann ich die Zitadelle und die steinernen Wälle nur als zerklüftete Silhouetten gegen den grauen Himmel erkennen. Im Zwielicht wirkt Callipolis unter uns wie eine Spielzeugstadt, mit winzigen Türmchen über winzigen Dächern. Der Fluss fängt die ersten Sonnenstrahlen; Richtung Osten erstreckt sich das Tiefland in sanften blauen Linien Richtung Meer, im Westen erheben sich die Gebirge des Hochlands. Wir sehen zu, wie der Rest unserer Flotte den Leuchtfeuern nach Norden folgt und die geflügelten Gestalten langsam am Horizont verschwinden.

Ich sehe ihnen nach und denke an Lees Gesicht beim ersten Erscheinen der pythischen Flotte.

Und jetzt hat dieser Junge, der unserem Feind so sehnsuchtsvoll entgegengeblickt hat, mir befohlen, zurückzubleiben, während er in den Kampf zieht.

Er hat recht. Wahrscheinlich kommen wir zu spät. Und es hätte mich niedergeschmettert, es zu sehen.

Aber das macht die Tatsache nicht weniger absurd, dass uns Leute, die Lee als seine Familie betrachtet, mit Drachenfeuer drohen und er *meine* Eignung für einen Kampf gegen sie infrage stellt.

Wie oft habe ich mich danach gesehnt, von diesem Jungen getröstet zu werden? Wie oft habe ich daran zurückgedacht und vermisst, wie viel leichter es damals in Albans war, als ich noch bei ihm Trost suchen konnte?

Und jetzt bin ich empört, dass er mich wie ein schwaches Mädchen behandelt.

Denn es ist das eine, von Goran, von der Informationsministerin, von sämtlichen meiner Lehrer und allen Beamten auf meinen Visiten abgeschrieben zu werden.

Aber es ist etwas ganz anderes, wenn Lee mich abschreibt.

Und das hat nicht nur mit gekränktem Stolz zu tun.

Wird Lees Entschluss, Callipolis treu zu bleiben, ins Wanken geraten, wenn es doch nicht zu spät ist und er gegen seine Familie kämpfen muss? Und wenn das geschieht, wer wird ihn aufhalten können, wenn ich nicht dabei bin?

Welcher andere Reiter in unserem Korps hätte auch nur die geringste Chance gegen Lee, wenn es hart auf hart kommt?

Ich hätte mitfliegen sollen.

Power steht neben mir und ich spüre, dass er darauf wartet, dass ich das Schweigen breche. Auf der anderen Seite sitzt Aela. Ihre Gegenwart ist wie ein Feuer, das in meinen Gedanken lodert. Als ich ihr eine Hand auf den Flügelansatz lege, wendet sie mir den Kopf zu. Ihr geschupptes Gesicht schiebt sich vor die Brustwehr, die Stadt unter uns und den rosaroten Horizont, bis es mein ganzes Blickfeld ausfüllt. Und während ich in ihre goldenen Augen sehe, taucht plötzlich eine Erinnerung auf: mein Vater, dessen Stimme wie aus einem anderen Leben in mein Gedächtnis zurückkehrt, in dem schroffen Akzent, den ich selbst längst abgelegt habe.

Weißt du, Annie, sie sehen uns niederknien, sie sehen uns die Stirn in den Staub drücken und sie glauben, wir würden uns fügen. Dabei wissen sie nicht, dass man auf Knien genauso gut denken kann wie im Stehen.

Eine schwielige Hand, groß genug, um mein ganzes Gesicht zu umfassen, hebt mein Kinn an und ich sehe zu ihm auf, während er sich über mich beugt. Die faltigen Augen, das verschwörerische Lächeln eines Mannes, von dem ich einmal glaubte, er wäre für immer bei mir, um mich zu beschützen.

Dann verblasst die Vision und jetzt erst verstehe ich.

Mein Vater hat mir die Art von Mut beigebracht, die er brauchte. Den Mut, auf Knien zu denken. Mehr blieb uns nicht.

Aber als ich heute vor Lee auf Pallor gestanden habe, ist mir klar geworden, dass ich über den Mut, wie ihn mein Vater kannte, hinaus bin. Das »Jawohl, Sir« vor dem Sohn eines Drachenherrn hatte den sauren, vertrauten Geschmack von geronnener Milch und es liegt an mir, das endlich zu ändern.

Ich werde nicht länger im Staub knien. Ich werde mich auf meine Füße stellen und im Stehen denken.

Währenddessen wartet Power immer noch stumm neben mir. Im Licht der Morgendämmerung ist er kaum mehr als ein Schemen an Devoros Seite. Ein Teil von mir empfindet nach wie vor einen vagen, bohrenden Zorn auf ihn. Aber mein Kopf sagt mir, dass es gerade nicht darauf ankommt, wie ich zu Power stehe.

»Wann hast du Zeit zum Trainieren?«

Power wirkt weder überrascht noch triumphierend, er zeigt überhaupt keine Regung. »Morgen. Vor der Patrouille. Da habe ich normalerweise zwei Stunden frei.«

— Lee —

Vor uns taucht die Küste auf, blaugrau im Morgenlicht. Kurz stockt mir das Blut in den Adern, als ich die Kette aus Leuchtfeuern auf die Festung Aron zulaufen sehe, denn das gleichnamige Städtchen in der Bucht dahinter ist eine der wenigen Siedlungen an der Nordküste. Doch dann erkenne ich, dass sie daran vorbeiführt. Draußen auf dem Meer, etwa eine Meile vor der Festung, brennt eine Insel lichterloh. Die gesamte Bucht ist in den Widerschein des Feuers getaucht.

Und dahinter – nichts: graues Meer bis zum Horizont, keine feindlichen Drachen weit und breit, keine Feuerstreifen, die von einem Kampf unserer Himmelsjäger gegen eine gezündete Flotte künden.

Sie haben die Insel in Brand gesetzt und dann kehrtgemacht.

Und ein verräterischer, feiger Teil meines Ichs verspürt Erleichterung.

Als wir näher kommen, rieche ich es. Schweflig, beißend. Ein Geruch, der mir früher einmal sehr vertraut war – Drachenfeuer.

Ich lenke Pallor in einen steilen Sinkflug und die restlichen Aurelianer und die Sturmpfeil-Staffel folgen uns. Aus den Flammen sehen wir geflügelte Gestalten hervorbrechen und wieder abtauchen: Die Himmelsjäger sind bereits vor Ort. Es ist ein kleines Inselchen, auf dem nur wenige Menschen leben, und sämtliche ihrer Hütten stehen in Brand. In sicherer Entfernung von der Küste hat sich eine Flotte aus zivilen Rettungsbooten und Marineschiffen der Festung versammelt und Crissas Himmelsjäger sausen zwischen der brennenden Insel und den Schiffen hin und her und bringen jeden Bewohner, den sie finden können, in Sicherheit.

Schon im Landeanflug schlitze ich die Riemen um meine Stiefel durch, damit ich sofort abspringen kann. Am Boden schlagen die Flammen immer noch lichterloh aus den Gebäuden, Holz knackt und birst, die Wächter rufen verzweifelt nach Überlebenden. Trotz Anzug und Helm macht mich die Hitze ganz benommen, und sobald ich anfange zu husten, kann ich gar nicht mehr aufhören.

»Lee – hier …«

Lotus und Duck kämpfen mit einigen noch glimmenden Balken, die den Zugang zu einem brennenden Haus blockieren. Als wir sie gemeinsam wegschleifen, kracht es drinnen: Eine Decke ist eingestürzt. Duck schirmt sein Gesicht hinter dem Visier mit dem Arm ab und will hinein, aber ich halte ihn zurück.

»Es ist nicht sicher. Nein.«

»Da sind Menschen drin, Lee – wir können sie hören …«

Noch während er sich loszureißen versucht, bricht das

Dach unter den Flammen ein. Ich muss ihn mit Gewalt wegziehen.

»Es ist *zu spät*, Duck.«

— Annie —

Während ich Ausschau halte, geht über der Stadt die Sonne auf. In mir brodelt das Gefühl der Ohnmacht. Dieses Warten, dieses Bangen ist die reinste Hölle.

Was haben sie dort draußen vorgefunden? *Und wer wird zurückkehren?*

Die Sonne steht schon hoch am Himmel, als die Flotte wieder am Horizont erscheint. In der Zwischenzeit habe ich mir die schlimmsten Dinge ausgemalt und bei dem Anblick bin ich so erleichtert, dass mich eine unerwartete Erschöpfung packt. Es geht ihnen gut. Sie sind in Sicherheit.

Nachdem ich einen von uns als Wachposten abkommandiert habe, verlassen wir anderen die Feste. Sobald wir in der Arena gelandet sind, laufe ich, statt ins Zeughaus zurückzugehen, geradewegs in die Höhlen hinein. Ich finde Duck im Nest der Himmelsjäger, wo er Certa mit zitternden Fingern den Sattel abnimmt. Seine Pupillen sind noch vom Überborden geweitet, sein Anzug ist rußgeschwärzt und riecht nach gezündetem Drachenfeuer. Bei den Erinnerungen, die der Gestank wachruft, dreht sich mir der Magen um.

»Annie …«

»Bist du verletzt?«

Es ist kaum zu glauben, dass wir noch vor wenigen Stunden zusammen gelacht haben, während er beim Tanzen über meine Füße gestolpert ist, oder dass ich ihm einige Herzschläge lang in die Augen gesehen und befürchtet habe, ihn wegen etwas so Läppischem wie einem verwehrten Kuss zu verlieren.

Duck schüttelt den Kopf.

»Lee und ein paar andere sind noch da draußen«, bringt er mühsam hervor. »Sie sammeln Augenzeugenberichte von … Überlebenden …«

Da fällt sein rußverschmiertes Gesicht in sich zusammen.

Und mehr braucht er nicht zu sagen. Sie mussten nicht kämpfen; Lee hat niemanden angetroffen. Aber was sie gesehen haben, war vermutlich viel schlimmer.

Die Erinnerungen, die in diesem Moment in mir hochkommen, überraschen mich nicht; womit ich nicht gerechnet habe, ist die Ruhe, die plötzlich in mir einkehrt. Das unvermittelte, sichere Gefühl: Das kenne ich. Das ist mir vertraut. Diese Wege bin ich schon gegangen, im Schlafen und im Wachen, mein Leben lang.

— Lee —

Das Eiland gehört zu dem halben Dutzend Vasalleninseln vor der Nordküste von Callipolis und heißt im Volksmund einfach Hungerfelsen – nicht nur, weil es so unfruchtbar ist, sondern auch wegen einer legendären Tragödie, die sich dort während der aurelianischen Invasion zugetragen hat. Weil es so dünn besiedelt ist, hat es in den letzten Monaten keine zusätzlichen Wehranlagen bekommen, denn die Militärführung ging davon aus, dass es bei einem Angriff auf die strategisch wichtige Festung Aron außer Acht gelassen würde.

Alles in allem ist die Zahl der Todesopfer überschaubar – sieben von insgesamt sechsundzwanzig Bewohnern. Die Berichte bestätigen zwei Sturmpfeile und einen Himmelsjäger, die wieder wegflogen, nachdem sie die Häuser in Brand gesetzt hatten. Wer noch rechtzeitig vor den Flammen fliehen konnte, wurde von den Drachen nicht verfolgt.

Bis auf einen, der auf der Galeere an mich herantritt, wo die Überlebenden gezählt und die Brandverletzungen behandelt werden. Über dem Meer sind dichte graue Wolken aufgezogen und das Schiff schaukelt sanft in den Wellen.

»Bist du Lee auf Pallor?«

Der Junge, ein rußverschmierter Blondschopf, hat eine Decke um die Schultern und einen Becher mit heißem Tee in seinen immer noch zitternden Händen. Er hat sich vom Deck aufgerappelt, wo er mit seinen Eltern und seiner Schwester zusammensaß.

»Ja.«

»Ich habe eine Botschaft von – Julia Sturmpfeil.«

Es ist bereits recht still an Deck, obwohl sich so viele Leute darauf drängen, doch bei seinen Worten verstummen schlagartig alle Gespräche. Abgesehen vom Plätschern der Wellen und den Möwen über uns ist kein Mucks zu hören. Beim Klang von Julias Namen aus dem Mund dieses fremden Kindes befällt mich ein dumpfes Grauen.

»Für … mich?«

Der Junge nickt.

»Für den Ersten Reiter«, sagt er. »Für den Ersten Reiter und den Ersten Protektor.«

Er spricht mit so dünner Stimme, dass ich es nicht übers Herz bringe, ihn zu verbessern. Unter der dicken Rußschicht ist seine Miene nicht zu erkennen, nur seine Augen leuchten weiß daraus hervor. Crissa und Lotus, die sich zu anderen Überlebenden gekniet haben, um sie zu befragen, sind aufgestanden. Crissa hat eine Hand vor den Mund geschlagen.

»Sie ist vor mir gelandet und hat mich die Botschaft auswendig lernen lassen, bevor …«

Er beendet den Satz nicht. Meine Stimme kommt heiser heraus.

»Sprich weiter.«

Der Junge holt tief Luft und sagt auf: *»Das war unser erster Schlag. Dies war das Werk dreier gezündeter Drachen, doch bald werden es mehr sein. Wir werden nicht ruhen, bis Callipolis wieder unser ist, und beim nächsten Mal werden wir keine Gnade kennen. Bis zum Tag des Sturms auf den Palast habt ihr noch Zeit, euch zu besinnen. Wollt ihr wirklich noch mehr Callipolitaner ...«*

Hier zögert der Junge. Er sieht mir forschend in die Augen, als wäre ihm etwas über mich eingefallen.

»Mehr ...?«

»Wollt ihr wirklich noch mehr Callipolitaner zu Waisen machen?«

10

SPARRINGSPARTNER

Der Junge und das Mädchen waren die einzigen Kinder aus ihrem Waisenhaus, die in der Standesprüfung gut genug abschnitten, um zur Erwählungszeremonie eingeladen zu werden. Als der große Tag endlich kam, war der Junge völlig aus dem Häuschen. Das Unfassbare geschah: Er kehrte in den Inneren Palast zurück. Und er würde an einer Erwählungszeremonie teilnehmen. Wie es sein angeborenes Recht war.

Das Mädchen teilte seine Aufregung nicht. Sie standen an der Schwelle zum Saal der Triarchen in der Warteschlange der Kinder, die den Drachen präsentiert werden sollten, und sie zitterte von Kopf bis Fuß. »Ich will da nicht rein.«

Nachdem er ein Jahr lang damit gehadert hatte, dass es diese Prüfung gab und einfache Bürger zu Erwählungszeremonien zugelassen werden sollten, hatte der Junge jetzt nur einen einzigen Gedanken, als er das Mädchen ansah: Gleich würde etwas Außergewöhnliches geschehen und er wollte nicht, dass sie es versäumte. Ohne nachzudenken, nahm er ihre Hand.

»Wir machen das zusammen.«

Im Saal sah der Junge einige Erwachsene, die von der Empore aus hoch über ihnen die Zeremonie verfolgten. Dort hatte der Junge selbst schon gestanden, als sein Bruder den Dra-

chen zur Erwählung präsentiert worden war. Als er jetzt zur Empore hinaufblickte, erkannte der Junge den Mann, der ihn gerettet hatte.

Sie kamen an dem ersten Drachenjungen vorüber, einem schlanken Himmelsjäger mit leicht violett schimmernden Schuppen, nicht größer als ein Hund. Seine Augen glitten ungerührt über sie hinweg und sie gingen weiter.

»Siehst du? Ganz leicht«, murmelte er dem Mädchen ins Ohr. »Das sind noch Babys. Können nicht mal Feuer spucken. Solange sie dich nicht erwählen, bemerken sie dich gar nicht.«

Sie fragte nicht, woher er das wusste. Ihr Blick blieb starr auf den Ausgang am Ende des Saals gerichtet. Sie kamen an einem zweiten und an einem dritten Himmelsjäger vorbei. Er fand, sie bewältigten das alles ganz gut, bis er sie neben sich erstarren spürte.

Sie hatten den Bereich der Sturmpfeile erreicht. Im ersten Augenblick dachte er nur: Endlich.

Die Drachen seiner Familie. Er war zu Hause.

Doch dann blickte er das Mädchen an und sah ihr angstverzerrtes Gesicht. Sie fürchtete sich so sehr vor den Sturmpfeilen – seinen Sturmpfeilen –, dass ihr Tränen in die Augen schossen.

Er hatte das Gefühl, als zerbräche etwas in ihm.

»Komm«, sagte er.

Er legte den Arm um sie und zog sie weiter, vorüber an all den mächtigen, schönen Sturmpfeilen, die er immer hatte fliegen wollen. Sah sie kaum an, weil die unter seinem Arm bebenden Schultern des Mädchens seine ganze Aufmerksamkeit in Beschlag nahmen. »Die tun dir nichts, komm …«

Und dann war es vorbei. Er war nicht erwählt worden, aber das spielte keine Rolle, auf einmal spielte es überhaupt keine Rolle mehr.

»Siehst du, geschafft, wir haben es geschafft …«

In der Hoffnung, die Verzweiflung aus ihrem Gesicht verschwinden zu sehen, verdrängte er das dumpfe Gefühl der Enttäuschung, das in ihm aufstieg, und wandte ihr den Kopf zu. Zu seiner Verblüffung sah er etwas ganz anderes. Statt auf ihre Füße zu starren, blickte das Mädchen auf. An ihm vorbei.

Er folgte ihrem Blick und erkannte, dass sie einen Aurelian ansah und der Aurelian sie.

Er hatte schon davon gehört, dass ein ganz besonderer Zauber darin lag, von einem Drachen erwählt zu werden – dass der Drache ein Band knüpfte, dass eine tiefe Verbindung entstand, die voller alter Magie war. Sein Vater hatte immer behauptet, das sei nur eine Legende, der Drache präge sich den Reiter einfach ein und das habe nichts Mystisches an sich.

Doch als er sah, wie sich die Miene des Mädchens verwandelte, konnte er sich des Eindrucks nicht erwehren, dass er etwas Übernatürliches erlebte. Das Mädchen, das sich eben noch hinter ihm verkrochen hatte, ließ seine Hand los, als hätte sie sie vergessen. Sie machte einen Schritt auf den Drachen zu, dann noch einen, ohne ihren Blick von seinem Gesicht zu wenden. Als sie dicht vor ihm stand, streckte sie eine Hand aus und legte sie zwischen die Augen des Drachen.

Der Junge war so gebannt, dass er sich zunächst nicht einmal wunderte, als etwas ihn anstupste. Und als er sich doch danach umdrehte, blickte er in ein Paar großer, schwarz schimmernder Augen, und die Welt stand still.

— Lee —

Ich sitze Atreus gegenüber, während er meine Niederschrift der pythischen Botschaft an den Jungen vom Hungerfelsen studiert. Die mit drachischen Werken vollgestopften Regale seines Büros stehen in starkem Kontrast zu der schlichten Nüchternheit seines Schreibtischs, der Stühle, auf denen wir sitzen, und seiner schmucklosen Uniform. Als er die Zeilen überfliegt, zeigen sich Falten um seinen Mund und auf der Stirn. Dann verschränkt er die Finger ineinander und blickt auf. Es ist früher Nachmittag und der Lyzeastenball liegt erst einen Tag zurück, aber es kommt mir so vor, als wäre seit gestern Nacht ein ganzes Jahr vergangen.

»Das hast du gut gehandhabt, Lee.«

Die Wahrheit liegt mir schwer im Magen: Nein, ich habe das nicht gut gehandhabt. Ich habe es geschehen lassen. Ich habe Holmes die Luftraumüberwachung aussetzen lassen, obwohl mir die Gefahr bekannt war und ihm nicht.

»Wie werden wir antworten?«

Atreus' Ton ist schneidend vor Verachtung. »Den Pythern? Vorerst überhaupt nicht.«

»Aber unsere Flotte ist noch nicht *gezündet.*«

»Das kommt schon noch. Da bin ich mir ganz sicher. Sie geben uns Zeit bis zum Gedenktag? In drei Wochen kann viel passieren. Bis dahin werde ich sie schön schmoren lassen.«

Meinen nächsten Einwand spreche ich aus, bevor ich es mir verkneifen kann.

»Was, wenn es das nicht wert ist?«

Atreus schiebt das Kinn vor. Löst die Finger und legt sie flach auf den Tisch.

»Wenn es was nicht wert ist?«

Die weiß geränderten Augen dieses Jungen, die gebrandschatzte Insel, die wir etwas zu spät erreicht haben. »Was, wenn wir tatsächlich nur … mehr Callipolitaner zu Waisen machen? Mit diesem Krieg? Falls es so weit kommt. Falls unsere Flotte überhaupt zündet. Wäre es nicht besser …«

»Zu kapitulieren?«

»Sich gütlich zu einigen«, sage ich heiser. »Vielleicht gäbe es ja einen Kompromiss?«

Einen wahnsinnigen Moment lang bin ich drauf und dran, auszupacken. Ich stelle mir vor, wie ich ihm alles erzähle – *Als ich ein Kind war, haben Sie mich gerettet* und *Ich glaube fest an alles, was wir tun* und *Julia wird auf mich hören, sie werden mich anhören, lassen Sie mich vermitteln ...*

Ersparen Sie mir, in der Luft gegen sie kämpfen zu müssen.

Atreus spricht als Erster.

»Es ist eine Bürde, zu wissen, dass man Entscheidungen treffen muss, unter deren Konsequenzen andere leiden werden.«

Seine Stimme ist weich, verständnisvoll. Als wüsste er genau, wie sehr es mich mitgenommen hat, den Schauplatz des Angriffs auf dem Rücken eines Drachen erreicht und mich trotzdem machtlos gefühlt zu haben.

»Aber das ist der Preis des Regierens. Wie genau würdest du dich denn mit diesen Leuten einigen, Lee? Sie wollen unsere Welt nicht. Sie wollen ihre. Und das werde ich nicht zulassen. Wir bauen etwas Besseres auf.«

Atreus' nächste Worte ersticken jede Möglichkeit, die Wahrheit zu sagen, als würde das Licht einer Kerze ausgeblasen.

»Du bist die Zukunft dieses Landes, Lee. Ein Regent, der dazu bestimmt, nicht dazu geboren wird. Daran dürfen wir nicht rütteln.«

Was würden Sie sagen, wenn ich Ihnen erzähle, dass für mich beides gilt?

Aber diese Frage wage ich nicht zu stellen. Es ist bemerkenswert, welchen Eindruck Atreus' Worte nach all den Jahren, in denen ich selbst in Rhetorik geschult worden bin, immer noch auf mich machen. Auch wenn er im gleichen Atemzug meine Familie verdammt.

Wir bauen etwas Besseres auf.

Vertraut. Beruhigend. Atreus' Vision bietet Halt. Fegt das, was zuvor kam, mit solcher Überzeugungskraft beiseite. *Besser.*

»Die Bedenken, die du äußerst, wirst du sicher nicht als Einziger hegen«, gibt er zu. »Vor allem, wenn unsere Flotte nicht zündet.«

Er legt die Fingerspitzen aneinander und mustert die Papiere auf seinem Schreibtisch, als würde er einen Bodenkampf aus der Luft begutachten. Sein Ton wird forsch.

»Es gilt zu verhindern, dass die Leute unruhig werden. Ich werde mit dem Informationsministerium über die nötigen Propagandamaßnahmen sprechen.«

— Annie —

Am Tag nach dem Angriff auf den Hungerfelsen beginnen Power und ich mit dem Training. Zuvor hält Atreus auf dem Platz des Volkes eine Rede. Inzwischen hat sich die Kunde von der Brandschatzung bis in die Hauptstadt herumgesprochen und die Menge ist ungewöhnlich still, als Atreus schildert, was geschehen ist, nachdem die Leuchtfeuer uns gewarnt haben. Da ich in dem Halbkreis der Wächter neben Lee stehe, kann ich nicht umhin, an bestimmten Stellen der Rede in sein Gesicht zu spähen – *zwei Sturmpfeile und ein Himmelsjäger, ein Überlebender mit einer Botschaft von Julia Sturmpfeil, wir werden nicht kapitulieren. Wir sind sicher, dass unsere Flotte bald zünden wird.*

Ich frage mich, was hinter Lees ausdrucksloser Miene vor sich geht. Was er gesehen hat, woran er sich erinnert, was er denkt. Ich weiß von Lotus, nicht von Lee, dass ihm ein dem Feuer entronnenes Kind die Botschaft übermittelt hat. Sagt ihm der Name Julia Sturmpfeil irgendetwas? Was stellt er sich bei der Äußerung des Wortes »kapitulieren« vor, wenn nicht die Rückkehr einer Welt, nach der er sich im tiefsten Innern sicher noch sehnt?

Und ich frage mich, was in den Köpfen der Menschen vor sich geht, die uns anstarren. Am Ende jubeln sie, aufgestachelt von Atreus' Worten und seiner Stimme, aber als Crissa und ich nach der Ansprache durch die schmalen Gassen in Obermarkt zurück zum Palast gehen, klingt das, was an Straßenecken hinter vorgehaltener Hand diskutiert wird, doch ganz anders.

»Unter den Drachenherren konnten wir uns wenigstens verteidigen …«

»Außerdem sind meine Söhne unter den Drachenherren nicht mit Hungerlöhnen abgespeist worden …«

»Einfache Bürger und Frauen als Drachenreiter, was bringt uns das schon, wenn die Flotte nicht zündet?«

Dora Mithrides' pseudowissenschaftliche Behauptungen vom Lyzeastenball scheinen nun auch die unteren Stände erreicht zu haben. Als die tuschelnden Bronze-Bürger Crissa und mich in unseren Wächteruniformen kommen sehen, fahren die Grüppchen auseinander und starren uns entgegen. Manche stoßen sich erschrocken mit dem Ellbogen an, aber einige besonders Aufmüpfige verneigen sich übertrieben tief und entblößen in einem hämischen Grinsen die Zähne.

»Lang lebe die Revolution, Wächterinnen.«

»Bürger«, antwortet Crissa steif.

Kaum sind wir um die Ecke gebogen, hören wir gedämpftes, bitteres Gelächter hinter uns. Ich zittere regelrecht, so schwer hat mich ihr Zorn getroffen; Crissa presst die Lippen aufeinander und ballt die Hände zu Fäusten. Über uns pendelt das Schild des Gasthauses Zum geräucherten

Wildschwein im Wind und mit Staunen erinnere ich mich daran, dass ich bei meinem letzten Besuch in diesem Teil von Obermarkt auf Schultern gehoben wurde und Getränke spendiert bekam. Wenn die Leute uns jetzt ihre Gesichter zuwenden, verstummen die Gespräche, und ihre Mienen werden bitter.

Am Tor zum Palast trennen wir uns. Crissa begibt sich in den Inneren Palast, ich in den Konvent und zu den Drachenhöhlen, um mit Power zu trainieren. Aela hat sich in ihrem Nest zusammengerollt und im Schlaf einen Flügel wie eine Decke über sich gezogen. Als ich neben ihr in die Hocke gehe, um sie zu wecken, sinke ich kurz auf die Knie, nehme ihren Kopf in die Hände und schmiege meine Stirn an ihre. Ihre Schlitzaugen zucken auf und sie gibt ein grollendes Schnurren von sich.

»Ach, wann wirst du zünden …«

Doch darauf hat Aela keine Antwort. Alle Drachen sind wiederholt von Wärtern und Ärzten untersucht und allen möglichen Experimenten unterworfen worden, aber nichts hat die Zündung ausgelöst; ich habe Aelas Unmut über die Besuche jedes Mal bis in den Konvent hinauf gespürt. Als sie gähnt, zeigt sie mehrere Reihen messerscharfer Zähne, dann rappelt sie sich auf. Ich werfe ihr einen Sattel auf den Rücken.

»Hopp, hopp, auf zu deinem Lieblingsgegner.«

Die Nachmittagssonne scheint warm auf den Drachenhorst; in dem Lederanzug bricht mir der Schweiß aus. Weit oben überziehen dünne Zirruswolken den Himmel, dämpfen das Blau und mildern die Hitze etwas. Power wartet neben seinem Drachen auf uns. Devoro hat die Flügel flach auf die Steine gebreitet, um die Wärme aufzusaugen. Bei seinem Anblick beginnt Aela zu knurren und zu bocken und wirft mir einen vorwurfsvollen Blick zu. Devoro bleibt ruhig sitzen, aber er legt die Stacheln auf seinem Kopf an, als er zurückknurrt.

»Schau mich nicht so an«, murmele ich und packe sie am Zaumzeug. »Diesmal tun sie uns nichts ...«

»Das nenn ich 'ne Rede«, bemerkt Power statt einer Begrüßung. »Es geht doch nichts über eine ordentliche Portion Propaganda, um gestärkt in den Tag zu starten.«

Er macht es sich neben Devoro auf dem Boden bequem und krault ihn unter dem Kinn, um ihn zu beruhigen. Ich setze mich ebenfalls. Es kommt mir komisch vor, mich so mit Power zu unterhalten, geradezu gefährlich, obwohl wir in mehreren Metern Entfernung voneinander sitzen – als würde ich vor einem Feind die Waffen niederlegen. Aela schnüffelt ungläubig und lässt sich neben mir auf dem Hinterteil nieder. Sie ist so nah, dass ihr Körper an meinem anliegt und mich durch den Anzug hindurch wärmt. Mit bösem Blick hält sie Devoro auf Abstand. Ihr zuckender Schwanz schleift über die Steinfliesen. Power verfolgt das feindselige Belauern mit trägem Desinteresse.

»Trotzdem haben wir danach Leute darüber reden hören, dass sie die Drachenherren zurückwollen«, sage ich.

Power verzieht den Mund. »Weil sie dumm sind.«

Es ist seine übliche Geringschätzung, aber mir fällt dabei zum ersten Mal seit dem Ball wieder ein, was Dora über seine Herkunft ausgeplaudert hat. Und wie wütend und defensiv er auf eine Offenbarung reagiert hat, die mir nichts bedeutet hätte, wäre ich nicht jahrelang wegen meiner niederen Abstammung von ihm gedemütigt worden, obwohl er ein einfaches Waisenkind ist wie ich.

Ich bin unschlüssig, ob diese Erkenntnis ihn mir sympathischer oder eher noch unsympathischer macht.

Er reckt und streckt sich, und als er die Arme über den Kopf hebt, wölben sich die Muskeln an seinen Schultern wie bei einer Katze, die einen Buckel macht. Dabei lässt er mich nicht aus den Augen. Dann lockert er die Schultern wieder.

»Wenn wir das durchziehen, sollten wir offen sagen, warum wir das machen. Also. Raus damit, Annie.«

Ich sage ihm die Wahrheit. »Ich will nicht Lees Alterna sein.«

Power nickt und blickt stirnrunzelnd zu den leeren Rängen der Arena hinaus, die uns wie die Innenseiten einer Schale umringen. Am Ende des Sommers hat die Sonne sein Gesicht tiefbraun gebrannt. Er sagt: »Aber ich frage dich nicht, was du *nicht* willst. Ich frage, was du willst. Ich frage, warum du *gewinnen* willst.«

Ich stutze.

Power hebt eine Hand zwischen uns und zählt an seinen Fingern ab.

»Hier sind die Tatsachen. Du bist wie Lee im Finale, bist ihm in jedem Fach ebenbürtig oder überlegen, kannst ihm als Einzige in der Luft Paroli bieten, hast ebenso viele seelische Verletzungen davongetragen wie er. Genau wie er bringst du alle Voraussetzungen mit, Erster Reiter zu werden. Du bist die einzige ernsthafte Konkurrenz, die er je hatte. Aber das sieht er nicht so. Und ich bin nicht sicher, ob du es siehst.«

Als er meine Fähigkeiten so herunterrattert, ohne Wertung oder Neid, sondern als reine Tatsachen, wird mir noch unbehaglicher zumute.

»Doch, das sehe ich alles, aber …«

Power wartet spöttisch lächelnd darauf, dass ich meinen Einwand vorbringe. Mein Gesicht glüht, aber ich widerstehe der Versuchung, es abzuwenden. Und dann höre ich mich wie unter Zwang die Schwächen aufzählen, die mich verfolgen.

»… Ich kann nicht … Ich kann nicht so gut mit Menschen umgehen, ich kann nicht so gut führen, ich kann nicht so gute Reden halten wie er … Mir werden die Herzen nie so zufliegen wie ihm …«

Ungeduldig trommelt Power mit den Fingern auf Devoros Schuppen. »Klar, für das Amt des Protektors wäre das ein Nachteil. Aber um ein guter Erster Reiter zu sein, braucht man nur strategisches Denken, Flugfertigkeiten und Nerven aus Stahl.«

Das klingt im ersten Moment so schockierend einfach, dass ich es nicht glauben kann.

Nein. So einfach kann es unmöglich sein … Ich habe doch nicht monatelang an meinem Platz im Vierten Rang gezweifelt, um erst jetzt zu erkennen, was ich von Anfang an hätte sehen sollen.

Als ich nichts antworte, beugt Power sich vor.

»Sag mir, woher du kommst.«

Mein Körper spannt sich unwillkürlich an, in Erwartung des Hohns, mit dem er meine Herkunft für gewöhnlich überzieht. Doch als Aelas Schwanz sich enger um mich legt, geht mir ein Licht auf. Power fragt nicht nach meiner Abstammung, meiner Armut oder meinen mangelnden Umgangsformen.

Er fragt, was ich trotz alledem geschafft habe.

Ich flüstere meine Antwort.

»Ich habe mit sechs Jahren mitangesehen, wie meine Familie in Drachenfeuer umkam, und ich habe trotzdem gelernt, einen Drachen zu reiten.«

Powers braune Augen bohren sich in meine. So herausfordernd wie jedes Mal, wenn er mich auf Sturmpfeil-Feuer anspricht. Doch heute spüre ich darin noch etwas anderes als Grausamkeit.

Bewunderung.

»Und wie«, murmelt er.

Er beugt sich vor und stützt die flachen Hände auf den von der Sonne erhitzten Steinboden des Drachenhorstes. »Jetzt sag mir noch mal, warum du Erster Reiter werden willst.«

Meine Finger krampfen sich um Aelas Hörner. Ich gebe mir einen Ruck und sage es so, wie ich es von Anfang an hätte sagen sollen.

»Weil ich eine gute Erste Reiterin wäre.«

Aela und ich wissen nicht, wie man absichtlich überbordet. Als Power das erfährt, reibt er sich über die Furche zwischen den Augenbrauen und sieht mich schief an.

»Hätte ich mir denken können«, brummelt er. »Du behältst deine Gefühle lieber für dich, oder, Annie?«

»Das nehme ich mal als Kompliment.«

Power schnaubt, als wäre es nicht so gemeint gewesen. Dann steht er auf und wischt sich den Staub von den Händen und ich tue es ihm gleich. Als wir uns so auf dem Drachenhorst voreinander aufbauen, stellt sich ein Gefühl der Vertrautheit ein. Gegner. Devoro und Aela spüren, dass die Stimmung umgeschlagen hat, und spannen sich an.

»Na, wie war das für dich, mein Duell mit Duck mitanzusehen?«

Nach all den Jahren, in denen Power mich provoziert hat, merke ich sofort, was er bezweckt. Ich fühle meine Nähe zu Aela, die sich neben mir auf alle viere erhoben hat, zusammen mit meiner Wut stärker werden.

»Lass …«

Power bohrt unerbittlich weiter. »Hast du dich *machtlos* gefühlt? Hattest du *Angst* um ihn?«

Aela ist jetzt so nah, dass ich spüren kann, wie ihr Geist

meinen streift, während mein Atem sich beschleunigt. Meine Abneigung beginnt auf uns zu wirken, auch wenn ich darin ein Spiel erkenne, das ich nicht länger mitspielen will.

»Hör auf, Power, das ist nicht …«

Power lacht kalt auf. »Was ist los, Annie? Glaubst du etwa, ich wäre ein netter Mensch, nur weil ich angeboten habe, mit dir zu trainieren? Soll ich dir sagen, wie *ich* mich bei diesem Duell gefühlt habe?«

Seine Pupillen weiten sich. Devoro erhebt sich ebenfalls auf alle viere, reckt den Kopf gen Himmel und brüllt. Sie haben überbordet; Powers Lächeln hat die fiebrige Energie eines Reiters, der unter dem Einfluss seines Drachen steht.

»Nein!«

Er beugt sich vor und senkt die Stimme, doch der Wind trägt seine Worte klar und deutlich über den Drachenhorst. »Es hat sich verdammt gut angefühlt. Wie immer, wenn ich Duck fertigmache. Manchmal muss man einen Hund einfach treten.«

Mein Zorn flammt auf und durchbricht die Grenze zu Aela, als wäre ein dampfender Kessel unter zu hohem Druck geplatzt. Als meine Gefühle in sie überborden, wird mir fast schwindelig vor Erleichterung; sie reißt die Flügel auseinander, legt die Hörner an und speit Asche. Sie und Devoro scharren mit den Krallen auf dem Boden, während sie einander belauern.

Power, der auf einmal ganz sachlich wirkt, prüft meine Pupillen auf den gleichen Effekt, den ich bei ihm sehe.

»Gut«, sagt er. »Halte die Verbindung aufrecht. Los geht's.«

Ich springe auf Aela und wir stoßen uns vom Boden ab, als wäre uns die Erde zuwider.

Unter dem Eindruck der Verschmelzung zu kämpfen fühlt sich hyperreal an, doch danach kann man sich kaum noch an Einzelheiten erinnern. Power gibt mir seine Rückmeldungen lieber in der Luft und seine Zurufe dringen durch den Nebel von Aelas und meiner Wahrnehmung: *Das war nachlässig. Mach das noch mal. Jetzt noch mal.* Aber obwohl er ständig etwas auszusetzen hat, beendet er das erste Training mit: »Ich wusste, dass dir das liegt. Morgen um dieselbe Zeit?«

Mir ist so übel von Aelas und meinem Zorn, der zwar abflaut, aber immer noch in mir lodert, dass ich nur nicken kann.

Als ich in den Konvent zurückkomme, treffe ich auf Duck, der im Innenhof auf einer Bank kauert. Bei seinem Anblick fallen mir Powers Worte von eben ein, und kurz kocht die Wut in mir wieder hoch. Doch dann besinne ich mich darauf, dass Duck in den vergangenen vierundzwanzig Stunden Schlimmeres und Schwereres ertragen hat als Powers ewige Hänseleien. Von den acht Zivilisten, die das Himmelsjäger-Geschwader aus den Flammen geholt hat, sind allein fünf – wie mir Lotus berichtet hat – von Duck gerettet worden. Dabei hat er sich auch Verbrennungen am Hals zugezogen, die jetzt unter seiner Uniform dick verbunden sind.

»Wie geht es dir?«, frage ich.

Duck zieht die Schultern hoch und richtet sich ein Stück auf. Nach dem Angriff hat er mich damit überrascht, dass er offen über die Dinge sprechen kann, die ihm auf der Seele lasten, anstatt sie mit sich allein auszumachen -- dazu war ich nie in der Lage, und Lee, soweit ich weiß, auch nicht. Aber das heißt nicht, dass sie ihn weniger hart treffen. Duck hat nicht von den Menschen gesprochen, die sie gerettet haben, nur von denen, für die jede Hilfe zu spät kam. An einem gewöhnlichen Tag würde er mich auf das friedliche Plätschern des Springbrunnens und das Zwitschern der Vögel in den Bäumen aufmerksam machen, aber heute scheint er das alles nicht wahrzunehmen.

»Es … geht schon. Wie war das Training?«

Duck ist der Einzige, dem ich von meiner Entscheidung, mit Power zu trainieren, erzählt habe, und sein Ton legt nahe, dass er das Schlimmste befürchtet.

Ich denke daran zurück, was Power alles gesagt hat. *Einen Hund treten.* Obwohl mein rasender Zorn mich und Aela zu ungeahnten Höchstleistungen angespornt hat, habe ich ihn gehasst. In dieser Hinsicht war die Erfahrung wirklich das Schlimmste, was ich mir vorstellen kann.

Doch dann denke ich an den Satz, den Power mir entlockte, kurz bevor er mich zu der Wut aufgestachelt hat, mit der alles anders wurde.

Strategisches Denken, Flugfertigkeiten und Nerven aus Stahl.

Weil ich eine gute Erste Reiterin wäre.

Ich muss Power nicht mögen, um ihm zuzugestehen, dass er recht hat.

Zum ersten Mal seit Beginn des Turniers lasse ich die Vorstellung zu: mein Name, gefolgt von dem einen Begriff, der Titel, Amt und Rang in einem ist.

Antigone auf Aela, Erste Reiterin.

Es kommt mir so vor, als wäre die bloße Tatsache, diese Worte zusammenzudenken oder mir gar anzumaßen, dahingelangen zu wollen, schon ein Akt des Widerstands. Widerstand gegen sämtliche hartnäckigen Vorurteile in Callipolis, gegen das Ministerium und seine Mitteilungen, und vielleicht am meisten gegen meine Neigung, mich selbst kleinzumachen.

Doch die Sekunden ziehen sich in die Länge und ich zögere immer noch.

»Das Training war gut«, antworte ich.

Ich habe den Eindruck, dass das Ultimatum der Neu-Pyther wie ein Fallbeil über der Stadt hängt. Der Spätsommer ist ohnehin eine Zeit, vor der mir von Jahr zu Jahr mehr graut, weil sie seit jeher mit Erinnerungen an den Sturm auf den Palast verbunden ist. Doch diesmal teilt die ganze Stadt meine Unruhe.

Insgeheim ahne ich, dass ich mich für alles, was kommt, verantwortlich fühlen werde, ganz gleich, wie Callipolis auf Neu-Pythos reagiert. Denn was Atreus aus Julias Botschaft natürlich nicht herausgelesen hat, ist die letzte Chance, die sie mir damit gibt. Das Ultimatum gilt nicht nur für Callipolis. Es gilt speziell auch für mich.

Es ist die letzte Chance, eine friedliche Lösung zu finden.

Und mit einer ungezündeten Flotte können wir doch nicht guten Gewissens darauf verzichten –

»Lee. Du musst trainieren.«

Es ist Cor, der mich darauf festnagelt, ihm Zeit und Ort für ein gemeinsames Training mit Crissa zu nennen. Ich lasse mich etwas verwirrt darauf ein – seit dem Angriff auf den Hungerfelsen habe ich das Turnier, das am Wochenende vor dem Gedenktag stattfinden soll, gar nicht mehr im Blick.

Was zum Teil daran liegt, dass es von meinem wachsenden Unbehagen vor dem Feiertag überschattet wird.

Und zum Teil auch daran, dass ich Julias verführerische Frage zu verdrängen versuche: *Ist dein Wille, Erster Reiter zu werden, so groß, dass du wie berauscht davon bist?*

Annie wird eine schwere Gegnerin sein. Aber mein eigentlicher Gegner und meine schwerste Prüfung erwarten mich danach: der Tag des Sturms auf den Palast und der Sinneswechsel, den Julia, Tochter Krethons, von mir verlangt.

Das Turnier ist wirklich meine geringste Sorge.

Aber es wäre dumm von mir, nicht dafür zu trainieren. Am ersten Tag, an dem wir alle drei ein freies Zeitfenster haben, treffe ich Crissa auf dem Drachenhorst. Cor ist noch nicht da. Es ist das erste Mal seit der Ballnacht, dass wir miteinander allein sind.

»Crissa, was nach dem Ball …«

Crissa hebt abwehrend beide Hände in die Höhe und lächelt gezwungen.

»Was auch immer du sagen willst, ich weiß es schon, glaube ich.«

Kurz sehen wir uns in die Augen und dann zieht Crissa zu meiner Überraschung den Kopf ein und lacht verlegen. Und ich daraufhin auch.

»Es war total schön.«

Sie lächelt zaghaft. »Ja. Finde ich auch.«

Damit wollte ich einen Schlussstrich ziehen. Aber als sie sich neben mich setzt, nur ein kleines bisschen näher als sonst, kribbelt es in meinem Bauch, und die Sache kommt mir nicht ganz so abgeschlossen vor, wie ich es gern hätte.

»Tut mir leid, dass ich spät dran bin.«

Cor ist gelandet. Er springt von Maurana ab, schickt sie nach oben zu Phaedra und Pallor, die schon in der Luft kreisen, und setzt sich auf meine andere Seite. Crissa räuspert sich und holt einen Kalender hervor, auf dem das Datum des Turnierfinales eingekreist ist. Heute in zehn Tagen. Und eine Woche später der Tag des Sturms auf den Palast.

»Ich habe einen Planer mitgebracht«, sagt sie. »Damit wir die Termine festlegen können.«

Nur noch zehn Tage.

Zehn Tage zur Vorbereitung.

Und ein paar mehr, um die Pyther zum Einlenken zu bewegen.

Und wenn nicht …

Wenn sie nicht einlenken, wird ihr Zorn über uns hereinbrechen, und wir werden ihnen mit unseren ungezündeten Drachen kaum etwas entgegenzusetzen haben.

»Lee, worauf sollen wir uns konzentrieren? Wir können den Trainingsplan danach ausrichten, woran du arbeiten willst.«

Ich komme ins Grübeln. Bei den meisten Gegnern ist es leicht, Schwächen zu identifizieren, die man im Kampf für sich nutzen kann. Aber bei Annie ist das nicht so einfach.

Cor kommt mir zuvor.

»Das Überborden. Ich habe gehört, dass Annie mit Power trainiert.«

Das ist die erste Nachricht, die mich wirklich überrascht, seit in der Ballnacht die Warnglocken geläutet haben. Annie trainiert mit *Power*?

»Seit wann?«

»Seit … dem Angriff auf den Hungerfelsen, glaube ich.«

Mir entgeht nicht, dass Cor kurz zögert, bevor er mit dieser Information herausrückt, und dass Crissa auf einmal ganz geschäftig in ihrem Kalender blättert und sich dabei über die Stirn kratzt. Ihre zusammengezogenen Schultern vermitteln eine Kritik, die wie ein kalter Luftzug wirkt.

»War es denn so schlimm?« Ich schaue von einem zum anderen. »Im Zeughaus?«

Im Grunde meines Herzens kenne ich die Antwort schon, aber ich frage in der vagen Hoffnung, dass sie abwiegeln werden. Tun sie nicht. Cors Augen werden schmal, Crissa zieht die Schultern noch weiter an. Sie rückt nur zaghaft damit heraus. »Ich verstehe, warum du so entschieden hast. Aber ich kann auch nachvollziehen, dass sie es vielleicht als … bevormundend empfunden hat.«

Hungerfelsen ist wohl das Stichwort für den Katalog

sämtlicher Fehler, die ich in einer einzigen Nacht begehen könnte.

»Wie auch immer«, sagt Cor unvermittelt, als träte er in dem Schweigen, das zwischen uns eingekehrt ist, die Flucht nach vorn an. »Was ich eigentlich sagen wollte: Vielleicht solltest du es auch mal mit Überborden probieren?«

Crissa nickt. Schüttelt ihren Unmut ab und tippt auf einmal ganz geschäftsmäßig auf ihren Kalender. »Cor hat recht. Das könnte dir nützlich sein.«

Ich schüttele den Kopf. »Das kommt nicht infrage.«

Cor brummt enttäuscht.

»Warum nicht?«, fragt Crissa.

»Ich behalte lieber die Kontrolle.«

Crissa schaut mich an und hebt die Augenbrauen. Ich werde rot.

Cor sieht fragend von ihr zu mir.

Crissa konsultiert wieder ihren Planer. »Na, jedenfalls solltest du auf Attacken eines überbordenden Reiters vorbereitet sein. Wir können eine Liste von guten Übungen dafür zusammentragen und gehen die dann einfach alle durch.«

»Vergesst nicht den Kampf mit Körperkontakt«, fügt Cor hinzu und rempelt mich demonstrativ mit Schulter und Faust an. »Es wird ein Duell zweier Drachen der gleichen Rasse, da ist alles erlaubt.«

Crissa und Cor wechseln sich im Training ab: Mal übernimmt einer den Part des Gegners und der andere leitet die Übung an, mal machen sie es umgekehrt. Durch ihre Erfahrung als Geschwaderführer sind beide geübte, aufmerksame Trainingsleiter, die auf Intensität und Tempo achten. Schnell bin ich schweißgebadet, Pallor glüht vor Anstrengung, und ehe wir es uns versehen, ist die Stunde um. Unter Cors und Crissas strengem Regime ist es fast möglich, den Hungerfelsen, Julia und all die Fehler, die ich begangen habe, für eine Weile zu vergessen. Und auch den Fehler, den ich vielleicht noch begehen werde.

Nach dem Training sattele ich Pallor ab und gehe zu Phaedras Nest in den Himmelsjäger-Höhlen. Crissa, die gerade Phaedra abbürstet, ist allein. Ihr goldblondes Haar ist schweißnass und löst sich aus ihrem Zopf.

»Ich wollte nur sagen – ich hätte nicht ...«

Das »Ich hätte nicht«, das mir auf der Zunge liegt, hat mit Annie zu tun, mit den Schuldgefühlen, die ich angesichts von Crissas verhaltener Enttäuschung empfinde. Doch dann drängen sich noch andere »Ich hätte nicht« dazu.

Eins nur für Crissa: Ich hätte sie auf der Brustwehr des Palasts nicht küssen sollen, nur um mich weniger allein zu fühlen. Auch wenn sie hübsch ist und mich zum Lachen bringt und so eindeutig Interesse zeigt.

Und das schlimmste »Ich hätte nicht«, das ich nicht ungeschehen machen, nicht einmal beichten kann, das so ungeheuerlich ist, dass mir beim Gedanken daran fast schwarz vor Augen wird: Ich hätte nicht zulassen sollen, dass Holmes in der Nacht des Lyzeastenballs die Wachen abberuft.

Crissa sieht mich abwartend an. Aus der Bürste tropft aschgrauer Schaum auf Phaedras perlmuttweiße Flanke. Aber sie fragt nicht, was ich meine, und versucht auch nicht, mir zu widersprechen.

»Nein. Du hättest es nicht tun sollen.«

Als ich es aus ihrem Mund höre, wird mir vor Erleichterung ganz schwindelig.

Crissa legt die Bürste in den Eimer und kommt auf mich zu. Bis sie ganz nah vor mir steht. Zu nah. So nah, dass ich mich lebhaft erinnere, wie es war, diese Lippen zu küssen, meine Finger in ihr Haar zu krallen. Hinter ihr gibt Phaedra einen Seufzer von sich, der wie ein Schnurren klingt, drückt den Rücken durch, breitet die Flügel aus – und steht dann ganz still. Als wäre jede Faser ihres Körpers gespannt. Wie Crissa, die mich anschaut.

Es ist die Körpersprache des Drachen, bei der mir ganz anders zumute wird, auch wenn mir Crissas Atem über das Gesicht streift, als sie flüsternd spricht.

»Das kommt vor. Menschen tun Dinge, die sie nicht tun sollten. Du hast Fehler gemacht. Und ich genauso.«

Mein Blut kocht immer noch, als ich eine halbe Stunde später in den Waschraum der Jungen komme und Cor dort allein vorfinde. Über einem Becken rubbelt er sich die Asche vom Hals. Seine nussbraunen Augen richten sich im Spiegel auf mich.

»Ich bin nicht blöd.«

Ich erstarre auf der Schwelle.

»Ich sage nur eins. Und dann mach, was du meinst, und wir reden nicht mehr drüber. Ich würde jeden umbringen, der meinen Schwestern wehtut. Du bist mein Freund, Lee, und ich würde dir als meinem Kommandanten bis in die Hölle folgen. Aber Crissa ist wie eine Schwester für mich. Und sie verdient was Besseres, als deine zweite Wahl zu sein. Verstehst du?«

Vielleicht liegt es daran, dass ich ganz genau verstehe, was er meint. Vielleicht liegt es daran, dass ich einfach nicht noch mehr Vorwürfe verkrafte, weil schon so viele Schuldgefühle auf meinen Schultern lasten, von denen mir gerade ein paar genommen worden sind. Oder vielleicht liegt es vor allem daran, dass Crissa mir vorhin in die Augen gesehen, mich sozusagen als Fehler bezeichnet und dann trotzdem geküsst hat. Jedenfalls höre ich mich die Art von Antwort geben, für die ich Cor andere schon habe verprügeln sehen.

»Wenn du dich sorgst, dass Crissa wehgetan werden könnte, solltest du vielleicht mal mit ihr reden.«

Cor wirft das Handtuch zurück auf die Halterung und atmet geräuschvoll aus. Ich versteife mich unwillkürlich, balle die Fäuste, *will* auf einmal den Kampf. Doch dann schüttelt er nur den Kopf und lässt niedergeschlagen die Schultern hängen.

»Hab ich schon.«

Ich trainiere fast jeden Tag mit Crissa und Cor. Wenn wir danach Zeit haben, treffen Crissa und ich uns heimlich, während die Euphorie vom Fliegen und der Anstrengung noch durch meine Adern jagt. In Phaedras oder in Pallors Nest, wo die Gegenwart unserer Drachen dem Ganzen eine Tollkühnheit verleiht, die es leichter macht, alle guten Vorsätze über Bord zu werfen. Denn ich teile Cors Bedenken immer nur bis zu dem Moment, in dem ich mich in dieser Selbstvergessenheit verliere, die man fast für Glück halten könnte. Erst danach sage ich mir jedes Mal – allerdings immer halbherziger –, dass Cor recht hat und dass damit Schluss sein muss.

Alles andere fühlt sich an wie ein bodenloser Abgrund. Mit einer Unruhe, über die ich nicht sprechen kann, bringe ich die Besprechungen mit Marineoffizieren, die Patrouillenflüge und die Moralvisiten hinter mich. Was erwartet uns nach dem Turnier und dem Gedenktag? Welche noch größere Katastrophe hält Pythos für Callipolis bereit?

In jeder freien Minute wäge ich den Preis eines Krieges gegen den Preis des Verrats ab. Und jedes Mal komme ich mehr oder weniger zu dem Ergebnis, das Atreus mir nach dem Angriff in seinem Büro so unerbittlich präsentiert hat: Es gibt keinen denkbaren Kompromiss. Nicht vonseiten der Pyther und nicht vonseiten des Ersten Protektors.

Doch obwohl ich jedes Mal zu dem gleichen Ergebnis komme, plagen mich die Zweifel.

Wenn ich zumindest die Chance habe, weitere Gewalt zu verhindern, und sie nicht nutze, klebt dann nicht noch mehr Blut an meinen Händen? Werde ich nach den Toten vom Hungerfelsen noch mehr Menschen auf dem Gewissen haben?

— Annie —

Mittlerweile verbringe ich meine gesamte freie Zeit in der Arena und trainiere meine Reaktion auf jedes Nervenflattern und jeden Aufregungsschub. Alles andere in meinem Leben rückt in den Hintergrund, denn das ist das Einzige an meiner Zukunft, das ich noch selbst in der Hand habe. Und ich habe das Gefühl, dass mein Ziel zum Greifen nah ist. Ich habe den Sieg im Blick. Jetzt muss ich meinen Mut und meine Entschlossenheit nur noch über die Ziellinie retten.

Power und ich trainieren täglich nach dem Unterricht. Im Grunde müssen Aela und ich alles vergessen, was uns Goran beigebracht hat. Wir lernen, uns in der Kommunikation untereinander nicht auf Steigbügel, Zügel und Trense zu verlassen, sondern auf die wortlosen Impulse, die wir uns ungefiltert geben. Im Eifer des Gefechts ist es beflügelnd, einem anderen Wesen so rückhaltlos zu vertrauen; danach tritt eine Erschöpfung ein, in die sich das Erschrecken über die eigene Verletzlichkeit mischt. Wenn ich mich von Aela löse, weiß ich nicht einmal genau, welche Erinnerungen von ihr und welche von mir sind.

Doch Tag um Tag vergeht und wir schaffen es immer noch nicht, unsere Gefühle aus eigenem Antrieb überborden zu lassen, auch wenn unsere Verbindung immer stärker wird. Dafür brauche ich weiterhin Powers Provokationen. Unser Einstieg in das Training entwickelt sich zu einem Ritual, das immer qualvoller wird, je tiefer Power und ich in meinen Erinnerungen schürfen. Das Überborden kann zwar auch von positiven Gefühlen ausgelöst werden, aber die lassen sich nicht so leicht abrufen. Auf Powers Nachfragen spreche ich über meinen unseligen Besuch in Holbin, über die Mitteilung des Informationsministeriums vor dem Viertelfinale des Turniers und dann gehen wir zu Erinnerungen aus den ersten Jahren im Wächterkorps zurück. Zu den Dingen, die passiert sind, bevor Lee Atreus von Gorans Schikanen berichtet hat.

Power hat eine andere Sicht auf die Vorfälle als ich.

»Weißt du noch«, beginnt er zum Beispiel, »wie Goran das Training beendet hat, bevor die Mädchen oder die Reiter aus Bauernfamilien üben konnten, und euch dann später niedergemacht hat, weil ihr es nicht draufhattet? Das fand ich immer zum Totlachen.«

»Weißt du noch, wie ich mal Ducks eigenen Drachen dazu gekriegt habe, ihn ins Bein zu beißen? Ich glaube, das war die Krönung unseres ersten Jahres. Auch wenn Cor und Lee mich danach grün und blau geprügelt haben. Duck hat tagelang gehumpelt …«

»Weißt du noch, wie Goran dir immer das Ausmisten der Höhlen aufs Auge gedrückt hat? Wie hat er das gleich noch begründet?«

Power grinst und an den Schweißperlen, die sich auf seiner Stirn bilden, erkenne ich, dass er die Antwort schon kennt. Ich gebe sie trotzdem, mit einem Hass auf Power, wie ich ihn in diesen Momenten immer empfinde – der letzte Tropfen, der das Fass meiner Gefühle zum Überlaufen bringt.

»Er hat gesagt, dass ich besser putze.«

»Womit er ja recht hatte«, entgegnet Power. Und damit hat er mich so weit.

Nach unseren Treffen bin ich zwar wütend – wütend auf Power, wütend auf die Erinnerungen, einfach *wütend* –, aber gleichzeitig verspüre ich so etwas wie Triumph. Denn zum ersten Mal in meinem Leben sind die alten Wunden zu etwas gut. Die Wut schenkt mir Aela, und wenn wir so vereint sind, sind wir mächtig. Das verleiht den Erinnerungen an all diese Demütigungen endlich Sinn und Zweck, und sobald ich sie einmal dafür benutzt habe, tun sie viel weniger weh als vorher.

Schließlich kommt der Tag, an dem Power fragt: »Willst du versuchen, noch weiter zurückzugehen?«

Das trifft mich unvorbereitet.

»Was?«

»Na, zu deiner Familie. Wie sie gestorben ist. Damit klappt es für mich immer.«

Meine Verwirrung ist mir wohl anzusehen, denn er fügt ungeduldig hinzu: »Nicht meine Adoptivfamilie. Meine leibliche. Also mein Vater, der im Armenhaus gestorben ist, und meine Mutter, die schwanger zurückblieb und mich den Leuten anvertraute, für die sie als Dienstmagd gearbeitet hat.«

»Oh.«

Das ist das erste Mal, dass Power auf die Vergangenheit zu sprechen kommt, die Dora Mithrides auf dem Ball angedeutet hat. Aber er sagt es so nebenher, als hätte ich schon immer Bescheid gewusst. Er setzt ein etwas zu breites Grinsen auf und fährt sich über die Haarstoppeln, die unter der heißen Spätsommersonne feucht vor Schweiß sind.

»Ich hab mir immer gedacht, dass du deswegen auch stinksauer sein musst«, sagt er.

Aela stupst mich schnaubend in die Seite und ich kratze sie unter den Kieferschuppen, während ich in mir nach den Emotionen suche, die Power beschreibt. Ich erinnere mich zwar an Kummer und Zorn, stelle aber fest, dass die Gefühle selbst verblasst sind.

»Offenbar nicht«, bemerkt Power, der mich genau beobachtet.

Ich hebe und senke die Schultern.

»Das ist so lange her«, sage ich. »Es ist einfach … vorbei.«

Diese Erkenntnis hat etwas Befreiendes an sich, hinterlässt aber auch ein seltsames Gefühl der Leere. *Vorbei.* Die Zeit hat mir … vielleicht nicht Frieden, aber immerhin einen abgeschwächten Schmerz gebracht. Nicht die Sorte Schmerz, die die Macht hätte, mich zu Aela zu treiben.

Powers Gesicht nimmt einen sonderbaren Ausdruck an. In die übliche Geringschätzung mischt sich fast so etwas wie Eifersucht oder Verbitterung.

»Gut so«, sagt er.

Aber für mich klingt es nicht so, als wäre das aufrichtig gemeint.

Eine Stunde später komme ich erschöpft und in mich gekehrt durch den Gang, an dem die Höhlen der Aurelianer liegen, in den Konvent zurück. Bei einem unerwarteten Geräusch halte ich inne. Es kommt aus Pallors Nest, in dem eine Laterne leuchtet. Ohne nachzudenken, biege ich um die Ecke und bleibe wie angewurzelt stehen. Jetzt wird mir auch klar, was ich eben gehört habe und gleich hätte erkennen müssen. Eine kichernde Mädchenstimme, gemurmelte Worte, ein scharfes Einatmen. Lee und Crissa, die sich eng umschlungen an die Höhlenwand drücken.

Einen Moment länger als nötig schaue ich gebannt hin, wie er sie hält, wie eine Hand zu ihrer Hüfte gleitet und sich in den Lederanzug krallt, wie die andere sich in ihr Haar schiebt und ihren Kopf nach hinten neigt, als er sie auf den Hals küsst. Die gleiche zupackende Zielstrebigkeit, gepaart mit behutsamer Präzision, die gleiche Kontrolliertheit, die er im Duell hat.

Mit glühendem Gesicht suche ich das Weite.

Und als ich allein bin, begreife ich, was mit dem Konzept von Begehren gemeint ist: diese unterschwellige Wahrnehmung meines eigenen Körpers, dieses Sehnen nach ihm, der Wunsch, diese Hände und diese Lippen nicht nur zu sehen, sondern zu *spüren* …

… dieser Frevel, so etwas ausgerechnet für *Lee* zu empfinden …

Und jetzt weiß ich auch, wie weh es tut, jemanden zu begehren und ihn in den Armen einer anderen zu sehen.

In den nächsten zwei Tagen spioniere ich den beiden nach wie eine klatschsüchtige Lyzeastin und hasse mich selbst dafür. Beobachte jede Begegnung zwischen Crissa und ihm, jedes Lächeln, jedes Lachen über die Witze des anderen, jede flüchtige Berührung, wenn sie aneinander vorbeigehen. Ich bin nicht sicher, ob ich mir nur einbilde, dass Lee, der seit dem Angriff auf den Hungerfelsen in noch dumpferes Brüten versunken ist, wenigstens in ihrer Gesellschaft wieder etwas glücklicher wirkt.

Und ich versuche mir einzureden, dass es gut ist, wenn er wieder Grund zum Lächeln hat, und dass mich der Gedanke nicht schmerzen sollte. Dass es nur auf das Turnierfinale ankommt und diese Geschichte nichts als eine banale, oberflächliche Ablenkung ist.

Es ist Crissa, die meinen quälenden Grübeleien schließlich ein Ende macht.

»Annie. Ich muss dir was sagen.«

Sie hat mich allein im Schlafsaal abgepasst. An ihrer Stimme erkenne ich sofort, worum es gehen wird. Sie hat ihren Geschwaderführer-Ton abgelegt und setzt sich mit ernster Miene auf das Bett neben meinem. Kurz ist nichts zu hören als die Schreie der Möwen vor dem offenen Fenster. Dann beschließe ich, uns das Herumgerede zu ersparen.

»Ich weiß es schon.«

Crissa legt den Kopf schräg und ihre ernste Miene gerät ins Wanken.

»Du weißt es schon?«

Ich nicke.

»Also, ich wollte eigentlich fragen, ob ... du was dagegen hast.«

Ich denke daran, wie es sich angefühlt hat – wie ein Messer, das sich ins Herz bohrt. Lees Körper an eine andere geschmiegt, sein Mund auf anderen Lippen.

»Warum sollte ich was dagegen haben?«

Meine Stimme ist eisig. Crissa klingt matt.

»Du weißt, warum, Annie.«

»Lee steht es frei, zu küssen, wen er mag. Ob dich oder eine andere, was macht das schon.«

Crissa versteift sich, als hätte ich sie geohrfeigt. »Das war nicht nett«, sagt sie leise.

Ihr Vorwurf trifft mich wie ein Peitschenhieb. Ich erinnere mich an den Abend nach dem Halbfinale, als Crissa die Tür zu meinem Krankenzimmer geöffnet und eine Partygesellschaft mitgebracht hat; an die vielen Stunden auf der Brustwehr der Arena, in denen sie ihre Freizeit dafür geopfert hat, mich als Rednerin zu schulen; an die teilnahmsvolle Art, mit der sie bei den Vorbereitungen zum Ball mein Unbehagen lindern wollte.

Diese Wut hat Crissa nicht verdient.

Bemüht ruhig fährt sie fort: »Worauf ich hinauswollte: Wenn du es nicht willst – wenn du dich damit unwohl fühlst –, dann beende ich es.«

Wenn du dich damit unwohl fühlst.

Ich denke an einen Jungen aus einem anderen Leben, der dafür gesorgt hat, dass ich genug zu essen habe, der mir beigebracht hat, wie es ist, keinen Hunger zu leiden. An die vielen Jahre, die ich mich mit diesem Jungen täglich im Kampf gemessen habe, um seine und meine Fähigkeiten zu schulen. An diese wenigen Minuten beim Lyzeastenball, als wir zusammen tanzten und meine Welt stillstand.

Und dann denke ich daran, dass dies derselbe Junge ist, dessen Gesicht mir so oft einen Schauer über den Rücken jagt, weil es von der Erinnerung an ein anderes überschattet wird, und dass ich für das Turnierfinale so hart trainiere, wie ich noch nie für irgendetwas trainiert habe, weil ich in mir endlich den brennenden Wunsch entdeckt habe, aus seinem Schatten ins Licht zu treten.

»Lee gehört mir nicht«, antworte ich Crissa. »Und wenn es das ist, was er will, soll er es haben.«

Ich warte, bis sie weg ist, bevor ich zusammenbreche.

Sowohl die *Volkszeitung* als auch das *Gold-Journal* bringen zunehmend verzweifelte Schlagzeilen, dass die Zündung unserer Flotte unmittelbar bevorstehe. Von der Regierung platzierte Meinungsbeiträge bejubeln die Überlegenheit des neuen Regimes gegenüber der Drachenherrschaft – aber die Grenzen dieses Arguments, den überall mitschwingenden Zweifel, haben Crissa und ich ja nach Atreus' Rede auf der Straße aufgeschnappt: *Was bringt uns eine von einfachen Bürgern gerittene Luftflotte, wenn sie uns nicht verteidigen kann?*

Die Reaktion des Informationsministeriums lässt nicht lange auf sich warten, auch wenn ich nicht aus der Zeitung davon erfahre, sondern von unserem Professor für drachische Dichtung, vier Tage vor dem Turnierfinale.

Sein Kurs ist eins der wenigen Fächer, die in den Sommermonaten weitergelaufen sind. Wir Wächter müssen unser Studium zwar fortführen, aber seit wir verstärkt im Wehrdienst eingesetzt werden, haben unsere Leistungen in den akademischen Kursen nachgelassen. Tyndale zeigt dafür nicht das geringste Verständnis und heute ist er besonders gereizt.

»Nein, das stimmt nicht ganz, Cor«, sagt er schon kurz nach Unterrichtsbeginn. »Besser gesagt, das war komplett falsch.«

Power gibt sich keine Mühe, sein höhnisches Glucksen zu unterdrücken. Diese Stimme hat inzwischen so oft Salz in meine Wunden gestreut, dass sich mein Magen zusammenzieht, wenn ich sie nur höre. Und sie erinnert mich daran, dass wir nach der Stunde wieder auf dem Drachenhorst zusammenkommen, um zu trainieren. Cor hat seine Arme verschränkt und sieht Tyndale unwirsch an. Er trägt die Bodenuniform der Wächter, über der am Nacken noch die Asche von einer Marineübung vom Vormittag klebt, und wirkt nicht wie jemand, der noch Zeit für Literatur oder Literaturprofessoren erübrigen kann.

»Antigone, korrigieren Sie.«

Mit einem mulmigen Gefühl schaue ich auf Cors Zeile aus dem *Aurelianischen Zyklus*. Meistens steige ich einigermaßen durch, aber ich hatte seit Wochen keine Zeit mehr, ordentliche Übersetzungen anzufertigen; meine wenige Freizeit habe ich nicht in Hausaufgaben investiert. Ich fange an, die Zeile vom Blatt zu übersetzen, doch Tyndale fällt mir ins Wort, noch bevor ich bei der Hälfte angekommen bin.

»Das reicht. Ist hier irgendein Wächter noch in der Lage, eine annehmbare Übersetzung abzuliefern, oder sind Sie alle zu sehr damit beschäftigt, vor ängstlichen Eisen-Bürgern Reden zu schwingen?«

Inzwischen haben einige der Lyzeumsstudenten die Hand gehoben, andere mustern die Wächter beklommen, darunter Hanna Lund, aber Tyndale ignoriert sie alle. »Lotus!«

Lotus, der von der Sommerhitze einen knallroten Kopf hat, ist auf seinem Pult zusammengesunken. Er setzt sich kerzengerade auf und beginnt, seine Übersetzung vorzulesen, aber nach den ersten zwei Wörtern unterbricht Tyndale ihn ebenfalls.

»Lee«, sagt er bestimmt.

Das ist das erste Mal überhaupt, dass Tyndale Lee aufruft. Darauf habe ich in jeder Stunde geachtet.

Lee, der die Stirn in die Hand gestützt und im Lehrbuch mitgelesen hat, reagiert nur langsam. Er senkt die Hand, hebt den Kopf, richtet sich auf. Und dann starrt er Tyndale an. Er drückt die Finger so fest auf das aufgeschlagene Buch, dass die Spitzen ganz weiß werden, und greift nicht nach dem Heft, das darunter liegt.

Seit ich ihn und Crissa in den Drachenhöhlen gesehen habe, spreche ich überhaupt nicht mehr mit ihm, obwohl mir gleichzeitig die Konturen seines Körpers unter der Uniform überdeutlich bewusst sind, als hätte sich in meinem Kopf ein Schalter umgelegt, den ich nicht mehr zurückstellen kann. Deshalb merke ich wohl auch, dass Lee sich unter Tyndales Blick versteift hat. So angespannt habe ich ihn in Tyndales Kurs seit der allerersten Stunde nicht mehr erlebt.

»Ich habe die Hausaufgaben nicht gemacht«, sagt Lee. Und dann fügt er mit einer an Wut grenzenden Verachtung hinzu: »Wie Sie schon sagten, ich war zu beschäftigt damit, vor ängstlichen Eisen-Bürgern Reden zu schwingen.«

Bei seinem Ton geht ein verblüfftes Raunen durchs Zimmer. Tyndale antwortet knapp und akzentuiert.

»Nun, dann übersetzen Sie uns doch mal vom Blatt.«

Lee ballt die Hände zu Fäusten und senkt den Blick auf den Text darunter. Nach kurzem Schweigen beginnt er, Wort für Wort ins Callische zu übersetzen, ohne jeden Zusammenhang.

»Der Feind, hat, Mauern, stürzt, tief, von, Gipfel …«

Tyndale wirft einen Tafellöscher in die Richtung von Lees Kopf.

Lee duckt sich und das Geschoss segelt an ihm vorbei, prallt dumpf an die holzgetäfelte Wand und hinterlässt dort einen Kreidefleck. Tyndale stürmt auf Lee zu und baut sich direkt vor seinem Pult auf. Beide machen keinen Hehl mehr aus ihrer Wut.

Obwohl ich meine Gründe habe, nicht mehr mit Lee zu sprechen, lodert bei diesem Anblick ein Hass auf Tyndale in mir auf. Als wäre die Grimasse eines Literaturprofessors bedrohlich genug, einen Beschützerreflex in mir auszulösen und mich alles vergessen zu lassen, was ich Lee zum Vorwurf mache.

Halten Sie sich von ihm fern.

»Nein«, sagt Tyndale.

Lee wirkt wie gelähmt und wartet mit großen Augen darauf, was Tyndale als Nächstes sagen wird. Tyndale selbst ringt noch nach Worten.

Und da, während ich sie mit angehaltenem Atem beobachte, erkenne ich plötzlich den grammatischen Fall des einen Nomens, das mir unklar war. Auf einmal habe ich es.

Mein Ton ist fest.

Flieh, o Drachengeborener, du und die Deinen, flieht vor den Flammen. Der Feind steht in deinen Mauern, es stürzt vom Gipfel die hohe Stadt.

Kurz ist es totenstill im Raum. Der Klang meiner ungewohnt lauten Stimme hallt noch nach. Die Tragik, die in diesen Versen liegt, bricht in ihrer ganzen herzzerreißenden Schönheit über mich herein.

Dann endet der Moment. Lee schließt die Augen und sinkt auf seinem Stuhl zusammen. Ein sonderbar verkrampfter Ausdruck tritt in sein Gesicht. Tyndale habe ich damit offenbar den Wind aus den Segeln genommen, denn er wendet sich verwirrt von Lee ab und starrt auf die Bücher, die auf seinem Pult verstreut liegen, wie um sich zu sammeln.

»Ja«, sagt er geistesabwesend und kehrt zu seinem Platz zurück. »Ja, ja. Sehr gut, Antigone.«

Hinter seinem Rücken wechseln unsere Mitstudenten irritierte Blicke. Lee vergräbt das Gesicht in den Händen und atmet tief durch.

»Ach ja«, sagt Tyndale und dreht sich abrupt zu uns um. Er hält seine eigene Ausgabe des Epos in die Höhe, ein altes, ledergebundenes Exemplar, das aussieht, als stamme es noch aus seiner eigenen Schulzeit. »Ich sollte Ihnen sagen, dass der *Aurelianische Zyklus* heute offiziell vom Zensurkomitee verboten worden ist.«

Ich spüre die Zeile, ihre schreckliche Schönheit, wieder in meinen Ohren pochen. Lee nimmt die Hände vom Gesicht und richtet sich langsam auf.

Lotus meldet sich zögernd zu Wort. »Sie meinen, für die niederen Stände? Also wird er beschränkt auf die Bibliothek des Lyzeums?«

»Nein. Der Zugang war schon beschränkt. Jetzt wird er ganz verbannt.«

»Warum?«, fragt Lotus.

Tyndale verzieht das Gesicht. »Es wurde ... entschieden ... dass das Epos Werte vertritt, die den nationalen Interessen entgegenstehen.«

Ich erinnere mich an meine Visite vor über einem Monat bei Ornby im Zensurbüro, wo er mir sagte, dass die niederen Metall-Stände mit solchen Ideen überfordert seien. *Womöglich wollen sie dann noch die Drachenherren zurück. Du kannst die Zwischentöne besser erkennen ...*

Hatte er nicht recht? Schließlich habe ich die Leute auf der Straße tatsächlich murren hören und die eindringlich zur Vernunft aufrufenden Kommentare in der *Volkszeitung* gelesen.

Doch selbst ohne jede Vorerfahrung mit drachischer Literatur, selbst als jemand, der nicht mit in Alltagsgespräche eingeflochtenen Zitaten aus dem *Aurelianischen Zyklus* aufgewachsen ist, finde ich es unfassbar, dass er verboten werden soll. Dafür hat er mich allein in diesem Kurs schon zu sehr berührt.

Selbst wenn ein paar Dummköpfe ihn falsch interpretieren – wie kann Atreus so etwas zulassen? Er hat die Reiter des Vierten Rangs doch in diesen Kurs geschickt. In seinem Unterricht mit uns zitiert er andauernd und mit großer Selbstverständlichkeit aus dem *Aurelianischen Zyklus*. Es ist klar, dass er meine Begeisterung für seine Schönheit und seinen Traditionsreichtum teilt.

Aber das heißt nicht, dass ihm anderes nicht wichtiger wäre.

Ich rufe mir in Erinnerung, dass Atreus einen Putsch gegen seine eigenen Herren angeführt hat, der in einem Massaker endete. Ebenjene Drachenblütigen, die der *Aurelianische Zyklus* als hochmütig und gottgleich darstellt, hat Atreus in die Knie gezwungen. Er gibt eindeutig nicht viel auf Traditionen. Auch wenn er gerne drachische Dichtung liest.

»Der Erlass wird morgen im *Gold-Journal* bekannt gegeben«, sagt Tyndale. »In den nächsten Wochen wird es Razzien geben und alle konfiszierten Exemplare werden vernichtet. Ich brauche Ihnen nicht zu sagen, dass die Fortführung dieses Kurses ... ungewiss ist.«

Cor mimt ein wortloses »Den Drachen sei Dank« in Lees Richtung, doch der wirkt noch völlig entgeistert und erwidert sein Grinsen nicht.

Tyndale lässt uns noch ein Stück weiterlesen, aber nachdem er sich einige weitere schlechte Übersetzungen angehört hat, erklärt er die Stunde für beendet. Als wir unsere Sachen zusammenpacken, geht er zu Lee und stellt sich stumm vor sein Pult. Die Aufforderung ist klar und Lee bleibt mit verschränkten Armen sitzen, während alle anderen den Raum verlassen.

Auf dem Flur trennt sich Power von einer Gruppe Gold-Studentinnen und schließt zu mir auf. Zusammen gehen wir auf den Innenhof des Lyzeums hinaus. Um diese Zeit, im Spätsommer, waren die Grünflächen eigentlich immer voller Studenten, die im Gras lagen und so taten, als würden sie lesen, aber seit dem Angriff auf den Hungerfelsen ist es hier ungewöhnlich leer. Als wäre es nicht länger denkbar, es sich unter freiem Himmel gut gehen zu lassen.

»Das war ziemlich suspekt«, bemerkt Power.

Ich bleibe jäh stehen und drehe mich zu ihm um.

»Was?«

Power hält ebenfalls inne. Hebt eine Augenbraue. »Sag du's mir, Annie.«

Einen Moment lang stehen wir reglos voreinander und starren uns an, und bei dem leisen, hämischen Grinsen, mit dem er mein Erschrecken quittiert, obwohl er gleichzeitig so arglos tut, beginnt mein Herz zu rasen. *Was hat er erraten? Was weiß er?*

Das ist gefährlich. Power hat schon als Kind offen gezeigt, wie sehr er Lee hasst, und seit Lee sich sämtlichen von Powers Machtspielchen im Korps widersetzt hat, ist es nur schlimmer geworden. Ich habe Powers Röcheln, wenn Lee ihn gehalten und Cor zugeschlagen hat, noch deutlich im Ohr.

Lees wahre Identität in Powers Händen wäre eine Katastrophe.

Mit einem flüchtigen Blick auf seine Schulter sagt Power: »Ach, Drachenmist. Ich hab meine Tasche vergessen. Muss ich wohl noch mal schnell zurück …«

Sein Ton ist unmissverständlich. Er stellt mir eine Falle.

Aber auf die Schnelle fällt mir nichts anderes ein, als den Vorschlag zu machen, auf den er es anlegt.

»Ich hol sie dir.«

Power mustert mich und sein Grinsen wird breiter. »Wie du meinst, Annie. Dann bis gleich auf dem Drachenhorst?«

»Ja, bis gleich«, antworte ich mit erstickter Stimme.

Ich gehe ins Gebäude zurück, und obwohl ich nichts empfinden sollte, ist mir vor Angst ganz schlecht.

Nein, denke ich, als ich mich dem Raum nähere. *Nein, nein, nein. Ich will das nicht. Ich habe das nie gewollt.* Es hätte doch gereicht, dass Lee mir versichert, es sei nicht dumm, ihm zu vertrauen; es hätte doch gereicht, dass Tyndale einmal und nie wieder der Name *Leo* rausrutscht. Es hätte doch gereicht, dass ich Erste Reiterin werden will und dafür nichts damit zu tun haben muss, wer Lee früher war und von wem er abstammt. Ich kann das jetzt wirklich nicht gebrauchen.

Und die noch irrationalere, noch schlimmere Befürchtung, die vielleicht genau das ist, was Power mit seiner Falle bezweckt: *Was, wenn mir nicht gefällt, was ich gleich hören werde?*

— Lee —

Ich denke an Julias Drohung auf dem Tor des Reisenden: *Aber pass nur auf, wie diese Vision in sich zusammenbricht, wenn wir Druck ausüben. Dann reden wir noch mal darüber, ob du sie weiter so edel findest.*

Ist das Verbot der Dichtung, die unser Volk seit Jahrhunderten begleitet, vielleicht schon ein Vorbote dieses Zusammenbruchs?

»Unser letztes Gespräch liegt eine ganze Weile zurück«, sagt Tyndale, nachdem er die Tür geschlossen hat. Auch diesmal spricht er Drachisch.

Zum ersten Mal bin ich froh darüber, dass Tyndale die Konfrontation sucht. Meine Schuldgefühle haben ein Ziel gefunden und sich in Wut verwandelt. Ich antworte auf Callisch.

»Ja. In der Tat. Wussten sie von Ihnen, dass sämtliche Wächter beim Ball zugegen sein mussten?«

Tyndale stützt sich im Stehen mit den flachen Händen auf sein Pult. Im Raum herrscht eine so stickige Hitze, dass sich unter den Achseln Schweißflecken auf seinem weißen Hemd zeigen. Er zupft an seinem Kragen, um ihn zu lockern.

»Mein lieber Junge. Es ist ja nicht so, dass der Lyzeastenball oder die Gästeliste ein großes Geheimnis waren. Und ich bin auch nicht der einzige Angehörige des Gold-Stands, der mit den Pythern sympathisiert.« Tyndale nickt in Richtung des *Aurelianischen Zyklus*, der mit Eselsohren auf dem Pult neben ihm liegt. »Nach dieser Entscheidung verstehst du sicher auch, warum.«

Vor meinem inneren Auge taucht ein Bild auf: eine Rauchwolke, die von einem einsamen Inselchen vor der Nordküste aufsteigt. Wenn so der Zusammenbruch der Vision aussieht, ist das immer noch besser als das, was die Pyther auf dem Hungerfelsen angerichtet haben.

»Eine Zivilisation ist mehr als Dichtung.«

Tyndale lacht höhnisch und macht eine wegwerfende Handbewegung.

»Sag jetzt nicht, dass du ein paar toten Fischern nachweinst.«

»Unbewaffnete Zivilisten ...«

»Kollateralschaden. Der Preis des Krieges, leider.«

Ich starre ihn mit Hass im Bauch an. Wie kann dieser *Schöngeist,* dieser Gelehrte, der seine Tage damit zubringt, Verse zu analysieren und Stilmittel zu interpretieren, es bloß wagen, die Opfer vom Hungerfelsen als *Preis* zu bezeichnen, als könnte man den Verlust von Menschenleben nach ihrem Wert beziffern wie eine Währung?

»Aber«, fährt Tyndale fort, »wenn dir dieser Preis schwer im Magen liegt, ist jetzt noch Zeit, dich zu besinnen.«

Ich schüttele heftig den Kopf, wie um die Gedanken zu vertreiben, die mich schon so lange quälen.

»Ich sollte Sie melden«, sage ich.

»Ich sollte *dich* melden.«

Einen Augenblick stieren wir uns an, ohne auch nur mit einer Wimper zu zucken.

Ich stehe auf. Greife nach meiner Tasche, hänge sie mir um. Meine Finger zittern, obwohl ich mich zwinge, ruhig zu bleiben. Doch als ich mich zum Gehen wende, sagt Tyndale noch etwas.

»Hast du darüber nachgedacht, was passieren wird, wenn du sie abweist? Nicht mit den Zivilisten. Mit *dir.*«

Da ich nichts sage, übernimmt Tyndale die Antwort selbst. Ich habe ihm schon halb den Rücken gekehrt und umklammere den Schultergurt meiner Tasche so fest, dass das Leder in meine Haut schneidet.

»Du wirst gegen deine eigenen Verwandten, gegen die Kinder deines Onkels kämpfen. *Du würdest deine eigene Familie töten.*«

Tyndale hämmert mir die Worte ein, als wollte er mir einen Pfahl ins Herz bohren.

»Sie ist Erste Reiterin, Lee. Die beste Kriegerin und Kommandantin ihrer Flotte. Du wirst es nicht nur mit irgendwelchen Pythern zu tun bekommen, sondern zuallererst mit ihr.«

Offenbar sieht er mir an, dass er die gewünschte Wirkung erzielt hat, denn seine Miene wird triumphierend. »Wir erwarten deinen nächsten Brief.«

Wieder tut sich der Abgrund unter mir auf und ich stemme mich gegen das Gefühl, indem ich meine Antwort in dem Brustton der Überzeugung knurre, die ich gern hätte.

»Ich habe ihnen nichts mehr zu sagen.«

Ich stürme los, reiße die Tür zum Flur auf – und sehe mich Annie gegenüber. Mit bleichem Gesicht und runden Augen steht sie vor mir.

Was hat sie gehört?

In welcher Sprache haben wir gesprochen?

Drachisch.

Was sie zwar mitbekommen haben muss, aber wahrscheinlich eher weniger gut verstanden hat, wenn es von der Tür gedämpft worden ist …

»Was machst du denn hier?«

»Ich habe etwas vergessen«, sagt sie kalt.

»Solltest du nicht mit Power Überborden spielen?«

Ihr Gesicht läuft rot an. »Solltest du nicht mit Crissa *Zweikampf* üben?«

Ich wollte gerade an ihr vorbeigehen, halte jetzt aber so abrupt inne, dass wir nur einen Fußbreit voreinander stehen. Am liebsten würde ich sie schütteln.

»Du bist mir im Weg«, stoße ich zwischen den Zähnen hervor.

Annies Augen glänzen. Sie lacht leise und zornig auf.

»Was willst du denn tun?«, flüstert sie. »Mir *befehlen*, dir Platz zu machen?«

Ich rucke zur Seite und sie geht ohne ein Wort an mir vorbei.

Wir erwarten deinen nächsten Brief.

Tyndales Worte, Lees gedämpfte Antwort, die drachischen Sätze, die mir zu schnell gingen, die auffliegende Tür und Lees wutverzerrtes Gesicht, das bei meinem Anblick kreidebleich wurde …

Was hat Lee Tyndale geantwortet?

Draußen auf dem Drachenhorst sagt Power: »Und?«

Unsere Drachen warten schon ungeduldig scharrend. So nah bei Aela spüre ich, dass ich kurz vor dem Überborden bin. Zum ersten Mal, seit wir zusammen trainieren, merke ich, dass ich den Auslöser dafür selbst steuern kann.

Gleichzeitig ist der Teil von mir, der auf Power reagiert, vollkommen ruhig.

»Ich hab deine Tasche, wenn du das meinst. Können wir anfangen? Nenn mich ein Bauernkind, wie beim letzten Mal. Mal sehen, ob es klappt.«

Power sieht mich schief an. Enttäuscht.

Und als er mich mit Beschimpfungen zu überziehen beginnt – zuerst auf Callisch, dann auf Drachisch –, blende ich ihn aus.

Ich denke bewusst an alles, was ich für mich behalten habe.

Er steht in Kontakt mit ihnen. *Lee steht mit den Pythern in Kontakt.* Über unseren verfluchten *Literaturprofessor.* Wie lange schon? Geht das von Anfang an so?

Nach der Sichtung der Flotte hat er mir versprochen, dass ich ihm vertrauen kann, und ich habe ihm geglaubt.

Aelas Geist ist ganz nah, die Schranken fallen, meine Finger wandern zu den bernsteinfarbenen Schuppen zwischen ihren Augen und drücken dort zu.

Hätte ich …?

Ich glaube, dass Lee seine Worte ehrlich gemeint hat. Aber nach der Katastrophe vom Hungerfelsen und der pythischen Drohung, die wie ein verheerender Sturm über uns aufzieht –

Mit der Aussicht, dass nahezu sicher Gewalt und Tod auf seine Familie warten –

Wenn sie in Kontakt miteinander sind –

Selbst Lee kommt irgendwann an die Grenzen dessen, was er zu ertragen bereit ist.

Die letzte Schranke fällt, Aelas Geist verschmilzt mit meinem, ich sehe tief in ihre schräg stehenden Augen.

In den letzten Wochen habe ich den Wunsch zugelassen, den Titel zu gewinnen. Habe den Gedanken zugelassen, dass ich ihn verdiene.

Aber vielleicht ist das nicht der einzige Grund, weshalb ich Erste Reiterin werden sollte? Vielleicht *muss* ich es werden?

Ist Lee übergelaufen?

Aela und ich werden eins und sind bereit zum Kampf.

Später, als mein Kopf wieder klar und die Asche von meinem Gesicht geschrubbt ist, wäge ich die Situation ab.

Tyndale steht mit dem Feind im Bund. Lee womöglich auch. Und ich habe keine Ahnung, was Power weiß oder ahnt.

Wozu verpflichten mich diese Erkenntnisse, so kurz vor einem fast sicheren Krieg?

Ich gehe in den Inneren Palast, setze alles auf eine Karte und reiche einen Bericht über eine verdächtige Person ein.

11

KAMPF UM DEN TITEL

— Lee —

Am Morgen des Turnierfinales erwache ich aus einem unruhigen Schlaf, in dem sich Erinnerungen mit Träumen mischen. Die ersten Duelle mit Annie, als wir das Drachenreiten erst noch lernen müssen; die Stunden in dem Schrank im Waisenhaus, wo wir unsere Fluchtpläne schmieden; mein Vater und seine Drachin im Flug. Und dazwischen, mal klar, mal undeutlich, immer wieder – Julia.

Ich bete zu den längst toten Göttern, dass dich das Turnier zur Vernunft bringt.

Beim Frühstück setze ich mich zu Crissa und Cor. Am anderen Ende des Refektoriums sitzen Annie und Duck. Seit unserem Aufeinandertreffen auf dem Gang nach Tyndales Unterrichtsstunde vor vier Tagen haben wir kein Wort mehr gewechselt.

Eine fiebrige Aufregung liegt in der Luft: Die anderen Reiter hüten sich offenbar, vor Annie oder mir allzu viel Vorfreude zu zeigen. Bis auf Power natürlich, der sich mir gegenübersetzt.

»Weißt du, was Annie von mir hören wollte, damit sie überborden konnte?«

»Hau ab«, sagt Cor.

Power sagt es mir. Und lauert auf meine Reaktion. Annie schaut kurz zu uns rüber und dann ostentativ wieder weg.

Wie, frage ich mich, kann sie sich dazu hergegeben haben, mit diesem Schwachkopf zu trainieren?

Ohne sie oder Power zu beachten, leere ich mein Glas und stehe auf.

»Bis später«, sage ich zu Cor und Crissa.

Das Zeughaus ist still und leer. Um diese Jahreszeit heizt es sich tagsüber so stark auf, dass die Nacht kaum zur Abkühlung ausreicht, und so ist es schon unangenehm schwül, als ich meinen feuerfesten Anzug anlege. Ich habe bereits die Hälfte meiner Rüstung umgeschnallt und hoffe gerade, dass wir uns hier gar nicht begegnen werden, da geht die Tür auf und Annie kommt herein.

»Hey.«

»Hey ...«

Mehr fällt mir nicht ein. Und obwohl Annie zu den wenigen Menschen gehört, bei denen mir Schweigen nicht unangenehm ist, finde ich die Stille in diesem Moment schwer zu ertragen. Es ist das Schweigen von zwei Leuten, die sich absichtlich schneiden.

Dann greift Annie nach ihrem Lederanzug und erstarrt. Sie hat mir den Rücken zugewandt; ich kann nicht erkennen, was sie gesehen hat.

So angewidert, wie man ein unerwünschtes Insekt von einem Teller mit Speisen entfernt, hebt sie einen versiegelten Brief in ihrer Kabine auf und legt ihn ungeöffnet auf die Bank davor.

»Was ...«

»Vom Ministerium«, sagt sie, ohne sich zu mir umzudrehen.

Ein Ruck durchläuft mich. Obwohl seit Tyndales Stunde Eiszeit zwischen uns herrscht, bin ich erst schockiert und dann empört. *Jetzt noch? Sie ziehen diese Nummer tatsächlich noch mal ab?*

Ich starre auf ihren Rücken, während sich mein Unbehagen zurückmeldet: Bei der letzten Mitteilung war ich vielleicht noch in der Position, etwas zu sagen – aber heute? Jetzt? Was könnte ich als ihr *Gegner* dazu sagen?

Doch wie sich herausstellt, ist das auch gar nicht nötig. So hart habe ich Annies Stimme noch nie gehört.

»Ich lese es nicht.«

Sie zerrt an ihrem Anzug, ohne den Brief eines Blickes zu würdigen, und als sie ihre Rüstung angelegt hat, bricht sie ohne mich zu den Drachennestern auf.

Eine halbe Stunde später sind wir beide auf dem Drachenhorst. Eine steife Brise treibt pralle Schäfchenwolken über den blauen Sommerhimmel, von denen manche so tief vorbeiziehen, dass sie Pythos Feste streifen. Wie ich so auf dem Horst stehe, umringt von voll besetzten Rängen und tosendem Beifall, während mir unter der Rüstungs- und Lederschicht der Schweiß ausbricht, sehe ich in den strahlenden, windigen Himmel hinauf und verspüre ein freudiges Kribbeln.

Ein solcher Himmel ist wie geschaffen für das Drachenreiten.

Am Höhlenausgang rufen wir unsere Drachen herbei und warten Seite an Seite. Wieder herrscht Stille zwischen uns, aber diesmal ist es eine andere Art von Schweigen: Mir scheint, Annie kann es auch kaum erwarten, sich in den Sattel zu schwingen. Wir haben den anderen, die uns auf dem Drachenhorst beobachten, den Rücken zugekehrt und blicken in Richtung des Publikums auf den Rängen, das erwartungsvoll verstummt ist.

Ich spüre, dass diese Stille meine Sinne schärft.

Ja. Es ist so weit. *Endlich.*

So viele Jahre habe ich darauf hingefiebert und trainiert, so viele Träume habe ich verloren und wiedergewonnen. Und jetzt stehe ich hier und wetteifere um den Titel des Ersten Reiters, als hätte sich die Welt nicht von Grund auf geändert, seit ich mir diesen Sieg zum ersten Mal ausgemalt habe.

Pallor und Aela landen neben uns. Ihre Vorfreude beflügelt unsere; Pallor will am liebsten sofort abheben und ich muss an seinen Zügeln reißen, damit er stillhält, während ich die Steigbügel, den Sattelgurt, das Zaumzeug prüfe. Ich steige auf, setze meinen Helm auf, lege die Hand ans Visier. Bevor ich es herunterklappe, werfe ich einen letzten Blick zu Annie, ob sie startklar ist. Sie ist aufgestiegen, hat sich mit gesenktem Kopf weit vorgebeugt und legt eine Hand an Aelas geschuppten Hals. Beide haben die Augen geschlossen.

Dann durchfährt sie gleichzeitig ein Ruck, Aela reißt die Flügel auseinander und Annie hebt den Kopf. Als sie die Augen öffnet und mich ansieht, sind ihre Pupillen geweitet.

Das Vertraute wird fremd und eine böse Vorahnung beschleicht mich.

Sie nickt mir zu, ich nicke zurück und wir senken unsere Visiere.

Dann heben wir endlich ab. Der Drachenhorst bleibt unter uns zurück, die Arena, der Palast und zuletzt auch die Stadt. Der Wind, auf dem die Wolken segeln, fährt unter die Flügel unserer Drachen, als würden sich Segel bauschen. Wir gehen zehn Meter voneinander entfernt in Startposition. Im Luftstrom müssen Aela und Pallor heftig mit den Flügeln schlagen, um sich auf der Stelle zu halten. Ringsumher treiben die Wolken in immer neuer Gestalt unter der Sommersonne.

Durch das Brüllen des Windes hören wir von fern die Glocke läuten.

Wir attackieren. In vollem Tempo und auf direktem Weg. Der vertraute Adrenalinschub setzt ein. Wir kommen uns nah, noch näher, zu nah –

Im allerletzten Moment drehen wir ab, feuern und fliegen einen Schlenker. Die Hitze von Aelas Aschestoß fährt mir über den Rücken, als ich mich flach nach vorn lege, um dem Schuss auszuweichen, und während wir auf einer Windbö außer Reichweite sausen, denke ich:

Das kenne ich.

Das ist Antigone auf Aela. Durch und durch. Sie sind mir nicht fremd: Sie sind einfach noch mehr sie selbst.

Und Pallor und ich kennen sie in- und auswendig.

Ich wende ihn, um wieder anzugreifen, sehe Aela in die Höhe steigen und fliege sofort hinterher, um ihr den Vorteil abzujagen, und dabei entringt sich mir ein Freudenschrei, der vom Wind verschluckt wird. Wie ich das vermisst habe.

So. Genau so muss es sein.

In einem heftigen Windstoß hält Annie inne und nutzt ihn für einen steilen Sinkflug. Pallor und ich vollführen eine Rolle und tauchen ebenfalls ab. Sie folgt uns dichtauf, während wir durch Wolkenfetzen und Luftwirbel in die Tiefe stürzen. Von dem wechselnden Druck bei unserem rasenden Fall Richtung Erde ploppen meine Ohren mehrmals. Wir fliegen wieder eine Rolle, nähern uns Annie von der Seite statt von unten und greifen Aela mit direktem Körperkontakt an. Unter der Wucht des Zusammenstoßes wird Aela auf ihrem Sinkflug mehrmals um die eigene Achse geschleudert, während sich unsere Drachen ineinander verkeilen. Die Welt beginnt sich zu drehen – der Horizont rotiert, die Quellwolken wirbeln vorbei. Aela bekommt Pallor zu packen und schlägt die Krallen in seine Flanken. Mit einem Kreischen lässt er von ihr ab. Sie brausen davon und wir hinterher.

So geht es immer weiter, so könnte es von mir aus ewig weitergehen. Durch das Überborden sind Annies und Aelas Reaktionen schneller, ihre Instinkte sicherer und ihre Angriffe härter geworden.

Und ich liebe es.

In diesem Kräftemessen mit Annie und Aela wachsen Pallor und ich über uns hinaus wie seit Jahren nicht mehr. Jede Faser unserer Körper ist lebendig, die Herausforderung wirkt auf uns beide wie eine Droge. Wir überschreiten Grenzen, die ich bisher für unser absolutes Limit gehalten habe, und drängen unsere Gegner zurück. Denn auch wenn sie das Beste aus sich herausholen, kennen wir ihre Fehler und Schwächen genau. Nicht umsonst haben wir ihnen in jahrelangem Training geholfen, diese Fähigkeiten zu schulen.

Und sie kennen uns.

Also ringen wir darum, die Schichten freizulegen. Eine Schwäche auszumachen, einen Fehler zu entdecken. Es ist ein intimer Tanz. Das sind die Dinge, die nur ich in ihr finden kann und nur sie in mir.

Sie findet meine Schwäche zuerst.

Einen Herzschlag lang gebe ich mir eine Blöße, um besser zu zielen, was ich normalerweise schaffe, ohne dass mein Gegner es überhaupt mitbekommt – aber Annie merkt es sofort.

Ihr Schuss fegt über meine ungedeckte Schulter. Ein Treffer.

Es ist der erste Treffer, den ich bei einem öffentlichen Turnier einstecken muss.

Der Schock ernüchtert mich schlagartig und die atemlose Euphorie, die mich getragen hat, schwindet dahin.

Wir starten in die nächste Runde. Ich öffne die Kühlschläuche, um den Schmerz an meiner Schulter zu lindern.

Weit unter uns läutet die Glocke. Wir preschen wieder vor.

Diesmal gehen wir sofort auf Körperkontakt. Die Drachen krallen sich ineinander und winden sich heftig, um freie Schussbahn auf den Reiter des anderen zu bekommen, und als wir uns wieder abstoßen, ertappe ich Annie dabei, wie sie mir in der Horizontalen einen winzigen Angriffspunkt bietet. Ein klassischer Annie-Fehler. Jetzt habe ich sie. Sie zuckt zurück, der Stoß streift sie nur, ein Treffer am Arm.

Ausgleich.

Wir fangen neu an, Annie öffnet ihre Kühlschläuche und wir attackieren. Kurz vor dem Zusammenprall lege ich mich zur Seite, um den Drehimpuls zu nutzen, ein Manöver, das nicht viele Reiter vorhersehen oder kontern können. Aber sie reagiert genau richtig. Sie fliegt einen Schlenker, wir schießen daneben und haben kurz keine Deckung mehr. Annie sieht die Blöße und feuert.

Ihr zweiter Treffer erwischt mich voll am Bein.

Es ist ein Hitzestoß ersten Grades, der als Todesschuss gedacht war. Als der Schmerz mir ins Bein zuckt, stöhne ich dumpf auf, was Annie hört.

»Alles in Ordnung?«, ruft sie.

»Ja.«

Ich bin stinksauer auf mich.

Ich weiche außer Reichweite zurück, um die Kühlschläuche zu öffnen und wieder in Startposition zu gehen, und währenddessen jagt mir ein einziger panischer Gedanke durch den Kopf: Das war der zweite Treffer.

Und auf einmal wird die Möglichkeit real:

Ich könnte verlieren.

Wenn wir so fliegen wie eben, verliere ich garantiert.

Annie könnte Erste Reiterin werden.

Wie kann es sein, dass dieser Gedanke mir zum ersten Mal real erscheint, obwohl ich doch die ganze Zeit wusste, dass sie meine stärkste Gegnerin und dieses Duell meine größte Herausforderung sein würde?

Pallor durchläuft ein Zittern: Mit unseren Gefühlsaufwallungen ist die Schranke zwischen uns dünner geworden. Ich spüre unsere Wut auf unsere Fehler, unsere Erschöpfung, die uns gefährlich nah ans Überborden treibt. Ich kämpfe darum, die Kontrolle nicht zu verlieren.

Die Drachen gehen wieder voreinander in Angriffsstellung. Pallor keucht unter mir, die Anstrengung macht sich allmählich bemerkbar. Bei mir auch. Annie und Aela haben einen Monat lang mit dieser Gefühlsintensität trainiert; wir nicht.

Wir müssen uns beruhigen, konzentrieren und es zu Ende bringen. Bevor wir zu kaputt sind.

Aber dafür müssen wir uns Zeit erkaufen.

Die Glocke läutet. Annie düst vor, doch anstatt ihren Angriff zu erwidern, wende ich Pallor, um außer Schussweite zu fliegen. Er widersetzt sich knurrend, als hasse er mich dafür, und ich kann es ihm nicht verdenken, denn ich hasse mich selbst ein wenig dafür. Wir stoßen in die nächstbeste Wolke hinauf und rasen weiter, immer tiefer in den Schutz der weißen Masse hinein. Mehrmals werfe ich einen Blick über die Schulter, aber dort ist keine Annie weit und breit. Während unseres Kampfes sind die Wolken dichter geworden; wir pflügen durch nahtlose weiße Felder, in denen Auflockerungen eher die Ausnahme sind als die Regel.

Habe ich sie abgeschüttelt?

Wir brechen in eine Wolkenlücke hinein. Über und unter uns ist der Himmel klar, die Arena liegt weit unten, sogar Pythos Feste wirkt in der Ferne ganz klein. Auf allen Seiten umgeben uns mächtige Quellwolken, die im Wind wogen.

Plötzlich bremst Pallor scharf ab. Ich ramme ihm die Fersen in die Flanken, um ihn in den Schutz der Wolken zurückzutreiben, und merke dann, was los ist: Er wird von röchelnden, schmerzhaften Japsern durchgeschüttelt, wie ich sie noch nie von ihm gehört habe. Bei dem Geräusch wird mir angst und bange.

»Pallor«, sage ich. »Ruhig. Alles gut, atme tief durch …«

Ich spüre, wie er sich unter mir anspannt, und gleichzeitig strebt sein Geist *zu mir.* Mir wird bewusst, dass er darum kämpft, die dünne Schranke zwischen uns zu durchbrechen: Pallor drängt darauf, mit mir zu verschmelzen. Obwohl ich mich dem Überborden immer verweigert habe, obwohl ich immer von ihm verlangt habe, Abstand zu wahren. Durch das, was von der Schranke noch übrig ist, spüre ich seine Wut über unsere Schwäche, über unseren demütigenden Rückzug, ich spüre seine Angst vor der Niederlage, seine wilde Entschlossenheit, die er mit mir teilt, dass wir *um jeden Preis gewinnen müssen.* Und darunter noch etwas anderes, eine sonderbare Furcht und Aufregung vor etwas unmittelbar Bevorstehendem, für das er unbedingt *mich* braucht –

»Hör auf … lass das …«

Er strebt verzweifelt danach, zu überborden, sein Geist bestürmt meinen immer heftiger, verlangender, und ich wehre mich dagegen, so gut ich kann. Er zuckt und windet sich, und so verharren wir in der sonnendurchfluteten Wolkenlücke auf der Stelle.

Da gleitet ein Schatten über uns hinweg.

Es ist Annie, die von oben auf uns herabstößt. Aela hat die Flügel angelegt, um noch schneller zu werden.

Pallor bäumt sich auf, um uns zu verteidigen. Die Zuckungen erfassen seinen ganzen Körper, und sein Knurren kommt als abgehacktes Keuchen heraus, wie bei einer würgenden Katze.

Im Bruchteil einer Sekunde erkennen Pallor und ich, dass sie in Reichweite und wir ungeschützt sind und dass Aela das Maul aufgerissen hat, um Asche zu speien.

Gleich werden wir alles verlieren.

Die Schranke zwischen uns sprengt auf.

Erst als seine Gefühle in mich überborden, begreife ich.

Eine letzte Zuckung erfasst Pallor und findet ihr Ventil. Aus seinem Maul schießt gezündetes Drachenfeuer.

Der Rückstoß ist so heftig, dass wir nach hinten geschleudert werden.

Ich werde von Pallors Emotionen überwältigt, von seiner unbändigen Freude und Angst, vermischt mit nur wenig Schmerz; es ist wie ein Rausch. So etwas habe ich noch nie erlebt, dieses Hochgefühl von Macht und Überlegenheit, das ich mit Pallor im Moment des Zündens teile. Als läge uns die Welt zu Füßen. Wir brauchen nur zuzugreifen und wir werden uns alles nehmen.

Und wie von Göttern bebte die Welt im Feuererwachen.

Das Delirium währt einen schwindelerregenden Moment lang, dann komme ich zu mir, ziehe an seinen Zügeln und befehle ihm, nicht mehr zu feuern. Doch es ist schon zu spät. Pallor hat gut gezielt und Annie auf Aela war genau in Schussweite.

Sie sind von Feuer umhüllt.

Aela schlägt matt mit den Flügeln, um sich in der Luft zu halten; Annie sitzt vollkommen reglos im Sattel. Ihre Rüstung ist von Kopf bis Fuß schwarz. Dampf und Rauch steigen aus Rissen, unter denen der Lederanzug sichtbar wird, als die Wolke davonweht und die äußere Schicht des Anzugs verglüht.

Gezündetes Drachenfeuer, das nicht sofort gelöscht wird, ist heiß genug, einen Reiter zu töten, feuerfester Anzug und Rüstung hin oder her.

Mir wird vor Angst speiübel.

»Annie!«, rufe ich.

Der Rausch des Überbordens legt sich schnell; Pallor ist im Geist noch bei mir, kommt nach der Ekstase aber allmählich zu Sinnen und spürt meine wachsende Panik.

Aela schaukelt in einer Windbö und Annies behelmter Kopf kippt schlaff zur Seite.

Ich zwinge mich, nachzudenken. *Aela. Schau Aela an.*

Aelas Pupillen sind noch geweitet, ihr Schnauben verängstigt und erschrocken: beides Zeichen, dass sie den Schmerz ihrer Reiterin spürt. Die Reaktion eines Drachen, dessen Reiterin *noch Schmerz empfinden kann.*

Annie ist da. Vielleicht bewusstlos, aber am Leben.

Erleichterung durchströmt mich.

»Annie, wach auf! Du musst deine Kühlschläuche öffnen!«

Keine Antwort.

Okay, dann müssen wir einfach schnell runter, denke ich, lenke Pallor mit den Zügeln ein Stück tiefer …

Doch Aela macht keine Anstalten, uns zu folgen, und als ich mich zu ihr umdrehe, sehe ich, dass sie von den gleichen Zuckungen erfasst worden ist wie Pallor vorhin.

Natürlich. Wenn ein Drache in der Flotte zündet, passiert es auch bei den anderen. Und Aela ist die Nächste. Gleich wird es so weit sein.

Weil mein Geist noch mit Pallors verschmolzen ist, fühle ich seine Wahrnehmung von Aelas Veränderung auf einer unmittelbaren, animalischen Ebene. Er ist sich ihrer auf eine ganz neue Art bewusst.

Und dann erkenne ich – vielleicht durch Pallors Empfinden vermittelt, vielleicht an den Geräuschen selbst –, dass Aela das Zittern und Würgen nicht nur Angst macht, wie Pallor, sondern dass es ihr wehtut. Und ich erinnere mich, dass das Zünden in manchen Fällen, vor allem bei den Weibchen, schmerzhaft sein kann.

Aela leidet.

Und Annie ist ohnmächtig, an ihr festgebunden wie eine Lumpenpuppe, ohne Kühlung und immer noch weit weg vom Drachenhorst. Jeder Moment, den wir verlieren, während Aela mit dem qualvollen Druck der sich bildenden Flammen kämpft, ist bei Annies lebensgefährlichen Verbrennungen ein kostbarer Moment zu viel.

Die Lösung erscheint mir völlig wahnsinnig und unvermeidlich zugleich.

Ich ziehe mein Stiefelmesser aus dem Schaft und schneide die Lederriemen durch, die mich an die Steigbügel fesseln. Sie sind mein einziger Schutz, falls ich von Pallor abrutsche, und als mir der Hunderte Meter tiefe Fall bewusst wird, der mir droht, wird mir schwindelig. Die Entfernung zum Boden, die winzige Stadt, Arena und Palastanlage unter mir, an die ich sonst kaum einen Gedanken verschwende, verwandeln sich mit dieser einen Geste in etwas Tödliches.

Pallor ist so nah an Aela herangeflogen, wie er nur kann, ohne dass ihre Flügel zusammenstoßen, und schwebt jetzt dicht über ihr. Aela, die weiter krampft und zittert, scheint es nicht zu bemerken, und Annie ist ohnehin nicht in der Lage, irgendetwas zu bemerken.

Ich schwinge mein linkes Bein über Pallors rechte Seite, sodass beide Beine von seinem Flügelgelenk herabhängen und ich nur noch nach unten zu gleiten brauche.

Dann denke ich: *Das ist wahnsinnig, Aela wird mich abwerfen, und das in anderthalb Kilometern Höhe …*

Doch ganz ohne mein Zutun taucht plötzlich eine andere Gewissheit in mir auf. Ein Gefühl, das neu ist und mir zugleich uralt vorkommt, als hätte ich es schon immer gewusst und mich jetzt wieder daran erinnert: ein Echo der betörenden Macht, die bei Pallors Zündfeuer alle meine Sinne erfüllt hat. Der Vers aus dem *Aurelianischen Zyklus* hallt in mir nach, erhebend und rauschhaft.

Und wie von Göttern bebte die Welt im Feuererwachen.

Ich nehme all meinen Mut zusammen.

»Wenn sie mich abwirft«, sage ich zu Pallor, »fang mich auf.«

Zum ersten Mal in meinem Leben habe ich Drachisch mit ihm gesprochen.

Dann lasse ich mich von einem Drachen auf den Rücken eines anderen fallen.

Aela kreischt unter dem plötzlichen Gewicht auf und buckelt, um es loszuwerden, aber ich bin rittlings hinter Annie gelandet und schaffe es, mich am Sattelknopf festzuhalten. Ich lege einen Arm um Annie – in den Jahren, seit ich sie zuletzt so gehalten habe, ist sie vom Kind zur Frau herangewachsen, aber ihr Körper kommt mir in diesem Moment trotzdem viel zu klein und zart vor und ihre Rüstung schwelt noch und ist glühend heiß. Den anderen Arm strecke ich nach vorn zu Aelas Hals, streichle sie mit leichtem Druck, flöße ihr Ruhe ein. Es fühlt sich zutiefst verkehrt an, den Drachen eines anderen so zu berühren, und ich weiß, dass Aela es als ebenso falsch empfindet wie ich.

»Sachte, sachte, ich will ihr nur helfen – *du kennst uns*, Aela …«

Pallor kreist unter uns und durch unsere immer noch anhaltende Verbindung spüre ich seine Angst um uns, die Euphorie der Zündung und seine unterschwellige, urtümliche Wahrnehmung Aelas; und durch ihn spüre ich, dass sie ihn ebenfalls wahrnimmt und dass seine Gegenwart ihr Trost spendet.

Aela wimmert, aber zu meinem Erstaunen bockt sie nicht mehr.

Mit einer zitternden Hand öffne ich die Kühlschläuche in Annies Helm, ihren Schultern, Armen, dem Rücken. Annie hängt leblos und leicht in meinen Armen, aber die Temperatur ihres Anzugs sinkt merklich, als die Kühlflüssigkeit hindurchströmt. Mit der anderen Hand streichle ich weiter Aela, die vor Schmerz scheut.

»Es ist gleich vorbei, Aela, ich weiß, das tut weh …«

Ich denke an Pallor, an seinen verzweifelten Drang, mit mir zu verschmelzen, im Überborden Erleichterung zu finden.

Aela braucht Annie und Annie kann gerade nicht für sie da sein.

»Annie, du musst aufwachen …«

Aber beim Aufwachen erwarten sie schreckliche Schmerzen. Ich öffne weitere Kühlschläuche an ihren Hüften, den Oberschenkeln, den Waden. Der Geruch von versengtem Leder und verbranntem Haar steigt mir in die Nase. Entsetzt stelle ich fest, dass anstelle ihres Zopfes nur noch ein Stummel aus verkohlten Strähnen unter ihrem Helm hervorschaut.

Das habe ich ihr angetan. Annie, meiner Annie –

Und ich habe dabei auch noch pures Glück empfunden –

»Es tut mir leid, es tut mir so leid …«

Die Worte kommen erstickt über meine Lippen und vor meinen Augen verschwimmt alles.

Da rührt sich Annie in meinen Armen, ganz wenig nur, und stöhnt. Aela spürt ihre Reiterin wach werden und schreit auf, ein flehendes, angsterfülltes Kreischen. Es ist ein zutiefst intimer Ruf. Als ich ihn höre, sträuben sich mir die Nackenhaare: In diesem Moment bin ich nur ein Eindringling.

»Aela«, murmelt Annie durch ihren geteilten Schmerz hindurch liebevoll.

Mehr braucht es nicht. Aela krümmt sich in einer letzten Zuckung, dann gleißt Drachenfeuer am Himmel.

~

Als wir in Hörweite der Arena kommen, hören wir die Zuschauer toben. Zuerst verstehe ich gar nicht, warum. Und dann erinnere ich mich: Callipolis hat eine gezündete Flotte.

Und einen Ersten Reiter.

Das Duell wird wiederholt, rede ich mir ein. An diese Möglichkeit klammere ich mich verzweifelt, denn die Alternative – dass ich auf diese Weise und unter diesen Umständen gewinne – ist einfach zu schauderhaft. *Sie werden, sie müssen uns den Kampf wiederholen lassen.*

Ich reite immer noch auf Aela, traue mich aber nicht, sie mit den Zügeln zu lenken. Also fliegt Pallor vorneweg und sie scheint ihm bereitwillig zu folgen. Annie, die wieder das Bewusstsein verloren hat, hängt schlaff in meinen Armen.

Der Jubel geht unvermindert weiter, bis wir auf dem Drachenhorst landen. Erst dann merken die Leute endlich, dass etwas nicht stimmt. Ich steige vom falschen Drachen, schneide Annie los und hebe sie von Aelas Rücken. Die Ärzte stehen schon mit einer Trage bereit; ich schleppe sie die wenigen Meter dorthin und bette sie darauf. Als wir ihren Helm entfernen, hat sie die Augen geschlossen, und was von ihrem Haar noch übrig ist, ist klatschnass von der Kühlflüssigkeit.

»Lee, das wird schon, sie wird schon wieder …«

An dem Ton, in dem die Leute mit mir sprechen, erkenne ich, dass ich jede Selbstbeherrschung verloren habe.

»Lee«, sagt Goran leise, »du musst zur Palastloge hinauf, du wirst erwartet.«

»Bitte, ich will bei ihr bleiben …«

»Du kannst zu ihr, sobald du fertig bist. Jetzt will Callipolis seinen Ersten Reiter sehen.«

»Nein, der Kampf muss wiederholt werden!«

»So läuft das nicht, Lee.«

»Bitte, *bitte*, nicht so ...«

Die Menge skandiert: *Lee auf Pallor, Erster Reiter.* Der Titel, von dem ich als Kind geträumt habe, in Verbindung mit meinem Namen.

Kurz ist die Ironie dieses Siegs so bitter, dass ich es fast auf der Zunge schmecke. Da ist mein Traum tatsächlich wahr geworden, Jahre später, in einer vollkommen anderen Welt und gegen jede Wahrscheinlichkeit, und ich will in diesem Moment nur, dass er rückgängig gemacht wird.

Goran packt mich an der Schulter und sein Ton wird hart. »Reiß dich zusammen. Für Callipolis.«

Ich trockne mir das Gesicht, während ich die Stufen zur Palastloge erklimme.

Danach mache ich nur einen einzigen Umweg, bevor ich zur Krankenstation gehe. Ich begebe mich ins Lyzeum, zu Tyndales Büro, und schiebe ihm eine Nachricht unter der Tür durch. Die Worte sind mir mit der Selbstverständlichkeit, die nach reiflicher Überlegung kommt, aus der Feder geflossen, und mit derselben flammenden Gewissheit, die mich erfasst hat, als ich von Pallors Rücken gesprungen bin.

Man hat mir ausgerichtet, dass Du einen Brief von mir erwartest. Hier ist er. Wenn Du dies liest, wirst Du schon erfahren haben, dass unsere Flotte gezündet ist und wie die Antwort des Protektors lautet. Callipolis wird sich nicht beugen.

Du hast mir einmal geschrieben, Du würdest mir wünschen,

dass ich das Gefühl erlebe, mir läge die Welt zu Füßen. Heute ging es mir so.
Deine Entscheidungen sind Deine Sache. Mein Gewissen ist allein meine.
Bringt allen Zorn, den Ihr habt, und ich werde ihm mit unserem begegnen.

– Annie –

In einem Dämmerzustand zwischen Schlafen und Wachen vegetiere ich in einem fremden Zimmer dahin, wo Tag und Nacht eine vertraute Gestalt an meinem Bett sitzt. Salben werden aufgetragen und Verbände erneuert und in meiner vom Schmerz getrübten Wahrnehmung vergeht die Zeit in seltsamen Schüben. Doch in einem der lichten Momente taucht in meinem Kopf plötzlich klar und deutlich ein einzelner drachischer Satz auf, den mein Unterbewusstsein im Schlaf verarbeitet und zu Ende übersetzt hat: Lees Antwort auf Tyndale.

Ich habe ihnen nichts mehr zu sagen.

Mit der tiefen Erschöpfung unendlicher Erleichterung schlafe ich wieder ein.

Als ich schließlich erwache, tut mir jeder Zentimeter meines Körpers weh.

Langsam stellt sich die Welt scharf und ich erkenne, wo ich bin. In einem Zimmer auf der Krankenstation, wo ich schon mehrfach gelegen habe, nur noch nie mit so vielen und so dicken Verbänden. Das Fenster ist offen und lässt Licht und Luft des Sommers herein. Auf dem Beistelltisch stehen Vasen voller Blumen. Neben meinem Bett, auf einem unbequem aussehenden Stuhl, sitzt Lee. Im Schlaf ist ihm der Kopf auf die Brust gesunken; er hat immer noch dunkle

Ringe unter den geschlossenen Augen, aber die Sorgenfalten auf seiner Stirn sind verschwunden.

Wie lange bin ich schon hier? Seit wann ist *er* hier?

Vereinzelte Erinnerungen an unser Duell blitzen auf: der dumpfe Schock beim Anblick der Mitteilung des Ministeriums; meine zu Aela überbordende Entschlossenheit; die schmerzhafte Erleichterung, mich endlich wieder mit Lee auf Pallor zu messen. Die zunehmende Siegesgewissheit. Und dann, wie einem uralten Albtraum entsprungen, Drachenfeuer und Schmerz. Und Aela, die mich braucht, und Lee, der immer noch da ist, der mich hält –

Diese Erinnerung irritiert mich. Das kann nicht sein. *Wie …?*

Aber in meinem Gedächtnis taucht das Unmögliche auf. Lee hinter mir, auf Aelas Rücken. Mit einer Hand tastet er nach den Ventilen meiner Kühlschläuche, mit der anderen streichelt er Aelas Hals, während sie sich mit dem Zünden quält. Und das nicht nur in meinem Gedächtnis, sondern auch in Aelas. Ich erinnere mich an ihre Angst und Wut über den Eindringling und wie sie sich unter seinen tröstenden Berührungen und Worten vertrauensvoll öffnet.

Bei der Erinnerung schnürt sich mir die Kehle zu.

Dann geht mir auf, *wie* er das bewerkstelligt haben muss, und ich sehe ihn mit einer Mischung aus Empörung und Zärtlichkeit an.

Du tollkühner, furchtloser Dummkopf.

Lee regt sich, reißt dann plötzlich die Augen auf und fährt hoch. Sofort sind die Sorgenfalten auf der Stirn und um den Mund wieder da. Er blinzelt mich an und sieht, dass ich wach bin. Erleichterung überkommt ihn.

»Hey«, sagt er.

Aber es klingt schüchtern und ich merke, dass er nervös

und beschämt ist. Es dauert einen Moment, bis ich verstehe, warum.

»Es geht mir gut, Lee«, versichere ich.

»Es tut mir so leid«, sagt er heiser. »Annie, ich wollte nie …«

Ich lache, höre aber gleich wieder auf, weil es so wehtut. Als er das erkennt, sieht er mich bestürzt an.

»Es ist nicht deine Schuld, dass Pallor gezündet ist.«

Lee schüttelt den Kopf, als wäre das nicht alles. »Ich habe um eine Wiederholung des Duells gebeten«, murmelt er mit gesenktem Blick. »Aber sie waren dagegen …«

Ich lächle, obwohl das auf andere Art schmerzt.

»Warum sollten sie das tun?«, frage ich.

Lee sieht mich kummervoll an. »Weil du den Sieg verdient hast.«

Es nimmt mir den Atem, das laut ausgesprochen zu hören. Es von *Lee* zu hören.

Ich ringe nach Worten, mit denen ich meinem Gefühl Ausdruck verleihen könnte, um es nicht Enttäuschung zu nennen. Wie soll ich erklären, was dieser Sieg, so unwesentlich er auch sein mag, für mich bedeutet hat? Dass es mir auf etwas ankam, das nichts mit Lee oder Callipolis zu tun hat, sondern nur mit mir selbst?

»Es war schön, es wirklich … zu wollen. Ich wusste nicht, dass ich etwas so sehr wollen kann. Und zu glauben, dass mir der Sieg …«

Dass mir der Sieg gebührt.

Und so fühlt es sich also an, wenn man es zulässt, etwas unbedingt zu wollen, und es dann nicht bekommt. Ich schlucke die Tränen hinunter, die mir in den Augen brennen. Lee schaut auf seinen Schoß.

»Egal«, füge ich hinzu. »Wahrscheinlich ist es … besser so. Du warst ihr Wunschkandidat.«

Durch Lee geht ein Ruck. Er fährt sich mit den Fingern durchs Haar, dann greift er in seine Tasche und holt einen Brief hervor. Er ist zerknittert und das Siegel gebrochen, aber ich erkenne den Umschlag sofort.

»Ich bin noch mal hin … als du geschlafen hast. Da steht was anderes drin, als wir dachten.«

Er reicht mir die Mitteilung. Ich öffne sie. Die Nachricht besteht aus einem einzigen Satz.

Antigone,
zeig ihnen, was in Dir steckt.
Miranda

Und so erfahre ich, dass auch Trost verletzen kann.

Ich hätte nicht gedacht, dass meine Enttäuschung noch bitterer werden könnte, aber das ist der herbste Schlag von allen. Den Zuspruch endlich schwarz auf weiß zu haben, die Bestätigung zu bekommen, nach der ich mich gesehnt und um die ich gekämpft habe, seit ich denken kann – aber zu spät.

Am liebsten würde ich dem körperlichen Drang nachgeben, die Knie an die Brust zu ziehen, die Arme darumzuschlingen, das Gesicht zu vergraben und zu heulen.

Niedergeschmettert vor Scham und Schuldgefühlen, starrt Lee zu Boden, und obwohl er mich allein lassen würde, wenn ich ihn darum bäte, weiß ich, dass noch nicht alles gesagt ist. Also wische ich mir mit den Daumen über die Augen, beherrsche mich und sage die Worte, die er braucht. Die wir beide brauchen und nie vergessen dürfen.

»Du wirst ein wunderbarer Erster Reiter sein, Lee.«

Ich erteile ihm meinen Segen, aus tiefstem Herzen.

Lees Augen sind blutunterlaufen, als er den Blick hebt und mich ansieht.

Wunderbar: dieser Junge, der zum Mann herangereift ist, der bereit ist, Callipolis zu führen, der über all die Jahre mein bester Freund gewesen ist und der tapferste Mensch, den ich kenne.

Dem ich bis zum Ende vertrauen werde.

Mit zitternder Stimme füge ich hinzu: »Und es wird mir eine Ehre sein, dir als deine Alterna zur Seite zu stehen.«

Die Vergangenheit liegt hinter uns, wir sehen einem Krieg entgegen und unsere Flotte ist gezündet.

Alles andere ist unwesentlich.

Lee streckt den Arm aus, und als seine Finger meine verbundene Hand umschließen, ziehe ich sie nicht zurück. Einen Moment lang verharren wir reglos und spüren in der Stille der Krankenstation den Puls zwischen unseren Handflächen pochen.

Lee bricht das Schweigen als Erster. Seine Stimme ist nur noch ein Hauch.

»Annie. Ich brauche deine Hilfe. Du musst für mich …«

»Tyndale melden. Das habe ich schon.«

Lee blinzelt.

Mein Herz rast wie wild, aber ich spreche mit fester Stimme und festem Blick.

»Nachdem ich gehört hatte, wie … Ich war nicht ganz sicher, was ich da gehört habe, aber ich wollte nicht …« Meine Finger krampfen sich um seine. »Ich wollte nicht, dass du noch einmal mit ihm sprichst. Mit … ihnen. Das war mir ganz klar.«

Das war die Karte, auf die ich gesetzt habe. Tyndale, nicht Lee.

Und jetzt weiß ich, dass ich mich richtig entschieden habe. *Ich habe ihnen nichts mehr zu sagen.*

Er reibt sich die Stirn und atmet langsam durch den Mund aus, als würde ihm bewusst, wie haarscharf er der Gefahr entronnen ist. Weil ich genauso gut ihn hätte melden können.

»Ich habe in meinem Namen einen Bericht eingereicht«, fahre ich fort, »mit dem Hinweis, dass er sich gegen das Verbot des *Aurelianischen Zyklus* ausgesprochen hat. Das sollte dich eigentlich … nicht belasten. Das Umerziehungskomitee müsste noch diese Woche davon erfahren.«

Ich sehe Lee an, dass ihm ein riesiger Stein vom Herzen fällt.

»Danke«, sagt er heiser. »Ich musste … Ich konnte nicht …«

»Ich weiß.«

Die nächsten Worte bringt er nur gekrächzt heraus. »Es … wird schlimm werden, Annie. Bald.«

Ich frage mich, ob er damit Callipolis oder sich selbst meint. Denn als ich ihm ins Gesicht sehe, wird mir klar, was uns und was ihn erwartet. Zwischen Callipolis und Neu-Pythos steht nur noch Drachenfeuer. Lees Entscheidungen werden sich rächen.

Mir fällt kein besserer Trost ein, als den Weg zu bestätigen, den er gewählt hat.

»Dann ist es gut, dass unsere Flotte gezündet ist.«

12

DER TAG DES STURMS

— Lee —

Annie wird wenige Tage vor dem Gedenktag aus der Krankenstation entlassen. Weil ich zum Flottenkommandanten befördert worden bin, wird sie meine Nachfolgerin als Anführer des Aurelian-Geschwaders. Das Abzeichen für ihre Uniform überreiche ich ihr selbst; meine ziert bereits die Medaille des Flottenkommandanten. Ein Signalhorn in dem gold-silbernen Zwillingsring der Wächter für den Ersten Reiter, ein Aurelian mit ausgebreiteten Flügeln für die Geschwaderführerin. Sie nimmt es mit einem liebenswürdigen Lächeln, das weder ihre versteckte Enttäuschung verhehlen noch meine Gewissensbisse lindern kann, entgegen.

Seit dem Turnier sind drei weitere Drachen gezündet. Obwohl das noch nicht für eine Offensive reicht – vor allem nicht gegen das hinter einer natürlichen Barriere verschanzte Neu-Pythos –, schwingt die Stimmung in der Stadt merklich um. Callipolis kann sich wieder selbst verteidigen. Diese neue Zuversicht, gerade rechtzeitig zum Nationalfeiertag, gibt dem Informationsministerium die Gelegenheit, die Parade und die Feierlichkeiten für seine Zwecke zu nutzen und die Bevölkerung auf den Krieg einzuschwören. Auf die Parade konzentrieren sich aber auch die Sicherheitsbedenken des Verteidigungsministeriums.

Nachdem man ihn der Aufwiegelung der Jugend gegen nationale Interessen schuldig gesprochen hat, ist Tyndale in den Tiefen des Kerkers verschwunden, den sich das Umerziehungskomitee mit dem Informationsministerium teilt. Trotz der neuen Entwicklungen in unserer Flotte bleibt das Verbot des *Aurelianischen Zyklus* in Kraft. Überall in der Stadt werden Ausgaben des Versepos konfisziert, darunter auch die Exemplare in der Büchersammlung von Lotus' Vater.

Neben der persönlichen Bibliothek des Protektors ist die Bibliothek der Wächter der einzige Bestand, der nicht gesäubert wird, aber bei der Verbrennung müssen wir dennoch zugegen sein. Als ich zusehe, wie die Flammen die Buchseiten in Fetzen verwandeln, die wie Herbstlaub im Wind davonwirbeln, fällt mir eine Stelle aus dem Zyklus ein, so bitter wie Rauchgeruch in der Luft:

Euch, Asche und verheerende Flammen der Heimat, ruf ich zu Zeugen,
dass keine Gefahr, keinen Schmerz ich scheute bei eurem Untergang,
und ist uns der Tod bestimmt, so will ich im Kampfe fallen.

Drei Tage vor dem Tag des Sturms auf den Palast werde ich von Cor wach gerüttelt. Ich muss so wild geträumt haben, dass ich mich halb aus dem Bett gewälzt habe und in der Decke verheddere, bevor Cor mich zurück aufs Bett setzt.

»Alles ist gut. Du hast nur …«

Die anderen aufgeweckt, merke ich jetzt. Das passiert mir nicht mehr oft, aber so unmittelbar vor dem Gedenktag ist alles möglich. Im Schlafsaal ist es ungewöhnlich still, das übliche Schnarchen ist verstummt. Die Albträume, aus denen ich gerissen worden bin, waren so lebhaft, dass mir die Schreie noch in den Ohren gellen. Die Decke ist nass geschwitzt und mein Gesicht feucht.

»Danke. Tut mir leid. Habe ich …«

In meiner Verwirrung kann ich nur stammeln, aber Cors geflüsterte Antwort holt mich schlagartig in die Wirklichkeit zurück. In der Dunkelheit kann ich seinen Gesichtsausdruck nicht erkennen. »Du hast … immer wieder ›Nein‹ gesagt.«

Erst jetzt registriere ich, dass seine Hand noch auf meiner Schulter liegt.

»Danke«, sage ich und schüttele sie mit einem Schulterzucken ab.

An diesem Morgen haben die Reiter des Vierten Rangs wieder ihre Privatstunde bei Atreus. Er verteilt mehrere identische, stark abgegriffene Heftchen, die mit dem roten Stempel des Zensurkomitees als verboten ausgewiesen sind. Als ich den Titel lese, bricht mir der kalte Schweiß aus.

Was beim Sturm auf den Palast und im Roten Monat wirklich geschehen ist. Ein Bericht von R. T.

»Das Gedenken an den Sturm auf den Palast eignet sich ideal als patriotisches Fest für unser Land«, sagt Atreus. »Die Geschichte eines Neubeginns, der die Vergangenheit auslöscht, hat auf das Volk eine einigende Wirkung. Doch für euch vier ist es ein guter Anlass, über die Bürden nachzudenken, die euch als Regenten auferlegt werden. Wir befürworten zwar, dass alle anderen in unserer Stadt den Mythos des Sturms auf den Palast feiern, aber ihr sollt euch mit den Tatsachen befassen. Das Büchlein, das ihr vor euch habt, ist kurz nach der Revolution veröffentlicht und dann aus Gründen der politischen Stabilität verboten worden. Es liefert euch eine treffende Zusammenfassung. Bitte nehmt euch ein paar Minuten Zeit, euch mit dem Inhalt vertraut zu machen, bevor wir mit der Diskussion beginnen.«

Weil es nur drei Hefte gibt, müssen Cor und ich uns eins teilen. Als ich keinen Finger rühre, greift Cor danach und blättert darin. Ich bin fest entschlossen, weder Annie noch Power noch das Buch selbst anzusehen, und beobachte stattdessen, wie sich Cors Stirn in immer tiefere Falten legt, während seine Augen über die Seiten wandern. Dann stockt ihm der Atem. Beim Weiterlesen legt er eine Hand auf den Mund.

Mittlerweile habe ich jahrelange Übung darin, Unterricht über die Revolution und den Roten Monat über mich ergehen zu lassen. Ich habe gelernt, eine ausdruckslose Miene aufzusetzen und stumm vor mich hin zu zählen. Eine Unterrichtsstunde lang lässt sich alles aushalten.

Doch nur wenige Lehrer haben sich ausführlicher mit dem Sturm auf den Palast befasst, und selbst wenn er Thema war, kamen die Fakten nie so deutlich auf den Tisch.

Als Cor schließlich aufschaut, ist sein Gesicht fast grün. Er schiebt mir das Heft hin, falls ich auch einen Blick hineinwerfen will. Ich klappe es zu und schiebe es zurück.

Atreus bricht das Schweigen. »Cor, würdest du bitte vorlesen? Ab Seite vierzehn oben.«

Cor schlägt die Seite auf und die anderen tun es ihm nach. Mit heiserer Stimme liest er vor, welches Schicksal dem aurelianischen Triarchen und seiner Familie widerfahren ist. Der Raum beginnt vor meinen Augen zu flimmern.

Als der Bericht beim zweiten Kind angekommen ist, versagt Cor die Stimme.

Atreus bittet ihn nicht, weiterzulesen.

Cor sieht auf. »Haben Sie das gewusst? Wussten Sie vorher, dass es so kommen würde?«

Atreus' Lächeln ist hart wie Stahl.

»*Wissen* kann man es nie«, erwidert er. »Aber der Verlauf eines Volksaufstands ist ziemlich vorhersehbar. Wir wussten, dass wir die Leute kaum mehr unter Kontrolle haben, wenn wir sie erst einmal in den Palast lassen.«

Atreus macht eine Pause, damit wir dieses Geständnis sacken lassen können. Dann fährt er fort.

»Es eskalierte stärker, als wir das wollten. Das gebe ich zu. Aber das war ein Risiko, das ich von Anfang an mit einkalkuliert hatte. Es war eine schwere Entscheidung, aber sie war unumgänglich. Besser ein Mal diese Tode, so grausam sie auch waren« – Atreus trommelt mit den Fingern auf das Heft vor ihm –, »als unzählige weitere unschuldige Todesopfer in der Zukunft. Stimmt ihr mir zu?«

Stille. In dem ohrenbetäubenden Schweigen pocht mir das Blut in den Ohren.

Power spricht als Erster. »So schwer kann die Entscheidung nicht gewesen sein.«

Atreus' Ton ist kühl. »Nein?«

»Nichts davon ist schlimmer als das, was sie uns angetan haben«, sagt Power. »Blut um Blut.«

Die Worte hinterlassen einen seltsamen Beigeschmack. Ich spüre, dass Cor zu mir rüberspäht, und nach einer paranoiden Schrecksekunde geht mir auf, warum. Gegen solche Denkweisen wehre ich mich normalerweise entschieden.

Dann höre ich sie antworten.

»Du meinst, sie hätten das verdient?«

Ich kenne Annie zu gut, um nicht herauszuhören, wie wütend sie ist.

Power sagt: »Ja. Nach dem, was sie uns angetan haben, haben sie es verdient.«

Annie schnaubt. »Was sie wem angetan haben, dem *Janiculum*?«

Power entgeht ihr ungläubiger Ton nicht. Seine Augen werden schmal und seine Gesichtszüge verzerren sich, als er sich vorbeugt und die Stimme senkt. »Meine Mutter war aus Kargsal. Ich bin *Kargsaler*. Das Hochland war nicht die einzige Gegend in Callipolis, die gelitten hat, Annie. Was Kargsal angeht, haben die Drachenblütigen bekommen, was sie verdient haben.«

Das ist das erste Mal, dass Power offen zugibt, nicht nur kein Patrizier, sondern sogar aus Kargsal zu sein. Cors Augenbrauen schießen in die Höhe, als er Powers verkniffenes Gesicht mustert.

Annies Stimme bebt. »Was ihnen da widerfahren ist, das war keine Gerechtigkeit, das war ein Massaker.«

Nun hebe ich doch den Blick von dem gebeizten Eichentisch und sehe sie an. Nachdem sie sich den verbrannten Zopf nach dem Duell ganz abgeschnitten hat, hängen ihre Haare in kurzen Zotteln bis zum Kinn, wie bei einem Gassenjungen. Sie stiert Power böse an und wird allmählich rot.

Ich höre mich selbst sprechen.

»Gerade du solltest es doch für gerechtfertigt halten.«

Annies Blick zuckt zu mir. Aus dem Augenwinkel sehe ich die anderen unbehaglich auf ihren Stühlen hin und her rutschen, weil ihnen genauso klar ist wie Annie, worauf ich anspiele. Atreus will sich mit einem Räuspern einmischen, doch Annie kommt ihm zuvor. Ihre Stimme klingt unerwartet belegt.

»Für was für einen Menschen hältst du mich, Lee?«

Meine Kehle wird eng.

Atreus bricht das Schweigen in ungeduldigem Ton.

»Antigone hegt ein – bewundernswertes – Mitgefühl für ihre Feinde, an dem Lee und Power sich ein Beispiel nehmen sollten«, sagt er. »Die Entscheidung, wer sterben muss, sollte niemals leicht sein. Selbst wenn die Opfer, wie in diesem

Fall, Gräueltaten begangen haben. Wie ihr vielleicht wisst, war ich vor der Revolution leitender Berater von Arcturus Aurelian. Ich kannte die Familie, deren Schicksal uns Cor eben vorgelesen hat, sehr gut.«

Annie holt tief und langsam Luft. Atreus spricht mit gelassener Ruhe weiter.

»Angesichts dieser Verbindung fragen sich manche, ob ich die Gewaltakte gegen Arcturus und seine Angehörigen aus persönlichen Gründen befördert habe. Ob es ein Rachefeldzug war, weil er mir in irgendeiner Weise unrecht getan hat. Immerhin wurden viele Revolutionäre von diesem Motiv getrieben.« Hier nickt Atreus gnädig in Powers Richtung. Power zuckt zusammen und lehnt sich in seinem Stuhl zurück. Atreus' Ton bleibt distanziert.

»In meinem Fall trifft das nicht zu. In meinem Fall hatte ich persönlich sogar allen Grund, zu Arcturus zu halten. Er war immer gut zu mir, wenn ich Hilfe brauchte, hatte meine Ausbildung bezahlt und mich nach Kräften gefördert. Doch alles in allem konnte das, was er für mich persönlich getan hatte, das Unrecht, das er als Regent verübte, bei Weitem nicht ausgleichen. Und das hat den Ausschlag für meine Entscheidung gegeben. Das Wohl meines Volkes stand über meinem persönlichen Empfinden.«

Cor trommelt nervös mit den Fingern auf dem Tisch, Annie macht große Augen, Power sitzt abfällig grinsend und mit verschränkten Armen da und sieht Atreus mit so etwas wie Abscheu an, aber alle wirken gleichermaßen entsetzt. Als wäre das, was Atreus schildert – ein kühles Abwägen, unbeeinflusst von eigenen Rachegefühlen –, die verstörendste Version der Geschichte.

Ich verspüre etwas anderes. Erleichterung.

Ich bin nicht der Einzige, der diesen Weg gewählt hat. Einst, vor vielen Jahren, hat Atreus sich ebenso entschieden.

Er sagt: »Mit der Bürde von Arcturus' Tod und dem Tod seiner Familie werde ich bis ans Ende meiner Tage leben.«

Dann hebt er den Blick und sein Ton gewinnt an Schärfe, als er hinzufügt: »Das heißt nicht, dass ich sie bereue.«

Atreus lässt uns einen Moment des Schweigens, bevor er uns sein Fazit mit auf den Weg gibt.

»Viel von dem, was ihr als Wächter tun werdet, wird auf die Entscheidung hinauslaufen, welches das geringere Übel ist. Wer leben darf und wer sterben soll. Das wird – das *sollte* – eine schreckliche Bürde sein.

Es mögen Zeiten kommen, in denen ihr an euch selbst zweifelt. Denkt in jenen Momenten daran, dass diese Entscheidungen besser von euch als von anderen getroffen werden. Wenn alles läuft wie vorgesehen, werdet ihr die vernünftigsten, am umfassendsten ausgebildeten und geeignetsten Anwärter auf die Regentschaft sein. Es wird eure *Pflicht* sein, solche Entscheidungen zu treffen und dem Wohl anderer zuliebe die Schwere der Schuld zu tragen.«

Es kommt mir ein bisschen komisch vor, mich weiter mit Crissa zu treffen, ohne dass uns das gemeinsame Training für das Turnier einen Anlass oder eine Ausrede bietet. Doch der Wunsch danach ist stärker als die Gründe, die Sache zu beenden.

»Ich dachte schon, du würdest nicht kommen«, sagt sie, als ich sie im Schlafsaal der Mädchen treffe.

Goldenes Nachmittagslicht fällt ins Zimmer. Crissa sitzt mit angezogenen Knien an ihrem Schreibtisch, auf dem sich Hausaufgaben und aus dem Refektorium entwendete Becher stapeln, und liest für die Schule. Die anderen Wächterinnen haben gerade Termine und so haben wir den Raum für uns allein.

»Ich musste ... Ich bin spazieren gegangen.«

Ich werfe meine Büchertasche neben ihr Bett, lasse mich in den Kissenberg sinken und schließe die Augen. Das Bett riecht nach frischer Meeresluft, vermischt mit einem lieblicheren Duft, den ich jetzt immer mit Crissa verbinde.

»Ist alles ... in Ordnung, Lee?«

Sie schlägt einen forschend-teilnahmsvollen Ton an, den ich oft anderen gegenüber verwende, aber mit dem ich, soweit ich mich erinnern kann, noch nie angesprochen worden bin. Das trifft mich so unvorbereitet, dass ich erst gar nicht weiß, was ich antworten soll.

»Ich dachte nur ... Ich dachte, es hat vielleicht damit zu tun, dass du dir nach dem Turnier Sorgen um Annie gemacht hast, aber jetzt geht es ihr ja besser und du bist immer noch ...«

Sie beendet den Satz nicht. Ich habe die Augen geöffnet und liege ganz still da, während ich zu ihr sehe, aber sie starrt weiter in ihr Buch.

»Was bin ich immer noch?«, hake ich leise nach.

»Traurig«, sagt sie.

Jetzt sieht sie mich doch an.

»Ich weiß« – sie spricht behutsam, als begebe sie sich auf Glatteis – »dass du vielleicht Dinge erlebt hast, die du nicht ... über die du nicht sprechen willst, weil es zu schwer ist. Und mir ist klar, dass ich nichts, *nichts* darüber weiß, was da passiert sein muss. Aber wenn es irgendetwas gibt, was du mir erzählen magst, wenn ich dir irgendwie helfen kann ...«

Laut der offiziellen Biografie, die auch Crissa kennt, habe ich im Roten Monat meine Familie verloren. In ihrem Todeskampf hat die Triarchie so viele Kinder aus den Armenvierteln zu Waisen gemacht, dass die Geschichte nie angezweifelt worden ist.

Ich stelle mir vor, wie ich es ihr erzähle: dass der schlimmste Tag meines Lebens Jahr für Jahr als nationales Fest begangen und mit einer Parade gefeiert wird; und dass ich mich, statt bei meinen letzten noch lebenden Verwandten Trost zu suchen, mit ihrem Usurpator gemein mache.

Als ich nichts sage, steht sie auf und streckt sich neben mir auf dem Bett aus. Obwohl ich mich ihr nicht zuwende – mein Körper fühlt sich bleischwer an, als gehörte er gar nicht zu mir –, rutscht sie näher, schmiegt sich an mich und legt den Kopf auf meine Schulter. Mit einem Arm greift sie über meine Brust und umfasst meine andere Schulter. Sie hält mich, merke ich, ganz fest.

»Irgendwann«, murmelt sie in meine Schulter, »wenn wieder Frieden herrscht, will ich mich für ein paar Tage beurlauben lassen und dich mitnehmen. Zu mir nach Hause. Nach Seehafen. Um die Strände zu sehen.«

Sie hat es, fällt mir auf, nicht als Frage formuliert, sodass ich gar nicht Nein sagen kann. Es hört sich so schön an, dass ich antworte, ohne nachzudenken.

»Ich war schon mal da.«

»Wirklich?« Sie klingt verwundert. Es dauert einen Moment, bis ich verstehe, warum.

»Das Waisenhaus hat einen Ausflug organisiert«, füge ich benommen hinzu.

Es war kein Ausflug des Waisenhauses. Es war ein Familienurlaub. Sand in unseren Haaren, Winkerkrabben unter unseren Füßen, der Duft von frisch gebratenem Fisch, den Diener auf einem Spieß über dem Feuer drehten. Meine Schwestern haben mich eingebuddelt.

»Hat es dir gefallen?«

»Ja«, sage ich. »Sehr.«

An dem Tag, an dem ich aus der Krankenstation entlassen werde, findet eine Vorbesprechung zur Parade statt, an der Miranda Hane, General Holmes, Lee, Cor, Power und ich teilnehmen. Es geht um Sicherheitsmaßnahmen während des Festumzugs. Bei Hanes Anblick fällt mir ihre Mitteilung ein und kurz wird mir flau im Magen. Mit den vielen Bandagen unter meiner Uniform kann ich mich weiter nur sehr eingeschränkt bewegen, still sitzen ist unbequem, und dass ich meinen Zopf nicht mehr spüre, verwirrt mich immer noch.

»Wusstest du eigentlich«, sagt Hane, bevor die Besprechung beginnt, »dass deinetwegen der Titel *Alterna* zum ersten Mal in der Geschichte unserer Literatur eine weibliche Endung trägt?«

Alterna ist ein Lehnwort aus dem Drachischen. Auch wenn Hane mir damit nichts Neues sagt, freue ich mich über die nette Geste, eine Mischung aus Glückwunsch und Beileid, die sie in sanftem Ton und mit einem Lächeln kundtut.

»Danke«, sage ich und hoffe, dass sie das auch auf ihre Mitteilung vor dem Turnier bezieht.

Hane eröffnet die Besprechung mit der Forderung, so viele Drachen wie möglich in der Prozession der Reiter über den Siegesboulevard ziehen zu lassen. General Holmes, der während der Feierlichkeiten nicht auf Patrouillenflüge verzichten will, scheint zu diesem Zugeständnis bereit. »An diesem Tag geht es mir vorrangig um die Sicherheit der Stadt. Für die Verteidigung ist es nur günstig, wenn der Großteil der Reiter bewaffnet und mitten in der Stadt präsent ist.«

Unterdessen starrt Lee wie gebannt durch das Fenster

auf den Feuerschlund. Das Licht ist grau: Eine tiefe Wolkendecke hängt über der Stadt, was alle unruhig macht, die mit der Luftabwehr zu tun haben. Dichte Bewölkung ist der Albtraum jedes Drachenreiters in der Defensive. Selbst an seinen besten Tagen sieht Lee nie wirklich ausgeruht aus, aber um diese Zeit des Jahres sind seine Augenringe besonders dunkel und sein Mund ist noch verkniffener, als wüsste er gar nicht mehr, was Schlaf ist.

»Und die Küste?«, fragt er Holmes und reißt den Blick vom Fenster los.

Holmes nickt anerkennend und grinst in Hanes Richtung. »Umsichtig, unser Erster Reiter. Das lobe ich mir.«

Lee reagiert mit einem gequälten Lächeln.

Daraufhin diskutieren Hane und Holmes den Einsatzplan für die Patrouillenflüge an der Küste. Lee unterbricht sie nicht noch einmal. Schließlich steht fest, dass zeitgleich zur Parade zwei Patrouillen den Luftraum überwachen sollen, eine über der Stadt und eine an der Nordküste, jeweils angeführt von einem gezündeten Drachen.

»Ich übernehme eine der Patrouillen«, meldet sich Cor. »Ich mag Paraden eh nicht so.«

Die Drachen, die bisher gezündet sind, gehören zu den höchstrangigen der Flotte, darunter Cors, Powers und Crissas.

Lee sagt: »Ich würde auch gern einen Patrouillenflug übernehmen.«

Hane sieht Holmes an. »Das ist doch nicht nötig, oder? Ich bin davon ausgegangen, dass Lee an der Spitze geht. Zusammen mit der Alterna.«

»An welcher Spitze?«, fragt Lee.

»Der Parade«, sagt Holmes. »Aber natürlich, Miranda. Für einen Ersten Reiter gehört sich das auch. Einverstanden, Lee?«

Lees Gesicht ist vollkommen leer geworden.

»Jawohl, Sir«, sagt er.

Am Tag des Sturms auf den Palast bricht ein klarer Morgen an. Der Nebel hat sich gelichtet, sodass die Teilnahme der Wächter an der Parade endgültig genehmigt werden kann.

Das Büchlein aus Atreus' Unterricht steckt immer noch ungelesen in meiner Büchertasche. Erst jetzt gebe ich mir einen Ruck. Die Stimmung ist einfach zu widersprüchlich: auf der einen Seite die aufgeregte Vorfreude der anderen Wächter auf die bevorstehende Parade und die Ausgelassenheit, die überall in der Luft liegt, und auf der anderen Seite die gefasste Ruhe, mit der Lee sein Frühstück einnimmt. Danach verzieht er sich, wie immer an diesem Tag. Und wie jedes Jahr bin ich die Einzige, der das auffällt.

Da denke ich: *Jetzt reicht's.* Es wird Zeit. Heute mag ein Tag sein, an dem die ganze Stadt sich etwas vormacht, aber ich für meinen Teil bin bereit für mehr. Lee ist um meinetwillen von Drachenrücken zu Drachenrücken gesprungen, er wappnet sich für ein Fest, das ihn Jahr für Jahr völlig fertigmacht, und danach wird sein Weg womöglich noch steiniger. Ich bin es ihm schuldig, die Heuchelei zu beenden und der Wahrheit ins Auge zu sehen.

Der ganzen Wahrheit.

Ich gehe in einen leeren Klassenraum, schließe die Tür hinter mir und öffne erstmals seit der Stunde bei Atreus das Heft. Entschlossen schlage ich die Seite auf, die ich in seinem Büro absichtlich überblättert habe. Ganz oben ist ein Bild des Drakarchen des Fernen Hochlands mit seiner Familie abgedruckt. Mein Blick wandert unwillkürlich zu dem Vater und zum ersten Mal seit damals habe ich *ihn* wieder vor Augen. Die Druckqualität ist nicht besonders gut, aber sein Gesicht löst trotzdem die vertraute Mischung aus Todesangst und Hass in mir aus. Er steht neben einer Frau und sie sind umringt von Kindern. Sie wirken glücklich, schön und stolz. Wie er so als liebevolle Vaterfigur inmitten seiner Familie dargestellt wird, kann man sich kaum vorstellen, dass er getan hat, was ich ihn habe tun sehen.

Auf der Suche nach dem Namen des jüngsten Kindes lese ich die Bildunterschrift. Da: zu der Zeit, als das Porträt gemalt wurde, fünf Jahre alt – ein Junge namens Leo. Ich starre den Namen an und vergesse einen Moment lang das Atmen.

Dann schnappe ich nach Luft und suche ihn auf dem Bild. Dort ist er, körnig und verschwommen, aber doch erkennbar. In dem Text heißt es zwar, der Junge sei tot, aber ich weiß, dass er quicklebendig ist.

Obwohl ich es insgeheim schon immer gewusst habe, trifft es mich wie ein Schlag, ihn dort tatsächlich zu sehen, keinen Meter von dem anderen entfernt. Kurz verschwimmt alles vor meinen Augen.

Dann blinzele ich die Tränen weg und zwinge mich zum Weiterlesen. Ich lese, was sie seiner Mutter angetan haben, seinem Bruder, seinen Schwestern, zuletzt seinem Vater. Ich gleiche jedes einzelne Gesicht auf dem Bild mit den Schilderungen ab. So entsteht vor meinem inneren Auge langsam und in allen Einzelheiten die Szene, die sich heute vor zehn Jahren abgespielt haben muss.

Danach betrachte ich wieder das Bild des kleinen Jungen, dessen Gesicht nicht viel mehr als ein Tintenfleck ist. Trotz allem erkennt man deutlich, dass er lächelt. Die meisten anderen sehen ernst drein, so feierlich und würdevoll, wie es sich für das offizielle Porträt der Familie eines Drachenherrn geziemt. Aber bei dem Jungen hat der Maler offenbar eine Ausnahme gemacht, und auch bei einer der älteren Schwestern, die neben ihm sitzt; beide lächeln vergnügt, als wollten sie gleich laut loslachen. Mir wird bewusst, dass ich Lee in all der Zeit, die ich ihn schon kenne, noch nie so habe lächeln sehen.

Und ich ahne unvermittelt, was er einmal gewesen sein muss: das jüngste Kind in einer lebensfrohen Familie, ihr Liebling, immer im Mittelpunkt der Aufmerksamkeit. Anderen zugeneigt, weil er Zuneigung bekam; redefreudig, weil er sonst nicht gehört worden wäre; wahrscheinlich zu Streichen aufgelegt, weil man ihm alles durchgehen ließ. Es fällt mir leicht, ihn mir so vorzustellen, auch wenn ich nur dieses verschwommene Bild von damals habe. Schließlich war auch ich einmal die Jüngste in der Familie.

Dann stelle ich mir vor, wie dieser fröhliche kleine Junge alle Menschen, die er liebte, innerhalb weniger Stunden verloren hat. Ich muss mir nicht vorstellen, wie schlimm das gewesen sein muss, ich habe es ja selbst erlebt. In diesem Moment ist mir egal, wer sein Vater war oder was er mir angetan hat. Ich will nur zu dem kleinen Jungen, den ich in Albans kannte, und ihn in den Arm nehmen.

»Annie?«

Ich sehe auf. Im ersten Moment denke ich, dass er es ist, und stelle erschrocken fest, dass ich das aufgeschlagene Büchlein nicht mehr verstecken kann. Aber es ist Duck.

»Hane wartet«, sagt er. »Die Besprechung vor der Parade, weißt du noch?«

»Ach ja«, sage ich.

Er fragt mich nicht, was ich gerade gemacht habe, obwohl ich ihn zum Heft spähen sehe. Bestürzung tritt in sein Gesicht, als er erkennt, was ich da lese. Ich klappe es zu, schiebe es in die Tasche und stehe auf. Seite an Seite gehen wir in den Vortragssaal.

Hane wartet schon auf der Rednerbühne, die in der Mitte des Raums in den Boden eingelassen ist. Als Duck und ich hereinkommen, merke ich, dass wir spät dran sein müssen; alle anderen sitzen schon auf den wackeligen Holzstühlen, die auf ringförmig ansteigenden Stufen um die Bühne angeordnet sind. Besser gesagt, fast alle. Lee fehlt ebenfalls.

»Du hast ihn nicht gefunden?«, fragt Hane Duck.

Ach, Lee, denke ich, *verlier jetzt bloß nicht den Mut. Nicht wegen so einer dummen Parade.*

»Nein«, sagt Duck. »Soll ich noch mal ...«

Doch bevor er seinen Vorschlag beenden kann, geht die Tür wieder auf, und Lee kommt herein.

Ein kurzer Blick in sein Gesicht sagt mir, dass meine Sorge unbegründet war. Dass er ein bisschen blass ist und einen harten Zug um den Mund hat, sehe ich nur, weil ich danach Ausschau halte. Stattdessen verblüfft er mich mit einem formvollendet beherrschten Auftreten. Er steht kerzengerade da und strahlt eine ruhige Zuversicht aus. Er ist schon in vollem Ornat erschienen und trägt seinen Umhang und die Rüstung, als wäre er darin zur Welt gekommen. Auf seiner Schulter prangt das Flügel-Abzeichen des Vierten Rangs und das zeremonielle Signalhorn des Ersten Reiters ist auf seinen Rücken gegurtet. Statt sich zu uns auf die Ränge zu setzen, geht er zu Hane auf die Bühne. Er entschuldigt sich nicht für sein Zuspätkommen, sondern nickt Hane nur zu, als wolle er ihr bedeuten, dass die Besprechung beginnen möge.

Als ich ihn so ruhig, würdevoll und vollkommen souverän vor uns stehen sehe, wird mir klar, dass der seelisch versehrte, einsame Junge, an den ich mich erinnere, ebenso verschwunden ist wie das lächelnde Kind, das ich nie kennengelernt habe. Beide hat er heute hinter sich gelassen und den Trost, den ich ihm gern spenden würde, hat er gar nicht nötig. Der Gedanke erfüllt mich mit flammendem Stolz.

Hane wirft ihm von der Seite einen Blick zu und ich sehe ihr an, dass sie genauso deutlich gemerkt hat, mit welcher Autorität er plötzlich auftritt. Sie wirkt überrascht, aber nicht unerfreut. Dann räuspert sie sich und beginnt, uns die Route zu schildern.

Während sie spricht, beobachte ich Lee weiter und nehme an ihm wahr, was ich nie zulassen konnte. Die Ähnlichkeit, die mich verfolgt, seit ich denken kann, und die sich heute zweifelsfrei und unbestreitbar bestätigt hat.

Ich schaue Lee an und sehe Leon Sturmpfeils Sohn.

Atreus führt die Parade über den Siegesboulevard auf einem schiefergrauen Schlachtpferd an, gefolgt von dem Reiterzug seiner purpurrot gekleideten Leibgarde. Dahinter kommen Pallor und Aela an der Spitze aller nicht auf Patrouillenflügen eingesetzten Drachen unserer Flotte. Mir schießt immer wieder in den Kopf, was ich vorhin gelesen habe, und die festliche Stimmung ringsum widert mich an. Das Meer aus callipolitanischen Fahnen, die Banner und Fanfaren, die jubelnde Menschenmenge – in meinen Augen gerät das alles immer mehr zur Farce.

Die Schaulustigen drängen vom Straßenrand heran und drücken sich gegen die von Wachleuten beaufsichtigten Absperrungen, sodass ich die Gesichter in Ruhe betrachten kann, während wir langsam an den johlenden Leuten vorbeiziehen. Früher habe ich mich als eine von ihnen gesehen, doch heute rufen sie die gleiche Abscheu in mir hervor wie damals die Drachenherren. Als ich erlebe, wie sie sich vor Begeisterung über ein Massaker heiser schreien, fällt mir wieder ein, wie sie vor vielen Jahren eine hilflose Drachin mit wüsten Beleidigungen überzogen haben, obwohl sie schon längst gefesselt und verstümmelt war – aus reiner

Lust an der Erniedrigung eines Tiers, das nur die Befehle seines Gebieters befolgt hat. Ich erinnere mich, wie mich die Leute nach dem Halbfinale hochleben ließen und einen Monat später vor derselben Schenke meinen Dienst als Wächterin verspottet haben. Ich erinnere mich an das nasse, kalte Gefühl der Spucke der Holbiner auf meinem Gesicht. Und an Atreus' Worte danach: *Der Zorn des Volkes kann oft grausam und fehlgeleitet sein.*

Das sind nicht meine Leute; ich bin keine von ihnen. Nicht mehr. Diese Leute verstehen unter Gerechtigkeit nur Rache. Sie sind unwürdig, ignorant und grausam.

Mein wachsender Ärger gipfelt schließlich in einem einzigen übermächtigen Gefühl: Ekel.

Und mit Schrecken frage ich mich: *Haben die Drachenherren auch so über uns gedacht?*

Neben mir führt Lee Pallor mit quälend langsamen, bedächtigen Schritten, die das Tempo der ganzen Parade bestimmen. Hin und wieder spähe ich zu ihm hinüber und jedes Mal wirkt sein Gesicht ruhig und reglos wie eine versteinerte Maske. Nur an seiner Haltung erkenne ich die Anspannung. Mit der Zeit wird sein Rücken immer starrer, und sobald die Menge seinen Namen ruft, versteifen sich seine Schultern noch mehr. Als sich die Parade dem Ziel nähert, drückt er das Kreuz unnatürlich fest durch. Andere würden darin vielleicht ein Zeichen des Stolzes sehen, aber ich weiß es besser. Es ist die Haltung eines Menschen, der Prügel kassiert und entschlossen ist, dabei nicht in die Knie zu gehen.

Die Parade endet auf dem Platz des Volkes, von dem eine breite Steinbrücke über den Fluss zum Palast am anderen Ufer führt. Inzwischen ist die Dämmerung angebrochen; die Dauer der Parade wurde so geplant, dass beim Abschlussspektakel ideale Lichtverhältnisse für die Demonstration von Drachenfeuer herrschen. Lee und ich ersteigen das Podest, auf dem vor Jahren Leon Sturmpfeils Drachin geköpft wurde.

Unsere Drachen feuern himmelwärts, in das tiefblaue Firmament hinauf, und schwingen sich dann in die Luft. Hinter uns folgen in Zweierpaaren die anderen Reiter. Wir umkreisen einander, die gezündeten Drachen feuern gleichzeitig, während die anderen einen Ring um uns fliegen; unter uns die Stadt, die Menschenmassen auf den Straßen und auf dem Platz, die uns bestaunen und bejubeln. Dann ist es endlich vorbei und wir kehren zu den Höhlen zurück.

Wieder im Nest bürste ich Aela ausgiebig ab und füttere sie mit Fleisch aus einem Eimer, den die Wärter uns hingestellt haben. Seit der Zündung hat sie eine Vorliebe für verkohltes Fleisch entwickelt, kann aber die Hitze noch nicht so recht dosieren. Als sie eine Hammelkeule in schwarze Schlacke verwandelt, versucht sie den Klumpen zu fressen, würgt und sieht mich dann vorwurfsvoll an.

»Es ist nicht meine Schuld, dass du nicht die richtige Garzeit hinbekommst«, sage ich zu ihr.

Nach der Parade ist das vertraute Wettstarren mit Aela geradezu eine Wohltat.

»Hallo, Annie?«

Draußen auf dem Gang ertönt Ducks Stimme. Dann muss die Patrouille von der Küste zurück sein.

»Wie war's?«, frage ich.

Duck zuckt mit den Schultern. »Haben nichts gesichtet.«

Er wartet an der Schwelle zu Aelas Nest, eine schwarze Silhouette im Laternenlicht. »Ein paar von den anderen gehen zum Feiern in die Stadt runter«, sagt er. »Willst du auch mit?«

Nein. Noch mehr Feiern, das hat mir gerade noch gefehlt.

»Oder wir könnten spazieren gehen«, fügt er hinzu. Offenbar hat er meine Reaktion erahnt.

Das ist mir viel lieber: Nichts könnte mich mehr aufmuntern als die Aussicht auf einen Spaziergang mit Duck durch die Palastgärten. »Okay. Ich mach hier nur schnell alles fertig.«

»Klar.«

Noch während ich mich wieder zu Aela umdrehe, sehe ich aus dem Augenwinkel, dass er den Eingang zu unserem Nest verlässt. Aber erst mit einiger Zeitverzögerung registriere ich, dass er nicht in Richtung Zeughaus, sondern tiefer in die Höhlen hineingegangen ist.

Ich lasse den Eimer fallen und renne ihm nach. Ich denke gar nicht darüber nach, warum ich eigentlich renne – ich weiß nur, dass ich Duck unbedingt aufhalten muss. Er ist schon weiter gekommen, als ich erwartet habe; als ich ihn einhole, ist er vor dem Eingang zu Pallors Nest und will gerade hineinschauen. Wortlos packe ich ihn an der Schulter und drehe ihn zu mir um.

Ich schüttele heftig den Kopf, und weil Duck überrascht den Mund aufmacht, fürchte ich schon, dass er gleich etwas sagt und uns damit verrät. Doch dann kommt ihm ein anderes Geräusch aus Pallors Nest zuvor. Ein Würgen, das Klatschen von etwas Nassem auf Stein. Lee erbricht sich.

Duck begreift, was er da hört, und klappt den Mund abrupt zu. Ich schäme mich auf einmal so sehr, dass ich wie versteinert dastehe; Lee in dieser Situation auch nur zu hören, empfinde ich schon als Verletzung seiner Privatsphäre. Duck sieht mich prüfend an und ich spüre die unausgesprochene Frage: *Wie hast du das vorausgesehen?*

Mucksmäuschenstill entfernen wir uns von Pallors Nest.

Ich hatte gehofft, das Zeughaus bei meiner Rückkehr aus den Höhlen leer vorzufinden, doch stattdessen treffe ich dort auf Crissa, Cor und die anderen Reiter ihrer Patrouillen, die mit geröteten Gesichtern und windzerzausten Haaren aus ihren feuerfesten Anzügen schlüpfen. Ich bringe nur ein einziges Wort über die Lippen.

»Und?«

Crissa und Cor schütteln die Köpfe: nichts.

Statt Erleichterung empfinde ich fast so etwas wie Enttäuschung. Sollen sie ruhig angreifen. Sollen sie doch kommen. Am Tag des Sturms will ich die Welt brennen sehen, und wer sie in Brand setzt, ist mir ziemlich egal.

Aber laut sage ich nur: »Wir sollten die Mannschaft auswechseln und noch eine Patrouille rausschicken.«

»Das mach ich«, sagt Cor. »Ich bin nicht müde und du siehst total beschissen aus.«

Crissa wirft ihm einen tadelnden Blick zu und er hebt unbeeindruckt die Schultern.

Ich weiß, dass ich sein Angebot ausschlagen und die nächste Schicht übernehmen sollte. Aber heute, nach der Parade, fehlt mir dazu einfach die Kraft.

Nachdem ich sie hinausbegleitet habe, gehe ich in die Bibliothek des Konvents und hole den *Aurelianischen Zyklus* aus dem Regal. Inzwischen ist das Buch mit dem Stempel der Zensurbehörde auf der Titelseite als verboten gekennzeichnet.

Seit Jahren habe ich ihn nur noch für die Schule zur Hand genommen. Es ist komisch, darin zu lesen; in meiner Erinnerung wird er meistens mündlich vorgetragen. Vorgetragen von *ihm*. Es war immer ein Erlebnis, wenn er uns nach dem Abendessen und vor dem Zubettgehen um sich versammelt und die Verse zum Besten gegeben hat. Er konnte alles auswendig. Das Buch brauchte er nie. Als ich es jetzt in der menschenleeren Bibliothek lese, kann ich wieder seine Stimme hören. Es ist lange her, dass ich die Erinnerung daran zugelassen habe.

Ich bemerke kaum, wie die Zeit vergeht; ich lese immer weiter, springe zu meinen Lieblingsstellen, blättere vor oder zurück, wenn mir eine bestimmte Passage einfällt. So arbeite ich mich langsam in die Mitte vor, zu der Stelle, an die ich ständig denken muss: die Episode, wo die verlorene Insel Aureos eingenommen und niedergebrannt wird, wo die Aurelianer zuletzt doch besiegt und ins Exil getrieben werden. Es muss schon gegen ein Uhr nachts sein, als ich endlich den Mut aufbringe, sie zu lesen. Ich höre die Verse in der Stimme meines Vaters und die Stimmen der Figuren werden zu den Stimmen meiner Familie, bis alles ineinander verschwimmt. Aber sosehr ich versuche, die Grenze zwischen der fiktiven und der realen Welt aufrechtzuerhalten wie einen Schutzschild, gerate ich doch irgendwo dazwischen. Die alte Trauer flackert auf und mit einem Mal umringt sie mich, halb als Geschichte, halb in Wirklichkeit: meine Familie. Längst sind wir nicht mehr an der Stelle, wo sie niedergemetzelt werden; wir sind zu den vorderen Seiten zurückgekehrt, das Abendessen wird aufgetragen, meine Mutter schenkt meinem Vater nach –

»Lee«, sagt sie.

Aber so heiße ich nicht, glaube ich, und das ist auch nicht die Stimme meiner Mutter.

Die Tischgesellschaft um mich herum verblasst, das Lachen meiner Schwester wird leiser und dann höre ich den Namen, der nicht mein Name ist, noch einmal.

Ich öffne die Augen und schaue auf. In dem kurzen Moment, den es dauert, bis ich Annies Silhouette klar erkenne, in dem Dämmerzustand zwischen Traum und Wachen spüre ich die alte Verbitterung in mir aufwallen. In diesem Moment denke ich: *Immer stehst du zwischen mir und ihnen.*

Doch dann verzieht sich das Gefühl wieder dahin, wo es hingehört, tief in mir. In dem schwachen Laternenschein, in dem ich gelesen habe, nehme ich ihren Gesichtsausdruck wahr. Ihre Miene ist angespannt, verhärtet.

Ihr Gesicht sagt mir schon, was passiert ist, bevor sie es ausspricht. Ich schließe den *Aurelianischen Zyklus*, ohne noch einmal hineinzusehen.

»Es hat einen Angriff gegeben«, sagt Annie. »Im Süden, über der Medeis, im Schutz des Nebels gestern Nacht. Wir sollen in den Inneren Palast kommen.«

13

ANGRIFF IN DER MEDEIS

— Lee —

Trotz der späten Stunde sind alle Fenster im Inneren Palast erleuchtet. Im Ratssaal warten Lotus und Warren, die beiden Himmelsjäger-Reiter, deren Patrouille die Kunde gebracht haben muss, zusammen mit Atreus, General Holmes, Miranda Hane, dem Schatzmeister und den Ministern für Handel und Landwirtschaft. Dass diese Behörden vertreten sind, bestätigt meine Befürchtungen.

Die Pyther haben nicht etwa unser Heer, die Marine oder die Luftflotte angegriffen. Sie sind nicht einmal in die Nähe unserer Stadt gekommen.

Sie haben unsere Handelsflotte attackiert.

Atreus bedeutet uns, nicht an der Wand, sondern bei ihnen am Tisch Platz zu nehmen.

»Wie schlimm ist es?«, frage ich.

Mit Unterstützung von Lotus und Warren setzt Holmes uns ins Bild. Es gab mehrere Luftschläge, alle innerhalb einer Stunde gestern Abend, als noch dichter Nebel über dem Meer hing. Auf den südlichen Handelsrouten zwischen Seehafen, Damos und Bassilea, die unsere Patrouillen nur selten abfliegen. Der Zahl der Angriffe, ihrer Entfernung zueinander und den Schilderungen der Marine nach zu urteilen, waren mindestens ein halbes Dutzend gezündeter Drachen beteiligt. Nahezu alle unsere Handelsschiffe sind zerstört worden und mit ihnen ein Großteil der Tuchausfuhren dieses Jahres.

Die Zahl der zivilen Todesopfer gehe wohl in die Hunderte, aber das sei in dieser Katastrophe nur die Spitze des Eisbergs, erklärt uns der Landwirtschaftsminister. Nachdem so viele Landwirte Anreize dafür bekommen haben, von der Selbstversorgung auf den Tuchhandel umzusteigen, unterstützt Callipolis die Lebensmittelproduktion im eigenen Land nicht länger in dem Maße, dass eine wachsende städtische Bevölkerung davon leben könnte. Jetzt, da die Ausfuhren zerstört sind, macht der Staat nicht mehr genug Gewinn, um die nötigen Nahrungsmittel einzukaufen. Der Landwirtschaftsminister braucht das Wort *Hungersnot* nicht in den Mund zu nehmen.

Darauf läuft es also hinaus. Nicht auf Panik durch Drachenfeuer und Brandschatzungen, sondern auf ein langes, qualvolles Aushungern im Winter. Und mit unserer erst zur Hälfte gezündeten Flotte werden wir nichts weiter tun können, als durchzuhalten.

Du wolltest die Welt brennen sehen? Jetzt brennt sie.

»Wir können uns doch Geld leihen?«, fragt Atreus den Schatzmeister.

»Wir werden alle Möglichkeiten in Betracht ziehen. Mithrides und andere werden sicher helfen, wie sie nur können, aber sie haben bei dem Angriff ebenfalls hohe Verluste erlitten.«

»Und wenn wir unsere Lebensmittelvorräte für den Winter zentralisieren und neu verteilen?«, fragt Atreus.

»Das könnte gerade so reichen«, sagt der Landwirtschaftsminister mit verängstigter Miene, »aber wir können nicht genau vorhersagen, wie viel da zusammenkommt …

Eine solche Maßnahme ist *sehr* schwer umzusetzen und hat katastrophale Auswirkungen, wenn man sie nicht richtig vermittelt …«

Atreus fragt: »Gibt es alternative Lösungen, wie wir die Stadtbevölkerung durch den Winter bringen?«

Er erntet nur Schweigen.

Atreus schließt die Augen und denkt angestrengt nach. Dann öffnet er sie wieder und wendet sich an Holmes. »Beginnt unverzüglich damit, die Vorräte zu kollektivieren. Ich will, dass jedes Dorf, jeder Hof bis auf den allerletzten Getreidehalm aus der diesjährigen Ernte überprüft wird. Wir zentralisieren die Ressourcen und teilen die Rationen von hier aus zu.«

Bei dem Wort *kollektivieren* stockt mir der Atem. Er meint doch sicher nicht …

Jetzt wendet Atreus sich an uns.

»Setzt alle Himmelsjäger auf Patrouillen an den Küsten ein. Pro Spähtrupp sollte mindestens ein gezündeter Drache dabei sein. Die Geschwader der Aurelianer und Sturmpfeile werden zur Unterstützung der Eintreibungen abgestellt.«

Er meint es tatsächlich. *Eintreibungen.*

Eine berüchtigte Praxis des alten Regimes, die mit der Revolution abgeschafft wurde – und die perfiderweise mit Drachenfeuer forciert worden war. Die bevorzugte Methode der Drachenherren, die Ernteabgaben einzutreiben. Jeden Herbst machte mein Vater so seine Runden.

»Sie verlangen von uns …«

»Die herkömmliche Methode. Eine zügige Umsetzung ist jetzt das Wichtigste.«

Die herkömmliche Methode.

So leichthin sagt er das, so beiläufig gibt er den Befehl, dass ich im ersten Moment meinen Ohren nicht traue.

Denn für Atreus ist es natürlich nur das: ein Satz. Für mich, für die anderen Drachenreiter, wird es etwas ganz anderes sein. Weshalb er die Ruhe selbst sein kann, als er das sagt, während mir ganz schwindelig wird. Neben mir schluckt Annie vernehmlich und umklammert die Tischkante mit beiden Händen, während sie den Befehl mit aufgerissenen Augen sacken lässt.

Pass nur auf, wie diese Vision in sich zusammenbricht.

»Jawohl, Sir«, höre ich mich sagen.

»Wie bald könnt ihr mit dem Eintreiben beginnen?«, fragt Atreus Holmes.

»Gleich bei Sonnenaufgang«, sagt Holmes. »Über die Einzelheiten muss ich mich noch mit dem Ersten Reiter und der Alterna verständigen.«

Der General bittet uns beide in sein Büro und hält die Besprechung im Stehen ab. Wir kommen überein, noch heute Nacht einen verstärkten Wachtrupp über der Stadt kreisen zu lassen; sobald es hell wird, werden die Bodentruppen anfangen, in den ländlichen Gegenden Nahrungsmittel einzutreiben. Jede Visite soll von zwei Drachen begleitet werden.

»Ich glaube, es wäre am besten, wenn du bei den ersten Eintreibungen dabei bist, Lee«, sagt Holmes.

Zum ersten Mal seit Beginn unserer Besprechung meldet sich Annie zu Wort.

»Nein. Das sollte ich machen.«

Sie ist kreidebleich und hat die Lehnen ihres Stuhls gepackt. Holmes mustert sie und sein Gesicht wird weich.

»Antigone, die Eintreibungen werden sehr schwer werden …«

Annies Stimme ist schwach, aber klar. Sie spricht jedes Wort mit Nachdruck. »Ich weiß, wie Eintreibungen ablaufen.«

Holmes blinzelt. An seinem Mienenspiel erkenne ich, dass er es jetzt erst begreift.

»Soweit ich weiß« – ein Ruck durchläuft sie – »gehöre ich zu den wenigen Wächtern, die Eintreibungen selbst erlebt haben. Lee war nie ...«

Hier hält sie inne und es versetzt mir einen Stich, als mir klar wird, warum sie zögert: Sie fragt sich, ob ich auch schon bei Eintreibungen dabei war. Ich schüttele den Kopf.

Ich war noch zu jung, um mitgenommen zu werden.

Annie holt stockend Luft und richtet sich auf.

»Ich weiß, worum es Ihnen geht; ich weiß, was gebraucht wird.«

Es überläuft mich eiskalt. Was Annie über Eintreibungen weiß, kann sie nur von einem einzigen Menschen gelernt haben.

Holmes stützt sich mit den flachen Händen auf seinen von Karten bedeckten Schreibtisch, der unter seinem Gewicht knarzt. »Zu wissen, was gebraucht wird, und es tun zu können, sind zwei verschiedene Dinge. Solche Operationen sind nur erfolgreich, wenn sie mit harter Hand durchgeführt werden. Die Leute werden es für eine Lüge halten, dass sie etwas zurückbekommen, sie werden glauben, dass wir alles für uns behalten, wie das alte Regime. Wir werden streng durchgreifen müssen, vor allem in den ersten Dörfern. Ich brauche Reiter, die dazu in der Lage sind.«

Annies Stimme ist leise, aber fest.

»Ich bin dazu in der Lage.«

Kurz starren sie sich an, der hünenhafte Mann und das halb so große Mädchen. In ihren blitzenden Augen scheint Holmes zu finden, was er gesucht hat. Er nimmt die Hände vom Tisch und richtet sich auf.

»Gut«, antwortet er. »Dann übernimmst du die ersten Visiten und lernst danach die anderen an.«

Draußen auf dem Flur bleibt Annie erst einmal stocksteif stehen und schlingt die Arme um den Oberkörper. Dann lässt sie sie wieder sinken und wir gehen los. Im Palast ist es still und dunkel und in den Kreuzgängen der Innenhöfe hängt der würzige Geruch des Frühherbstes.

»Wer soll dich begleiten?«, frage ich.

Annies gehauchte Antwort kommt ohne Zögern. »Rock.«

Natürlich. Rock war früher auch Leibeigener. »Dann rede mit ihm, sobald ich das Korps unterrichtet habe. Und übermorgen müsst ihr beide anfangen, die anderen einzuweisen.«

»Alles klar.«

Auf einmal geht mir auf, was ich heute Nacht noch mitteilen muss, und mein Magen zieht sich zusammen. Der Albtraum will einfach nicht enden.

»Bevor wir die anderen aufwecken, muss ich erst mit Crissa reden.«

»Warum?«

»Ihr Vater ist Händler und gerade auf See.«

Im Konvent folge ich Annie zu dem verdunkelten Schlafsaal der Mädchen und zähle die Betten bis zu Crissas ab. Dann sage ich leise ihren Namen. Sie reibt sich den Schlaf aus den Augen, während sie mit mir auf den Flur geht.

»Lee, was ... Du spinnst ja. Soll das ein Schäferstündchen werden?«

In dem von einem Wandleuchter erhellten Korridor sehe ich ihr Lächeln. Dieses unbeschwerte, ungezwungene Crissa-Lächeln, das mir so ans Herz gewachsen ist und das ich nun auslöschen werde. Aber ich darf es nicht hier tun, auf dem Flur, über den sie tagtäglich in ihr Zimmer geht. Genauso wenig wie im Refektorium, im Wintergarten oder im Innenhof. Der Ort, an dem sie die Nachricht erhält, wird für immer damit behaftet sein.

Also nehme ich sie an der Hand und führe sie in einen ungenutzten Klassenraum im Bibliotheksflügel.

Als ich die Tür hinter uns schließe, lächelt sie immer noch. »Das ist … ziemlich gewagt, Lee. Aber ich kann es so hinbiegen, dass …«

»Würdest du dich bitte setzen?«

Das Lächeln flackert. Nun schleicht sich doch ein Zweifel in ihre Miene. Sie setzt sich und ich setze mich neben sie.

»Ist das Schiff deines Vaters schon in den Hafen eingelaufen?«

»Nein … Frühestens in einer Woche, glaube ich. Warum?«

Während ich noch nach den richtigen Worten suche, erstarrt ihr Gesicht. Als würden all die Puzzleteile, die nicht in das Bild eines romantischen Stelldicheins gepasst haben, sich neu zusammensetzen. Und dann geschieht, was ich schon wusste: Ihr Lächeln erlischt.

»Nein«, sagt sie. »Nein, nein, *nein* …«

Ich hatte gedacht, durch meine eigenen Erlebnisse wäre ich vielleicht ganz gut gerüstet für dieses Gespräch, aber jetzt stelle ich fest, dass man für den Moment, in dem ein anderer Mensch einen ganz neuen Schmerz verarbeiten muss, nie wirklich gerüstet ist.

»Noch ist nichts sicher. Wir haben die Nachricht gerade erst bekommen, wir wissen noch nichts Genaueres …«

»Welche Nachricht?«

— Annie —

Als die Wächter in dem von Fackeln erleuchteten Vortragssaal versammelt sind, hellwach und neugierig, bitte ich Cor, mit mir zusammen Lee zu holen. Schon im Flur hören wir

Crissa weinen. In dem Raum, in dem wir sie finden, sitzt er mit einem Arm um ihre Schultern auf der alten Schulbank und hat das Gesicht in einer Hand vergraben.

»Annie, Cor«, sagt Crissa, als sie uns sieht, und steht auf.

Cors Stimme ist rau. »Hey. Wie geht es dir?«

»Nicht besonders.«

Lee hat sich ebenfalls erhoben. »Sind wir so weit?«, fragt er mich.

Ich nicke.

Lee sagt zu Crissa: »Ich muss mit den anderen reden. Cor kann hier mit dir warten –«

Crissa wischt sich über die Augen. »Nein. Ich komme mit.«

Damit hat keiner von uns gerechnet. Als sie unsere Mienen sieht, reckt sie das Kinn in die Höhe. »Mein Geschwader braucht mich. Was soll ich mich verstecken? Ich schäme mich nicht, meine Trauer zu zeigen.«

Im Vortragssaal setzt sie sich zwischen mich und Cor; dass die anderen Reiter beim Anblick ihres verweinten Gesichts stutzen, scheint an ihr abzuperlen. Lee stellt sich an das Rednerpult auf der Bühne in der Saalmitte. Auf dem kurzen Weg hierher hat ihn eine flammende Energie erfasst, wie ein eingepferchter Drache, der endlich aus seiner Höhle gelassen wird, und das Wächterkorps reagiert darauf mit gespannter Stille.

»Ich werde es kurz machen«, sagt Lee.

Das ist die erste Besprechung, die Lee als Befehlshaber der Flotte mit uns abhält. Er erklärt, was passiert ist, was wir in den kommenden Wochen tun werden und was er jetzt sofort braucht. Nach zehn Minuten ist es vorbei. Er bricht mit der ersten Patrouille auf und nimmt ein Drittel der Reiter mit. Wir anderen werden entlassen, damit wir noch ein bisschen schlafen können.

Ich nehme Rock beiseite und erzähle ihm von dem Plan für morgen. Als er begreift, dass ich ihn bitte, bei den ersten Lebensmitteleintreibungen zu helfen, erbleicht er.

»Ich erinnere mich an die Eintreibungen«, sagt er.

»Ich mich auch. Darum sollten wir sie zuerst machen und dann die anderen einweisen.«

Rock atmet pfeifend durch. »Bei Uriel«, flucht er leise.

Ich sage ihm, was ich mir seit dem Gespräch mit General Holmes selbst eingeredet habe. »Es wird nicht so sein wie früher. Wir werden es zurückgeben.«

»Trotzdem«, sagt er kopfschüttelnd. »Es wird nie und nimmer reichen.«

Rock hält sich immer auf dem Laufenden, was die Landwirtschaft in Callipolis angeht, und so, wie er das sagt, macht es mich noch nervöser als die Aussagen des Landwirtschaftsministers.

»Das wissen wir noch nicht«, wende ich ein.

Rock verzieht das Gesicht, als hätte er in eine Zitrone gebissen.

»Das ist unsere beste Option. Selbst wenn es nicht reicht, ist es so am … gerechtesten.«

Doch noch während ich das sage, graut mir schon vor morgen. Rock wendet sich ab, knetet sein Kinn, als denke er angestrengt nach, und flucht zuletzt noch einmal kräftig.

»Wann fliegen wir los?«, fragt er mich.

»Bei Sonnenaufgang. Wir sollten wenigstens ein paar Stunden schlafen.«

Bei dem Vorschlag lacht Rock nur bitter auf.

14

EINTREIBUNGEN

Nach der Erwählungszeremonie gewährte man den Kindern eine Viertelstunde, um sich von ihren Eltern zu verabschieden. Der Junge und das Mädchen sahen von einem Winkel des Raums aus zu, wie die Eltern der anderen ihre Kinder weinend an sich drückten und versprachen, ihnen zu schreiben.

»Vielleicht sollten wir da nicht hin«, sagte er.

Sie sah ihn an, als habe er den Verstand verloren. »Natürlich sollten wir da hin. Das ist das Beste, was uns je passiert ist.«

Seinen Einwand würde er sehr vorsichtig formulieren müssen. Er hatte schon den ganzen Nachmittag nach den richtigen Worten gesucht. »Ich weiß, du denkst, dass die Leute, die früher die Drachen hatten, böse waren«, sagte er. »Aber was ist, wenn die neuen Leute auch böse sind?«

Darüber dachte sie nach. »Du glaubst doch nicht, dass er *böse ist, oder? Dieser Mann, den wir getroffen haben?«*

Sie meinte den Ersten Protektor, der den erwählten Kindern nach der Zeremonie erzählt hatte, welche Zukunft sie in dem neuen Programm erwartete. Und der Junge musste zugeben, dass der ihm nicht böse vorgekommen war. Schließlich hatte dieser Mann ihn damals gerettet.

»Nein, ich glaube nicht, dass er böse ist«, sagte er.

Dennoch beruhigte ihn das noch nicht ganz. Das schien sie zu spüren.

»Sieh es doch mal so«, sagte sie: »Selbst wenn sie böse sind, haben wir am Ende die Drachen. Wir werden die Bestimmer sein. Und wir *werden ja nie böse sein, oder?«*

– Lee –

Am frühen Morgen bin ich wieder zurück im Palast und gehe mit Cor zum äußeren Wall, wo wir die Abläufe im Fall eines Alarms durchsprechen wollen. Als wir Annie und Rock auf der Rückkehr von der ersten Eintreibung in den Feuerschlund fliegen sehen, mache ich kehrt, um sie im Zeughaus abzupassen. Annie kommt als Erste herein, wirft Aelas Zaumzeug auf eine Bank und stürzt an mir vorbei in den Waschraum. Sie knallt die Tür hinter sich zu und dann höre ich sie schluchzen.

»Lass sie«, sagt Rock und packt mich vorsorglich an der Schulter.

Ich sehe ihm zum ersten Mal richtig ins Gesicht. Es ist aschfahl.

»Was ist passiert?«

Rock stößt ein dumpfes, entsetztes Lachen aus, ein Lachen, wie ich es noch nie von ihm gehört habe. »Wir haben ein Exempel an jemandem statuiert«, sagt er.

Tausend Möglichkeiten bestürmen mich. »Habt ihr ihn getötet?«

Rock schüttelt den Kopf. »In guter Verfassung war er nicht, so viel ist klar.«

»Und dann …?«

»Das hat gewirkt.« Seine Stimme ist düster. »So wie früher.«

Annies Schluchzer bohren sich in mein Herz. Wie in unseren ersten Jahren löst dieses Geräusch den Reflex in mir aus, sie trösten zu wollen. Es klingt so hoffnungslos, verloren und verängstigt. Der Wunsch, zu ihr zu gehen, wird fast übermächtig.

»Sie sagte, sie könnte das durchziehen.«

»Sie hat es auch durchgezogen«, sagt Rock. »Sie hat sich den Mann vorgenommen.«

Daraufhin wendet er sich ab und beginnt, seine Rüstung abzulegen. Seine Bewegungen sind die eines erschöpften alten Mannes.

»Wann brecht ihr wieder auf?«

Ich rechne mit morgen, aber er kneift nur die Augen zusammen, als zähle er Glockenschläge ab. »In anderthalb Stunden? Wir sollen noch ein Dorf erledigen, bevor es dunkel wird.«

Also wird Annie dasselbe gleich noch mal machen müssen. Als sie gestern meinte, sie solle das übernehmen, kam es mir klar und logisch vor, aber wenn ich jetzt auf die Geräusche aus dem Waschraum lausche, finde ich es nicht mehr so logisch. *Sie hat sich dafür gemeldet. Sie wollte es so.*

Rock beugt sich vor und vergräbt den Kopf in den Händen. Annie ist nicht die Einzige, die mitgenommen ist.

»Rock. Das hast du gut gemacht. Ihr habt nur eure Pflicht getan.«

»*Gut* war daran verdammt noch mal gar nichts.«

— Annie —

Die Sonne zeigt sich kaum am Horizont, da beginnen wir schon mit der ersten Eintreibung.

Wir warten inmitten einer Handvoll baufälliger, strohgedeckter Häuschen auf einem Areal aus festgestampfter Erde, das als Dorfplatz dient. Der Ausrufer verkündet der kleinen Schar Dorfbewohner, von denen viele aus den Betten gerissen worden sind, was uns hierherführt. Dann ziehen die Soldaten von Haus zu Haus und Rock und ich bleiben neben den Wagen für die konfiszierten Vorräte auf unseren Drachen sitzen.

Die Dorfbewohner, die unsere Leute in ihre Häuser lassen, tun zwar zuvorkommend, aber ich sehe ihnen an, dass sie die Geschichte von dem Angriff in der Medeis nicht glauben. Mein Vater hätte sie auch nicht geglaubt, wenn ein Ausrufer aufgetaucht wäre und sie als Vorwand gebraucht hätte, seine Ernte einzuziehen. Rock und ich sehen zu, wie die Wagen beladen werden, und gleichen die Warenliste mit Karten des Dorfes ab, auf denen die Felder als schraffierte Vierecke mit Vermerken zu den dort angebauten Getreide- und Gemüsesorten verzeichnet sind. Rasch stellt sich heraus, dass die Soldaten – die aus der Stadt kommen und sich nicht auskennen – einiges übersehen haben. Das Dorf hat weniger geerntet, als zu erwarten wäre.

Wir sehen uns an und ich weiß, dass wir dasselbe denken; und wir wissen auch, was jetzt zu tun ist, weil wir es selbst erlebt haben.

»Holen Sie die Leute alle noch mal her«, sage ich zu den Dorfältesten.

Obwohl ich hier niemanden kenne, kommen sie mir in diesem Moment alle vertraut vor, die Männer mit den kräftigen, braun gebrannten Körpern, an denen viele Jahre harter Arbeit ihre Spuren hinterlassen haben, und den gleichen vorzeitig ergrauten Haaren und Falten um die Augen, wie mein Vater sie hatte; die Frauen, die sich die Kopftücher in derselben Weise wie meine Mutter um die Haare gebunden haben; die Kinder auf ihren Armen und an ihren Rockzipfeln, so verschreckt wie ich damals, wenn unser Herr uns rief. Ich habe das Gefühl, sie gar nicht in Wirklichkeit, sondern aus meiner Erinnerung auftauchen zu sehen.

Ich fordere den Ausrufer auf, die ursprüngliche Erklärung noch einmal zu verlesen: dass das Wohl von Callipolis auf dem Spiel stehe und die Vorräte nach der Eintreibung gerecht verteilt würden. Ich bitte ihn, deutlich zu machen, dass wir bei der Inspektion der beschlagnahmten Lebensmittel Tricksereien festgestellt haben.

Die Stimme des Ausrufers ist klar, kräftiger, als ich je gegen den Wind sprechen könnte, aber die Dorfbewohner sehen nicht ihn an, sondern mich und Rock auf unseren Drachen.

Als er geendet hat und Totenstille einkehrt, läuft alles nach einem Muster ab, das wir nur zu gut kennen. Nur dass meine Rolle in diesem Stück diesmal eine andere ist.

Ich weiß schon, wer uns übers Ohr gehauen hat, ich muss mich nur noch für einen von ihnen entscheiden.

Es sollte nie leicht sein.

Sie haben alle Familie. Aber einer hat ältere Kinder, die schon fast erwachsen sind, also schicke ich Rock mit ihm zurück auf sein Grundstück.

Es dauert eine Weile, bis Rock und die Soldaten die versteckte Vorratskammer gefunden haben. Währenddessen warten die Dorfbewohner stumm auf dem Platz und Angst liegt in der Luft. Eine Angst, die sich auf mich und Aela konzentriert. Ich bin abgestiegen und warte mit geballten Fäusten neben ihr. Sie spürt meine Unruhe, und als ich merke, dass ihr Geist sich Nähe suchend an meinen tastet, wehre ich den Versuch so heftig ab, dass Aela wimmert.

Nein. Ich bin es diesen Leuten schuldig, voll und ganz bei der Sache zu bleiben, ohne mich in den tröstlichen Nebel des Überbordens zu flüchten.

Stattdessen stütze ich mich mit einer Hand an Aelas Flanke ab.

Als Rock und die Familie zurückkommen, ist der Mann mit Handschellen gefesselt. Er zittert, weint, entschuldigt sich unaufhörlich. Seine Frau bricht ebenfalls in Tränen aus.

Ich weise einen der Soldaten an, die Familie in ihr Haus zu bringen. Wenigstens das können wir anders machen. Dann bitte ich einen weiteren Soldaten, einen Eimer Wasser und eine Decke zu holen. Die Dorfältesten beginnen zu protestieren und werden auch abgeführt.

Rock sieht mich stumm fragend an. Ich nicke einmal, um ihm zu signalisieren, dass ich es tun werde. Etwas anderes bleibt uns eigentlich auch nicht übrig, denn Rocks Drache ist noch nicht gezündet. Seine Asche könnte zwar auch verletzen, aber damit die Lektion richtig wirkt, brauchen wir Drachenfeuer.

»Wir werden Ihnen allen eine zweite Chance geben, sich zu überlegen, ob Sie noch mehr Lebensmittel haben«, sage ich zu den tuschelnden Leuten. »Wenn es noch Vorräte gibt, die Ihnen nicht wieder einfallen, wird Ihnen etwas Ähnliches passieren wie diesem Mann. Bringt ihn her.«

Die Soldaten stoßen den Mann in meine Richtung. Es kommt mir so vor, als verlangsamte sich auf einmal die Zeit, als nähme ich die Welt mit jedem Herzschlag als starres Einzelbild wahr: der Mann vor uns, erst stehend, dann auf die Knie gezwungen; Aelas halb ausgebreitete Flügel, während sie auf ihn herabsieht.

Dein Vater würde sich für dich schämen, Mädchen.

Ich befehle Aela, Feuer zu speien.

Unter seinen Schreien entzünden die Flammen seine Kleidung und breiten sich rasch aus. Ich zähle die Sekunden. Eine für das Aufflammen, zwei für das Ausbreiten, drei für das Brennen. Bei drei hebe ich die Hand und man wirft eine

Decke über ihn und begießt ihn mit Wasser, um das Feuer zu löschen. Nur eine Sekunde länger und die Verbrennungen wären schwer genug, ihn für immer zu zeichnen oder lebensgefährlich zu verletzen. Bei drei Sekunden bleiben nur Wunden zurück, die wieder verheilen.

Keuchend krümmt sich der Mann unter der Decke. Ich weiß, wie es darunter aussieht: die Haut gerötet, die Kleidung fast vollständig verbrannt. Es riecht so wie an dem Tag, als meine Familie starb. Ein Würgereiz steigt in mir auf, aber statt mich zu übergeben, schaue ich über den Mann hinweg in die verängstigten Gesichter seiner Nachbarn.

»So, jetzt versuchen wir es noch einmal«, sage ich.

Wir klappern wieder alle Häuser ab und diesmal geben sie uns alles.

— Lee —

Am zweiten Tag, an dem wir anderen eingewiesen werden sollen, fliege ich mit Rock los, und Annie nimmt Cor mit. Ich habe einen Einsatzplan aufgestellt, in dem zwei Dinge berücksichtigt sind: dass Annie und ich nie zusammen für eine Eintreibung eingeteilt werden und dass Power gar keine macht. Eigentlich sollte es egal sein, aber ich bin erleichtert, dass Rock und ich ein Dorf im Tiefland übernehmen. Das ehemalige Lehen des Hauses der Himmelsjäger, nicht der Sturmpfeile. Eine ungute Erinnerung weniger.

Aber die Erinnerung an meinen Vater kommt trotzdem hoch.

»Und, wie lang soll das so weitergehen?«, fragt Rock, als wir uns fertig machen.

»Kommt drauf an, wie lang es dauert«, gebe ich zurück. »Ein paar Wochen?«

Rocks dicke Finger krampfen sich um die Schnürsenkel seiner Stiefel, als er sie ruckartig hochzieht. »Verstehe«, sagt er.

Als wir in dem Dorf landen, verliest Rock die Ankündigung. Der ländliche Zungenschlag, den ich ihn manchmal in Gesprächen mit Annie, aber nie in Lotus' Beisein habe benutzen hören, lässt sein Hochcallisch weicher klingen. Doch die vertraute Aussprache hält die müden, ungewaschenen Dorfbewohner, die aus ihren Häuschen hervorkommen, nicht davon ab, bei unserem Anblick zu erschrecken. An diesem Herbsttag ist es zum ersten Mal richtig kühl und viele unserer Zuhörer stehen mit eingezogenen Schultern da, weil ihre dünne Kleidung nicht genug Schutz gegen den kalten Wind bietet, der unablässig über die weiten, sanft geschwungenen Ebenen im östlichen Tiefland von Callipolis bläst.

Als die Eintreibung beginnt, zeigt Rock mir die Karte des Dorfes und erklärt, welchen Ertrag wir pro Morgen Anbaufläche bei den verschiedenen Getreidesorten erwarten können. Ich erinnere mich, dass mein Vater meinem Bruder mit ganz ähnlichen Karten ganz ähnliche Dinge erklärt hat, obwohl ich damals nur halb hingehört habe. Während die Dorfbewohner ihre Vorräte zu den Wagen bringen, steht Rock neben mir und weist mich mit gedämpfter Stimme auf Verschiedenes hin: Wer uns nicht glaubt. Was sie wahrscheinlich für sich einbehalten. Wen wir uns später vornehmen müssen.

Vornehmen: das doppeldeutige Wort, das Rock so sachlich benutzt und das – bei dieser Erkenntnis gefriert mir das Blut in den Adern – zu der Aufgabe gehören wird, von der ich seit Jahren in Berichten lese, die ich hinterher an meinem Vater *gerochen* habe und die Pallor und ich gleich selbst ausführen werden. Ihn uns *vornehmen.*

»Da wollen uns einige übers Ohr hauen«, murmelt Rock schließlich. »Wir hatten gehofft, dass sich die drakonischen Maßnahmen von gestern herumsprechen, aber dieses Dorf ist ziemlich weit weg von den Orten, in denen wir gestern waren. Außerdem ist das hier Himmelsjäger-Land.«

Ich bin überrascht, dass Rock das überhaupt weiß.

»Und das heißt?«

»Das heißt, dass Sturmpfeil-Dörfer damit schon Erfahrung haben. Die Himmelsjäger-Herren waren nachsichtiger, wenn es um die Abgaben ging. Also dann, bringen wir es hinter uns.«

Er zeigt mir wieder die Karte und fragt mich ab, wer uns bis jetzt betrogen hat. In einem anderen Leben hätte ich das mit meinem Vater durchexerziert, und während wir uns besprechen, empfinde ich eine dumpfe Faszination darüber, wie gelassen Rock und ich mit diesen sterilen Wörtern umgehen können, *vornehmen* und *betrügen*, als hätten sie nichts mit der Realität zu tun, mit diesen legendären Gräueltaten, die ich gleich in ihrem Namen verüben werde …

»Gut«, sagt Rock, als ich ihm meine Einschätzung gegeben habe. »Und jetzt suchen wir einen aus.«

Vorher erklärt er mir alles Schritt für Schritt, damit ich die Prozedur nicht für Nachfragen unterbrechen muss. Ich spreche mir den Ablauf mit tauben Lippen vor, und obwohl ich ihm die falsche Selbstsicherheit vorspiele, die ich mir in jahrelanger Übung zugelegt habe, scheint Rock mich zu durchschauen. Seine tiefe Stimme wird sanft, als er den wichtigsten Punkt ein allerletztes Mal betont.

»Zwei bis drei Sekunden, Lee. Dann lässt du löschen.«

Als ich in Rocks breites Gesicht und seine gutmütigen Augen schaue, in denen das Mitleid so klar zu erkennen ist, bin ich drauf und dran zu sagen: *Das schaffe ich nicht.* Aber wem soll ich das sagen? Rock, der mir im Korps untergeordnet ist und dem ich mit gutem Beispiel vorangehen muss? Atreus, der mir den Befehl erteilt hat? Callipolis, dessen Bürger im Winter auf diese Lebensmittel angewiesen sein werden?

Nein. Ich kann bei niemandem Einspruch erheben und niemand kann es mir abnehmen. Also muss ich schweigen und tun, was getan werden muss.

Wir führen einen schuldbewusst dreinblickenden Landwirt zu seinem Haus zurück und stochern so lange in seinem verwucherten Garten herum, bis wir einen versteckten Kellerraum finden und aufbrechen. Dann bringen wir den Mann auf den Platz zurück, lassen sämtliche Nachbarn holen und ich gebe Pallor den Befehl.

Kurze Zeit später sehen wir vom Rand aus zu, wie die Wagen mit den Vorräten beladen werden, die in der ersten Runde unterschlagen worden sind. Mein Herz trommelt noch von dem Kreischen des Mannes. Man hat ihn in ein Nachbarhaus getragen, wo seine Brandwunden mit Salben behandelt werden, die wir – bei dem Gedanken wird mir nur noch schlechter – im Auftrag der callipolitanischen Regierung mitgebracht und ihnen kostenlos überlassen haben.

Als würde uns das irgendwie besser machen als die Drachenherren des alten Regimes, die verbrannte Leibeigene ihrem Schicksal überlassen haben.

Pallor stupst meine Hand, als spüre er, dass etwas nicht stimmt. Ich streichle ihm geistesabwesend über den Hals und wärme meine Hand an seiner Haut. Was gerade passiert ist, kümmert ihn eindeutig nicht, und obwohl ich weiß, dass solche Regungen nicht in seinem Wesen liegen, wünschte ich doch, er könnte Skrupel empfinden.

Schließlich bricht Rock das Schweigen. »Ich denke andauernd … ich komme mir wie ein Sturmpfeil vor.«

Ich muss an Annies Weinkrampf im Waschraum denken und ahne, dass es ihr genauso gegangen sein muss.

Dieser Gedanke verfolgt uns alle.

»So haben sie es … gemacht?«

So hat *er* es gemacht, will ich eigentlich fragen. Aber Rock kommt nicht vom Fernen Hochland; sein Dorf muss einen anderen Herrn gehabt haben. Wobei ihre Methoden sich wohl nicht groß unterschieden haben.

»M-hm.«

Bestürzt erkenne ich, welch mächtiges Erbe mein Vater über seinen Tod hinaus und selbst nach einer alles auslöschenden Revolution hinterlassen hat. So mächtig, dass dieselben Menschen, die unter ihm gelitten haben, mich jetzt in seinen Methoden unterweisen.

Mich darin unterweisen, so zu handeln wie er.

Du meinst also, sein Regime ist besser?, hat Julia mich verhöhnt. *Wach auf.*

Aber das kann man doch nicht vergleichen … Diese Krise, diese Notsituation rechtfertigt doch sicher, was erschreckenderweise wie eine Wiederholung der alten Verbrechen daherkommt …

Rock reißt mich aus meinen Gedanken. »Lee, du machst den Einsatzplan, oder?«

Ich nicke.

»Meinst du, du könntest … es so einrichten, dass wir nicht in unsere eigenen Dörfer müssen? Ich kann Annies Dorf machen. Und sie meins. Ich glaube nur nicht, dass ich …«

Er bringt den Satz nicht zu Ende, als traue er sich nicht, seine Bitte ganz auszusprechen, und ich erkenne seinen Blick wieder: So schauen die Wächter, wenn sie Goran um etwas anflehen, ihn aber nicht merken lassen wollen, wie wichtig es ihnen ist.

»Natürlich«, sage ich.

»Danke«, sagt Rock. Es klingt erleichtert und beschämt zugleich und er dreht sich schnell von mir weg.

Erst drei Tage nach dem Angriff in der Medeis haben Crissa und ich wieder ein bisschen Zeit miteinander. Sie kommt gerade von einem Einsatz zurück, ich muss bald zu einem los und so essen wir zusammen im Refektorium. Der Horror der Eintreibungen und die Albträume, die sie mir bescheren, haben mich in ein derart tiefes Loch gestürzt, dass es eine überraschende Abwechslung, ja fast eine Erleichterung ist, für kurze Zeit daraus hervorzukriechen, um einem trauernden Menschen beizustehen.

»Wie geht es dir?«, frage ich.

Sie hat tiefe Ringe unter den Augen und ihr Lächeln ist dahin. Trotzdem kommt mir der unpassende Gedanke, wie wunderschön sie ist. Ihre Wangen und Lippen sind von der Sonne der Medeis gerötet. Sie hebt die Schultern und spreizt die Finger auf dem Tisch.

»Ich habe keine ruhige Minute. Das hilft. Aber ... um meine Mutter mache ich mir ziemliche Sorgen.«

Inzwischen gibt es ein amtliches Verzeichnis der versenkten Schiffe; das Schiff von Crissas Vater wurde von Sturmpfeil-Feuer zerstört. Aber durch die Eintreibungen sind wir so eingespannt, dass Crissa sich nicht beurlauben lassen konnte und noch nicht zu Hause war, seit sie die Nachricht erhalten hat.

»Das tut mir leid. Ich kümmere mich darum, dass dein Antrag so bald wie möglich genehmigt wird.«

»Ich weiß. Danke.«

Sie sieht zu mir auf. Sie spricht leise, bemüht sich aber nicht, ihre Gefühle zu verstecken.

»Wie war es für dich, damals?«

Das Drachenkorps hat sich mit Fragen zu solchen Dingen immer zurückgehalten und so habe ich nicht sofort eine Antwort parat. Ich denke darüber nach und sage ihr dann die Wahrheit.

»Ich habe monatelang nicht gesprochen.«

Crissa hebt die Augenbrauen, als sei sie nicht sicher, ob das ein Witz sein soll. Als sie merkt, dass es keiner ist, sagt sie: »Oh.«

»Du hältst dich wirklich tapfer.«

Nach einer Woche geht es bei der Einsatzplanung vor allem darum, welche Reiter noch nicht am Ende ihrer Kräfte sind. Wer wach genug ist, zwei Schichten hintereinander durchzuhalten, wer mit etwas weniger Schlaf auskommt, wer die nächste Eintreibung überhaupt noch nervlich durchsteht. Die Reiter der gezündeten Aurelianer und Sturmpfeile müssen die größte Last schultern, danach folgen diejenigen, die psychisch und physisch am meisten verkraften.

Das bedeutet, dass ich für mich, Annie und Rock so gut wie keine Pausen zwischen den Schichten mehr einplanen kann. Keiner der beiden muckt auf, nicht einmal, als die Erschöpfung einsetzt. Der erste Hinweis darauf, dass etwas nicht stimmt, kommt nicht von Annie, sondern von Duck. Er besucht mich in dem ungenutzten Klassenraum, den ich als Büro belegt habe, und hockt sich auf die Kante des Stuhls vor meinem Schreibtisch.

»Weißt du noch, damals, als Annie … einfach nicht geschlafen hat? Als wir Kinder waren? Wie sie einfach die ganze Nacht lang für die Schule gelernt hat?«

Das war ihre Strategie, Albträumen zu entgehen. Ich kannte das schon, weil sie mir in Albans, wo wir noch zu klein gewesen waren, um uns um solche Themen herumzudrücken, mal vorgeschlagen hat, es auch zu probieren.

»Sie hat … wieder damit angefangen, glaube ich. Sie

schläft nicht. Seit dem Angriff hat sie niemand mehr schlafen sehen.«

Mein Magen krampft sich schmerzhaft zusammen. Ich plane Annie für zwei, manchmal drei Eintreibungen am Tag ein und danach absolviert sie meistens noch einen Spähflug; die Tage sind lang und extrem kräftezehrend. Das bisschen Ruhezeit, das ich ihr zuteile, reicht gerade so aus, nicht zusammenzubrechen. Aber wenn sie nicht mal dann schläft …

»Ich dachte nur«, fährt Duck mit einem kurzen Blick auf meine Unterlagen fort, »vielleicht könntest du sie ein bisschen … schonen? Ein paar ihrer Eintreibungen jemand anderem geben?«

Mir fällt ein, wie Annie den General angestarrt hat, als er ihr den Auftrag ausreden wollte. Wie eisig ihre Stimme war, als sie meinte, sie sei dazu in der Lage.

»Das war ihre Entscheidung, Duck.«

Duck mahlt mit den Kiefern. »Aber du bestimmst das mit.«

Während ich den Vorwurf stumm sacken lasse, fügt er hinzu: »Es ist sicher nicht so wichtig, wer …«

Mit einem Kopfschütteln vertreibe ich den schwachen Moment. »Doch.«

Ducks Stimme klingt gepresst. »Wieso?«

»Sie und Rock treiben mehr ein als alle anderen. Wir brauchen sie da draußen.«

Aber die Zahlen scheinen ihn nicht zu kümmern. »Lee, sie leidet furchtbar«, sagt er mit zitternder Stimme. »Komm schon. Du weißt, wie ihre Familie …«

Mein Geduldsfaden reißt.

»Ich kenne Annies Familiengeschichte.«

Eine Sekunde lang starren wir uns an. Ich setze eine harte, teilnahmslose Miene auf. Duck hingegen sieht so wütend aus, dass ich mich frage, ob er mich gleich schlagen wird. Ich frage mich auch, ob ich zurückschlagen würde.

»Lass es mich noch mal erklären«, sage ich langsam. »Callipolis hat bei dem Angriff fast alles verloren. Selbst wenn die Eintreibungen ideal laufen, werden wir nicht genug Vorräte für den Winter haben. Menschen werden verhungern. Jetzt geht es nur noch darum, dass es möglichst wenige sind. Jeder Scheffel, den Annie einzieht, jeder Wagen, den sie ins Lager schickt, bedeutet, dass wir mehr Menschen versorgen können. Hier stehen Leben auf dem Spiel, Duck. Das deiner Mutter, das deiner Geschwister. In einer solchen Zwangslage können wir es uns einfach nicht leisten, Rücksicht auf Annies Gefühle zu nehmen.«

Damit habe ich letztlich zwar gewonnen, aber trotzdem tut es mir in der Seele weh, an Annie zu denken – nicht die Annie von heute, sondern die Annie von früher, das Kind Annie, das meine Fürsorge zugelassen hat, das mir vertrauensvoll ins Ohr geflüstert hat: *Manchmal, wenn die Albträume ganz schlimm werden, schlafe ich einfach nicht. Das geht eigentlich ziemlich gut. Man wird nur tagsüber ein bisschen müde ...*

»Könntest du es dann vielleicht so einteilen, Lee«, sagt Duck heiser, »dass ich zur selben Zeit ein paar Stunden freihabe wie sie? Ich habe ... Ich habe sie nicht mehr gesehen, seit das angefangen hat. Vielleicht könnte ich sie überzeugen ...«

Auch meine Stimme ist heiser geworden.

»Natürlich.«

Ich komme gerade aus dem Waschraum, als es an der Schlafsaaltür klopft.

»Wer ist da?«

»Ich«, sagt Duck. »Kann ich reinkommen?«

Eine Woche lang konnte ich Duck problemlos aus dem Weg gehen, aber jetzt sehe ich keine Möglichkeit, mich ihm zu entziehen. Nachdem ich aufgemacht habe, bin ich hin- und hergerissen, ob ich ihm um den Hals fallen will oder die Tür wieder zuknallen soll.

»Was gibt's?«

»Wir haben beide den Nachmittag frei.«

Ich wende mich ab, schlinge mir das Handtuch wieder um die nassen Haare und wringe sie aus. Ich habe mindestens eine halbe Stunde gebadet und jede Stelle meines Körpers so lange geschrubbt, bis es wehtat. Es ist später Nachmittag; das Zimmer hat sich im einfallenden Sonnenlicht aufgewärmt. »Was willst du denn von mir? Dass ich mit dir spazieren gehe? Das bunte Herbstlaub bewundere?«

Duck antwortet mit weicher, ruhiger Stimme. »Natürlich nicht.«

Ich bin ganz still stehen geblieben, das Handtuch um den Kopf gewickelt, und starre auf die Körbe mit meinen Bürsten und Cremes. Ich kann mich einfach nicht umdrehen, obwohl ich mir auf einmal nichts sehnlicher wünsche. Da kommt er einen Schritt näher und sagt meinen Namen, ich fahre herum und er nimmt mich in die Arme. Der Druck, der sich in meinem Hals und hinter meinen Augen angestaut hat, schwillt weiter an und sprengt alle Dämme.

»Es tut mir leid …«

Er hält mich wortlos fest. Es tut gut, unaussprechlich gut, seine Arme um mich zu spüren. Mein Gesicht an seine Brust zu schmiegen, während seine Hand meinen Kopf umfasst. So als würde er mich stützen, damit ich alles loslassen kann. Es ist unsere erste Umarmung seit dem Lyzeastenball.

»Duck, es tut mir leid«, platze ich heraus. »Es tut mir so leid – was da in der Nacht … ich wollte dir nicht wehtun …«

Ducks Arme sind ganz starr geworden.

»Redest du von der Ballnacht?«

Ich nicke beschämt. Duck holt Luft und schüttelt dann den Kopf.

»Das spielt doch jetzt keine Rolle, Annie. Und entschuldige dich bloß nicht dafür. So was will ich nie wieder hören.«

Er sagt es so überzeugt und so nachdrücklich, dass man seinen angestrengten Ton fast überhören könnte. Aber ich bin zu müde, um noch länger darüber nachzudenken. Ich lasse mich noch tiefer in seine Arme sinken, kneife die Augen zu und blende alles andere aus. Der Schlafsaal mit der langen Reihe ordentlich gemachter Betten und den Schreibtischen voller Arbeitsblätter für vergessene Unterrichtsstunden löst sich in nichts auf.

Doch dann kehrt der *Geruch* zurück.

»Riechst du es auch?«, flüstere ich.

Duck legt die Arme enger um mich. »Was?«

»Drachenfeuer. Ich rieche nach Drachenfeuer. Sogar nach dem Bad. Ich rieche es beim Essen, beim Schlafen …«

Die Worte sprudeln wie von selbst aus mir heraus. Duck brummt tröstend und in dem Geräusch liegt der Schmerz, den auch ich empfinde. Dann weicht er gerade so weit zurück, dass er mich direkt anschauen kann, und kleine Sorgenfältchen legen sich um die Augen in seinem braun gebrannten Gesicht.

»Annie«, sagt er. »Du musst schlafen.«

Als er meine Hand nimmt und mich zu meinem Bett zieht, lasse ich ihn gewähren.

Er wirft meine Uniformjacke zu Boden und schlägt die Decke auf, und nachdem ich daruntergeschlüpft bin, stopft er sie um mich herum fest. Danach legt er sich neben mich, aber auf die Decke. Die Stoffschicht zwischen unseren Körpern sendet eine klare, wenn auch unausgesprochene Botschaft: *Ich bin als guter Freund hier, nichts sonst.*

Das ist wohl das Liebevollste, was Duck in seiner stets liebevollen Art für mich getan hat, und prompt kommen mir wieder die Tränen. Ich kuschele mich zu ihm, lege den Kopf auf seine Brust und sauge den Salzgeruch ein, der Duck noch von seinem letzten Spähflug über dem Meer anhaftet. Zum ersten Mal seit Stunden rückt die Erinnerung an Drachenfeuer in den Hintergrund.

»Es ist fast vorbei, Annie«, murmelt er und legt mir einen Arm um die Schultern. So eng habe ich das Gesicht an seiner Uniform vergraben, die von meinem nassen Haar schon ganz feucht wird, dass ich die Worte in seiner Brust vibrieren spüre. Ich habe meine Tränen hinuntergeschluckt und lache bitter auf.

»Es hat doch gerade erst angefangen«, widerspreche ich. Begreift er das denn nicht? »Damit ist es besiegelt. Wir sind Monster, auch wenn sie uns einen anderen Namen geben.«

Ducks Atmung verändert sich. Kurz höre ich nichts als seine abgehackten Atemzüge. Der Arm um meine Schultern bewegt sich, als hätte Duck sich verstohlen über die Augen gewischt. Doch als er antwortet, ist seine Stimme fest.

»Hab ich dir schon mal die Geschichte erzählt, die meine Mutter uns früher immer erzählte, wie der alte Aron die Sonne mit einem Trick dazu brachte, ihm ihr Feuer zu leihen?«

Er hat den leisen, sanften Ton angeschlagen, den er zu Hause bei den Gutenachtgeschichten für seine Geschwister benutzt hat, und schon spüre ich, wie meine Schultern sich entspannen und meine Atemzüge länger werden. Ich schüttele den Kopf.

»Na dann«, murmelt Duck. »Hör gut zu.«

15

DER LETZTE BRIEF

— **Lee** —

Nachdem die Eintreibungen beendet sind, herrscht ein paar Tage lang eine relative Ruhe. Während die Bestände in den Lagern gesichtet werden, bleibt uns abgesehen von den Patrouillen an den Küsten nichts anderes zu tun, als zu warten. Crissa bekommt endlich ihren Urlaub gewährt und darf sogar mit ihrem Drachen nach Hause fliegen, was normalerweise bei privaten Anlässen nicht gestattet ist. Duck überredet Annie dazu, ihn auf einigen Spähflügen über dem Meer zu begleiten, was ihr sichtlich guttut. Ich hole Schlaf nach.

Dann werden Annie und ich zum zweiten Mal in den Inneren Palast zitiert, diesmal mit Cor und Power. Jetzt, wo wir Inventur gemacht, Schulden zurückgefordert und so viel Geld wie möglich geliehen haben, wird es Zeit, über die Verteilung nachzudenken. Um den Tisch sind dieselben Personen versammelt wie bei der letzten Beratung und dazu noch der leitende Arzt von Callipolis, der das Treffen mit einer Präsentation eröffnet.

Zunächst fasst der Arzt seine Arbeit der vergangenen Woche zusammen: Er hat eine Formel erstellt, mit der die Überlebensraten der callipolitanischen Bevölkerung in Abhängigkeit von den zugeteilten Lebensmittelrationen ermittelt werden können. Die Grundidee leuchtet mir erst einmal ein, doch dann kommt er auf die Details seiner Formel zu sprechen.

»Auf Bitten des Hohen Rates«, sagt er und sieht zum ersten Mal etwas betreten drein, »habe ich mehrere … Varianten … durchgerechnet.«

Er entrollt ein großes Blatt an dem Tafelschreibblock, an dem er gearbeitet hat. Darauf stehen vier Zahlen. Zusammengenommen dürften sie ungefähr die Gesamtbevölkerung von Callipolis ergeben. Doch die kleinste Zahl macht nur etwa ein Zehntel davon aus, die größte etwa die Hälfte. Ich begreife im selben Moment wie Annie, was sie abbilden sollen; sie zieht neben mir scharf die Luft ein.

»Das ist die Bevölkerung von Callipolis nach Ständen«, sagt der Arzt, der jetzt definitiv unsicher wirkt.

Cor, der auf meiner anderen Seite sitzt und sich bis jetzt Notizen gemacht hat, erstarrt. Aus seinem Füller, den er schon auf die nächste Linie gesetzt hat, läuft Tinte auf seinem Block aus. Power wirft erst ihm einen Blick zu, dann sieht er mich über Cors Kopfs hinweg an. Als wollte er mich herausfordern.

Der Arzt führt die Zahlen mit heiserer Stimme weiter aus.

»Der Gold-Stand ist die kleinste Gruppe, gefolgt von dem Silber- und dem Bronze-Stand, die jeweils rund ein Viertel ausmachen, und dem Eisen-Stand, dem etwa vierzig Prozent der Bevölkerung angehören. Es steht bereits fest, dass volle Rationen für alle Bürger den ganzen Winter über nicht aufrechtzuerhalten sind. Und wenn die Ressourcen gleich verteilt werden, ist die Überlebensrate … nicht erstrebenswert. Variieren wir hingegen die Größe der Rationen, sehen die Zahlen schon anders aus.«

Atreus folgert kühl: »Wenn manche mehr Lebensmittel erhalten als andere, meinen Sie?«

»Ja. Dann können wir einen Großteil der Bevölkerung durch den Winter bringen … und die schwersten Verluste auf bestimmte Gruppen begrenzen.«

Bestimmte Gruppen.

Ich spüre das Grauen in mir anschwellen wie eine Flutwelle, bis ich den Kopf in den Nacken legen muss, um tief durchzuatmen. Nein, nein, das muss ich falsch verstanden haben …

Sie werden die Rationen doch sicher nicht nach *Standeszugehörigkeit* bemessen …

Wir haben doch sicher nicht zwei Wochen lang sämtliche Dörfer um ihren Ernteertrag gebracht, nur um diese Grausamkeit jetzt noch zu überbieten …

Doch obwohl die anwesenden Minister düstere Gesichter machen, wirken sie kaum überrascht. Lediglich Power, Cor, Annie und mich trifft das offenbar unvorbereitet. Vor allem Atreus ist seelenruhig. »Und wie würden diese Verluste dann aussehen?«

Der Füller in Cors Hand bohrt kleine Löcher in das Papier.

»Nun ja«, sagt der Arzt und wischt sich über die Stirn. »Das kommt darauf an, wie stark man die Zahlen variiert.«

Er blättert zur nächsten Seite. Oben auf dem Blatt steht seine Formel, darunter kommen mehrere Zahlenreihen. Power scheint zu frohlocken, während Cor immer noch wie versteinert auf den sich ausbreitenden Tintenfleck auf seinem Block starrt. Annie schreibt sich die Formel mit fliegender Hand in ihr Notizbuch.

»Hier sind einige Lösungsvorschläge.«

Die erste Variante teilt dem Gold-, Silber- und Bronze-Stand jeweils volle Rationen und dem Eisen-Stand nur eine

Achtelration zu, das heißt, für jede volle Mahlzeit, die ein Gold-Bürger erhalten würde, bekäme ein Eisen-Arbeiter nur ein Achtel der entsprechenden Nahrungsmenge. Bei diesem Verteilungsschlüssel läge die Überlebensrate innerhalb des Eisen-Standes bei etwa fünfzig Prozent.

»Suboptimal«, bemerkt Atreus in demselben seelenruhigen Ton.

»Das dachte ich auch«, sagt der Arzt mit erleichterter Miene. »Ausgehend von Ihren ... im Vorfeld genannten Prioritäten ... habe ich einige weitere Szenarien durchgerechnet.«

Er zeigt den zweiten Vorschlag: Bronze und Silber bekommen etwas weniger als eine volle Ration, Gold wieder die volle Ration und Eisen eine Viertelration. Die Variante gefällt Atreus auch nicht, also geht der Arzt mit den Rationen für Bronze und Silber schrittweise auf achtzig und dann auf siebzig Prozent der vollen Ration herunter. Trotzdem erhöht das die Überlebensrate im Eisen-Stand nur auf maximal siebzig Prozent.

Was *besser* aussieht, bis man im Kopf überschlägt, wie viele gebrechliche oder kranke Menschen, Kinder und Greise des Eisen-Standes den Winter bei solch knappen Rationen nicht überstehen würden.

Doch dann muss ich mich der unbarmherzigen Logik fügen, auch wenn mir ganz schlecht dabei wird:

Wenn Verluste nicht zu vermeiden sind, wo könnten wir sie am besten verschmerzen? Bei den gelernten Arbeitern, auf deren Landwirtschaftserträge und handwerkliche Fähigkeiten wir angewiesen sind? Beim Militär, das wir in diesen Krisenzeiten zur Verteidigung brauchen? Bei der Gold-Elite, die unser Land regiert?

Ungelernte Arbeiter – im dienstleistenden Gewerbe, in den Tuchmanufakturen und Hochöfen, den Minen und

Steinbrüchen – wären am leichtesten zu ersetzen, in diesem Bereich würden uns die wenigsten Kenntnisse verloren gehen …

Nein, nein, *nein*. Ich habe Visiten in Betrieben des Eisen-Standes gemacht, ich habe unter vier Augen mit den Leuten dort gesprochen und mich vergewissert, dass ihre Arbeitsbedingungen gut sind. Jahrelang lag uns ihr Wohlergehen am Herzen. Cors *Schwester* ist Eisen-Arbeiterin …

Ich will so was nicht denken. Ich will diese Entscheidungen nicht abwägen müssen. Ich will dieser Logik nicht folgen.

Holmes ergreift das Wort. »Meine Soldaten müssen essen, Atreus.«

Atreus denkt stirnrunzelnd nach, dann nickt er. »Teilen Sie Silber wieder mehr zu«, weist er den Arzt an.

Was die Überlebensrate des Eisen-Standes wieder senkt.

Cor räuspert sich und murmelt: »Entschuldigen Sie mich bitte.«

Im ersten Moment glaube ich, dass er etwas sagen will, doch da schiebt er schon seinen Stuhl zurück und verlässt den Raum. Power sieht ihm belustigt nach; Atreus nimmt es gleichgültig hin. Dann sagt er zu dem Arzt, als hätte es keine Unterbrechung gegeben: »Bronze sollte auch so einsatzfähig wie möglich sein. Wir können es uns nicht leisten, die Zweidrittelschwelle zu unterschreiten.«

Annie schiebt mir wortlos ihr Notizbuch hin, in das sie unter der Formel das Wort *Gold?* gekritzelt hat. Wir sehen uns einen Moment lang an und ich frage mich, ob mein Gesicht so bleich geworden ist wie ihres.

Ich nicke, weil ich das Gleiche gedacht habe. Sie starrt mich bohrend an, als wollte sie mich dazu herausfordern, es auszusprechen. Ich gebe nach, wende mich dem Arzt zu und frage: »Warum bekommt der Gold-Stand volle Rationen?«

Der Arzt späht zu Atreus und in diesem Moment bemerke ich das goldene Armband, das an seinem Handgelenk glitzert. Ringsum rutschen die Minister unbehaglich auf ihren Stühlen herum und wechseln verstohlene Blicke. Bis auf Holmes gehören wir alle dem Gold-Stand an.

»Auf Wunsch des Ersten Protektors sollte die höchstmögliche Überlebensrate für den Gold-Stand gewährleistet sein«, antwortet der Arzt. Er wirkt verlegen, aber dennoch entschlossen, als teilte er diese Auffassung uneingeschränkt. »Immerhin sind die Gold-Bürger für unseren Staat am wertvollsten.«

Annie meldet sich leise zu Wort. »Aber sie brauchen doch bestimmt keine *vollen* Rationen. Ihre Arbeit erfordert in der Regel keine körperlichen Anstrengungen, oder?«

Der Arzt stiert sie an, als könne er kaum glauben, dass eine zweite minderjährige Person unaufgefordert einen Einwand vorbringt. »Nun ja, das ist individuell verschieden, aber ...«

»Lo Teiran braucht keinen vollen Magen, um seine Gedichte zu schreiben«, merke ich an.

An seiner entgeisterten Miene erkenne ich, dass der Arzt uns für Klugscheißer hält, aber er will uns offenbar nicht vor versammelter Runde zurechtweisen. Schließlich wissen alle Anwesenden, dass Annie und ich als Kinder arm waren und in der letzten Hungersnot fast gestorben wären – im Gegensatz zu ihnen. Dieser Umstand allein genügt wohl, unsere Kritik zu rechtfertigen. Der Arzt blickt zu Atreus, als erwarte er, dass er sich für den Gold-Stand einsetzt, doch Atreus sagt nichts dergleichen. Er und ich sehen uns lange an.

»Es gibt so wenige Gold-Bürger«, sagt der Arzt, »dass kaum ins Gewicht fällt, was sie bekommen. Statistisch gesehen.«

Atreus löst den Blick von meinem. »Senken Sie Gold auf

achtzig Prozent der vollen Nahrungsmenge ab und rechnen Sie alles noch mal durch.«

Der Arzt schluckt und nickt.

Gegen Mittag machen wir eine Pause, obwohl Atreus nicht erwähnt, wofür sie gedacht ist, als wäre es in der gegenwärtigen Situation unanständig, das Wort *Mittagessen* in den Mund zu nehmen. Eine Stunde lang ist mit den Zahlen jongliert und gerungen worden wie bei einer Feilscherei auf dem Markt.

Beim Verlassen des Besprechungsraums stimmen Annie und ich uns nicht darüber ab, wo wir hinwollen, aber wir haben offenbar das gleiche Ziel: Hauptsache, raus aus dem Inneren Palast. Draußen stoße ich die Luft aus, die ich noch halb in den Lungen behalten habe, und Annie presst die Hand auf den Mund. Dann schreit sie los. Es wird von ihrer Hand gedämpft und dauert nur ungefähr zwei Sekunden, aber ich werde mir trotzdem bewusst, dass wir von offenen Fenstern umringt sind.

»Komm mit«, sage ich und packe sie am Arm.

Ich führe sie durch den Kreuzgang in den nächsten Hof, der sich zum Saal der Fülle öffnet. Das Eichenlaub hat sich schon leuchtend bunt verfärbt. Am Himmel hängen schwere Stratokumuli und die Luft riecht nach Regen.

»Hast du das gewusst?« Sobald Annie sieht, dass wir unter uns sind, fährt sie jäh zu mir herum.

»Nein. Ich hätte es aber wissen müssen.«

Im Rückblick verstehe ich nicht, warum mir das nicht gleich klar war. Natürlich steckt hinter der Standesprüfung mehr als ein freier Zugang zu sozialem Aufstieg. Ich habe zig Mal erlebt, wie der Staat die Eisen-Arbeiter bei Löhnen, Arbeitsbedingungen, ihren Rechten und in der Informationspolitik benachteiligt hat – wundere ich mich da wirklich, dass es jetzt darauf hinausläuft?

Wie hat Julia bei unserer letzten Begegnung gesagt: *Du meinst also, sein Regime ist besser, weil es Leibeigene nicht mehr so nennt und ihnen das Lesen beibringt?*

»Ich auch«, sagt Annie.

Dafür also der ganze Aufwand. Diese höllischen zwei Wochen, diese Plackerei im Auftrag des Staates, mit Drachenfeuer, mit den *herkömmlichen Methoden* – dafür war das alles gedacht. Dass der Silber-Stand drei Viertel der Gold-Rationen bekommt, Bronze die Hälfte und Eisen ein Viertel.

Power schließt zu uns auf. Er hat die Hände tief in die Taschen seiner Uniform geschoben, mustert unsere Gesichter und grinst.

»Ein guter Tag für Gold-Bürger«, sagt er.

Annie sieht an ihm vorbei auf den Innenhof und zeigt auf etwas hinter meinem Rücken. »Cor.«

Er sitzt mit angezogenen Beinen unter einem Baum im welken Laub. Sein Gesicht ist uns zugewandt, aber er macht keine Anstalten, aufzustehen.

»Ist seine Schwester nicht Eisen-Arbeiterin geworden?«, fragt Power in schadenfrohem Ton.

Annie stürmt an ihm vorbei und geht über den laubbedeckten Rasen auf Cor zu. Nach kurzem Zögern folge ich ihr. Ich bin mir eigentlich sicher, dass Cor nicht mit uns reden will, aber bei Power zurückbleiben will ich auch nicht.

»Ihr wird es an nichts fehlen, Cor«, sagt Annie ohne Umschweife, als sie bei ihm angekommen ist. »Dafür sorgen wir schon.«

»Nichts für ungut, Annie«, sagt Cor. Er hat die Stirn auf seine Knie gelegt und klingt müde. »Aber haut bloß ab.«

Einen Moment lang ist es totenstill.

Dann hebt er den Kopf. »Ihr beide habt nicht mal widersprochen.«

Annie wirft mir einen halb verwirrten, halb beschämten Blick zu.

»Muss schön sein, keine Familie zu haben«, fährt Cor fort. Er rappelt sich auf, schüttelt die Blätter von den Händen und wendet sich ab. »Das macht den Job bestimmt deutlich leichter.«

Annie hält Cor am Arm zurück. »Sag doch nicht so was. Du weißt, wie viel mir deine Familie bedeutet, sie steht mir so nah wie …«

Doch sie ist offenbar zu aufgebracht oder zu peinlich berührt, um den Satz zu beenden. Sie hält inne, mit zitterndem Kinn, ohne Cor loszulassen.

Cors Blick wandert zu ihrer Hand auf seinem Arm und er grinst höhnisch. »Sie bedeutet dir viel, ja? Interessant, was du darunter verstehst – ihnen anhand ihrer *Armbänder* eine soundsovielprozentige Überlebenschance zu gewähren …«

»So ist das nicht«, sagt Annie und diesmal hat sie ihre Stimme nicht mehr im Griff. »Das ist keine persönliche, sondern eine … eine objektive Entscheidung, das muss es auch sein, es hat nichts mit du weißt schon wem zu tun …«

»Und objektiv gesehen haben ungelernte Arbeiter es nicht so verdient, am Leben zu bleiben, wie alle anderen. Schon kapiert, Annie.«

Cor macht einen Schritt zurück, um ihr den Arm zu entziehen, dreht sich dann um und stapft davon. Das Laub knirscht unter seinen Stiefeln.

Annie hebt die Hand ans Gesicht und fährt sich wütend über die Augen.

»Hast du widersprochen?«

Ich schüttele den Kopf.

Ich habe nachgehakt. *Widersprochen* habe ich nicht.

Und dieser Unterschied reicht schon aus, dass ich vor Entsetzen über mich selbst im Boden versinken will.

»Ich auch nicht«, flüstert sie. »Wozu macht uns das, Lee?«

»Realistisch betrachtet«, sage ich, »war das die beste Option. Für die Insel als Ganzes. Ungelernte Arbeit ist leichter zu ersetzen.«

»Das habe ich auch gedacht«, sagt sie.

Aber sie scheint diese Tatsache genauso ungeheuerlich zu finden wie ich.

»Weil es die Wahrheit ist.« Meine Stimme wird hart, um Annie ihre Zweifel auszutreiben. »Die meisten wären zu … weich oder zu irrational, um es sich einzugestehen. Aber die Wahrheit ist: Wir können es uns leisten, ungelernte Arbeiter zu verlieren. Auf Krieger und Landwirte können wir nicht verzichten.«

Ich sehe zu, wie sie die Worte sacken lässt, und obwohl ihr Gesicht sich schmerzhaft verzerrt, weiß ich, dass sie ihre Wirkung nicht verfehlt haben. Und wie schon nach meiner Unterredung mit Duck kann ich mich nur darüber wundern, dass ich offenbar die Gabe habe, andere von etwas zu überzeugen, an das ich nicht mal selbst glaube.

Aber in gewissem Maße, denke ich, klammert Annie sich daran. Sie klammert sich an die Hoffnung, dass wir Gutes tun, dass wir es besser machen, dass Atreus immer noch recht hat.

Ich hingegen, merke ich jetzt, bin mir da nicht mehr so sicher. Am Nachmittag diskutieren wir, wie wir verheimlichen können, dass die Stände unterschiedliche Nahrungsmengen zugeteilt bekommen. Wir legen uns einen Plan zurecht, wie wir diese Sache der Öffentlichkeit präsentieren und unser Vorgehen so weit verschleiern können, dass die Wahrheit höchstens gerüchteweise durchdringt. Und während die Minister sich die Köpfe heiß reden, sitze ich nur stumm da und plage mich mit eben den Zweifeln, von denen ich Annie so unbedingt abbringen wollte.

Denn trotz aller Logik fühlt sich die Berechnung immer noch *falsch* an.

Ich denke an die vergangenen zwei Wochen zurück, an Rocks aschfahles Gesicht, an Annies Zusammenbruch nach der ersten Eintreibung, an die Schreie der überführten Dorfbewohner, wenn sie von den Flammen erfasst wurden. Ich blicke mich im Raum um, sehe die versteinerten Gesichter von Menschen, die es auf sich genommen haben, über Leben und Tod zu entscheiden. Rocks Worte dröhnen mir in den Ohren: *Ich komme mir wie ein Sturmpfeil vor.*

Ich werde den Verdacht nicht los, dass er recht hat. Wir bedrohen Landwirte mit demselben Drachenfeuer, um ihnen ihre Ernte zu entreißen. Wir werden eine weitere Hungersnot erleben, in der ein Großteil der Todesopfer zur ärmsten Schicht gehören wird. Wir werden die Wahrheit leugnen, genau wie die Drachenherren damals. Was ist daran schon groß anders? Was nützen unsere Rechtfertigungen denen, die verhungern müssen?

Auch wenn es eine Weile gedauert hat, bis ich einsehen konnte, dass das alte Regime im Unrecht war, halte ich mich doch seit vielen Jahren daran fest, dass Atreus das Richtige tut. Dass sein System gut und gerecht ist, dass er einen Plan hat, der es wert ist, unterstützt zu werden. War das nicht der Sinn des Ganzen? Wie Atreus einmal zu uns gesagt hat: *Ihr verdient diese Führungsrolle nur so lange, wie ihr vernünftiger und tugendhafter sein könnt als die Herrscher, die vor euch kamen.*

Ich weiß nicht, ob man das noch von uns behaupten kann.

Julia hat es mir prophezeit: *Pass nur auf, wie diese Vision in sich zusammenbricht. Dann werden wir ja sehen, was du noch alles ertragen kannst.*

Als wir am Abend in den Konvent zurückkehren, begebe ich mich in den Klassenraum, der mir als Büro dient. Ich muss Mitteilungen des Ministeriums durchsehen und einen Dienstplan für die Drachenreiter aufstellen, die bei der Ausgabe der Lebensmittelrationen dabei sein sollen. Ein paar Stunden lang bin ich so gut wie ungestört; nur Power steckt einmal den Kopf durch die Tür – wie immer ohne anzuklopfen –, um nach seinen Patrouilleneinsätzen zu fragen.

»Ich arbeite dran. Morgen im Laufe des Tages gebe ich dir Bescheid.«

Danach ist es eine weitere Stunde lang ruhig. Bis es auf einmal leise an der Tür klopft. Eine Bedienstete, die ich noch nie gesehen habe, kommt an meinen Tisch und überreicht mir ein Schreiben.

»Eine Nachricht, mein Gebieter.«

»Danke.«

Bevor ich die Anrede richtig registriert habe, ist sie fort.

Ich springe auf und sehe in den Flur hinaus, aber sie ist schon hinter der nächsten Biegung verschwunden.

Mit zitternden Fingern schließe ich die Tür ab und gehe an meinen Schreibtisch zurück.

Das Schreiben ist mit Wachs verschlossen, trägt aber kein Siegel. Natürlich ist es auf Drachisch verfasst, in der Handschrift, die ich nun schon kenne.

Glaubst Du immer noch, dass es sich lohnt, für Atreus' Regime zu kämpfen?
Wir sind die Ersten Reiter gegnerischer Flotten. Wenn Du den Weg, den Du gewählt hast, weitergehst, wird es kein Verzeihen zwischen uns geben, nur Feuer und Tod.
Eine allerletzte Chance: Ich werde am ersten Tag des kommenden Monats bei Sonnenaufgang am Quellmund des Fer auf Dich warten.

Vielleicht kannst Du sie nicht verraten. Aber nach Hause kannst Du immer noch zurückkehren.

— Annie —

Das Abendessen ist schon lange vorbei, als es an der Tür unseres Schlafsaals klopft. Es ist ein lautes, dumpfes Hämmern, als würde der Mensch, der dort draußen steht, mit der Faust oder gar dem ganzen Arm gegen die Tür schlagen. Crissa, die der Tür am nächsten steht, macht auf. Es ist Lee.

Er ist pitschnass. Regenwasser tropft ihm vom Gesicht und sammelt sich zwischen seinen Stiefeln und er trägt seinen feuerfesten Anzug, als wäre er eben mit Pallor in der Luft gewesen und dann geradewegs hierhergekommen. Aber das allein sagt mir noch nicht, dass etwas nicht stimmt. Sein Gesichtsausdruck verrät es mir: wild, verstört, verzweifelt.

Crissa beißt sich auf die Lippe und ich weiß, dass sie wahrscheinlich denkt, die heutigen Besprechungen hätten ihn so mitgenommen, denn davon habe ich ihr gerade erzählt. Aber ich bin mir sicher, dass Lee stark genug ist, diese gefühllosen Kalkulationen der Opferzahlen auszuhalten. Dahinter muss noch etwas anderes stecken.

»Lee, was ist los?«, fragt Crissa, die Hand noch am Türgriff.

Im ersten Moment starrt er sie nur an, als könne er sich nicht mal erinnern, wer sie ist. Dann krächzt er: »Annie. Annie, ich muss mit dir reden.«

Ich stehe auf. Crissa schaut von ihm zu mir und sagt, schlicht und würdevoll: »Bitte.«

Sie verlässt den Raum und er wirkt leicht konsterniert, als hätte er das nicht als Aufforderung gemeint, uns allein zu lassen, sondern mich nur zu sich bitten wollen. Aber er ist zu durcheinander, um das zu korrigieren, und tritt stumm ins Zimmer, nachdem sie ihm den Weg frei gemacht hat. Crissa zieht die Tür hinter sich zu.

»Was gibt es, Lee?«

Noch während ich das frage, weiß etwas in mir schon Bescheid.

Er holt Luft. Sein Gesicht verzerrt sich wie unter Schmerzen. Und dann bricht er die allerwichtigste Regel.

— Lee —

Ich reite stundenlang auf Pallor. Kreise über der Stadt und den umliegenden Feldern, überfliege die Dörfer, deren Ernten wir eingetrieben haben. Danach lenke ich ihn nach Süden, zur Küste, an Seehafen vorbei und hinaus aufs Meer. Die Wolken hängen tief und dicht über der Medeis, doch als die Sonne untergeht, spitzen ihre Strahlen knapp über dem Horizont hervor und werden von den Wellen zurückgeworfen. Dann kommt der Regen.

Meine Augen sind geöffnet, sehen aber nichts. Die Dämme sind wieder gebrochen, die Erinnerungen stürzen in einem fieberhaften, unerbittlichen Blitzgewitter über mich herein. Meine Schwestern beim Sturm auf den Palast; das unbeholfene, verängstigte Callisch meines Vaters; Tyndales bittere Provokationen. *Ich bin nicht übergelaufen. Ich glaube an Atreus.* Die Schreie der Männer, als ich ihre Kleider in Brand gesetzt habe. Die Zahlen an der Tafel, die Prozentsätze, die prognostizierten Hungertoten.

Nach Hause kannst du immer noch zurückkehren.

So verstreichen Stunden und es ist weniger eine bewusste Entscheidung als das Eingeständnis einer Niederlage, dass ich zu Annie gehe.

Ruhig, unaufdringlich und vertrauensvoll wartet sie in der Mitte des leeren Schlafsaals auf mich. Ihr kurz geschnittenes Haar betont ihren schmalen Hals, die verschränkten Arme schließen ihr Nachthemd enger um die zarte Gestalt. So zum Schlafengehen bereit gemacht, sieht sie wieder mehr aus wie das Waisenmädchen, das ich in Erinnerung habe, als die Drachenreiterin, mit der ich trainiere. Ich bleibe ein Stück vor ihr stehen.

»Deine Familie«, sage ich.

Sie zieht die Luft ein. Seit unserem Streit in Albans haben wir nicht mehr von ihrer Familie geredet. Aber jetzt gibt es kein Zurück mehr. Jedes Wort fühlt sich an wie der nächste Schritt auf der Planke, von der ich springen werde.

»Ich muss wissen, wie sie gestorben ist.«

»Du weißt, wie sie gestorben ist«, flüstert sie.

»Ich muss es von dir hören. Erzähl es mir. Alles.«

In dem Saal mit den leeren Betten und Schreibtischen ist es so still, dass ich sie atmen hören kann. Als sie antwortet, klingt sie kein bisschen überrascht. Höchstens resigniert. Als ob sie insgeheim darauf gewartet hat und jetzt bereit ist.

»Einverstanden.«

Die nächste Frage kommt mir vor wie ein Gesuch um meine eigene Hinrichtung.

»Kannst du es mir zeigen?«

Damit scheint sie nicht gerechnet zu haben. Sie löst die Arme, verschränkt sie wieder über dem Nachthemd, schluckt. »Ja. Wann willst du …?«

»So bald wie möglich.«

»Du machst die Einsatzpläne.«

»Morgen früh?«

»Einverstanden«, haucht Annie. »Morgen früh.«

16

HOLBIN

— Lee —

Es ist noch dunkel, als wir unsere Ausrüstung anlegen. Annies Gesicht ist bleich und sie hat dunkle Ringe unter den Augen, die sie sich immer wieder reibt, als hätte sie genauso schlecht geschlafen wie ich. Wir wechseln kein Wort. In der Luft fliegt Annie eng an Aelas Rücken geschmiegt vor uns her. Nach dem Unwetter der vergangenen Nacht ist alles ruhig und wie reingewaschen, doch die Temperatur ist merklich gesunken und hat einen fast schon winterlichen Tag gebracht. Wir landen nördlich von Annies Heimatdorf, in einer geschützten Felsennische weiter oben am Berg, wo sich Aela und Pallor versteckt und ungestört ausruhen können, solange wir unterwegs sind.

Bis zum Hof von Annies Eltern müssen wir eine halbe Stunde lang über Weiden und Wiesen den Hang hinuntergehen. Währenddessen wird der Himmel allmählich grau, färbt sich im Osten rosarot und erhellt die Gebirgssilhouette, die mir aus meiner Kindheit vertraut ist – besonders der zum Meer hin gelegene ferne Gipfel, auf dem die Residenz liegt, die vor der Revolution meiner Familie gehört hat. Die Hohen Hallen, Sitz des Drakarchen des Fernen Hochlands. Obwohl Holbin meilenweit landeinwärts von dem Herrenhaus entfernt ist, in dem ich geboren wurde, sind der beißende Wind, der Duft des Heidekrauts und die steil abfallenden Felder exakt so wie in meiner Erinnerung.

Und auch Annie erinnert sich genau. Sie stapft mit raschen Schritten zwischen den Felsen und Dornengestrüppen dahin, hält kaum einmal inne, achtet nicht auf den Wind, der ihr Strähnen ihres kurzen Haars ins Gesicht peitscht. Ich stolpere hinter ihr her. Schließlich bleibt sie neben einer majestätischen Knorreiche stehen und legt die Hand an den Stamm. Ihre Finger schmiegen sich mit der Vertrautheit alter Bekannter in die Schrunden des Baums.

»Da unten ist es.« Sie zeigt mit dem Kopf auf die Lichtung unter uns. Ein schmaler, fast ganz zugewachsener Pfad führt dorthin. Ich schaue, sehe aber nichts als Büsche, knorrige Bäume, Unkraut. Ein ganzes Stück dahinter steigt Rauch aus den Schornsteinen der anderen Häuser von Holbin. Annie nimmt alles in sich auf und holt langsam Luft.

»Ich war nicht mehr hier, seit es passiert ist«, sagt sie.

Noch nie habe ich mich mit Worten so schwergetan wie jetzt. »Wir können es langsam angehen. Willst du dich ein, zwei Minuten setzen?«

Sie nickt. Ich setze mich da, wo ich bin, auf den Boden, doch dann spüre ich ihre Hand am Arm, leicht und zögernd. »Da drüben ist eine gute Stelle«, murmelt sie.

Sie zieht mich zu den Wurzeln der Eiche, näher am Stamm, wo eine der ältesten, dicksten Wurzeln eine Art Sitzbank bildet. Die Mulde darin ist glatt gewetzt, als hätten hier schon viele Menschen Platz genommen.

»Hier sitzt man gut«, sagt sie. »Früher bin ich oft mit meiner Schwester hierhergekommen.«

»Du hattest eine Schwester?«

Annies Blick zuckt zu mir und wieder zurück zu den Steilwiesen. »Zwei. Und … drei Brüder.«

Ich erkundige mich nach ihren Namen.

Bei der Frage umklammert Annie die Knie ihres Lederanzugs. Ich muss daran denken, wie es mir ging, als Tyndale und Julia die jahrelang in Schweigen vergrabenen Namen ausgesprochen haben. Wie groß der Schock und der Schmerz waren. »Lila, Hettie«, sagt sie vorsichtig. »Meine Schwestern. Hettie und ich waren uns am nächsten, wir haben unsere Aufgaben auf dem Hof immer zusammen gemacht.«

»Wie alt …«

»Hettie war acht. Lila war zwölf. Meine Brüder hießen Rory und Garet. Rory war der Älteste – er war fünfzehn. Er und mein Vater haben sich die ganze Zeit gestritten. Garet war zehn. Und dann noch das Baby, auch ein Junge. Es starb, bevor es einen Namen bekam.«

»Und deine Eltern?«, hake ich nach.

Annie kneift die Augen zusammen, sieht mich nicht an. »Silas«, sagt sie, immer noch ganz behutsam. »Und …«

Sie macht ein bestürztes Gesicht.

Zum ersten Mal kommt mir in den Sinn, dass ihre Mutter vielleicht gestorben ist, bevor Annie alt genug war, ihren Vornamen zu kennen. Ich will hastig zurückrudern, aber bevor ich etwas sagen kann, stößt sie erleichtert ein einzelnes Wort aus.

»Anthea.«

Entschlossen, als würde sie etwas auswendig Gelerntes aufsagen, fügt sie hinzu: »Das Haar habe ich von ihr.«

Als sie weiterspricht, hat ihre Stimme wieder an Festigkeit gewonnen.

»Ich bin jetzt so weit.«

Sie steht zuerst auf und wartet auf mich. Zusammen gehen wir den zugewucherten Pfad hinunter. Annie legt eine Hand ans Gesicht, damit ihr die Haare nicht in die Augen wehen. Als wir auf der Lichtung angekommen sind, sieht sie sich um und schluckt.

»Hier ist es.« Sie macht eine ausholende Handbewegung und in dem aufhellenden Licht erkenne ich das Fundament eines Gebäudes unter dem Gestrüpp. »Es ist nicht mehr viel übrig. Das Haus … ist damals fast ganz abgebrannt. Und seither ist das hier alles zugewachsen …«

Ihre Stimme ist wieder matt geworden. Sie dreht sich von mir weg und geht langsam, wie in Trance, auf die Ruine zu. Als sie über die erste Ziegelsteinreihe tritt, sagt sie: »Das war unsere Stube …«

Ich gehe näher hin, damit ich alles besser überblicken kann, und erkenne, wie klein ihr Elternhaus war: Der gesamte Grundriss hätte in das Vestibül meiner Familie gepasst.

»Wie viele Stockwerke …?«

»Eins. Und der Abort war da drüben.«

Ein einziger Kamin für Küche und Schlafzimmer. Ein Schlafzimmer für die ganze Familie. Sie zeigt mir, wo sich der Küchentisch befand, wo die Betten standen, wo sie und ihre Schwestern geschlafen haben. Nach so vielen Jahren ist nichts davon wiederzuerkennen – was damals nicht verbrannte, ist längst vermodert und von Pflanzen überwachsen. Doch Annie beschwört die Möbel und die Alltagsgewohnheiten in diesem Haus herauf, als hätte sie alles immer noch vor sich. Ich staune, wie ehrfürchtig sie eine Welt beschreibt, die bitterarm gewesen sein muss.

Nachdem sie mich einmal um die Mauerreste herumgeführt hat, dreht sie sich zu mir um.

»Soll ich jetzt von dem Angriff erzählen?«

Ich schüttele den Kopf. »Erst von der Hungersnot.«

Sie nickt und ich spüre, dass sie froh darüber ist, damit anfangen zu können. »Komm mit«, sagt sie und wendet sich ab.

Etwa zwanzig Schritte von der Ruine des Hauses entfernt zeigt sie mir eine Stelle, die sich auf den ersten Blick nicht von dem Brachland um uns herum unterscheidet. Doch dann fallen mir die Markierungen auf – aus Holz, nicht aus Stein wie die neben dem Palast. Zwei nebeneinander in die Erde gerammte Pflöcke, ein größerer und ein kleinerer.

»Deine Mutter und dein kleiner Bruder.«

»Erinnerst du dich?«

»Natürlich …«

Sie erzählt mir, wie ein unbekannter Schädling die Ernte vernichtete und wie ihr Vater nach der Eintreibung der Abgaben versuchte, seine Panik zu verbergen. Wie der Winter kam und sie lernte, was es hieß, hungrig zu sein. Sie aßen Dinge, die nicht zum Essen gedacht waren. Genau so formuliert sie es, aber ich bestehe darauf, dass sie es genauer beschreibt.

»Ich glaube, wir haben unseren Hund gegessen«, sagt sie. »Mein Vater hat behauptet, er sei entlaufen, aber das habe ich nicht geglaubt, wir hatten eine Woche lang Fleisch auf dem Tisch. Meine Brüder haben Erde gegessen und waren dann tagelang krank. Ich habe probiert, ob …«

»Ob was?«

»Würmer«, sagt sie nur und ihr Gesicht glüht vor Scham.

An den Winter, von dem sie spricht, den ersten Winter der Hungersnot, erinnere ich mich nur schwach. Es gab nicht ganz so viele Festmähler wie sonst, und wenn sich jemand darüber beschwerte, schob man es auf den Ausfall der Ernten.

»Jedenfalls hätte meine Mutter es wohl überstanden, wenn sie nicht wieder schwanger gewesen wäre. Sie hatte einfach immer Hunger. Es war schrecklich, wirklich schrecklich – vor allem für Vater. Als das Baby dann kam, dauerte die Geburt furchtbar lang, und Mutter war einfach zu schwach.

Wir konnten sie hören, es hat sich mehr als einen Tag hingezogen. Und danach schlief sie ein und … wachte nicht mehr auf. Das Baby lebte nicht sehr viel länger.«

In der Zwischenzeit war der Frühling angebrochen, neues Getreide musste gesät werden und so riss sich die Familie zusammen. Nur die Stimmung war eine andere: weniger Lachen, mehr Wut. Annies Vater wurde von der fixen Idee verfolgt, dass seine Frau vielleicht noch am Leben wäre, wenn die wenigen essbaren Vorräte, die sie gehabt hatten, nicht von dem Drachenherrn eingetrieben worden wären. Der Sommer verging und der Schädling kehrte zurück. Doch nach den Erfahrungen vom letzten Winter schmiedeten die Landwirte von Holbin einen Plan für den nächsten Besuch des Drachenherrn.

Unterdessen hatte sich Annies Begabung für das Lesen gezeigt, und weil ihre Mutter nicht mehr mäßigend auf ihn einwirken konnte, nahm Annies Vater sie zu den Treffen mit den anderen Dorfvorstehern mit, wo sie ihnen die Palastdekrete vorlas und zuhörte, wie sie ihre Gegenmaßnahmen besprachen. Weshalb sie, als Leon Sturmpfeil im Spätherbst in ihr Haus kam und ihren Vater der Verschwörung und der Unterschlagung fälliger Abgaben bezichtigte, auch nicht daran zweifelte, dass beide Vorwürfe zutrafen.

»Holbin wurde zwei Mal angegriffen«, sagt sie. »Das erste Mal war nur eine Warnung. Sie wussten, dass mein Vater einer der Rädelsführer war. Der zweite Angriff kam, nachdem Holbin sein Soll trotzdem nicht erfüllte. Sie setzten einen Großteil der Häuser in Brand. Dann nahmen sie alles mit, was sie finden konnten, nicht nur das, was ihnen an Steuern zustand. Ich lebte da schon bei einer anderen Familie, aber nach dem zweiten Angriff konnten sie es sich nicht mehr leisten, mich mit durchzufüttern. Also brachten sie mich nach Albans.«

Wir stehen noch vor den Gräbern, aber sie starrt jetzt zum Dorf weiter unten am Hang. Die Sonne ist über den Horizont gestiegen und bekränzt die Berggipfel mit purem Gold.

»Und der erste Angriff?«, hake ich nach.

Annie zögert.

»Lee«, sagt sie leise, ohne den Blick von den Feldern unter uns zu lösen. »Bist du sicher, dass du das hören willst …?«

Ich weiß nicht, ob sie um meinetwillen oder um ihretwillen zögert.

»Ich muss es wissen.«

Sie klingt gedankenverloren, müde. »Na gut.«

Annie führt mich zurück zum Haus und macht etwa zehn Schritte in das hinein, was früher ihr Vorgarten war.

»Hier hat er gestanden.«

Sie hält mich fest, sodass ich an derselben Stelle stehen bleibe. Sie zeigt hinter mich. »Er war von dem Drachen abgestiegen – der wartete da drüben. Und die Soldaten standen dort und dort. Wir waren da hinten am Haus. Und mein Vater sprach mit ihm. Hier.«

Sie stellt sich ungefähr einen Meter von mir an die Stelle, wo ihr Vater sich befand. Wir stehen uns gegenüber. Dann holt Annie Luft und geht auf die Knie.

Als Kind habe ich unzählige Menschen vor meinem Vater niederknien sehen. Aber ich glaube, zum ersten Mal nehme ich den Akt als das wahr, was er ist. Mein Gesicht beginnt zu brennen und ich will schon protestieren, doch Annie hebt die Augen und sieht mich an, als ahne sie es, und ich verstumme unter ihrem Blick. Ich habe sie gebeten, es mir zu zeigen, und das ist es, was ich nun sehen soll.

Sie senkt den Kopf und verharrt drei lange, bedächtige Atemzüge lang auf den Knien. Ich glaube, sie zählt sie, so wie ich. Sie stützt sich mit den flachen Händen im Gras ab und ich schaue auf ihren gebeugten Kopf, ihren Nacken, ihren starren Rücken. Der Moment währt lang. Ich habe mehr als genug Zeit, darüber nachzudenken, dass wir uns in einem anderen Leben auf genau diese Weise begegnet wären.

Dann erhebt sie sich. Ihr Gesicht ist gerötet, wie meins. Sie nimmt ihre Geschichte nahtlos wieder auf. Ihr Ton ist unbarmherzig, als sei sie jetzt, da sie damit begonnen hat, fest entschlossen, es bis zum Ende durchzuziehen.

»Mein Vater war sicher eingeschüchtert; er hatte noch nie mit einem Drachenblütigen gesprochen. Dieser Mann wirkte so mächtig, furchterregend und mächtig. Wie ein Gott. Und Angst vor dem Drachen muss er auch gehabt haben. Aber er hat sich trotzdem gegen ihn behauptet. Er hat sich seine Würde nicht nehmen lassen. Es war bestimmt nicht leicht, so vor jemandem niederzuknien, ohne seine Würde zu verlieren.

Ich konnte kaum hören, was sie miteinander gesprochen haben, und der Akzent des Drachenherrn war schwer zu verstehen. Doch dann befahl Herr Leon uns Kindern, ins Haus zu gehen. Ich wusste, dass etwas faul war, weil Vater weinte. Der Herr fragte ihn, wer sein Liebling sei, was ich zuerst nicht verstanden habe. Vater sagte, er habe keinen. Dann ... muss mein Bruder die Aufforderung verstanden haben, denn er sagte mir, ich solle zu dem Drachenherrn hingehen, und das tat ich auch, ich habe es nicht verstanden, erst, als es zu spät war ...«

Sie schnappt nach Luft, als stocke ihr der Atem.

»Ich wäre nicht gegangen, wenn ich es verstanden hätte, ich wusste nicht ...«

Das ist wohl die Litanei, die sie sich an schlechten Tagen und nach Albträumen vorspielt; das ist ihre Litanei und so wie meine reicht sie niemals aus.

»Annie«, sage ich.

Sie heftet ihren Blick auf mich und ich weiß, dass sie mich als Fixpunkt benutzt, um sich in die Gegenwart zurückzuziehen. Als sie weiterspricht, zittert ihre Stimme.

»Sie haben Vater mit meinen Geschwistern ins Haus geschickt, und dann haben die Soldaten die Tür abgeschlossen und sich vor den Fenstern postiert. Drinnen war alles still, Vater hat sie wohl zur Ruhe gebracht. Ich verstand es immer noch nicht. Und dann hat Leon sich zu seinem Drachen umgedreht und etwas in einer fremden Sprache gesagt und der Drache hat Feuer gespien.«

Sie zeichnet den Weg der Flamme durch den Garten mit dem Finger nach, damit ich es mir vorstellen kann.

»Ich konnte die Hitze auf dem Gesicht und den Armen spüren. Ich habe zugesehen, wie das Haus Feuer fing, und … gebeten …, dass er damit aufhört. Denn die Soldaten hatten mich direkt neben ihn getrieben.«

Sie macht zwei Schritte auf mich zu und dreht sich um, sodass wir beide auf das Haus sehen. Wir stehen so dicht nebeneinander, dass wir uns fast berühren.

»Ich habe gehört, wie …«

Aber sie bringt den Satz nicht zu Ende und die Panik in ihrem Blick flackert wieder auf, als sähe sie wieder, was sie mir gerade schildert. Ich zwinge mich, sie anzuschauen, ihren Zusammenbruch mitzuerleben.

»… Ich konnte riechen …«

Ihr Gesicht verzerrt sich und ein Zittern überläuft sie, während sie von mir weg Richtung Haus blickt. Als sie zu mir schaut, ist ihr Gesicht verhärtet.

»Ich habe versucht, wegzuschauen. Aber er …« Sie nimmt meine Hand. Ihr Blick bohrt sich in meinen. »Er hat meine Haare gepackt. So.« Sie hebt meine Hand an ihren Hinterkopf und legt sie auf ihr im Wind flatterndes Haar und ich umfasse ganz automatisch ein Büschel. Ihr Haar ist daunenweich, wie bei einem Kind. Ihre Stimme schwankt. »Und er hat meinen Kopf rumgedreht und mich zum Hinschauen gezwungen, bis das Schreien aufgehört hat.«

Ich lasse sie jäh los, als hätte ich mich an ihrem Haar verbrannt.

Aber der Anblick hat sich mir sofort eingebrannt: meine Hand in ihr Haar gekrallt wie in das Fell eines Tiers, wie bei einem Hund, der abgerichtet wird, indem man seine Schnauze in die eigenen Exkremente drückt. Klein und schwach und hilflos war sie unter meiner Hand.

Wir sind zum Herrschen geboren, Leo.

»Als er mich endlich losließ, war ich – verstört. Und er, er ...« Annie holt Luft und jetzt bricht ihre Stimme endgültig. »Er hat mich getröstet. Er hat mich in den Arm genommen und getröstet.«

Ich rücke einen Schritt von ihr ab. Annie ringt um Fassung. »So ist es passiert, Lee«, sagt sie dann in entschuldigendem Ton. »Ich hätte gern ... Ich wäre gern ein paar Minuten allein, wenn das geht.«

»Natürlich«, bringe ich hervor.

Ich stapfe den Hügel wieder hinauf und schon bei den ersten Schritten würde ich am liebsten losrennen, nur weg von hier.

Welches ist dein Liebling. Er hat mich getröstet. Herr Leon.

Und die Frage, die damit einhergeht, seit dem Waisenhaus, von Anfang an, die verzweifelte Anklage, verraten worden zu sein, die keinen lebenden Adressaten mehr hat, nur die Erinnerung an einen Mann, der immer gütig und liebevoll war, mein *Vater* –

Wie konntest du das tun?

An der Knorreiche angelangt bleibe ich stehen, stütze mich mit einer Hand am Stamm ab, krümme mich unter heftigen Bauchkrämpfen und schnappe nach Luft.

Da springt mir etwas ins Auge, ein Glitzern in einem tiefen Astloch. Ich mache mich daran, es herauszuholen, und stochere erst mit den Fingern, dann mit einem kleinen Zweig so verbissen darin herum, wie man es nur tut, wenn man sich ablenken will. Die Krämpfe legen sich, mein Atem wird ruhiger.

Als ich es endlich zu fassen kriege, entpuppt sich das Ding als billige, einfache, verrostete Halskette, die wohl einmal einer Frau gehört hat. Prompt kommt die Übelkeit zurück. Es wäre viel besser gewesen, Annie hätte sie selbst gefunden. Ich will nicht derjenige sein, der sie ihr übergibt.

Zum ersten Mal blicke ich wieder hinunter zum Haus. Sie kniet auf dem Boden, das Gesicht in den Händen vergraben.

Während ich auf sie warte, säubere ich die Halskette, so gut es geht, ohne noch einmal in Annies Richtung zu schauen. Als sie eine Viertelstunde später zu mir kommt, sind ihre Augen blutunterlaufen, aber ihre Tränen hat sie schon getrocknet. Kurz empfinde ich eine so starke Zärtlichkeit für sie, dass es wehtut. Meine Annie, die nie vor anderen weint.

Sie wirkt müde und ausgelaugt, als sie sich neben mich setzt, und ich nehme stumm ihre Hand, drehe die Handfläche nach oben und lege die Halskette darauf.

Erst schaut sie nur hin. Dann krümmt sich ihr ganzer Körper, als spannten sich all ihre Muskeln auf einmal an, als wäre das endgültig zu viel. Daran erkenne ich, dass die Kette ihrer Mutter gehört haben muss.

Ich warte auf eine Regung von ihr, aber sie sitzt wie versteinert da, im Bann einer Halskette, die die Frauen meiner Familie als wertlosen Ramsch weggeworfen hätten. Bevor ich überlegen kann, ob ich es tun oder lassen soll, rutsche ich zu ihr und nehme ihr die Kette aus der Hand. Ich öffne den Verschluss und streife ein paar Haarsträhnen beiseite, um ihren Nacken freizulegen. Sie bleibt reglos sitzen, während ich ihr die Kette um den Hals lege. Obwohl ich versuche, sie so wenig wie möglich zu berühren, streifen meine Finger ihre Haut, ihr Haar, und ich kann den Gedanken nicht verhindern, dass auch er diesen Hals und dieses Haar berührt hat – dieses wunderschöne Haar, diesen zarten Hals, dieses kleine Ding, nicht klein, wie es manche Frauen von Natur aus sind, sondern klein, weil sie als Kind gehungert hat – er hat sie berührt, und anstatt ihre Schönheit zu sehen, hat er sie zerschmettert.

Als sie merkt, dass ich fertig bin, sieht sie zu mir auf. Ihre Augen sind feucht.

»Dieses Schwein«, sage ich.

Nach all den Jahren, in denen ich mich dagegen gewehrt oder es verdrängt habe, hätte ich nie gedacht, dass es sich so gut anfühlen würde. Als wäre ich auf einmal in die Freiheit entlassen.

Sie schluckt, wischt sich mit dem Ärmel übers Gesicht und legt vorsichtig die Finger an die verrostete Kette um ihren Hals. Sie lässt den Anhänger unter ihr Hemd gleiten.

»Danke«, sagt sie schlicht. Aber sie sagt es so, als meinte sie nicht nur die Kette, und sie sieht mich dabei an, um sicherzugehen, dass ich es verstehe.

Ich nicke, weil ich kein Wort herausbringe.

Danach verfallen wir in Schweigen. Der Wind peitscht um uns, während wir auf Holbin hinabblicken, auf die Gebirgskette, in der das Anwesen des Drachenherrn liegt, wo ich einst zu Hause war. Obwohl es keine Notwendigkeit mehr dazu gibt, sitzen wir immer noch dicht nebeneinander.

Als Annie endlich spricht, stellt sie die Frage, die sie sich bisher verkniffen hat. Sie klingt erschöpft.

»Was ist los, Lee?«

»Sie haben ... mir eine letzte Chance gegeben.«

Das lässt Annie kurz sacken.

»Wie das?«, fragt sie dann.

Auf welchem Weg, meint sie, da sie Tyndale ja gemeldet hat.

»Eine Bedienstete, die ich nicht kannte, hat mir ein Schreiben gebracht.«

Ich greife in meine Tasche, um es herauszuholen, und merke, dass ich es nicht bei mir habe. Dies war der erste Brief von Julia, den ich nicht sofort zerstört habe, weil er das erste Schreiben war, das ich jemand anderem zeigen wollte.

Das macht nichts. Es liegt in deinem Büro und du schließt die Tür immer ab.

Ich verdränge meine wachsende Unruhe.

»Darin stand, selbst wenn ich es nicht über mich brächte, Callipolis ... von innen zu stürzen, könne ich immer noch nach Hause zurückkehren.«

Annie schluckt schwer.

Ich setze zu einer Erklärung an. »Ich habe ihnen schon mehrfach eine Absage erteilt. Seit ...«

»Seit der ersten Stunde bei Tyndale«, begreift Annie. »Hast du dich denn mit ihnen getroffen?«, fragt sie leise.

Ich sehe keine andere Möglichkeit, als ihr die volle Wahrheit zu sagen.

»Nur eine von ihnen. Wir haben uns zweimal getroffen. Einmal vor dem ersten Angriff. Da habe ich versucht, sie davon abzubringen. Das war vor ... zur Sommersonnenwende. Ich wollte erst nicht, aber ich hatte einfach ...«

»Du hattest einfach Sehnsucht nach ihnen.«

Ich nicke beklommen und suche nach den richtigen Worten.

»Ich wollte mir weismachen, dass es nichts damit zu tun

hat. Und das stimmt. Es geht um so viel mehr als darum, dass die Sonnenwende schwer zu ertragen ist oder der Tag des Sturms auf den Palast …« Ich breche ab, weil mir kein Wort einfällt, das dieses Gefühl richtig trifft. Dann sage ich: »Aber in den letzten Wochen ist das schwerer geworden.«

»Ich weiß«, murmelt Annie. »Für mich auch.«

Während meiner Beichte habe ich auf meine Knie gestarrt, doch jetzt spähe ich zu ihr. Ich sehe ihr Gesicht nur im Profil. Gedankenverloren blickt sie auf die schimmernden Hügel des Hochlands hinaus.

»Jetzt, da ich älter bin, trifft mich besonders die Erkenntnis, dass das Schicksal meiner Familie so … gewöhnlich war. Alles, was uns passiert ist. Ich bin nicht das einzige Kind, das ein Feuer überlebt hat; es gab sogar einen Namen dafür. Ich war eine *ausgesuchte Zeugin.* An jenem Tag hat Leon nicht aus Wut gehandelt; er war vollkommen ruhig. Schließlich hat er ja nur sein angestammtes Recht ausgeübt. Für einen Drachenherrn war das ein Arbeitstag wie jeder andere.«

Ja. Es muss ein Abend wie jeder andere auch gewesen sein, als mein Vater von einem seiner Besuche auf seinem Grundbesitz zurückkam und nach dem Drachenfeuer roch, das Annie zur Waise gemacht hat.

»Sosehr ich die Eintreibungen in den letzten zwei Wochen gehasst habe«, fährt Annie unbeirrt fort, »sosehr ich mir vorgekommen bin wie ein Sturmpfeil – ich weiß auch, dass es bei Weitem nicht so schlimm war wie das, was sie getan haben. Und solange das so bleibt, ist das die Seite, auf die du dich schlagen solltest. Selbst wenn es nicht gut ist, was wir tun, sind wir längst nicht so übel wie sie damals.«

Das geringere von zwei Übeln. Das ist weit von dem entfernt, was ich mir einmal erträumt habe. Und auch sehr weit entfernt von dem, was Annie sich einmal erträumt hat.

Ich murmele: »Erinnerst du dich, was du mal zu mir gesagt hast? Dass wir nie böse sein würden, selbst wenn die Leute, die uns Drachen geben, böse sind?«

Annie lächelt traurig.

»Daran muss ich ständig denken«, sagt sie. »Aber … ich verstehe jetzt auch, dass die Sache komplizierter ist. Der Krieg ist nicht vorbei. Vielleicht ist es danach … eher möglich, neue Regeln aufzustellen.«

Die Sonne steigt über den Bergrücken und übergießt uns mit Licht. Die zarten Strähnen, die Annie ins Gesicht wehen, glänzen auf. In dem Schweigen, das wieder eingekehrt ist, scheint sie sich auf etwas zu besinnen. Sie greift in die Tasche ihres Lederanzugs, holt ein Blatt Papier heraus und faltet es auf dem Knie auseinander. Es ist eine Seite aus dem verbotenen Heft über den Sturm auf den Palast, und als sie sie glättet, sehe ich, dass meine Familie darauf abgebildet ist.

Sie faltet die Seite einmal in der Mitte, sodass nur der verschwommene Schwarz-Weiß-Abdruck unseres Porträts sichtbar ist, nicht der Text, in dem ihre Ermordung geschildert wird. Dann zeigt sie auf das jüngste Kind auf der Abbildung.

»Warst du das?«

Ich nicke.

»Wie lange weißt du es schon?«, frage ich.

Annie presst die Lippen aufeinander. »Dass du von Drachengeblüt bist, wusste ich eigentlich von Anfang an. Den Rest … habe ich lange nicht an mich herangelassen.«

Ich nehme ihr das Blatt aus der Hand, lege es auf meinem eigenen Knie ab und betrachte meine Familie. Uns alle sechs. Mein Vater, majestätisch und sorgenfrei. An seiner Seite meine Mutter, die mit vor Stolz warmem Blick meine Hand auf ihrem Schoß umfasst, und ich neben ihr stehend; Laertes und Larissa, in etwa gleich groß, obwohl mehrere

Jahre zwischen ihnen lagen; Penelope, wie immer strahlend lächelnd.

»Du warst bei ihnen, oder?«, sagt Annie. »Beim Sturm auf den Palast.«

Ich nicke wieder. Streiche über die Knie meines Anzugs und taste mich an die Worte heran. Kämpfe gegen die Mauer des Schweigens, gegen die ich bei meinem Treffen mit Julia angerannt bin, weil ich Annie zu verstehen geben muss, dass ich begreife.

»Sie haben mich auch zum Zuschauen gezwungen.«

Bei den Worten kommt wieder Übelkeit in mir hoch.

Annie berührt mein Knie mit den Fingerspitzen und lässt ihre Hand, wo sie ist. »Es tut mir leid, Lee.«

Es klingt von Herzen aufrichtig. Als täte es ihr wirklich leid, was uns widerfahren ist, ganz gleich, was meine Familie ihrer zuvor angetan hat. Ich überlege, was ich sagen soll, und erzähle zu meiner eigenen Überraschung weiter *davon.*

»Atreus ist der Grund, dass ich ... Er ist gekommen, als es fast vorbei war. Und hat mich gerettet.«

Annie macht große Augen. »Also *weiß* er ...?«

Ich schüttele den Kopf. »Nein. Das habe ich lange gehofft, aber er ahnt nichts.«

»Aber wenn er dich an dem Tag gesehen hat, muss er dich doch wiedererkannt haben?«

»Das habe ich mich auch gefragt«, sage ich, »und mittlerweile glaube ich ...« Ich verziehe das Gesicht, weil ich genau weiß, wie das klingen wird. »Ich glaube, ich hatte Blut im Gesicht.«

Annies Finger krallen sich in das Leder meines Anzugs. Ich gebe ihr die ausgerissene Seite zurück und schaue dabei starr auf unsere Hände, damit ich ihr nicht ins Gesicht sehen muss. Sie steckt das Blatt wieder ein.

»Und diese … Verwandte?«, fragt sie vorsichtig. »Die, mit der du dich getroffen hast?«

Ich nicke. »Julia. Julia Sturmpfeil. Meine Cousine. Die uns auf dem Hungerfelsen das Ultimatum gestellt hat.«

Zwischen Annies Augenbrauen bildet sich eine Furche. Sie streicht sie mit dem Daumen glatt. »Ich habe sie einmal gesehen, glaube ich. Nach dem ersten Turnier. Sie hat mir gratuliert, dass ich so gut geflogen bin.«

Nach allem, was in den letzten Wochen passiert ist, überrascht mich das kaum noch.

»Sie war sehr hartnäckig«, murmele ich.

»Du bedeutest ihr offenbar viel.«

»Wir waren als Kinder befreundet.«

Annie runzelt die Stirn. »Bekleidet sie einen hohen Rang? In ihrer Flotte?«

Sie hat den wunden Punkt erstaunlich schnell getroffen, und obwohl sie es nur indirekt formuliert hat, ist klar, was sie eigentlich fragt: *Wirst du gegen sie kämpfen müssen?*

Ich lache dumpf auf und kann den Kummer darin nicht verhehlen.

Annie atmet langsam, fast pfeifend durch. »Oh«, sagt sie und ihre Stimme wird traurig. »Oh, Lee.«

Zu wissen, dass sie die ganze Tragweite meiner Entscheidung erkannt hat und bestürzt darüber ist, macht die Sache zwar nicht besser, aber ihre Anteilnahme tut trotzdem irgendwie gut.

»Wir sollten mal los«, sage ich leise.

Den Weg zu unseren Drachen legen wir schweigend und ermattet zurück. Aber es ist eine Ermattung, wie man sie empfindet, wenn einem eine große Last von der Seele genommen ist. Die Anspannung, die ich in Annies Gegenwart immer empfunden habe, ist weg. Sie hat mich wie das Sirren eines Insekts begleitet, ein kaum hörbares, ununterbrochenes Summen, das unterschwellig nervös macht. Jetzt, wo es verschwunden ist, wird mir klar, dass ich wohl jahrelang damit gelebt habe.

Nur: Ich kann mich beim besten Willen nicht daran erinnern, die Tür zu meinem Büro abgeschlossen zu haben.

17

SÜHNE

— Annie —

Zurück im Palast satteln wir Aela und Pallor in ihren Nestern ab und gehen zusammen durch den Gang, an dem die Aurelianer-Höhlen liegen. Vom Feuerschlund, der einige Biegungen entfernt liegt, dringt nur noch ein schwacher Schein bis zu uns und Fackeln erleuchten den Weg. Mir fehlen weiter die richtigen Worte, aber ich strecke unwillkürlich den Arm nach Lee aus und hake mich bei ihm unter und er nimmt es gern an.

Und dann biegen wir um eine Ecke und prallen fast gegen Power und Darius, die im Fackelschein des Höhlengangs auf uns warten.

»Seid gegrüßt, mein Gebieter«, sagt Power zu Lee.

Er grinst über beide Ohren und aus seinen Augen blitzt die grausame, frenetische Energie, die ich von ihm kenne, wenn er überbordet.

Im ersten Moment stehen wir alle vier wie angewurzelt da. Dann kommt Leben in uns. Lee und ich heben unsere Lockpfeifen an den Mund; Darius stürzt sich auf Lee und schlägt sein Handgelenk beiseite, bevor er in die Pfeife blasen kann. Power, der anderthalb mal so groß und stark ist wie ich, hat mich im Handumdrehen außer Gefecht gesetzt, indem er meinen Kopf nach unten drückt und mir die Arme auf den Rücken dreht. Ich höre ein leises Klicken und spüre, dass er mir mein Armband abnimmt.

Direkt neben uns ringt Lee mit einer animalischen Wut, die ich seit Albans nicht mehr an ihm erlebt habe, mit Darius. Er bearbeitet ihn so heftig mit seiner freien Faust, dass er seinen Arm mit der Lockpfeife Stück für Stück freibekommt. Bis Powers Stimme erklingt.

»Gib ihm dein Band oder ich breche ihr den Arm.«

Der plötzliche Schmerz, der mir in den Arm schießt, als er ihn noch weiter verdreht, trifft mich so unvorbereitet, dass ich einen Aufschrei nicht unterdrücken kann. Lees Blick zuckt zu meinem Gesicht. Obwohl er Darius gegenüber gerade im Vorteil war, erstarrt er.

»Nimm's nicht persönlich, Annie«, zischt Power mir ins Ohr. »Für das Wohl von Callipolis, du verstehst.« Er hebt die Stimme. »Das geht ganz leicht, Lee.«

Er dreht noch weiter; ich schnappe gegen meinen Willen nach Luft.

Lee lässt Darius los, macht sein Armband auf und hält es ihm hin. Darius greift schnell zu.

»Hände hinter den Rücken.«

Darius holt ein Stück Seil aus der Tasche, mit dem er Lee die Hände zusammenbindet. Als er Lee auf die Knie gedrückt hat, tritt er einen Schritt zurück. Lee presst die Kiefer aufeinander und starrt ihn so durchdringend an, dass seine Augen ganz weiß wirken.

»So ist's besser. Tauschen wir, Darius.«

Ich werde wie ein Sack Korn weitergereicht, und sobald Darius mich in den Klammergriff genommen hat, stellt Power sich vor Lee. Triumphierend mustert er den gefesselt vor ihm knienden Jungen.

»So. Da denke ich jahrelang, was für ein eingebildetes

Stück Scheiße du doch bist, und dann stellt sich heraus, dass ich damit gar nicht so falschlag. Unser edler Musterknabe ist wohl etwas *zu* edel.«

»Wo ist der Brief?«, zischt Lee zwischen den Zähnen hervor.

»Ach, den hab ich. Den werd ich zusammen mit dir aushändigen«, gibt Power süffisant lächelnd zurück. »Aber so eilig haben wir es nicht, Lee.«

Darius dreht sich zu ihm, lockert seinen Griff um meine Arme jedoch nicht. »Power, ich weiß nicht, ob …«

»Hast du etwa Angst, einen Drachenblütigen zu schlagen, Darius?«

Ich spüre Darius hinter mir schlucken.

Lees Blick wandert zwischen den Gesichtern der beiden hin und her. Seine Stimme klingt wie ein Knurren. »Wenn ihr hier unten bleiben und eure Schulhoffeindschaften ausleben wollt, von mir aus. Aber Antigone hat euch nichts getan. Lasst sie gehen.«

Power stößt ein schadenfrohes Lachen aus.

»Damit sie Atreus Bescheid geben und uns den Spaß verderben kann? Kommt nicht infrage. Und was heißt hier Schulhoffeindschaft? Vielleicht bin ich ja einfach ein guter Patriot. Und verpasse einem letzten Drachenblütigen die Abreibung, die er beim Sturm auf den Palast hätte bekommen sollen …«

Lee zuckt zusammen. Power quittiert es mit einem weiteren Lachen, leiser diesmal. Dann fragt er, als käme ihm dieser nebensächliche Gedanke gerade in den Sinn:

»Wer bist du denn eigentlich?«

Lees Brust hebt und senkt sich unter seinen schweren Atemzügen.

»Ein Sturmpfeil, würde ich sagen«, fährt Power fort und betrachtet Lee noch genauer. »Mit den Augen.«

Sein Blick gleitet zu mir, wie ein jagender Drache, der eine neue Fährte aufnimmt. Als hätte er gespürt, wie sich jede Faser meines Körpers angespannt hat, als er mit seiner Vermutung ins Schwarze traf.

»Und du hast es die ganze Zeit über gewusst, du *verfluchte, hinterfotzige Lügnerin.*«

Bei der Beleidigung durchfährt Lee ein Ruck und Darius packt meine Arme schmerzhaft fest, offenbar aus Sorge, dass ich vor Empörung einen neuen Befreiungsversuch starten könnte.

»Also, wer ist er?«, fragt mich Power.

Als ich schweige, nickt er Darius zu, und Darius beginnt, meine Arme zu verdrehen. Bis der sengende Schmerz in meinem Körper in etwas anderes umkippt.

Ich kann Aela spüren.

Ich nehme ihren Geist nur ganz schwach wahr, denn die Nester der Aurelianer sind ganz hinten und die Höhlenwände sehr dick. Aber sie ist da. Und wird sich langsam meiner Schmerzen bewusst.

Aela, bitte. Hör mich. Komm zu uns.

»Wer ist er?«, fragt Power.

Lee hebt in Erwartung des ersten Schlages den Kopf.

Ich recke das Kinn vor, und obwohl der Schmerz mir dadurch nur noch heftiger in die verdrehten Arme schießt, strecke ich beide Beine durch, um mich aufzurichten. Denn meine nächsten Worte sind nicht für Power gedacht, sondern für Lee, und das ist alles, was ich ihm gerade geben kann.

»Er ist Lee auf Pallor, Erster Reiter von Callipolis.«

Lee schließt die Augen, sein Atem beruhigt sich und seine verkrampften Kiefer zucken, als er schluckt.

Aber Power sieht nicht etwa ihn an, sondern mich. Sein Lächeln wird weich und grausam.

»Wie hieß euer Drachenherr gleich noch mal, Annie?«, flüstert er.

Mit meinem Schweigen steht alles still. Darius' Griff ist erschlafft.

»Leon, nicht wahr.«

Lee hat die Augen immer noch geschlossen, als wollte er sich zwingen, die Welt um sich herum auszublenden, aber der Schauer, der ihn überläuft, spricht Bände. In Powers Augen blitzt eine diebische Freude auf.

»Na, das ist ja eine interessante Wende.«

Aela, bitte ...

Power wendet sich von mir ab, packt Lee an den Haaren und zieht seinen Kopf nach hinten.

»Sag's mir, Lee. Wurden sie dafür bestraft? Die, die *am Ende* dabei waren?«

Lee reißt die Augen auf und fixiert Power hasserfüllt.

Powers Grinsen wird noch breiter. Er beugt sich vor, bis sein Mund an Lees Ohr ist. »Wurden sie nicht, glaube ich.«

Damit rammt er Lee die Faust in den Bauch.

Lee ächzt und kippt unter der Wucht des Hiebs zur Seite. Doch bevor er zu Boden geht, packt ihn Power an den Schultern und richtet ihn wieder auf. Dann schlägt er noch mal zu.

Und noch mal, und noch mal. Lee röchelt, weil die Hiebe so schnell kommen, dass er kaum Luft holen kann – Power beginnt vor Anstrengung zu keuchen und lacht trotzdem weiter – Lee würgt –

Da flammt über uns ein grelles Licht auf.

Aela.

Drachenfeuer gleißt durch den Höhlengang und taucht die Decke hoch über uns in rotes Licht. Es kommt von Aela, die mit ausgebreiteten Flügeln auf uns herabsegelt und rechts neben mir landet.

Power erstarrt; ich entwinde mich Darius' schwachem Griff und er macht keine Anstalten, mich wieder zu packen.

Meine Stimme ist zittrig, aber kräftig.

»Als Alterna der Flotte von Callipolis«, sage ich zu Power, »befehle ich dir, Lee loszulassen. Wenn du versuchst, deinen Drachen zu rufen, wird Aela dich an Ort und Stelle verbrennen.«

Als Power die Hände von Lees Schultern nimmt und Lee halb ohnmächtig vor Schmerz nach vorn sackt, fange ich ihn mit einer Hand auf.

»Den Brief«, verlange ich an Power gewandt.

Power holt ihn hervor und ich stecke ihn in die Tasche, ohne Power aus den Augen zu lassen.

»Armbänder.«

Sie geben uns unsere Armbänder zurück und dann sage ich: »Eure auch.«

»Das ist nicht dein Ernst«, blafft Power.

»Misshandlung eines Reiterkameraden und Vorgesetzten? Selbstjustiz? Für beides bringe ich euch vor das Kriegsgericht.«

»Kein Kriegsgericht wird uns wegen Misshandlung eines *Drachenblütigen* verurteilen«, zischt Power.

Aela fletscht die Zähne und holt Luft und Power macht wohlweislich den Mund zu.

Die Bänder klicken leise auf und nacheinander rücken Power und Darius sie heraus. Ich taste nach dem Knoten in dem Seil, mit dem Lee gefesselt ist, und lockere ihn. Dann lege ich mir mein eigenes Armband wieder um und befestige Lees um sein Handgelenk. Aber zum Aufstehen ist er noch zu schwach; er bleibt auf den Knien und lehnt sich japsend an mich. Es ist ein irritierendes Gefühl, seinen Kopf und seine Schulter an meinem Oberschenkel zu spüren.

Ich schaue auf diesen so verletzlichen, mir hilflos ausgelieferten Jungen hinunter und denke: *Ich werde dich beschützen bis zum Ende aller Dinge.*

»Lee«, murmele ich. »Was willst du, was ich jetzt tue?«

Willst du weglaufen?

Meine Finger liegen auf seinem Haar, spüren sein Zittern.

Doch als er spricht, ist seine Stimme fest. Der Ton eines Menschen, der einen letzten Befehl erteilt.

»Bring mich zu Atreus.«

Aela eskortiert uns vier zum Ausgang. Ich habe Lee untergehakt, um ihn zu stützen, und lasse Darius und Power vor uns gehen. Nachdem wir Aela in den Höhlen zurückgelassen haben, marschieren wir durch den beinahe leeren Konvent zum Inneren Palast. Im Vorraum zum Büro des Protektors wende ich mich an die beiden Männer der Leibgarde, die in ihren purpurroten Uniformen die Tür flankieren.

»Sorgen Sie bitte dafür, dass Power und Darius diesen Raum nicht verlassen.«

Dann löse ich meinen Arm aus Lees, halte ihn fest, als er schwankt, und übergebe ihm den Brief seiner Cousine.

Ich folge ihm in Atreus' Büro.

Atreus sitzt an seinem Schreibtisch und sieht uns entgegen. Er registriert Lees zerrauftes Haar und unsere gepeinigten Gesichter. Obwohl Powers Hiebe keine über dem Feueranzug sichtbaren Spuren hinterlassen haben, merkt man Lee an, dass er verprügelt worden ist. Atreus richtet sich kerzengerade auf.

Mit immer noch etwas steifen Bewegungen geht Lee geradewegs zu ihm, reicht ihm den Brief und bleibt stumm stehen, während Atreus ihn liest. Erst als Atreus mit irritierter Miene aufblickt, beginnt Lee zu sprechen. Zum ersten Mal, seit ich denken kann, benutzt er umgangssprachliches Drachisch.

»Ich bin Leons jüngster Sohn. Vor zehn Jahren haben Sie mein Leben verschont.«

Atreus' Augen weiten sich fast unmerklich, dann entspannt sich sein Gesicht wieder. Dennoch bleibt ein unverkennbarer Schmerz in seinem Blick zurück.

Lee sieht das, schluckt und prescht weiter vor.

»In den letzten Monaten hatte ich mehrfach Kontakt zu meiner Cousine, Julia Sturmpfeil, der Ersten Reiterin der pythischen Flotte, die mich wiederholt aufgefordert hat, zu ihnen überzulaufen. Ich habe ihr Ansinnen wiederholt abgelehnt. Was Sie in Händen halten, ist ihre jüngste Nachricht an mich.«

Atreus' Blick zuckt auf den Brief in seinen Händen und zurück zu Lee.

»Warum gestehst du das?«

»Ich möchte um Gnade bitten und mich erklären.«

Während Lee Atreus alles Weitere beichtet, warte ich mit Power und Darius im Vorraum. Erst am späten Vormittag ist die Unterredung zu Ende. Als Lee herauskommt, wendet er sich an mich, ohne auch nur die geringste Notiz von Power und Darius zu nehmen.

»Ich habe ihm alles erzählt. Er will dich jetzt befragen. Wir sehen uns nach ...«

Da senkt er den Blick: Einer der Wächter hat eine Hand auf seinen Arm gelegt. Den Arm, an dem er die Lockpfeife trägt. Der Mann übt zwar keinen Druck aus, aber die Geste ist unmissverständlich.

Lee beginnt wieder zu zittern, heftig diesmal. Bei diesem Anblick fällt mir aus unerfindlichem Grund etwas ein, was wir vor langer Zeit in einer Stunde über callipolitanische Geschichte gelernt haben: In den letzten Tagen des Roten Monats mussten die Drachenherren den Revolutionären ihre Lockpfeifen aushändigen und damit war ihr Ende besiegelt.

Im Unterricht hat man uns das immer als glorreichen Wendepunkt präsentiert, aber jetzt wird mir klar, wie anders Lee diesen Moment in Erinnerung haben muss.

Lee nimmt sein Armband mit der Lockpfeife ab und gibt es dem Mann. Power und Darius sehen begierig zu. Der Mann nimmt es entgegen, lässt Lees Arm aber nicht los.

»Wenn du uns jetzt folgen würdest«, sagt er. Und in weicherem Ton, als hätte Lees Zittern einen väterlichen Instinkt in ihm geweckt, fügt er hinzu: »Das wird schon wieder, mein Sohn. Reine Formsache.«

Einen Augenblick lang steht Lee wie versteinert da. Dann hebt er den Kopf und sieht mich an.

Mit welchen hohlen Phrasen wurden sie beruhigt, als sich vor zehn Jahren genau diese Szene abgespielt hat? Würde ich sie wiederholen, wenn ich ihn jetzt zu trösten versuche?

Also sage ich nur: »Ich komme so bald wie möglich zu dir.«

Lee lässt sich abführen.

Power, der an der gegenüberliegenden Wand sitzt, fängt meinen Blick auf. »Na, was hab ich gesagt?«

Statt ihm zu antworten, klopfe ich an Atreus' Tür.

~

Reglos und stumm sitzt Atreus mir gegenüber, während ich berichte. Ich beginne ganz von vorn – damit, dass Lees Vater meine Familie getötet hat und ich das seit Jahren weiß. Ich erzähle ihm von Albans, alles, woran ich mich erinnern kann, bis hin zu den Dingen, die Lee bei unserem Streit zu mir gesagt hat. An dieser Stelle zeigt er einen Anflug von Überraschung, indem er ganz leicht die Augenbrauen hebt, und als ich unsere Versöhnung schildere, wandern sie ebenfalls in die Höhe.

Ich beschreibe, was in den Monaten danach passiert ist, vor der Erwählungszeremonie, wie Lee mich beschützt, mit Essen versorgt, ja sogar in den Armen gehalten hat. Die Worte klingen schwerfällig – diese Erinnerungen habe ich noch nie mit jemandem geteilt.

Als Nächstes erzähle ich von unseren Ausbildungsjahren, erwähne jedes Detail, das Lees untadeligen Charakter betont. Seine Bemühungen, den anderen Nachhilfe zu geben, Power in die Schranken zu weisen und die patrizischen Schüler davon abzuhalten, die Reiter niederer Herkunft zu schikanieren. Ich erzähle ihm, wie fleißig Lee immer gelernt hat, wie wichtig ihm Gerechtigkeit, Tugend und all die anderen Werte sind, von denen Atreus im Unterricht spricht. Die Falten um Atreus' Mund vertiefen sich und er nickt, als hätte er das ebenfalls bemerkt.

Ich erzähle, dass Lee in den vergangenen Monaten mehrmals von seiner Familie zum Verrat aufgefordert worden ist und er sich jedes Mal standhaft geweigert hat.

Und zuletzt erzähle ich ihm, dass Lee mich heute Morgen gebeten hat, ihm Holbin zu zeigen, und dass er mir dort Julias letztes Angebot offenbart hat. Wie uns Power dann in den Höhlen aufgelauert hat und Lee nicht etwa weglaufen, sondern im Gegenteil hierherkommen wollte, um alles zu gestehen.

Schließlich ziehe ich die Kette meiner Mutter unter meiner Uniform hervor, zeige sie Atreus und erkläre, wie ich sie bekommen habe. Es fühlt sich an, als würde ich mich vor ihm nackt ausziehen. Wieder zeigt sich Verblüffung auf seinem Gesicht. Ich kann nicht erkennen, was ihn mehr überrascht: das, was ich ihm erzähle, oder die Tatsache, *dass* ich es ihm erzähle.

»Deine Aussagen sind ebenso bemerkenswert wie Lees«, sagt Atreus. »Er hat etwas Unglaubliches beschrieben und du hast es bestätigt.«

»Er ist absolut loyal«, sage ich. »Er glaubt an Sie.«

»Er glaubt an etwas, aber ob ich das bin, da wäre ich mir nicht so sicher«, erwidert Atreus. »Jedenfalls danke ich dir.«

Als wir uns erheben, wird sein Ton geschäftsmäßig. »Wenn Fragen kommen, teile einstweilen bitte mit, dass Lee festgenommen worden ist, weil ihm Fehlverhalten vorgeworfen wird. Was immer du den anderen Wächtern darüber hinaus noch offenbaren willst, sollte im Konvent bleiben. Du wirst mit sofortiger Wirkung zur kommissarischen Ersten Reiterin und Flottenkommandantin befördert.«

Vor einem Monat wäre diese Ernennung mein größter Wunsch gewesen und noch einen Monat zuvor hätte ich davon nicht einmal zu träumen gewagt. Heute ist sie ein Schlag ins Gesicht.

Kommissarisch, beschwichtige ich mich. *Er sagte »kommissarisch«.*

»Und was ist mit Power und Darius?«

»Mit ihnen werde ich als Nächstes sprechen.«

Ich setze eine Versammlung vor dem Abendessen im Vortragssaal an, um das Drachenkorps über die letzten Entwicklungen zu unterrichten. Dann werfe ich einen Blick auf die Einsatzpläne und richte es so ein, dass ich vorher noch alle Wächter zusammentrommeln kann, bei denen ich sicher bin, mich auf sie verlassen zu können: Crissa, Rock, Cor, Lotus und Duck. In dem Klassenraum, der dem Flottenkommandanten als Büro dient – als mein Büro will ich es noch nicht bezeichnen –, präsentiere ich ihnen das ganze Bild, nicht nur die abgespeckte Version, die ich später dem Korps liefern werde: dass Lee festgenommen worden ist, dass Power und Darius Selbstjustiz verüben wollten und gerade von Atreus verhört werden, dass Lee im Karzer sitzt, weil …

»Weil Lee der Sohn von Leon Sturmpfeil ist«, wiederholt Rock.

»Ja.«

Ab diesem Punkt starren sie mich nur ungläubig an. Aber ich bin fest entschlossen, die Reiter, denen ich am meisten vertraue, in alles einzuweihen. Nicht nur, weil sie Lee gegenüber am ehesten loyal sind, sondern auch, weil ich ihren Rückhalt im Korps brauche. Und ich will ihnen Zeit geben, die Wahrheit zu verarbeiten.

»Dem *Drachenherrn* Leon Sturmpfeil?«, hakt Rock nach.

»Ja.«

Mit sechs Leuten ist der kleine Raum ziemlich voll und es kommt mir vor, als hingen die Deckenbalken noch tiefer als sonst. Ich stehe hinter dem Schreibtisch, neben Lees leerem Stuhl; die fünf anderen haben sich davor verteilt, manche lehnen an der Wand, manche sitzen. Rock lässt sich mit einem lautstarken Fluch auf einen Stuhl fallen und sagt dann zu meiner Überraschung: »Das erklärt so einiges.«

»Was meinst du damit?«

Rock kehrt die schwieligen Hände nach oben. »Na ja, er war immer so …«

»Gut in allem?«, ergänzt Lotus, der mit verschränkten Armen an der abgeschlossenen Tür lehnt.

»Mhm …«

Cor sitzt vornübergebeugt auf seinem Stuhl. Er meldet sich zum ersten Mal zu Wort. »Und jetzt wissen wir auch, warum.«

Ich spüre Frust in mir aufsteigen.

»Seid doch nicht so«, sage ich. »Lee hat sich seinen Platz verdient, so wie wir alle.«

»Schon«, sagt Rock zweifelnd, »aber es muss ... leichter für ihn gewesen sein.«

Obwohl ich selbst jahrelang mit diesem Gedanken gekämpft habe, platzt mir jetzt der Kragen. »Nein, war es nicht.«

»Ach nein? Nenn mir eine Sache, die nicht leichter für ihn war.«

Crissa hat die ganze Zeit über halb von uns weggedreht an dem schmalen Fenster gestanden und starrt auf den Innenhof des Konvents hinaus. »Der Sturm auf den Palast«, murmelt sie.

Die kleinen Buntglasscheiben werfen Lichtvierecke auf ihr Gesicht. Es dauert einen Moment, bis die anderen begreifen, was sie meint. Cor hebt den Kopf. »Er war doch nicht ...?«

Ich nicke. »Doch.«

»Bei allen Drachen«, sagt Cor leise und knetet sich mit Daumen und Zeigefinger die Stirn. »Dann kamen diese ganzen Albträume also von ...«

Cors und Lees Betten stehen seit unserem ersten Tag im Konvent nebeneinander. Zum ersten Mal denke ich darüber nach, was ihm das wohl für Einblicke gegeben hat. Cor hat nie darüber geredet; keiner der Jungen hat es je erwähnt. »Ja.«

Eine Pause tritt ein. Dann murmelt Lotus: »Ich fand ja schon immer, dass sein Drachisch etwas zu gut ist ...«

Offenbar konnte er sich diese Bemerkung nicht verkneifen. Crissa, die immer noch aus dem Fenster schaut, gestattet sich ein mattes Lächeln, als sei sie dankbar für diese kleine Auflockerung. Rock schnaubt nur.

»Ist das alles, was dir dazu einfällt?« Rock vergräbt den Kopf in den Händen und stöhnt auf. »Und ich dachte gerade ... ich habe einem Sturmpfeil beigebracht, wie man Eintreibungen erzwingt. Lees Onkel hat Leute ermordet, die ich kannte!«

Ich ziehe verärgert die Luft ein und bereue die Unmutsäußerung sofort. Rock ist sie nicht entgangen. Er hebt den Blick zu mir.

»Nein«, sagt er. »*Leon* ... war ja wohl nicht derjenige, der ...«

Ich nicke.

»Was ist?«, fragt Lotus und schaut von Rock zu mir.

Crissa atmet langsam, aber gepresst aus, als täte ihr die Erkenntnis, die ihr gerade gekommen ist, in der Seele weh. Cor kneift die Augen zusammen; er hat es offenbar auch begriffen. Ich sehe an ihnen allen vorbei zu Duck. Er hat sich mit dem Rücken zur Wand auf den Boden gleiten lassen und die Knie angezogen. Er ist der Einzige, der nicht überrascht wirkt. Ich erinnere mich an sein Gesicht, als wir nach der Parade am Tag des Sturms mitbekommen haben, wie Lee sich übergeben hat. Damals hat er nicht nachgefragt.

»Hast du es gewusst?«

Duck schreckt auf.

»Ich wusste ... nichts Genaues. Aber du und er ... irgendwie war schon immer was Seltsames zwischen euch, das muss ich schon sagen.«

Crissa stößt ein zustimmendes, zittriges Lachen aus.

»Das«, murmelt sie, »ist eine Untertreibung.«

Sie und Duck wechseln einen Blick und ich stelle mit Unbehagen fest, dass sie sich offenbar wortlos verstehen. Dann dreht sich Crissa vom Fenster zu mir. Die Silhouette ihres goldblonden Haars glänzt im Licht.

»Wie lange weißt du es schon?«

Ich verspüre eine gewisse Erleichterung, dass ich endlich offen zu ihr sein kann.

»Schon fast seit wir uns kennen«, antworte ich. »Im Waisenhaus sind ein paar Dinge klar geworden …«

»Hat er … es dir erzählt?«

»Nein. So war das nicht. Es ist nur … dies und das passiert.« Ich überlege, was es eigentlich noch gab außer unserem Streit und seiner Bitte, ihm bei der Planung seiner Flucht in das Land, von dem ich heute weiß, dass es Neu-Pythos war, zu helfen. »Zum Beispiel … konnte er kaum Callisch, als ich ihn kennenlernte.«

Rock flucht wieder. Cor rauft sich die Haare.

»Ist dir nie in den Sinn gekommen«, fragt Lotus, »ihn zu melden?«

»Jetzt noch mal langsam«, sagt Rock. »Lee ist der Sohn von Leon Sturmpfeil. *Dem* Leon Sturmpfeil. Und du hast das gemerkt. Und das war kein Problem für dich?«

Ich schüttele den Kopf. »Es … ging damals nicht anders.« Dann hole ich tief Luft. »Er hat auf mich aufgepasst. Die anderen Kinder … Er hat dafür gesorgt, dass sie mir mein Essen nicht wegnehmen.«

Es ist demütigend, so etwas zuzugeben, vor allem vor Leuten, die ich regelmäßig im Zweikampf besiege, und ich spüre, dass ich dabei unwillkürlich den Kopf einziehe. Ich straffe die Schultern. Wenn ich damit verhindern kann, dass sie sich von Lee abwenden, dann sage ich es.

Crissa kaut auf ihrer Unterlippe, als würde sie kurz davorstehen, zu weinen. Lotus räuspert sich betreten. Rock mustert mich mit zusammengekniffenen Augen. Cor hält den Kopf weiter gesenkt und krallt sich die Finger ins Haar. Und Duck, der immer noch mit angezogenen Knien auf dem Boden sitzt, folgert leise: »Also hast du nicht darüber nachgedacht.«

Ich nicke. »Ich habe ihn gebraucht.«

Cor nimmt die Hände vom Kopf und platzt los: »Verdammt, Lee.«

»Und später?«, fragt Rock. »Hast du dir später nie überlegt, dass es für Callipolis vielleicht nicht gut wäre, wenn er Drachenreiter wird?«

Jetzt sieht auch Cor zu mir hoch. Als fordere er wie Rock eine Antwort von mir. Und mir wird klar, dass sogar Cor, der mit Lee seit so vielen Jahren befreundet ist, der ihm vertraut und ihm Gefolgschaft geleistet hat, drauf und dran ist, ihn fallen zu lassen, nur weil er von Lees wahrer Herkunft erfahren hat. Die Erkenntnis erfüllt mich mit rasendem Zorn.

»Nein«, sage ich. »Nie. Weil es nie einen Grund dafür gab. Und außerdem hat er, falls du das vergessen hast, auch dein Vertrauen gewonnen. Er hat nach Schulschluss mit dir gelernt, Rock, damit du im Unterricht nicht hinterherhinkst. Und er hat dir geholfen, Cor, die patrizischen Schüler in die Schranken zu weisen, falls du den ganzen Mist vergessen hast, den Goran immer ignoriert hat. Schon bevor Atreus ihn zum Geschwaderführer ernannte, hat er sich um uns alle gekümmert.«

Ich schaue wütend in die Runde. Selbst in dem schwachen Licht, das durch das schmale Fenster fällt, sehe ich ihnen genau an, dass sie nach Einwänden suchen.

»Hör zu«, sagt Cor schließlich. »Du brauchst mir nicht zu sagen, dass Lee ein guter Mensch ist. Aber hier … geht es um was anderes.«

»Ich finde, es sollte nur darum gehen«, sage ich.

»Nein, Annie«, sagt Rock leise.

Ich fahre zu ihm herum.

»Nicht einmal gute Menschen können über so was wie den Sturm auf den Palast hinwegkommen«, sagt er. »Das geht einfach nicht.«

»Genau«, sagt Cor, als hätte Rock seine Gedanken ausgesprochen.

»Wenn jemand ... Wenn jemand meiner Familie so etwas antun würde ...« Rock atmet langsam durch, starrt an die Deckenbalken und ballt die Fäuste. »Das könnte ich niemals vergessen.«

Cor nickt grimmig.

Ich denke an heute Morgen, an Lees Gesicht, als ich ihm das Bild von seiner Familie gezeigt habe. Wie leer sein Blick plötzlich wurde. »Er hat es nicht vergessen«, sage ich. »Aber das heißt nicht, dass er auf Rache sinnt.«

Ich kann an Cors und Rocks Mienen erkennen, dass sie das für unmöglich halten.

»Na ja, Annie«, sagt Rock und jetzt klingt er fast entschuldigend. »Wenn es ihm nicht um Rache geht ... Warum ist er dann hier?«

Die Frage ist rhetorisch gemeint.

Doch gerade als mir klar wird, dass Rock Lee schon abgeschrieben hat, fällt mir eine Antwort ein. Ich glaube nicht, dass Lee selbst es so sehen würde, und bisher habe ich es noch nie in Worte fassen können. Aber auf einmal bin ich mir absolut sicher.

»Um Sühne zu leisten.«

Cor und Rock wechseln einen Blick, dann sehen sie mich an.

»Lee weiß, was sein Vater war. Was er getan hat. Er weiß es schon so lange wie ich.«

Doch Cor lässt schon wieder den Kopf hängen und Rocks Gesicht ist weich geworden. Aus Mitleid, scheint mir.

»Annie«, sagt er, »selbst wenn das stimmt, wie könnte man das jemals beweisen?«

Der Karzer liegt im Keller des von der Militärführung genutzten Flügels im Inneren Palast, der an die Arena angrenzt. Früher wurden hier Gefangene eingesperrt, die auf ihre Hinrichtung durch Drachenfeuer warteten. Ich war bislang nur ein einziges Mal hier unten, als Duck und ich in unserem kindlichen Entdeckungsdrang alles auskundschafteten. Ich habe ihn als düsteren Ort in Erinnerung, der aus gutem Grund aufgegeben worden ist, und wir sind nie wieder in den Keller zurückgekehrt.

»Lee?«

»Hier.«

Ich halte die Laterne an das Gitter und spähe hinein. Die Zelle ist winzig und durch das unverglaste Fenster zieht kalte Luft aus der Arena herein. Lee liegt auf einer Pritsche. Er stemmt sich auf einem Arm hoch und schirmt die Augen mit der Hand ab, als er mich anblinzelt.

»Was hat Atreus gesagt?«, fragt er.

»Nichts Endgültiges. Ich glaube, er … überlegt noch.«

Man hat Lee ein langes Hemd und eine Hose gegeben. Ich habe ihn seit dem Waisenhaus nicht mehr in Alltagskleidung gesehen und mein erster Gedanke ist, dass ihm die Uniform besser steht.

»Ich hab dir ein paar Sachen mitgebracht.«

»Oh … danke.«

Er steht auf und kommt ans Gitter.

»Eis«, sage ich und schiebe es durch die Stäbe. »Es kommt auch gleich ein Arzt, um dich zu untersuchen.«

»So schlimm ist es eigentlich gar nicht …«

»Er soll später aussagen können.«

»Das wird sie nicht interessieren«, sagt Lee.

Seine bittere Antwort erinnert mich an Powers Schmähungen, die mir in den wenigen ruhigen Momenten, die ich in den letzten Stunden hatte, immer wieder durch den Kopf gegangen sind. *Wurden sie bestraft?* Ich sage zu Lee, was ich mir selbst versichert habe: »Das stimmt nicht. Die Mörder vom Sturm auf den Palast wurden eingesperrt und hingerichtet, das habe ich vor Jahren schon mal nachgeprüft …«

Kurz sieht Lee mich verblüfft an, dann macht er dicht.

»Ich meine«, präzisiert er, »es wird sie nicht interessieren, weil die Verteidigung des Landes wichtiger ist. Sie können es sich nicht leisten, den Reiter eines gezündeten Drachen einzusperren, vor allem nicht, wenn er dem Vierten Rang angehört. Power ist zu wertvoll.«

Dann räuspert er sich und fügt leise hinzu: »Er hat nichts gesagt, über das ich nicht schon jahrelang nachgedacht habe. Mach dir deswegen keinen Kopf, Annie.«

Er dreht sich ein Stück weg, zieht sein Hemd hoch und hält den Eisbeutel an seinen Bauch. Ich starre auf das Netz aus Brandnarben auf seinem Rücken, das die anderen, älteren Narben darunter nicht ganz verdecken kann. Die Narben, über die er nie gesprochen hat, nicht einmal in Albans.

Der Tag liegt in Scherben vor uns. Auf einmal wünsche ich mir nichts sehnlicher, als die Zeit um mehrere Stunden zurückdrehen zu können: auf gestern, bevor die Katastrophe ihren Lauf genommen hat. Bevor ich Lee so sehen musste.

»Ich … habe es einigen anderen erzählt. Das war mir lieber, bevor Power noch … ach, egal. Duck, Cor, Rock, Lotus. Und Crissa. Sonst niemandem.«

Obwohl er immer noch von mir abgewandt steht, kann ich sehen, dass er schlucken muss.

»Und sie …?«

»Manche werden wohl ein bisschen Zeit brauchen.«

Lee nickt steif.

»Ich bin kommissarische Befehlshaberin der Flotte«, fahre ich fort. Und füge hinzu: »Übergangsweise.«

Übergangsweise bis zu – was?

Doch Lee nimmt die Formulierung kommentarlos hin. »Gut«, sagt er nur.

»Ich ... werde da einiges mit dir besprechen müssen. Irgendwann.«

Ich höre, wie meine Stimme mir den Streich spielt, den ich unbedingt vermeiden wollte: Sie springt um eine Oktave höher und wird ganz schrill. Lee hört es ebenfalls und erstarrt. Dann lässt er das Eis sinken und dreht sich zu mir um.

»Hey«, sagt er.

Auf so knappe Art kann mich nur Lee beruhigen: ein einziges Wort von ihm, das wie eine Liebkosung wirkt.

»Wenn du willst, können wir es jetzt gleich durchgehen«, sagt er.

Ich nicke, beschämt über den dicken Kloß in meinem Hals und darüber, dass in einer solchen Situation Lee *mich* tröstet und nicht umgekehrt. Beschämt, wie sehr ich das brauche.

»Hast du was zum Schreiben dabei?«

Ich nicke wieder.

Wir setzen uns auf den Steinboden des Karzers, er hinter, ich vor den Gitterstäben, und er legt sich wieder das Eis auf den Bauch und erklärt mir alles, während ich mir Notizen mache. Er erzählt von den Pflichten, die er als Erster Reiter übernommen hat – und von dem, was er darüber hinaus alles tut. Aufgaben, die er sich bei seinen Visiten mit den Ministerien und dem Militär nach und nach selbst auferlegt hat. Er beschreibt die Kontakte, die er regelmäßig aufsucht, die Besonderheiten jeder Aufgabe, die Maßnahmen, die er zusätzlich trifft, um sicherzugehen, dass alles gut und gründlich gemacht wird.

Lees Ton bleibt die ganze Zeit über beherrscht, ruhig und fest, während ich immer wieder um Luft ringen muss.

Als er mir schließlich alles erklärt hat, was ihm einfällt,

gibt er mir den tropfenden Beutel mit den Eisresten zurück. Er zittert; das Schmelzwasser hat seine Hose durchnässt. Ich hole die Decke, die ich ihm mitgebracht habe, aus meiner Tasche und reiche sie ihm durch das Gitter. Mit einem leisen »Danke« wickelt er sich darin ein. Nacheinander schiebe ich ihm meine anderen Mitbringsel in die Zelle: ein Kissen, Streichhölzer, eine Lampe, die heutigen Ausgaben der *Volkszeitung* und des *Gold-Journals* und sein eigenes Exemplar des *Aurelianischen Zyklus* auf Drachisch.

Als er das Buch entgegennimmt, schließt er kurz die Augen, als empfange er einen Segen, und unsere Finger berühren sich flüchtig. Dann ziehe ich die Hand zurück und wir rappeln uns beide auf.

»Ich komme so bald wie möglich wieder …«

»Du hast genug getan. Du musst dich jetzt auf wichtigere Dinge konzentrieren.«

Dem widerspreche ich nicht.

»Kann ich dir sonst noch irgendwas bringen?«

Lee will schon den Kopf schütteln, hält aber inne.

»Ich weiß nicht, ob er überhaupt kommen würde. Aber … Cor?«

»Er ist noch nicht so weit, Lee.«

Lee schluckt und sein Gesicht verkrampft sich in dem Bemühen, ruhig zu bleiben.

»Und … Crissa?«

Kaum hat er ihren Namen gesagt, beißt er sich kleinlaut auf die Lippe, als fürchte er meinen Zorn. Doch statt Zorn empfinde ich nur eine dumpfe Traurigkeit, aber nicht aus dem Grund, den er dahinter vermutet. Denn nichts bricht mir so sehr das Herz wie der Gedanke, dass er sogar in dieser Hinsicht auf meine Gnade angewiesen ist.

Ich sehe ihn an, wie er so allein in einer kalten, dunklen Zelle steht und das ungewisse Schicksal erwartet, dem er sich ausgeliefert hat, und ich stelle mir vor, welch ein Lichtblick Crissa hier für ihn wäre, Crissa mit ihrem Lachen, ihrem Lächeln, ihrem sanften Humor, mit ihrer Schönheit, die ihn die karge Hässlichkeit dieser Zelle für eine Weile vergessen lassen könnte. Was steht es mir zu, ihm die Auswege, die er aus dieser Dunkelheit gefunden hat, zu missgönnen? Meiner eigenen entfliehe ich doch schon seit Jahren mit Duck.

Mein Herz fließt über vor Liebe.

»Ich sorge dafür, dass sie dich besuchen darf.«

Zum ersten Mal in unserem Gespräch wirkt Lee den Tränen nahe.

»Danke.«

Crissa fängt mich vor dem Vortragssaal ab, in dem ich gleich meine erste Besprechung als Flottenkommandantin abhalten werde. Zu meiner Überraschung hat ihre Begrüßung nichts mit Lee zu tun.

»Na, bereit?«, fragt sie mich.

Ich nicke, obwohl mir flau im Magen ist, und Crissa berührt meinen Arm. Sie steht so kerzengerade da, dass ich den Kopf heben muss, um sie anzusehen. Das goldblonde Haar wallt ihr über die Schultern.

»Als Atreus mich zur Geschwaderführerin ernannt hat«, sagt sie, »war Selbstvertrauen das Allerwichtigste für mich. Und wenn ich keins hatte, habe ich es vorgetäuscht. Ich habe ständig allen was vorgespielt, und das so lange, bis ich mich sogar selbst überzeugt habe. So musst du es auch machen, Annie.«

Damit spricht sie genau die Zweifel aus, die mich plagen. Noch bevor ich Worte finde, mit denen ich mich für diese Offenheit bedanken könnte, ist sie in den Vortragssaal weitergegangen, um sich einen Platz zu suchen.

In der Tür wartet Power auf mich. Er salutiert theatralisch.

»Gratuliere zu Ihrer Beförderung, Kommandantin.«

Ich bleibe wie angewurzelt stehen.

»Er hat dich verschont?«

Power zuckt die Schultern. »Wir haben einen Anschiss bekommen und sollen erst mal den Mund halten. Ich werde mein Bestes geben.« Bei seinem Grinsen beschleicht mich sofort eine böse Vorahnung. Dann nickt er Richtung Saal. »Beeil dich mal lieber. Goran plant offenbar schon den Putsch.«

Goran hat sich ans Rednerpult gestellt und ruft die Anwesenden zur Ordnung. Bei seinem Anblick sinkt mir das Herz in die Hose. Unter den Augen von dreißig anderen Wächtern marschiere ich auf ihn zu.

»Ab hier übernehme ich.«

Goran sieht mich an.

»Schon gut, Annie, das ist nicht nötig.«

Wir messen uns mit Blicken. Ich denke daran, was er in mir sehen muss: ein sechzehnjähriges Bauernmädchen, das sich anmaßt, mehr sein zu wollen.

Wenn du kein Selbstvertrauen hast, dann täusche es vor.

Ich hebe das Kinn, straffe die Schultern und denke an Aela.

Und zu meiner Verblüffung räumt Goran das Feld. Um seinen Mundwinkel zuckt es und er hebt leicht die Schultern, als wolle er sagen: *Von mir aus, wenn du so ein Aufhebens darum machen willst.*

Ich nehme seinen Platz am Rednerpult ein. Dann drehe ich mich zu ihm um.

»Danke«, sage ich. »Sie dürfen jetzt gehen.«

Gorans halbes Lächeln flackert, doch selbst er muss die Rangordnung anerkennen: Er mag zwar unser Drillmeister sein, aber als Flottenkommandantin stehe ich in der Befehlskette über ihm.

Wortlos wendet er sich ab und verlässt den Raum.

Meine Mitschüler, die alles atemlos beobachtet haben, sind verstummt.

In das Schweigen hinein verkünde ich, dass Lee festgenommen worden ist, weil ihm Fehlverhalten zur Last gelegt wird, und er von allen Pflichten entbunden ist, solange die Ermittlungen laufen. Ich sage ihnen, dass sie einstweilen von mir befehligt werden. Deirdre wird mich in dieser Zeit als Geschwaderführerin der Aurelianer vertreten.

Ich drücke die Schultern nach hinten, achte auf Zwerchfellatmung und spreche betont langsam. Wie Crissa und ich es geübt haben. Und als ich zum Schluss den Raum für Fragen öffne, mache ich es wie Lee: mit Intonation nach unten, als wäre es gar keine Frage.

Power hebt die Hand.

»Ich habe eine«, sagt er. »Wenn es wie ein Sturmpfeil aussieht, wie ein Sturmpfeil redet und wie ein Sturmpfeil geht – ist es dann ein Gossenkind aus Kargsal?«

Die Schadensbegrenzung dauert Stunden. Erst nachdem Cor die Wächter, die mich mit Fragen bestürmen, lautstark zurechtgewiesen hat, kann ich ein paar Minuten durchatmen. Überall im Konvent scharen sich lebhaft diskutierende Grüppchen zusammen. Cor und ich schließen uns zu einer Lagebesprechung in Lees Büro ein.

»Ich stehe voll hinter dir, Crissa auch, aber du musst dich auf üble Nachrede gefasst machen«, sagt Cor. »Power erzählt überall rum, dass du Lee von Anfang an gedeckt hast. Und – das ist noch nicht alles.«

Nachdem Power mich sieben Jahre lang wegen meiner

Herkunft niedergemacht hat, kann ich mir lebhaft vorstellen, was er sonst noch so behauptet.

»Mir ist egal, was er über mich redet.«

»Das darf dir aber nicht egal sein. Du bist die Flottenkommandantin. Und wenn du willst, dass sie dich anhören, wenn du für Lee eintrittst, brauchst du ihren Respekt.«

In den folgenden Tagen höre ich Getuschel im Konvent – alle möglichen Theorien, warum ich zu Lee gehalten habe, von Zweifeln an meiner Gesinnung über die Behauptung, ich sei nur ein verliebtes Schulmädchen, bis hin zu Anspielungen, es liege mir einfach im Blut, Drachenherren zu dienen. Als ich Letzteres aufschnappe, höre ich gleich darauf Crissas empörte Stimme.

»Wenn ich noch ein Mal mitkriege, dass du mit diesem Blutlinienscheißdreck aus dem alten Regime daherkommst, melde ich dich sofort.«

Aber offen muckt niemand gegen mich auf und so kann ich mich erst mal darauf konzentrieren, Lees Aufgaben zu übernehmen. Die Detailarbeit und der Papierkram sind nicht weiter schwer; bei allem anderen wende ich die Tricks an, die ich Lee abgeschaut oder von Crissa gelernt habe. Bei dem Misstrauen, das mir das Korps als Kommandantin ebenso wie als Unterstützerin eines Drachenblütigen entgegenbringt, ist es umso wichtiger, Selbstvertrauen auszustrahlen und ihnen zu zeigen, dass ich es kann. Nicht nur meinetwegen, sondern auch um Lees willen. Diejenigen, die an mir zweifeln, befolgen meine Befehle zwar ebenso prompt wie die, die mir vertrauen, aber ich spüre, dass das nur die Ruhe vor dem Sturm ist: Insgeheim warten wir alle auf Atreus' Entscheidung. Und die lässt weiter auf sich warten.

Lee liest im Schnitt zwei Bücher am Tag, die ihm von Crissa, gelegentlich auch von Lotus und Duck gebracht werden. Cor und Rock haben ihn noch nicht besucht. Und ich war seither auch nicht mehr bei ihm. Lee hat recht: Ich muss andere Prioritäten setzen, die meine ganze Aufmerksamkeit erfordern. Das geht nicht, wenn ich an Lee denke.

Einen Großteil meiner Zeit verwende ich darauf, die Verteilung der Lebensmittelrationen zu organisieren. Das Essen soll den ganzen Winter über von Lagern in der Hauptstadt und den größeren Siedlungen der Insel ausgegeben werden, und zwar im Wechsel für die verschiedenen Stände, sodass jeder Stand an einem anderen Tag an die Reihe kommt. Der Innere Palast hofft, damit den Unmut einigermaßen in Grenzen halten zu können, obwohl allen klar ist, dass der Verteilungsschlüssel nicht lange geheim bleiben wird. Deswegen auch die Drachen, sagt uns General Holmes in der Besprechung mit dem gesamten Korps. Was er damit meint, braucht er nicht zu erklären.

Die Ersten, die Lebensmittelmarken erhalten, sind die Eisen-Bürger im Zentrum von Kargsal. Cor und ich begleiten die Ausgabe. Ort und Stand sind vom Informationsministerium bestimmt worden, damit am nächsten Tag ein großer Artikel in der *Volkszeitung* erscheinen kann. Die Brot- und Kartoffelrationen, die gegen die Lebensmittelmarken eingetauscht werden können, sind selbst für Kargsaler Verhältnisse dürftig, aber niemand in der Menge beklagt sich. Für sie ist es geradezu ein Wunder, dass das Essen umsonst ist. Die Unzufriedenheit wird später kommen. Wenn sie merken, wie wenig man ihnen gibt, wenn sie die Rationen der anderen sehen.

»Wie geht es ihm?«, fragt Cor.

Wir stehen neben der Warteschlange für die Markenausgabe, die sich vor dem Wachhäuschen am Rand des Marktplatzes gebildet hat. Die Schlange zieht sich über den ganzen Platz; die Wachen weisen die Leute brüllend an, den linken

Ärmel hochzukrempeln, damit ihr Armband gut sichtbar ist. Aela und Maurana kreisen über uns.

»Du kannst ihn gern besuchen«, sage ich zu Cor.

Cor blinzelt zu dem alten Drachenturm des Viertels hinauf, der vom Herbstlicht angestrahlt wird, und sagt: »Lieber nicht. Ich bin noch zu wütend.«

»Es ist immer noch *Lee,* Cor.«

»Ich weiß nicht, was das noch heißen soll.«

Als Atreus mich eine Woche später in sein Büro ruft, bin ich erleichtert, dass er endlich zu einer Entscheidung gekommen ist. Doch dann präsentiert er mir ohne Umschweife die Lösung, die er in Erwägung zieht. Nachdem er sie mir geschildert hat, sagt er:

»Deine Geschichte hat mich nicht kaltgelassen, Antigone. Und ich glaube – ich will wirklich gern glauben –, dass du Lees Charakter recht gut einschätzen kannst. Diesen Einblick möchte ich nun dazu nutzen, dich um Hilfe zu bitten. Das ist ein Risiko, welches ich nicht leichtfertig eingehen darf. Ich brauche stichhaltige Gründe, warum die Sache zu unseren Gunsten ausgehen sollte. Also frage ich dich, mit welchem Ergebnis du rechnen würdest. Überlege dir deine Antwort gut, denn du hältst damit das Schicksal von Callipolis in Händen.«

Obwohl seine Lösung mir jetzt, da er mich damit konfrontiert hat, wenig überraschend scheint – eigentlich hätte ich es von Anfang an ahnen müssen –, bleibt mir kurz die Luft weg.

»Antigone?«, hakt er nach.

»Tun Sie es«, sage ich.

Es tut mir leid, Lee.

Wenn Crissa mich besucht, reden wir meistens über das, was in der Zeitung steht, über die Bücher, die ich gelesen habe, oder über die Flugbedingungen, die ich durch das Fenster erkennen kann. Nur manchmal frage ich sie nach dem Drachenkorps. Nach den anderen. Nach Cor.

»Glaubt er Power?«

Crissa sitzt im Schneidersitz auf der anderen Seite des Gitters. Ihr Haar schimmert weich im Lampenschein. Unsere Hände liegen ineinander verschränkt auf ihrem Schoß. »Nein. Natürlich nicht. Er hat von Anfang an zu Annie gehalten. Rock auch.«

Warum kommen sie dann nicht?

»Es ist schwer für sie, Lee.«

»Und für dich ist es nicht schwer?«

Crissa streicht sich ein paar lose Haarsträhnen aus dem Gesicht und schüttelt den Kopf. »Das hier? Nein. *Das* ist nicht schwer für mich.«

Was stattdessen schwer ist, sagt sie nicht. Als die Leibgarde des Protektors den Besuch unterbricht, weil Atreus mich zu sich in sein Büro zitiert, küsst sie mich vor ihren Augen auf den Mund.

»Geh und sei brav und tapfer, wie du es immer warst«, flüstert sie.

Die Leibgarde nimmt mich in ihre Mitte und bringt mich zu Atreus' Büro. Die Unterschiede zum letzten Mal, als ich hier war, sind mir überdeutlich bewusst: Ich bin in Zivil und ich trage kein Armband mehr. Trotzdem tut es gut, mir nach so vielen Tagen in einem winzigen Raum endlich die Beine vertreten zu können.

»Lee«, sagt Atreus ernst und zeigt auf einen der schlichten Stühle vor seinem Schreibtisch, »bitte setz dich.«

Er bedeutet der Garde mit einem Nicken, dass sie uns allein lassen kann. Durch die am Feuerschlund gelegene Fensterfront strömt Nachmittagslicht auf seinen Schreibtisch.

»Weißt du, welchen Tag wir heute haben?«, fragt Atreus.

Ich habe mitgezählt, kann ihm also das genaue Datum nennen. Atreus nickt.

»Und weißt du auch, was morgen früh passieren wird?«, fragt er.

Ich schüttele den Kopf.

Statt einer Antwort schiebt mir Atreus ein Blatt Papier über den Tisch zu: den Brief von Julia. Morgen früh, geht mir auf, wird sie am Quellmund des Fer auf mich warten.

»Du weißt wahrscheinlich schon, dass ich deiner Bitte nachgekommen bin und mit Antigone gesprochen habe. Sie bestätigt deine Geschichte. Ihr scheint ein Leben mit … ungewöhnlichen Allianzen geführt zu haben.«

Ich warte. Das klingt nach einer Begnadigung, aber es kann noch nicht sein letztes Wort gewesen sein, sonst hätten wir dieses Gespräch schon vor einer Woche geführt, direkt nachdem Annie ausgesagt hat.

»Dennoch«, fährt Atreus fort, »bleibt ein Zweifel bestehen. Ich glaube, dass du eine starke Bindung zu Annie hast und sie zu dir. Angesichts deiner Herkunft ist das bemerkenswert, wobei die Umstände, die euch zusammengebracht haben, das nachvollziehbar machen. Ich glaube dir ebenfalls – und bin beeindruckt davon –, dass du mit deiner Familie, nachdem sie von Neu-Pythos aus Kontakt zu dir aufgenommen hat, zwar in Verbindung warst, aber ihr jedes Mal eine Absage erteilt hast.

Aber ich fürchte, dass diese Absagen an deine Familie noch nicht ausreichen. Ich darf die Sicherheit von Callipolis nicht aufs Spiel setzen, nur weil du mir einen Brief ausgehändigt und versichert hast, dass dir ein Mädchen am Herzen liegt, dessen Familie von deinem Vater ermordet wurde. Wir sehen einem Krieg entgegen, Lee. Spätestens am Ende des Winters werden deine Familie und ihre Drachen zurückkehren. Und wenn es so weit ist, kommt es auf jeden einzelnen unserer gezündeten Drachen an. Ich brauche Soldaten, die ihrer Stadt treu ergeben sind, ich brauche Wächter, die für unsere Idee kämpfen und die bereit sind, dafür zu töten. Kurzum: Es reicht mir nicht, dass du unseren Gegnern eine Absage erteilst. Ich muss auch wissen, ob du bereit bist, sie zu bekämpfen. Verstehst du?«

»Ja«, sage ich.

Nun ist also der Moment gekommen, denke ich. Tyndales Frage liegt auf dem Tisch und ich kann ihr nicht länger aus dem Weg gehen. Julias Ultimatum läuft ab.

»Gut«, sagt Atreus.

»Was soll ich tun?«

Eigentlich kenne ich die Antwort schon, und als Atreus in Richtung Brief nickt, bin ich nicht überrascht. Nur die Art, wie er es formuliert, versetzt mir einen Stich ins Herz.

»Ich will, dass du deinen Drachen nimmst, der Ersten Reiterin gegenübertrittst und mir einen Sack mit zwei Köpfen zurückbringst. Wenn du das nicht kannst, brauchst du überhaupt nicht wiederzukommen.«

18

AM QUELLMUND

Mein Sohn«, sagte Leon Sturmpfeil auf Drachisch. »Bitte, Atreus.«

»Wir werden uns Leos annehmen«, sagte Atreus.

Dann wandte er sich an den Soldaten neben ihm und erteilte ihm einen Befehl.

Der Soldat, der den Jungen betrachtet hatte, hörte ihn zunächst nicht. Der Junge konnte nicht älter als acht sein – auch wenn der Ausdruck, den der Soldat unter der Maske aus Blut auf seinem Gesicht erkennen konnte, nicht zu einem Achtjährigen zu passen schien.

Der Soldat, der mit der Überzeugung aufgewachsen war, dass Drachenherren und ihre Söhne einem anderen Menschenschlag, ja einer anderen Rasse angehörten, ertappte sich zu seiner Überraschung bei dem Gedanken, dass kein Kind, nicht einmal das eines Drachenherrn, jemals einen solchen Gesichtsausdruck haben sollte.

Dann verstand er Atreus' Befehl. Er war so leise gesprochen worden, dass der Soldat im ersten Moment glaubte, sich verhört zu haben.

»Bring den Jungen auf den Flur«, murmelte Atreus, »und schneide ihm die Kehle durch.«

»Das macht er nie und nimmer«, sagt Cor.

»Doch«, gebe ich zurück.

Wir stehen im Büro des Flottenkommandanten, ich hinter, die anderen vor dem Schreibtisch. Die Tür ist geschlossen. Ich drücke die Hände flach auf den Tisch, wo ich Lees Unterlagen geordnet und zu Stapeln sortiert habe.

»Niemand bringt seine eigenen Verwandten um«, sagt Rock, als müsste man mir das erklären.

»Lee ist nicht wie alle anderen«, sage ich. »Er wird es tun. Sie sind beide Erste Reiter und er hat immer gewusst, worauf das hinauslaufen würde.«

Cor schnalzt skeptisch mit der Zunge. Seine Arme sind verschränkt.

»Annie«, sagt Rock und seine Stimme wird lauter, »dir ist schon klar, was passiert, wenn er es nicht tut, oder? Dir ist schon klar, wer es mit ihm aufnehmen muss, wenn er die Seite wechselt? Du.«

Ich antworte mit wachsendem Zorn.

»Ja, das ist mir bewusst, Rock.«

»Und wirst du dazu in der Lage sein?«, fragt Rock.

Nachdem ich mir über genau diese Frage stundenlang den Kopf zerbrochen habe, kommt es einer Beichte gleich, es laut auszusprechen. »Ja.«

Bis zum Abend hat sich im ganzen Drachenkorps herumgesprochen, was am nächsten Morgen passieren soll. Beim Essen sind alle schweigsamer als sonst, und als wir im Schlafsaal der Mädchen die Lichter löschen, verrät die drückende Stille, dass niemand schlafen kann. Schließlich reiße ich mir die Bettdecke weg.

»Crissa?«, murmele ich. Ihr Bett steht neben meinem.

Ich habe keine Ahnung, was ich sie fragen werde, aber sie lässt es gar nicht darauf ankommen.

»Ich habe mich schon verabschiedet«, sagt sie. »Das solltest du auch tun.«

Mehr braucht sie nicht zu sagen.

Gorans Büro ist nicht abgeschlossen. Ich schleiche hinein und hole mir seine Schlüssel. Im Karzer winken mich die Wachen einfach durch. Als ich vor der Zelle Lees Namen sage, höre ich, wie er sich rührt.

»Annie?«

Er sagt es, als wäre er nicht sicher, ob er träumt.

Es ist mitten in der Nacht und stockdunkel in der Zelle, sodass ich ihn nur schemenhaft erkenne, als er aufsteht. Ich schließe die Tür auf, trete ein, und bevor ich auf ihn zugehen kann, spüre ich schon seine Arme um mich. Er zieht mich an sich. »Du frierst«, sagt er. »Du zitterst ja …«

Das hatte ich gar nicht bemerkt. Er setzt mich auf den Rand seiner Pritsche, hüllt mich in die Decke ein, die ich ihm gebracht habe, und nimmt mich wieder in die Arme.

»Ich wollte dich nicht aufwecken«, sage ich.

Lee lacht in der Dunkelheit leise auf.

»Ich habe nicht geschlafen.«

Nein. Wie auch. Ich lege die Decke auch um seine Schultern, sodass wir nebeneinander darunter sitzen, so nah wie damals in Albans, als er mich in dem Schrank im zweiten Stock in die Arme nahm.

»Dann will ich dir bei dieser Nachtwache Gesellschaft leisten«, flüstere ich.

Statt einer Antwort drückt er mich nur fester an sich, schiebt seine Hand in mein Haar und schmiegt sein Gesicht an meinen Hals. Das fühlt sich so *richtig* an, dass ich einen Kloß im Hals bekomme. Ich lege meine Hand auf seinen Hinterkopf und denke an die glitzernde Nacht, damals in einer anderen Welt, als wir uns nach einem Tanz an den Händen hielten und es sich genauso richtig angefühlt hat, bis ich die Hand weggezogen habe. Warum, weiß ich nicht mehr.

Er holt langsam Luft. »Tja, jetzt ist es so weit.«

Er sagt es so, als wäre nun das Ende von allem gekommen und er hätte es die ganze Zeit gewusst.

»Weißt du … Weißt du schon, was du tun wirst?«, frage ich.

Er lacht wieder auf. Es klingt ein bisschen wie ein Schluchzen.

»Ich weiß, was ich tun *sollte*«, sagt er.

Ob er es tun kann, ist eine andere Frage.

»Ich denke ständig«, sagt er, das Gesicht weiter an meinem Hals vergraben, »ich denke immer wieder, dass ich einfach Pallor holen und abhauen sollte.«

So tief ist seine Verzweiflung also. Tief genug, dass er darüber nachdenkt, allem den Rücken zu kehren.

Aber ich kenne Lee zu gut. Und wenn ich eins weiß, wenn er eins von Anfang an unter Beweis gestellt hat, dann das: Lee läuft nicht weg. Er bleibt. Selbst wenn es unendlich wehtut.

»Nein, Lee«, sage ich.

Er antwortet nicht, umfasst nur mein Haar noch fester, lässt wieder los.

»Du weißt, dass du das nicht über dich bringst.«

»Warum nicht?«, fragt er dumpf. Als wüsste er es, wollte es aber von mir hören.

Und obwohl ich wünschte, dass sein Gesicht für immer so an meinen Hals geschmiegt bleiben könnte, rutsche ich ein Stück weg, damit er den Kopf heben und mich ansehen muss.

»Weil du mit dieser Macht auch die Verantwortung bekommen hast, sie auszuüben. Sie aufzugeben wäre genauso schlimm, wie der Gegenseite einen Drachen zu überlassen. Egal, was du tust, du entscheidest dich immer für eine Seite.«

Lee verharrt einen Moment ganz still. Wie vom Donner gerührt. Dann wendet er den Blick ab.

»Lass uns über etwas anderes reden«, sagt er, »ja?«

»Ja«, flüstere ich.

Uns bleiben ungefähr drei Stunden, bis ich zurückmuss.

In diesen drei Stunden liegen wir Seite an Seite unter die Decke gekuschelt, beinahe wie Liebende, nur auf einer noch tieferen Ebene verbunden. Wir reden über alles, was uns einfällt, um uns von dem Gedanken an morgen abzulenken, und hin und wieder gelingt uns das auch für eine kleine Weile.

Die Kehrseite ist, dass die Zeit viel zu schnell verfliegt, und am Ende kommen mir drei Stunden grausam kurz vor.

»Annie«, sagt er, als es für mich Zeit wird zu gehen. »Wenn ich nicht … Wenn ich es nicht schaffe …«

Es ist eine Frage, auch wenn es nicht so klingt. Und ich gebe ihm das Versprechen, das er hören will, obwohl es mir das Herz bricht, es auszusprechen.

»Ja«, sage ich ihm. »Dann werde ich es tun.«

Er senkt den Kopf auf mein Haar, holt Luft, als wäre es sein letzter Atemzug, und sagt: »Gut.«

Als ich aufstehe, tut er es mir nach, packt mich und zögert. Einen Moment lang, während er mir mit geöffneten Lippen in die Augen sieht, erkenne ich die Sehnsucht in seinem Blick.

Die Sehnsucht nach *mir.* Eine so große Sehnsucht, dass sie fast verzweifelt wirkt.

Er gibt ein leises, kaum vernehmbares Stöhnen von sich und mit einer Zärtlichkeit, die meine Augen brennen lässt, beugt er sich vor, nimmt meinen Kopf in beide Hände und küsst mich auf die Stirn. Auf Drachisch zitiert er einen Vers aus dem *Aurelianischen Zyklus.*

Du hast mir das Leben geschenkt.

Als seine Lippen meine Stirn wie ein glühendes Brandzeichen berühren, durchströmt mich eine Erkenntnis. Ich sehe zu ihm auf und betrachte sein Gesicht im Laternenschein: die hohen Wangenknochen, das dunkle Haar, die Augen in dem blassen, sorgenvollen Gesicht, die heute Nacht älter wirken als je zuvor.

Mir wird bewusst, dass er seinem Vater noch nie so ähnlich sah wie jetzt – und dass es für mich keine Rolle spielt.

Ich lasse die Finger in sein Haar gleiten, ziehe sein Gesicht zu mir und verringere den Abstand zwischen uns. Als seine Lippen meine berühren, durchfährt es mich heiß und kalt. Lees ganzer Körper ist erstarrt. Und einen flüchtigen Moment lang frage ich mich, ob ich es nicht hätte tun sollen.

Doch dann fühle ich, wie er zitternd Luft holt. Seine Lippen öffnen sich auf meinen und seine Hände wandern von meinem Haar an meine Hüfte. Ganz sachte, als wagten sie nicht, fester zuzupacken – bis er meinen Kuss erwidert und sie es doch tun. Im ersten Augenblick ist der Kuss ebenfalls sanft, vorsichtig, so bewusst bin ich mir meiner Unwissenheit, seiner Erfahrung. Dann stößt er einen kehligen, von meinem Mund gedämpften Laut aus, der vielleicht ein Bedürfnis, vielleicht Kummer zum Ausdruck bringt, und wir sind nicht länger sanft, und mich kümmert nicht mehr, dass ich unwissend bin, denn mit einem Mal weiß ich es. Meine Lippen schmecken die erste Wärme seiner Zunge, meine Hände streichen über seine Brust, seine Schultern, seinen Hals, als müssten sie all die Jahre wettmachen, in denen wir uns nicht berührt haben, und ich kann nur staunen, wie sich seine Hände, *Lees* Hände, anfühlen, wie sie mich an ihn ziehen, als wollte er, dass unsere Körper verschmelzen. Die Kraft dieser drahtigen Muskeln in seiner Umarmung, ihre Wirkung auf meinen Körper berauschend wie Wein.

Ich trete vor, stoße ihn zur Pritsche zurück, sodass er auf die Matratze sinkt. Einen Moment küssen wir uns weiter, während ich zwischen seinen Knien stehe und meinen Mut zusammennehme. Aber für Zaudern und Scham ist es zu spät und so folge ich meinem einzigen Wunsch, steige auf seinen Schoß, umschlinge ihn mit Beinen und Armen und küsse ihn zwischen keuchenden Atemzügen. Ein Echo unserer Umarmungen in Albans, wenn er mich tröstend an sich drückte.

Nur dass diesmal ich es bin, die ihn hält.

Und ich höre sein abgehacktes Atmen und schmecke, endlich, das Salz auf seinem Gesicht und jemand sagt, *ich* sage wieder und wieder: *Komm zurück zu uns.*

Und zuletzt wird daraus: *Komm zurück zu mir.*

— Lee —

Als Annie fort ist, frage ich mich, ob alles nur ein Traum war.

Dennoch kommt in der unermesslichen Zeitspanne zwischen ihrem Weggang und Atreus' Ankunft, die etwa eine halbe Stunde umfassen muss, der Tumult in meinem Innern zur Ruhe und in meinem Denken, meiner Erinnerung, meinem Herzen hat nichts anderes mehr Platz als die Wärme, die von ihr geblieben ist.

Komm zurück zu mir.

In der letzten Stunde kommt Atreus, flankiert von zweien seiner Gardewachen, die Treppe herunter. Er reicht mir meine Uniform persönlich. Meine Rüstung schimmert leicht im Laternenlicht der Wachen und auf den zur Brustplatte umgearbeiteten Drachenschuppen sticht der Drache mit den ausgebreiteten Flügeln und den vier Feuerringen hervor.

Als ich meine Ausrüstung angelegt habe, frage ich ihn:

»Haben Sie meinen Vater getötet?«

Damit hat Atreus nicht gerechnet und einen Moment lang starren wir uns an. Er hebt sich als dunkler Schatten gegen den Laternenschein ab.

»Es wird nichts ändern«, füge ich hinzu. »Aber ich muss es wissen.«

Noch eine Frage, die ich jahrelang verdrängt habe. Aber jetzt ist es Zeit, alles offenzulegen.

Atreus' Antwort ist kurz angebunden, doch er wendet seinen Blick nicht ab. »Das habe ich. Wobei ich es vor allem als Gnadenstoß empfand.«

»Ja«, gestehe ich ihm zu. »Das war es wohl auch.«

Auf seinem Gesicht zeichnet sich Überraschung ab und er dankt mir mit einem knappen, fast unsichtbaren Nicken. Als wäre ich es, der ihm gerade Gnade gewährt hat.

»Bist du bereit?«, fragt er.

»Ja.«

»Ich werde auf Pythos Feste auf dich warten«, sagt Atreus.

— Annie —

Als ich in den Konvent zurückkehre, stoße ich auf Power, der allein im Wintergarten sitzt. Der Raum ist in Schatten gehüllt, der Himmel über der gläsernen Decke noch dunkel. Mein Haar ist zerzaust, mein Gesicht feucht, ich schmecke Lees Lippen auf meinen.

»Na, habt ihr euch schön ausgeheult bei eurem Lebewohl?«, fragt Power.

Zum ersten Mal, seit er Lee und mir in den Drachenhöhlen aufgelauert hat, sind wir allein in einem Raum. Die Blutergüsse auf meinen Armen, wo er und Darius mich gepackt haben, sind mittlerweile zu gelben Flecken verblasst. Ich will mich gerade abwenden, da spricht er weiter.

»Brief vom Ministerium. Ist eben angekommen. Für die Flottenkommandantin.«

Er hält ihn mir hin. Das Siegel ist noch intakt. Ich breche es auf und lese die Nachricht. Power beobachtet mich von seinem Sessel aus.

WEITERE INSTRUKTIONEN FÜR DAS DRACHENKORPS SIND IM KONVENT ZU ERWARTEN. DIE ANWESENHEIT DER FLOTTENKOMMANDANTIN AUF DER FESTE IST NICHT NOTWENDIG.

»Wie lautet die Anweisung für nachher?«

Ich schaue zu ihm. Hat er das etwa geahnt?

»Wollen sie uns dabeihaben oder nicht? Wenn er zurückkommt?«

»Spielt das eine Rolle?«

Power beugt sich lächelnd vor. »Antigone, eins muss ich dir lassen: Du lässt dir wirklich jeden Scheiß gefallen, um zu kriegen, was du willst. Dafür bewundere ich dich. Aber es regt mich verdammt auf, wenn du dich dumm stellst.«

Ich falte den Brief und stecke ihn in den Umschlag zurück.

»Wobei«, frage ich, »stelle ich mich deiner Meinung nach dumm?«

Pallor und ich treffen zuerst ein. Der Quellmund ist eine im Herzen des Hochlands gelegene Lichtung um ein kleines, tiefes Becken, aus dem die heißen Quellen des Fer entspringen. Der Sturmpfeil-Legende nach wurden in dieser Schlucht die ersten Sturmpfeil-Nester entdeckt und die ersten Eier gestohlen, deren Drachenjungen von meinen Vorfahren aufgezogen wurden. Ich war noch nie hier, aber ich habe viel darüber gelesen. Als ich die steilen Felswände der berüchtigten, nur auf Drachenrücken zugänglichen Schlucht emporblicke, wird mir klar, warum Julia ausgerechnet diesen Treffpunkt vorgeschlagen hat.

Es ist der perfekte Ort für einen ungestörten Zweikampf.

Die Erkenntnis erfüllt mich mit jäher Erleichterung – und als ich das Gefühl zulasse, mit Kummer.

Über dem nördlichen Grat erscheint Julia auf Erinys und sinkt zu uns hinunter. Als sie gelandet sind, nimmt Julia ihren Helm ab. Anders als bei unseren bisherigen Treffen trägt sie diesmal ihre Schlachtrüstung. Auf die Brustplatte ist das Heidekraut-Symbol der Sturmpfeile geprägt, umringt von den drei Drachen der Triarchie.

Zum letzten Mal habe ich eine solche Rüstung an meinem Vater gesehen.

»Hallo, Leo.«

»Hallo, Julia.«

Ich betrachte sie eingehend: das Sturmpfeil-Haar, die Augen, das Gesicht, das mich in so vielen kleinen Dingen an zu Hause erinnert wie nichts sonst seit dem Sturm auf den Palast. Die Rüstung, die mich meinen Vater vermissen lässt, als hätte ich ihn noch einmal verloren. Ich erinnere mich an das Gefühl, wie sie in der Nacht der Sommersonnenwende meine Hände in ihre nahm, wie wir gemeinsam an die

Gräuel zurückdachten, die wir überlebt haben, und denselben Schmerz empfanden. Ich erinnere mich an eine Kindheit voller Lachen und ausgelassener Spiele mit ihr, bevor wir die Bitterkeit des Verlustes kennenlernten.

Ich sehe sie und erinnere mich, doch das ist nicht genug.

Annie hat recht.

Es gibt Krieg und ich muss mich für eine Seite entscheiden. Der Sturm auf den Palast und unsere Blutsbande reichen nicht aus, um mich die falsche Seite wählen zu lassen. Welchen Anspruch sie auch auf mich erheben mögen, es ist nicht zu leugnen, dass die Drachenherren brutal geherrscht und wahllos gemordet haben. Sie haben Tausende Menschenleben auf dem Gewissen. Sie dürfen nicht an die Macht zurückkehren.

Die Gewissensbisse, die sich bei Julias Anblick melden, lassen mich vor allem auf der Hut sein. Sie ist meine Verwandte; sie war ein Mädchen, mit dem ich als Kind gespielt habe; in den vergangenen Monaten war sie das letzte Bindeglied zu der Welt, die ich verloren habe. Aber so, wie die Dinge jetzt stehen, wäre es reine Selbstsucht, sich von Stammesdenken oder Kavaliersidealen leiten zu lassen. Die Realität ist: Sie und ich sind beide Drachenreiter. Wir beide sind Waffen. Und sie muss vernichtet werden.

Bis zu diesem Moment war ich nicht sicher, ob ich es über mich bringen würde. Doch jetzt, wo ich hier stehe und sie anschaue, sind meine Zweifel verschwunden. Ich werde es tun. Leicht wird es trotzdem nicht sein; es wird fürchterlich werden.

Aber das heißt nicht, dass es nicht getan werden kann.

Fragt sich nur noch, wie lang es dauern wird.

»Julia«, sage ich, »ich weiß nicht, wie ich das sagen soll, aber …«

»Du kommst nicht mit mir nach Hause?«

»Nein.«

»Das habe ich auch nicht erwartet«, sagt sie. »Aber ich wollte dir eine letzte Chance geben, nur für den Fall.«

»Dafür danke ich dir.«

Obwohl ich den Impuls zu unterdrücken versuche, platze ich verlegen heraus:

»Kommen nach dir noch weitere …?«

»Nein. Ich habe es niemandem erzählt. Ich wollte dir die Gelegenheit geben, es auf diese Weise zu regeln.«

Unter uns. Ohne Publikum. In Würde.

Denn wie ich hat Julia auf die harte Art gelernt, sich einen würdevollen Tod zu wünschen.

»Ich bin auch allein hier«, sage ich.

»Nun denn«, sagt sie, wieder in milderem Ton. Sie hat eindeutig verstanden, was meine Worte zu bedeuten haben, und weiß, was jetzt kommt.

Ohne den Blick zu senken, fasst sie nach ihrem Helm. Dann nimmt sie die Hand weg.

»Weißt du«, sagt sie, »wir brauchen uns nicht zu beeilen. Sollen wir noch einen letzten Spaziergang zusammen machen, bevor wir es tun?«

Bei jedem anderen hätte ich das für Feigheit oder ein als Herzlichkeit getarntes Zaudern gehalten. Julia kenne ich dafür zu gut. Und obwohl mir klar ist, dass ich mir die Sache mit jeder in ihrer Gesellschaft verbrachten Minute schwerer mache, sehne ich mich wider besseres Wissen nach einer letzten Unterhaltung.

»Das wäre schön«, sage ich.

Wir sitzen ab. Hinter mir schnaubt Pallor entrüstet und Erinys bäumt sich ungeduldig auf. Sie fiebern dem bevorstehenden Kampf entgegen. Wir beachten sie nicht, sondern gehen langsam über die steinige Lichtung aufeinander zu. Am Ufer des Wasserbeckens treffen wir uns.

»Komm«, sagt Julia und gemeinsam beginnen wir, den Teich zu umrunden.

Ich weiß instinktiv, dass wir nur eine einzige Runde drehen werden. Sobald wir einmal ganz herum gegangen sind, werden wir zu unseren Drachen zurückkehren. Julia schlägt ein langsames Tempo an, wie ich, als hätte sie denselben Gedanken gehabt.

»Hast du dein Glück gefunden, Leo?«, fragt sie.

Es ist seltsam, dass sie es so formuliert. Ich denke kurz darüber nach, ob man die letzten Jahre *glücklich* nennen könnte. *Glücklich* ist kein Wort, das ich allzu oft auf mein eigenes Leben bezogen hätte.

Dann denke ich an Cors schiefes Grinsen, Crissas glockenhelles Lachen, an Annies zitternde Finger, die mein Gesicht zu ihrem ziehen, und an ihre Lippen auf meinen.

»Ich habe Menschen, die mir etwas bedeuten und die mich gernhaben«, sage ich. »Wenn du das meinst.«

»Wahrscheinlich schon«, sagt sie. Dann fragt sie: »Sind sie der Grund dafür, dass du uns abweist?«

Ich spüre ihre Skepsis und erkenne, dass sie zwischenmenschliche Bindungen ebenso wenig wie ich für einen guten Grund hält, sich für eine Seite zu entscheiden.

»Julia«, sage ich, »du weißt, was unsere Väter getan haben, oder?«

Wir sind stehen geblieben. Vom Quellmund steigt Dampf auf und dahinter flirren die verschwommenen Umrisse unserer am gegenüberliegenden Ufer wartenden Drachen, die sich in dem stillen Wasser spiegeln.

»Ja«, sagt Julia. »Ich weiß es.«

So, wie sie es sagt, brauche ich ihr wohl nicht zu erklären, dass sie unrecht gehandelt haben. Auch wenn sie aus ihrer Heimatstadt vertrieben wurde, auch wenn sie von den verbitterten Überlebenden eines alten Regimes umgeben ist, auch wenn sie niemals ein Kind kennengelernt oder ins Herz geschlossen hat, dem der Drache ihres Vaters die Eltern nahm, weiß Julia irgendwoher Bescheid. Ihr Gesicht ist bleich, verhärmt und traurig.

»Dann weißt du auch, warum ich mich so entschieden habe«, sage ich.

»Wir müssen nicht sein wie unsere Väter«, gibt Julia zurück. »Unsere Generation – wir können anders sein. Das sind wir schon, du und ich.«

Wir drehen uns zueinander um.

Ich denke an die Zivilisten auf dem Hungerfelsen, die unbewaffneten Schiffe, die am Tag des Sturms vernichtet wurden. Meine Stimme klingt brüchig vor Schmerz. »Bist du wirklich anders, Julia?«

Julias Augen blitzen. Sie speit mir ihre Antwort geradezu ins Gesicht. »Bist *du* es denn? Dein neues Regime scheitert doch bereits. Athanatos hat nichts weiter getan, als die Stadt mit dreckigen Arbeitshäusern zu füllen und unsere Bibliotheken zu zerstören …«

Meine Antwort fällt kühl aus, denn mit Julias aufflammendem Zorn wird mein Denken immer klarer.

»Er versucht, etwas Neues zu schaffen, und das ist immer schwierig. Und was ist schon Zensur im Vergleich zu euren Verbrechen? Ihr habt unsere Fischer, unsere Händler angegriffen. *Wehrlose* Menschen.«

Julias Gesicht verzerrt sich. »Wir werden alles tun, um uns zurückzuholen, was unser ist.«

Ich sauge die feuchtwarme Luft ein, die aus dem Fer aufsteigt, und schüttele den Kopf.

»Callipolis gehört euch nicht mehr. Das Volk hat gewählt. Es will keine Drachenherren.«

Das quittiert Julia mit einem spöttischen Lächeln und ihre Augen funkeln, als sie mich ansieht. Sie hebt die Hand, deutet mit der offenen Hand erst auf mich, dann zu Pallor auf der anderen Seite des dampfenden Beckens, ein silberner Fleck vor der steil aufragenden Felswand.

»Bist du sicher?«, fragt sie leise. »Schau dich doch an, Leo. Schau dir an, wie bereitwillig sie dir alles zurückgegeben haben. Den Drachen, die Macht, den Respekt. Stimmt es, dass du der Favorit für Athanatos' Nachfolge bist?«

Als ich schweige, wird Julias Lächeln noch breiter.

»Du und ich, wir sind zum Herrschen geboren.«

Da ist er wieder. Der eine Irrglaube, der sie alle in den Untergang gestürzt hat. Von den Drachenherren des *Aurelianischen Zyklus* bis hin zu meinem Vater, und jetzt Julia.

»Nein«, erwidere ich.

Eigentlich hatte ich noch mehr sagen, mich rechtfertigen wollen, aber jetzt wird mir klar, dass das überflüssig ist. Sie ist anderer Meinung als ich und dabei wird sie bleiben. Wir haben die Grenze zwischen Vernunft und Glauben erreicht. Es wäre vermessen, mir einzubilden, dass ihre Überzeugungen weniger hart errungen sind als meine.

Sie scheint zu derselben Einsicht gekommen zu sein. Sie widerspricht nicht, fragt nichts mehr. Schweigend setzen wir unsere Runde um das Becken fort. Ich habe das Gefühl, gesagt zu haben, was ich sagen musste, und ihr scheint es ebenso zu gehen. Ich spüre auch, dass wir beide diese Sackgasse wollten. Jetzt, da wir den toten Punkt erreicht haben, sind wir bereit, zu Ende zu bringen, was uns hergeführt hat.

Eine mit Entschlossenheit gepaarte Traurigkeit tritt zwischen uns.

»Es war schön, sich diese beiden Male mit dir zu treffen«, sagt sie schließlich, als wir uns der Stelle nähern, wo wir losgegangen sind und Pallor und Erinys mit zum Fliegen erhobenen Flügeln auf uns warten. »So groß die Unterschiede zwischen uns auch sind. Es war schön, mit dir in Erinnerungen zu schwelgen. Wenn es ein Leben nach dem Tod gibt, werden wir uns hoffentlich so wiederbegegnen, wie wir einmal waren.«

Als Kinder.

Die Traurigkeit schwillt an und durchbohrt mir das Herz.

»Das hoffe ich auch«, erwidere ich.

Wir sind an unserem Ausgangspunkt angelangt.

Mit einem Nicken wechseln wir einen letzten Blick. Dann wenden wir uns ab. Sie geht zu ihrem Sturmpfeil, ich zu Pallor. Wir schwingen uns in den Sattel, setzen die Helme auf und klappen die Visiere herunter. Keiner von uns zögert, bevor wir aufsteigen.

— Annie —

»Du gehst davon aus, dass Atreus wie du ist«, sagt Power. »Aus Gefühlsduselei bereit, über die Fakten hinwegzusehen. Aber wenn du dich in ihm irrst?«

Der kühle Herbstwind, der durch die offenen Fenster des Wintergartens hereinzieht, lässt mich auf einmal erzittern, als ich so vor Power stehe. Er fläzt sich nicht länger lässig im Sessel, sondern hat beide Armlehnen gepackt und beugt sich vor. Im Licht der Morgendämmerung treten seine Gesichtszüge allmählich deutlicher zutage.

»Bin ich der Einzige, der in seinem Unterricht richtig hinhört? Atreus hat die Erlaubnis dazu erteilt, dass sämtliche Mitglieder der drachenblütigen Familien bis auf den letzten Mann ermordet werden, mitsamt allen Frauen und Kindern und einschließlich seiner *Freunde.* Er lässt das literarische Werk einer uralten Kultur, das er geliebt hat, durchforsten und lieber verbrennen, als dass dessen Werte seine Vision untergraben. Atreus hört nicht auf sein Herz, er *arbeitet dagegen an.*«

Der allerwichtigste Einwand, das Paradox, das dies alles erst denkbar macht, kommt mir über die Lippen: »Er hat Lees Leben verschont ...«

Power schnippt mit den Fingern. »Sagt *Lee.* Der damals ... was ... acht Jahre alt war, kaum Callisch konnte und unter Schock stand?« Er zuckt die Schultern. »Überleg mal: Würde ein Mann, der die Auslöschung eines ganzen Volkes betrieben hat, wirklich den Kurs ändern, nur weil er zehn Jahre später eine drachenblütige Laus in seinem Pelz entdeckt, die sich als Anhänger seiner Sache entpuppt? Vielleicht. Oder er nutzt Lee für seine Zwecke und entledigt sich seiner, sobald er ihn nicht mehr braucht. Wie bei den anderen. Still und heimlich. Ohne Zeugen, die ein schlechtes Gewissen hätten.«

Ich finde meine Stimme. Sie schwankt.

»Atreus' ganzes System beruht doch darauf, dass *jeder* sich seinen Platz verdienen kann.«

Powers Lachen hallt in dem leeren Wintergarten wider.

»Vielleicht irgendwann mal«, sagt er. »Aber ich wette, noch beruht es darauf, dass manche Leute keinen Platz mehr darin haben.«

Er zeigt mit dem Kinn noch einmal auf den Brief in meiner Hand.

»Der Ball liegt bei Ihnen, Kommandantin.«

— Lee —

Julia fliegt ihren Sturmpfeil so, wie ich es von Turnieren in Erinnerung habe, als ich klein war. So, wie Sturmpfeile geflogen werden sollten.

Bringe ich das wirklich fertig?

Den Entschluss am Boden zu fassen, ist das eine; seinem Drachen den Befehl zum Feuern zu geben, ist etwas ganz anderes. Gezündetes Drachenfeuer, die extremste Hitze überhaupt.

Wie es geht, weiß ich; ich erinnere mich genau an das Hochgefühl, als ich vor einem Monat im Turnierfinale schließlich doch noch gegen Annie gewonnen habe. Der Gewaltausbruch, der mit Pallors Zündung einherging, der Machtrausch, der mir danach so finster vorkam, dass mir schlecht wurde. Ich habe den Eindruck, mich mein ganzes Leben lang dagegen gewehrt zu haben. Doch jetzt, wo ich weiß, dass ich es brauchen werde, bringe ich es nicht über mich, es zuzulassen.

Julia hat diese Skrupel nicht und sie schlägt als Erste zu.

Ich spüre, wie der Stoß durch das linke Armteil meiner Rüstung und den Anzug hindurch meine Haut versengt, und einen Moment lang – obwohl wir nicht nach Turnierregeln kämpfen, obwohl wir uns keine Pausen oder Neustarts gönnen – halten wir beide in der Luft inne. Die grässlichen Schmerzen von gezündetem Drachenfeuer jagen durch meinen Arm und mir wird ganz schwindelig, während ich mit den Öffnungen der Kühlschläuche hantiere. Ich hebe den Kopf und sehe sie an. Unsere Gesichter sind hinter den Visieren verborgen; ihre Miene ist genauso wenig zu erkennen wie meine. Doch als wir uns ansehen und unser Echo in der Schlucht verklingt, bin ich sicher, dass wir beide denselben Entschluss fassen.

Es gibt kein Zurück mehr. Es muss zu Ende gebracht werden, wie auch immer es ausgeht.

Ich wende Pallor und diesmal wehre ich den wilden Zorn nicht ab, der von uns Besitz ergreift.

Danach versinkt die Welt in einem Inferno aus Feuer, Rauch und Schmerz. Genau so, wie wir uns früher Drachenkämpfe ausgemalt haben. Nur eins haben wir uns damals nie vorgestellt: das kaum von den höllischen Verbrennungen auf meinem ganzen Körper zu unterscheidende Gefühl des Grauens, das so stark wird, dass es mir durch Mark und Bein geht.

Julia gibt sich einmal, zweimal, dreimal eine Blöße, aber nie lang genug für einen Todesschuss, und weil ich entschlossen bin, es nicht stückchenweise, sondern mit einem einzigen Treffer zu tun, lasse ich die Gelegenheiten verstreichen.

Ich will Erster Reiter sein, du bist immer der Erste Reiter, lass mich auch mal …

Obwohl wir kein Wort sprechen, obwohl nur der Wind durch die Schlucht heult und die Flammen zischen, stelle ich fest, dass ich Julia hören kann, dass ich *uns* hören kann, in lang vergessenen Erinnerungen von den Palastgärten, als sie noch unser Reich waren.

Pass auf, ich bin König Rada von Bassilea. Dann könnten wir gegeneinander kämpfen und wir wären beide *Erster Reiter.*

Sie ist aus dem Gleichgewicht gekommen, gerade weit genug, um mir einen Angriffspunkt zu bieten, den ich durch meine verschwimmende Sicht hindurch sofort erkenne, und Pallor ebenfalls.

Ein Todesschuss.

Es fühlt sich an, als würde mein Herz zerspringen.

Gegeneinander kämpfen?

Er wendet den Hals, holt Luft und feuert.

Ein Schrei gellt durch die Luft, ein Brüllen, das ich im gleichen Moment ausstoße wie Pallor sein Feuer, wild vor Verzweiflung, als würde auch ich in Flammen aufgehen.

Einen Moment lang scheint die Welt stehen zu bleiben:

Das Feuer lässt mich geblendet zurück und in der Schlucht wird es vollkommen still. Dann ertönt etwas. Ein unmenschliches, durchdringendes Wehklagen, unheimlich und fremdartig, voll unerträglicher Trauer. Obwohl ich bisher nur in Büchern davon gelesen habe, erkenne ich den Laut auf Anhieb. So schreit ein Drache, der das Band zu seinem Reiter reißen spürt. Und es kann nur auf eine einzige Art gebrochen werden.

Mir stockt der Atem.

Pallor besinnt sich schneller als ich, prescht vor und feuert wieder, um zu beenden, was wir begonnen haben. Die trauernde Drachin wehrt sich kaum. Es ist, als hätte sie keinen Grund mehr dazu.

Morgen um dieselbe Zeit?

Ich versuch's. Warte auf mich, Leo.

— Annie —

Nach meinem Gespräch mit Power wecke ich die anderen Wächter. Sobald alle in voller Montur sind, treffen wir uns zu einer Besprechung im Vortragssaal. Draußen ist es immer noch so dunkel, dass die Fackeln in den Wandhaltern die wichtigsten Lichtquellen sind. Doch man hört schon die ersten Vögel zwitschern; der Tag bricht an.

»Falls Lee die Aufgabe erfüllt, die Atreus ihm auferlegt hat«, beginne ich, als alle versammelt sind, »würdet ihr mir zustimmen, dass damit seine Vertrauenswürdigkeit als Callipolitaner und als euer Anführer bewiesen wäre?«

Die Wächter wechseln verblüffte Blicke. Bis auf Power, der mit verschränkten Armen ganz hinten steht und mit einem eigenartigen, schiefen Grinsen verfolgt, wie ich mich an die Runde wende.

»Annie, wir glauben eigentlich nicht, dass …«

Ich falle Max ins Wort.

»Erst mal rein theoretisch. Falls er es tut.«

»Natürlich«, sagt Deirdre.

Auch andere nicken.

»Gut. Dann legt eure Ausrüstung an. Binnen einer Stunde müsste er zu Pythos Feste zurückkehren. Der Innere Palast will uns dort als Zeugen.«

»Seit wann denn das?«

»Seit jetzt.«

Mein Ton ist offenbar scharf genug, um sie von weiteren Einwänden abzuhalten. Während die anderen schon den Raum verlassen, nehme ich Crissa, Cor und Lotus beiseite.

»Ich brauche eure Hilfe bei etwas.«

Dann kläre ich sie über die Hintergründe auf. Ich lasse ihnen keine Zeit, den Schock zu verdauen, sondern erteile gleich Anweisungen. Cor soll zu General Holmes gehen, Crissa zu Miranda Hane.

»Nehmt eure Drachen und sagt ihnen, dass ihr auf Anordnung des Ersten Protektors kommt. Sagt ihnen, dass er ihre Anwesenheit wünscht.«

Als die beiden zum Zeughaus aufgebrochen sind, wende ich mich an Lotus.

»Wie gut kennst du die Häuser auf dem Janiculum?«

Lotus sieht mich verdutzt an.

»Das kommt darauf an. Wieso?«

»Wärst du in der Lage, die Villa von Dora Mithrides vom Drachenrücken aus zu erkennen?«

Mithrides: Ehrenmitglied im Bürgerrat des Janiculum und Atreus' wohlhabendste Unterstützerin, die beim Lyzeastenball so beeindruckt von Lee war und kaum fassen konnte, dass ein Junge mit derart geschliffenen Umgangsformen wirklich aus der Gosse stammt.

Ihr Glaube an die Überlegenheit des alten Blutes kann uns jetzt sehr nützlich sein.

»Ja«, sagt Lotus und beginnt zu lächeln, als ihm mein Plan klar wird. »Ich denke schon.«

Zwanzig Minuten später kreisen er und ich im Zwielicht der Morgendämmerung über den Terrassen des Janiculum, hinter denen Pythos Feste als schwarzer Schatten in die Höhe ragt. Lotus zeigt mir ein besonders protziges Anwesen auf einer der höchsten Stufen des Hügels.

»Das da ist es.«

Wir landen im Vorgarten von Dora Mithrides, hinter dem Eingangstor mit dem Wachhäuschen. Mir kommt in den Sinn, dass ich zum ersten Mal überhaupt im Reichenviertel bin. Knirschend setzen die Drachen auf dem Kiesweg auf, dessen weiter Bogen einer ganzen Kolonne von Kutschen Platz zum Wenden bietet. Bis auf das Plätschern des Springbrunnens in der Mitte der kreisrunden Auffahrt und das Gurren einer Trauertaube ist alles still. Ich lasse Lotus bei den Drachen und erklimme die mächtige Steintreppe, die zu dem efeuumrankten Eingangsportal hinaufführt. Dann ziehe ich an der Türglocke.

Nach einigen Minuten erscheint der Hausdiener, der sich noch den Schlaf aus den Augen reibt. Ich schlucke meine Verlegenheit hinunter und schlage den gleichgültigen Ton an, in dem ich Lee mit Bediensteten habe sprechen sehen.

»Wecken Sie Ihre Herrin.«

Ich will noch hinzufügen, dass ich im Auftrag des Protektors komme, doch der Hausdiener eilt umgehend davon. Ich weiß nicht, ob es an meiner Uniform liegt oder an meinem Ton.

Kurz darauf taucht Mithrides auf. Sie hat sich angekleidet, aber das mit grauen Strähnen durchsetzte Haar ist unfrisiert. Ihr faltiges Gesicht ist hellwach und neugierig.

»Bei allen Drachen, Mädchen«, sagt sie auf Drachisch, als sie mich sieht, und ihr Blick wandert an mir vorbei zu Lotus, der bei Iustus, seinem Himmelsjäger, und Aela auf dem Kiesweg wartet.

»Wissen Sie, wer ich bin?«, frage ich auf Callisch.

»Aber natürlich. Du bist die Hochlandreiterin.«

»Und erinnern Sie sich an Lee auf Pallor?«

»Den Wächter aus Kargsal, der sich so ungewöhnlich gut mit drachischer Dichtung auskennt und jetzt unser Erster Reiter ist? Selbstverständlich. Aber mir ist nicht ganz klar, warum ich um diese Unzeit dazu Auskunft geben soll …?«

»Kommen Sie bitte mit. Es gibt etwas, das Sie sehen sollten.«

Als Mithrides mir die Treppe hinunter zu den Drachen folgt, bemerkt sie: »Ganz schön lange her, seit ich zuletzt auf so einem geflogen bin.«

Am frühen Morgen ist Pythos Feste das erste Gebäude der Stadt, das den Nebel durchbricht und das Licht der aufgehenden Sonne einfängt. Als Lotus und ich im Anflug auf die Burg sind, mit der sich zitternd festklammernden Mithrides hinter mir, stoßen alle anderen Wächter zu uns, die bei der Besprechung im Vortragssaal dabei waren. Aus der Luft erkennen wir winzige Gestalten auf dem steinernen Platz des alten Himmelsforums: Atreus mit der gesamten Leibgarde des Protektors, die offenbar über die einzige in die Felswand gehauene Treppe heraufgestiegen ist. Von so hoch oben wirken Atreus und die in purpurrote Uniformen gekleidete Schar auf der gewaltigen Freifläche unter dem weiten Morgenhimmel wie eine Armee aus Zinnfiguren.

»Da ist Lee«, ruft Cor und zeigt Richtung Nordwesten.

Am westlichen Horizont kommt ein Aurelian vom Hochland herangeflogen.

In meine Erleichterung mischt sich ein Schaudern.

Er hat es getan.

Lee, durch welche Hölle bist du gegangen, um zu uns zurückzukehren?

»Wir landen.«

Mithrides schnappt nach Luft und packt mich noch fester, als wir zur Burg abtauchen. Ringsum legen auch die anderen Drachen ihre Flügel an, um zur Landung überzugehen.

Wir setzen auf der windgefegten Freifläche direkt vor der Leibgarde des Protektors auf. Crissa bietet Hane den Arm an, Cor hilft General Holmes von seinem Drachen und Lotus und ich stützen Dora. Der Rest der Flotte ist in einem Halbkreis um uns und die Garde gelandet. Die Wolken hängen noch so tief um den Burggipfel, dass das Morgenlicht von einem rosa Nebel gedämpft wird. Alte Bäume, die nach unzähligen Jahren im Wind zu knorrigen Sträuchern verkümmert sind, säumen den einstigen Paradeplatz und die Kante des Felsplateaus. Drei Marmorbögen erheben sich über dem Sockel, auf dem die Triarchen einer untergegangenen Epoche thronten, und dahinter ragt die Zitadelle in den Himmel.

Nahezu taub vom tosenden Wind nehme ich meinen Mut zusammen und blicke zu Atreus auf. Eingerahmt von den steinernen Bögen steht er auf dem Sockel. Sein kurzes graues Haar wird vom Wind platt an seine Stirn gedrückt. Hier oben auf der Feste ist es hell genug, dass ich sein Gesicht klar erkennen kann.

Gerade wandert sein Blick von Gesicht zu Gesicht, bleibt erst auf Holmes, dann auf Hane und Mithrides hängen und streift zuletzt zu der Riege der Wächter, die uns auf ihren Drachen umringen. Als suche er etwas. Doch dann zwinge ich mich zu sprechen und er sieht mich an. Ich muss gegen den Wind anbrüllen.

»Wie gewünscht, Protektor. Ihre Zeugen.«

Atreus' Blick geht mir durch und durch. Dann denke ich an meine Uniform, an den Umhang der Drachenreiter, der von meinen Schultern flattert, und an die Drachin zu meiner Rechten, die einzig und allein auf mich hört.

»Danke, Antigone.«

»Was hat das alles zu bedeuten, Atreus?«, fragt Dora Mithrides.

General Holmes sieht sich verwirrt auf dem verwitterten Steinplatz um. Als sein Blick auf die Leibgarde hinter Atreus fällt, runzelt er die Stirn, als wäre er irritiert über die Anwesenheit eines bewaffneten Kampftrupps an einem so entlegenen Ort. Hane mustert mich und den Protektor nachdenklich und zieht offenbar im Stillen ihre Schlüsse.

Atreus kommt nicht mehr dazu, Dora zu antworten. An der äußersten Kante der Plattform zeichnen sich gegen die strahlende Sonne die Umrisse eines letzten Drachen ab. Pallor schimmert nicht länger silbrig weiß; er ist schwarz vor Asche und jeder seiner Atemzüge ist ein heiseres Keuchen. Als Lee sich steif zu Boden gleiten lässt, erkenne ich, dass die dunkle Färbung seiner Rüstung hauptsächlich von Drachenblut kommt. Mit dem Rücken zu uns bleibt er vornübergekrümmt stehen und hält sich mit einer Hand an Pallors Rückenkamm fest.

»Was um alles in der Welt …«, haucht Dora hinter mir.

»Atreus«, sagt Holmes eindringlich, bewegt dabei aber kaum die Lippen, denn seine Frage ist eindeutig nur für Atreus bestimmt, »*warum wird unser Erster Reiter hier oben auf der Feste von deiner Leibgarde empfangen*?«

Ich warte Atreus' Antwort nicht ab. Stattdessen drehe ich mich um und gehe zu Lee. Ich spüre die Blicke aller Anwesenden auf mir ruhen, als ich zu Lee an die Felskante trete. Dahinter verschwindet die Steilwand in dem rosa Nebel, der noch den Palast, die Stadt und den Fluss verhüllt.

Auf einmal stößt Pallor eine Reihe von Klagelauten aus: Lee muss überbordet haben. Weil Lee den Kopf abgewandt hat, bemerkt er mich erst, als ich seinen Namen sage. Ich lege die Arme um ihn, ziehe ihn an mich, atme den Geruch von Drachenfeuer und Blut ein. Er vergräbt das Gesicht an meiner Schulter und ist einen Moment lang vollkommen still, als versuche er immer noch, seinen Kummer, den Pallor so ungehemmt hinausschreit, für sich zu behalten. Dann bricht die Mauer. Ein einziger, gedämpfter Trauerschrei entfährt ihm, wie gegen seinen Willen. Ich spüre ein Echo seiner Verzweiflung in mir aufwallen.

Aber ich dränge sie zurück. Die Trauer muss später kommen. Ich lasse ihn los.

»Sie warten, Lee.«

Er fragt nicht, worauf, nickt nur kurz und strafft die Schultern. Er fährt sich mit einem Arm über die Augen und schaut zum ersten Mal an mir vorbei zu den anderen. Bei dem Anblick scheint er ein Stück weit zu sich zu kommen. Neben ihm wird Pallor ruhiger, sein Klagen leiser. Mit jäher Entschiedenheit dreht sich Lee von mir weg und reißt einen großen, an den Sattel gebundenen Sack auf, in dem sich dunkel ein menschlicher Körper abzeichnet. Er zieht einen schwarz angelaufenen Helm daraus hervor. Unter den Blut- und Rußflecken ist das Heidekraut-Symbol der Sturmpfeile noch schwach zu erkennen. Mir läuft es eiskalt über den Rücken.

Ein letztes Mal streichelt er über Pallors immer noch bebende Flanke, nickt in meine Richtung und geht dann auf die wartenden Zuschauer zu: Atreus, die Leibgarde, Holmes, Hane und die anderen Wächter mit ihren Drachen. Kurz tritt eine Stille ein, in der nichts als das Heulen des Windes zu vernehmen ist.

Zwei Schritte vor Atreus bleibt Lee schließlich stehen und wirft den Helm vor ihm auf den Boden. Bevor Atreus etwas sagen kann, ergreift Lee das Wort.

»Ich wurde als Leo, Sohn Leons aus dem Hause Sturmpfeil, geboren. Hiermit sage ich mich von diesem Namen los.«

Hane zieht scharf die Luft ein. Holmes reißt die Augen auf. Lees Stimme ist klar gegen den Wind zu hören. Er spricht Drachisch, im Metrum, wie es beim Ablegen eines Eids an den Höfen der Drachenherren üblich war.

»Im Namen von Callipolis habe ich alle Blutsbande durchtrennt. Im Namen von Callipolis habe ich mit den Bräuchen meines Volkes und den Gesetzen ihrer untergegangenen Götter gebrochen. Im Namen von Callipolis« – Lee holt Luft und seine Stimme wankt – »habe ich meine Anverwandte getötet.«

Er sinkt auf die Knie, neigt das Haupt und streckt die nach oben gekehrten Hände aus.

»Möge das Blut auf meinen Händen mein Opfer sein; mögen die Trophäen meines Kampfes als Unterpfand meiner Treue dienen.«

Dann legt er die flachen Hände auf den Steinboden.

»Alles, was ich habe, lege ich Callipolis zu Füßen. Möget Ihr darüber befinden, ob ich aufgenommen oder verstoßen werde. Was Ihr wünscht, soll geschehen.«

Lee, der mit gesenktem Kopf wartet, entgehen die stummen Blickwechsel zwischen den Umstehenden: wie Holmes Atreus mit einem langen, vielsagenden Durchatmen ansieht und herausfordernd die Augenbrauen hebt; wie Hane die Hände an die Wangen presst und mit ihren glänzenden, entgeistert aufgerissenen Augen Atreus' Blick sucht; wie Dora

Mithrides Atreus mit verschränkten Armen anstiert und dabei die Lippen schürzt. Die Männer der Leibgarde packen halbherzig ihre Lanzen und spähen zu Atreus, unsicher, was sie jetzt tun sollen. Atreus schaut an ihnen allen vorbei zu mir.

Dann verblüfft er mich mit einem Lächeln.

Es ist kein warmes Lächeln, mehr ein Zähnefletschen, ein Zucken der Augenbraue, als hätte ihn mein Manöver nicht im Geringsten beeindruckt, sondern nur amüsiert. In diesem Moment kommt seine Heimtücke deutlich zum Vorschein.

Das Triumphgefühl, das in mir aufgestiegen ist, verfliegt. Mir wird innerlich ganz kalt. Und als er einen Schritt nach vorn macht, denke ich einen herzstockenden Augenblick lang: *Er wird es trotzdem tun.*

Er blickt auf Lee hinab.

»Erhebe dich, Sohn von Callipolis.«

Ich stoße die Luft aus, die ich angehalten habe.

Lee steht langsam auf. Atreus steigt von dem Sockel und legt ihm die Hand auf den Kopf. Unter der Berührung hebt Lee ganz leicht das Gesicht und schließt die überfließenden Augen. Als Atreus weiterspricht, ist seine Stimme leise und ausdruckslos. Fast träge.

»Schwörst du, der Stadt zu dienen, sie zu ehren und zu beschützen bis zu deinem letzten Atemzug?«

»Ich schwöre es.«

»Dann seist du von nun an kein Sturmpfeil mehr. Du bist Lee, keines Vaters Sohn und keinem Haus entsprungen.«

Atreus lässt die Hand sinken. Lee öffnet die Augen und blinzelt, als blende ihn das Morgenlicht.

Cor tritt vor und zieht Lees Armband mit dem goldenen und dem silbernen Reif, das wir vor unserem Aufbruch aus Gorans Büro geholt haben, aus der Tasche seiner Uniform.

Er hält es Atreus hin, doch Holmes geht dazwischen und nimmt es ihm ab.

»Wiederhole deinen Eid«, herrscht Holmes Lee auf Callisch an.

Lee holt Luft. Dann spricht er, ohne ein einziges Mal zu stocken, die Worte, die wir vor sieben Jahren als Kinder aufgesagt haben.

»Ich schwöre, von diesem Tag an als Wächter zu dienen, bis dass der Tod mich von meiner Pflicht entbindet. Ich entsage allem weltlichen Besitz und Reichtum, auf dass ich nicht verdorben werde. Ich verzichte auf Familie, heimischen Herd und Nachkommenschaft, auf dass nichts mich vom Weg meiner Bestimmung abbringt. Alles, was ich bin, gehört Callipolis. Ich gelobe bei den Flügeln meines Drachen, es zu bewahren. Möge mein Wille sein Schutz sein. Möge meine Vernunft es zu Gerechtigkeit führen.«

Holmes legt das Band um Lees ausgestreckten Arm und schließt es am Handgelenk. Instinktiv fasst Lee mit seiner rechten Hand danach und zupft prüfend daran.

Als er sich aufrichtet, löse ich die Medaille des Ersten Reiters und Flottenkommandanten von meiner Schulter und bringe sie ihm.

Lee greift danach, sieht mich an und scheint sich auf etwas zu besinnen. Anstatt sie zu nehmen, schließt er meine Finger darum.

»Behalte sie.«

Ich stehe wie versteinert da. Auf meiner Faust sind Blut und Asche von Lees Fingern zurückgeblieben. Im ersten Moment verstehe ich nicht.

Dann wendet sich Lee den Umstehenden zu und hebt die Stimme, um den Wind zu übertönen.

»Ich habe Callipolis Treue geschworen. Ich habe meine Bereitschaft unter Beweis gestellt, für mein Land in den

Krieg zu ziehen. Doch das ist kein Krieg, den ich anführen könnte oder sollte. Ich trete zurück, weil ich befangen bin.«

Als er mit einer weit ausholenden Armbewegung auf mich deutet, schwingt eine neue Emotion in seiner Stimme mit. »Stattdessen werde ich derjenigen folgen, die euch führen sollte. Als meine Vertreterin wird Antigone auf Aela an meine Stelle rücken. Sie hat gezeigt, dass sie mir zu Land und in der Luft mehr als ebenbürtig ist.«

In meinen Augenwinkeln schwillt ein Druck an, als ich begreife, was Lee da sagt. Im ersten Moment denke ich nur: *Nein. Nein, ich will das nicht, ich kann das nicht –*

Doch dann rufe ich mir in Erinnerung, dass ich das sehr wohl wollte. Dass ich es kann. Und dass Lee es braucht.

Als ich an ihm vorbei zu den anderen spähe, ob sie die Einwände erheben werden, die sich mir aufdrängen, sehe ich etwas Unerwartetes. Zum ersten Mal, seit Lee auf der Feste angekommen ist, wirkt Atreus ehrlich verblüfft. Seine Hand hat sich wie von selbst über seinen Mund gelegt und er ringt sichtlich mit den Erkenntnissen, die ihm nach und nach kommen, während er Lees Abdankung verfolgt.

Lee dreht sich wieder zu mir um. »Antigone, nimmst du das Amt der Ersten Reiterin und Flottenkommandantin an?«

Das ganze Drachenkorps, Atreus, Miranda Hane und General Holmes, sehen mich an, aber ich habe in diesem Moment nur Augen für Lee. Mit Blut und Asche bedeckt steht er mit blitzenden grauen Augen hoch aufgerichtet vor mir und sein dunkles Haar weht in dem Wind, der über das Forum fegt. Der Sohn eines Drachenherrn durch und durch.

In Erwartung meiner Entscheidung, obwohl es ihn die letzte Kraft kostet, die ihm noch bleibt.

Beklommen nicke ich. Dann gebe ich mir einen Ruck und antworte laut und weithin hörbar.

»Ja, ich nehme es an.«

Lee tritt zu mir und heftet die Medaille wieder an meine Schulter. Während er mit der Anstecknadel hantiert und ich kaum zu atmen wage, als ich ihn dabei ansehe, wird mir die Bedeutung dieses Moments für uns beide bewusst. Einige wenige Herzschläge, die die Ordnung der Dinge von Grund auf ändern.

Nachdem er die Medaille befestigt hat, tritt Lee zurück und verneigt sich in einer formvollendeten Verbeugung vor mir. Seine Stimme ist dünn, bricht aber nicht.

»Ich schwöre dir als meiner Kommandantin Gefolgschaft und werde dir mit meinem Drachen als dein Alternus dienen.«

19

KINDER DER REVOLUTION

Nach der Revolution legte der Soldat seine Uniform ab und führte fortan ein ruhiges Leben als unbedeutendes Rädchen im Getriebe seiner sich wandelnden Stadt.

Dass er sich einmal über die Befehle seines Kommandanten hinweggesetzt hatte, davon erzählte er niemandem. Dieses eine Mal, als er einen Jungen auf einen Flur hinausgetragen hatte und einfach weitergegangen war. Wenn er an jenen Moment zurückdachte, versuchte er sich einzureden, dass es eine bewusste Entscheidung gewesen war. Eine Entscheidung, die ihn unumkehrbar geprägt hatte.

In Wahrheit hatte er sich nicht bewusst entschieden. Er hatte den Jungen einfach angeblickt und nicht den Sohn eines Drachenherrn in ihm gesehen, sondern ein Kind wie jedes andere auch.

Er verband seine Wunden, brachte ihn ins Waisenhaus und ließ ihn dort unter einem neuen Namen zurück: Lee.

— Annie —

Zurück im Palast begleite ich Lee zur Krankenstation und sorge dafür, dass er ein Zimmer für sich allein bekommt. Lee äußert sich nicht zu dieser Entscheidung; bis wir von Pythos

Feste auf festen Boden zurückgekehrt sind, scheint er die Sprache verloren zu haben. Er gibt keinen Mucks von sich, während die Krankenschwester ihn versorgt. Solange wasche ich mir in einem Becken in einem Winkel des Zimmers das Drachenblut und die Asche ab, die mir an den Händen kleben geblieben sind. Erst nachdem die Krankenschwester die Tür hinter sich geschlossen hat und ich ihn in die Arme nehme, spricht er endlich.

»Atreus hat gefragt, aber ich konnte nicht … Wir müssen den Leichnam zurückbringen …«

»Darum kümmere ich mich.«

Doch er hört mich kaum, denn nachdem er das Wort *Leichnam* ausgesprochen hat, verliert er die Fassung. Während ich die Arme fester um ihn lege und sein Schluchzen mir in der Seele wehtut, bleibt ein anderer Teil von mir, ein Teil, der erwacht ist, als er die Medaille des Flottenkommandanten an meine Schulter geheftet hat, still wie Wasser und hart wie Stahl. Dieser Teil von mir denkt lediglich: *Du bist in Sicherheit.*

Ich halte ihn, bis seine Tränen versiegen, und helfe ihm dann, den Schlaftrunk einzunehmen, den die Krankenschwester ihm hingestellt hat.

»Du musst schlafen. Ich komme wieder, wenn du aufwachst.«

Im Innenhof des Konvents begegne ich Power, der es sich auf dem laubbedeckten Rasen bequem gemacht hat und sich den Herbstwind ins Gesicht wehen lässt.

»Kommandantin«, sagt er und in seinen wie immer sarkastischen Ton mischt sich so etwas wie Genugtuung.

Wenigstens einer, der sich über meine Beförderung freut.

Er lächelt, salutiert in seiner typischen theatralischen Art und lässt mich allein unter den Bäumen zurück.

Im Büro des Flottenkommandanten bleibe ich einen Moment stehen und probiere das Wort in Gedanken aus: mein Büro. Dann setze ich mich und gehe die Liste mit Besprechungen durch, an denen ich zusätzlich zu den bereits geplanten Treffen teilnehmen muss. Mit Holmes muss ich klären, wie wir Lees Bitte nachkommen können, den Leichnam von Julia Sturmpfeil nach Neu-Pythos zurückzubringen, und mit Miranda Hane werde ich besprechen, mit welchen Propagandamaßnahmen wir Lees Wiederaufnahme in das Drachenkorps stützen sollen. Doch ganz oben auf dem Stapel finde ich eine Nachricht von Dora Mithrides, die mich zum Tee einlädt.

Zum zweiten Mal an diesem Tag und überhaupt in meinem Leben begebe ich mich zum Janiculum.

Es ist ein stiller Spaziergang durch die Palastgärten und die gewundenen Gassen des Reichenviertels bis hinauf zu Doras Haus. Der Weg führt mich durch die Farbenpracht der Herbstbäume, durch wirbelnde Blätter und vorbei an schmiedeeisernen Zäunen, efeuumrankten Villen und der einen oder anderen ratternden Kutsche. Doras Pförtner lässt mich durch das Eingangstor der Hausdiener in die Vorhalle. Hinter der Tür erwarten mich hohe Decken, glitzernde Lüster, eine repräsentative Treppe und mir kommt der Gedanke, dass mich solche Dinge früher eingeschüchtert hätten. Doch heute lassen sie mich vollkommen kalt.

»Antigone. Willkommen. Der Tee wird auf der Veranda serviert.«

Dora Mithrides hat sich umgezogen, Rouge aufgetragen und ihr Haar hochgesteckt. Um ihren Hals hängen mehrere dicke Perlenketten. Sie geht mir voran durch die Zimmerfluchten und hinaus auf eine windgeschützte Veranda, die ihren privaten Garten und die ganze Stadt überblickt. Unter uns liegen die Ringmauern des Inneren und Äußeren Palasts, daran angrenzend die Arena, an der sich der Fer entlangschlängelt, bevor er an den Palastgärten und dem unteren Janiculum vorbeiströmt. Jenseits des Flusses liegt Obermarkt, geschäftig und farbenfroh, neben Kargsal und der Südstadt mit ihren niedrigen, schmutzigen Häusern und dahinter zeichnet sich düster und rauchverhangen der Werkbezirk ab. In der Ferne erstrecken sich die Ebenen des Tieflands bis zum Horizont, wo sich Meer und Himmel treffen.

»Sahne oder Zucker?«

Wir setzen uns an einen Glastisch, auf dem ein Service aus hauchdünnem, fast durchscheinendem Porzellan steht. Meine Gastgeberin hat sich gegen die kühle Luft einen Schal umgelegt, doch in meiner Lederuniform ist mir angenehm warm. Dora hat auf Drachisch gefragt und ich spüre, dass es diesmal darauf ankommt, in welcher Sprache ich antworte. In wohlüberlegtem Drachisch entgegne ich:

»Weder noch, vielen Dank.«

Für solche Anlässe gibt es Regeln und Lee würde sie alle kennen, doch Lee ist nicht hier.

Wenn du kein Selbstvertrauen hast, dann täusche es vor.

Ich lächele dem Dienstmädchen zu und danke ihr für den Tee.

Als wir allein auf der Veranda sind, nimmt Dora einen langen Schluck aus ihrer Tasse, stellt sie zurück auf die Untertasse und verkündet:

»Das war eine beeindruckende Operation, die du da heute Morgen hingelegt hast, meine Liebe.«

Ich nippe an meinem Tee und registriere, dass meine Hand ruhig bleibt.

»Ich bin neugierig, warum du das getan hast. Bist du in den Jungen verliebt?«

Ich lächele in meine Tasse. *Darauf* gedenkt sie es also zu beschränken? Behutsam stelle ich die Tasse ab und begegne gelassen ihrem Blick.

»Ich habe es getan, weil ich glaube, dass in Lee all das steckt, was Atreus' Prüfung ergeben hat.«

Dora nickt vor sich hin und brummt nachdenklich.

»Ja, diese Überzeugung kann ich nachvollziehen«, sagt sie. Sie lehnt sich zurück und mustert mich durchdringend. »Und ich kann auch nachvollziehen, dass Atreus ihn genau deswegen als Bedrohung für alles betrachtet, was er hier so mühsam aufzubauen versucht.«

Ich will schon antworten, dass Lee keine Bedrohung ist, klappe den Mund aber stumm wieder zu.

Natürlich ist Lee das.

Die Erkenntnis ist naheliegend und erschreckend zugleich – bis sich eine Erinnerung aus einem anderen Leben dazwischenschiebt. An einen Jungen, der gut zu mir war, der mir geholfen hat, bevor er wissen wollte, wer meine Eltern waren, der schmerzhafte Wahrheiten erfahren musste und trotzdem mein Freund geblieben ist.

Vielleicht verkörpert Lee tatsächlich Gefahren, gegen die Atreus vorgeht. Vielleicht erstreckt sich der Schatten der Drachenherren, aus dem wir um jeden Preis hervorkriechen müssen, auch auf ihn. Doch als wir Kinder waren und selbst vor der Wahl standen, da hat er sich nicht für die alte Welt entschieden, sondern für die neue.

»Auch nach heute noch?«, frage ich.

Dora lächelt.

»Ich glaube«, sagt sie, »dass es durchaus Dinge gibt, die Atreus erschüttern können, und was du und Lee heute getan habt, hat ihn ziemlich erschüttert.«

Sie verschränkt die Finger auf ihrem runden Bauch und reckt sich auf ihrem Korbsessel. Ihr Ton wird geschäftsmäßig.

»Es hat auch mein Interesse geweckt. An der Zukunft des Jungen, und an deiner ebenso. Und wenn ich an etwas interessiert bin, ist das Janiculum interessiert. Verstehst du?«

Sie braucht die Worte *Protektorat* und *Nachfolge* nicht in den Mund zu nehmen; ich verstehe sie auch so.

»Ich denke schon.«

Dora lächelt wieder. Mit einer schwungvollen Handbewegung deutet sie auf die Schale mit Keksen zwischen uns, ein von der Rationierung, die ich durchzusetzen habe, unberührter Luxus.

»Bitte«, sagt sie. »Bedien dich.«

Später am selben Tag, nachdem die Wirkung von Lees Schlafmittel nachgelassen haben muss, schaue ich noch einmal auf der Krankenstation vorbei. Ich gehe durch die sonnendurchfluteten Gänge bis zum hintersten Zimmer und halte an der Schwelle inne.

Lee ist wach und sitzt von Kissen gestützt in seinem Bett. Er hat zwei Besucher: Cor, der am Fußende auf der Bettkante hockt, und Crissa, die sich einen Stuhl herangezogen hat. Die beiden bestreiten die Unterhaltung so gut wie allein und spielen sich bewusst die Bälle zu, damit Lee nicht das Gefühl hat, etwas beitragen zu müssen. Lee, der zwischen ihnen hin- und hersieht, erwidert ihr Lächeln zwar nicht, doch die tiefe Verzweiflung von heute Morgen ist aus seinem Gesicht verschwunden. Er ist ruhiger geworden, und auch wenn er nichts sagt, scheint ihm ihre Gesellschaft wohlzutun.

Mit einem Schmerz, der mir merkwürdig fern vorkommt, sehe ich, dass Crissa seine Hand genommen hat. Unser Kuss in einer dunklen Zelle scheint bereits zu einem früheren Leben zu gehören, das vom Feuer verbrannt wurde. Und was darunter übrig geblieben ist, wund und verstört, weiß noch nicht, was mich mit diesem Jungen verbindet, den ich gerade durch die Hölle geschickt habe.

Doch dann schaut Lee auf, während die beiden weiter plaudern. Seine grauen Augen werden weich, als sie mich sehen, und sein Mund wandert auf einer Seite fast unmerklich in die Höhe, zu etwas Traurigerem als einem Lächeln, und ich muss nicht aussprechen, was ich auf einmal weiß.

Was uns verbindet, hat sich nicht geändert. Auf die Feuer, durch die wir heute gegangen sind, haben wir uns von klein auf vorbereitet. Und die Entscheidungen, die wir seit unserer Kindheit treffen, haben uns stark genug werden lassen, heute im Namen der Revolution zwei Mächten die Stirn zu bieten.

Zusammen werden wir ihnen die Stirn bieten und Schritt für Schritt durch dieses Feuer gehen, bis zum Ende.

ANMERKUNG DER AUTORIN

Feuererwachen wurde von vielen Quellen inspiriert, darunter besonders von Vergils *Aeneis* und Platons *Der Staat.* Vergil habe ich zum ersten Mal als Lateinschülerin in meiner Highschoolzeit gelesen und ich weiß noch, dass mich genau wie Annie die Tragik von Versen berührt hat, die ich nur halb verstand. Die Übersetzungen, die ich damals angefertigt habe, vor allem die Passage über Aeneas' Flucht aus dem brennenden Troja, sind in viele der Zitate eingeflossen, die in *Feuererwachen* dem *Aurelianischen Zyklus* zugeschrieben werden.

Meine Begeisterung für die antiken Werke war immer amateurhaft und ich gebe bereitwillig zu, dass mein Callipolis nur wenig Ähnlichkeit mit Platons Idealstaat aufweist. Aber sollten sich manche Leser und Leserinnen für die Quellen interessieren, auf denen Atreus' Regime beruht, können sie im *Staat* mehr über seine politische Struktur und seine Propaganda- und Zensurmaßnahmen nachlesen.

DANKSAGUNG

Dieses Buch verdankt sich zum allergrößten Teil zwei brillanten Frauen: meiner Agentin Danielle Burby und meiner Lektorin Arianne Lewin.

Danielle hat mein Leben verändert, als sie unter all den unverlangt eingesandten Texten mein Manuskript entdeckt hat, und seither ist meine Ehrfurcht vor ihr nur noch mehr gewachsen. Durch ihre kluge, freundliche und hochprofessionelle Art war die Zusammenarbeit mit ihr immer die reinste Freude und ihre E-Mails haben die geradezu unheimliche Fähigkeit, selbst den größten Knoten zu durchschlagen und Licht in besonders dunkle Tage zu bringen. Sie hat für mich gekämpft, mich motiviert und mir als Ratgeberin und Freundin zur Seite gestanden.

Ein Jahr lang hat Ari Lewin mich bis zur völligen Erschöpfung durch unzählige Überarbeitungen getrieben und mit ihrem scharfzüngigen Humor bis zur nächsten Atempause bei der Stange gehalten, und das mindestens drei Entwürfe über das hinaus, was ich für gut genug gehalten hätte. Ari hat *gut genug* neu definiert und das ist das größte Geschenk, das es für eine Autorin am Anfang ihrer Laufbahn geben kann. Ari hat mir ein Durchhaltevermögen vorgelebt, das mich inspiriert, mein Buch verwandelt und mein Schreiben reifer gemacht hat. Sie hat die Messlatte dafür gesetzt, welche Art von Schriftstellerin ich sein will.

In der Verlagswelt danke ich darüber hinaus Kristin und Brian Nelson sowie dem gesamten Team der Nelson Literary Agency; meinen Agentinnen für die Auslandsrechte, Jenny Meyer und Heidi Gall, die auch in anderen Ländern eine Heimat für mein Buch gefunden haben; Alice Lawson, meiner Co-Agentin für Film- und TV-Rechte bei Gersh; und allen bei Putnam und Penguin Teen, die *Feuererwachen* auf die Welt geholfen haben, darunter Elise LeMassena, Tessa Meischeid, Anuoluwapo Ohioma, Lindsey Andrews und Jennifer Klonsky, mit besonderem Dank an Kristie Radwilowicz für das wirklich revolutionäre Cover.

Ich schätze mich glücklich, in dieser Zeit andere Autorinnen kennengelernt und von ihrer Unterstützung profitiert zu haben: Jennifer Gilmore, meine Betreuerin im Kreativen Schreiben während meines Grundstudiums; Kristen Ciccarelli und Rachel Hartman, die mir so klug den Weg weisen; und meine Kollegen und Kolleginnen in der Gruppe der Debütautoren von 2019, Novel Nineteens, ganz besonders Bridget Tyler, Nicki Pau Petro, Joanna Hathaway, Malayna Evans, Mara Rutherford und Crystal Smith. Im heimischen Kontext danke ich der Schreibcommunity von Chicago, vor allem Lizzie Cooke, meiner allerersten Schriftstellernachbarin und Cafégenossin; Jeff Bishop, der Team Lewin aufgemischt hat; und Reese Eschmann, die *Feuererwachen* zu einem besseren Buch gemacht hat.

Mein Weg zum ersten veröffentlichten Buch war lang und steinig und ohne die vereinte Liebe und Brainpower der Communitys, die mir beigestanden haben, hätte ich es niemals geschafft. Ich bin den Eltern und Lehrkräften der CBECC sehr dankbar, insbesondere Jeremiah und Marcy Flanagan; der Seton-Community, vor allem Beth Norman und Linda Zehren, die mir über die Ziellinie geholfen haben; und der Portsmouth Abbey School dafür, dass sie mein Hogwarts war. Ich hätte mir keine besseren Cheerleader wünschen können als Laureen und Michael Bonin, Kate Smith,

Kale und Dimi Zelden, den großartigen McDonough-Clan und Dom Paschal Scotti.

Außerdem möchte ich den folgenden Mentoren, Freunden und Lesern danken, die eine wichtige Rolle für mich gespielt haben: Anna Stilz, Helen McCabe, Melissa Lane und Elizabeth Benestad für Unterrichtsstunden, die mich zu *Feuererwachen* inspiriert haben; Maggie, meiner allerersten »Voice of the Youth«, und Marina, meiner jüngsten Leserin überhaupt; Sandra Vazquez Ventimilla, Jackson Popkin, Lehman Garrison, Joseph Labatt, Paul Baker und Chelsea Mueller für ihr Feedback und ihren Zuspruch; Marie und Frederick Nesfield, die meine Testleser sind, seit wir zehn waren; Alissa Spera, die jede meiner Fragen beantwortet und zwei Flaschen Champagner mitgebracht hat; und Phil Dershwitz, der mich genau dann, als ich es am meisten brauchte, überzeugt hat, dass er es wirklich gut findet.

Besonders dankbar bin ich für die Freundschaft und Unterstützung von zweien meiner ersten Leserinnen und ewigen Mitbewohnerinnen: Katrina Hall, die meine Reise in all ihren Irrungen und Wirrungen miterlebt und klug begleitet hat und deren wunderbare Briefe ich wie einen Schatz hüte. Und Erin McDonough, Malerin von Gedichten und Täuferin von Drachen, die die ganz großen Geschichten liebt und weiß, warum.

Und zuletzt die Allerwichtigsten. Ich danke meiner Familie: meiner Oma, Pam, David und Mary Beth, deren Liebe mein Fels in der Brandung ist. Der Familie Stone, die mich als eine vierte Tochter und Schwester aufgenommen hat. Lorenzo und Marie Laure, je vous aime pour toujours. Meinem Vater, der es wagte, dem amerikanischen Traum nachzujagen. Meiner Mutter, die nichts fürchtete und mir alles gab.

Und Robert, meinem ersten Vertrauten und besten Freund, meinem Anker am Ende guter und schlechter Tage beim Schreiben: In unseren Gesprächen habe ich die Gestalt dieses Buches gefunden und in der Liebe zu dir sein Herz.

GLOSSAR

Aela Annies Drachin, ein *Aurelian*

Albans Waisenhaus in *Kargsal,* aus dem Annie und Lee stammen

Alternus / Alterna Stellvertreter*in des *Ersten Reiters,* für die Verteidigung zuständig

Aurelian Bezeichnung der Drachenart und des gleichnamigen Hauses der *Triarchen*-Familie. Die Drachen sind mittelgroß und haben Schuppen in Rot- und Goldtönen. Zugesprochene Tugenden: Einsicht und Gelehrtheit. Familienfarbe: Rot

Aurelianischer Zyklus Altes Versepos der Drachenblütigen

Bassilisches Reich Einstmals mächtiges Imperium im Osten der *Medeis*

Bast Rocks Drache, ein *Sturmpfeil*

Bronze-Stand Dritter Rang innerhalb der *Stände* von *Callipolis,* bestehend aus den gelernten Arbeitern

Callipolis Im Norden der *Medeis* gelegenes Inselreich mit einer gleichnamigen Hauptstadt im Zentrum, wird nach der Revolution vom *Ersten Protektor* regiert und durch eine Flotte aus jungen, noch nicht *gezündeten* Drachen beschützt

Certa Ducks Drachin, ein *Himmelsjäger*

Damos Reich im Südwesten der *Medeis*

Devoro Powers Drache, ein *Sturmpfeil*

Drakarch Alter Titel (vor der Revolution) für die drei Herrscher über das Hochland (Haus *Sturmpfeil*), das Tiefland (Haus *Himmelsjäger*) und die Hauptstadt (Haus *Aurelian*)

Eisen-Stand Unterste Schicht innerhalb der *Stände* von *Callipolis,* bestehend aus den ungelernten Arbeitern

Erster Protektor Titel von Atreus Athanatos, dem Revolutionsführer von *Callipolis*

Erster Reiter Kommandant*in der Drachenflotte

Erwählungszeremonie Zeremonie, bei der sich ein Drache seinen zukünftigen Reiter aussucht

Feuerschlund Zentrale Öffnung zu den Drachenhöhlen im Palast von *Callipolis*

Gelehrtenwinkel Oberschichtsviertel mit dem Lyzeum (Universität) und der Kriegsakademie

Himmelsjäger Bezeichnung der Drachenart und des gleichnamigen Hauses der *Triarchen*-Familie. Diese Drachen fliegen am schnellsten und ihre Schuppen sind in den Blautönen des Himmels gefärbt. Zugesprochene Tugenden: Mäßigung und Milde. Familienfarbe: Blau

Isca Inselgruppe südlich von *Callipolis,* die sich zur Neutralität verpflichtet hat

Janiculum, das Auf einem Hügel gelegenes Reichenviertel in *Callipolis*

Kargsal Heruntergekommenes Armenviertel, in dem vor allem ungelernte Arbeiter leben

Konvent Wohnquartier der *Wächter*

Lyzeum Schule der Gold-Studenten, im *Gelehrtenwinkel* gelegen. Der jährlich stattfindende Lyzeastenball markiert den Eintritt der Studenten in die Elite von *Callipolis*

Maurana Cors Drachin, ein *Sturmpfeil*

Medeis, die Die Gesamtheit der Seereiche, die Drachen beherbergen

Muthafter Stand Militärischer *Stand* nach der Revolution, auch als Silber-Stand bekannt

Neu-Pythos Insel nördlich von *Callipolis,* geschützt durch einen Ring aus Karstfelsen. Die Regierung von Neu-Pythos hat Überlebende der alten Herrscherfamilien *(Triarchen)* aufgenommen. *Callipolis* verkehrt nur über das neutrale *Isca* mit Neu-Pythos

Obermarkt Einfaches bürgerliches Stadtviertel

Pallor Lees Drache, ein *Aurelian*

Patrizier Wohlhabende Oberschicht

Phaedra Crissas Drachin, ein *Himmelsjäger*

Philosophischer Stand Herrschender *Stand* nach der Revolution, auch als Gold-Stand bekannt

Pythos Feste Alte Burganlage auf einem hoch aufragenden Fels aus Karstgestein über der heutigen Palastanlage

Roter Monat Zeit des Bürgerkriegs und der Revolution

Seehafen Hafenstadt an der Südküste von *Callipolis*, Heimatort von Crissa

Stände Nach der Revolution ist die Gesellschaft von *Callipolis* in vier Stände unterteilt: Gold (Herrscher), Silber (Militär), Bronze (gelernte Arbeiter), Eisen (ungelernte Arbeiter)

Standesprüfung Jeder Bürger von *Callipolis* unterzieht sich als Kind einer Prüfung, um zu ermitteln, welchem *Stand* er zukünftig angehören wird

Sturm auf den Palast Feiertag zur Erinnerung an die Revolution und den Sturz der *Triarchen*

Sturmpfeil Bezeichnung der Drachenart und des gleichnamigen Hauses der *Triarchen*-Familie. Die Drachen sind besonders groß und haben eine dunkle Schuppenfarbe. Zugesprochene Tugenden: Disziplin und Stärke. Familienfarbe: Schwarz

Triarchen Die drei alten Familien, die vor der Revolution mit ihren Drachen über *Callipolis* geherrscht haben. Ihre Herrschaftsform wird die Triarchie genannt

Überborden Prozess, bei dem der Drachenreiter eine geistige Verbindung mit seinem Drachen eingeht und dabei die Kontrolle über sich verliert

Wächter Drachenreiter, deren Aufgabe die Verteidigung von *Callipolis* ist. Sie durchlaufen die *Erwählungszeremonie* und müssen sich ihren Rang in einem Turnier erkämpfen

Zünden Ereignis, bei dem ein Drache zum ersten Mal in der Lage ist, Feuer zu speien

Rosaria Munda wuchs im ländlichen North Carolina auf, wo sie auf Bäume kletterte, Harry-Potter-Fanfiction las und sich selbst Latein beibrachte. Sie studierte Politische Theorie in Princeton und lebt heute mit ihrer Familie in Chicago. *Feuererwachen* ist ihr erster Roman.

Nadine Püschel studierte Literaturübersetzen in Düsseldorf und Lebensart in Lyon, Istanbul, London und Toronto. Heute arbeitet sie als Übersetzerin mit Schwerpunkt Kinder- und Jugendbuch und Untertitelung in Berlin und hat u. a. Science-Fiction von Yves Grevet und Philip Reeve übertragen.